WILD CARDS
UN AS EN LA MANGA

GEORGE R. R.
MARTIN
Editor

Con la colaboración de
MELINDA M. SNODGRASS

WILD CARDS
UN AS EN LA MANGA

OCEANO

Editor de la colección: Martín Solares
Imagen de portada: Marc Simonetti
Diseño de portada de la serie: Estudio Sagahón / Leonel Sagahón

WILD CARDS, UN AS EN LA MANGA

Título original: WILD CARDS VI: ACE IN THE HOLE

Traducción: Alejandro Espinosa
Revisión: Rémy Bastien

© 1989, George R.R. Martin y The Wild Cards Trust

D. R. © 2015, Editorial Océano de México, S.A. de C.V.
Blvd. Manuel Ávila Camacho 76, piso 10
Col. Lomas de Chapultepec
Miguel Hidalgo, C.P. 11000, México, D.F.
Tel. (55) 9178 5100 • info@oceano.com.mx

Primera edición: 2015

ISBN: 978-607-735-461-1
Depósito legal: B-24380-2014

Hecho en México / Impreso en España
Made in Mexico / Printed in Spain

9003963010115

Para Barb,
con afectuosos recuerdos de doce años de amistad,
y afectuosos anhelos de al menos doce más.

Nota del editor

♣ ♦ ♠ ♥

Wild Cards es una obra de ficción ubicada en un mundo completamente imaginario, cuya historia avanza de manera paralela a la nuestra. Los nombres, personajes, lugares e incidentes abordados en *Wild Cards* son ficticios o fueron usados dentro de una ficción. Cualquier parecido a hechos actuales, lugares o personas reales, vivas o muertas es mera coincidencia. Por ejemplo, los ensayos, artículos y otros escritos contenidos en esta antología son completamente ficticios, y no existe la intención de implicar a escritores actuales, o afirmar que alguna de esas personas alguna vez escribió, publicó o participó en los ensayos, artículos u otros textos ficticios contenidos en esta antología.

Índice

♣ ♦ ♠ ♥

Capítulo uno
Lunes 18 de julio de 1988

6:00 a.m.

SPECTOR JALÓ EL CANDADO CON SU MANO ENGUANTADA. SE abrió de un golpe. Hacia arriba y a un lado levantó el picaporte de la puerta corrugada, y la empujó con todo su cuerpo, haciendo el menor ruido posible. Deslizó su cuerpo delgado a través de la puerta y la cerró. Hasta ahora, todo ocurría tal y como le dijeron.

El lugar olía a polvo y pintura fresca. La luz era muy tenue, venía de una sola lámpara de techo en el centro del almacén. Se detuvo para que su visión se ajustara. Había cajas con máscaras por todas partes. Payasos, políticos, animales, otras eran simplemente rostros humanos comunes. Tomó una máscara de oso y se la puso; era mejor estar seguro en caso de que alguien encendiera las luces. El plástico pellizcaba su nariz y los hoyuelos para los ojos eran más pequeños de lo que hubiera deseado. Su visión periférica quedaba limitada. Spector se dirigió lentamente hacia la luz, moviendo su cabeza de un lado a otro para asegurarse de que nadie estuviera al acecho.

Había llegado unos minutos antes. Pensó que era lo más inteligente que podría hacer. Alguien se había tomado la molestia de localizarlo y de concertar esta cita. O estaban desesperados, o le querían tender una trampa. De cualquier forma, podría ser un problema. El polvo irritaba sus ojos, pero no podía hacer nada con la máscara puesta. Se detuvo a un par de metros de la luz y esperó. El único sonido era el de las palomillas que repiqueteaban en la lámpara.

—¿Estás ahí? –la voz sonaba apagada, pero definitivamente masculina, y venía del otro lado de la zona iluminada.

Spector se aclaró la garganta:

—Sí, soy yo. ¿Por qué no te mueves hacia la luz para que pueda verte?

—Yo no sé quién eres, y tú no sabes quién soy. Dejémoslo así –hubo una pausa. Se escuchó el crujido de papel en la oscuridad.

—Y bueno. Escuchemos, pues –Spector respiró hondo, relajándose. No se sentía como una celada, y él tenía la ventaja.

Un brazo se acercó hacia la luz. La persona era lo suficientemente bajita de estatura como para ser un niño, pero el brazo era grueso, musculoso. Los dedos de la mano eran cortos. La orilla de un guante de plástico se asomaba bajo el guante de piel. Este tipo estaba siendo muy precavido. La mano sostenía un sobre manila.

—Todo lo que necesitas está aquí.

—Arrójamelo –el brazo se lo lanzó. El sobre cayó pesadamente, deslizándose hasta la orilla de la zona iluminada, levantando polvo y copos de pintura–. Me gusta ese sonido –Spector se acercó para recogerlo. Al demonio, que lo viera el tipo, con todo y máscara de oso. No importaba. Levantó el sobre y lo abrió con un pulgar. Contenía varios fajos ordenados de billetes de cien dólares, un boleto para viaje redondo a Atlanta a nombre de George Kerby y un trozo de papel que había sido doblado dos veces. Spector calculó que eran más de cincuenta mil.

—La mitad ahora. El resto cuando hayas terminado el trabajo –la voz se había movido, y ahora estaba entre Spector y la puerta.

Spector desdobló el papel y lo dirigió hacia la luz para leerlo. Respiró con fuerza.

—Mierda. Nunca pidas que sea algo pequeño. Y Atlanta, aparte. Vaya que será un desastre. ¿Por qué no esperar hasta que regrese a la ciudad y que te reembolsen el boleto de avión de George Kerby?

—Quiero que se encarguen del asunto la semana que viene. Si fuera mañana, mucho mejor. ¿Trato hecho?

—Sí, está bien –dijo Spector mientras doblaba de nuevo el papel y lo guardaba en el bolsillo de su camisa–. Vaya que has de odiar a este tipo.

La puerta se abrió. Spector pudo ver rápidamente al sujeto antes de que la cerrara de nuevo. Metro y medio de estatura, y cuerpo de defensa de futbol americano: un enano. Tipos así no abundaban. Y sólo había uno que tenía algo en contra del tipo que debía echarse al plato.

—Escuché que habías muerto, Gimli.

No respondió. Pero en realidad no podía esperar respuesta de alguien que supuestamente estaba disecado y exhibido en el Museo de la Fama Wild Card del Bowery. Aun así, Spector entendía mejor que nadie que sólo porque se suponía que una persona estaba muerta no quería decir que lo estuviera.

Era en el Callejón de las Ratas, donde los hombres muertos perdían sus huesos. Donde estaba el Jokers Wild, en el Callejón de las Ratas.

Probablemente era un buen callejón para las ratas.

El último de los clientes salió tambaleando por la puerta, centrada como un aullido en la imbécil cara de un muro de ladrillos en blanco. La entrada era de altura normal, pero la mayoría de la gente hundía las cabezas en cuellos marchitados con el sudor del miedo, de la anticipación y de la dulce liberación, y las mantenían así conforme se abrían paso a través de charcos de madreperla, de la gloria disipada de envolturas de plástico de alimentos, del acre olor citadino de proteínas agotadas y de hidrocarburos complejos que envejecían sin gracia.

Una figura insignificante se mantenía al lado de la entrada, un James Dean con joroba, su tenis negro marca Keds apoyado contra la pared, el tenis blanco en el estercolero, asintiendo con la cabeza y canturreando en voz baja, asegurándose de que la clientela de esa noche se alejara en la dirección correcta. No era complicado. Los que todavía estaban dentro se retiraban para dejar atrás la correosa y sonriente amenaza de Moon Goon, y una vez fuera, el camino correcto era cualquiera lejos de él.

Del otro lado de la puerta, una figura corpulenta, vestida con un capote y pantalones negros, asentía con la cabeza y murmuraba gentilezas de despedida, detrás de una máscara de payaso: «Gracias. Vuelve pronto. Gracias. Siempre es un placer recibirte». La gente, a lo mucho, movía la cabeza en respuesta.

Los últimos en salir fueron un puñado de la Juventud Hermosa, muchachos casi adultos que todavía lograban verse frescos y limpios, con sus cortes militares o sus peinados *nouveaux*, el personal de meseros del Jokers Wild.

El remedo fracasado de James Dean veía cómo se retiraban. Sus pupilas se dilataban cuando sus ojos miraban fijamente a los chicos, atletas ágiles y musculosos, como héroes luchadores en ciernes. No se daba cuenta de ello. Probablemente eran maricas. Había maricas por todas partes; nunca podías distinguir entre uno y otro. El escroto y las yemas de los dedos de Mackie sentían comezón de sólo pensar en ello; había ciertas cosas que le gustaba hacerles a los maricas. No es que tuviera mucha oportunidad para hacerlo. El Portero y el Hombre siempre lo vigilaban, para que tuviera cuidado al usar sus poderes. Y hacia quién usarlos.

Cuando los últimos clientes se retiraron del Callejón de las Ratas, el hombre con la cara de payaso cerró la puerta. La parte exterior lucía esmalte verde cuarteado. Agarró el marco con los dedos, sus manos con guantes blancos y lo jaló de la pared. Detrás había ladrillo. Dobló la puerta y el marco hasta formar un bulto, como el caballete colapsado de un artista, y se lo acomodó bajo una axila.

—Pórtate bien, Mackie –le dijo, acercándose para acariciar la delgada mejilla que apenas mostraba un bozo. Mackie no se hizo para atrás. El Portero no era marica, eso lo sabía. Le gustaba cuando el enmascarado lo acariciaba. Le gustaba sentirse tomado en cuenta. Un adolescente expatriado flaco y jorobado no recibía mucho cariño. Especialmente cuando la Interpol quería hablar con él.

—Claro que sí, Portero –le dijo, con la sonrisa torcida y sacudiendo la cabeza–. Sabes que siempre me porto bien –sus palabras tenían un marcado acento alemán.

El Portero lo miró por un momento más. Sus ojos sólo eran visibles por ratos. Ahora no eran más que oscuridades encapuchadas bajo su máscara.

Las yemas de sus dedos enguantados se deslizaron por el rostro de Mackie, raspándolo suavemente. Se dio la vuelta y se fue por el callejón, contoneándose un poco y cargando su bulto bajo el brazo.

Mackie se fue en dirección contraria, rodeando los charcos con cuidado. Odiaba mojarse los pies. Esta noche, el Callejón de las Ratas estaría en otro lugar. Lo encontraría, sin problemas. Sentiría el llamado, el canto de las sirenas del Jokers Wild, como el resto de ellos, las víctimas y el público, cuyas emociones surgían en parte por el conocimiento de que sus papeles eran intercambiables.

Aunque no con Mackie. En Jokers Wild, Mackie era intocable. Nadie se metía con él en el club nocturno de los condenados.

Salió a la Calle Novena, contra una brisa llena de vapores del río Hudson y de diesel. Sus rasgos se contorsionaron en un breve estremecimiento de nostalgia y aversión: era idéntico a los muelles de Hamburgo, donde había crecido.

Hundió las manos en los bolsillos y orientó su joroba hacia el viento. Tenía que verificar si le esperaba un mensaje en un lugar del Bowery. El Hombre estaba a punto de hacer algo grande allá en Atlanta. Podría necesitar a Mackie en cualquier momento. Mackie Messer no soportaría perderse un momento de ser necesitado para algo.

Comenzó a canturrear su canción, su balada. Ignorando el chillido de conejo torturado de los frenos de aire de un autobús, siguió su camino.

7:00 a.m.

Los locos habían salido temprano. Al dejar atrás el perímetro policiaco en el Atlanta Marriott Marquis, Jack Braun vio a cientos de delegados de la convención, vestidos casi todos de manera informal, con gorros simplones y chalecos cubiertos con botones de campaña; varias limusinas llevando a los viejos veteranos del partido; un Chevrolet Impala 1971 color gris claro con una bandera de esvástica que aleteaba en la antena y tres soldados de asalto nazis uniformados sentados con sus caras duras en el asiento delantero –por alguna razón, no había nadie en la parte trasera– y dos bandas de jokers que sacaban sus caras desfiguradas por las ventanas de abollados microbuses vw, saludando a la multitud y riéndose de la reacción de los peatones. Los microbuses estaban cubiertos con calcomanías de Hartmann y de otras consignas políticas. LIBEREN A MOCOMÁN, decía una. EL PERRO NEGRO ES EL REY, decía la otra.

Gregg Hartmann, pensó Jack Braun, no estaría de acuerdo. Asociar en la mente del público al próximo presidente con un terrorista joker *no* era una estrategia política autorizada.

Jack sentía que su cuero cabelludo se perlaba de sudor. Aun a las siete y media de la mañana, la ciudad de Atlanta era húmeda y sofocante.

Un desayuno de reconciliación. Se suponía que, en una hora, él e Hiram Worchester serían buenos amigos. Se preguntaba por qué había dejado que Gregg Hartmann lo convenciera.

Al demonio con el paseo, pensó bruscamente. Tendría que despejar su mente de algún otro modo. Se dio la vuelta y regresó hacia el Marriott.

Jack había pasado la noche anterior en su suite en el Marriott, emborrachándose con cuatro superdelegados independientes, que venían del reseco Medio Oeste. El director de campaña de Gregg Hartmann, Charles Devaughn, le había llamado para sugerirle que un poquito de encanto hollywoodense podría quizá inclinar a los independientes a unirse al grupo de Gregg. Jack, ya resignado, sabía perfectamente lo que eso significaba. Hizo algunas llamadas a unos agentes que conocía. Para cuando llegaron los superdelegados, la suite había sido abastecida con bourbon, escocés y unas auténticas actrices jóvenes de Georgia, veteranas de películas producidas localmente, con títulos como *Hembras de trabajos forzados* y *Carnicería en las carreras de autos.* Cuando la fiesta terminó, como a las tres de la mañana, y el último congresista de Missouri salió tambaleándose y abrazando el talle de la Señorita Árbol de Durazno 1984, Jack concluyó que había ganado por lo menos un par de votos más a favor de Hartmann.

A veces era fácil. Por alguna razón, los políticos muchas veces se desmoronaban frente a celebridades –incluso, pensaba Jack, algunos ases traidores famosos y Tarzanes de televisión venidos a menos, como él. Un desvanecido carisma hollywoodense, combinado con sexo barato, podía debilitar hasta la voluntad del político más templado.

Eso, claro, mezclado con la amenaza no declarada del chantaje. Devaughn estaría encantado, y eso lo sabía Jack.

Un timbal retumbaba en el cráneo vacío de Jack. Se masajeó las sienes mientras aguardaba un semáforo que estaba en rojo. Ese obsequio de enorme fortaleza y de eterna juventud para los wild cards no lo salvaba de una buena resaca.

Por lo menos no se trató de una fiesta de Hollywood. Hubiera tenido que ofrecer un buen tazón de cocaína.

Metió la mano a su chaqueta de safari Marks & Spencer y sacó su primer Camel sin filtro del día. Al inclinarse para resguardar el cerillo encendido en sus grandes manos, vio nuevamente al Impala bajando por la calle hacia él, la bandera con la esvástica ondeando. Por el parabrisas veía la silueta de las gorras planas en las cabezas de los soldados de asalto. El auto aumentó la velocidad al ponerse el semáforo en amarillo.

white power. Consignas de calcomanías. ausländer raus!

Jack recordó que, años antes, había levantado un auto Mercedes lleno de peronistas y lo había puesto de cabeza.

Recordó cómo gritaba de coraje mientras las ametralladoras alemanas convertían el Río Rápido en espuma blanquecina, la manera en que le dolían los brazos mientras conducía la balsa inflable que se hundía, hacia la ribera norte, donde los arbustos ya estaban llenos de los cascos negros y los ponchos de camuflaje de la División ss Das Reich, los proyectiles dirigidos por los oteadores de Monte Cassino salpicando por todos lados, la mitad de su escuadrón muerto o herido, los cuerpos extendidos al fondo de su embarcación, en una mezcla de agua de río y sangre...

Al demonio con la política, pensó Jack.

Todo lo que tenía que hacer era ponerse enfrente del Impala. Podría asegurarse de que el impacto lo empujara por debajo del auto, y ya abajo podría arrancar los soportes del motor y dejar a los Camisas Pardas varados en el centro de Atlanta, rodeados por jokers militantes, una enorme población urbana de negros, y los lunáticos demenciales potencialmente violentos atraídos por la locura y la confusión de la Convención Demócrata de 1988.

Jack arrojó el cerillo y dio un paso hacia la calle. El Impala se aproximaba rápidamente, tratando de ganarle a la luz amarilla. Jack retrocedió y vio pasar a los nazis volando en su auto. La esvástica negra se grabó con fuego en sus ojos.

Los Cuatro Ases habían muerto hacía casi cuarenta años. Jack, simplemente, ya no hacía ese tipo de cosas.

Qué pena.

8:00 a.m.

Una canción de U2 sonaba en la radio, y el adolescente seguía
el ritmo golpeando un tenedor mientras se empinaba un vaso de
jugo de naranja. Su cabello rojo sangre estaba cortado estilo cepillo,
sobre el cráneo redondo, con una trenza larga y delgada que colgaba
sobre la chamarra de piel negra. Tenis negros altos y unos pantalones
militares sueltos completaban su atuendo. La imagen era agresivamente punk, pero el rostro debajo de las greñas rojas era demasiado
delicado, demasiado juvenil para un punk realmente peligroso.

El contraste con su abuelo, que estaba de pie frente al televisor, era
sorprendente. El doctor Tachyon, con los ojos entrecerrados, escuchaba con interés a Jane Pauley del programa *Today* entrevistar a un
grupo de especialistas en política; tenía su violín bajo su barbilla
puntiaguda mientras machacaba atareadamente una sonata de Paga-
nini. Escuchaba quizás una palabra de cada tres, pero no importaba.
Lo había escuchado todo. Tantas veces lo había escuchado. Mientras
los meses de campaña llegaban finalmente hasta aquí: a Atlanta. En
este tiempo, julio de 1988. Un solo hombre: Gregg Hartmann. Un
premio: la presidencia de Estados Unidos de América.

Tachyon se volvió hacia Blaise, señalando la televisión con su arco.

—Será una batalla desesperada.

Y como si se preparara para dicha batalla por venir, el alienígena
había vestido botas y pantalones de la cintura a la rodilla, con una cinta negra alrededor del alto cuello de encaje de su camisa. Un oficial
en el ejército de Napoleón jamás se hubiera visto tan emperifollado
como esa figura delgada y diminuta con su brillante traje verde. En
el pecho, en lugar de una insignia de la Orden de la Jarretera, colgaba una tarjeta de identificación que indicaba que el portador era del
grupo de prensa del *Jokertown Cry*.

Blaise hizo una mueca y le dio una gran mordida a su croissant.

—Aburrido.

—Blaise, tienes trece años. Estás lo suficientemente grande como
para hacer a un lado infantilismos y mostrar interés por el mundo en
general. En Takis, ya estarías abandonando el cuartel de las mujeres,
preparándote para tu educación intensiva. Para tomar responsabilidad dentro de la familia.

—Cierto, pero no estamos en Takis, y no soy joker, de modo que me importa un carajo.

—¿*Qué* dijiste? –preguntó su abuelo con un acento helado.

—Un carajo, ya sabes, carajo. Palabra en español...

—La vulgaridad nunca es la marca de un caballero.

—Tú también lo dices.

—Raras veces. Y por favor, haz lo que te diga, no lo que yo haga –Tachyon tuvo la gracia de sonreír un poco avergonzadamente–, pero hijo, entiende, jokers o no, nos *debe* importar. También somos individuos únicos, y si Barnett y su filosofía de la opresión llegaran hasta la Casa Blanca nos devorarían a nosotros junto con el habitante más despreciable de Jokertown. Él tiene deseos de ponernos en los manicomios –Tachyon carraspeó burlonamente–. ¿Por qué simplemente no dice la horrenda frase *campos de concentración*?

»Somos extranjeros, Blaise. Tú podrás haber nacido en la Tierra, pero mi sangre corre por tus venas. Tú tienes mi poder, y por siempre te apartará de los terrícolas. Por un tiempo, esa tendencia natural de todas las especies de aferrarse al *nosotros* y rechazar el *ellos* se ha mantenido latente en el espíritu humano, pero eso podría cambiar...

Blaise bostezaba. Tachyon cerró sus dientes sobre el interminable flujo de palabras. *Sí*, se estaba volviendo aburrido. Blaise era joven. Los jóvenes siempre eran insensibles y optimistas. Pero, en su vida, Tach no tenía mucho margen para ser optimista. Desde esa noche desesperada en junio de 1987, Tachyon había cargado en su ADN el patrón serpenteante y mutante del virus Wild Card. Por el momento estaba inactivo, pero Tachyon sabía que un instante de estrés, de dolor extremo, de terror o incluso de felicidad podría activar al virus y que, si no tenía la suerte de sacar la reina negra y morir, él también podría convertirse en wild card. Era demasiado optimista esperar caer dentro de esa afortunada minoría que se convertía en ases. Alguien tocó a la puerta de la suite. Con las cejas levantadas, sorprendido, el alienígena mandó a Blaise a abrir la puerta mientras él destensaba el violín.

—¡*George*!

Tachyon se mantuvo parado, tenso, a la puerta de la sala, mientras agarraba la jamba para no liberar el enojo y el miedo enfurecidos que lo poseían.

—¿Qué haces aquí? –preguntó en un tono bajo y mesurado.

George Steele, alias Victor Demyenov, alias Georgy Vladimiro-
vich Polyakov, encaró la hostilidad apenas velada del alienígena alzando un poco las cejas.

—¿Dónde más podría estar?

El chico aflojó el apretado abrazo que le daba al viejo rollizo, y
George lo besó ruidosamente en cada mejilla.

—Trabajo para el *Brighton Beach Observer*. Tengo que cubrir una
historia.

—Oh, genial, eres un maldito espía ruso en un hotel repleto de
agentes del Servicio Secreto. ¡Y estás en *mi* suite! –de pronto, Tachyon presionó una mano sobre su corazón, calmó su respiración,
tomó conciencia de que Blaise lo escuchaba con interés–. Ve al piso
de abajo, y…y… –sacó su cartera– …compra una revista.

—No quiero.

—¡Por una vez en tu vida no discutas conmigo!

—¿Por qué no me puedo quedar? –el gimoteo era de esperarse.

—No eres más que un niño. No deberías estar metido en esto.

—Hace un minuto era lo suficientemente grande como para inte-
resarme de forma madura en temas adultos.

—¡Ancestros! –Tachyon se dejó caer en el sofá, se agarró la cabeza
con las manos.

Polyakov esbozó una sonrisa ligera.

—Quizá tu abuelo tenga razón… y esto será aburrido, Blaise, hijo
mío –puso su brazo sobre los hombros del muchacho y lo dirigió hacia
la puerta–. Sal a divertirte un rato mientras tu abuelo y yo discutimos asuntos más profundos.

—Y no te metas en problemas –le gritó Tach mientras Blaise salía
y cerraba la puerta.

El alienígena untó jalea sobre su croissant. Lo miró unos momentos. Lo dejó caer de nuevo al plato.

—¿Cómo es que puedes lidiar con él mejor que yo?

—Es que tú tratas de amarlo. No creo que Blaise responda muy
bien al amor.

—No quiero creer eso. Pero bien, ¿cuáles son esos temas profundos que debemos discutir?

Polyakov se dejó caer en una silla, pellizcando su labio inferior
entre el pulgar y el índice.

—Esta convención es crucial…

—¡No me digas!

—¡Calla y escúchame! –de repente, la voz contenía todo ese acerado dominio que lo había poseído en aquellos años lejanos, cuando Victor Demyenov había recogido a un borracho y destrozado taquisiano de las cloacas de Hamburgo y lo había adiestrado en el delicado oficio del espía moderno–. Necesito que hagas un trabajo para mí.

Tachyon se hizo para atrás, con las palmas extendidas al frente.

—No. No más trabajos. Ya te he dado más de lo que debí darte. Que volvieras a mi vida, cerca de mi nieto. ¿Qué más quieres?

—Muchas cosas, y las merezco. Estás en deuda conmigo, Danzante. Tu *omisión* en Londres me costó mi vida, mi país. Me convertiste en exiliado…

—Eso es sólo una cosa más que tenemos en común –dijo Tachyon amargamente.

—Así es. Y también ese chico –Polyakov señaló hacia la puerta–. Y un pasado que no puede borrarse.

De nuevo, se pellizcó los labios nerviosamente. Tachyon inclinó la cabeza, en señal de curiosidad, y suprimió firmemente su deseo de deslizarse debajo de las capas de esa mente tan reservada. El protocolo taquisiano dictaba que uno no podía invadir la privacidad de la mente de un amigo. Y aún quedaba entre ellos suficiente amistad, por aquellos años en Berlín Oriental y Occidental, como para mantener esa cortesía. Pero Tach, en todos estos años, jamás había visto a Polyakov tan agitado, tan ansioso. El alienígena comenzó a recordar los incidentes del año pasado: noches de bebida hasta la madrugada después de que Blaise se fuera a dormir; Polyakov haciendo las veces de un público exuberante y acrítico mientras Tach y Blaise se arrancaban con una danza húngara de Brahms para piano y violín; aquella época en la que el ruso había impedido que Blaise usara su terrible poder contra los seres humanos indefensos que lo rodeaban.

Tachyon cruzó el cuarto, se puso de cuclillas frente al anciano, descansó su brazo sobre la rodilla de Polyakov para equilibrarse.

—Por una vez en tu vida, no juegues al ruso enigmático. Dime claramente qué es lo que quieres. A qué le tienes miedo.

De pronto, Polyakov apretó la mano derecha de Tachyon. ¡DOLOR! La mordida de fuego desde el interior subía velozmente por su brazo, corría por su cuerpo, le hervía la sangre. Brotó sudor de sus poros, fluyeron lágrimas de sus ojos. Tach azotó de bruces en el piso.

—¡CIELO EN LLAMAS!

—Una exclamación apropiada –dijo Polyakov con una sonrisa arisca–. Ustedes los taquisianos, siempre tan oportunos.

Tachyon se pasó un pañuelo por el rostro empapado, pero las lágrimas seguían fluyendo. Se tragó un sollozo. El ruso frunció el ceño.

—¿Pero qué rayos te pasa?

—¿No podías simplemente decirme que eres un as? –exclamó Tach amargamente.

Polyakov se encogió de hombros. Se levantó y sacó un pañuelo del bolsillo delantero de su saco. Los dedos de Tachyon apretaban fuertemente su propio pañuelo, completamente mojado.

—Pero ¿qué diablos pasa? Si apenas te di un toquecito de mi fuego.

—Y yo estoy portando el wild card, de manera que tu toquecito pudo haber activado el virus –Tachyon se vio aplastado por un fuerte abrazo. Forcejeó para liberarse, se sonó con fuerza la nariz–. Entonces, este día es un día de secretos, ¿no es así?

—¿Desde hace cuándo?

—Un año.

—De haberlo sabido…

—Lo sé, lo sé, jamás me hubieras asustado quitándome mil años de vida con esa pequeña demostración –su ropa olía fuertemente a sudor y miedo. Tachyon comenzó a desnudarse–. Pero ahora ya sé por qué te interesa tanto esta convención.

—Va más allá del hecho de que soy wild card –gruñó Polyakov–. Soy ruso.

—Sí –dijo Tach por encima de su hombro, caminando hacia el baño–, lo sé –el estruendo del agua ahogó las palabras de Polyakov–. ¿QUÉ DICES?

Molesto, Polyakov lo siguió hasta el baño, bajó la tapa del inodoro y se sentó. Detrás de la cortina Tach oyó el tintineo de metal sobre vidrio.

—¿Qué estás bebiendo?

—¿Tú qué crees?

—Yo también quiero uno.

—Son las ocho de la mañana.

—Pues nos iremos al infierno, borrachos y juntos –Tach aceptó el vaso, dejó que el agua golpeara sus hombros mientras paladeaba el vodka–. Bebes demasiado.

—*Los dos* bebemos demasiado.

—Cierto.

—Hay un as en esta convención.

—Hay montones de ases en esta convención.

—Es un as secreto.

—Sí, está sentado en mi inodoro –Tachyon sacó la cabeza de la cortina–. ¿Cuánto tardará esto? ¿No puedes ser un poco menos precavido y confiar mínimamente en mí?

Polyakov suspiró fuertemente, contempló sus manos como si contara los vellos en el dorso de sus dedos.

—Hartmann es un as.

Tach volvió a sacar la cabeza de la regadera:

—Tonterías.

—Te digo que es verdad.

—¿Pruebas?

—Sospechas.

—Eso no es suficiente –Tach cerró la llave del agua, sacó una mano por la cortina–, toalla –Polyakov le puso una sobre el brazo.

Al salir de la regadera, el alienígena estudió su imagen en el espejo mientras se secaba el cabello rojo que le llegaba hasta los hombros. Notó las cicatrices en su brazo y mano izquierdos, donde los doctores habían reparado los huesos aplastados cuando rescató de último minuto a Angelface. La cicatriz arrugada en su muslo: el legado de una bala de terrorista en París. La larga cicatriz en el bíceps derecho, el recuerdo de un duelo con su primo.

—Vivir deja muchas marcas, ¿verdad?

—¿Pues cuántos años tienes? –preguntó el ruso, con curiosidad.

—Haciendo ajustes por el periodo de rotación de la Tierra, ochenta y nueve, noventa. Más o menos por ahí.

—Yo era joven cuando te conocí.

—Sí.

—Y ahora estoy viejo y gordo y sujeto a un miedo terrible. Puedes saber fácilmente si mis miedos son reales o simples delirios. Inspecciona a Hartmann, léelo y luego toma acciones.

—Gregg Hartmann es mi amigo. Y no hurgo en la mente de mis amigos. Ni siquiera lo hice contigo.

—Te doy permiso para hacerlo. Si eso ayuda a que te convenzas.

—Genial, debes estar muerto de terror.

—Lo estoy. Hartmann es… maligno.

—Vaya palabra extraña en boca de un viejo materialista dialéctico como tú.

—Sin embargo, aplica.

Tachyon sacudió la cabeza, caminó hacia la recámara, buscó ropa interior limpia en un cajón. Sentía a George detrás de él, una presencia robusta irritante.

—No te creo.

—No, lo que pasa es que no *quieres* creerme. Una diferencia fundamental. ¿Qué tanto sabes de la vida pasada de Hartmann? Su paso por este mundo ha dejado un rastro de muertes misteriosas y vidas destrozadas. Su entrenador de futbol americano en la preparatoria, su compañero de cuarto en la universidad…

—Pues ha tenido la mala fortuna de estar en la periferia de una serie de eventos violentos. Eso no lo convierte en un as. ¿O acaso lo quieres condenar por asociación?

—¿Y qué hay con un político que es secuestrado *dos* veces, y que escapa *ambas* veces bajo circunstancias misteriosas?

—¿Qué tienen de misteriosas? En Siria, Kahina se puso en contra de su hermano y lo acuchilló. En medio del caos resultante, escapamos. En Alemania…

—Yo estaba trabajando con Kahina.

—¡*Qué*!

—Cuando llegué por primera vez a Estados Unidos. Gimli también, ese pobre tonto. Ahora Gimli ha muerto, y Kahina ha desaparecido, y me temo que ella también murió. Vino a Estados Unidos para poner en evidencia a Gregg Hartmann.

—Según tú.

—Tachyon, yo no te miento.

—No, sólo me dices lo que conviene a tus intereses.

—Gimli sospechó, y ahora está muerto.

—Ah, ¿ahora resulta que Gregg es responsable de Croyd el Apestado? Gimli murió por ese virus, no por Gregg Hartmann.

—¿Y Kahina?

—Muéstrame un cuerpo. Muéstrame evidencias.

—¿Qué me dices de Alemania?

—¿Qué quieres que te diga?

—Uno de los mejores agentes del GRU* estaba a cargo de esa operación, y se desempeñó como un recluta bisoño. Te lo digo, ¡fue manipulado!

—¡*Tú me dices a mí*! ¿*Tú* me dices a *mí*? ¡Tú no me dices nada! Puros insultos e insinuaciones. Nada que respalde esta acusación fantasiosa.

—¿Qué te cuesta hurgar en su mente? Léelo y demuéstrame lo contrario –Tachyon apretó la boca, testarudamente–. Tienes miedo. Tienes miedo de que lo que te digo sea verdad. Esto no tiene que ver con el honor y la reticencia taquisianos. Esto es cobardía.

—Hay muy pocos hombres a quienes se les permitiría decirme eso y seguir con vida –Tachyon se puso la camisa y prosiguió, en un tono seco, casi de regaño–: siendo un as, seguramente consideraste el clima político. Si suponemos por unos momentos que tienes razón y que Gregg Hartmann es un as secreto, ¿qué pasa? No hay nada sospechoso en un hombre con aspiraciones políticas que oculta su wild card. No estamos en Francia, donde lo más *chic* del mundo es ser un as. ¿Lo condenas por guardar un secreto que tú has ocultado toda tu vida?

—Es un asesino, Tachyon, lo sé. Por eso se esconde.

—La jauría se está reuniendo, George. Nos pisan los talones. Pronto querrán probar sangre. Gregg Hartmann es nuestra única esperanza para mantener a raya el odio. Si ensuciamos a Hartmann, le abrimos el camino a Barnett y los locos. Tú estarás bien. Te puedes ocultar detrás de esa cara anodina y ordinaria. Pero ¿y los otros? ¿Qué pasará con mis hijastros bastardos que esperan en el parque, con sus deformidades evidentes para todo el mundo? ¿Qué les digo a ellos? ¿Que el hombre que los ha protegido y defendido durante veinte años es malévolo y que debe ser destruido porque podría ser un as y lo mantuvo en secreto? –los ojos de Tachyon se ensancharon mientras consideraba una nueva posibilidad–. Por Dios, esto podría

* Dirección Central de Inteligencia Militar de las Fuerzas Armadas de la Unión Soviética *N. del T.*

ser el motivo por el que te enviaron aquí. Para abatir al candidato que le inspira miedo al Kremlin. Una presidencia de Hartmann…

—¿Qué es este disparate? ¿Te pusiste a leer novelas sensacionalistas de espionaje? Salí huyendo para salvar el pellejo. Hasta el Kremlin cree que estoy muerto.

—¿Cómo puedo creer en ti? ¿Por qué habría de confiar en ti?

—Sólo tú puedes responder a esas preguntas. Nada de lo que yo diga o haga te convencerá. Sólo te diré una cosa: esperaría que este último año te hubiera demostrado por lo menos que no soy tu enemigo –Polyakov caminó hacia la puerta.

—¿Eso es todo?

—Parece inútil seguir con una discusión que sólo da vueltas.

—Llegas aquí muy campante, tranquilamente anuncias que Gregg Hartmann es un as asesino, ¿y luego te vas como si nada?

—Te di todo lo que tengo. Lo demás ya corre por tu cuenta, Danzante –pareció titubear un poco, luego añadió–: Pero si no actúas, quedas advertido; yo sí lo haré.

♠

Después de que Jack cruzó la calle, se dio cuenta de que no tenía por qué lidiar más con el calor de julio: podía regresar al Marriott pasando por el Centro Comercial Peachtree. El aire acondicionado fue un alivio. Subió por la escalera eléctrica hasta el piso más alto, donde quedó frente a frente con un grupo de Católicos Carismáticos en Apoyo a Barnett, caminando en círculos, contando sus rosarios y cantando el avemaría mientras portaban carteles con la imagen de su candidato. ALTO A LA VIOLENCIA DE LOS WILD CARDS, decían algunos letreros. La consigna de la semana, relevo de *Encierren a los wild cards en campos de concentración*.

Qué raro, pensó Jack. Barnett profesaba que la iglesia católica romana era un instrumento de Satanás, y aquí estaban, rezando por él.

Pasó de lado. El sudor se enfriaba sobre su frente. Dos muchachos negros tapizados de botones de Jesse Jackson se lanzaban uno al otro grandes planeadores de hule espuma. Delegados con sombrerillos ridículos atestaban los restaurantes en busca del desayuno.

Uno de los planeadores voló en dirección a Jack, pero en picada hacia el pavimento. Jack sonrió y lo atrapó en el aire antes de que tocara el suelo. Alzó el brazo para lanzárselo a su dueño, pero se detuvo, mirando sorprendido al avión.

El planeador de hule espuma había sido creado a semejanza de Peregrine, con sus alas extendidas de casi medio metro. El famoso busto, que Jack había contemplado en muchas ocasiones memorables a bordo del *Carta Marcada*, estaba amorosamente esculpido a detalle. Sólo la estructura de la cola, aparentemente requerida para propósitos aerodinámicos, no era anatómica. Había letras pequeñas impresas en la cola: *Planeadores As Volador* (R), decían, seguido de *Colecciónalos todos*.

Jack se preguntó si Peregrine recibía regalías. Los dos chicos estaban parados a unos diez metros de distancia, en espera del planeador. Jack echó su mano hacia atrás y lo aventó, con el mismo movimiento que usaba en el futbol americano hacía muchos años, añadiéndole un poquito de su poder. Su cuerpo centelló con un sutil resplandor dorado. El avión salió disparado en una línea rápida y recta, a todo lo largo del centro comercial, zumbando como insecto en pleno vuelo.

Los chicos miraron pasmados, primero al planeador, luego a Jack, luego nuevamente al planeador. Luego salieron corriendo tras de su Peregrine.

La gente no dejaba de mirarlos. Jack sintió una delirante sensación de optimismo. Quizá regresar a la vida pública no iba a ser tan malo. Se echó a reír y siguió cruzando el centro comercial.

En el camino, se encontró con el vendedor de planeadores, con sus muestras ensambladas sobre una mesa plegadiza frente a él. Jack reconoció a J. J. Flash y al JB-1 de Jetboy. Había un objeto, parecido a un disco volador, que obviamente tenía toda la apariencia de la Tortuga.

Jack mostró su identificación y llave de cuarto a la policía que acordonaba el Marriott y pasó caminando al cavernoso vestíbulo tubular. El Marriott era el cuartel general de Hartmann, y casi todas las personas que se veían traían insignias del candidato. Planeadores As Volador, lanzados desde los balcones superiores, hacían giros intrépidos por encima de sus cabezas. Fuera de la vista, alguien tocaba *ataquen* en un órgano portátil.

Jack fue a la recepción para preguntar si alguien había dejado algún mensaje. Charles Devaughn quería que le llamara, así como una de las actrices de Georgia. ¿Cuál, intentó recordar Jack, era Bobbie? ¿La pelirroja pechugona? ¿O acaso era la rubia artificial que se pasó media fiesta hablando sobre sus carísimos implantes dentales y demostrando sus ejercicios anticelulitis?

De cualquier forma, era poco probable que hubiera tiempo para asuntos personales en esta convención.

Jack puso los mensajes en su bolsillo y se alejó de la recepción. Dando vueltas, un planeador As Volador cayó a sus pies. Automáticamente se agachó para recogerlo, mientras miraba los moldeados de la bufanda blanca, el casco de piloto, la chaqueta de piel.

Jack lo contempló todo durante un buen momento, sosteniendo el avión en su mano. *Hola, Earl*, pensó.

Por un tiempo había pensado que todo estaría bien. Había pactado una tregua con Tachyon; quizá Gregg Hartmann podría convencer a viejos intransigentes como Hiram Worchester de cambiar de opinión. Quizá todos los demás ya habían olvidado a los Cuatro Ases, al Tribunal de Actividades Antiestadounidenses del Congreso y la traición de Jack; quizá podría aparecer ante el público y hacer algo meritorio sin estropear las cosas, sin sentirse acechado por los recuerdos del pasado.

Más vale que cambies de actitud, muchacho de rancho. Era chistoso cómo, después de todos estos años, sabía exactamente lo que Earl Sanderson le diría. Jack se irguió por completo y miró por encima de las cabezas de la multitud, preguntándose si alguien había enviado intencionalmente el avión en dirección suya, para recordarle que no todo había quedado en el pasado. Jack debió verse bastante ridículo, Dios sabrá, inclinado sobre el avión con su conciencia culpable manifestándose en su cara, y la efigie de su amigo y víctima colgando de su mano.

Adiós, Earl, pensó. *Cuídate*.

Alzó su brazo y disparó. El planeador zumbó conforme ascendía por el vestíbulo, elevándose siempre hasta que se perdió de vista.

◆

Gregg podía sentir el hambre.

No tenía nada que ver con la política o con la expectativa de que, al finalizar esta semana, bien podría ser el candidato de los demócratas.

Al bajar por el elevador del Marriott para su reunión de desayuno con Jack Braun e Hiram Worchester, el hambre ardía en sus tripas, como una brillante y fosfórica pulsación de violencia que unos cuantos croissants y un poco de café nunca apagarían.

El hambre era del Titiritero, y exigía dolor. Su rostro debió haber reflejado algo de su lucha interior. Su ayudante, Amy Sorenson, se inclinó hacia él y le tocó dubitativamente el hombro.

—¿Señor…?

Billy Ray, asignado como guardia personal de Hartmann durante la convención, miró por sobre el hombro de su impecable uniforme blanco de Carnifex desde el frente del elevador. Gregg forzó un bostezo y una sonrisa profesional.

—Sólo estoy cansado, Amy, eso es todo. Ha sido una campaña larga y, por Dios, será una semana más larga aún. Dame unas cuantas tazas de café y estaré bien. Listo para enfrentar a las hordas.

Amy sonrió; Billy Ray volvió a vigilar la puerta solemnemente, ignorando el inmenso y surrealista lobby del Marriott Marquis.

—Ellen no ha tenido problemas, ¿o sí?

—No, no –Gregg vio cómo el piso del lobby se elevaba. Un gran planeador de hule espuma pasó ante ellos, en una espiral lenta, hacia el atestado restaurante de la planta baja. Mientras el planeador seguía su curso ante el elevador, a mitad de su vuelo, Gregg pudo ver que el fuselaje era el de una mujer con alas de pájaro. Los rasgos se parecían sospechosamente a los de Peregrine. Ahora que había notado al primero, Gregg vio que había varios planeadores más haciendo acrobacias, sobrevolando el lobby–. No ha sentido náuseas matutinas desde el primer trimestre. Ambos estamos bien. Cansados nada más.

—Nunca me dijiste: ¿quieren un niño o una niña?

—Eso no importa. Mientras esté sano.

Los indicadores de piso parpadeaban, conforme bajaban. Los oídos de Gregg tronaron suavemente por el cambio de presión. En su interior, el Titiritero gruñía. *No estás bien. Dame varias tazas de café…* La presencia irradiaba repugnancia. *¿Sabes cuánto tiempo he esperado? ¿Sabes cuánto tiempo ha pasado?*

Silencio. No hay nada que podamos hacer ahora.

Entonces, más vale que sea pronto. Pronto, ¿me escuchas, Greggie?

Gregg obligó al poder a regresar a su jaula mental. Le costó esfuerzo. El Titiritero luchaba, su ira era una presencia áspera, continua. Sacudía la jaula. Últimamente, siempre estaba sacudiendo la jaula.

El problema apenas había comenzado en los últimos meses. Al principio era excepcional, algo que imaginó como una extraña casualidad, una anomalía atribuible al agotamiento de una larga campaña. Pero ahora ocurría con mayor frecuencia.

Una pared mental se erigía violentamente entre el Titiritero y sus víctimas, y justo cuando estaba a punto de alimentarse de esas emociones oscuras y violentas, quedaba separado de ellas, empujado por alguna fuerza externa. El Titiritero aullaba cuando se cortaba el vínculo con el títere.

Había orado por que el problema desapareciera, pero, más bien, fue empeorando. Durante las últimas dos semanas, se había levantado esa pared cada vez que el Titiritero intentaba alimentarse. Últimamente, había comenzado a sentir una risa burlona que acompañaba a la interferencia, una leve voz susurrante, justo al borde del reconocimiento.

El poder en el interior de Gregg comenzaba a desesperarse y a volverse incontrolable. Y Gregg temía que esa lucha interna comenzara a mostrarse.

Hazme esperar más tiempo y te mostraré al verdadero títere. Te daré una maldita demostración gráfica sobre quién de los dos tiene el control.

El poder, desafiante, se salió del control de Gregg por un momento. Gregg quiso obligarlo a guardar silencio, pero siguió gritándole mientras volvía a colocarle mentalmente los barrotes a su alrededor. El Titiritero farfulló y escupió. *Tú eres el maldito títere, ¿me entiendes? ¡Haré que te arrastres! ¿Lo entiendes? Lo necesitas tanto como yo. Si yo muero, tú mueres. No tienes nada sin mí.*

Gregg sudaba por el esfuerzo, pero ganó. Cerró sus ojos y recargó la espalda mientras el elevador frenaba al llegar al primer piso. El Titiritero guardó un silencio meditabundo en su interior; Amy lo observaba con preocupación.

Las puertas se abrieron, y la frescura y el ruido del lobby les cayeron de golpe. Algunas de las personas en el lobby, la mayoría portando botones y gorros de Hartmann, pudieron verlo: hubo gritos y se lanzaron hacia él. Los hombres del Servicio Secreto, que estaban atentos, se interpusieron, cortándoles el paso a los simpatizantes. Gregg saludó y sonrió. Comenzaron a entonar: «¡Hartmann! ¡Hartmann!». El lobby se llenaba con el eco de la consigna.

Amy sacudió la cabeza.

—Vaya circo, ¿eh?

Ray condujo a Gregg hacia el cuarto privado donde se encontraría con Hiram y Braun, y luego se posicionó, justo afuera. Gregg entró. Ahí, el aire acondicionado era más opresivo que el del lobby. Tembló de frío y se frotó los brazos. Sólo Jack «Golden Boy» estaba presente, un hombre alto y bien parecido que parecía no haber envejecido ni un día en las últimas cuatro décadas desde el apogeo de los Cuatro Ases; seguía siendo la imagen viva de la estrella de cine que había sido antes. Se puso de pie para saludar a Gregg. Braun se veía sosegado, cosa que no sorprendió a Gregg. No creía que a Jack le importara mucho intentar reconciliarse. Francamente, le importaba un comino si Jack estaba contento con eso o no; Gregg haría que los dos hicieran las paces sobre este asunto en particular; por lo menos, públicamente.

—Senador, Amy –dijo Braun. Sus ojos escudriñaron un poco de más a Amy. Eso tampoco sorprendió a Gregg; sabía acerca de su idilio. El Titiritero sabía muchas cosas que se mantenían ocultas–. Buenos días, ¿cómo está Ellen?

—Creciendo más cada día –respondió Gregg–. Y muy cansada. Como todos nosotros.

—Sé a qué te refieres. ¿Listo para comenzar la buena lid?

—Pensé que ya habíamos comenzado, Jack –comentó Gregg. Su voz sonaba abatida e irritable comparada con la cordialidad de Braun. Se obligó a esbozar una sonrisa.

Braun miró a Gregg un poco extrañado, pero se rio.

—Supongo que sí. Ya conoces a los californianos: no olvides que todo mundo anda con las horas desfasadas por los vuelos. Estuve despierto casi toda la noche con los delegados aún independientes. Creo que hemos arreglado las cosas. Escucha, creí que habías dicho que Worchester estaría aquí.

—¿No lo has visto esta mañana? –dijo Gregg, con el ceño fruncido, irritado.

—Aún no. Y no es muy común que él deje pasar una comida, aunque probablemente traiga la suya, ya que, según dicen, ni siquiera el Bello Mondo satisface sus estándares –sonrió y se encogió de hombros–. Mira, sé que la razón por la que querías este desayuno de trabajo era para que nosotros dos hiciéramos las paces, y aprecio el gesto; a mí también me gustaría. Pero quizá Hiram no esté tan dispuesto a perdonar como lo imaginas.

—Yo no creo eso, Jack.

Jack le devolvió un sonrisa torcida a Gregg.

—Tampoco te ha servido jamás una charola de treinta monedas de plata.

—Amy… –comenzó a decir Gregg.

—Voy en camino, señor –dijo su asistente–. Lo encontraré o moriré de hambre en el intento. Me guardan un panecillo, ¿de acuerdo?

Mientras ella salía del cuarto, Gregg se volvió hacia Braun.

—Pues bien, nosotros comencemos a comer. Si Hiram se presenta, que se presente –las palabras salieron mucho más cortantes de lo que hubiera querido. No estaba de humor para juegos, y menos con el Titiritero intentando desprenderse de sus ataduras. Braun lo vio nuevamente de manera extraña, pero antes de que el as pudiera decir algo, Gregg sacudió la cabeza para alejar su enojo–. Por Dios, eso sonó horrible, Jack. Lo siento. No estoy en mi mejor momento esta mañana. Indícame dónde está la cafetera, ¿quieres?

Qué extraño, pensó Jack. Nunca antes se había sentido incómodo en presencia de Gregg Hartmann. No obstante aquí estaba, frente a frente con el hombre que esperaba que fuera el próximo presidente, el hombre que lo había convencido de salir de su aislamiento y unirse a su cruzada por la presidencia, y algo no estaba bien.

Estoy cansado, pensó Jack. *Gregg también. Nadie puede ser carismático cada minuto de su vida.*

Se sirvió café. La taza tembló sobre el platillo. La resaca, quizá, o los nervios. Si no hubiera sido Gregg quien le pidiera esta reunión, no hubiera venido.

—Vi un auto lleno de nazis afuera –dijo–. Nazis uniformados.

—También están los del Ku Klux Klan –Hartmann sacudió la cabeza–. Existe el potencial para una confrontación seria. A los chiflados de la derecha les gusta ese tipo de cosas: les dan publicidad.

—Qué suerte que aquí anda la Tortuga.

—Sí –Hartmann le echó una mirada–. Nunca has conocido a la Tortuga, ¿verdad?

Jack alzó una mano.

—Por favor –sonrió para ocultar su nerviosismo–. Dejémoslo en una reconciliación por día, ¿de acuerdo?

Hartmann enarcó las cejas.

—¿Hay algún problema entre ustedes?

Jack encogió los hombros.

—No que yo sepa. Es sólo que… supongo que podría darse uno.

Hartmann caminó hacia Jack, puso una mano en su hombro. Había preocupación en su mirada.

—Supones demasiado, Jack. Crees que todo el mundo tiene resentimientos sobre tu pasado, y eso simplemente no es cierto. Tienes que bajar la guardia, dejar que la gente te conozca.

Jack contempló el café que giraba en su taza y pensó en Earl Sanderson cayendo en picada y en espiral y estrellándose a sus pies.

—Está bien, Gregg –le dijo–. Intentaré hacerlo.

—Eres importante para esta campaña, Jack. Eres el líder de la delegación de California. No te hubiera escogido si no tuvieras la capacidad para este trabajo.

—Podrías recibir críticas por culpa mía. Eso ya te lo he dicho.

—Eres importante, Jack. Eres un símbolo de algo malo que pasó hace mucho tiempo, algo que tratamos de prevenir que ocurra otra vez. El resto de los Cuatro Ases fueron víctimas, pero tú también lo fuiste. Ellos pagaron con prisión o con el exilio o con sus propias vidas, pero tú… –Hartmann le esbozó su sonrisa bonachona, que imploraba cierta disculpa– quizá pagaste con tu respeto a ti mismo. ¿Quién dice que eso no vale más a largo plazo? La agonía de ellos terminó, pero la tuya no. Creo que todo se equilibró hace mucho tiempo, que todos pagaron demasiado caro –le dio un apretón al hombro de Jack–. Te necesitamos. Eres importante para nosotros. Me da gusto que estés a bordo.

Jack miró a Hartmann, el cinismo timbrando en su mente como

campanas de funeral. ¿Hablaba en serio Gregg? ¿Las vidas y la salud mental y las condenas de prisión contra su inútil pérdida de dignidad?

Hartmann *tenía* que estar riéndose detrás de esa expresión de sinceridad, burlándose de él.

Jack sacudió la cabeza. Desde la época en la que lo había conocido, a bordo del *Carta Marcada*, Hartmann había sido un hombre que podía hacer que Jack se sintiera a gusto consigo mismo. Lo que ahora le decía no era muy distinto a lo que le había dicho antes. Pero ahora, el mensaje parecía ser una acción refleja de político, no el mensaje de un amigo preocupado.

—¿Pasa algo, Gregg? –pregunto Jack abruptamente.

Hartmann dejó caer su mano, se hizo un poco para atrás.

—Lo siento –dijo–. Las cosas han estado un poco tensas.

—Necesitas descansar.

—Creo que todos lo necesitamos –luego prosiguió, aclarándose la garganta–: Charles dijo que tu trabajo de anoche fue bueno para nosotros.

—Emborraché a unos congresistas y les conseguí unas chicas, eso es todo –Hartmann soltó una risa–. Charles me ha dado sus nombres y números de cuarto. Les llamaré en cuanto terminemos el desayuno. Quizá…

La puerta se abrió. Jack saltó, derramando su café. Se dio la vuelta y vio, no a Hiram Worchester sino a Amy. Apenado por su nerviosismo, Jack tomó una servilleta.

—Perdón por interrumpirlos, caballeros. Acabo de recibir una llamada de Furs en Jokertown. Tenemos un problema en potencia. Han encontrado a Chrysalis muerta en Nueva York. En el suceso intervinieron ases.

La sorpresa invadió de golpe la mente de Jack. Había pasado meses con Chrysalis a bordo del *Carta Marcada*, y aunque nunca se había sentido cómodo con ella –los órganos y músculos visibles a través de la piel transparente le recordaban muchas cosas que había visto en la Segunda Guerra Mundial y en Corea–, había desarrollado una especie de admiración abstracta por la manera en que Chrysalis lidiaba con su deformidad, por el acento refinado, la boquilla para cigarrillos, las barajas antiguas y su estilo mordaz.

El rostro de Hartmann se puso rígido. Cuando el candidato habló, su voz estaba tensa.

—¿Tienes más detalles?

—Muerta a golpes, al parecer –Amy arrugó los labios–. Barnett puede hacer más propaganda con esto: «Más violencia de los wild cards»; tendremos que detenerla.

—La conocí muy bien –dijo Hartmann, con algo de dureza. Su rostro, cual máscara, resultaba poco usual en un hombre tan abierto con sus amigos. Jack se preguntó si en esta muerte había aristas que desconocía.

—Tony Calderone se registró anoche –dijo Amy–. Quizá deberías pedirle que prepare una declaración en caso de que Barnett quiera aprovechar el incidente.

Hartmann suspiró.

—Sí. Tendré que hacerlo –se volvió hacia Jack–. Jack, me temo que te voy a dejar.

—¿Crees que deba irme?

Podía verse preocupación en los ojos de Hartmann mientras miraba a Jack.

—Realmente te agradecería que te quedaras. Tú e Hiram Worchester son dos de mis simpatizantes más reconocidos; si pudieran reconciliarse, significaría mucho para mí –Jack meditó por unos momentos, se preguntó si Judas y san Pablo alguna vez llegaron a zanjar *sus* diferencias.

Suspiró. Tenía que ocurrir, tarde o temprano.

—Yo no tengo problemas con Worchester, Gregg. Él es quien tiene un problema conmigo.

Hartmann sonrió.

—Bien –dijo. Alzó su mano y apretó nuevamente el hombro de Jack.

El cuarto se sintió muy vacío después de que Hartmann y Amy se retiraron. Jack vio cómo el desayuno se enfriaba en la barra del buffet.

En su mente, el planeador de Earl se estrellaba una y otra vez.

9:00 a.m.

—Sara —dijo Ricky Barnes—, tienes que deslindarte de este asunto de Hartmann. Te está volviendo loca. Actúas de una manera obsesivo-compulsiva.

Estaban sentados en una mesa redonda cubierta con un mantel de hule de cuadros verdes cerca de la ventana frontal de Le Peep. Afuera, un grupo de delegados rurales con corbatas vistosas avanzaba por la entraña rectilínea del Centro Peachtree, en dirección al lobby del Hyatt. Había más delegados disputándose el espacio con helechos decorativos, tratando de nutrirse con platillos ligeros de huevo. Era eso, o comida rápida, o los restaurantes de los hoteles, que tenían listas de espera de aquí a finales del siglo.

—*Rolling Stone* dice que ésa es la enfermedad de los años ochenta —dijo Sara Morgenstern mientras diseccionaba su omelet con su tenedor. Hoy, su cabello, de tono invernal, estaba echado del lado izquierdo de su cara al lado derecho. Lucía un vestido rosado, sencillo, que le llegaba a la parte superior de las rodillas. Sus medias eran completamente negras, sus zapatos de tacón de cuña eran blancos.

Barnes le dio un bocado a su omelet de tofu y espinacas. El saco de su austero traje negro de dos piezas colgaba del respaldo de su silla. Salvo por sus lentes modernos de armazón de alambre dorado, con sus tirantes y su camisa blanca, podría haberse confundido con un pastor metodista sureño de la época del filme *Heredarás el viento*.

—Tiene mucha competencia con el sida —dijo—. Pero, ya en serio, andas muy lejos de tus lares habituales en Jokertown; tu oficina en Washington está encargándose de todo lo que saldrá de Atlanta esta semana, y ellos no serán tan indulgentes con tus pequeñas manías como lo es la oficina de Nueva York. El senador Gregg es la mascota predilecta del *Post*. Es como si Katie Graham lo hubiese inventado. No estarán muy contentos de que le estés arrojando piedras.

—Somos periodistas, Ricky —respondió ella, inclinándose hacia delante, acercándose como si quisiera tocar su mano, que reposaba a un lado de su plato. Sus dedos blancos se detuvieron a unos milímetros de esos otros dedos color chocolate claro. Ricky no reaccionó. Era un viejo amigo, había sido su alumno en un seminario sobre periodismo, hacía unos años, en la Universidad de Columbia, y sabía que su reticencia no tenía nada que ver con su raza–. Tenemos que reportar la verdad.

Ricky sacudió su cabeza, larga y bien peinada.

—Sara, Sara. No eres tan ingenua. Nosotros reportamos lo que los dueños quieren o lo que quieren nuestros pares. Si la verdad llega a estar inconvenientemente en medio, no tendrá muchos partidarios. Además, ¿qué es la verdad, como preguntó aquel hombre que se lavó las manos?

—La verdad es que Gregg Hartmann es un asesino y un monstruo. Y yo lo voy a sacar a la luz.

Cuando Hiram Worchester entró al cuarto, arrastrando los pies, Jack se sobresaltó, comenzó a levantarse de su silla pero decidió mejor no hacerlo. Se acomodó de nuevo en la silla con su café y su cigarrillo. Él y Hiram habían estado juntos en el *Carta Marcada*, aunque no habían sido amigos, no había necesidad de ser formales.

Hiram se veía como alguien que no había dormido. Se dirigió en silencio hacia el buffet, tomó un plato, comenzó a llenarlo.

Jack sintió que le brotaba sudor en la cabeza. Su corazón parecía cambiar de ritmo a cada segundo. Se reprochó a sí mismo: ¿por qué rayos estaba tan nervioso? Le dio una larga fumada a su Camel.

Hiram no dejaba de llenar su plato. Jack se preguntó si de pronto su wild card lo había vuelto invisible.

Hiram se volvió, masticando un buñuelo como si en realidad no lo saboreara, y se sentó en una silla frente a Jack. En el *Carta Marcada* usaba su control de la gravedad para aligerar gran parte de su peso, cosa que lo hacía parecer curiosamente ágil. No parecía estar haciéndolo en ese momento. Miró a Jack con sus opacos ojos de mármol.

—Braun –dijo–, esta reunión no fue idea mía.

—Tampoco mía.

—¿Sabes? Tú eras mi héroe. Cuando era joven –*Todos tenemos que crecer en algún momento*, pensó Jack, pero decidió no decirlo en voz alta. Que el hombre disfrute su momento–. Yo nunca he proclamado heroicidades de mi parte –prosiguió Hiram. Jack tuvo la sensación de que se trataba de un discurso que había ensayado durante algún tiempo–. Soy un gordo que dirige un restaurante. Nunca he estado en la portada de *Life* ni he sido el protagonista de una película. Pero por todo lo demás, puedo decir que le soy leal a mis amigos.

Bien por ti, amigo. Esta vez, Jack casi habló en voz alta. Pero pensó en Earl Sanderson revoloteando en dirección al piso del Marriott y mejor no dijo nada. Se quitó el sudor de los ojos con un parpadeo. *¿Por qué me estoy haciendo esto?*, pensó.

Hiram prosiguió, casi como un robot.

—Me dice Gregg que hiciste un buen trabajo en California. Comenta que pudimos haber perdido todo sin el apoyo y el dinero de las celebridades que tú recaudaste. Eso te lo agradezco, pero una cosa es la gratitud y otra la confianza.

—En política yo no confiaría en nadie, Worchester –dijo Jack. Y enseguida se preguntó si esa perla de cinismo era verdad porque, en realidad, *sí* confiaba en Gregg Hartmann, lo reconocía como un hombre genuinamente *bueno* y, más que cualquier cosa que hubiera deseado en los últimos treinta años, quería que el hombre ganara.

—Es importante que Gregg Hartmann gane esta elección, Braun. Leo Barnett es el Nur al-Allah con ropa de estadunidense. ¿Recuerdas Siria? ¿Recuerdas a los jokers que murieron apedreados en las calles? –los ojos de Hiram brillaban de manera extraña. Levantó un puño y lo apretó, olvidando el medio buñuelo que sostenía–. Eso es lo que está en juego aquí, Braun. Harán *lo que sea* para detenernos. Tratarán de sobornarnos, ensuciarnos, seducirnos, recurrirán a la violencia. *¿Y dónde estarás tú, Braun?* –alzó la voz–. *¿Dónde estarás tú cuando de verdad comiencen a apretar la tuercas?*

De repente, el nerviosismo de Jack se esfumó. Una furia helada vibró en su interior. Estaba realmente harto.

—Tú… no estuviste… ahí –dijo Jack.

Hiram se contuvo, luego se dio cuenta que de su mano alzada escurría masa de pastelillo.

—No estuviste… ahí… desgraciado –las palabras, rasposas, salían de un lugar al interior de Jack que parecía como un cementerio en el crepúsculo, un lugar sin calidez, una planicie interminable de hierba otoñal marcada con rocas grises que indicaban el paso de Earl, de Blythe, de Archibald Holmes, de todos los jóvenes que conoció en la

Quinta División, todos los que murieron en el cruce del Rápido, figurillas de palo esparcidas como otros tantos puñados de polvo bajo el estruendo de los cañones de Cassino...

Jack se levantó y arrojó el cigarrillo.

—Para alguien que no se considera un héroe, Worchester, en verdad puedes dar un buen discurso. Quizá deberías considerar una carrera política.

Con la servilleta, con movimientos feroces, Hiram se limpió los restos de pastelillo de su mano.

—Le dije a Gregg que no se podía confiar en ti. Él me dijo que habías cambiado.

—Puede ser que tenga razón –dijo Jack–. Puede ser que esté equivocado. La pregunta es: ¿qué puedes hacer tú al respecto?

Hiram tiró la servilleta y se puso de pie, imponente, una montaña pálida a punto de dar una embestida.

—¡Yo puedo hacer lo que tenga que hacer! –dijo bruscamente–. ¡Es así de importante!

Los labios de Jack esbozaron una sonrisa de fiera.

—Eso no lo sabes. No te han puesto a prueba. No has estado ahí –soltó una carcajada estruendosa, como un Basil Rathbone colocado en el parapeto y burlándose de los pobres–. Todo mundo sabe acerca de mí, Worchester, pero a ti nadie te ha apretado las tuercas. Nadie te *pidió* que traicionaras a tus amigos. No has estado ahí, y no sabes lo que harás hasta el momento en que ocurra –sonrió de nuevo–. Confía en lo que te digo.

Hiram pareció marchitarse ante la sonrisa de Jack. Comenzó a ponerse pálido y, para sorpresa de Jack, este enorme tipo pareció tambalearse y caer. Los resortes del sillón salieron disparados cuando el cuerpo de Hiram cayó sobre él. Jaloneaba el cuello de su camisa, como si se estuviera ahogando, dejando ver una dolorosa llaga en su cuello.

Jack estaba pasmado. La montaña de granito se había derretido como un malvavisco.

Y de pronto, Jack se sintió muy fatigado. Un leve residuo de la resaca tamborileaba en sus sienes. Ya no quería ver a Hiram.

Se dirigió a la salida.

Se detuvo en la puerta.

—Yo estoy aquí por Gregg –dijo–. Supongo que tú estás aquí por lo mismo. Entonces, digámosle a Gregg que somos los mejores amigos del mundo y hagamos lo que tengamos que hacer, ¿de acuerdo?

Hiram, quien seguía jalando el cuello de su camisa, asintió.

Jack salió al pasillo, dejando cerrada la puerta de la suite. Se sintió como el niño abusador de la escuela que molesta al gordito del salón.

Hacia el final del pasillo se escuchaba el griterío de los asistentes a la convención en su primer día en la ciudad. Jack se dirigió hacia allá.

10:00 a.m.

Gregg estaba cansado de hablar con los delegados que Jack había llevado de fiesta la noche anterior. Estaba cansado de fingir entusiasmo. Alex James había sido un títere desde el inicio de la campaña. La mayoría de los miembros extra del Servicio Secreto asignados a Gregg no le habían interesado al Titiritero, eran demasiado diligentes y carecían de las debilidades ocultas de las que se alimentaba. Pero Alex… él se había deslizado incólume a través de la batería de exámenes psicológicos y revisión de antecedentes. Tal como la de Billy Ray, el alma de Alex estaba veteada con una deliciosa tendencia hacia el sadismo, teñida con el impulso color verde jade de alardear y abusar de su poder. Si se le dejaba por su cuenta, podía ser un apasionado de sus deberes, un poco duro cuando alejaba a la gente, y prefería confrontar una situación antes de apaciguarla. Nadie podía darse cuenta.

Pero el Titiritero lo sabía. El Titiritero podía ver todas las fisuras en el barniz de un alma y sabía cómo abrirlas de par en par.

Gregg se sentó en la sala de su suite. La televisión encendida, atornillada al gabinete, transmitía la cobertura de la convención por parte de Dan Rather, en el canal CBS. Cautelosamente, Gregg bajó los barrotes que resguardaban al Titiritero. El poder salió en tropel, buscando la presencia de Alex. Gregg acababa de ver al tipo, afuera en el pasillo; sabía que Ray acababa de enviarlo a revisar las escaleras. Muchas veces había gente en ellas: cabilderos buscando una manera de llegar al área de trabajo de los candidatos, reporteros, *groupies* o simples curiosos. Era casi seguro que Alex encontraría a alguien. El Titiritero se acercó y se enroscó en aquellos rincones ya conocidos de la mente del guardia. *Esta vez*, suspiró el poder. *Esta vez.*

Ten cuidado, le advirtió Gregg. *Recuerda lo que ha estado pasando últimamente. No vayas muy aprisa.*

El Titiritero respondió agresivamente: *¡Cállate! Ahora todo está bien. Todo está cambiando a nuestro favor. Por fin ya se encargaron de Chrysalis. Rareza encontrará la chaqueta y hemos enviado a Mackie en busca de Downs. La convención comenzó muy bien. Necesito esto. ¿No puedes sentir mi hambre? Recuerda, si yo caigo, tú caes conmigo. Juro que me aseguraré de ello.*

Con esa amenaza, el poder se retiró, repentinamente rapaz. A través del Titiritero, Gregg podía sentir en Alex una oleada de anticipación. Sabía lo que eso significaba: el guardia había encontrado a alguien. Gregg podía imaginar la escena: algún chico nat, probablemente, vestido con pantalones de mezclilla gastados, una camiseta saturada de botones enormes que rezaban «Hartmann en 88» y una máscara barata de Jokertown encima de su rostro tan normal. Alex estaría parado, mirándolo con intensidad, sus manos peligrosamente cerca del bulto debajo de su saco, gritando órdenes.

El Titiritero penetró la matriz emocional de Alex, haciendo de lado las pesadas capas azules del deber y el empastado color café cuero de la moralidad hasta descubrir el núcleo rojo y naranja de la brutalidad psicótica. El Titiritero lo nutrió, infundiéndole aire, convirtiéndolo en llamas. Rápidamente generó calor. Ahora.

(Para entonces, Alex estaría gritando, resaltarían los músculos de su cuello y la sangre enrojecería sus mejillas. Extendería la mano, empuñaría la camiseta mientras los botones de campaña resonaban como platitos de latón y sacudiría al chico como si fuera un cachorro mal portado. La máscara se caería al suelo y terminaría aplastada por los Florsheim de Alex.)

…*Sí.* El Titiritero podía saborearlo, y Gregg lo saboreaba junto con él. Ahí estaba una furia en bruto, un festín a la espera. El Titiritero se inclinaba hacia él con hambre, retorciendo nuevamente las emociones, ajustando los controles un poco más arriba…

(La mano de Alex se retraería, y la palma abierta golpearía la mejilla del chico, azotando la cabeza hacia un lado. Escurriría sangre de una cortada en el labio y el chico chillaría de miedo y dolor, repentinamente aterrado.)

...y volvió a suceder. En la mente de Gregg, la interferencia parecía ser una pared de obsidiana, helada, que se interponía entre él y Alex, haciendo que el Titiritero trastabillara hacia atrás.

En el interior de Gregg, el poder aulló, frustrado y furioso, arrojándose contra la pared, una y otra vez, quedando siempre repelido con violencia. Gregg podía oír las risas detrás de la pared y esa débil vocecilla.

Pero esta vez, *esta vez*, podía escuchar las palabras. *Eres un bastardo hijo de puta, Hartmann, pero finalmente encontré la manera de hacerte caer, ¿o no? Ya encontré tu maldita debilidad, mi querido Greggie. Ya encontré a ese condenado compañero de juego que traes dentro, el as que usaste contra mí y contra Misha y Morgenstern y todos los demás. Pero ahora, yo puedo jugar con tu as del mismo modo en que tú jugaste con nosotros. Puedo mantenerlo alejado de los títeres; puedo hacer que muera de hambre, y luego, ¿qué pasaría contigo, senador? ¿Qué pasará contigo una vez que el poder se vuelva en tu contra?* Las palabras se desvanecieron, dejando atrás una risa burlona.

Y Gregg, cada vez más aterrado, supo que reconocía esa voz. Sabía quién estaba detrás de la pared, y esa revelación lo dejó helado y temblando.

Gimli. Era Gimli.

Tú estás muerto, gritó hacia la voz. *Estás muerto y tu cuerpo disecado está en el Museo de la Fama; yo lo vi. Croyd el Apestado te mató.*

¿Muerto? Volvió a atronar la risa. *¿Acaso sueno como un muerto, Hartmann? Pregúntale a ese amigo que mantienes encerrado dentro de ti si soy real o no. Porque no, no estoy muerto. Solamente he cambiado. Me tomó mucho tiempo regresar...*

La voz se fue desvaneciendo y desapareció. La pared también desapareció.

El Titiritero gritaba ininteligiblemente hacia el sitio donde había estado.

Déjame salir otra vez, exigía el poder. *Todavía no es demasiado tarde. Alex...*

¡No! Gregg se miró las manos; temblaban en su regazo. Sentía el sudor caer por su espalda, bajo su camisa. La adrenalina golpeaba su

pecho. Quería correr, él mismo quería aullar. El aspecto anodino del cuarto de hotel y la voz susurrante de Rather parecían burlarse de él.

Tenía mucho, mucho miedo.

Tienes que dejarme salir. No hay alternativa. ¡No!

No hay alternativa, ¿lo entiendes? El poder saltó hacia él, clavándose a profundidad en la mismísima fuerza de voluntad de Gregg. Éste lanzó un grito ahogado, sorprendido, y sintió que su propia presencia desfallecía. Apretó las manos; comenzó a impulsarse para levantarse del sillón. Como autómata, el Titiritero lo ayudó a caminar, con las piernas tiesas, al otro lado del cuarto. Los músculos del rostro de Gregg se petrificaban en una mueca de dolor, corrían espasmos por sus piernas mientras se esforzaba por recuperar el control. Vio, sin poder hacer absolutamente nada, cómo su mano se extendía y agarraba la perilla de la recámara; la giró y empujó.

Dios mío, no…

—¿Gregg? –Ellen estaba leyendo sobre la cama, con el libro colocado contra su barriga hinchada–. Pon tu mano aquí; el bebé ha estado dando pataditas toda la mañana –giró para mirarlo, pero se extrañó, alterando sus rasgos refinados y aristocráticos–. ¿Gregg? ¿Estás bien?

Él sintió cómo todo su cuerpo temblaba, oscilando entre la voluntad del Titiritero y la suya. Cada uno jalaba las cuerdas del cuerpo, tratando de arrebatárselas al otro. Y mientras Gregg visualizaba esto, el Titiritero se mofaba. *Los dos somos la misma persona, ¿sabes? Yo sólo soy tu as, tu poder. Estoy haciendo lo que tenemos que hacer para sobrevivir. Ellen está aquí. Úsala.*

¡No! Así no.

Ella no es más que otro maldito títere. De hecho, más maleable que la mayoría. Su dolor es igual de bueno que el de cualquier otro.

Es demasiado arriesgado. Aquí no, ahora no.

Si no es aquí y ahora, de todos modos corres el riesgo de perderlo todo. ¡Hazlo!

Gregg sintió que su cuerpo daba otro paso torpe hacia delante. Su puño se cerró y lo alzó. Ya podía verse definitivamente el miedo en los ojos de Ellen. Cerró el libro, trató de levantarse de la cama.

—Gregg, por favor… no me asustes…

Gregg soltó todas las riendas de su cuerpo, como si estuviera agotado por la pelea. El Titiritero dio un grito de victoria. Y entonces, mientras su brazo se alzaba para dar el primer golpe y el Titiritero se relajaba, anticipando lo que seguía, Gregg reanudó el forcejeo con el poder. El Titiritero, sorprendido por la nueva arremetida, perdió todo el control. Ignorando sus forcejeos y maldiciones, Gregg fue sometiéndolo, hundiéndolo a una mayor profundidad que en muchos años, azotando y cerrando la jaula mental, para sepultarla en lo más recóndito de su mente. Cuando finalmente dejó de escucharlo, se detuvo y volvió en sí.

Resollaba a un lado de la cama. Su mano seguía levantada, por encima de Ellen, encogida de miedo. Gregg aflojó el puño, y bajó su mano lentamente al rostro de Ellen mientras se sentaba a su lado. Sintió cómo ella se retrajo, pero luego se relajó lentamente cuando él comenzó a acariciar su cabello.

—No tienes nada que temer, cariño –le dijo. Trató de reír, pero lo único que escuchó fue dolor–. Oye, yo jamás te haría daño, eso lo sabes. A la madre de mi hijo, nunca. Yo jamás te haría daño.

—Te veías tan enfurecido, tan violento. Por un momento…

—No me siento bien. No es nada, calambres de estómago. Son los nervios; he estado pensando en la convención. Ya tomé un antiácido. Ya se me pasará.

—Me asustaste.

—Lo siento, Ellen –le dijo, suavemente–. Por favor –con el Titiritero hubiera sido fácil, la hubiera hecho creer en él sin ningún esfuerzo. Pero ese poder no era seguro, por lo menos no ahora. Ellen lo miró con grandes ojos, y él pensó que iba a decirle algo más, pero sólo asintió lentamente.

—Está bien –dijo–. Está bien, Gregg.

Se acurrucó contra él. Gregg se recargó en la cabecera. Con los sutiles rizos de sus habilidades de as, sintió cómo ella se relajaba, olvidando el asunto. Desde que se había embarazado, se había vuelto más introvertida; el exterior no era tan importante. Era menos amenazador aceptar su excusa, de modo que la aceptó. Este hecho lo tranquilizó muy poco.

Por Dios, pero ¿qué voy a hacer?

Podía oír la risa de Gimli retumbar en su cabeza. Sonó el teléfono, junto a la cama. Gregg tomó el auricular, pensando que quizás ahuyentaría al enano.

—Hartmann.

—¿Senador? –la voz sonaba sin aliento, agitada–. Habla Amy. Malas noticias. Corren rumores de que tendremos una gran pelea esta noche, por las credenciales de la delegación de California... –apenas podía escucharla por encima de las risotadas de Gimli.

La resaca de Jack finalmente se tranquilizó después de dos tragos de vodka. Había pasado la última hora en su suite, hablando por sus múltiples teléfonos con Emil Rodriguez, su segundo de a bordo, y tratando de reunir a todos sus delegados para darles instrucciones para la pelea de la plataforma que surgiría al día siguiente. Tocaron a la puerta. Jack le dijo a Rodriguez que lo llamaría de vuelta y abrió la puerta. Amy Sorenson estaba afuera, cargando un montón de papeles con los informes en un sobre. Tenía el cabello castaño recogido en un chongo con alfileres.

—Hola, Amy –Jack la besó cálidamente, luego la jaló al interior y trató de besarla de nuevo. Ella alejó su cara.

—Esta vez no, Jack. No estamos en Buenos Aires. Mi esposo está aquí.

Jack suspiró.

—Entonces, esta visita es de negocios.

Amy se zafó de sus brazos y ajustó su atractivo traje azul.

—Agárrate –le dijo– que traigo malas noticias.

—Estoy agarrado. He estado agarrado desde hace meses.

Amy arrugó la nariz ante el horrendo olor a tabaco, licor y residuos de perfume. Se sentó en la orilla de una silla, luego apartó cuidadosamente un cenicero repleto de cenizas de puro lo más lejos posible. Jack acercó una silla y se sentó en ella al revés, mirando a Amy por encima del respaldo.

—¿Qué ocurre?

—Esto no te va a gustar, para nada. Esta noche habrá una gran pelea relacionada con las credenciales de la delegación de California –Jack la miró intensamente–. La gente de Jackson nos va a atacar. Sostienen que una elección primaria en la que el ganador obtiene un triunfo total es inherentemente discriminatoria contra las minorías.

—Mierda –la respuesta de Jack fue inmediata–. En la elección primaria de California el ganador se ha llevado *todo*, desde que tengo uso de memoria.

—El desafío le brinda a todos la oportunidad de desmembrar nuestro mayor bloque de delegados, y lo harían por una causa justa.

—Seguimos todas las reglas. Ganamos la primaria de manera justa y limpia.

Amy se veía exasperada.

—Las reglas, Jack, son lo que *decida* la convención. Si desautorizan a nuestros delegados, abren la convención a una serie de luchas parlamentarias y procesales que podrían trastornar todo. Eso es lo que quieren Jackson, Gore y Barnett, si las cosas se ponen caóticas mejoran sus posibilidades de obtener la nominación. Si llegan a jodernos y dejarnos con una derrota procesal antes de la primera votación, pueden esperar a ganarse los desertores de nuestro campo durante la segunda votación.

—Grandioso. Simplemente grandioso –era chistoso cómo simplemente no podía acostumbrarse a que las mujeres dijeran palabras como *joder*. Vaya, no lograba acostumbrarse a la manera en que los *hombres* usaban la palabra.

Algunos días más que en otros, se sentía como una reliquia.

—El momento decisivo se concentrará sólo en las reglas y en quién podrá manipularlas mejor. ¿Quién es el parlamentario de tu delegación?

Jack se movió incómodamente en su silla.

—Supongo que yo.

—¿Y sabes *algo* sobre procedimientos parlamentarios?

Jack lo pensó por unos momentos.

—He sido miembro de muchos consejos corporativos. Te sorprenderían algunas de las triquiñuelas que usan.

Amy suspiró.

—¿Conoces a Danny Logan? Es nuestro parlamentario de campaña. Quiero que sigas sus instrucciones.

—La última vez que vi a Logan estaba tirado al pie de una barra en el aeropuerto de Los Ángeles.

Los ojos de Amy centellearon. Se quitó el cabello castaño de los ojos.

—*Esta noche* estará sobrio, te lo *prometo*.

Jack pensó por unos momentos.

—¿Tenemos los votos?

—No lo sé. Dukakis está tomando sus precauciones, como siempre. La gente que puede salvarnos son los superdelegados. La mayoría son congresistas y senadores que harían cualquier cosa por impedir un baño de sangre. Quizá voten por nosotros sólo por mantener la paz. Y claro, conocen a Gregg mucho mejor que a «Duke» o a Jackson, ya no digamos a Barnett.

—Esto es una locura.

—Los demócratas no han tenido una convención que haya pasado de la primera votación desde 1932. Todos van improvisando en el camino.

Jack descansó la barbilla sobre sus grandes manos.

—Recuerdo esa convención. Mi familia la escuchaba en nuestra radio. Nosotros apostábamos todo por Roosevelt. Recuerdo cómo mi padre sacó su licor de contrabando cuando Jack Garner de Texas desertó de Smith y le dio la nominación a Roosevelt.

Amy le sonrió.

—No dejo de pensar en ti como mi más joven… indiscreción. Simplemente no logro concebir que seas *tan* viejo, que hayas *vivido* en aquellos tiempos.

—Hasta que llegó Gregg, el único candidato presidencial por el que voté fue Roosevelt, en el 44, cuando yo andaba en ultramar. Antes de eso, era demasiado joven para votar. En el 48 no podía decidirme entre Truman y Wallace, de modo que no voté por nadie.

—¿Casi votaste por George Wallace? –Amy se veía algo asombrada–. Eso no parece propio de ti.

Jack se sintió terriblemente viejo.

—*Henry* Wallace, Amy. Henry Wallace.

—Oh, lo siento.

—Y sólo para que quede absolutamente claro, el Roosevelt que mencioné fue Franklin, no Teddy.

—Eso sí lo sabía –Amy esbozó una gran sonrisa–. ¿Cómo estuvo tu reunión con Hiram? ¿Conviene que te lo pregunte?

Jack sacudió la cabeza.

—Fue extraño. Realmente no sé qué decirte –pareció estudiarla–.

¿Worchester está bien? Me pregunté si estaba enfermo. No se veía muy sano.

—Hmmm.

—Tiene una enorme llaga en el cuello. Leí en alguna parte que llagas como ésa podrían ser un síntoma del sida.

Amy parpadeó, asombrada.

—¿Hiram?

Jack encogió los hombros.

—No conozco al tipo, Amy. La única impresión que tuve fue que en realidad no estaba interesado en mí.

—Bueno –se atrevió a esbozar una leve sonrisa–. Supongo que eso significa que se llevaron bien.

—Por lo menos ya no me dio más monedas.

—Eso es alentador –inclinó la cabeza de lado, mirándolo–. Conocí a una celebridad esta mañana: Josh Davidson. ¿Lo conoces?

—¿El actor? ¿Qué hace aquí?

—Su hija es una de nuestras delegadas. Viene como observador. Pensé que ustedes podrían conocerse, siendo que ambos son actores.

—Hay unos cuantos actores que no conozco. En serio.

—Es verdaderamente encantador. Muy refinado.

Jack le sonrió.

—Suena como si consideraras una, eh… indiscreción de mayor edad.

—Pues… Quizá, si se rasurara la barba –dijo Amy entre risas.

—Lo dudo. Esa barba es uno de sus atributos.

Sonó uno de los teléfonos de Jack. Miró la hilera de aparatos en su escritorio y trató de decidir cuál de todos lo requería. Amy se puso de pie.

—Me tengo que ir, Jack. De todos modos, lo más seguro es que sea Danny Logan.

—Sí.

Tácticas parlamentarias, pensó Jack. Perfecto. Otro teléfono comenzó a sonar. Jack cruzó la suite y levantó un auricular. Sólo escuchó el timbre. Todo indicaba que iba a ser uno de esos días.

11:00 a.m.

Con un chillido nasal de furia, Mackie arrancó el calendario del papel tapiz punteado. Mostraba una vagina con los labios abiertos, presentada para su beneplácito –que no parecía manifestarse– enmarcada por vellos negros y muslos de piel color olivo, con la sonrisa indecisa de una chica puertorriqueña flotando por encima, más atrás. Mackie puso una sierra en sus dedos y los pasó sobre la foto. Pedacitos de mujer volaron en todas direcciones, una ráfaga de nieve de papel de colores. Eso lo hizo sentirse mejor.

Casi igual de bueno que la realidad.

Pero si bien podía mitigarlo, nada cambiaba aquello que lo enfurecía en primer lugar: el hombre que había venido a matar no estaba ahí. Mackie no tomaba a bien las decepciones.

Quizá, si se quedara un rato, Digger Downs regresaría a casa. Pateó una mesa baja con una cubierta de madera clara, seguramente comprada en una tienda de alquileres, y fue a la cocina, mientras que tabloides, papeletas del hipódromo y números de *Photo District News* revoloteaban en el piso, como pájaros heridos. El estéreo marca SounDesign en el librero de tabiques y tablas rociaba música pop robótica sobre las costuras en la espalda de su chamarra de piel.

El refrigerador era como un auto de Detroit de los cincuenta, grande y abultado, con bandas cromadas que años antes ya habían perdido su falso brillo. Lo único que le faltaba eran las aletas. Jaló la puerta. En el interior, encontró un montón de envases de cartón blanco con comida rápida; medio sándwich comprado en un deli, sepultado en Saran Wrap: el trozo de carne ya tenía el color de un hematoma; un cartón de huevos al que le faltaba la tapa, con dos huevos perforados, como si lo hubiera hecho un pulgar embriagado que se llevó a otros de sus camaradas para convertirlos en un omelet para la resaca; dos six-packs de cerveza Little King y una soda cremosa de marca genérica; un par de envases de margarina, de plástico, que guardaban esto y lo otro, pero sobre todo moho. Había unos cuantos pequeños cilindros grises de plástico que obviamente resguardaban rollos de película. Mackie los abrió y los desenrolló, bañándolos alegremente en la tenue luz del único foco que brotaba del techo como una hemorroide.

Cerró la puerta, convirtió su dedo en sierra y le hizo una tajada. El metal grueso se partió en medio de una lluvia de chispas y una vibración satisfactoria corrió de su brazo hasta su pene. Cortar piel era lo único más divertido que cortar un buen pedazo de metal. Tomó el refrigerador, lo jaló, comenzó a mecerlo con una fuerza sorprendente para un cuerpo tan delgado y retorcido como el suyo, y lo tumbó de lado, sobre el linóleo cuarteado. Luego dirigió su atención a las alacenas aglomeradas en torno a una tarja llena de platos cubiertos de costras de mugre, que arrojaban un aroma frutal y fecal de alcohólico perdido, a los que podría sumergírsele una cuchara.

Las alacenas tenían una recubierta de esmalte, estilo esposa de televangelista. Aunque parecían no haber sido recubiertas desde hacía tiempo, todavía despedían olor a pintura, combinado con eternidades de humo de cigarrillo que había penetrado las alacenas hasta sus supuestas bases de madera, que, de hecho, competían con la podredumbre orgánica de la tarja. Dentro de las alacenas, encontró dieciséis bolsas de Doritos, dos latas de frijoles, una de ellas abierta y vuelta a dejar, olvidada durante atracones de comida, y una caja de Zucaritas. El Tigre Toño se veía enfermo. Los frijoles olían como a gato muerto.

«Soy Randy St. Clair, y regresaré con ustedes con más música para nuestra ciudad, en WBLS-FM, en el 107.5, al final de la frecuencia», decía la radio cuando regresó a la sala. «Pero primero, en *Últimas Noticias*, Sandy nos hablará sobre cómo los delegados se preparan para una larga y ardiente semana de verano en Atlanta, y nos pondrá al día sobre informes continuos de genocidio en Guatemala, además de ofrecernos lo último sobre el horrendo asesinato de una celebridad en Jokertown. ¿Sandy?»

Mackie frunció el ceño. Qué pena lo de Chrysalis. El Hombre le había prometido que un día él podría matarla. Ahora, nunca sabría lo que se sentiría meter su mano en esa carne translúcida como cristal.

Ésa era una perrada completamente nueva, y lo enfurecía de nueva cuenta. Se pasó de cuarto en cuarto en el departamento apretujado, destruyendo lo que se encontrara, alternando entre un sentimiento de emoción y otro clínico: ¿esto me hará sentir mejor? Vandalismo como drogas de diseño.

Una esquina de la cama estaba sostenida por libros de texto: de francés, de técnicas de cuarto oscuro, un libro sobre interrogaciones policiacas. No tenía cobija. La sábana estaba manchada con fluidos corporales, de la clase de fluidos para los cuales es mejor envolverse en una capa de látex. Comenzó a destazar cosas.

Cuando salió del arrebato comenzó a sentirse molesto otra vez, a causa de Downs. A *Der Mann* no le gustaría esto, ni por un segundo.

Bueno, pues Downs, simplemente, no estaba aquí. El Hombre no podía culparlo por eso; no era su culpa. A la mierda. Desvaneció su cuerpo, atravesó la pared exterior y salió al corredor.

Al momento de hacerlo, se abrió la puerta siguiente del otro lado del pasillo.

—Le digo, son todos esos chinos –decía una mujer, con ese gimoteo nasal que le creaba a Mackie la impresión de que esos neoyorquinos no eran más que insectos enormes y carnosos–. Todos ellos venden droga, ¿sabe? Lo vi todo en *60 Minutos*. Este señor Downs es como una especie de reportero con una misión social. Supongo que se acercó demasiado a ellos, y la mafia oriental mandó a alguien a destrozar su departamento. Debe haber sido como una docena de ellos, vaya ruido que hacían. Con mazos y sierras eléctricas.

La señora caminó por el pasillo como barco remolcador del East River, con su bata y sus pantuflas peludas color rosa fluorescente, con un pañuelo cubriendo sus rizos, seguida por el conserje. Era un negro no mucho más alto que Mackie, con bigote y cabello canoso que se abultaba en la nuca debajo de una gorra de los Expos de Montreal. Traía unos overoles manchados de pintura. Asentía distraídamente hacia la señora mientras balbuceaba consigo mismo, agitando su enorme llavero en busca de la llave maestra del departamento de Digger. No se dio cuenta de Mackie.

La mujer sí se dio cuenta. Gritó.

Mackie sonrió. Era lo más bonito que alguien le había dicho en todo el día.

El conserje lo vio, con la boca abierta como un boquete color rosa en el centro de su rostro oscuro. Mackie sintió que sus manos comenzaban vibrar por cuenta propia. Después de todo, esto no sería una pérdida completa de su tiempo.

◆

Jack contempló las singulares pirámides rojas que coronaban el Omni Center: se veían como una forma extraña de azulejo acústico; se dirigió hacia ellas. Se había perdido en el Centro Peachtree buscando dónde comprar cigarrillos y había tomado el camino equivocado a la convención.

El Omni Center de Ted Turner estaba construido con una nueva clase de acero que estaba diseñado para oxidarse. La teoría era que el óxido protegería al acero que recubría, y por lo que Jack veía –y Jack había construido muchos edificios en los últimos treinta años– la teoría era perfectamente correcta.

Aun así, el maldito edificio era *horrendo*.

Se aproximaba a una de las entradas traseras de la convención. Un guardia uniformado estaba parado ante la puerta cerrada. Jack asintió hacia las gafas oscuras del tipo y quiso cruzar la puerta.

—Un momento –la voz del guardia tenía filo–. ¿Adónde cree que va?

—A la convención.

—Por supuesto que no.

Jack lo miró. El gafete del tipo decía *Connally*. Tenía la nariz rota y una pequeña cruz cristiana de plata en su cuello.

Grandioso, pensó Jack. Probablemente era un simpatizante de Barnett. Sacó su identificación y su pase de entrada de su bolsillo y los agitó ante el guardia.

—Soy delegado. No hay problema.

—Nadie pasa por esta puerta. Jamás. Ésas son mis instrucciones.

—Pero soy *delegado*.

Connally pareció reconsiderarlo.

—Muy bien. Veamos esa identificación.

Jack se la entregó. Connally sesgó los ojos al revisarla. Cuando alzó la mirada, tenía una sonrisa maligna en su rostro.

—No parece usted de sesenta y cuatro años –dijo.

—Me conservo bien.

El guardia tomó su radio portátil.

—Habla Connally. Tenemos una Situación Tres aquí.

—¿Qué demonios es eso? –dijo Jack, alzando los brazos.

—Está arrestado, idiota. Por personificar a un delegado.

—¡Pero sí soy delegado!

—El Servicio Secreto viene en camino. Podrá hablar con ellos.

Jack miró al guardia con creciente desesperación. Y luego se dio cuenta: *apenas era lunes.*

Mediodía

—DIABLOS Y ANCESTROS. ¿QUÉ HACES AQUÍ?

Jack Braun miró a Tachyon con amargura.

—Voy a ese bar –su largo brazo apuntó hacia la parte inferior del bar junto al piano–. Por un trago… o dos… o tres, y si alguien se interpone en mi camino…

—Deberías estar en la plenaria de la convención.

—Intentaba llegar cuando un imbécil guardia de seguridad de culo seboso me acusó de personificar a un delegado y me mandó *arrestar*. Tuve que recurrir a Charles Devaughn para quedar libre. De modo que he tenido una mañana muy cansada, Tachyon, y voy a tomarme un trago.

—Las fuerzas de Barnett están haciendo maniobras políticas desesperadas para allegarse delegados. Tienes que estar ahí para mantener fuerte a California.

—Tachyon, por si lo has olvidado, yo soy el *líder* de la delegación de California. Creo que podré lidiar con eso –Braun rugió, y varios reporteros, siempre alerta, se volvieron para ver la pelea–. Por Dios, eres ciudadano estadunidense desde hace unos cinco o seis meses, ¿y ya eres una autoridad en política de nuestro país?

—Todo lo que hago, lo hago bien –respondió Tachyon con remilgo, pero intentaba contener una sonrisa. Braun la detectó y comenzó a sonreír.

—Relájate, Tachyon. Gregg no perderá la delegación de California.

—Jesse Jackson quiere hablar conmigo –dijo Tach, en uno de sus desconcertantes y abruptos cambios de tema.

—¿Vas a hacerlo?

—No lo sé. Es posible que me entere de algo.

—Lo dudo. Jesse es un operador muy inteligente. Además, tú no trabajas para la campaña de Hartmann. Y no olvides la imparcialidad de la prensa y todo eso.

Tachyon se puso serio.

—¿Qué crees que quiera de mí?

—Supongo que quiere tu apoyo.

—Yo no tengo delegados, ni influencia.

—No importa, Tachyon, estas convenciones son como un dinosaurio enorme y lento. A veces, un piquete en el trasero puede hacer que la bestia entera cambie de rumbo. Si *tú* llegaras a cambiar de bando, *muchos* de los jokers te seguirían. La gente podría decidir que sabes algo. Podría inclinar las cosas a favor de Jackson, y *eso* es lo que busca.

—Entonces no lo veré. De por sí esta convención ya está muy cerrada.

—¿Un trago?

—No, gracias. Creo que iré al centro de convenciones.

Jack puso un pie en las escaleras. Tachyon vio esa enorme espalda y esos hombros poderosos y se preguntó si él podría pasar algo de su carga encima de ellos.

—Jack.

Algo de su confusión y miedo debió haber penetrado, porque Braun se detuvo a la mitad del ascenso y regresó lentamente. Poniendo sus manos sobre los hombros de Tachyon, frunció el ceño hacia el hombre, más bajo que él.

—¿Qué? ¿Qué pasa?

—¿Crees… crees que sea posible que uno de los candidatos sea un as?

—¿Qué? ¿Aquí?

—No, hablo del candidato para trabajador de la perrera en Shawnee, Oklahoma. ¡Claro que aquí! ¡No seas imbécil!

—No lo soy, es sólo que me agarraste desprevenido, eso es todo. ¿Por qué lo preguntas? ¿Sabes algo?

—No –dijo con ligereza, y se encendió la sospecha en los ojos azules del gran as.

—Son tonterías… patrañas. Nadie podría mantener algo así oculto de la prensa. Recuerda a Hart.

—Fue descuidado.

—Mira, si te preocupa, investígalo. Lo puedes hacer fácilmente.

—Sí, pero la información que se recibe telepáticamente no es evidencia admisible. Además, dado el ambiente que vivimos en este país, ¿qué harían si descubrieran que usé mis poderes mentales alienígenas sobre candidatos presidenciales potenciales?

—Colgarían tu pellejo alienígena del palo más alto.

—Exactamente –Tach se encogió de hombros–. Bueno, olvídalo. Sólo creí que debía mencionártelo… tener tu opinión… –poco a poco, su voz se fue callando…

—No te preocupes, Tachy –Jack lo sacudió un poco–. ¿De acuerdo?

—Está bien.

—Ahora sí, voy por ese trago.

—No te tardes –le gritó Tach.

—Bah, vete al demonio.

—Whisky americano. Solo. Un doble. Dos dobles.

—¿Un día difícil, señor?

—Licor fuerte para un día rudo –dijo Jack. Puso su portafolios en el piso y se dio cuenta por primera vez, ¿pero qué le pasaba?, de que la pequeña mesera rubia del vestíbulo de la sala era bastante atractiva. Le ofreció la sonrisa hollywoodense que había ensayado frente a incontables espejos durante el ocaso de los años cuarenta–. Probablemente te tienen trabajando horas extra también –le dijo–. Por cierto, mi nombre es Jack.

—Las horas extra apestan, Jack –dijo ella, y se alejó meneando las caderas de una manera que no había sido evidente para ninguno de los otros clientes. Jack comenzó a sentirse un poco mejor.

Después de que el Servicio Secreto corroboró su identidad y lo dejó libre, Jack había pasado la mayor parte de la mañana diciéndole a sus delegados que estaban a punto de quitarles sus votos si no se ponían listos. Luego, Tachyon había comenzado a molestarlo por no hacer su trabajo, le había comentado ese rumor sobre un as secreto, y el parlamentario de campaña, Logan, que se suponía se encontraría con él en la sala del Marriott, aún no llegaba.

El alegre bamboleo del trasero de la mesera, pensó, es suficiente para animar a un hombre para la pelea. Planeadores As Volador pasaban por arriba de él, acompañando sus pensamientos con su danza.

La mesera le llevó sus tragos. Platicó con ella; su nombre era Jolynn… y se terminó su primer trago. Logan aún no se presentaba. Jolynn tenía que atender a otro cliente, y Jack le dio una propina de diez dólares; llegó a la conclusión de que, en general, disfrutaba ser rico, aun al costo de tener que aparentar que tenía conversaciones inteligentes con un chimpancé en televisión durante cuatro años.

Vio cómo un joven de saco blanco cruzaba la sala del vestíbulo hacia el piano blanco, luego se sentó y aporreó en el teclado los primeros acordes de «Piano Man». Jack sintió que su cabeza se retraía, como la de una tortuga, entre sus hombros.

Moss Hart, pensó Jack desesperadamente. Kurt Weill. George e Ira Gershwin, Richard Rodgers… Jack todavía recordaba la noche de estreno de *South Pacific*.

Quizá podría darle cien dólares de propina a este tipo y decirle que no tocara *nada*.

«Honky Tonk Women» fue la siguiente, y luego «New York, New York». *¿Dónde*, pensó Jack, *está Morrie Ryskind cuando lo necesitas?*

Logan aún no llegaba. Jack paladeó su segundo trago y miró concentradamente el trasero en forma de corazón de Jolynn, mientras se paseaba por las mesas en el otro extremo de la sala.

Entonces otra forma femenina llamó su atención. *Putas a la derecha*, pensó, una expresión que había adquirido hacía décadas en el Campamento Shenango.

La mujer caminaba directamente hacia él.

Entonces se dio cuenta de que traía un botón de Barnett. Una puta para el Señor, concluyó.

Entonces la reconoció. Era la coordinadora de campaña de Leo Barnett –ya de por sí eso era malo–, pero había una cuenta pendiente entre ellos que era aún peor.

Oh, Dios.

El piano comenzó a tocar los primeros acordes de «No llores por mí, Argentina». Lo invadió otro conjunto de recuerdos, incluyendo ese momento del año anterior, en Buenos Aires, cuando lo había escupido una peronista.

Jack se puso de pie, con su corazón hundiéndose como plomada, y preparó su cara para recibir otro escupitajo.

—¿Jack Braun? No tienes idea de cuánto tiempo he esperado para encontrarme de nuevo contigo.

Seguro que sí, pensó Jack.

Se dio cuenta de que la voz era distinta. Blythe tenía un acento de potentada neoyorquina, de esos que ya no existían, muerto allá en la época de Franklin y Eleanor. Y Blythe habría lucido lápiz labial rojo como todas las mujeres de los años cuarenta, un carmesí brillante que contrastara con su rostro pálido y su cabello oscuro.

—Fleur van Renssaeler, supongo —dijo Jack—. Me sorprende que te acuerdes de mí.

Era lo más civilizado que podía decir, pero perfectamente ridículo. Según ciertas personas, Jack había asesinado a su madre, y seguramente sería imposible que Fleur olvidara eso, aun si quisiera.

El rostro con forma de corazón se inclinó hacia atrás para mirarlo a los ojos.

—Yo tenía... cuántos años, ¿tres o cuatro?

—Algo así.

—Recuerdo que jugabas conmigo en el piso de la casa de mi padre.

Jack la miró, con rostro de piedra. Ella alargaba increíblemente el momento. ¿Por qué simplemente no lo escupía o le rasguñaba la cara, para acabar de una vez por todas?

—Siempre he querido decirte lo mucho que te admiro —dijo Fleur—. Siempre has sido uno de mis héroes.

—No creo que lo merezca. Honestamente.

Ella sonrió. Era una sonrisa muy cálida. Se dio cuenta de que ella estaba demasiado cerca, y sintió electricidad en la ingle, al pensar que en cualquier momento ella podría darle un rodillazo entre las piernas. Su wild card lo protegería, pero los viejos reflejos seguían presentes.

—Aparte del reverendo Barnett —dijo Fleur—, eres el hombre más valiente que conozco. Lo arriesgaste todo para acabar con los ases y... con ese alienígena. Creo que has sido tratado de manera vergonzosa desde entonces. Después de todo, tu carrera fue destruida por esos liberales de Hollywood.

Los pensamientos de Jack fluían con pasmosa lentitud. Atontado, se dio cuenta de que ella hablaba con absoluta sinceridad. Algo helado, como un insecto amenazante, subía reptando por su espalda.

—Estoy... sorprendido –dijo.

—¿Por lo de mi mamá? –ella seguía sonriendo, seguía muy cerca de él. Jack quería correr, a todo lo que dieran sus piernas.

—Mi madre era caprichosa y obstinada. Abandonó a mi papá para irse de puta con... esa criatura extraterrestre. La que nos trajo la plaga –se dio cuenta de que ella no podía decir el nombre de Tachyon–. Me dio gusto que ella se largara –prosiguió–, y a ti también.

Jack recordó que sostenía una bebida en su mano. Le dio un largo trago, necesitaba la sacudida del whisky para devolver sus sentidos atolondrados a la realidad.

—¿Te sorprende mi lenguaje? –preguntó Fleur–. La Biblia es explícita cuando habla sobre las putas y las consecuencias de sus actos. *El adúltero y la adúltera habrán de morir.* Levítico, 20.

—La Biblia también fue muy clara sobre a quién le tocaba arrojar la primera piedra –la lengua de Jack se sentía espesa. Le sorprendía que aún pudiera hablar.

Fleur asintió.

—Me da gusto que puedas citar las Sagradas Escrituras.

—Aprendí muchos versículos de la Biblia cuando era niño. La mayoría en alemán –apuró otro trago. «No llores por mí, Argentina» le retumbaba en el cráneo.

—Lo que me sorprende –dijo Fleur– es con quién te estás juntando estos días –se acercó un paso más y tocó su muñeca. Jack apenas contenía el impulso de huir, de escapar de su propia piel–. El senador Hartmann es claramente el heredero moral de la pandilla Roosevelt-Holmes que casi destruyó a nuestro país en los cuarenta. En aquel entonces tú nos salvaste de esas personas, y ahora has caído de nuevo en la línea liberal humanista.

—Ése soy yo –logró esbozar una sonrisa–. El caído.

—Pensé que yo podría levantarte –sus dedos recorrían su fuerte muñeca.

La zorra del Señor, sin duda alguna, pensó Jack.

—Quería hablar contigo en persona. Es por eso que estoy aquí en la... –soltó una risa tintineante–. En estas salas no consagradas.

—Todos necesitan visitar los barrios bajos de vez en cuando –la miró intensamente, sintió náuseas. Fleur van Renssaeler, al parecer, era la perra más retorcida que jamás había conocido en su vida. Incluyendo a su tercera esposa.

—Pensé que podríamos reunirnos. Hablar sobre… política. Sobre el senador Hartmann, el reverendo Barnett.

—Barnett me quiere meter a un campo de concentración.

—A ti no. Tú eres un patriota comprobado. El Señor ha convertido tu maldición en una bendición.

Jack sentía acidez en la boca.

—Me da gusto saber que soy inmune a la redada del Señor. ¿Qué me dices de todos los demás idiotas que tienen wild card?

—Si tan sólo pudiera explicártelo. Convencerte de que tomes de nuevo el camino correcto. El sendero del reverendo Barnett y de mi padre.

Finalmente, el valor de Jack subió a la superficie. Vio la cabeza de Logan, por encima de la multitud de delegados, y entendió que ya era hora de irse.

—Sobre el sendero de Barnett no puedo decir nada –dijo Jack, recogiendo su portafolios–. Pero el sendero de tu padre lo conocí muy bien. Comía como cerdo en el pesebre público y para divertirse se iba a coger niños negros en Harlem.

Primerísima vez que usaba la palabra *coger* al hablar con una mujer, pensó, enfilando hacia Logan.

Pero tenía que darle crédito a Fleur. Era una verdadera profesional. La sonrisa no había desaparecido, aunque sí, pensó, se había endurecido un poco.

Se sentía ligeramente animado. Un triunfo barato y tibio era mejor que ninguno.

2:00 p.m.

—Escucha, Sara –dijo Charles Devaughn–. Lo que haya sucedido entre tú y Gregg en esa gira mundial ya está en el pasado. Terminó. Acéptalo –el coordinador de campaña de Hartmann tenía la clase de atractivo brusco y colegial que las personas pensaban que poseía el senador; nadie veía a Hartmann como el tipo ordinario, de físico normal, que era en realidad.

Sara sintió que sus mejillas comenzaban a enrojecerse como una cuchara en microondas.

—Maldita sea, Charles, ése no es el punto. Necesito hablar contigo sobre la manera en que ha estado comportándose el senador…

Él, impecablemente trajeado de color azul medianoche, le dio la espalda, fríamente.

—No tengo más comentarios que hacerte, señorita Morgenstern. Pero sí quiero pedirte que te abstengas de seguir acosando a los miembros del equipo de campaña del senador. La prensa tiene ciertas responsabilidades que no conviene que pases por alto.

Comenzó a caminar.

—¡Charles, espera! Esto es importante –sus palabras rebotaron en la espalda de él y se persiguieron las unas a las otras, ascendiendo como animales arbóreos en el vestíbulo elevado y orgánico del Marriott. Había oído a un reportero de un diario radical describirlo como la tráquea de Antoni Gaudí. Los delegados se volvieron, mirando con curiosidad, apretujados en el lobby afuera de las salas de actividades; sus rostros como lunas pálidas colgaban en jardines repletos de cintas decorativas y botones de campaña, y en el centro de cada uno lucía una pequeña y reluciente placa cuadrada, como en una exhibición de un jardín botánico, identificando la subespecie de politiquillos o aspirantes a la que pertenecía cada espécimen.

Ella, frustrada, se golpeó dos veces en los muslos con la base de sus manos. *No vayas a perder los estribos, Sara.*

Oportunamente, su proyector mental le mostró la imagen de Andrea, su hermana mayor, delicada y hermosa como una escultura de hielo. Una voz cristalina, sonriente, burlona, los ojos como nieve en deshielo: una perfección que la diminuta y tímida Sara jamás podría alcanzar.

Andrea, quien había muerto treinta años antes.

Andrea, asesinada por el hombre que sería presidente. Que tenía el poder para que otros hicieran lo que fuera su voluntad. El que había hecho lo que quiso con *ella.*

Pero claro, no había manera de probarlo. Dios sabía que a ella le había tomado años reconocer primero la sospecha y luego la horrible certeza de que detrás de la muerte brutal de su hermana había algo más que los impulsos erráticos de un adolescente con retraso mental. Le había tomado bastante tiempo darse cuenta de que ésa fue la razón por la que entró en el periodismo, la que la había atraído a Jokertown: en el fondo, ella sabía que había algo más. Y con el paso de los años, mientras se creaba una reputación como *la* reportera de asuntos relacionados con los jokers, pudo descubrir que existía una presencia en los barriales de los jokers, encubierta, manipuladora... maligna.

Intentó rastrear esta presencia. Pero ni siquiera para una reportera estrella –así fuera una investigadora obsesiva– resultaba fácil rastrear los hilos invisibles de un titiritero demente. Pero ella perseveró.

Estaba convencida de que era Hartmann, incluso antes de abordar el *Carta Marcada*. Tenía la certeza de que descubriría en la gira de la Organización Mundial de la Salud la evidencia final para poder condenarlo.

Eso creía. Sintió que su cuero cabelludo se llenaba de sudor helado conforme recordaba cómo sus sospechas habían comenzado a erosionarse, para alejarse luego, girando, como un tronco de madera que se aleja de los dedos de una mujer que se ahoga. Increíblemente, había llegado a pensar que lo *amaba*, mientras una diminuta voz interior gritaba: *No, no, ¿qué me está pasando?*

Recordó esa sudorosa fricción sobre la piel, y cómo él la penetraba con fuerza, y cómo deseaba ella un lavado vaginal que no terminara nunca.

Él la había controlado, como había controlado al pobre de Roger Pellman esa tarde en Cincinnati cuando su hermana murió. La había usado porque la percibía como ella misma se percibía, como una pobre imitación de su bellísima hermana perdida. Por lo menos, compartían esa obsesión por lo que se había perdido.

Tenía, efectivamente, sus evidencias, aún podía sentir en su psique las puntadas donde habían estado cosidos los hilos del Titiritero. Y en ocasiones, cuando hacían el amor, ella oía la palabra *Andrea*, un gemido entre palabras cariñosas, y algo en su interior se congelaba, aun cuando su cuerpo y su mente respondían con deseo y ansias.

Pero, definitivamente, nada de eso sería una prueba para quien no pudiera leer sus pensamientos.

Sintió que divagaba, se dio cuenta de que estaba siendo jalada por su instinto periodístico hacia el Área 3, las salas aglomeradas más allá de la escalera circular. Mientras crecía su frenesí por obtener algo de evidencia que pudiera convencer a alguien de fuera, que le permitiera ver más allá de la máscara del estadista sobrio, el aire de compasión por todos aquellos tocados por el wild card, que ocultaba de la vista al Titiritero, había prestado poca atención al fenómeno de la convención en sí. Sintió el aguijón de la culpabilidad: *Se supone que deberías estar ocupándote de todo lo relacionado con los wild cards.*

Un odio hacia sí misma se incendió: *¿qué podría ser más importante para los jokers –en realidad, para cualquiera– que saber que un as psicópata podría convertirse en el próximo presidente de Estados Unidos?* Imaginó el dedo del Titiritero colocado encima del afamado botón rojo y sintió ganas de vomitar.

Delegados y reporteros fluían desde la esquina de la Sala Sidney, sonrojados y ruidosos como niños en la escuela.

—¿Qué está pasando? –le preguntó a uno, más que nada porque era un poco más alto que ella.

—Son los locos de Barnett –le respondió–. Descubrieron un dato jugoso acerca de Hartmann –el tipo vibraba con malicia autocomplaciente. Tenía anteojos y un botón grande, de Dukakis.

¿Será esto lo que busco?, se preguntó ella, y comenzó a sentirse defraudada por no haber sido quien enterrara la estaca en el corazón del monstruo.

—Le sacaron el chisme a alguien que estuvo en la convención de la Organización Mundial de la Salud el año pasado. Resulta que Hartmann se pasó todo el evento viviendo un romance con una tipa reportera de *The Washington Post*.

El desfile de delegados y políticos que pasaban por la suite de Gregg parecía interminable; él tenía que reconocer que Amy había hecho una labor tremenda para contactar personas en un tiempo sumamente corto.

Por otra parte, la mayoría de los delegados estaban ansiosos por conocer al favorito de entre todos los candidatos, y ninguno de los funcionarios electos quería ofender al hombre que posiblemente sería el próximo presidente.

En cuanto a Gregg, esa tarde resultaba interminable y ya comenzaba a agotarlo. Pensó que había logrado encerrar al Titiritero en un sitio seguro. Incluso comenzaba a tener la esperanza de que, quizá, sólo quizá, la voz en su cabeza se mantendría callada el resto de la semana. Pero los barrotes que resguardan al Titiritero comenzaban a debilitarse de nuevo. Podía escuchar el poder, suplicando y amenazando, al mismo tiempo.

¡Déjame salir! ¡Tienes que dejarme salir!

Ignoró la voz lo mejor que pudo, pero su tolerancia era mucho más corta de lo de costumbre, y en ocasiones su sonrisa era poco más que una mueca. Lo peor sucedía con los políticos, a cuya mayoría podría convencer, con un toque de la influencia del Titiritero, y que ahora podrían decir que no impunemente. Era en esas ocasiones cuando el Titiritero aullaba más intensamente.

Los senadores de Ohio, Glenn y Metzenbaum, llegaron puntuales. Ellen los recibió en la entrada, mientras Gregg se cambiaba de camisa en la recámara. Gregg podía escuchar a Metzenbaum, tan obsequioso como siempre.

—Entonces sí es verdad. Las mujeres que van a dar a luz sí *tienen* un brillo especial.

Ellen reía cuando Gregg entró al cuarto.

—John, Howard —les dijo, asintiendo con la cabeza—. Por favor, sírvanse algo de la barra si gustan, y gracias por venir tan rápidamente. Trato de reunirme con la mayor cantidad posible de gente influyente, y ustedes dos eran los primeros de la lista.

Váyanse. Eso era lo que realmente quería decirles. *Estoy cansado y hecho polvo y mi mente se está partiendo en dos. Déjenme en paz.* Metzenbaum sonrió cortésmente; Glenn, con ese encanto exagerado de un astronauta viejo, simplemente asintió con la cabeza, quizás un poco más serio que de costumbre. Los dos miraban atentamente a Ellen. Gregg no necesitaba decir nada; ella tenía mucha experiencia en detectar esas señales.

—Pues bien, los dejo para que hablen de política —les dijo—. Yo tengo una reunión particular con las delegadas de la Organización Nacional para la Mujer. Ustedes sí respaldan la Enmienda de Igualdad de Derechos, ¿cierto? –sonrió nuevamente y se retiró. Gregg la acompañó a la puerta. Impulsivamente, la tomó en sus brazos y le dio un beso profundo.

—Escucha, Ellen, sólo quiero decirte lo mucho que aprecio toda tu ayuda en este día, sin ti… pues, ese incidente de la mañana. Por favor, olvidémoslo. Sólo estoy cansado, es todo. El estrés…

Parecía que no podía dejar de hablar. Las palabras se le salían de la boca; en muchos meses no había sentido tanta cercanía con ella.

—No haría nada que te lastimara…

Glenn y Metzenbaum los observaban, intensamente. Ellen detuvo sus palabras con un beso intempestivo.

—Tienes invitados, querido –le dijo, mirándolo con extrañeza.

Gregg sonrió, como disculpándose; pero se sintió más como el gesto de una calavera de la muerte.

—Sí, supongo que… te veré en un rato para la cena: en el Bello Mondo, ¿correcto?

—Seis treinta. Amy dijo que te llamaría para recordártelo –Ellen abrazó a Gregg, sin decir nada–. Te amo –volvió a mirarlo detenidamente, y se fue.

Allá abajo, el Titiritero aullaba para llamar la atención. Gregg sintió gotas de sudor acumulándose sobre su frente. Se las quitó con el dorso de la mano y regresó al cuarto.

—Ohio ha sido muy bueno para mí, caballeros –les dijo–. Ustedes dos son mayormente responsables de esto. Supongo que están enterados de que buscamos el apoyo en torno al 9(c) y, en California… –pero ellos no escuchaban. Gregg se detuvo antes de terminar–. ¿Qué pasa? –les preguntó.

—Tenemos un problema más grande, Gregg –dijo Glenn–. Me temo que son malas noticias. Anda circulando una historia sucia sobre tú y Morgenstern en aquella excursión con los ases…

Gregg ya no escuchaba. *Sara Morgenstern.* Su carrera parecía estar inexorablemente ligada a la de esta mujer. La primera víctima del Titiritero había sido Andrea Whitman, de trece años, la hermana de Sara. Gregg sólo tenía once años en aquel entonces. Sólo una singular coincidencia había llevado a que Sara sospechara, muchos años después, que Gregg había estado involucrado en la muerte de Andrea. Para invalidar a Sara, y para satisfacer las necesidades del

Titiritero, había tomado a Sara como títere un año antes. En aquella excursión con los wild cards, lo más discretamente posible, se habían convertido en amantes.

Gregg podía ver cómo todo se venía abajo: la nominación, la presidencia, su carrera. Lo que le había ocurrido a Gary Hart fácilmente podría ocurrirle a él.

En su interior, apenas acallado para el mundo exterior, el Titiritero gritaba.

♠

Durante un tiempo, ella, simplemente, se paseó.

Cuando regresó a su cuarto en el Hilton, la luz de mensajes en el teléfono brillaba como foco de alerta en la consola de un reactor sobrecargado. Cuando llamó a la recepción, le esperaban como doce mil mensajes de Braden Dulles en D. C. Y mientras recibía esa notificación, llegó otra llamada más, y el operador del hotel se la transfirió apresuradamente.

—¿Es cierto lo que dicen? –preguntó él.

Ella sintió que su aliento se le congelaba en la garganta. Se sintió igual que aquella vez que había probado la cocaína, allá cuando todavía estaba casada con un abogado exitoso llamado David Morgenstern: los músculos en su pecho simplemente dejaron de funcionar.

—Sí.

Se oyó el primer toque en la puerta.

5:00 p.m.

Amy Sorenson se reunió con Gregg y Ellen detrás de la pantalla del podio. Al otro lado de las gruesas cortinas de terciopelo, él podía escuchar el tumulto de las conversaciones de los reporteros; el brillo de las luces de video se desplazaba sobre la tela roja.

—Todos están preparados –dijo Amy–. Tus invitados están en el cuarto de al lado; iré por ellos después de que entren ustedes –tocó el receptor inalámbrico en su oreja y escuchó por un segundo–. Muy bien, Billy Ray dice que todo está bien. ¿Están listos?

Gregg asintió. Había sido una tarde larga y difícil, tratando de conseguir noticias de Nueva York, trabajando con Jack y con un Danny Logan casi continuamente borracho (Logan era definitivamente un títere al que había llevado demasiado lejos) en una estrategia para la pelea por California de esa noche, apagando rumores incendiarios sobre su aventura sexual, poniéndose de acuerdo con el Departamento de Justicia, preparando esta conferencia de prensa. Le había preocupado que el estrés traería de vuelta al Titiritero, pero el poder seguía callado y sepultado. Percibía apenas un mínimo resquemor de su impaciencia.

Pero Gimli —si es que realmente *era* Gimli… Esa presencia sí la sentía fuertemente en su interior. Gregg podía escuchar las risitas malignas del enano, y se preguntaba, como se lo había preguntado casi toda la tarde, si acaso no estaba acercándose a una suerte de colapso. Y, al momento pensar en eso, la voz de Gimli saltó al frente.

Sí que lo estás, Greggie, le dijo. *Yo me aseguraré de eso.*

Gregg inhaló profundamente y aparentó no haber oído la voz. Tomó la mano de Ellen, la apretó, y luego tocó su vientre hinchado.

—Estamos listos. Que empiece la función, Amy.

Gregg fijó una sonrisa en su rostro mientras Amy abría las cortinas. Con un salto, superó los tres escalones que llevaban al escenario; Ellen lo seguía lentamente. Las cámaras comenzaron a disparar como una plaga de insectos mecánicos; los flashes de las cámaras tartamudeaban, con fugaces relámpagos. Ya en el podio, Gregg esperó a que los reporteros tomaran sus asientos, mientras miraba la síntesis del discurso de Tony Calderone en su mano. Luego, levantó la cabeza.

—Como es mi costumbre, en realidad no tengo una declaración formal que ofrecer —dijo, mostrando la hoja escrita a mano. Eso tuvo como respuesta las risas que Gregg esperaba; él tenía la reputación de ser un orador improvisado que normalmente se salía del guion que Tony preparaba, y la mayoría de los reporteros que estaban entre el público habían estado con él en campaña desde hacía meses—. Pero hay una muy buena razón para ello. En realidad no tengo mucho que decir en esta conferencia de prensa. Siento que mientras menos responda uno a rumores sin fundamento, mejor. Y bueno, yo sé lo que todos ustedes dirán: «No nos culpes a nosotros. La prensa tiene sus responsabilidades». Espero que todos ustedes se sientan mejor, porque esto ya lo dejamos de lado.

Hubo unas cuantas risas más, en su mayoría, de aquellos que él sabía estaban a su favor. Los demás esperaban, solemnemente.

Hizo una pausa, hojeando nuevamente las notas que Tony, Braun, Tachyon y él habían escrito. Al mismo tiempo, como una persona que no deja de tocarse un diente roto, buscó al Titiritero pero no sintió nada. Se relajó un poco.

—Todos sabemos por qué están aquí. Voy a decir mi parte, contestaré algunas preguntas si lo desean, y luego pasaré a otros asuntos. Ya he visto cómo otro candidato cayó en la ruina por puras insinuaciones, rumores y circunstancias. Si Gary Hart realmente hizo algo o no era irrelevante. Él fue afectado por rumores y perdió su credibilidad aun cuando quizá no hubiera hecho nada. Y pues, bien, yo no soy Gary Hart; él es más guapo. Hasta Ellen lo dice.

Todos sonrieron después de eso, casi de manera unánime, y Gregg también les sonrió. Puso sus notas cuidadosamente a un lado, procurando que esto se notara, y se recargó sobre sus codos, dirigiéndose a ellos.

—Creo que puedo señalar algunas diferencias. El *Carta Marcada* no era el *Monkey Business*. Fuimos a Berlín, no a las Bahamas, y Ellen estuvo conmigo durante todo el viaje.

Gregg miró hacia donde estaba Ellen y asintió con la cabeza. Con precisión escénica, ella le devolvió la sonrisa.

—Senador –Gregg entrecerró los ojos ante el brillo de las luces y vio a Bill Johnson de *Los Angeles Times* agitando su libreta. Gregg hizo un ademán para que hiciera su pregunta.

—Entonces, ¿está negando que usted y Sara Morgenstern tuvieron una aventura amorosa? –preguntó Johnson.

—Ciertamente *conozco* a la señorita Morgenstern, así como Ellen la conoce, y ha sido una amiga de la familia. Ella tiene sus propios problemas, y no tengo conocimiento de lo que haya dicho o que no haya dicho recientemente. Pero yo no hago cosas a espaldas de mi mujer.

Ellen se acercó a Gregg, con una mirada traviesa.

—Bill, de hecho, *sí* descubrí una vez a Gregg echándole el ojo a Peregrine de vez en cuando pero, por supuesto, no era el único que lo hacía.

Risas. Las cámaras comenzaron a disparar luces, y la tensión en la sala se disipó notablemente. Gregg sonrió, pero la expresión de su rostro se volvió fría y seca. La voz de Gimli parecía susurrarle al oído.

Te la planchaste, Hartmann. Le abriste las piernas en cinco continentes distintos, y tu pequeño as la hizo sonreír y le hizo creer que lo disfrutaba. Pero no fue así, ¿verdad? En realidad no. Ya no tiene una buena opinión de ti, para nada. Por lo menos, no sin el Titiritero.

Ellen percibía la angustia en el rostro de Gregg. Él sabía que ella sentía su mano fría y sudorosa. Ella seguía sonriente, pero detrás de su mirada había preocupación. Sacudió la cabeza ligeramente, presionándole los dedos.

Y tienes una esposa muy profesional, por cierto. Sabe exactamente lo que tiene que hacer, ¿verdad? Sonríe justo cuando debe hacerlo, dice justo lo que tiene que decir, hasta deja que la embaraces para que se vea dulce y maternal para la convención. Eres un orgullo, tan buen padre que eres. Eres un bastardo, Hartmann. Yo también, y este pequeño bastardo se encargará de destruir tu vida. Voy a hacer que tu as favorito te abra desde dentro para que todos lo vean.

Mientras escuchaba esa voz, se demoró un poco en reaccionar. Podía escuchar cómo se apagaban las risas, cómo el momento pasaba a otra cosa. Se apresuró para quedar a la par con ellos, y se negó a escuchar a Gimli y su constante flujo de insultos.

—Muy bien, lo acepto, como Ellen lo ha señalado, soy culpable de tener algo de esa lujuria del corazón, al estilo de Jimmy Carter. Dudo que muchos de nosotros no lo padezcan también, Peregrine se decepcionaría si fuera de otro modo. Pero más allá de eso, creo que los han engañado. Hay rumores, y nada más. En adelante, consideraré que todo este asunto ya quedó resuelto, para concentrarnos en temas más importantes. Si quieren sacar más historias de esto, diríjanse a sus fuentes. Pregúntense qué motivos ulteriores fueron los responsables de esparcir este tipo de basura.

—¿Está acusando a Leo Barnett o a su equipo? –la voz venía del fondo: era Connie Chung de la cadena NBC.

—No voy a decir nombres, señorita Chung; no los tengo. Quiero pensar que un hombre temeroso de Dios como el reverendo Barnett se negaría a usar esas tácticas, y ciertamente no voy a arrojar la primera piedra –otra ola de risas–. Pero la mentira comenzó en alguna parte; rastréenla. Veo que ninguno de ustedes ha citado directamente a la señorita Morgenstern. Yo no he visto ninguna prueba tangible del asunto. Pienso que eso debería decirles algo.

Los había puesto en jaque. Había logrado voltear las cosas. Podía verlo, sentirlo. Pero aun así, no sentía que realmente hubiera triunfado. Por debajo de todo, sentía una conmoción familiar. El Titiritero se desperezaba, todavía en las profundidades, pero iba subiendo a la superficie. *Dame sólo otro día más*, pensó. *Un solo día más.*

No podrás detenerlo ni siquiera ese tiempo, Hartmann. Eres un adicto. Eso es todo lo que el Titiritero representa para ti: es tu maldita droga. Y los dos necesitan una dosis, ¿no es así? Gimli soltó una risotada. *Para obtenerla, tienes que pasar por mí. Qué maldita lástima, ¿no?*

Ellen y Amy lo miraban. Él estaba parado rígidamente, congelado. Gregg se disculpó con ellas con un ademán y continuó.

—Hace unos minutos, Bill Johnson me llamó «senador». Aunque ya pasó un año desde que dejé mi curul para contender por la candidatura, pero comprendo el error. Bill me ha estado llamando senador, cuando no me endilga otros apelativos, desde hace años.

Poco a poco, parecían divertirse las personas frente a él.

—Es un hábito –dijo Gregg, retomando hábilmente el discurso de Tony–. Es fácil permitir que los hábitos nos dominen. Es fácil caer en viejos prejuicios, visiones turbias o francas fabulaciones. Pero no podemos hacer eso, no ahora. Escuchamos demasiados rumores y los creemos, sin fundamentos. Hemos tenido los hábitos y hemos escuchado las mentiras durante años: que los jokers son de alguna manera malditos; que es correcto odiar a las personas –sean jokers o no– por tener una apariencia diferente o por conducirse de una manera distinta; y pensar que las personas no pueden cambiar, y que cuanto nos rodea no puede cambiar nunca, para nada. Si ustedes creen que las opiniones y los sentimientos están tallados en piedra, tienen razón: no puedes cambiar, no puedes crecer. Pero cuando sí podemos hacer algo que desafíe a dichas creencias, pues, para mí, eso amerita más cobertura que los rumores sensacionalistas sobre infidelidad –Gregg dirigió su mirada a Ellen; ella le respondió, asintiendo. Gimli seguía ahí, y la cabeza de Gregg retumbaba con el sonido de su voz, pero parpadeó y siguió hablando. Quería bajarse del estrado, quería estar solo en su cuarto.

Apresuraba el paso, hablaba demasiado rápido; se obligó a sí mismo a disminuir el ritmo.

»Me complace decir que algunas cosas que consideramos como eternas realmente son pasajeras. He basado toda mi campaña en la idea de que debemos sanar las heridas *ahora*. Las opiniones cambian. Podemos acoger a quienes alguna vez odiamos. *Eso* es importante. *Eso* sí es noticia. Y además, tampoco es mi historia. Puedo entender a una persona que lleva su fervor demasiado lejos. Puedo entender las convicciones apasionadas aun cuando no esté de acuerdo con ellas. Todos tenemos cosas en las que creemos, con firmeza, y eso es bueno. Se convierten en un problema cuando esa pasión cruza la línea entre el fervor y la violencia. Ha habido organizaciones de jokers que en ocasiones han cruzado esta línea –Gregg se dirigió a la parte trasera del escenario–. Amy, por favor, pídeles que salgan un momento.

Las cortinas se abrieron, y los jokers salieron a la luz. Uno tenía la piel marcada por finas crestas dentelladas; el otro era más sombrío y el fantasma de las cortinas se veía a través de su cuerpo. La prensa comenzó a murmurar.

—Estoy seguro de que no necesito presentarles a Esmeril y Sudario. Sus caras fueron recurrentes en sus periódicos y sus noticiarios el año pasado, cuando JSJ finalmente se disolvió –Gimli se rio, por dentro; Gregg dio un trago amargo–. Algunos de los JSJ, los que parecían ser miembros de la periferia, o inofensivos, simplemente fueron multados y liberados. Otros, los que se consideraron realmente peligrosos, fueron encarcelados. Esmeril y Sudario han estado en una cárcel federal desde entonces. Quizá lo hayan merecido, ambos han confesado haber cometido actos extremadamente violentos. Y, además… fui víctima directa de esa violencia, y he platicado largamente con ellos todo este año. Creo que ambos aprendieron una lección dura y dolorosa, y sienten un genuino remordimiento.

»Me sostengo en mis palabras y convicciones. Creo en la reconciliación. Necesitamos perdonar, necesitamos esforzarnos para entender a aquellos menos afortunados que nosotros. El día de hoy, en un acuerdo con el gobernador Cuomo de Nueva York, el Departamento de Justicia y el Senado de Nueva York, he logrado obtener libertad condicional para Esmeril y Sudario –Gregg puso sus brazos alrededor de los jokers: la piel áspera de Esmeril, los hombros difusos de Sudario–. Esto es mucho más importante que los rumores. Esto es genuino, aparte de que no es mi historia, es la de ellos. Dejaré que ellos los convenzan, como me convencieron a mí. Hablen con ellos. Hagan sus preguntas. Amy, si por favor pudieras moderar...

Mientras la multitud lanzaba las primeras preguntas y Esmeril pasaba al micrófono, Gregg respiró hondamente y se retiró.

¿Qué no lo entiendes? Gimli retaba burlonamente a Gregg mientras salía de la sala rumbo a los elevadores. *No has podido deshacerte de mí. No puedes escapar de mi especial obsesión. Estoy aquí. Y no me iré. Yo no perdono. En lo absoluto.*

◆

Con los dedos insensibles, Sara volvió a poner el auricular en su sitio.

Había salido del cuarto, cubierta en llantos, confiando en su pequeñez y en una cierta habilidad para ser invisible, que le había servido en distintos momentos de su carrera para ocultarse entre la multitud. Al principio, funcionaba. Cuando la llamaron por el altavoz, en el lobby, una jauría fresca de reporteros se lanzó en busca de ella, hambrienta por roer los huesos que la simple negativa de Hartmann no había dejado exentos de rastros de carne.

¿Hartmann está diciendo la verdad? ¿Por qué el anuncio de Barnett la mencionó específicamente a usted? ¿Cuál es su conexión con la campaña de Barnett? Las preguntas se dividieron entre intentos de hacerla admitir que se había acostado con Hartmann o de orillarla a confesar que había conspirado con los fundamentalistas para manchar el buen nombre del senador.

Una parte de ella ansiaba usar el foro propuesto para anunciar que *Sí, me acosté con Gregg Hartmann, y descubrí que es un monstruo, un as encubierto que convierte a las personas en títeres.* Pero intervino la cobardía. ¿O acaso era la cordura? Sus revelaciones –que sólo podrían ser vistas como acusaciones– ya eran lo suficientemente extravagantes y no necesitaban ser convertidas en noticia para los encabezados del amarillista *Midnight Sun*.

Desvió su cara y dijo:

—Sin comentarios –y se tragó enteros enormes y humeantes insultos.

—¿Cómo se le ocurrió hacer semejante porquería? El público tiene derecho a saber. Si usted es *periodista*, por Dios –finalmente, una mesera vestida con un leotardo y una de esas faldas negras cortísimas la tomó del brazo y la condujo a la oficina del gerente del lounge del Marriott.

El recibidor hizo clic con la contundencia de un cartucho que entra al cargador. *Alguien* tomó en serio lo que ella tenía que decir.

Quien llamaba era Owen Rayford, de las oficinas del *Post*, en Nueva York. Chrysalis había muerto. Asesinada. Habían estado involucrados los poderes de los ases.

¿Acaso fue un títere? Ella lo dudaba. Los hilos de Hartmann se adelgazaban y se rompían fácilmente a la distancia; eso lo sabía por experiencia. Había algunos ases torcidos –Bludgeon, Carnifex, quizás el Durmiente si se encontrara sumido en una psicosis de anfetaminas–, capaces de realizar esa tarea. Era una ironía en cuanto a Hartmann; en su posición, realmente no necesitaba los poderes de los ases para cometer verdaderos actos de maldad. El dinero, el poder y la influencia no eran exactamente fuerzas más débiles en los asuntos humanos que lo que habían sido hasta el 15 de septiembre de 1946.

El miedo habitaba en su interior; se retorcía como serpiente, ardía como una estrella. Traía consigo un conocimiento terrible: la única esperanza para la seguridad consistía en arriesgarlo todo.

El gerente y la mesera que la rescataron estaban cerca de ella, observándola con amable curiosidad. Ella logró esbozar una sonrisa y se mantuvo firme.

—¿Hay manera de salir de aquí por alguna puerta trasera? –preguntó.

6:00 p.m.

Tuvo que tomarse un Valium antes de que el maldito acoplador acústico funcionara. Su laptop tenía un módem integrado, pero los hoteles desconfiaban de los teléfonos inalámbricos y preferían mantener sus teléfonos fijos, asegurados al muro con cables, a la antigua usanza. De modo que tuvo que batallar con el viejo módem externo, que simplemente no cedía si no se lograba que el auricular se acomodara en el dispositivo *justo como debe ser*.

Finalmente lo echó a andar. Luego, se quedó sentada en la penumbra, iluminada sólo por la luz de la tarde que apenas lograba atravesar las cortinas pesadas del cuarto; fumaba y miraba detenidamente la pantalla mientras corría el contador de archivos transferidos y su historia circulaba por los cables que conectaban su laptop NEC con las computadoras del *Post*.

Todo había fluido en un solo chorro orgásmico: la muerte de Andi, sus sospechas, la oculta presencia siniestra en Jokertown que había mostrado fugazmente unas claves tentadoras en torno a su existencia –e identidad– durante los disturbios ocurridos en otra convención democrática hacía doce años; su propia búsqueda personal, la que la había llevado a ser atrapada en la mismísima red que tanto se había esforzado por delinear. Y finalmente, el asesinato.

Había dos personas, escribió, que tenían sus dedos colocados en el pulso de Jokertown. De hecho, eran tres; Tachyon era el tercero, literal y figuradamente. Pero estaba cegado por tener consideraciones especiales por Hartmann, y los favores políticos que el senador le había otorgado, los subsidios que le permitían un estilo de vida digno de un príncipe, tal y como era. Sara no invocaría su nombre.

Los otros eran ella y Chrysalis. El Palacio de Cristal nunca había sido más que un frente para la verdadera vocación de Chrysalis, que era ser corredora de información sobre todo lo que ocurría en Jokertown. Y los estudiosos de cuanto ocurría daban por hecho que, tarde o temprano, ella comenzaría a jalar un hilo y descubriría una cobra amarrada al extremo.

Esa cobra se llamaba Hartmann. Y Chrysalis jaló su hilo justo en el momento en que estaba lleno de veneno y listo para morder con toda rapidez.

¿Por qué no confié en ella?, se preguntó, mientras parpadeaban en la penumbra números líquidos de cristal. Hubo tiempo suficiente, cuando lograron una suerte de amistad precavida a bordo del *Carta Marcada*, durante el año que transcurrió. Pero en cierta forma, Chrysalis se había mantenido como rival. Y Sara no era una mujer a la que le resultaba fácil compartir secretos.

DESCARGA COMPLETA, apareció en su pantalla, enfatizado por un timbre de alerta. Rápidamente rompió la conexión y comenzó a desconectar el módem. Ahora sentía calma, algo extraña y un tanto temible. La calma que posee a la víctima de un accidente.

Yo soy un blanco, pensó, sin emoción. *Si Chrysalis supo el secreto que él guardaba, él también supondrá que yo lo sé.* Lamentó haberle exigido tanto a los miembros del equipo de Hartmann ese día. Seguramente él se había enterado, y la inferencia sería inevitable.

Eres tan inocente, se regañó a sí misma. *Ingenua, tal y como Ricky dijo que eras.*

Pero no era del todo tonta. Ahora chapoteaba en el tanque de los tiburones. Había aprendido muchas mañas, durante una larga y exitosa carrera periodística. Ninguna de ellas sería suficiente como para que llegara a salvo a tierra firme. Eso probablemente era lo más importante que sabía en ese momento.

Apagó la computadora NEC y la cerró. Guardó la computadora miniatura en su bolso. Se puso de pie.

Tiene que ser Tachyon, ella lo sabía. Forzosamente tendría sospechas sobre lo que había ocurrido en Jokertown al paso de los años, sobre lo que había ocurrido en Siria y en Berlín. Él podría leer su mente, en caso de que dudara de sus palabras.

Además, él piensa que soy... atractiva. Aun si se negara a creerle, había maneras de conectarse con Tachyon. Ella se había preparado para ofrecerse a él anteriormente, cuando estaba convencida de que el caso de Doughboy la conduciría a Hartmann. Tenía cierto magnetismo. Incluso, posiblemente no sería tan malo.

No te engañes. Ella no había estado con un hombre desde la gira. No había sentido necesidad. Incluso antes del famoso idilio, el sexo nunca había sido su principal prioridad.

Pero la supervivencia sí lo era. Por lo menos, hasta que cobrara venganza por Andrea.

Por lo menos Tachyon parecía ser la clase de persona que disfruta de sus placeres con prisa y sin detenerse; nada de resoplidos y de gemidos prolongados ni frases como «¿Te gustó igual que a mí?». Aplastó el cigarrillo con fuerza, justo en el centro del logotipo del Hilton impreso en el cenicero de plástico. Se aplicó un poco de perfume en las muñecas, donde lucían venas azules bajo su piel blanca, y salió por la puerta.

7:00 p.m.

La convención tuvo un periodo de descanso para comer y reanudarían actividades a las nueve. Jack compartía el elevador de vidrio con un hombre que traía una pila de pizzas de Domino's, y se mantenía con el rostro volteado firmemente hacia la puerta: *odiaba* las alturas, una fobia que desarrolló después de que Tachyon le indicara, cuarenta años antes, que una caída desde una gran altura era una de las pocas cosas que podría matarlo. Se abrieron las puertas del elevador y, con alivio, Jack siguió a las pizzas por el pasillo, hacia el cuartel general de Hartmann. En el aire, ascendiendo desde el vestíbulo, se oían los acordes de «No llores por mí, Argentina». Los pianistas de bar, pensó, parecen ser demasiado especializados.

Billy Ray, expandiendo el pecho mientras vigilaba el pasillo, vestido en su traje blanco de Carnifex, dejó entrar al repartidor, pero con rapidez de experto en artes marciales, se colocó ante Jack cuando intentó seguirlo.

—¿El senador te mandó llamar, Braun?

Jack lo miró.

—No te pases de listo. Ha sido un día difícil —el rostro de Ray, que literalmente, había sido reacomodado después de una pelea, le lanzó una mirada maliciosa.

—Tu calvario me llena de compasión. Veamos qué traes en el portafolios.

Jack reprimió su irritación y abrió el portafolios, mostrando un teléfono celular y un sistema de marcado por computadora que lo mantenía en contacto con sus delegados y con el cuartel general de Hartmann.

—Veamos tu identificación.

Jack sacó la tarjeta laminada de su bolsillo.

—En verdad eres un zoquete, Ray.

—¿Zoquete? ¿Qué maldita palabra es ésa? —el rostro torcido de Ray miró burlonamente la identificación de Jack—. Ésa no es la palabra que usaría el as más fuerte del mundo. Ésa es la clase de palabra que usaría una insignificante y temerosa piltrafa —se relamió los labios como si saboreara la idea—. La Gran Piltrafa Dorada. Ése eres tú.

Jack miró a Ray y se cruzó de brazos. Billy Ray lo había hostigado desde hacía un año, desde que se conocieron en el *Carta Marcada*.

—Quítate de mi camino, Billy.

Ray endureció el semblante.

—¿Y qué vas a hacer si no lo hago, piltrafa? –sonrió–. Pégame con todo lo que tengas. Anda, inténtalo –Jack se reconfortó por un momento con la imagen mental de aplastar la cabeza de Ray como si fuera una calabaza. El wild card de Ray le daba fuerza y velocidad, y su kung fu o lo que fuera lo hacía hábil, pero Jack sintió que aun así podía demolerlo con un solo golpe. Pero lo pensó dos veces y decidió que ése no era el motivo de su visita allí.

—En estos momentos, mi meta es que el senador sea elegido, y pelear con su guardaespaldas no me ayudará a lograrlo. Pero después de que Gregg entre a la Casa Blanca, te prometo que voy a patear un gol de campo contigo, ¿estamos?

—Espero que intentes hacerlo, piltrafa.

—Cualquier día después del ocho de noviembre.

—Nos vemos el día nueve, un minuto después de medianoche, piltrafa.

Ray se hizo de lado y Jack entró a la suite del cuartel general. Las cajas de pizza abiertas estaban rodeadas por colaboradores de la campaña, que las devoraban. Unos monitores de televisión balbuceaban los análisis de las cadenas nacionales a oídos sordos. Jack preguntó por el cuarto que usaba Danny Logan, tomó una caja de pizza y se dirigió hacia allá.

El parlamentario de campaña era un viejo congresista, regordete y de pelo blanco, del barrio de Queens, que había perdido su curul en el Congreso cuando su electorado irlandés fue reemplazado por puertorriqueños. Hoy en día se dedicaba a asesorar a candidatos demócratas sobre las mejores maneras de conseguir los votos de los irlandeses-estadunidenses.

Jack lo vio, solo, con las piernas abiertas y tumbado sobre la cama, rodeado de botellas vacías y hojas amarillas tamaño oficio, arrugadas, cubiertas de números.

—Te recomiendo que comas algo –le dijo Jack, depositando la caja de pizza sobre la enorme barriga de Logan.

—No servirá de mucho –dijo Logan. Tenía la voz pastosa–. No

tenemos los números. Vamos a perder el Decreto 9(c), el caso de prueba.

Jack se talló los ojos.

—Por favor, refresca mi memoria.

—El 9(c) es una fórmula para redistribuir a los delegados que anteriormente apoyaban a candidatos que abandonaron la contienda. De acuerdo con el 9(c), los delegados del excandidato son divididos entre los candidatos restantes en proporción al número de votos que los sobrevivientes ganaron en esos estados. En otras palabras, después de que Gephart se salió de la contienda, sus delegados de Illinois, digamos, se dividieron entre Jackson, Dukakis y nosotros, según el porcentaje del voto.

—Bien.

—Barnett y algunos de los veteranos del partido están desafiando el 9(c). Quieren liberar a los delegados para que voten por quien ellos quieran. Barnett supone que podrá obtener unos cuantos votos; los veteranos del partido quieren iniciar un movimiento a favor de Cuomo o Bradley, entre los independientes –Logan se pasó los dedos por su delgado cabello blanco–. Anunciamos nuestro apoyo a esta regla, pensando en que veríamos quién se alineaba a favor o en contra, para darnos una idea de cómo resultará el desafío de California.

—¿Y estamos perdiendo en el 9(c)? –Jack alcanzó una botella y le dio un trago.

—Gregg está haciendo unas llamadas. Pero como Dukakis se opuso al 9(c), estamos librando una batalla perdida –golpeó la cama con su puño–. Todos se la pasan preguntándome sobre esas historias del senador y esa dama reportera. Dicen que tendremos otro fiasco como el de Hart. Ahí es donde está la resistencia. Todos presienten que va a correr la sangre de Gregg.

—¿Y qué puedes hacer tú? –preguntó Jack.

—Sólo puedo intentar demorar las cosas –Logan soltó un fuerte eructo–. En este juego hay muchas maneras de ganar tiempo.

—¿Y entonces?

—Y entonces Gregg comienza a trabajar en su discurso de concesión.

El enojo se encendió en Jack, como un rayo fulminante. Agitó su gran puño.

—¡Pero si ganamos en las elecciones primarias! Obtuvimos más votos que *nadie.*

—Y por eso somos un blanco fácil. Ah, mierda –brotaban lágrimas de los ojos de Logan. Los talló con el dorso de una mano rojiza–. Gregg me apoyó todo el tiempo cuando perdí mi curul. No hay hombre más decente en el mundo. Merece ser presidente –su rostro se desmoronó–. *¡Pero no tenemos los números!*

Jack miró a Logan llorar, con la caja de pizza saltando sobre su barriga. Jack dejó su trago sobre la mesa de noche y salió del cuarto. En su interior, la desesperanza cantaba como un viento sibilante.

Todo ese trabajo, pensó. Toda la esperanza renovada que lo había llevado a la vida pública nuevamente. Todo para nada.

En la sala principal del cuartel general, el equipo de campaña seguía aglomerado alrededor de las cajas de pizza. Jack preguntó dónde estaba Hartmann, y le dijeron que el senador estaba enclaustrado con Devaughn y Amy Sorenson, armando una estrategia. Después, comenzarían una ráfaga de llamadas telefónicas de último minuto para ganarse a algunos de los superdelegados independientes. Sin nada más que hacer, Jack tomó una rebanada de pizza y se acomodó frente a los televisores.

—Será una contienda cerrada –resonaba la voz de Ted Koppel en los oídos de Jack, mientras hablaba en el escenario casi vacío de la convención con un David Brinkley de apariencia cínica, ubicado en la cabina superior–. Las fuerzas de Hartmann cuentan con esta prueba para demostrar su fuerza antes de la gran contienda por el desafío de California.

—¿No… es… ésa… una… estrategia… arriesgada? –los modos secos y fríos de Brinkley parecían inflar cada palabra, convirtiéndola en una oración.

—La estrategia de Hartmann siempre ha sido arriesgada, David. Su articulación del principio liberal político en una carrera dominada por personalidades superficiales de los medios siempre ha sido considerada como arriesgada, incluso por sus propios estrategas. Aun si perdiera California esta noche, el supervisor de campaña de Hartmann me dijo que seguirá firme en su apoyo a la causa de los derechos de los jokers durante la pelea de la plataforma mañana.

Brinkley fingió una sorpresa de cascarrabias.

—¿Me estás diciendo, Ted... que en esta época... un hombre puede lograr... ser el favorito... por una articulación pública y consistente... de principios?

Koppel sonrió.

—¿Acaso dije eso, David? No quise sugerir que la campaña de Hartmann hiciera caso omiso de los medios; es sólo que ha sido consistente con la imagen que le ha presentado al votante, así como las campañas de Leo Barnett y Jesse Jackson, los otros dos candidatos más cercanos a obtener el premio, han sido igualmente consistentes. Pero como dije, toda estrategia tiene sus riesgos. La campaña de Walter Mondale en el 84 nos sirve como ejemplo para cualquier político que se atreva a ser *demasiado* consistente y elocuente.

—Pero supongamos... que Hartmann pierde la pelea... ¿Cómo sería posible... que volviera a generar ímpetu?

—Quizá no pueda hacerlo, David –obviamente, Koppel estaba emocionado–. Si Gregg Hartmann no puede ganar por lo menos por un pequeño margen en la pelea por el Decreto 9(c), corre el riesgo de perderlo todo. El gran desafío con California puede resultar ser un anticlímax, podría perder cuanto está en juego durante la pelea por el 9(c).

Drama, pensó Jack. Había que dramatizarlo todo. Cada voto tenía que ser *el* voto, el voto significativo, el voto crítico, o de lo contrario los dioses voraces de los medios no serían felices y no tendrían nada con qué llenar la transmisión más que sus propias divagaciones.

Jack arrojó el trozo de pizza medio comido de vuelta en la caja. Cruzó al otro lado del cuarto y se encontró con Amy Sorenson que salía de la reunión. Había desesperación en sus ojos oscuros. Hartmann estaba en el teléfono, dijo, tratando de reunir votos de último minuto. Sin esperanzas, pensó Jack. Recogió su portafolios, dejó el cuartel y se dirigió por el pasillo hacia el cuarto de Logan. El parlamentario yacía inconsciente en la cama, aferrado a una botella de whisky como si fuera el cuerpo de una mujer.

Solitario, en un rincón, el televisor mantenía su ruido de fondo. Cronkite y Rather analizaban la estrategia de Hartmann y concluían que pudo haberse extralimitado esta vez. A Jack le recordaron a un par de críticos de cine destrozando alguna película reciente. ¿Y qué tal si no hubiera drama?, pensó Jack. ¿Qué pasaría si las votaciones llegaran

y no ocurriera nada, que todo fuera sólo un pequeño detalle de procedimiento? ¿No se sorprenderían todos si alguien surgiera de la nada
y le quitara todo el drama? ¿Qué pasaría si alguien, un dios de los
medios o algo, llegara y cancelara el enfrentamiento de Leo Barnett?

Jack se dio cuenta de que miraba atentamente su portafolios.

Lo abrió, sacó el teléfono, le pidió a la pequeña memoria de la
computadora que lo comunicara con Hiram Worchester.

—¿Worchester? –dijo–. Habla Jack Braun. De parte de Danny
Logan.

—¿Ya sacó sus cuentas Logan? Hasta donde puedo ver, estamos en
serios problemas.

Jack se estiró hacia la mesita de noche y se empinó lo que quedaba
de su trago.

—Lo sé –dijo–. Es por eso que, cuando se dé la pelea por el 9(c),
quiero que le otorgues la mitad de tus votos a Barnett.

—Más te vale que no nos estés vendiendo, Braun.

—Nada de eso.

—Ése sería tu clásico estilo de as, actuar como Judas, ¿no es así?
Una imprevista cuchillada en la espalda, luego un nuevo empleo en
los medios, cortesía de Leo Barnett.

Jack apretó su puño. El vaso en sus manos explotó, en un destello
de luz dorada.

—¿Lo vas a hacer o no? –exigió Jack. Vio cómo el vidrio quebrado
se escurría de su puño como si fuera arena.

—Quiero discutirlo primero con Gregg.

—Háblale si gustas, pero está ocupado. Pero prepárate para reducir a la mitad el total de tus delegados.

—¿Sería mucha molestia que me explicaras qué está pasando?

—Vamos a cancelar el enfrentamiento. Si Barnett gana por un
margen muy grande, eso no probará nada. Lo único que significará
es que no dimos la pelea. En las películas, no puedes tener un tiro-
teo con sólo un hombre en la calle. El público se saldría de la sala
–se dio un largo silencio en el otro extremo de la línea. Y luego–:
Déjame hablar con Logan.

—Está en otra línea.

—¿Y cómo esperas que confíe en ti? –la furia del tipo obeso golpeaba el oído de Jack.

—No tengo tiempo para discutirlo. Lo hagas o no, no me importa. Pero después, serás responsable de la decisión que tomes.

—Si lo que haces le cuesta a Gregg las elecciones...

Jack soltó una carcajada.

—¿Has visto ABC? Ya lo tienen concediendo la candidatura.

Jack cortó la conexión y llamó a su asistente, Emil Rodriguez. Le comunicó que él no bajaría a la convención esa noche, y que la delegación sería de Rodriguez para que la dirigiera como quisiera, pero debería cortar su voto a la mitad en cuanto al 9(c) y luego mantenerse como una roca en contra del desafío de California. Comenzó a llamar a todos los demás líderes de delegaciones, en el orden del número de votos que acumulaba cada uno. Para cuando hizo su última llamada, con el hombre que controlaba los dos votos de Hartmann de las Islas Vírgenes, la convención había reanudado sus actividades.

Danny Logan, que yacía inconsciente en la cama, comenzó a roncar. Jack encendió el televisor y se sentó en un rincón con la botella de whisky de Logan. La atmósfera en la sala de la convención era intensa. Los delegados corrían a sus puestos, rodeando a sus líderes de grupo. La orquesta estaba tocando –por Dios– «No llores por mí, Argentina».

Jack sintió un nudo de miedo en las entrañas.

Jim Wright, el vocero de la Casa de Representantes y ahora presidente electo esa tarde por la convención, incitó a todos al orden. Un senador de Wyoming se puso de pie para promover la revocación del 9(c). Todas las tropas ya se habían alineado y no había debate.

Jack le dio un largo, largo trago al whisky, y comenzó el pase de lista. En los siguientes diez minutos, Peter Jennings, secundado por sus asistentes en la sala, habló en tono serio acerca de la asombrosa derrota de Gregg Hartmann. Jack podía oír a la gente afuera del cuarto, marchando para un lado y para el otro. En dos ocasiones alguien tocó a la puerta, y en las dos ocasiones los ignoró.

Entonces, David Brinkley, con su inmutable sonrisa sardónica, comenzó a preguntarse en voz alta si acaso habría gato encerrado. Él y Koppel y Jennings dispersaban esa idea de un lado a otro, conforme se contabilizaban los números disparejos, pero luego concluyeron unánimemente que toda la contienda había sido un ardid, y que Barnett, Gore y los otros habían caído en la trampa.

Se escucharon más golpes a la puerta.

—¿Logan? –era la voz de Devaughn–. ¿Estás ahí?

Jack no dijo nada.

Después de que el análisis de los reporteros se filtrara de vuelta a la convención, la sala entera enloqueció. Hordas de delegados se movían para todos lados, como astillas de madera arrastradas por una inundación. Jack tomó su teléfono y llamó a Emil Rodriguez.

—Comienza a mover el asunto de California. Ahora mismo.

Los adversarios de Hartmann cayeron en una confusión total. Toda su estrategia se había desbaratado.

Hartmann ganó el desafío de California con la mano en la cintura. Un rugido de celebración comenzó a escucharse afuera del cuarto. Jack abrió la puerta de Logan, colgó el letrero de «No molestar» y se echó a andar por el pasillo.

—¡Jack! –Amy Sorenson, con su cabello castaño volando, corrió hacia él entre una multitud aturdida que celebraba–. ¿Tú estabas ahí adentro? ¿A ti y a Logan se les ocurrió esto?

Jack la besó, sin importarle en lo más mínimo si su esposo estaba presente.

—¿Te sobró algo de pizza? –preguntó–. Me está dando hambre.

8:00 p.m.

Un nudo de personas apretujadas en la entrada principal del Marriott se hizo para atrás cuando la Tortuga se asentó sobre la acera. Blaise, dando golpecillos con sus tacones sobre el costado del caparazón, se deslizó de la parte de arriba al suelo. Antes de bajarse también, Tachyon le dio una palmadita cariñosa al caparazón.

—Gracias, Tortuga, por esta tarde tan encantadora. La ciudad es elegante cuando la ves desde arriba.

—Cuando gustes, Tachy –el caparazón se alejó, flotando en el aire.

—Doctor Tachyon.

El extraterrestre se volvió hacia esa voz suave y bien modulada, con fuerte acento sureño.

—Reverendo Barnett.

No se habían conocido, aunque se reconocieron instantáneamente. Estaban parados en la escalinata del Marriott, devorándose sus respectivas caras, mientras cada uno buscaba la clave para descifrar el temperamento del otro. Leo Barnett era un hombre joven de estatura mediana, de cabello rubio y ojos azules, con un hoyuelo en la barbilla. Era un rostro agradable, y por unos momentos el taquisiano se esforzó por reconciliar la imagen odiada de sus sueños con este hombre de voz cálida. Luego recordó los rostros exquisitos de sus parientes y amigos –todos ellos rufianes asesinos—y el momento de desconcierto se disipó.

—Doctor, ¿nadie te ha dicho que hay ciertas cosas que no hacemos en la calle porque alarman a los niños y ahuyentan a los caballos?

Había algo de humor en sus palabras, de modo que Tachyon, quien se había tensado por si lo atacaban, se relajó.

—Reverendo, he estado en la Tierra más tiempo del que has vivido, y creo que jamás había escuchado esa expresión.

Una mujer salió de entre la multitud que rodeaba a Barnett.

—Normalmente se refiere a algo sexual, y de eso tú sabes mucho.

Cabello lacio y sedoso hasta los hombros que caía en cascada sobre su pecho, largas y oscuras pestañas revoloteaban sobre las mejillas de alabastro y se levantaban para revelar ojos de color azul profundo...

No, ¡cafés!

La realidad cambió de rumbo, como un tranvía brutalmente descarrilado. El aliento de Tach parecía estar atorado en alguna parte entre su diafragma y su garganta. Se tambaleó buscando el hombro de Blaise, y Leo Barnett saltó hacia delante para sostenerlo por el otro lado.

—Doctor, ¿estás bien?

—He visto un fantasma –murmuró Tach. El desfallecimiento se desvanecía, y levantó sus ojos para mirar los de la mujer.

—Mi coordinadora de campaña, Fleur van Renssaeler –dijo Barnett, mirando nerviosamente a la mujer.

—Lo sé –dijo Tachyon.

—Eres muy rápido, doctor –sus primeras palabras habían sido agresivas, pero ahora, cada sílaba destilaba sarcasmo amargo.

—Tienes el rostro de tu madre... –tembló levemente bajo la furia encendida que destellaba en los ojos cafés–. Pero sus ojos eran azules.

—Tienes una memoria extraordinaria.

—No hay un solo detalle del rostro de tu madre que yo haya olvidado.

—¿Acaso debo sentirme halagada por eso?

—Espero que sí. Estoy desmesuradamente contento de verte. Tú y yo jugamos, cada semana, durante casi dos años –soltó una leve risa–. Recuerdo cuánto te gustaba ese horrendo dulce de maíz. Mis bolsillos se quedaban pegajosos durante varios días.

—*Tú nunca* fuiste a nuestra casa. Mi padre no lo permitía.

Tach sintió que se le caía la quijada.

—Pero yo controlaba mentalmente a la servidumbre. Tu madre tenía tantas ganas de verte…

—Mi madre era una maldita zorra. Abandonó a mi padre y a sus hijos por ti.

—No, eso no es cierto. Tu padre la corrió de la casa.

—¡Porque andaba de puta contigo! –la mano de Fleur latigueó y la fuerza del golpe le hizo girar la cabeza. Se tocó la mejilla, ardiente, comenzó a acercarse a ella.

—No…

Barnett puso una mano sobre el hombro de Tachyon.

—Doctor, es obvio que esta conversación te está alterando a ti y a la señorita Van Renssaeler. Creo que es hora de seguir nuestro camino.

El ministro extendió su mano hacia ella. Los labios de Fleur se veían flojos, y algo más pesados. La rodeaba un aura sexual. Del brazo, Barnett la metió al taxi, como si tuviera prisa por soltarla.

—Quizá podamos hablar de nuevo en un futuro, doctor. Confieso que tengo una gran curiosidad por las creencias religiosas de tu mundo –Leo hizo una pausa, colocó su mano en la puerta del taxi–. ¿Eres cristiano, doctor?

—No.

—Debemos platicar.

Todo el séquito se alejó, volando, mientras Tach miraba inexpresivamente al taxi en el que iba Fleur.

—Por el Ideal, ¿qué fue lo que pasó? –la frase taquisiana, pronunciada con ese fuerte acento inglés de Blaise, incrementó el sentido de desorientación de Tachyon.

Tach presionó sus labios con los dedos.

—Oh, ancestros –con fuerza, rodeó los hombros de Blaise con su brazo–. 1947.

—No me digas. ¿De qué carajos estás hablando?

—Cuidado con esas palabras altisonantes.

Entraron al hotel y Blaise preguntó:

—*K'ijdad*, ¿quién es la vieja *femme*?

—No está vieja… un poco mayor que su madre cuando la perdí. Y por cierto, debes dejar de usar francés y taquisiano en la misma oración. Me saca de quicio.

—Cuéntame esta historia –exigió el muchacho.

Los ojos de Tachyon pasearon del elevador al bar.

—Necesito un trago.

El pianista estaba de guardia, tecleando una versión jazz de «Smoke Gets in Your Eyes».

—Brandy –espetó el extraterrestre a la mesera que pasaba.

—Cerveza –Blaise se encogió bajo la mirada penetrante de su acompañante mayor–. Coca-Cola –dijo, corrigiéndose con un tono apagado.

Se sentaron en completo silencio hasta que les llevaron las bebidas; Tachyon dio un largo trago.

—Fue sólo unos cuantos meses después de que liberaran el virus. Blythe había contraído el wild card, y la llevaron al hospital donde yo trabajaba. Ella era la mujer más hermosa que jamás había visto, y creo que la amé desde el primer momento que la vi –Blaise puso los ojos en blanco, incrédulo–. Pues, sí es cierto –dijo Tachyon, a la defensiva.

—Y entonces, ¿qué pasó?

—El poder de Blythe le permitía absorber las mentes. Archibald Holmes la reclutó para una organización antifascista llamada *Cuatro Ases*. Jack era miembro, también Earl Sanderson y David Harstein. Blythe se convirtió en el almacén de depósito para las mentes de Einstein, Oppenheimer y muchas, muchas más, incluyendo la mía. Mientras tanto, Jack y Earl y David se movían por todo el mundo, derrocando dictaduras, capturando nazis y demás.

»Luego, en el 48, trataron de resolver la situación en China. David era la clave para las negociaciones, porque tenía un enorme poder de feromonas. Cuando estabas con él, podía convencerte de lo que quisiera. Él tenía a Mao y al Kuomintang besándose y jurándose amistad eterna. Luego él y los otros se fueron de China, y naturalmente, todo se vino abajo.

Tach alzó un dedo en señal de otro brandy.

—En ese periodo crecían las sospechas hacia los wild cards. Muy similar a lo que ocurre hoy. China les dio el pretexto que necesitaban. Se fueron tras de los Cuatro Ases, acusándolos de ser comunistas. Pero era sólo un pretexto. Su verdadero pecado era ser diferentes: más que humanos. Todos fuimos llamados a comparecer ante el Tribunal de Actividades Antiestadounidenses del Congreso. Querían los nombres de todos los ases con los que había tenido trato. Yo me negué, pero entonces... –Tachyon le dio un trago largo a su brandy. Por alguna razón, esa historia nunca se volvía más fácil de contar.

—Continúa –dijo Blaise, insistente. Sus ojos oscuros brillaban, emocionados.

Con una voz vaciada de toda emotividad, Tachyon prosiguió:

—Jack se había convertido en una suerte de «testigo amistoso». Le dijo al Comité que Blythe había absorbido mi mente, mis recuerdos.

»La pusieron en el estrado y comenzaron a interrogarla. Debido al estrés, por tener que lidiar con tantas mentes, Blythe estaba... frágil. Estaba a punto de revelar a los otros ases. Yo no podía permitir que eso sucediera. La controlé, pero al hacerlo quebranté su mente. Perdió completamente la razón, y su esposo tuvo que internarla. Murió en un manicomio, en 1954.

—¿Quién era el esposo?

—Un congresista de Nueva York. Tenían tres hijos. Henry Jr., Brandon y Fleur. Les perdí la pista durante los años en que viajé por Europa.

—Y fue entonces cuando conociste a George.

—Sí.

—Esto es muy confuso.

—Y eso que no lo viviste.

—Entonces, ésta es la historia antigua de la que no te gusta hablar cada vez que te pregunto por qué tú y Jack se pelean tanto.

—Así es. Por muchos años, yo culpé a Jack por la destrucción de Blythe. Luego me di cuenta de que fui yo quien la destruyó. Jack fue sólo uno de una larga línea de factores que contribuyeron a ello: para empezar, mi familia, por desarrollar el virus, Archibald Holmes por haberla reclutado, su esposo por rechazarla, Jack por ser débil y los seres humanos por ser sobornables.

Blaise sorbía ruidosamente con un popote los restos de su Coca-Cola.

—Pues vaya, esto sí que es algo fuerte, ¿sabes?

—Ella es bellísima, ¿verdad?

—¿Fleur? –se encogió de hombros–. Supongo que sí.

—Tengo que verla, Blaise. Debo explicarle, resolver el pasado. Ella tiene que perdonarme.

—¿Y eso por qué habría de importarte?

—Cielo en llamas, ¡mira la hora! Se supone que debía reunirme con la delegación de Texas hace cinco minutos. Ve y compra algo de cenar, llévalo al cuarto y ¡no te metas en problemas! Tengo que cambiarme.

Cuando entró al cuarto, el teléfono sonaba. Levantó el auricular de un jalón, y Tachyon escuchó el siseo de la larga distancia. La voz fría y monótona de la operadora preguntó:

—¿Acepta usted una llamada por cobrar de parte del señor Thomas Downs?

Por un instante, Tach no dio crédito del descaro del periodista, y guardó silencio, mientras sonaba la lejana voz de Digger balbuceando frenéticamente.

—Tachy, tienes que escucharme…

—Señor, esta llamada aún no ha sido aceptada –un regaño por parte de la fría operadora.

—¡Tachy, escucha! Algo terri…

—¡Señor!

—…ayúdame…

—Señor, ¿acepta usted los cargos?

—…¡en serios problemas! –la voz de Digger se elevaba, alcanzando tesitura de soprano.

—¡No! –Tachyon azotó el auricular tan fuerte que el teléfono repiqueteó en señal de protesta. Apenas se estaba quitando la camisa cuando sonó otra vez.

—Una llamada por cobrar…

—¡No!

El teléfono sonó siete veces más. Después de la tercera Tach dejó de contestar. El timbre agudo parecía taladrarle la cabeza. Se vistió rápidamente, con la misma elegancia de siempre. Rosa pálido y lavanda con encajes plateados. El teléfono seguía sonando cuando se dirigía al pasillo. Titubeó por unos segundos. *Ayúdame*. Pero ¿ayudarle cómo? Tach sacudió la cabeza, enérgicamente y cerró la puerta. Habían sido demasiadas las veces que Digger lo había metido en sórdidos embrollos de periodistas. Esta vez no.

De por sí ya tengo bastantes problemas.

Spector no había ido a la tienda en un año y medio, desde el Día Wild Card, cuando el Astrónomo desapareció en una llamarada de gloria. Con un poco de ayuda contratada, claro está. El traje que compró en esa ocasión no le duró ni un día, pero igual, muy pocas cosas sobrevivieron a *ese* día fatídico. El viejo encargado del lugar le había parecido buena persona. Pues qué demonios, por qué no beneficiarlo un poco más. No podía quedarse en un hotel de lujo sin vestir ropa decente. Resaltaría como un joker en un desfile de modas.

Justo al entrar, se dio cuenta de que cometía un error. Antes, la tienda era vieja, oscura y polvorienta, igual que el viejo que se encargaba de ella. Ahora, el lugar había sido pintado y renovado, con una iluminación más brillante. Incluso olía bien.

Justo cuando Spector se volvía, para salir, una voz lo llamó.

—Hola, bienvenido, señor. Si busca ropa fina a muy buen precio, está en el lugar indicado. Sólo dígame qué es lo que busca y yo me encargo de todo. Soy Bob, el nombre está en la entrada.

Spector inspeccionó a Bob. Vestía decentemente, y aunque la ropa no ocultaba el hecho de que ya llegaba a la edad mediana, tenía la clásica mirada y la sonrisa del timador. Spector sólo quería comprar unas cuantas prendas y salir de ahí.

—Necesito dos trajes, uno gris oscuro y otro gris claro. Treinta y ocho de largo. No muy caros.

Bob se frotó la barbilla e hizo una mueca.

—No creo que el gris sea realmente su color. Quizás algo en café claro. Venga conmigo –tomó a Spector del codo y lo condujo hacia uno de los espejos–. Espere un segundo.

Spector le echó un vistazo a la tienda. No había nadie más. Eran sólo Bob y él.

Bob regresó, sosteniendo un saco color marrón. Colocó a Spector hacia el espejo y alzó el saco ante sus ojos.

—¿Qué le parece? Muy bien, ¿no? Una ganga, a sólo cuatrocientos cincuenta dólares. Más las alteraciones, por supuesto.

—Quiero dos trajes. Tal y como los pedí. Uno gris claro. El otro gris oscuro.

Bob suspiró.

—Mire a su alrededor. ¿Sabe cuántas personas visten trajes grises? Si quiere distinguirse, causar una buena impresión, tiene que vestir adecuadamente. Confíe en mí.

Spector no estaba escuchando. Respiraba ligeramente y estaba concentrado. Recordaba el dolor. La agonía de su propia muerte.

—¿Está bien, señor?

Spector se volvió hacia Bob y lo miró directamente a los ojos. Se engancharon. Bob no podía voltear a otro lado, y Spector no quería hacerlo. El recuerdo de su muerte bloqueaba todo lo demás. Y se lo dio al hombre que tenía enfrente. Sus entrañas se retorcieron e incendiaron. La piel se abrió y comenzaba a mudarse. Los músculos se trozaron y los huesos se quebraron. La muerte de Spector vivía de nuevo en su mente. Y Bob también la sintió. Spector tembló al recordar cómo había explotado su corazón. Bob soltó un gemido. Sus piernas se hicieron de hule y cayó de bruces. Muerto. Justo como había quedado Spector antes de que Tachyon lo devolviera a la vida.

Spector revisó sus alrededores. Seguían solos. Tomó a Bob de las axilas y lo arrastró hasta uno de los vestidores, luego caminó de vuelta a los estantes y escogió dos trajes grises. Uno oscuro, el otro claro.

Los envolvió en plástico y se dirigió a la calle.

—El cliente siempre tiene la razón, Bob. Es la primera regla de los negocios.

9:00 p.m.

—El problema de que Jackson aparezca en la boleta electoral es que podría costarnos la elección. No lo interpretes como racismo ni nada de eso.

—Pero sí suena así –interrumpió Tachyon. Un ceño fruncido de proporciones míticas se dibujó en la frente de Bruce Jenkins. Y como el único resto de cabello del hombre eran unos pequeños mechones sobre cada una de sus enrojecidas orejas, su cabeza entera parecía un planeta deformado por un terremoto–. No es por sugerir que *seas* racista –dijo Tachyon apresuradamente, dándose cuenta de que la falta de tacto taquisiana podría estar fuera de lugar en una convención política–. Pero ¿por qué estamos discutiendo sobre candidatos que van en tercer lugar, por muy interesantes o carismáticos que sean? El verdadero asunto aquí son el senador Hartmann y Leo Barnett.

—Reverendo.

—¿Qué?

—Reverendo Barnett. Sólo le otorgas su título a Hartmann. Leo merece el suyo también.

—¿Ya por fin nos ponemos a hablar de cosas serias, señor Jenkins?

—Sí, Texas apoyó firmemente al reverendo.

—¿Y tienes la intención de que las cosas sigan así?

—Si puedo hacerlo, sí. Ahora, esto no quiere decir que Gregg Hartmann no sea un buen hombre. Lo es, y por eso que pienso que las opciones de Barnett y Hartmann juntos en la boleta podrían tener una verdadera fuerza.

—¡Imposible!

—Escucha, no nos precipitemos. La política se parece mucho al comercio de caballos, doctor. No puedes ser demasiado rígido.

—Señor Jenkins, si el tema aquí es el triunfo de la candidatura democrática en noviembre, entonces una coalición encabezada por Leo Barnett sería un desastre. Sigue habiendo una buena cantidad de personas que se opondrían a que una figura religiosa dirija este país. Además, Barnett es un candidato de una sola nota.

—No, señor, en eso te equivocas. Lo ves como candidato de una sola nota porque estás obsesionado con los wild cards, pero Leo habla en nombre de muchos estadunidenses comunes y corrientes que están preocupados por la decadencia moral de este país.

Salieron del restaurante Bello Mondo. A su izquierda se oía el repiqueteo de cubiertos sobre vajillas mientras los periodistas, parásitos y delegados de recursos menores cenaban en la cafetería del

Marriott. Tachyon se puso serio al ver las banderolas extendidas a lo ancho del inmenso vestíbulo del lobby.

Oyó las pisadas fuertes de unos tacones altos, saltó y se volvió al sentir unos dedos fríos enredarse en su cabello, tocando su nuca. Sara se estremeció por la presión de su mano alrededor de sus dedos. Un color brillante le encendió ambas mejillas, pero parecía manifestar furia sobre el blanco casi inhumano de su piel.

—Vine por una declaración, y para ver si podía ayudar en algo –Tachyon se quedó perplejo.

—¿Qué?

Ella dio un paso corto hacia atrás, sus fosas nasales se ensancharon.

—Chrysalis.

—¿Qué con ella?

—Está muerta –el tono seco lo golpeó casi igual de fuerte que la cachetada de Fleur. Dio dos pasos, buscando en qué apoyarse. Su mano agarró el hombro puntiagudo de Sara.

—¡Muerta!

—¿Entonces no lo sabías?

—No… es que… he estado ocupado. Todo el día.

—Claro –su tono era amargo; luego, abruptamente, dibujó una delicada máscara de compasión en su pálido rostro–. Siento tanto haber sido la que te lo dijo.

Jenkins se acercó cautelosamente.

—Doctor, parece que has recibido una mala noticia. Seguiremos platicando en otra ocasión.

Sara apretó el brazo de Tachyon con ambas manos y lo jaló hacia los elevadores.

—Esto te ha causado un shock. Estás muy pálido. Quizá deberías recostarte.

—Necesito un trago.

Sara, seria, no soltó su brazo.

—¿No tienes algo en tu cuarto?

—Sí –respondió Tachyon, mirándola molesto.

—Vamos… vayamos para allá –la lengua pálida remojaba levemente sus labios delgadísimos–, es que… necesito hablar contigo –el vértigo físico se sumó a su vértigo emocional mientras el elevador ascendía rápidamente.

—Chrysalis —Tachyon sacudió la cabeza, incrédulo—. Cuéntame.

Y eso hizo Sara, con oraciones tersas y rápidas, con sus ojos pálidos clavados en los ojos lilas de Tachyon. Ella parecía presionar, buscando un contacto mental, y él intensificó su autocontrol. Él, en realidad, no quería saber qué pasaba detrás de ese rostro tan intenso.

Se dirigieron a la suite. Tachyon se quedó mirando el espejo arriba del minibar, su mano rodeaba ligeramente una botella de brandy. Espejos. *A Chrysalis le encantaban los espejos, y había llenado su recámara con ellos.*

Se imaginó el cráneo con su característica espiral de diamantina en una mejilla transparente. La imaginó, molida a golpes. El tintineo de cristal contra cristal resonó con fuerza en el cuarto.

Se volvió, extendiendo el vaso, pero Sara se había ido. Al escuchar el rechinar de un colchón, entró a la recámara y se sorprendió al ver la pose de ella. Los codos descansaban en el cubrecamas. Una pierna doblada sobre la otra. La falda levantada a medio muslo. Aceptó el trago, y coquetamente dio una palmadita a un lado de ella sobre la cama. Sintiéndose como un hombre que comparte una banca con una araña, se sentó cautelosamente.

—Secretos —Tachyon suspiró y dio un trago—. Supongo que Chrysalis finalmente encontró el secreto que la llevó a su muerte.

—Sí —Sara miraba rígidamente la pared del lado opuesto. Se sacudió y colocó su mano en el brazo de Tachyon. Ahí quedó, pesado y sin vida—. Entiendo lo mucho que esto debe dolerte. Ustedes dos eran muy cercanos.

Apartó la mano de Sara, la apretó y la puso a un lado.

—No sé si podría llegar tan lejos.

La mano regresó, los dedos apretaron con fuerza el gran músculo de su muslo. Ella comenzó a frotarlo. Tach la miró, nerviosamente. Aparecía sudor en las raíces del cabello de ella, y sus labios apretados formaban una línea delgada. Ella percibió el escrutinio de Tachyon, le sonrió entrecerrando los párpados e hizo una mueca. Tachyon se acabó el trago. El músculo de su pierna comenzaba a acalambrarse bajo el furioso asalto de Sara.

—¿Otro? —agitó el vaso.

—Ah, sí. Por favor —dijo ronco, aclarándose la garganta.

Se quedaron sentados, bebiendo en silencio. Tachyon sintió que sus entrañas se acalambraban.

—Me pregunto si... ¡POR DIOS!

Golpeó la orilla de la cama, se deslizó hasta el piso, el brandy mojó su entrepierna. Se metió un meñique en el oído, limpiando la humedad que había dejado el repentino lengüetazo de Sara. Se había sentido como si alguien le enterrara en la oreja un hisopo bañado en vaselina helada.

Desde la orilla de la cama, con ojos brillantes y febriles, ella lo miraba mientras estaba tendido en el piso. Y gimió:

—¡Te deseo! ¡Te deseo!

Parecía que lo golpeaban con un rastrillo. Ella se abalanzó sobre él, y sus rodillas huesudas, los codos, la pelvis se enterraban en su pecho, su entrepierna, en sus muslos. Se revolcaron por unos segundos, mientras Sara le plantaba besos inexpertos en cualquier parte de la anatomía que tuviera enfrente. Tachyon la aventó a un lado y se arrastró hasta el otro lado de la cama.

—*Pero ¿qué demonios estás haciendo?* –lágrimas de vergüenza y de rabia le arrasaban los ojos.

—Quiero hacer el amor contigo.

—¡Si esto es una broma, es de un mal gusto terrible! O más bien, es de un buen gusto perfecto si te gusta el más cruel humor taquisiano.

—¿Qué disparates estás diciendo? –gritó ella, echando para atrás su cabello.

—¡Soy impotente! ¡Impotente! *¡IMPOTENTE!*

—¿Todavía? –preguntó ella con asombro genuino.

Eso desmoronó el último vestigio de su control.

—¡Sí, púdrete, desgraciada! ¡Y ahora, lárgate! ¡Con un demonio, vete de aquí!

Manchones rojizos llamearon en las mejillas de ella. Sara se arrojó sobre el pecho de Tachyon, sus manos se engancharon ansiosamente a su cuello.

—No, por favor, no puedo dejarte. Yo sigo, ¿qué no entiendes? ¡Sólo tú me puedes mantener a salvo!

—¿Has perdido la razón? ¿Mantenerte a salvo de qué?

—¡De Hartmann! *¡HARTMANN!* ¡Él mató a Andi, él mató a Chrysalis y ahora me matará a *mí*!

—Ya no quiero escuchar nada de esto.

—Él es un monstruo. Inhumano. Malévolo.

—Hace un año no hacías más que coger con él.

Ella respondió, jadeando, ásperamente:

—Me obligaba a hacerlo.

—Ahora sí escuché ya suficiente. Estás loca –Tach se levantó de golpe, arrastrando a Sara como a una potranca rejega. Abrió la puerta de golpe–. Fuera, fuera, fuera, fuera.

Ella huyó de él y se arrojó a la cama. Se enroscó con una almohada, apretándola contra su pecho.

—No, no, no puedes obligarme. No me iré. Tienes que ayudarme –gritaba, mientras él la levantaba en brazos para regresar tambaleando hasta la puerta–. ¡Léeme! ¡Entra a mi mente! –silbó ella entre dientes, aferrándose a sus solapas.

—Nunca *tocaría* esa cloaca a la que llamas mente –sintió fuego cuando las uñas de ella le rasguñaron la cara.

—TE ARREPENTIRÁS CUANDO ESTÉ MUERTA.

—Ya me arrepentí.

Tach azotó la puerta, sacudió su saco, con asco, y se enfiló hacia el bar. Se apoderó del coñac y bebió directamente de la botella, escupiendo en cuanto el ardor del licor fue demasiado para su garganta. Se pasó una mano sobre la cara, y gritó cuando el licor penetró en las cortadas dejadas por la uñas de ella.

Ayúdame.

No quieres creerme. ¡Te arrepentirás cuando esté muerta!

La botella explotó contra la pared del fondo.

—¡YA ME HARTÉ DE ESTAR ARREPENTIDO!

11:00 p.m.

SPECTOR SE LEVANTÓ EL CABELLO CON UN PEINE Y CORTÓ LAS PUNTAS con unas tijeras. Lánguidas tiras de cabello castaño cayeron en el fregadero. El corte casi alcanzó calidad de peluquería. Había cortado el cabello durante un tiempo, para ayudar a pagarse la escuela, y se había vuelto bastante eficiente. Tomó el espejo quebrado y revisó a sus espaldas la línea de la nuca.

—Nada mal, amigo –se dijo a sí mismo. Agarró un poco de crema y la untó en su labio superior, que estaba un poco irritado. Sin el bigote y el cabello largo se veía varios años más joven, no muy distinto de como se veía en la universidad. Sólo habían cambiado para siempre esos ojos llenos de dolor. Con el cabello lavado y peinado con secadora, sería irreconocible para todos aquellos que lo habían mirado desde que se convirtiera en Deceso. Excepto para Tachyon. Él lo reconocería, hiciera lo que hiciera.

Pensar en el pequeño extraterrestre lo llevó de golpe de su habitual estado taciturno a una condición de rabia devoradora. Ejecutar ese asesinato, eso lastimaría a Tachyon. Asintió hacia el espejo y caminó a la sala. La decoración era mejor que la de su departamento en Jokertown. Los muros lucían un tono verde-gris; los muebles eran de caoba o de otras maderas oscuras. Incluso se sentía un poco más animado. Había decidido regresar a Teaneck después de que el Durmiente lo moliera a golpes. Considerando el infierno que se había desatado poco después, había sido una buena idea.

Se echó en el futón negro y agarró el control remoto. Su vuelo no saldría hasta las diez del día siguiente. Habría tiempo suficiente para empacar las cosas por la mañana. Presionó el botón para ver el canal WABC. Crujiendo, el televisor se encendió y Ted Koppel apareció en pantalla.

—...poco se sabía de esta mujer de piel transparente que había decidido crear su propio reino en el centro de Jokertown en Nueva York –las cejas de Koppel se veían más pegadas de lo normal–. Mientras que la policía no dice mucho acerca del supuesto asesinato, al parecer se trató de un asunto muy brutal. Existe la posibilidad de que esté involucrado un as con fuerza anormal. Antes de darles la poca información de fondo que tenemos sobre esta mujer llamada Chrysalis, esto es lo que Angela Ellis, capitana de la comisaría de Jokertown, pudo decirnos hoy por la mañana.

El video hizo corte y apareció un área de prensa. Una mujer de baja estatura, cabello oscuro y ojos verdes estaba parada frente a un racimo de micrófonos. Se aclaró la garganta, hizo una pausa y colocó las palmas de sus manos sobre el podio.

—La mujer, popularmente conocida como Chrysalis, fue encontrada muerta en su negocio esta mañana. Si el médico forense determina que se trató de un homicidio, desde luego, esta comisaría realizará una investigación rigurosa. No tenemos más información que proporcionar hasta el momento –brotaron, como un rugido, las voces de los reporteros. Ellis levantó una mano–. Eso es todo. Los mantendremos informados conforme tengamos más noticias.

Spector se estiró para tomar la botella de whisky que siempre tenía cerca del futón. Dio un giro a la tapa y dio varios tragos. "Mierda." En realidad nunca le había importado esa perra, para nada, pero algo en el hecho de que estuviera muerta lo incomodaba. Ya flotaban sangre y muerte en el aire y aunque eso normalmente lo hacía sentirse bien, algo en sus entrañas le decía que tendría que arriesgarse para poder dar ese golpe. Y eso no era muy bueno. El dinero de los Puños de Sombra ya casi se acababa, y necesitaba otro cobro sustancioso. Lo que le habían encomendado había caído del cielo y no pensaba fallar.

Con unos cuantos tragos más del whisky, la voz monótona de Koppel comenzó a relajarlo. Poco a poco se quedó dormido, preguntándose cómo estaría el clima en Atlanta.

Tachyon estaba encorvado en la barra, los tobillos enredados en las patas del banquillo de cromo. Le molestaba la luz reflejada en las copas de vino colgadas de cabeza, pero no tenía energías para mirar hacia otro lado.

Espejos. Los espejos de La Casa de los Horrores estallando cuando los secuestradores habían llegado por Angelface. Un cráneo reflejado en cien ángulos distintos conforme entraba a la recámara de Chrysalis en el piso superior del Palacio de Cristal. Los labios invisibles pintados de un rosa pálido, la curva de la diamantina cruzando una mejilla transparente, los ojos azules flotando misteriosamente en sus huesudas cuencas.

Él había bebido en esos dos bares durante más años de los que le gustaba recordar. Y ahora La Casa de los Horrores había cerrado, tras la muerte de Des, hacía un año.

¿Y qué pasaría con el Palacio?

Una autocompasión borracha llenó de lágrimas los ojos de Tachyon, al pensar en su estado de despojo.

—Oiga, amigo –preguntó el jovial cantinero–. ¿Le sirvo otro?

—Claro, ¿por qué no? –el cantinero sirvió otro brandy y Tachyon alzó la copa–. Por aquellos que hemos perdido, los tristes muertos –Tach se acabó el trago, garabateó su número de cuarto al calce de la cuenta, se deslizó de su asiento. Aún había mucha actividad en el lobby, incluso a esta hora, pero no ubicó a nadie conocido. Pensó en llamar a Jack, pero quería beber y hablar acerca de Chrysalis, y el gran as no la había conocido.

Comenzó a vagar sin rumbo, y de pronto llegó al piso donde se celebraba la fiesta de Barnett. Detrás de las puertas se oía el murmullo apagado de voces. Miró intensamente la puerta, deseando que apareciera Fleur. No funcionó. Su escrutinio silencioso de la suite llamó la atención de un guardia del Servicio Secreto. Tach lo vio venir y se enfiló tambaleándose hacia los elevadores.

De nuevo en su cuarto, se quedó mirando la cabeza despeinada de Blaise. Comenzó a sollozar, estremecido, arrodillándose junto a la cama y envolvió con sus brazos al muchacho dormido.

Todos me abandonan, siempre. Todos a los que amo me abandonan. Te amo tanto. No me dejes nunca.

Capítulo dos
Martes 19 de julio de 1988

8:00 a.m.

H ABÍA ESTADO TAN BORRACHO Y MOLESTO LA NOCHE ANTERIOR que no había notado la lucecita de los mensajes en el teléfono. Ahora, ya en un estado en el que podía enfocar los ojos y en el que ya no sentía tanto la cabeza como un tumor enemigo montado en sus hombros, Tachyon sorbía un Alka-Seltzer y escuchaba el lejano timbre del teléfono.

—Clínica Blythe van Renssaeler.

—Habla Tachyon, comunícame con Finn.

—Hola, doc, supongo que ya escuchaste la noticia.

—Sí.

—Aquí las cosas están que arden. Anoche intentaron incendiar la misión de Barnett, y hubo lo que sólo puedo describir como manifestaciones caóticas en la Plaza Chatham. Traté de localizarte toda la tarde.

—No regresé a mi cuarto hasta muy tarde.

—Asistí en la autopsia. ¿Quieres detalles?

Tachyon dio un suspiro.

—Me supongo que sí.

Finn comenzó a explicar cuanto había descubierto. Al fondo, Tachyon podía escuchar un golpeteo de cuatro tiempos, mientras el centauro tamaño pony bailaba sobre sus nerviosas y delicadas pezuñas. El doctor joker concluyó irónicamente:

—No hay duda de que será un sepelio de féretro cerrado.

—Maldita sea, el funeral. ¿Cuándo es?

—Mañana por la mañana, a las once.

—Por supuesto que estaré ahí.

—¿Cómo van las cosas por allá?

—Muy confusas. Ni siquiera sé cuál es el conteo actual de delegados –revisó su reloj–. Mira, tengo que irme. Nos vemos mañana.

Tomando un sombrero, Tachyon se detuvo ante la puerta del baño y gritó por encima del ruido del agua en la regadera:

—Me voy a desayunar con Jack. Nos vemos a las diez treinta, y nos vamos al Omni. Sin falta.

No hubo respuesta. Blaise maquinaba cosas o estaba enfadado. Ninguna opción parecía alentadora.

—Señorita Morgenstern –Braden Dulles era más joven que ella, pero impostaba su voz de estadista, un rumor autoritario a la Ben Bradlee, como si pasara sobre un camino de grava en un día de invierno en Nueva Inglaterra, con todo y nieve en deshielo y el crujido ocasional–. Has puesto a este periódico en una posición muy difícil.

Ella se acomodó en la cama, jaló una almohada pegándola a sus pechos. Vestía un camisón pesado de franela azul. Siempre lo hacía así en los hoteles: en invierno apagaba la calefacción, en verano ponía al máximo el aire acondicionado y se abrigaba bien. Le gustaba la calefacción que le ofrecía mucha ropa de cama.

Movió concienzudamente los párpados, hacia arriba y hacia abajo. Por lo general, era una persona activa por las mañanas. Pero la noche anterior Tachyon la había rechazado –¡bastardo!–, se había quedado completamente desarmada, no tenía idea de qué hacer más que arriesgarse y regresar a su cuarto, donde durmió como alguien que sufre depresión clínica. Miró el reloj de la radio en la mesita de noche: 8:00 a.m. Si no la hubiese despertado la llamada de Dulles, podría haberse dormido hasta la tarde. Cuando ella no respondió, Braden prosiguió:

—Nos está preocupando que, últimamente, has estado conduciendo lo que parece ser una venganza personal en contra de uno de los principales candidatos a ser nominado para la presidencia.

La amargura reventó, como una ampolla.

—Te refieres a su chico consentido.

—El *Post* tiene una tradición de conciencia de sus responsabilidades como el periódico de mayor prestigio en la capital de la nación. El senador Hartmann es obviamente el candidato más calificado en estos momentos.

—¿Piensas que este momento es óptimo para poner a un as psicópata en la Casa Blanca? Por Dios, lo único que ha hecho Ronnie Reagan es invadir cada dos años algún nuevo país donde ni siquiera deberíamos estar. Este hombre, esta criatura, se alimenta de miseria humana, Braden.

Un silencio angustiante. Ella casi podía ver la expresión en su rostro de Joven Patricio, la constricción alrededor de las fosas nasales, esos pliegues, más allá de su edad, que se formaban alrededor de su boca y que irradiaban de los extremos de sus ojos, y que cultivaba porque le otorgaban *gravitas*. Como si acabara de detectar el aroma de excremento de perro en el interior del santuario estéril y sagrado del *Post*.

—Sentimos que tu… obsesión… no te favorece como periodista ni a nosotros como periódico. Tu último reporte, si es que puedo llamarlo así, fue simplemente increíble. Aun cuando estuviéramos dispuestos a aceptar ese fárrago de locas acusaciones e insinuaciones, nuestro departamento jurídico jamás nos permitiría publicarlo.

»Y este intento de Leo Barnett para ensuciar al senador Hartmann, en serio, Sara, ¿cómo pudiste prestarte a una acción tan, pues, francamente sórdida?

—La gente de Barnett no me lo pidió, Braden. No sabía nada de eso, lo juro por Dios –se aferró al auricular como si fuera lo único que la sostuviera. Era un talismán sólido y fresco contra su mejilla.

—Me dijiste que las acusaciones eran verdaderas. No obstante, en cosa de horas, el senador Hartmann emitió una negativa que nos pareció muy convincente.

Porque *querían* que fuera así. Ella trató de visualizar al *Post* aceptando esa descalificación tan improvisada, de tratos turbios, de parte de un político al que no le arrojaban los reflectores dorados. A un Nixon, a un Robertson, incluso a un Bush; a ésos sí los cazarían hasta el fin del mundo.

Pero ella no podía hablar. Tenía una buena labia de reportera cuando necesitaba sacarle confesiones a la gente. Sin embargo, de alguna manera, la palabra hablada siempre terminaba traicionándola cuando trataba de expresar algo que realmente le importaba.

—Finalmente, señorita Morgenstern, estamos muy preocupados de que no has mostrado intenciones de regresar a Nueva York. Eres la autoridad periodística reconocida sobre Jokertown. Nos incomoda bastante que te niegues a mostrar interés por el asesinato, en el que por cierto se hallan involucrados poderes de ases, de una de las ciudadanas más destacadas de esa comunidad. Una persona que entendemos era tu amiga personal. Parecería que ése debería ser realmente tu reportaje.

—La historia está *aquí*, Braden. Esto es más grande que un asesinato en Jokertown. Esto nos concierne a todos: a ti, a mí, a los ases, a los jokers, a la gente en Uganda, al mundo entero. El presidente tiene tanto poder, tantos... –se detuvo antes de tartamudear y cometer un error. Ésa era la razón por la que siempre prefería la palabra escrita; las que decías con la boca tendían a salirse de tu control. Dio un largo suspiro.

—Además, Braden, está aquí. El asesino de Chrysalis está aquí. ¿Qué no leíste mi artículo?

—¿Estás sugiriendo que el senador Hartmann personalmente mató a golpes a la señorita Jory?

—No. Maldito seas, Braden, no seas tan obtuso. Encargó el asunto, usó a su as, usó su posición, ¿qué demonios importa a fin de cuentas? Sigue siendo el culpable, igual que un capo de la mafia que ordena un asesinato.

Dulles suspiró.

—En verdad lamento que las cosas hayan llegado hasta aquí. La desintegración de tu personalidad ha degradado seriamente tu profesionalismo. Por lo tanto, sentimos que no conviene a tus mejores intereses ni a los nuestros que continúe tu asociación con este periódico.

—¿Me estás despidiendo? –su voz retumbó hasta el techo–. Dilo, Braden. Simplemente ten los huevos para decirlo.

—He dicho todo lo que necesita decirse, señorita Morgenstern. Sumo a ello mi esperanza personal de que buscarás terapia lo más pronto posible. Tienes demasiada capacidad como para desperdiciarla por una adicción.

—¿*Adicción*? –apenas pudo pronunciar la palabra.

—Adicción al miedo. Adicción a las emociones, a la excitación de ser una figura central en un misterio enorme y sombrío y amenazador. La adicción es la enfermedad de los años ochenta, Sara. Adiós.

Escuchó un clic y luego ruido blanco. En su mente podía ver las manos de Braden Dulles, talladas de por sí hasta quedar de un rosa brillante, lavándose en el aire.

Sara aventó el teléfono y se levantó de la cama para vestirse. Se sentía como una muñeca de porcelana rota. Como si cualquier movimiento, cualquier leve ráfaga de aire, pudiera desbaratarla y dejarla hecha astillas sobre la alfombra.

9:00 a.m.

TACH SE DIO CUENTA, CON UNA OLEADA DE PLACER CASI CULPABLE, que incluso entre los grandes de la nación él seguía siendo noticia.

Las pistas discretas que él y Jack habían dejado caer el día anterior habían rendido frutos. Los reporteros arremolinados se daban de empujones, hacían pruebas de micrófonos, revisaban cámaras. Jack había hecho un buen trabajo con la escenificación de todo el asunto, seleccionando una mesa pegada contra la división que separaba a la cafetería en el vestíbulo de la pasarela. Un técnico encendió un reflector del piso, bañando de luz al as rubio. Jack entrecerró los ojos y tapó la luz con su mano.

—¿Mala noche? –preguntó Tach, sentándose en una silla enfrente de Jack. Mantuvo su voz baja, para evitar los falos de hule espuma que ya empujaban en dirección suya.

—Una noche larga. Tuvimos ese desafío al Decreto 9(c) que rige la distribución de los delegados anteriormente comprometidos...

—Jack, resérvate los detalles. ¿Ganamos o no?

—Sí, gracias a mí, lo cual nos puso en posición para ganar el desafío de California –Jack sorbió a su café y encendió un cigarrillo–. ¿Tienes alguna idea de cómo vamos a jugar en esta escena?

—No.

—Perfecto –fue la agria respuesta.

Las comisuras de los labios de Tachyon hicieron una mueca amorosa.

—Supongo que ahora puedo ir a tu lado de la mesa para darte un enorme beso.

—Te mataría.

Tach se cubrió los ojos con una mano y revisó a la multitud, notando la presencia de Brokaw y de Donaldson. Peregrine, que siempre sabía el momento exacto para hacer su entrada, bajaba volando desde el décimo piso. El aleteo de sus grandes alas removía los menús y desbarataba peinados de salón. Las cámaras se elevaron para documentar su aterrizaje.

Tachyon se acercó a ella telepáticamente. *Buenos días, dulzura, ¿lista para engatusar a la gente con nosotros?*

Todo listo, adorado Tachy.

—Señor Braun, doctor, ¿cómo es que desayunan juntos, siendo una pareja tan dispareja? –canturreó Peri.

—¿En qué sentido? –preguntó Tach de manera insulsa.

Sam Donaldson tomó la pelota, espetando su pregunta con ese modo tan suyo, un *staccato* enfático.

—La antipatía que se tienen está bien documentada. En una entrevista de 1972 con la revista *Time*, doctor, usted dijo que Jack Braun era el más grande traidor en la historia de Estados Unidos.

Jack se puso tenso y aplastó su Camel. Tachyon sintió un remordimiento pasajero por lo que iba a tener que soportar.

—Señor Donaldson, debería recordar que esa entrevista fue hace dieciséis años. Las personas cambian. Aprenden a perdonar.

—Entonces, ¿ha perdonado al señor Braun por lo que pasó en 1950?

—Sí.

—¿Y usted, señor Braun? –canturreó Buckley del *New York Times*.

—No tengo nada que perdonar. Lo que tengo son remordimientos. Lo que ocurrió en los cincuenta fue una farsa. Y veo cómo ocurre otra vez, y estoy aquí para dar la alarma. El doctor Tachyon y un servidor compartimos más cosas que un simple pasado. Lo que nos ha unido es nuestra admiración por Gregg Hartmann.

—Entonces, ¿fue el senador quien concertó su reconciliación?

—Sólo con el ejemplo –dijo Tach–. Él fue una de las fuerzas que impulsaron la gira de la Organización Mundial de la Salud del año pasado, para investigar el trato a los wild cards en todo el mundo. El senador habló conmovedoramente sobre reconciliaciones y sobre sanación de viejas heridas –Tach miró hacia Jack–. Creo que nosotros nos tomamos muy a pecho la lección.

—También nos une algo más –dijo Jack–. Yo soy un wild card. Uno de los primeros. Tachyon estuvo cuarenta y dos años trabajando entre las víctimas de ese virus.

Era una placentera exageración, pero Tach no dijo nada para contradecirlo. Hubiera traído a la luz el hecho de que, durante trece años, desde 1950 hasta 1963, Tachyon había sido un alcohólico decrépito e inútil, que vagaba por las calles y cloacas de Europa y de Jokertown. Y la razón de su desintegración y de su deportación habían sido esas fatídicas comparecencias ante el Tribunal de Actividades Antiestadounidenses, y la traición de Jack.

—...y no nos gusta lo que está pasando en este país. Ha vuelto el odio, y le tememos.

Tachyon se esforzó, para distanciarse de los recuerdos.

—Entonces, ¿usted acusa al reverendo Barnett de avivar las llamas del odio y de la intolerancia? –preguntó un joven de rostro serio de la cbs.

—Yo creo que Leo Barnett actúa a partir de sus principios, tal como los ve. Pero igualmente lo hacía Nur al-Allah en Siria, y en ese trágico país vi cómo unos jokers inocentes fueron muertos a pedradas en la calle. ¿Son acaso esas tensiones las que queremos ver trasladadas a nuestro país? –Tach sacudió la cabeza–. No lo creo. Gregg Hartmann...

—Es un as secreto y un asesino –dijo una voz delgada y aguda entre la multitud.

La gente se hizo para atrás, repelida por la locura dibujada en el estrecho rostro de Sara. Tachyon se levantó a medias de su silla.

—¡Mierda! –murmuró Jack.

—¿Qué vas a hacer, doctor Tachyon? Es uno de los tuyos. Uno de los hijastros del diablo, y sólo tú puedes detenerlo –las lágrimas nublaban las palabras de Sara.

—Haz algo. Controla su mente. Lo que sea –susurró Jack.

¿Y que las cosas se pongan peor?, respondió con un agrio mensaje telepático dirigido al as.

La multitud de reporteros había girado hacia la mujer, como una jauría que acaba de oler sangre. Se puso pálida y se encogió.

—¡Señorita Morgenstern! Sobre qué… usted… evidencia… y el *Post*…

El clamor de las voces subía de intensidad. Para los nervios estresados de Tachyon, el sonido parecía adquirir una manifestación física, una ola que estaba a punto de pasar por encima de esa forma tan frágil.

Sara giró y desapareció entre la multitud de espectadores interesados. Tachyon miró los rostros hambrientos de la prensa, y agachó la cabeza. Tenían que recibir alimento.

Madres de mi madre, perdónenme, rezó, y arrojó a Sara a los lobos.

—Esa pobre chica desafortunada no maneja muy bien el estrés –dijo, con voz clara y penetrante–. Las revelaciones del día de ayer, sobre su relación con el senador Hartmann…

—Entonces, ¿*sí hubo* un idilio? –dijo abruptamente Donaldson.

—No. Esta muchachita estaba enamorada del senador, y ya no podía aceptar su continuo rechazo. Pienso que ella se debate, dolorosamente, entre el amor que le profesa y su deseo de venganza. Recordemos que en el infierno no hay furia como la de… –su voz se fue desvaneciendo.

—Sí –intervino Jack.

—Durante la gira, yo traté de convencer a la joven con mis encantos, pero estaba obsesionada con el senador. Es triste –concluyó Tachyon. *Pero no tan triste como lo que le acabo de hacer.*

◆

—¿Quién demonios eres tú? –gritó la voz estridente de Sara. El hombre que la tomaba del brazo la ignoraba. O quizás el tumulto de preguntas y de rabia que pasaba sobre ellos como un tsunami ahogó sus palabras.

Algo en su modo de comportarse le decía que él la ignoraba.

Los guardias de seguridad, claro está, discretos, comenzaron a moverse, todos vestidos con sus trajes oscuros, murmurando cosas en sus micrófonos pegados al cuello, conforme se acercaban alrededor de ella.

Ella estaba parada, sola, erguida, desafiante en su falda color té verde y su blusa blanca de mangas largas, la barbilla elevada por encima de una gorguera considerablemente más modesta que la de Tachyon. Dejó que el ruido pasara de lado. Había derramado la verdad en la alfombra, como un pedazo de caca, brillante y apestoso bajo las candentes luces de la televisión, ahí donde no podía pasarse por alto o encubrirse. Ahora, ella aceptaría las consecuencias.

Una mano la tomó de la muñeca. Ella se volvió, lista para dar una patada en la entrepierna. En vez de un hombre joven y fornido, se trataba de un hombre pequeño, gris y calvo con una barriga redonda, que traía puesta una camiseta de Mickey Mouse. Los vigilantes ni siquiera estaban cerca.

Ahora, el hombre gris la jalaba hacia una puerta lateral, con la modesta pero irresistible autoridad de un remolcador del East River. Los rufianes de seguridad se quedaron en la resaca trasera de la multitud de delegados y reporteros que se gritaban preguntas los unos a los otros. Lo último que ella vio de la sala de conferencias fue a Jack Braun, que miraba en su dirección, con su rostro arrugado con la apariencia de un Sonny Tufts desconcertado, y a Tachyon, a su lado, mirando a su alrededor con neurasténica preocupación, como un macho galán monárquico desnutrido cuyo compañero acaba de soltar una flatulencia en el guardarropa.

Su salvador –o lo que fuera– la jaló por un corredor, pasando ante mirones ociosos, y entraron a un pasillo de servicio. Aprovechó el ímpetu que llevaban para hacerla girar y voltearla de espaldas a la pared. Una manada de reporteros pasó a la carrera, por el pasillo, ladrando por el camino equivocado.

—Tienes que proceder de otra manera –dijo. Tenía el tipo de rostro arisco y paternalista que sólo tienen los actores secundarios de televisión. Su acento era... ¿ruso?

Sara perdió los estribos. Todo era demasiado extraño. Jaloneó la mano para soltarse, con más pánico por el hecho del contacto que por cualquier otra ramificación.

Él se acercó, presionando.

—¡No! Tienes que escucharme. En realidad corres mucho peligro.

Y que lo digas, amigo. Se hizo a un lado y salió corriendo, perdiendo un tacón en el proceso, tropezando contra la pared, avanzando a tientas, apoyándose con sus manos mientras soltaba patadas frenéticas para liberarse del sujeto.

—¡Si serás tonta! –gritó el hombre tras ella–. ¡La verdad que tienes puede ser mortal!

Por fin, perdió el zapato, que voló dando volteretas hasta la pared. Ella siguió corriendo.

10:00 a.m.

Gregg no recordaba haber dormido durante la noche. A las seis, Amy había llamado para darle el itinerario de la mañana y recordarle de una reunión de desayuno a las siete, con Andrew Young, en Pompano's. A las siete cuarenta y cinco, estaba en conferencia con Tachyon, Braun y otros cabilderos y delegados clave, discutiendo el tema de los derechos de los jokers y la plataforma del partido. A las ocho y diez, hubo pequeñas dificultades con la delegación de Ohio, que parecía considerar a Gregg como candidato-hijo favorito, ya que había nacido en su estado, de modo que sentían que merecían un acceso privilegiado a su persona; a las ocho y media hubo una discusión con Ted Kennedy y Jimmy Carter acerca de los discursos de nominación del día siguiente. Amy y John Werthen hicieron un corrillo con él para confirmar el resto del itinerario matutino, luego Gregg habló brevemente con Tony Calderone sobre el progreso de su discurso de aceptación.

Alrededor de las nueve y media, Tachyon entró furioso y quejándose de que Sara Morgenstern ya había ido demasiado lejos. Informó a Gregg sobre el desplante de la chica en el piso de abajo.

—Está completamente loca –dijo el extraterrestre colérico–. Paranoica, con delirios de persecución. Tenemos que hacer algo con ella.

Gregg estaba de acuerdo, y más de lo que Tachyon imaginaba. Se había vuelto impredecible y peligrosa, y él no se atrevía a usar al Titiritero para neutralizarla. Sería demasiado peligrosa una posible intervención de Gimli. Con los problemas que había tenido con el Titiritero en las últimas semanas, no podía darse ese lujo. Un espectáculo público lo arruinaría todo.

Un poco después de las diez, Gregg pudo finalmente retirarse a su habitación por unos minutos. Ellen había salido a saludar a los delegados y a hacer campaña allá afuera; su cuarto estaba benditamente solo. Un terrible dolor de cabeza pulsaba en sus sienes y le hablaba con la voz de Gimli.

¿Por qué te preocupa Morgenstern? Claro, está completamente fuera de sus casillas, pero ella no es un problema como yo, ¿no es así? Podrías controlarla si dejaras salir al Titiritero. ¿Ya lo puedes sentir, Greggie? ¿Puedes escucharlo pedirte a gritos su dosis? Yo sí. Y tú lo harás, también, en cualquier momento.

—¡Ya cállate, maldito seas! –no se dio cuenta de que lo dijo en voz alta hasta que escuchó el leve eco de su propia voz.

Gimli se rio.

Claro. Me callaré por un tiempo. A fin de cuentas, ya te tengo hablando contigo mismo. Sólo recuerda que yo sigo aquí, y que sigo esperando. Pero, bueno, dudo que lo olvides, ¿o sí? No puedes olvidarlo.

La voz se retiró, dejando a Gregg gimiendo y agarrándose la cabeza. *Un problema a la vez,* se dijo. *Sara primero.* Recobró la compostura, tomó el teléfono y comenzó a marcar. Se escuchó el leve siseo de la conexión a larga distancia, y luego sonó el teléfono en el otro extremo de la línea.

–Hartmann para el 88 –dijo una voz con fuerte acento de Harlem–. Oficina de Nueva York, habla Matt Wilhelm.

—Furs, ¿cómo van las cosas en el norte?

Se oyó una risa al otro extremo de la línea. Wilhelm –también conocido en Jokertown como Furs– prefería su nombre de joker, y Gregg lo sabía.

—Senador, un gusto escucharte. Debí saber que serías tú al otro lado de la línea. Todo marcha a la perfección, aunque un poco lento. Estamos esperando el anuncio oficial de que serás el nominado, y luego aceleraremos el paso. ¿Cómo está todo en Atlanta?

—Con calor y humedad, y terriblemente cálido en el escenario de la convención, hasta donde estoy enterado.

—Mucha resistencia a la plataforma –dijo Furs. Gregg podía imaginarse el rostro leonino del joker frunciendo el ceño–. Así me lo esperaba.

—Me temo que así es. Pero seguiremos dando la batalla sin desfallecer.

—Sí, hagan eso, senador. Entretanto, ¿qué puede hacer Furs por ti?

—Me gustaría que hicieras algunas llamada. Podría hacerlo yo, pero en unos minutos entro a una reunión y Amy y John están ocupados con este asunto de la plataforma. ¿Tú o alguien del equipo tiene tiempo para echarme la mano?

—Absolutamente. Adelante.

—Bien. Primero, hay que dirigirse a la oficina de Cuomo, para asegurarse de que le quede claro nuestro agradecimiento por su ayuda el día de ayer con Esmeril y Sudario y para saber con exactitud a qué hora llegará a Atlanta mañana. Quiero saber qué arreglos se han hecho y asegurarme de que alguien de mi equipo lo recoja en el aeropuerto. Luego, llama a mis oficinas de campaña en Albany y que alguien de por allá confirme mi reservación para la primera semana de agosto; Amy dice que ella nunca volvió a saber de ellos. También necesito que llames y te asegures que el departamento en Nueva York esté listo para Ellen el lunes, ella cambió el horario de su vuelo a Tomlin, por cierto, pero John te llamará para darte esos detalles.

—Anotado, senador. ¿Se ofrece algo más?

Gregg cerró los ojos, sumergiéndose en la comodidad del sillón.

—Una cosa más. Hay otra llamada –recitó el número que había memorizado antes de salir de Nueva York–. Te responderá una máquina contestadora –le dijo a Furs–. No hay problema. Lo único que tienes que hacer es dejar un breve mensaje en la máquina. Sólo indica que hay que reservar un vuelo a Atlanta lo más pronto posible. Ellos sabrán lo que eso significa.

—Reservar un vuelo cuanto antes. Entendido. ¿Algo más?

—Eso sería todo. Gracias, Furs. Te veré pronto.

—Sólo consigue que los jokers tengamos una plataforma en la que podamos apoyarnos.

—Haremos todo lo posible. Cuídate. Dale mis saludos a todo tu equipo. No podríamos hacer nada sin su ayuda –Gregg volvió a colocar cuidadosamente el auricular.

Listo. Mackie vendría en camino. Gregg no había querido tener a ese as tan voluble en Atlanta, pero tenía que hacer algo. Mackie ya debía haber liquidado a Downs; ahora podría encargarse de Sara.

Débilmente, una voz sardónica le respondió desde la profundidad. *¿Y qué hay de mí? ¿Qué hay de mí?*

♥

—¿Un agente de la kgb de visita en la Convención Demócrata? —Ricky Barnes sacudió su esbelta cabeza—. De por sí todos piensan que estás coludida con Barnett, pero quizá deberías pensar en trabajar para Robertson. Suena como algo que se le ocurriría a su gente, junto con eso de resucitar a los muertos y saber dónde estaban resguardados en Calcuta los rehenes del Vuelo 737.

—Eso no me hace gracia, Ricky —dijo ella, sentándose en la orilla de la cama, despedazando metódicamente un pañuelo desechable. Hablaba sin alterarse. Ricky era quizá la primera persona que ella había conocido que podía molestarla sin causarle dolor de verdad.

—Bueno, digo, primero montas esa escenita en medio del festín amoroso de Tach y Jack. Luego dices que te rescató de la hoguera que encendiste un viejo que trae puesta una playera de Mickey Mouse. ¿Cuándo se ha sabido de un agente de la kgb con una playera de Mickey Mouse?

—¿Cómo se visten los agentes de la kgb, Ricky?

—Con trajes arrugados y Rolex falsos. *Conozco* a agentes de la kgb, Sara. Tú también.

Tiró el pañuelo al piso.

—Pues bien, entonces, ¿quién era?

—Alguien con un poquito más de sensatez que la que tú mostraste, querida.

Sara subió las piernas a la cama y descansó la cabeza sobre sus manos. Ricky la veía desde la mesa, donde tenía encendida su antigua laptop Epson Geneva. Vestía un chaleco y pantalones rayados color café oscuro, una camisa rosa pálido y una corbata de moño café. Con su rostro alargado y sus dientes de caballo, le recordaba al pobre de Ronnie, el ayudante de Gregg, que nunca estuvo de acuerdo con el idilio que su jefe tenía con Sara. La facción del Ejército Rojo lo había ejecutado cuando secuestraron a Hartmann en Berlín. Ella culpaba a Hartmann por su muerte.

Pero la semejanza con el ayudante de Hartmann se limitaba sólo a la apariencia. Ricky estaba a favor de ella. Siempre había sido así. En ocasiones, ella sospechaba que incluso exageraba un poco.

—¿Piensas que estoy loca? —preguntó ella.

—Y vaya que lo estás. Piensa en qué sucederá si *tienes razón*, Rosie —la apodaba cariñosamente Rosie; decía que se parecía a una Rosanna

Arquette albina–. Pararte justo ahí, ante Dios y ante todos y anunciar que el senador Gregg es un as asesino… ¿puedes pensar en una manera más rápida de ganarte su enemistad, si en efecto lo es?

—Me refiero a Hartmann. Todos me tratan como si fuera una leprosa porque no pienso que Gregg sea la reencarnación de Abraham Lincoln o algo así.

Ricky se mordió el labio y se frotó la barbilla con la punta de los dedos. En su tiempo libre era un pianista bastante bueno, y tenía las manos para ello, largas, delgadas y finas.

—Tengo que decir que me resulta algo poco probable. Todo este asunto del control mental de los ases, ¿cómo pudo mantenerlo secreto todos estos años?

Ella comenzó a ensombrecerse; él levantó una mano entre ellos, protectoramente, con los dedos extendidos.

–Pero espera, espera. Eres una muy buena reportera, una gran *persona*. Pienso que tus historias han hecho más para promover la comprensión de los jokers y de sus problemas que todos los desplantes del senador Gregg y sus bien publicitadas dádivas; el hermano Malcolm sabía perfectamente lo que implica que la autoridad te extienda la mano. Sé que no estás inventando todo esto –continuó–: pero aun así… aun así. Sé que sientes profundamente la pérdida de tu hermana. ¿Hay alguna posibilidad de que esto pueda estar afectando tu juicio?

Ella dejó caer su rostro entre sus manos; parecía que su cabeza se sostenía por su cabello casi blanco.

—Cuando yo era una niña –dijo–, cada vez que hacía algo bonito o astuto, me daba cuenta de que mis padres pensaban *si tan sólo hubiera sido Andi*. ¿Sabes a qué me refiero? Cuando era mala o torpe, en contra, pensaban *Andi no haría eso*. Claro, nunca dirían algo así de horrible, por lo menos no en voz alta. Pero yo lo *sabía*. Era como si yo tuviera mi propio wild card, un regalo psíquico venenoso que me permitía saber lo que ellos realmente pensaban.

Y entonces, comenzó a llorar, y las lágrimas fluían como si alguien le hubiera enterrado un punzón en los ojos, perforando una gran reserva de tristezas. Ricky se sentó a su lado, sobre la cama, abrazándola contra su pecho, delgado como raqueta, acariciando su cabello con esos dedos tan espléndidos, mientras el rímel se corría y dejaba enormes manchones feos en su camisa Brooks Brothers.

—Sara, Rosie, todo está bien, nena, todo está bien, vamos a arreglar las cosas. Todo estará bien. Estás bien, corazón, todo va a estar bien...

Ella se aferró a él como una cría de zarigüeya, agradeciendo el contacto humano en un momento singular, dejando que le susurrara sus palabras de aliento, dejando que la abrazara.

Sólo espero que no presione demasiado, pensó ella.

Los pasajeros que caminaban por la sala principal del aeropuerto de LaGuardia dejaban amplios espacios entre ellos y el hombre joven y delgado del saco negro gastado. No sólo era el olor de sudor rancio que emanaba de sus ropas y de su cuerpo. Mackie estaba tan emocionado de haber recibido La Llamada que no podía contenerse; partes de él comenzaban a brotar inconteniblemente. Lo subliminal tenía nerviosas a las personas.

Miró hacia los monitores de televisión elevados junto a la puerta este. Los grises alfanuméricos confirmaban una vez más que su vuelo partiría a tiempo. De hecho, veía al avión afuera, detrás del vidrio polarizado, regordete y blanco y reluciente como un moco bajo el sol matinal de julio. El sobre que contenía su boleto y su pase de abordar comenzaba a marchitarse en sus manos; no quería soltarlo ni siquiera meterlo en un bolsillo.

Chrysalis estaba muerta, Digger había desaparecido, pero a él le tocaría matar a alguien mucho mejor. La mujer. El Hombre le había hablado a Mackie de ella. Había sido *la amante* del Hombre durante la gira. Rompieron la relación y ella enloqueció y era posible que intentara hacerle algo al Hombre, a su Hombre. Había querido salir a buscarla, en cuanto escuchó eso, armarse con una buena sierra y destazarla y ver correr la sangre, pero el Hombre dijo que no. Espera a que te dé la orden.

Y había llegado hace media hora, en una llamada codificada, al sistema de reenvío de mensajes grabados en el barrio del Bowery.

Le complacía que no se fumara en los aviones. Odiaba a los fumadores: *smokers jokers*. Ya había viajado una vez en avión, al venir desde Alemania para estar cerca del Hombre.

Elevó el pase de abordar ante sus ojos, lo abrió, comenzó a hurgarlo. Apenas podía leer la tipografía en rojo, y no sólo porque estaba borrosa. En Alemania, no había tenido lo que se llama una buena educación. Nunca aprendió a leer muy bien, aunque sí aprendió a hablar en inglés. Con su madre. La prostituta.

Al preguntar en el mostrador de la aerolínea Eastern, su boleto ya lo esperaba. La dependienta le tuvo miedo. Podía notarlo. Una perra negra y gorda. Ella pensaba que él era un joker.

Se podía notar en sus ojos de ternera estúpida. La gente siempre pensaba que él era un joker. Especialmente las mujeres.

Probablemente ésa era la razón por la que el Hombre sonaba un tanto extraño. Esa mujer que lo perseguía. Las mujeres hacían esas cosas. Las mujeres eran una mierda. Pensó en su madre. Esa gorda puta e impregnada de coñac. En su mente, la boca de la botella pegada a su boca se convirtió en un enorme pene negro. Lo contempló un rato, deslizándose, entrando y saliendo, se humedeció los labios.

Su madre había cogido con negros. Cogía con cualquiera que tuviera dinero, allá en el barrio de Sankt Pauli, en Hamburgo. Reeperbahnstraße. Cuando se ponía borracha y golpeaba a Mackie, le decía que su padre había sido un desertor, un soldado que viajaba de Vietnam a Estocolmo. Pero su padre era un general. *Él lo sabía.*

Mackie Messer era de una maldad máxima. Su padre no podía haber sido un cualquiera, ¿verdad?

Su madre lo había abandonado, *natürlich*. Las mujeres hacían esas cosas. Hacían que las amaras para después hacerte daño. Querían que les metieras esa cosa que tienen los hombres, para quedársela: arrancarla de una mordida. Trató de imaginarse a su madre trozando de una mordida el enorme pene negro, pero la imagen se disolvió en lágrimas que escurrieron por su rostro y gotearon de su barbilla al cuello de su playera de Talking Heads.

Su madre había muerto. Volvió a llorar por ella.

«Vuelo 377 de Eastern Airlines, con destino a Raleigh-Durham y Atlanta, en estos momentos comenzará a recibir pasajeros con pases de abordar de las filas uno a quince», le dijo el techo. Se limpió las lágrimas y se sonó la nariz con los dedos y se unió al flujo de pasajeros. Iba a donde era requerido, y estaba contento.

En el estrecho baño del jet, Spector tomó agua del lavabo y se la echó en la cara. Tenía el estómago revuelto y la piel helada. Había entrado al baño con la esperanza de vomitar, pero no corrió con suerte. Estaba tan nervioso que ni siquiera podía orinar.

Alguien golpeó impacientemente la puerta.

—Salgo en un momento –dijo, secándose el agua de su rostro con la manga del saco.

Otro golpe a la puerta. Esta vez más fuerte. Spector dio un suspiro y abrió.

Un joker jorobado con una playera de los Talking Heads estaba parado afuera. Empujó a Spector para entrar y cerró la puerta. Los ojos de ese bicho raro parecían muertos, incluso peores que los de Spector.

—Vete a la mierda tú también, enano –Spector se condujo de vuelta a su asiento sin esperar una respuesta.

Era la primera vez que volaba. El avión era mucho más pequeño de lo que había imaginado y se la pasaba rebotando, algo que el capitán llamaba «un poco de turbulencia». Ya se había empinado dos botellitas de whisky y le había pedido dos más a la sobrecargo, aunque ella aún no respondía a su petición. Estaba sentado entre un tipo que había sido piloto de helicóptero en Vietnam y un reportero. El reportero jugueteaba con una computadora portátil, pero el expiloto no dejaba de hablar desde que habían abordado el avión.

—¿Ves a esa pelirroja allá? –Spector siguió la línea de su dedo hacia una mujer que estaba a unas hileras de distancia y que los veía. Su lápiz labial y su vestido apretado eran de un brillante color carmesí. Tenía los ojos verdes con un maquillaje marcado. Se lamia los labios de modo exagerado–. Ella me desea. Puedo notarlo. Me desea con ganas. ¿Lo has hecho alguna vez en un avión?

—No –Spector repiqueteaba las dos botellitas vacías en su mano sudada.

El expiloto se hizo para atrás, se sacudió una pelusa que traía en la solapa y sumió la barriga.

—Voy a hacer como si nada –se asomó por la ventanilla y le dio un codazo a Spector–. ¿Ves esos puntos negros en el ala? Ahí es donde se han estado moviendo los remaches. Por Dios que odio volar en estas trampas mortales. Una vez vi a uno que no alcanzó la pista de aterrizaje, en el aeropuerto nacional de Washington. Nadie salió vivo. Si el impacto no te mata, lo harán el fuego y el gas venenoso. Me sentía más seguro allá en Vietnam.

Spector guardó las botellas en la bolsa de su saco y se volvió, buscando a la sobrecargo. No se veía por ninguna parte. Probablemente estaba en la sección de primera clase, chupándosela a algún ricachón de mierda. Había sido en realidad estúpido viajar en la clase turista, pero seguía siendo prisionero de su crianza clasemediera.

—Llegó el momento de hacer mi jugada –dijo el expiloto. Hizo contacto visual con la pelirroja y caminó lentamente hacia la parte trasera del avión. Ella le devolvió la sonrisa y asintió, luego comenzó a reír discretamente cuando él se metió al baño.

—Que no te engañe –dijo el reportero, sin levantar la mirada. Era de unos treinta y tantos años, más o menos la misma estatura que Spector, con inicios de calvicie–. Estas maquinitas son de lo más seguro que hay.

—No me digas –dijo Spector, tratando de sonar lo más indiferente posible.

—Claro. Por cierto, él se dio cuenta de que tú tenías miedo. Sólo jugaba contigo, supongo –el reportero cerró su computadora y miró a la pelirroja–. Espero que se divierta masturbándose ahí dentro.

La sobrecargo, una rubia de cabello corto, que parecía vestir un uniforme que le quedaba chico, le dio a Spector un vaso de plástico con hielo y otros dos Jack Black miniaturas.

—Gracias –dijo él, buscando un billete en su cartera. Ya había abierto y servido una de las botellitas antes de que le regresaran el cambio.

—¿Vas a Atlanta a la convención? –preguntó el reportero.

—Eh, no –dijo Spector, dando un largo y refrescante trago–. No me interesa mucho la política. Voy a otros asuntos.

—¿No te interesa la política? –el reportero sacudió la cabeza–. Ésta podría ser la convención más emocionante desde la de Nueva York en el 76. Será una verdadera pelea de perros. Yo, francamente, le apuesto a Hartmann –el reportero sonaba como alguien que tenía información confidencial sobre una carrera en el hipódromo–.

Pueden pasar cosas curiosas. Especialmente en la política –Spector se acabó su trago y abrió la otra botellita. Una sensación de calidez y vacío se esparcía tranquilamente en sus entrañas–. Si yo fuera tú, no me arriesgaría a apostar la casa.

El expiloto regresaba por el pasillo, lentamente, con las manos enfundadas en sus bolsillos. Miró con rabia a la pelirroja. El avión se estremeció y el expiloto chocó contra el jorobado. Las manos del joker parecieron desvanecerse por un instante y Spector pensó haber visto pedacitos de polvo ascendiendo del reposabrazos. Quiso pensar que sólo era el efecto del Jack Black.

—No, no hay nada seguro en esta vida –dijo Spector.

11:00 a.m.

Cinco televisores sonaban a todo volumen en la sala de la suite que el contingente de Hartmann había tomado como centro de operaciones, cada uno sintonizado a una estación distinta. En la pantalla más cercana a Gregg, Dan Rather debatía con Walter Cronkite, patriarcal como siempre, presente para una cobertura especial de la convención. Como siempre, su voz hacía pensar en la voz de Dios mismo.

—...lo que se percibe es que, a pesar de la recomendación de la mayoría, Hartmann simplemente no es lo suficientemente fuerte como para garantizar que se apruebe la propuesta de los derechos de los jokers. ¿Querrá esto decir que Hartmann no es lo suficientemente fuerte como para ganar, una vez que los delegados queden liberados de sus obligaciones tras la primera ronda de votos, y que Barnett, Dukakis, Jackson o alguien que no es favorito, como Cuomo, pudiera surgir como el candidato?

—Walter, nadie tiene amarrada esta convención. Que las elecciones primarias hayan estado tan cerradas es prueba de ello. Hartmann es visto como un liberal del norte que no puede ganar en el sur y, francamente, su larga relación con las causas de los jokers es considerada como un peligro más allá de las costas y zonas metropolitanas. Barnett atrae a la gente del sur y podría quitarle votos a Bush, especialmente entre las facciones fundamentalistas. Aun así, es demasiado conservador y religioso para el electorado demócrata. Dukakis, por otro lado, es el Señor Blando; no hay nada particularmente en contra de él, pero tampoco nada a su favor. Jackson tiene carisma, pero la pregunta sigue siendo si puede ganar más allá de las ciudades con alta población negra. La esperanza de Gore, Simon, Cuomo o de cualquier prospecto oculto es una convención que llegue a un punto muerto y de la cual surja un candidato comprometido. Todo esto se refleja en la amarga batalla de la plataforma. Pero claro...

Gregg giró el botón, apagando el sonido a mitad de la oración. Los otros televisores seguían parloteando.

—Rather tiene la cabeza metida en el trasero —comentó John Werthen—. Sólo falta conseguir al candidato preciso a la vicepresidencia y de un solo golpe invalidamos cualquier debilidad regional.

—Vamos, eso todos lo saben —dijo abruptamente Tony Calderone del otro lado del cuarto—. Lo único que quieren es drama. Sus escritores tienen la culpa.

Gregg asintió, un poco fatigado, hacia nadie en particular. El Titiritero se mantenía tranquilo, Gimli parecía haberse ido por el momento y Mackie viajaría en cualquier momento, si no es que ya estaba en un vuelo. Se sentía drenado, letárgico.

La reunión del equipo ya llevaba una hora. Había vasos de plástico con café frío esparcidos por todos lados, con colillas de cigarros flotando; montones de papel que se derramaban de la mesa al piso, panecillos dulces petrificándose en cajas de cartón apiladas en el suelo. El equipo de Gregg se movía ajetreado entre el aire de tintes azules; media docena de conversaciones competían con los televisores.

Amy entró de prisa por la puerta de la sala.

—Barnett lo ha hecho oficial —anunció al tiempo que todos volteaban a verla—. El reporte minoritario no sólo está en contra de *cualquier* plataforma de derechos para los jokers, Barnett está haciendo un llamado personal pidiendo que regresen las Leyes Exóticas.

En el cuarto se produjo un ruido demencial, nadie podía creerlo. Mientras brotaban las emociones, Gregg sintió al Titiritero por primera vez ese día.

—Eso es una locura —dijo Tony—. No puede decirlo en serio.

—Es demasiado estúpido. No hay posibilidad de que eso se adopte —convino John.

Amy se encogió de hombros.

—Ya se hizo. Deberían ver el escenario de la convención, es un maldito caos. Devaughn se está volviendo loco mientras intenta relajar las cosas con nuestros delegados.

—A Barnett no le preocupa el escenario. Lo que quiere es influir en la parte externa de la convención –les dijo Gregg.

—¿Perdón, señor?

—Los jokers que están afuera del Omni, en el parque Piedmont. Cuando escuchen la noticia, van a explotar –más carne de cañón para su retórica antijoker. En su interior, con ese pensamiento, el Titiritero reaccionó, ascendiendo. Gregg lo empujó de vuelta a su rincón.

—Perderá a los delegados que están en las orillas. Pensarán que es demasiado combativo –comentó John de nuevo.

Gregg agitó una mano.

—Es candidato de un solo tema: los jokers. Está obsesionado.

—Ese hombre no está siendo racional.

—*Eso* solamente se dice *aquí*.

Una risa breve dio la vuelta al cuarto. Gregg se puso de pie y se acomodó la corbata, pasándose los dedos por su cabello entrecano.

—Muy bien. Ya saben por dónde empezar –les dijo–. Si Barnett va a presionar, nosotros haremos lo mismo. Váyanse a los teléfonos. Comiencen a usar toda la influencia que tenemos. Lo que debemos hacer es sacar a todos los neutrales de sus esquinas. Todos estamos de acuerdo en que el camino que quiere tomar Barnett nos llevará a más violencia en las calles, sin hablar de la falta de compasión que está mostrando. Hablen con ellos, presiónenlos, convénzanlos. Que todo nuestro equipo haga lo mismo. Amy, ¿podrías ver la manera de conseguirme una cita con Barnett? Quizá lo que realmente quiere es un arreglo. Entretanto, necesito tocar base con Ellen y ver cómo le va. Luego veré si puedo hacer algo bueno allá afuera –las últimas palabras contenían un extraña sensación de anticipación, un sentimiento inesperado. Gregg comenzó a preguntarse si el Titiritero estaba enterrado tan profundamente como creía.

Mediodía

Spector siguió al reportero al baño. Los lobbys estaban atiborrados de gente y estaba seguro de que el tipo no se había dado cuenta de que lo seguían. Spector ignoraba el nombre del reportero. Prefería que así fuera, cuando iba a matar a alguien.

El reportero pasó hasta el fondo del baño atestado, y tomó el último privado. Spector caminó tranquilamente al contiguo y cerró la puerta. Se sentía un poco mal por lo que iba a ocurrir.

Pero el tipo había hablado de más al explicar lo dura que estaría la seguridad en el hotel y que había repartido sobornos para conseguir un cuarto. Éstas eran cosas que Spector no había tomado en cuenta. No había tenido tiempo para hacer planes. De todas formas, estaba acostumbrado a improvisar sobre la marcha.

Escuchó cómo alguien hojeaba una revista en el privado siguiente, pero nada de progreso. Se agachó para asegurarse de que nadie estuviera cerca y viera lo que estaba a punto de hacer. Todos los pares de pies apuntaban hacia los espejos o se dirigían hacia la puerta de salida. Respiró profundamente y se deslizó del inodoro hasta quedar de espaldas al piso. Sentía el azulejo húmedo y frío a través de su traje. Spector se agarró de la pared de metal entre un privado y otro y se empujó hacia el contiguo.

El reportero dobló su revista y miró hacia abajo. Logró parpadear unas cuantas veces antes de que Spector lo poseyera. Su experiencia de muerte se trasladó sin impedimentos a la mente del reportero. El tipo dejó caer la revista y se colapsó a un lado, con saliva escurriendo de la comisura de su boca. Los pantalones del reportero estaban hechos bola en sus tobillos. Spector hurgó en los bolsillos y sacó la cartera, luego se trasladó de nuevo a su propio privado, volviendo a sentarse en el inodoro. Esperó unos momentos, manteniéndose alerta por si algún sonido le indicaba que alguien lo había visto. Sólo escuchó el ruido incesante de zapatos sobre el azulejo y de agua corriendo, acentuados por ocasionales descargas de agua de los inodoros.

Spector abrió la cartera. Todo lo que imaginó que necesitaría estaba ahí: licencia de conducir, una tarjeta de prensa sin foto, una tarjeta de Seguridad Social. La falta de documentos haría difícil que los policías identificaran el cuerpo. Probablemente supondrían que algún oportunista se había robado la cartera antes de llamarlos. Las cosas iban mejor de lo normal. Se paró, jaló la palanca del inodoro, abrió la puerta y caminó hasta el espejo. Levantó la barbilla y movió su cabeza hacia un lado y hacia el otro. Duro y tranquilo, pensó. Le guiñó el ojo al espejo y sonrió con una mueca. Si todo salía bien, mañana mismo estaría en un avión de vuelta a Jersey. Y los demócratas tendrían un contendiente menos en el ring.

◆

Era como si el Jokertown de Nueva York, parado de cabeza, hubiera sido arrojado a las calles de Atlanta.

Todas las ciudades grandes tienen su versión pequeña de un Jokertown, pero Atlanta nunca había sido testigo de este tipo de despliegue. Un sol cegador ardía a través de un cielo azul sin nubes hacia un mar de letreros, máscaras y cuerpos extrañamente distorsionados. La multitud –estimada en quince mil por las autoridades– había marchado desde el Parque Piedmont y sitiado el Coliseo. Filas de policías y de miembros de la Guardia Nacional vigilaban, a la espera.

A media mañana, cuando quedó claro que el reporte mayoritario no sería adoptado rápidamente, se encendió una hoguera en una zona cercana al Omni. Ante las cámaras que los animaban, los jokers gritaban y canturreaban, arrojando sus máscaras a las llamas. Un As Volador sobrevolaba al gentío, temerariamente cerca de las llamas. El polietileno se derritió, las alas se tornaron de color café, arrugadas y deformes. Un joker recogió los restos humeantes.

—¡Miren! ¡Un condenado joker volador! –gritó. El resto de los jokers entendieron el chiste amargo. De toda el área volaron planeadores hacia la hoguera, o los alteraban con encendedores.

Con imprudencia, la policía de Atlanta eligió ese momento para despejar la zona. Una hilera doble de oficiales con cascos embistió a los manifestantes. Los jokers, como era de suponerse, embistieron a su vez: se arrojaron piedras, el as menor de alguien tiró por tierra a algunos policías y, de pronto, se desató una gresca monumental. Jokers, reporteros y transeúntes fueron aporreados indiscriminadamente.

La Tortuga hizo acto de presencia un poco tarde, pero comenzó a gritar para que las cosas volvieran al orden. La fuerza de su poder telequinésico separó a los jokers y a los policías que quedaban. Unas sesenta personas fueron arrestadas, y aunque en general las heridas eran menores, las imágenes de las cabezas ensangrentadas eran espectaculares.

El ánimo de los manifestantes, que ya se sentía frágil, se tornó peligroso.

A unas cuadras del sitio de la convención, los jokers se reorganizaron. Abrieron las tomas de agua contra incendios para abatir el calor del día; en cada ocasión, la policía llegaba para cerrarlas de nuevo, evitando confrontaciones directas. Se escuchaban insultos que venían de los dos bandos.

Casi al terminarse la mañana, una contramanifestación del KKK llegó al centro de la ciudad, produciendo una serie de roces entre miembros del Klan y los jokers en las calles. Si algo podía decirse es que el Klan fue más brutal que la policía: se reportaron algunos disparos y en los hospitales locales algunos jokers fueron atendidos por heridas de bala. Se esparcieron rumores entre la gente de que dos jokers habían muerto, que la policía no estaba arrestando a ningún miembro del KKK y que, por el contrario, les habían permitido cruzar las barricadas.

Al mediodía, se supo que Barnett abogaba por un retorno a las Leyes Exóticas. Una efigie de Barnett fue crucificada enfrente del Omni. El caparazón de la Tortuga se cernía en lo alto, como si arreara a los manifestantes, manteniendo un espacio despejado entre jokers y policías.

—No me gusta, senador –le dijo Billy Ray a Gregg mientras descendían de la limusina cerca de las barricadas; otros agentes del Servicio Secreto, de traje, resguardaban sus flancos. La multitud de jokers se encrespaba entre gritos y maldiciones–. No creo que estar aquí sea una buena idea.

Gregg hizo una mueca, irritado. Se dirigió duramente al as.

—Y yo me estoy cansando de la gente que me dice lo que debo hacer –el regaño hizo que Ray apretara la boca. Y antes de que pudiera responder, cayó una sombra sobre ellos y una voz retumbó desde los altavoces.

—¡Senador! ¿Has venido a ayudarnos?

La pregunta hizo que las cámaras se dirigieran hacia ellos. Gregg hizo señas hacia el caparazón de la Tortuga –que tenía un escuadrón de planeadores As Volador, con forma de Tortuga, revoloteando como electrones alrededor de un núcleo; unos cuantos Condenados Planeadores Jokers se mezclaban entre ellos.

—Tenía la esperanza de que al menos podríamos mantener las cosas en calma aquí. Por lo menos sé que estás haciendo todo lo que puedes.

—Ajá. Trucos con discos voladores. Lo más novedoso para el control de las multitudes –los discos comenzaron a girar más rápido, haciendo piruetas en patrones intrincados.

—¿Crees que puedas internarme con la gente?

—Sin problemas –los discos llovieron sobre la calle. El caparazón descendió delicadamente, volando por detrás de las barricadas y girando para quedar de frente a la multitud. Las bocinas sisearon al subir el volumen–. MUY BIEN, HAGAN LAS BARRICADAS A UN LADO. ÁBRANLE PASO AL SENADOR O ME ENCARGARÉ DE ABRIRLE EL PASO YO MISMO. ¡VAMOS, GENTE!

Cerniéndose a la altura de las cabezas, la Tortuga pasó entre las barricadas y hacia los jokers, como un arado. Gregg caminaba en su estela. Carnifex, la gente del Servicio Secreto y los policías lo siguieron. Reporteros y camarógrafos se daban de codazos buscando la mejor posición.

Gregg fue reconocido inmediatamente. El canto comenzó a elevarse a los lados de la Tortuga y su séquito. «¡Hartmann! ¡Hartmann!» Gregg sonrió, esforzándose para tocar las manos que se extendían hacia él desde las filas delanteras. «¡Hartmann! ¡Hartmann!» Gregg resplandecía, sin saco y con la corbata aflojada, con una mancha de sudor oscureciéndole la columna: El Candidato Trabajando. Sabía que esta escena sería presentada en todos los noticieros de la noche.

Pero dentro de sí no estaba tan contento.

La multitud estaba cargada de energía emocional. Casi podía ver la corriente, pulsando y ondulando, que, cual carnada, atrajo al Titiritero. Sentía cómo el poder se fortalecía, cómo se elevaba, cómo crecía. *Déjame salir*, le decía. *Déjame probar.*

Ahí está Gimli, le recordó al Titiritero. *Recuerda el 76.* Como si Gregg hubiera hecho una invocación, la débil voz de Gimli hizo eco en la lejanía. *Yo recuerdo el 76, Hartmann. Lo recuerdo muy bien. Y también recuerdo lo que ocurrió ayer con Ellen. Dime, ¿te gustó a ti ser un maldito títere? Anda, deja salir a tu amigo.* Esta vez *probablemente no te detendré. Claro, si lo hiciera, él podría enojarse. Quizás el Titiritero te sacaría a ti a caminar otra vez. A todos los noticieros les encantaría eso.*

El Titiritero le gruñó a Gimli, pero Gregg temblaba detrás de su sonrisa. El Titiritero sacudía los barrotes de su jaula mientras la energía de los jokers resplandecía a su alrededor. Gregg mantuvo la puerta cerrada con algo de esfuerzo.

—¡Hartmann! Hartmann!

Gregg sonrió. Asentía. Tocaba. La tentación de dejar salir al Titiritero y de navegar con él lo enloquecía. En eso Gimli tenía razón: Gregg también quería hacerlo. No había nada que deseara con mayor fuerza.

La Tortuga se detuvo a mitad del boulevard Internacional, cerca de la efigie de Barnett.

—Súbete, senador –le dijo. El caparazón descendió, oscilando, hasta quedar a treinta centímetros del suelo. Gregg se subió; Billy Ray y los otros rodearon a la Tortuga.

Se escuchó un enorme grito mientras ascendía a la cima del caparazón. Sensible a pesar de haber sepultado al Titiritero, casi se tambaleó por el impacto emocional de esa adulación masiva. Gregg resbaló y casi se cayó; sintió que la Tortuga lo levantaba con un delicado empujón.

—Caray, senador, cuánto lo siento. En qué estaba pensando...

Gregg se puso de pie arriba del caparazón. Los rostros de los jokers lo miraban intensamente, presionando contra la barrera telequinésica de la Tortuga. El sonido de su vitoreo, que hacía eco desde el Omni y el centro de convenciones, era ensordecedor. Gregg se contuvo, sonriendo de esa manera modesta y medio tímida que se había convertido en su sello distintivo durante la campaña. Dejó que los gritos continuaran, sintiendo en todo el cuerpo su insistente martilleo.

El Titiritero se dejaba llevar. Aunque Gregg lo contenía, no podía evitar que el poder ascendiera a la superficie de su mente. Miró hacia los jokers y vio algunos rostros conocidos entre ellos: Cacahuate, Flicker, Fartface, Marigold y al que llamaban Míster Cadaverina, que finalmente había acabado con Croyd el Apestado. El Titiritero también los veía, y el poder se estrellaba ferozmente contra los barrotes mentales, rugiendo y desgarrando.

Gregg temblaba por el esfuerzo de dominar aquella personalidad voraz, y sabía que no podía quedarse allí por mucho tiempo. Su control se desmoronaba ante el asalto de sus emociones.

(Colores primarios brillantes, sin diluir, revoloteaban a su alrededor. El Titiritero casi podía tocarlos y verlos, ondulando como humo teñido…)

Gregg levantó las manos para pedir silencio.

—¡Por favor! –les gritó, escuchando cómo su voz rebotaba en los edificios que los rodeaban–. Escúchenme. Entiendo sus frustraciones. Sé que cuatro décadas de malos tratos y de malentendidos exigen una vía de escape. Pero ésta no es la manera de hacerlo. Éste no es el momento.

Eso no era lo que querían escuchar. Sintió su disgusto y se apresuró:

—Dentro de ese edificio, estamos luchando por los derechos de los jokers (…gritos de apoyo: un verde doloroso y un amarillo filoso…). Lo que les pido es que me ayuden en esa lucha. Tienen derecho a manifestarse. Pero les digo que la violencia en las calles será usada en su contra. Mis contrincantes señalarán y dirán: «¿Lo ven? Los jokers son peligrosos. No podemos confiar en ellos. Por nada podemos permitir que vivan cerca de nosotros». Es el momento de que todos los jokers finalmente se quiten sus máscaras, pero *tienen* que mostrarle al mundo que el rostro que ocultaban es el rostro de un amigo.

(…las corrientes sombreadas se tornan de un café turbio, lleno de confusión e incertidumbre. La brillantez se redujo…) *Conmigo, podrías hacerlo. Fácilmente.* El Titiritero se burlaba de él. *Mira allá afuera. Juntos, podríamos cambiar esto. Podríamos acabar con la manifestación. Terminarías como un héroe. Sólo déjame salir.*

Se le iban de la mano a Gregg. Lo sabía, incluso sin el vínculo directo con el Titiritero. De pronto, Gregg Hartmann decía las mismas palabras que ellos ya habían escuchado, todo este tiempo, de todos los demás. Ya no había magia. No había Titiritero.

(…cambiando a un violeta oscuro, sombrío: un tono peligroso, un color para devorar. El Titiritero gritó…)

Gregg tenía que irse. Las emociones, como una marea agitada por una tormenta, golpeando contra la costa, erosionaban el tenue control de su poder. El Titiritero saltaría en cualquier instante.

Tenía que terminar. Tenía que alejarse del festín que se ofrecía ante su poder.

—Sólo les pido, les ruego, que ayuden a aquellos que están allá abajo. Por favor. No permitan que el enojo lo arruine todo.

Era un final abrupto y horrible; Gregg lo sabía. La multitud lo miraba intensamente, enmudecida. Unos cuantos intentaron reanudar el canto, pero pronto se desvaneció.

—Bájame –susurró Gregg.

La Tortuga lo levantó ligeramente y lo depositó en el concreto.

—Salgamos de aquí –dijo Gregg–, he hecho todo lo que podía hacer –con desesperación, el Titiritero le enterraba garras a Gregg, azotándolo en su mente como un animal enfurecido. La Tortuga retrocedía lentamente entre la multitud, hacia la limusina que los esperaba. Gregg lo seguía, con el ceño fruncido. No veía ni oía nada de lo que estaba frente a él. Contener al Titiritero exigía toda su concentración.

1:00 p.m.

Llevaba más de una hora en el taxi. El tráfico se había atascado casi al salir del aeropuerto. Los coches estaban pegados, defensa contra defensa, y los bocinazos eran constantes a todo lo largo del camino hasta el centro. Peatones, jokers en su mayoría, formaban una masa en las calles. Algunos traían máscaras. Otros cargaban pancartas. Todos tenían las emociones peligrosamente a flor de piel. En más de una ocasión, habían mecido el taxi mientras pasaba lentamente entre ellos. Spector le había dado al conductor un billete extra de cien dólares para que lo dejara a una cuadra del hotel. A juzgar por los gruñidos en el asiento delantero, parecía que el taxista tenía dudas de hacerlo, a pesar del dinero.

La licencia de conducir había sido fácil. Ya las había modificado antes. Después de quitar el laminado, a navaja, había recortado cuidadosamente la foto del reportero para sustituirla con una suya.

Luego, en el aeropuerto, había usado una máquina de laminado para terminar el trabajo. El reportero, su nombre había sido Herbert Baird, era más o menos de su misma estatura, peso y edad. En estos momentos, sin embargo, ser atrapado con una identificación falsa era la menor de sus preocupaciones. Spector sólo quería llegar al Marriott de una sola pieza.

Un joker con enormes pliegues de piel rosada y arrugada subió de un salto al techo del taxi y ondeó un letrero que decía «los nats son ratas» de un lado y «¿y nosotros qué?» del otro. Se escuchaban gritos más adelante. Spector no podía entender lo que decían.

—Hasta aquí llegamos, señor –dijo el taxista–. No la voy a hacer de carnada para jokers ni por cien ni por cien mil dólares.

—¿Qué tan lejos queda el hotel? –Spector traía su equipaje con él, en el asiento trasero. Supuso que el centro de la ciudad sería un desastre, y no quería pasar más tiempo que el necesario abriéndose paso entre una multitud de jokers encabronados.

—Como dos cuadras más adelante –el conductor miró nerviosamente a su alrededor, mientras alguien le rompía una luz trasera de una patada–. Yo que usted me apresuraba.

—Sí –Spector abrió la puerta del coche cuidadosamente y pasó a la acera atestada. Algunos jokers le hicieron muecas o levantaron los puños, pero la mayoría no le ocasionó problemas. Avanzó despacio, infelizmente consciente de que su traje y su equipaje nuevos lo harían verse sospechoso, un blanco fácil.

Después de unos diez minutos de empujones, el hotel estaba justo al otro lado de la calle. Spector estaba cubierto de sudor y comenzaba a oler más o menos como los locos que lo rodeaban. Un joker con uñas como agujas le cerró el paso y le dio un tajo a la maleta, rasgándole un costado. Spector lo miró a los ojos y le transfirió justo el suficiente dolor de muerte para que el joker se colapsara. No quería arriesgarse y alebrestar a esta turba con un asesinato. Con el calor que hacía, estos tontos no la pensarían dos veces al ver a uno de ellos desmayarse.

La gente comenzaba a dispersarse, sin duda para congregarse de nuevo en otra parte, justo cuando entraba al lobby del hotel. Era un espacio abierto que llegaba hasta el techo. Las curvas del edificio le recordaron la parte interna de algo muerto. Spector dio un largo respiro de aire fresco y caminó hacia el área de seguridad. *Herbert Baird, eres Herbert Baird, Herbert Baird*, se decía a sí mismo.

Había varios policías uniformados y hombres de traje con auriculares esperándolo.

—Identificación, por favor –dijo uno de los policías.

Spector sacó su cartera, tratando de relajarse conscientemente y entregó la licencia de conducir. El policía la tomó y se la pasó a un hombre sentado ante una terminal de computadora. El sujeto tecleó por unos instantes; sus dedos volaban, difusos, sobre el teclado, luego hizo una pausa y finalmente asintió.

—¿Puedo tomar su equipaje, señor Baird? –el oficial miraba las marcas del rasguño en la maleta–. Un poco rudas las cosas allá afuera, ¿verdad?

—Muchísimo más de lo que estoy acostumbrado a ver –Spector sonrió. Estos hombres estaban aburridos y no le prestaban mucha atención. Iba a poder entrar.

El oficial colocó la maleta en la máquina de rayos x y apuntó en dirección a un detector de metales.

—Si me hace el favor de pasar por ahí, señor –al cruzar, el detector de metales timbró. Spector se detuvo en seco y metió lentamente la mano en un bolsillo. Sentía que por lo menos veinte personas lo miraban. Sacó un puñado de monedas y se las entregó al policía. Las había necesitado para la máquina laminadora.

—¿Puedo intentarlo de nuevo?

Con ademán lento de su mano, el policía le indicó que pasara. Spector cruzó, sin activar la alarma, y suspiró. El oficial se acercó y le entregó sus monedas. Spector las volvió a guardar en su bolsillo y sonrió de nuevo.

—Su maleta está ahí –el policía la señaló y se volvió de nuevo hacia la entrada del hotel.

Spector recogió su maleta; estaba pesada y casi se resbaló de su mano sudorosa. Caminó lentamente por el lobby rumbo a la recepción. Era poca la gente de traje que no dejara ver un bulto debajo del saco. Le tomó más tiempo del previsto conseguir su cuarto. El recepcionista era un gordo imbécil oficioso que lo miró con suspicacia cuando le dijo que pagaría en efectivo. El pequeño desgraciado trataba de impresionar a los chicos del Servicio Secreto o algo igualmente estúpido. Quizás era la única oportunidad que tendría en su vida de aparentar ser alguien importante. Un día de éstos Spector regresaría y liquidaría al fulano. Cuando finalmente el recepcionista le extendió la llave, Spector se la arrebató y se fue directamente a los elevadores.

Casi estaba ahí cuando oyó a alguien exclamar:

—James. James Spector. Oye, Specs –la voz sonaba conocida, pero eso no era necesariamente algo bueno.

Se volvió lentamente. El tipo caminó hacia él con una sonrisa y le extendió la mano. Vestía un traje gris cenizo y traía el cabello cuidadosamente estilizado. Era un par de centímetros más bajito que Spector, pero mucho más musculoso.

—Tony C –soltó un suspiro y relajó sus hombros–. No puedo creer que esté sucediendo esto –él y Calderone crecieron juntos en Teaneck, pero Spector le había perdido la pista hacía muchos años.

Tony se inclinó, tomó la mano de Spector y lo saludó con firmeza.

—Mi amigazo. El príncipe que se las sabe todas. ¿Qué haces por aquí?

—Pues… cabildeo –Spector se aclaró la garganta–. ¿Y qué me dices de ti?

—Trabajo para Hartmann –respondió Tony. Spector abrió la boca; la cerró inmediatamente–. Es difícil de creer, lo sé. Pero soy su principal asesor de discursos –se frotó las manos–. Siempre he sabido armar una buena frase.

—Especialmente para las chicas –Spector comenzó a moverse incómodamente. Al parecer, ninguno de los policías que había revisado su identificación había oído a Tony, pero de cualquier modo se sentía expuesto–. Mira, me da un enorme gusto verte, pero quisiera instalarme. Es un zoológico allá afuera, de verdad.

—Si piensas que es un zoológico allá fuera, espera a que veas lo que pasa aquí dentro –Tony le dio a Spector una palmada en el hombro. Había calidez sincera en el gesto, la clase de gesto que Spector no sentía desde hacía mucho tiempo.

—¿Qué número de cuarto tienes?

Spector levantó su llave electrónica.

—1031.

—1031. Anotado. Quiero que cenemos juntos durante tu estancia aquí. Tenemos mucho de que platicar –Tony se encogió de hombros–. Es más, ni siquiera sé qué has estado haciendo desde que salimos de la secundaria.

—Muy bien. Tengo bastante tiempo que matar mientras esté aquí –dijo Spector. El elevador a sus espaldas timbró. Tony dio un paso atrás, despidiéndose–. Nos vemos después –Spector trató de sonar como si no le aterrara la idea. Esto estaba resultando ser más extraño que los fenómenos en la víspera de Año Nuevo.

Hiram era el anfitrión de una fiesta de bienvenida en su suite del Marriott. Se suponía que Gregg haría acto de presencia, de modo que los cuartos estaban atestados de delegados neoyorquinos con sus familias. La mayoría de las suites a las que Tachyon entraba apestaban a cigarrillos y pizza vieja. Esta suite hedía a cigarrillos, pero las charolas esparcidas estratégicamente en todos los cuartos tenían pequeños bocadillos de quiche y piroshki. Tach tomó uno, y el pan de hojaldre explotó en su boca, seguido del rico sabor del relleno de champiñones.

Mientras se sacudía las migajas de los dedos y de las solapas de su saco, se acercó a Hiram y le dio una palmada en el hombro. El gran as vestía con su buen gusto habitual, pero tenía ojeras como hematomas hinchados bajo los ojos, y su piel tenía la apariencia enfermiza de una masa húmeda.

—No me digas que tuviste tiempo para meterte a la cocina y preparar todo esto –bromeó Tachyon.

—No, pero mis recetas…

—Sí, más o menos sospechaba eso –Tach se agachó para quitarse una migaja del zapato con la orilla de su pañuelo. Al incorporarse, había recuperado su valor–. Hiram, ¿estás bien?

La respuesta explotó con un marcado resoplido:

—¿Por qué?

—No te ves muy bien. Ven a mi cuarto más tarde y te revisaré.

—No. Gracias, pero no. Estoy bien. Sólo un poco cansado –una sonrisa arrugada se dibujó en su cara, como si hubiera sido abruptamente pintada por un caricaturista.

Tachyon expulsó un respiro contenido y sacudió la cabeza, mirando a Hiram alejarse apresuradamente para darle la bienvenida al senador Daniel Moynihan. El extraterrestre circuló, sonriendo, estrechando manos –algo que seguía pareciéndole una costumbre extraña, incluso después de tantos años. En Takis se daban dos extremos: un contacto limitado, porque entre telépatas el roce casual era una cosa repugnante; o entre amigos cercanos y parientes un abrazo afectuoso. Cualquiera de las dos opciones causaba problemas en la Tierra. El roce ligero resultaba pretencioso y el abrazo producía reacciones homofóbicas en los varones de este planeta. Esto reflexionaba Tachyon al ver cómo su mano enguantada era devorada una y otra vez por los ansiosos dedos de los humanos que lo envolvían.

En un sofá debajo de una de las ventanas estaba sentado un hombre, rodeado por tres mujeres que reían. La más joven estaba sobre sus rodillas. Detrás de él se hallaba la hermana de ella, que se inclinó y le rodeó el cuello con sus brazos. Junto a él, en el sofá, se encontraba una mujer bonita, de cabello canoso. Sus ojos oscuros miraban al hombre afectuosamente. Había calidez en la escena y parecía resaltar el vacío que Tachyon sentía en su propia vida.

—Vamos, papi –rogaba la más joven–, tan sólo un pequeño discurso –su voz se alteró levemente, ganaba sonoridad y profundidad–. ¿Qué es lo que me quieres decir? Si fuera alguna cosa dirigida al bien común, fija el honor en un ojo y la muerte en el otro, y yo miraré a ambos con indiferencia; entonces, que los dioses me ayuden porque le tengo más amor al honor que temor a la muerte.

—No, no, no –el hombre acentuó cada palabra sacudiendo la cabeza.

—Quizá *Julio César* no sea la mejor opción para una convención política –dijo Tachyon suavemente. Cuatro pares de ojos advirtieron su presencia; luego el hombre bajó la mirada y sus dedos peinaron nerviosamente su barba entrecana–. Disculpen mi intromisión, pero no pude evitar escucharlos. Yo soy Tachyon.

—Creo que lo adivinamos –dijo la muchacha detrás del sofá. Estudió el atuendo brilloso del taquisiano, de colores verde y rosado, y miró jocosamente hacia su hermana.

—Josh Davidson –el hombre indicó a la mujer a su lado–, mi esposa, Rebecca, y mis hijas, Sheila y Edie.

—Encantado –Tachyon besó muy ligeramente los dorsos de tres manos.

Edie soltó una risita, mirando alternadamente a su padre y a su hermana. Revoloteaban emociones entre el pequeño grupo. Había algo oculto debajo de la superficie que Tachyon no captaba, pero dejó así las cosas. La gente suele tener secretos, y no porque él pudiera leerlos tenía derecho a hurgar sus mentes. Otra lección aprendida después de cuarenta años en la Tierra era la necesidad de filtrar. La cacofonía de mentes humanas sin entrenar lo hubiera vuelto loco si no hubiera vivido agazapado detrás de sus escudos.

—Ya te reconocí –dijo Tachyon–. Estuviste brillante el invierno pasado en *Casa de muñecas*.

—Gracias.

—¿Eres delegada?

—Oh, por Dios, no –la mujer rio–. No, mi hija, Sheila, es nuestra representación.

—Mi papá es un tanto cínico en lo que concierne a la política –dijo la hermana mayor–. De milagro lo convencimos de que viniera.

—Es que vengo a vigilarte, mi joven dama.

—Sigue pensando que tengo diez años –le confió con un guiño al taquisiano.

—Es una prerrogativa de los padres –Davidson lo veía con tanta atención que Tachyon se preguntó si este padre en particular también le enviaba una advertencia: toca a mis hijas y perderás los testículos. Para divertirse, Tachyon decidió presionar un poco. Dirigió su resplandeciente sonrisa hacia las hermosas hijas de Davidson–. ¿Sería posible que las invitara a almorzar mañana, señoritas?

—Señor –dijo Sheila, severamente, aunque sus ojos bailoteaban–, su reputación le precede.

Tach se puso la mano en su corazón y dijo, vacilante:

—Oh, mi fama, mi lamentable fama.

—Te encanta –dijo Davidson, y había una curiosa expresión de lejanía en sus ojos expresivos.

—¿Una condición que quizá compartimos, señor Davidson?

—No, oh, no, no lo creo.

Se dio una ronda de murmullos delicados, y Tach siguió su camino. Sentía ojos taladrando el centro de su espalda, pero no volvió la vista. No convenía darles ánimos a ninguna de esas dos muchachas tan bonitas. Sólo estaba destinado a decepcionarlas.

5.00 p.m.

DESDE LUEGO, GREGG HABÍA CONSIDERADO QUE LA MAYORÍA DE los otros candidatos eran como títeres. Era realmente fácil. Todo lo que necesitaba hacer era tocarlos unos segundos. Un apretón de manos prolongado era suficiente, más que suficiente para que el Titiritero cruzara el puente del tacto y reptara al interior de la mente del otro sujeto, para merodear en las cavernas de los deseos y de las emociones ocultas, y darle vida a toda la porquería.

Una vez que se establecía el vínculo, Gregg ya no necesitaba el contacto físico. Mientras el títere estuviera a unos cien metros a la redonda, el Titiritero podía dar el salto mentalmente.

Durante la campaña, había usado ingeniosamente al Titiritero para hacer que los otros candidatos tartamudearan al momento de responder una pregunta o para que fueran demasiado enfáticos o contundentes al declarar sus posturas. Había hecho esto, hasta que Gimli comenzó a interferir en la última parte de las elecciones primarias, y hasta que el Titiritero se volvió demasiado errático y peligroso como para utilizarlo.

Aunque había tenido la oportunidad, había dejado en paz a Jesse Jackson. El reverendo era carismático y enérgico, un orador poderoso. Gregg incluso lo admiraba; ciertamente, nadie más en la campaña era tan impertérrito y directo, tan poco temeroso de hacer declaraciones contundentes. Jackson era un idealista, no un pragmático como el resto. Ése era un punto en su contra.

Y Gregg sabía, por experiencia, que el prejuicio también era real, que era fácil que la persona común vociferara su afinidad, pero sin actuar en consecuencia.

El prejuicio hacia los jokers era real. El prejuicio hacia los negros era real. Con o sin el Titiritero, Jackson no se convertiría en presidente aun cuando lograra obtener la candidatura.

Este año no. Todavía no.

Era algo que Gregg no se atrevía a decir en público, pero también sabía que Jackson estaba consciente del hecho, sin importar lo que pudiera decir. De modo que Gregg había dejado que Jackson siguiera su propio rumbo. En cierta forma, eso le había dado un interés especial a la primera fase de la campaña.

Ahora, con el Titiritero aullando en su interior y poco confiable como para ser liberado de nueva cuenta, Gregg se veía obligado a aceptar que había sido un error. En estos momentos, habría facilitado mucho las cosas.

El reverendo Jackson se encontraba sentado del otro lado del cuarto donde estaba Gregg, en un voluminoso sillón de piel, con las piernas cruzadas y unos pantalones negros impecablemente planchados, su corbata de seda anudada fuertemente en su garganta. Alrededor de la suite de campaña de Jackson, sus asistentes hacían como que no observaban. Dos de los hijos de Jackson estaban a los lados del reverendo, en sillas de madera.

—Barnett se está burlando de la plataforma de los derechos de los jokers –decía Gregg–. Está diluyendo el impacto que pudiera tener, reuniendo a todos los grupos de interés especial que se le ocurren. El problema es que, solo, yo no puedo detenerlo.

Jackson apretó los labios y se los tocó con un dedo índice.

—Vienes a pedirme ayuda, senador, pero una vez que la pelea de la plataforma haya terminado, todo quedará como siempre. Por más que no esté de acuerdo con el reverendo Barnett sobre temas básicos, entiendo la realidad política. La plataforma de los derechos de los jokers fue concebida por ti, senador. Si esa plataforma no procede, será difícil que parezcas ser un líder muy efectivo para el país. A fin de cuentas, es tu tema fundamental y ni siquiera puedes lograr que tu propio partido te haga caso.

Jackson se veía casi complacido por ese prospecto.

Yo puedo encargarme de eso. Sólo déjame salir… el Titiritero estaba furioso, irritado. El poder se empujaba contra las ataduras, deseando atacar al porfiado de Jackson.

Déjame en paz. Sólo por unos minutos. Déjame pasar por esto.

Gregg le dio un empujón al poder para aplacarlo, haciéndose hacia atrás en su asiento para disfrazar el conflicto momentáneo. Jackson lo observaba, muy cuidadosamente, muy atentamente. El hombre tenía ojos de depredador, hipnóticos y peligrosos. Gregg sentía que le nacía sudor en la frente, y sabía que Jackson lo notaba.

—No me preocupa la candidatura en estos momentos –dijo Gregg, ignorando al Titiritero–. Me preocupa ayudar a los jokers, que han padecido los mismos prejuicios que tu propia gente, reverendo.

Jackson asintió. Un asistente trajo una charola y la puso en la mesita en medio de ellos.

—¿Té helado? ¿No? Muy bien –Jackson le dio un trago a su vaso y lo volvió a poner en la mesa. Gregg se daba cuenta de que el hombre pensaba, evaluaba, se hacía preguntas.

Y conmigo en verdad podrías saberlo. Podrías controlar esos sentimientos...

Guarda silencio.

Me necesitas, Greggie. Sí que me necesitas.

Concentrado en mantener aplacado al Titiritero, no escuchó parte de lo que siguió:

—...se rumora que has estado empujando a tu propia gente, senador. Incluso, se han enojado algunos de ellos. He escuchado rumores de inestabilidad, de una repetición de lo que ocurrió en el 76 –Gregg se ruborizó, comenzó a responder acaloradamente, pero entonces se dio cuenta de que lo estaban incitando. Ésa era exactamente la reacción que Jackson quería provocar. Se esforzó por esbozar una sonrisa.

—Todos estamos acostumbrados a cierto grado de difamación, reverendo. Y, sí, he estado empujando con cierta fuerza. Siempre empujo cuando creo firmemente en algo.

—Y la acusación te hace enojar –Jackson sonrió y agitó la mano–. Vamos, yo sé lo que se siente, senador. De hecho, yo tengo la misma reacción cuando la gente cuestiona mi labor por los derechos civiles. Es de esperarse –unió sus manos debajo de la barbilla y se hizo hacia delante, con los codos sobre las rodillas–.¿Exactamente qué es lo que quieres, senador?

—Un punto de apoyo para los derechos de los jokers. Nada más.

—¿Y cómo piensas comprar mi apoyo?

—Tenía la esperanza de estuvieras de acuerdo, por los jokers mismos. Por razones humanitarias.

—Realmente me preocupan los jokers, créeme, senador. Pero también sé que un punto de apoyo en una plataforma se queda en palabrería. Una plataforma no compromete a nadie a nada. Yo lucharé por los derechos de todos los oprimidos, con o sin propuestas. No prometí propuestas a mi gente. Les prometí que haría lo mejor posible por ganar en esta convención, y es justo lo que estoy haciendo. Yo no *necesito* un punto de apoyo; tú sí.

Jackson tomó otra vez el vaso. Le dio un sorbo, esperando y observando.

—Está bien –dijo Gregg finalmente–. He hablado con Devaughn y Logan al respecto. Si mantienes en línea a tus delegados, nosotros liberaremos a nuestros delegados de Alabama después del primer voto, con la más enfática recomendación de que vayan a favor de ti.

—Alabama no es importante para ti. Ganaste a ¿cuántos? ¿Diez por ciento de los delegados ahí?

—Ese diez por ciento podría ser tuyo. En Alabama, quedaste en segundo lugar, después de Barnett. Y lo más importante es que eso indicaría que el ímpetu en el sur se está alejando de Barnett, lo cual sería beneficioso para ti.

—Y para ti también –señaló Jackson. Encogió los hombros–. También fui el segundo en Mississippi.

Hijo de puta.

—*Tendré* que confirmar esto, pero probablemente también pueda liberar a mis delegados de ahí.

Jackson hizo una pausa. Miró a sus hijos, luego de vuelta a Gregg.

—Necesito pensar un poco en esto –dijo.

¡Se te está yendo de las manos, maldita sea! Sólo te va a pedir más. Yo pude haberlo convencido sin ninguna concesión. Eres un tonto, Greggie.

—No tenemos tiempo –dijo Gregg enfáticamente. De inmediato se arrepintió de lo que acababa de decir. Los ojos de Jackson se entrecerraron y Gregg se apresuró para suavizar la metida de pata–. Lo siento, reverendo. Es sólo que… es sólo que para los jokers allá afuera la propuesta *no* son sólo palabras. Será un símbolo para ellos, un símbolo de que sus voces han sido escuchadas. Todos podemos beneficiarnos, todos los que los apoyemos.

—Senador, tienes un excelente récord humanitario. Pero…

¡Deja que me encargue de él!

—Reverendo, a veces mi pasión es desmedida. Nuevamente, me disculpo.

Jackson seguía frunciendo el ceño, pero el enojo se había disipado de sus ojos.

Casi lo arruinas.

Cállate. Fue tu interferencia.

Deja encargarme yo del asunto. Tienes que dejarme salir. Pronto.

Pronto. Lo prometo. Sólo guarda silencio.

—Muy bien –dijo el reverendo–. Creo que puedo arreglar las cosas con mi gente. Senador, tienes mi apoyo.

Jackson extendió su mano. Al estrecharla, Gregg sintió que sus dedos temblaban. *¡Mío! ¡Mío!* El poder se estremecía en su interior, gritaba y arañaba y se aventaba contra los barrotes.

Le tomó todo el esfuerzo posible a Gregg mantener a raya al Titiritero mientras le estrechaba la mano a Jackson, y rompió rápidamente el contacto físico.

—Senador, ¿estás bien?

Gregg le sonrió débilmente a Jackson.

—Estoy bien –dijo–. Gracias, reverendo. Sólo tengo un poco de hambre, es todo.

6:00 p.m.

—Donde yo crecí, una persona no se sienta a la mesa de otra persona si no fue invitada.

Tachyon revisó las siete papeletas rosas de mensajes –todos de Hiram– y las metió en un bolsillo.

—Donde creciste, una persona tampoco se olvida de reconocer y de agradecerle a una persona un regalo recibido. Yo lo sé, estuve ahí cuando por primera vez aprendiste a balbucear un *«gra-cias»* cuando te llevaba dulces.

La furia encendida en los ojos castaños de Fleur era tan intensa que Tachyon se encogió e incluso alzó una mano en señal de defensa.

—¡Déjame en paz!

—No puedo.

—¿Por qué? –preguntó ella, retorciendo las manos, los dedos se le enroscaban desesperadamente el uno con el otro–. ¿Por qué me estás torturando? ¿No fue suficiente con haber matado a mi madre?

—Siendo justos, creo que tu padre y yo debemos compartir la culpa. Yo quebranté su mente, pero él permitió que fuera torturada en el manicomio. Si la hubiera dejado conmigo, quizás hubiera encontrado una manera de reparar los platos rotos.

—Si ésa hubiera sido la opción, entonces agradezco que haya muerto. Mejor eso que ser tu puta.

—Tu madre *jamás* fue una puta. Con ese comentario, la deshonras y te deshonras a ti misma. No creo que en realidad pienses eso.

—Pues sí lo pienso, y ¿por qué habría de sentirme de otro modo? Nunca la conocí. Tú te encargaste de eso.

—Yo no la corrí de la casa.

—Pudo haberse ido con sus padres.

—Ella me *amaba*.

—No puedo imaginar por qué lo haría.

—Dame una oportunidad, podría mostrarte por qué.

Y en cuanto pasó por sus labios esa insinuación frívola y coqueto-na, Tachyon entendió que cometía una verdadera estupidez. Como si quisiera retraer las palabras, presionó los dedos contra sus labios, pero ya era demasiado tarde. Demasiado, demasiado tarde.

¿Cuarenta años demasiado tarde?

Fleur se levantó de su silla como una diosa iracunda y le asestó una sonora bofetada. Una de sus uñas se enganchó en su labio inferior, partiéndolo, y probó el sabor picante y cobrizo de la sangre. Todas las conversaciones se detuvieron en Pompano's. El silencio hizo que se le enchinara la piel y Tachyon tuvo que tragarse la humillación que le llenaba la boca con un sabor horrendo. El *tic* de sus tacones altos, conforme Fleur salía como tromba del restaurante, repiqueteó en su cabeza aturdida. Cuidadosamente, alzó dos dedos ante su cara. Los contó. Le dio unos toquecitos a la herida con la servilleta que ella había dejado. Olía ligeramente a su perfume. Su quijada se endureció, delineando un contorno testarudo.

8:00 p.m.

—Distrofia muscular. ¿Es más arriba o más abajo que la esclerosis múltiple?

—¡Por Dios! –la voz de Devaughn, rugiendo en el teléfono celular de Jack, parecía más arisca que nunca–. Supongo que no podemos estar en contra de Jerry's Kids,[*] ¿o sí?

---

[*] Organización del comediante Jerry Lewis que recauda fondos para niños con distrofia muscular. *N. del T.*

La orquesta de la convención llegaba penosamente a los últimos compases de «Mame». Louis Armstrong podría haberla tocado mejor con los ojos vendados. Jack estaba en el centro de la convención, parado sobre una silla plegadiza, gris y gastada, rodeado de su muchedumbre de californianos.

—¿Arriba o abajo, Charles? –exigió Jack.

—Arriba. Mierda. Arriba –Jack oía claramente el puño de Devaughn que golpeaba el escritorio–. Mierda-mierda-mierda. Mierda-puta-perra. Esa perra. Esa maldita perra blanca anglosajona y protestante.

—Quiero torcer el pescuezo de Fleur van Renssaeler.

—Tendrás que hacer fila detrás de *mí*, amigo.

—Ya están haciendo el llamado al voto –Emil Rodriguez jaló a Jack de la manga. Jack colgó su teléfono portátil y alzó el pulgar como señal positiva a su horda de delegados. Trató de imaginarse a miles de estadunidenses en sillas de ruedas y con prótesis en las piernas vitoreando y volviendo a barajar su alineación política, pero le falló su imaginación.

Rodriguez, un hombre bajito con pecho de toro, miró a Jack con ojos de furia.

—Esto apesta, amigo –espetó.

Jack se bajó de la silla y encendió un cigarrillo.

—Bien lo dices, *ese*.

Jim Wright convocó al orden. Jack vio que los grupúsculos de delegados se disolvían y consideró el caos que había descendido sobre Atlanta este día. Las manifestaciones violentas, la lucha de la plataforma, la singular interrupción de Sara Morgenstern en la conferencia de prensa esa mañana.

¿Un as secreto?, pensó.

Y luego pensó: *¿Cuál de todos?*

Durante horas, la convención se había estado desgarrando sobre el tema de los derechos de los jokers. El comité de la plataforma lo había aprobado con un fuerte disentimiento de la gente de Barnett: cuando nadie ponía atención, Barnett había movido el tema para tratarlo en el centro de discusiones, y entonces había comenzado de verdad el sudoroso zafarrancho. La gente de Barnett se mantuvo unida en contra de la propuesta, Hartmann a favor y Jackson, por principio, apoyando a Hartmann. Los otros sólo trataron de demorar las cosas hasta averiguar qué beneficios les reportaría declararse por un lado o por el otro. El asunto hubiera sido aprobado sin contratiempos a no ser por la violencia que rodeaba el campamento de los jokers esa tarde; los candidatos menos extremistas se mantuvieron neutrales lo más que pudieron, preguntándose si habría un contragolpe antijoker, pero finalmente los delegados comenzaron a inclinarse por el punto de vista de Hartmann.

Fue en ese momento cuando la campaña de Barnett dio su golpe maestro. Al darse cuenta de que no podrían detener la propuesta, comenzaron sus intentos por diluirla.

¿Por qué el partido debería estar sólo a favor de los derechos de los jokers?, preguntaban. ¿No debería declararse el partido a favor de los derechos de gente con otras discapacidades?

Pronto, se dio una votación hacia arriba y hacia abajo para ver si las víctimas de esclerosis múltiple deberían ser incluidas en la plataforma de derechos civiles. Mientras que los coordinadores de Hartmann, que bien sabían que los estaban saboteando, espetaban maldiciones y aventaban muebles, la moción fue aprobada por unanimidad: ningún demócrata iba a atreverse a estar en contra de personas con una enfermedad incurable.

Y siguieron otras enfermedades: esclerosis lateral amiotrófica, síndrome de Guillain-Barré, espina bífida, síndrome pospolio –cuyo voto estuvo cerrado, sobre todo porque nadie lo conocía– y ahora Jerry's Kids. Barnett estaba logrando que todo el asunto sobre los derechos de los jokers se volviera ridículo. La cabecilla de los delegados de Barnett en Texas, una mujer de cabello azulado con un sombrero vaquero blanco, botas rojas y un conjunto de falda roja y saco blanco con flecos ondulantes, al estilo Buffalo Bill, estaba de pie solicitando otra moción. Jack le pidió a su teléfono que marcara al centro de operaciones y volvió a subirse en la silla.

—Pero por Dios –dijo Rodriguez–. Es sida.

Un aullido de pánico recorrió toda la sala de la convención. Barnett había dado su golpe maestro. Los ojos de cada espectador aterrado por la histeria homofóbica del retrovirus estarían pegados a sus pantallas de televisión, listos para ver si los demócratas apoyarían la contaminación de fluidos corporales por parte de esos acechantes sodomitas y drogadictos que babeaban contagio por todos sus orificios. Y, además, Barnett había ligado convincentemente el sida con el xenovirus Takis-A.

—¿Arriba o abajo, Charles? –preguntó Jack, con desgano.

—¡Al demonio con los maricas! –rugió Devaughn–, ¡al demonio con todo esto! –Jack sonrió y bajó el pulgar en señal negativa para su gente. El retrovirus perdió de manera aplastante. La convención ya se había hartado de las tácticas de Barnett. Las distracciones habían resultado ser divertidas, por un tiempo, y habían tenido éxito en su objetivo principal de hacer que las convicciones de Hartmann parecieran ridículas, pero ahora ya comenzaban a fastidiar.

La dama de Texas recibió instrucciones del alto mando y le hizo un llamado para que no se otorgaran más votos. Calmadamente, la gente de Hartmann comenzó a proponer que toda la gente que padeciera enfermedades sería incluida en la propuesta de derechos civiles. La moción pasó por unanimidad.

La plataforma fue presentada y quedó aprobada. Jim Wright, con un golpe de su martillito, indicó el final de un día agotador. Gorras y pancartas y planeadores del as volador surcaron el aire, lanzados por delegados agradecidos.

Jack les dijo a sus delegados que estuvieran listos al alba del día siguiente. Para el final del miércoles habría por lo menos dos boletas que dirían bastante sobre el rumbo que estaría tomando la convención.

Encendió otro Camel y contempló a los miles de delegados que salían por los embudos de las puertas. La orquesta ofreció una serenata de despedida, al compás de «No llores por mí, Argentina».

Por primera vez, Jack no reaccionó ante la canción tan odiada. Estaba pensando en aquel as secreto.

9:00 p.m.

Billy Ray llamó a Gregg desde el lobby del Marriott.

—Senador, ¿sigues interesado en verte con Barnett? Lady Black acaba de decirme que ya viene de regreso al hotel, después de una reunión.

Había sido un día horrible. Esa tarde y la noche habían sido peores que la mañana. Amy, John y finalmente Devaughn intentaron sin éxito concertar una conferencia con Barnett. Llegaron sólo hasta Fleur, que les dijo secamente que Barnett no estaba interesado en hablar con Gregg. La pelea en el escenario de la convención había reflejado esa actitud poco cooperativa.

Al parecer, Barnett o Fleur se habían convertido en astutos estrategas políticos. Gregg había tenido que usar toda su influencia para mantener la propuesta de derechos para los jokers en la plataforma, y sin el apoyo de Jackson hubiera sido imposible. La plataforma que finalmente se adoptó era una versión desdentada y castrada de la original, amarrada con condiciones y un lenguaje confuso. Lo más bondadoso que podía decirse era que constituía una propuesta para los derechos de los jokers, la primera. Las televisoras podrían declararla como un «triunfo menor» para Hartmann y los jokers; sin embargo, las masas enfurecidas en las calles sabían que no significaba nada.

Ya establecida la plataforma, se esfumaban las razones para reunirse con Barnett. Todas, menos una. La voz interior era enfática. *Hazlo.*

—¿Senador? ¿Y si casualmente caminamos por el salón principal o algo similar cuando él esté…?

Lo peor de todo era que, desde aquel incidente allá afuera, había tenido que lidiar con la desesperación cada vez mayor del Titiritero. Lo había intentado, pero nunca había logrado sumergir el poder otra vez. Ahí estaba el Titiritero, pegado a él.

La gente se daba cuenta. Jackson, ciertamente, lo había notado. Ellen lo miraba intensamente cuando pensaba que él no la veía; Amy, Braun, Devaughn y todos lo trataban con pinzas, era obvio. Si quería esta candidatura, tenía que hacer algo con el Titiritero. No podía darse el lujo de que su atención estuviera tan fuertemente dividida.

—Gracias, Billy. Suena bien. ¿Tenemos unos minutos? Me gustaría refrescarme un poco.

—Claro. Subiré por ti.

Gregg colgó y entró al baño. Se vio en el espejo.

—Estás fuera de control —susurró. Su respuesta fue el regocijo helado de Gimli.

Los esfuerzos del día le habían costado: la imagen que lo miraba de vuelta se veía exhausta. *Barnett es para mí,* insistió nuevamente el

Titiritero, y Gregg casi esperaba ver que sus labios se movían con las palabras. *Una vez que lo sometamos como títere, podemos maniobrarlo como lo hicimos con Gephardt y Babbit. Tan sólo un empujoncito aquí y allá...*

Íbamos a intentar hacer eso antes, en uno de los debates, le recordó Gregg. *Siempre se mantuvo alejado de nosotros, nunca nos permitió estrecharle la mano o siquiera tocarlo. Esto es una locura.*

El Titiritero soltó una risa burlona. *Esta vez sí lo hará. Tienes que confiar en mí. No podrás ganar sin mi ayuda.*

Pero Gimli...

Debemos intentarlo. Si dejas de luchar conmigo, podemos hacerlo.

Está bien. Está bien.

Billy Ray insistió en hablar durante los pocos minutos que les tomó al bajar al piso de Barnett. Gregg dejó que el monólogo corriera sin cesar; no escuchó absolutamente nada. Cuando las puertas del elevador se abrieron, Ray salió, mostrando su identificación, para hablar con los guardias que aguardaban ahí. Gregg salió a la orilla del balcón y contempló el lobby reluciente. Un planeador había aterrizado a su lado, sobre la alfombra: Mistral. Recogió el juguete del suelo y lo lanzó delicadamente. Hizo unas piruetas y comenzó a descender. Unos pisos abajo alguien lo vio y lanzó un viva alcoholizado.

Cinco minutos después, se escuchó el timbre de un elevador. Gregg se volvió para ver salir a Lady Black, seguida de Fleur y Leo Barnett. Gregg esbozó una estudiada sonrisa y se aproximó a ellos.

—Reverendo Barnett, estás bien protegido por tu equipo.

Lady Black se hizo a un lado, pero Fleur permaneció entre Gregg y Barnett, frunciendo el ceño y provocando que Gregg no tuviera opción más que detenerse o chocar con ella. Gregg se hizo a un lado y extendió su mano hacia Barnett.

El Titiritero se encorvó, listo para saltar.

Barnett era engañosamente guapo, una agradable y rubia representación del predicador sureño. Una leve sonrisa se escondía en sus labios gruesos, y el suave canturreo de sus orígenes se escuchaba en su voz resonante.

—Senador Hartmann, cuánto lo siento. A veces mi equipo parece pensar que necesito su protección tanto como la del Señor. Tú entiendes —miró la mano extendida y esa sonrisa débil cruzó nuevamente por su boca–. Y con gusto estrecharía tu mano, senador, pero desafortunadamente, la mía está un poco lastimada. Un pequeño percance allá abajo, en el lobby.

El Titiritero maldijo. Gregg retiró su mano.

—Dile que fue un joker, reverendo –dijo Fleur con cierta frialdad–. Dile cómo estrechaste la mano de ese pecador y cómo él trató de apachurrar la tuya. Insisto en que vayamos al hospital. Una fractura…

—Es sólo una lastimadura, hermana. Por favor… –Barnett le sonrió a Gregg como si compartiera un chiste privado–. Estoy seguro de que el senador ha tenido experiencias similares. Estrechar manos es la maldición de los políticos.

—Sí que lo es –dijo Gregg. Estaba tan cansado de sonreír. Dirigió su mirada a una Fleur con semblante de piedra–. Y especialmente lamento que haya sido un joker.

—Un joker con uno de tus botones de campaña –dijo Fleur.

—Que mi gente, como la suya, obsequia por millares –replicó Gregg, quizá demasiado enfáticamente. Se volvió hacia Barnett–. Creo que ya hay suficientes malentendidos. Quiero darte a ti y a tu equipo mis felicitaciones por esa ardua pelea que sostuvieron sobre la plataforma, y decirles que me complace que finalmente pudimos llegar a un acuerdo.

Esto último hizo que Barnett torciera los labios, y Gregg supo que había tocado un nervio.

—Yo no estuve de acuerdo con la propuesta modificada –dijo Barnett–. Hubo, pues, almas de corazones débiles entre mis delegados, que sintieron la necesidad de aceptarla a pesar de mi protesta. Fue un error y, debo confesar mi propia vanidad, me enferma. Pero el Señor también hace uso de las derrotas, senador. Él me ha mostrado que he estado equivocado al tratar de participar en estos juegos políticos. Estoy descubriendo que esta convención no es realmente un lugar para alguien como yo.

Por un momento, Gregg sintió que se elevaba su optimismo. Si Barnett fuera a retirar su nominación, incluso si les diera instrucciones a sus delegados de votar por Dukakis o Jackson… pero Barnett volvió a sonreír, mientras sacaba la Biblia gastada que traía en una bolsa de su saco y frotaba su cubierta dorada.

—Yo soy un hombre de Dios, senador. Por el resto de la convención, pienso hacer lo que sé hacer mejor: rezaré. Cerraré las puertas a este mundo y abriré las puertas de mi alma.

El rostro de Gregg debió reflejar su confusión.

—Lo de hoy no fue realmente una derrota para ti, reverendo, y tampoco fue una victoria para mí. Me gustaría trabajar contigo para trazar un nuevo camino, uno que ambos y que nuestro partido podamos seguir. Aislarte no es la respuesta.

Barnett asintió con seriedad, como si sopesara el argumento de Gregg.

—Puede ser que tengas razón, senador. Si es así, entonces tengo que confiar en que Dios me lo hará saber. Aun así, realmente espero pasar el resto de esta convención orando, en vez de jugar los juegos de poder de la convención. Por ahora, Fleur está bien capacitada para lidiar con todo eso. En ocasiones, soy tonto y necio. Realmente no creo en los acuerdos, no me engaño, pensando que hay más de un camino correcto. El Dios que yo conozco y el Dios que he visto en la Biblia no hacen acuerdos. Dios nunca llegó a «acuerdos», Dios nunca hizo «concesiones ante realidades políticas» –Barnett miró a Gregg, la preocupación le arrugaba su alta frente–. No quiero ofenderte, senador, pero tengo que decir lo que creo.

—Pero yo creo en el mismo Dios, reverendo. Sólo somos hombres, no somos el mismísimo Dios. Hacemos lo mejor que podemos; no somos enemigos. Es el orgullo humano el que nos mantiene separados. Lo menos que podemos hacer como líderes es estrecharnos la mano y tratar de resolver nuestras diferencias –Gregg cubrió sus palabras con una convicción honesta–, por el bien de todos. Eso parecería ser un acto verdaderamente cristiano –Gregg soltó una risilla, como burlándose de sí mismo, y extendió su mano por segunda ocasión–. Prometo no apretarte la mano.

El Titiritero se estremecía, preparándose. Por un momento, estaba seguro de que había funcionado. Barnett titubeó un poco, meciéndose sobre sus pies. Y entonces, pensativamente, el predicador envolvió su Biblia con sus manos.

—El acto que me gustaría que compartiéramos, senador, es la oración. Permíteme invitarte. Únete a mi vigilia. Dejémosles la política a los delegados y pongámonos de rodillas durante los días siguientes.

—Reverendo... –comenzó a decir Gregg. Sacudió la cabeza. *¿Por qué? ¿Por qué siempre nos evade?*

Barnett asintió, casi tristemente.

—Eso pensé –dijo–, caminamos por senderos muy distintos, senador –echó a andar hacia su cuarto, sosteniendo la Biblia en su mano derecha.

Gregg dejó caer su mano.

—¿No les das la mano a los enemigos, reverendo? –la voz de Gregg sonó dura, teñida con el veneno del Titiritero. Fleur, detrás de Barnett, enrojeció, enojada. Barnett simplemente respondió con otra de sus tristes y misteriosas sonrisas.

—La gente espera citas bíblicas de un hombre de Dios, senador –le dijo–. No me sorprende, ya que la Biblia muchas veces tiene la palabra justa para el momento. Una me viene a la mente, de Timoteo: «El Espíritu dice claramente que en tiempos futuros algunos se alejarán de la fe y le harán caso a espíritus engañosos y a cosas que enseñan los demonios a través de hombres mentirosos con conciencias abrasadas». Ahora bien, ahí hay algo de hipérbole, senador, pero yo creo que, sin que te des cuenta, quizá, un demonio corrompe tus palabras. No somos enemigos, senador. Por lo menos no lo pienso así. Y aunque lo fuéramos, aun así rezaría por que te acercaras a la luz y te purificaras. Siempre existe la esperanza de la redención. Siempre.

Barnett miró Gregg detenidamente, sin pestañear. Se escuchó claramente el clic de la puerta que abría, de espaldas a él.

El brandy seguía penetrando en la cortada de su labio, y cada vez que ocurría, provocaba un leve grito de dolor. Y una sonrisa burlona de la cantinera. Tachyon consideró decirle a la chica que se fuera a la mierda, pero entonces cayó en cuenta de la imagen que debía lucir. La marca de las uñas de Sara por el fiasco de la noche anterior se veían como surcos rojos abiertos en la piel blanca de su mejilla. Su labio inferior estaba partido y un poco hinchado por la uña de Fleur. Vaya que se había convertido en un donjuán singularmente fracasado. No era de sorprenderse que la joven dama detrás de la barra sonriera burlonamente. Mujeres. Ellas siempre están unidas.

—Hola. ¿Te molesta si te acompaño?

Josh Davidson se sentó en el banco contiguo. Tach se volvió para saludarlo con gusto genuino.

—No, para nada.

—Cuando un hombre está encogido en el banco de un bar, generalmente significa que quiere estar solo, pero decidí arriesgarme.

—Me da gusto que lo hayas hecho. ¿Te invito un trago?

—Claro.

Y se hizo un silencio incómodo entre los dos hombres, acentuado sólo por la orden de Davidson. De repente, giraron en sus asientos para estar frente a frente, y ambos dijeron al unísono:

—Yo te admiro desde...

—Yo siempre te he admirado..

Se rieron los dos, y Tachyon dijo:

—Pues, ¡vaya que esto es conveniente! Obviamente tenemos buen gusto –e hizo una pausa y paladeó su brandy–. ¿Por qué estás aquí?

Davidson respondió relajadamente.

—Curiosidad.

—¿Curiosidad por qué?

—Por el proceso político. ¿Puede un hombre marcar la diferencia?

—Ah, claro, estoy convencido de esto.

—Pero vienes de una cultura que le otorga mucha importancia al esfuerzo individual –dijo Davidson, moviendo su vaso entre las palmas.

—¿Eso significa que tienes diferente parecer?

—No lo sé. Me parece una proposición cuestionable permitir que la visión y la opinión de una sola persona le den forma a las políticas.

—Pero en este sistema político eso nunca sucede. Incluso en mi cultura aristocrática el déspota absoluto es una fantasía. Siempre existen intereses en competencia.

—Sí, pero entonces ¿cómo eliges entre ellos?

—Tomas la decisión –dijo Tachyon frunciendo el ceño.

—Eso suena tan fácil. Pero ¿qué derecho tienes para que tu juicio sustituya...?

—¿La voluntad del pueblo? –sugirió el taquisiano

—Sí.

Tachyon unió los dedos ante su boca, echó la cabeza hacia atrás y miró las copas de vino que colgaban como estalactitas de su estante.

—«Un representante le debe al Pueblo no sólo su diligencia sino su juicio, y sería una traición si él lo sacrificara para darles por su lado... Edmund Burke.»

La risa de Davidson fue aguda y clara. Tachyon se tensó.

—Doctor, me asombras.

Tachyon no respondió. Sabía que asombraba a la gente. La había asombrado desde el momento en que llegó a este planeta. *El 23 de agosto de 1946.* En verdad, qué rápido había pasado el tiempo.

Cuarenta y dos años. Había vivido casi el mismo tiempo en este mundo que en el suyo. Su *hogar.*

—¿Hola? ¿Dónde andas? –unos ojos oscuros, pensativos, suaviza-dos por cierta preocupación.

—En un mundo que ya no existe para mí –la melancolía yacía como un bulto afilado en la garganta de Tachyon.

—*Y así minutos, horas, días, meses y años,*
transcurridos, al llegar al fin de su destino,
llevarían a blancas cabelleras a una tumba serena.
Ah, ¡qué vida sería esa, cuán dulce, cuán hermosa!
¿Acaso no da el arbusto de espinos sombra más dulce
a los pastores que vigilan a sus tontas ovejas
que la que brinda un lujoso dosel bordado
a los reyes que temen de sus súbditos la traición?

Los ojos de los dos hombres se miraron fijamente.

—¿Acaso eso no describe a Takis? –preguntó Davidson, con sua-vidad.

—Y a la Tierra. La traición puede bien ser la única constante en un universo inconstante –Tach se levantó abruptamente–. Discúlpame, por favor. Tenías razón, creo que sí necesito estar solo.

11:00 p.m.

El día había sido un verdadero desastre. Spector estaba desparramado sobre la cama, encima de dos almohadas. Tenía el control remoto en una mano y una botella de whisky en la otra. Era su ritual a la hora de dormir, y le ayudaba a sentirse menos fuera de lugar.

No iba a poder matar a Hartmann en este edificio, no, a menos que tuviera una suerte insólita. Y ya la había agotado para llegar hasta aquí. No tenía acceso a las áreas del hotel en las que Hartmann estaría, excepto durante las conferencias de prensa. Y había notado que los políticos rara vez te veían a los ojos a menos que les hicieras una pregunta. Y él no era tan tonto como para llamar así la atención.

Le dio un sorbo a la botella y jugó a la ruleta con los canales en televisión. Atlanta había sido aporreada otra vez, esta vez por los Cardenales. Las noticias estaban llenas de porquería política, por supuesto. ¿Estaba Hartmann cogiéndose a esa estúpida reportera? ¿En verdad pensaba Leo Barnett que Dios le hablaba? Spector deseaba haber recibido órdenes de matarlos a todos. En su mayoría, por su marcada falta de ética y de moral, los políticos eran personas que no habían podido seguir siendo abogados.

Finalmente, decidió ver una película vieja. Era de época, ambientada en Francia durante la Revolución. Había un tipo en la película que hablaba como Florín, de las caricaturas de *El Rey Leonardo*. Le pareció a Spector que el actor hacía dos papeles, pero no prestaba la atención suficiente como para asegurarse de ello. Ninguno de los colores se parecía a nada que se diera en la naturaleza. Tonos pasteles que se veían borrosos y se mezclaban entre sí cada vez que alguien se movía. Las películas de Ted Turner se veían tan bien como su equipo de beisbol.

Había sido extraño toparse con Tony, y aún más extraño descubrir que era parte del equipo de Hartmann. Tony era un buen tipo y a Spector le agradaba, pero, en parte, siempre había sido muy sensible.

El actor se hallaba en serios aprietos, lo llevaban a la guillotina. No parecía estar particularmente molesto por ello. Spector hubiera pataleado y gritado en todo el trayecto. Ya sabía lo que se sentía morir.

Podría usar a Tony para acercarse a Hartmann, si acaso no había otra manera. Spector siempre se había sentido orgulloso de que nunca traicionaba a sus amigos. Nunca había tenido muchos, de modo que tampoco era tan difícil. Pero el trabajo estaba por encima de todo.

El actor acababa de enviar a una pequeña rubia a la cuchilla, despidiéndola con un beso, y ahora le tocaba a él. «Lo que hago es mucho, mucho mejor que cualquier cosa que haya hecho antes. Voy a un descanso muy, muy superior a cualquiera que haya conocido»

–el actor estaba parado ante la guillotina, noble, sin miedo. Naturalmente, la cámara se desplaza hacia arriba para que nadie vea cómo su cabeza azota en el cesto.

—Vaya pedazo de imbécil –dijo Spector, mientras apagaba el televisor. Le dio otro trago al whisky y apagó la luz.

Capítulo tres

Miércoles 20 de julio de 1988

7:00 a.m.

LA PESADA VIBRACIÓN DE LOS MOTORES CORRÍA POR CADA FIBRA nerviosa. Tachyon contemplaba meditabundo a través de la ventanilla del avión, hasta que regresó al presente al recibir un codazo de su compañero de asiento. La sobrecargo indicó con su mirada la charola cubierta, y arqueó las cejas.

—Gracias, pero no. Aunque sí me gustaría un trago. Un desarmador. Para darle buen uso a ese jugo de naranja –dijo, sonriéndole. Ella no respondió. De hecho, le echó una mirada que decía con toda claridad que era un borrachín.

Regresó a su meditabunda contemplación de las hirvientes nubes de tormenta que se veían allá abajo, a seiscientos metros de distancia. La sobrecargo regresó con su trago, y Tach buscó dinero en su bolsillo. Lo que sacó fue un fajo de papeletas rosas con mensajes anotados. *¡Tachyon, llámame, maldita sea!* Hiram. Le pagó a la mujer y miró nuevamente el mensaje, insultante y poco comunicativo.

¿Qué demonios quería Worchester y qué rayos decía Davidson? ¿Acaso implicaba que Tachyon era un pastorcillo y que los jokers eran unos «borregos ridículos»? ¿O la referencia a un rey iba dirigida a él? ¿O acaso encerraba un significado más personal? Davidson se había portado extraño. ¿O acaso era una afectación irritante por parte de un actor profesional incapaz de mantener una conversación sin un guionista?

—Tontas ovejas. Al demonio con él –Tach sacó un pañuelo y se sonó la nariz.

Voy a casa a sepultar a una de mis tontas ovejas. Ay, Chrysalis.
Descansó la cabeza en su mano.

9:00 a.m.

Tuvo que esperar casi cuarenta y cinco minutos para poder sentarse. La cafetería en el vestíbulo estaba en pleno ajetreo. Meseros rebotaban de una mesa a otra como pelotas de pinball. Spector estaba sentado, solo, en un pequeño reservado, ignorando el parloteo de todos los que lo rodeaban. Miró con detenimiento a su alrededor. Había muchos ojos hinchados y expresiones de incomodidad. Spector supuso que la mayoría se había ido de juerga desatada la noche anterior. No había logrado dormir mucho tampoco, hasta la madrugada.

Una mesera se detuvo en su mesa e hizo una mueca que probablemente fue una sonrisa las primeras mil y tantas veces que la había esbozado. Sacó su libreta de comandas y su lápiz y arqueó las cejas, en espera.

—¿Qué le puedo traer esta mañana, señor? —las palabras salieron veloces, secas. Muy lejos de esa cordialidad sureña tan conocida.

—Sólo café, por el momento —Spector sonrió lentamente. También quería comer, pero pensó que tendría que sacarle el mejor provecho posible a esta perra. La mesera le arrojó una mirada molesta y se alejó de la mesa.

Spector se recargó en su silla y forzó la vista para que los alrededores se vieran desenfocados. Había pensado en un plan para acercarse a Hartmann. El dolor lo carcomía esta mañana, fuertemente, lo cual hacía difícil pensar. Quizá pudiera sacarle algunos datos confidenciales a Tony. Averiguar dónde y cuándo estaría más expuesto el senador. Tendría que haber una aglomeración suficiente como para que nadie pudiera darse cuenta de lo sucedido. Por lo menos, por un tiempo.

La mesera llegó de nuevo y puso la taza de café de un golpe, derramando un poco en el plato.

—Lo siento —dijo; se notó que no era cierto—. ¿Va a querer algo más?

Spector se demoró bastante tiempo antes de responder.

—Necesito unos minutos más.

La mesera puso los ojos en blanco y se retiró.

Spector tomó la taza y le dio un buen sorbo. El café le quemó la boca y la garganta. No había problema; sanaría antes que decidiera qué ordenar. Nunca más tendría ampollas en la lengua.

Spector vio la fila de personas que esperaban mesa. Un hombre mayor, delgado y con barba, pasó ante la gente y miró detenidamente el lugar. El hombre vio a Spector y comenzó a caminar hacia su mesa. Spector tensó las piernas, listo para incorporarse de un salto si fuera necesario. Sin embargo, el sujeto se veía conocido. Se detuvo al otro lado de la mesa y sonrió.

—Discúlpeme, el lugar está bastante lleno. ¿Le molestaría si lo acompaño? Mi nombre es Josh Davidson.

Spector estaba a punto de decirle que se fuera al demonio, cuando recordó que Davidson era uno de sus actores favoritos. Y toda su tensión se relajó cuando éste sonrió de nuevo.

—En lo absoluto, tome asiento, señor Davidson —Spector le pasó el menú al actor y se puso a buscar a la mesera. No permitiría ni por un segundo que Josh Davidson tuviera que esperar a que le sirvieran.

—Cuánto se lo agradezco —dijo Davidson, tomando asiento. Sacó un periódico que traía doblado bajo el brazo y lo extendió.

Spector vio a la mesera y estaba a punto de llamarla, cuando un hombre de gran tamaño surgió de entre la gente. Hiram Worchester se alisaba las arrugas en sus solapas y revisaba cada una de las mesas.

—¿Le molestaría si leo una sección? —Spector señaló la sección principal, que Davidson había dejado a un lado.

—Adelante, por favor.

Spector tomó el periódico y lo abrió rápidamente. Se asomó por encima de él. El tipo gordo seguía en su búsqueda. *Si está buscando a Davidson, me hundo*, pensó. Por muy satisfactorio que sería eliminar a ese bastardo, no podía poner en peligro el trabajo. Un mesero caminó hasta Worchester y lo saludó respetuosamente.

—Tengo que retirarme, señor Davidson —dijo Spector—. No me siento muy bien. ¿Le molesta si me quedo con su primera plana?

—Para nada. Es lo menos que puedo hacer.

Spector se levantó y caminó lentamente hacia la puerta, manteniendo el periódico alzado frente a él. Se veía un poco estúpido, pero era mejor eso a ser reconocido por Worchester.

La mesera pasó de lado mientras se iba.

—Por fin —dijo, justo lo suficientemente alto como para que la escuchara. Spector estaba demasiado preocupado como para que le importara.

11:00 a.m.

Tachyon se recargó en la orilla del banquillo y se secó el sudor del labio superior. Tenía miedo de desmayarse por el calor tan sofocante, y los cuatro enormes ventiladores en la parte trasera de la iglesia de Nuestra Señora de la Perpetua Miseria no lograban remover el aire pesado y húmedo. Consideró quitarse su saco de terciopelo, pero eso revelaría los oscuros aros de sudor marcados en sus axilas, y mostraría un estado deplorable para despedir a Chrysalis. Se suponía que iba a dar el discurso de despedida. Resumir en unas cuantas palabras brillantes y emotivas lo mucho que Chrysalis significó para Jokertown. Pero no tenía ni idea de lo que iba a decir. En realidad nunca había conocido a Chrysalis, y hasta cierto punto nunca le había agradado. Pero no era muy conveniente decir eso en un panegírico.

Mientras veía el féretro cubierto de flores, Tach se preguntó si el fantasma de Chrysalis revoloteaba en los alrededores, escuchando los murmullos presurosos mientras la Sociedad del Rosario Viviente pasaba las cuentas por sus dedos y ofrecía plegarias para el reposo de su alma.

La procesión comenzó, dirigida por un acólito joker con una espiral de bronce de donde colgaba el Jesucristo joker. Era seguido de otros dos, que mecían incensarios que esparcían nubes de incienso en el aire ya cargado de por sí. Tach tosió y se cubrió la boca con su pañuelo.

—Odio todas estas patrañas católicas. Ella fue criada como bautista y debió morir como una bautista.

Tach giró su cabeza lentamente y miró al hombre sentado a su lado en el banquillo. Era corpulento, con un rostro avejentado que se veía rubicundo debajo de su bronceado. El traje negro le apretaba la zona de la barriga, y filamentos de sudor dejaban un rastro brilloso sobre sus mejillas. No había mucho que decir, de modo que Tach no dijo nada.

—Soy Joe Jory, el papá de Debra Jo.

—Cómo le va —musitó Tach, mientras el padre Calamar, resplandeciente con su sobrepelliz más fino, pasaba junto a ellos con una dignidad portentosa.

El sacerdote llegó al altar, colocó el misal en su lugar, se volvió hacia la gente y alzó sus brazos a los lados, diciendo con una voz triste y suave:

—Oremos.

Durante toda la misa, Jory y Tachyon se esforzaron por cumplir, pero siempre iban un poco detrás de los demás feligreses, al pararse, arrodillarse y sentarse. El año pasado, había sido la misma situación en el funeral de Des, y en ese momento Tachyon supo lo que iba a decir en el discurso. Dejó de buscarle un sentido a la extraña ceremonia y simplemente se quedó sentado con la cabeza inclinada; las lágrimas se deslizaban por sus párpados entrecerrados mientras organizaba sus pensamientos.

El pequeño acólito joker le tocó el hombro ligeramente, y Tachyon regresó de su ensimismamiento. Una canasta con minúsculas hogazas de pan. El taquisiano agarró un trozo y pasó la canasta. El pan pareció dilatarse en su boca seca, y se le atoró al tratar de tragárselo. Con una mirada rápida y subrepticia a los lados sacó su botellita y le dio un trago al brandy.

Al recibir el llamado del padre Calamar, Tach se acomodó en el atril. Sacó su pañuelo para limpiarse el rostro, respiró hondamente y comenzó.

—Hace exactamente un año, el día veinte de julio de 1987, nos reunimos en esta iglesia para darle sepultura a Xavier Desmond. Yo hablé en su misa, y hablaré en la de Chrysalis. Me siento honrado de hacerlo, pero la verdad melancólica es que me resulta abrumador enterrar a mis amigos. Jokertown es un sitio que se empobrece con estos fallecimientos, y mi vida y la de ustedes queda disminuida por su pérdida –Tach hizo una pausa y vio cómo sus manos se aferraban al atril. Se obligó a sí mismo a relajarse

»Un panegírico es un discurso que elogia a una persona, pero éste me resulta muy difícil. Yo me consideraba amigo de Chrysalis. La veía con frecuencia. Incluso viajé alrededor del mundo con ella. Pero hasta ahora me doy cuenta de que *en realidad no la conocí.* Sabía que se hacía llamar Chrysalis, y que vivía en Jokertown, pero no sabía su nombre real o dónde había nacido. Sabía que se hacía pasar por británica, pero nunca supe por qué. Sabía que le gustaba beber amaretto, pero nunca supe qué la hacía reír. Sabía que le gustaban los secretos, que le gustaba estar en control de las cosas, que le gustaba aparentar frialdad y desapego, pero nunca supe qué fue lo que la hizo así.

»Pensaba todo esto en el avión que tomé desde Atlanta y decidí que si no podía elogiarla, por lo menos podría elogiar sus acciones. Hace un año, cuando se desató la guerra en nuestras calles y nuestros hijos estaban en peligro, Chrysalis ofreció su casa, su palacio, como refugio y fortaleza. Fue peligroso para ella, pero el peligro nunca perturbó a Chrysalis.

»Ella fue una joker que se negaba a actuar como joker. La dama de cristal nunca usó una máscara. La aceptabas tal y como ella se presentaba, o te podías ir al demonio. De esta manera, quizás, enseñó a algunos nats tolerancia y a algunos jokers la valentía –fluían lágrimas sobre su cara. Para destrabar el nudo en su garganta, forzó la voz, más y más alto.

»Ya que nosotros adoramos a nuestros ancestros, los funerales de los taquisianos son aún más importantes que los nacimientos. Creemos que nuestros muertos se mantienen cercanos para guiar a sus ingenuos descendientes, una creencia que puede ser terrorífica o reconfortante, dependiendo de la personalidad del ancestro. La presencia de Chrysalis, creo yo, será más aterradora que reconfortante, porque ella requerirá mucho de nosotros.

»Alguien la asesinó. Esto no debe quedar impune. En este país, el odio se eleva como una marea sofocante. Debemos hacerle frente.

»Nuestros vecinos están pobres y hambrientos, asustados y desposeídos. Debemos alimentarlos y protegerlos y reconfortarlos y ayudarlos.

»Ella espera todo esto de nosotros.»

Tachyon hizo otra pausa y miró a la congregación. Su atención se dirigió a un banco con velas encendidas cerca del atril. Caminó hacia allá, alzó una de las velas pequeñas y regresó al atril. La llama centelleaba hipnóticamente ante sus ojos.

—En un año, Jokertown ha perdido a dos de sus líderes más importantes. Estamos asustados y tristes y confundidos por las pérdidas. Pero yo digo que ellos siguen aquí, siguen con nosotros. Seamos dignos de ellos. Merezcamos que nos recuerden. No olvidemos nunca.

Tach se agachó y sacó su cuchillo de la funda en su bota. Colocó la vela en el atril y colocó su dedo índice sobre la llama. Con un tajo veloz cortó su dedo y extinguió la llama con una gota de su sangre.

—Adiós, Chrysalis.

♠

Haberse encontrado con el gordo lo había perturbado un poco, pero un par de tragos de whisky habían calmado a Spector. Sentado encorvado en la orilla de la cama, miraba el encabezado.

«HARTMANN DARÁ HOY UN DISCURSO EN EL PARQUE.» El senador iba a hacer un llamado público a los jokers para que se manifestaran sin violencia. Era riesgoso, con todos los lunáticos que merodeaban por ahí. Sin embargo, no había nadie más fuera de sus casillas que un político acorralado. Y Hartmann estaba realmente entre la espada y la pared. Spector encendió la tele y sintonizó un canal que mostrara las horas y lugares de los eventos de ese día. Después de unos momentos de espera, ahí estaba. Un discurso a la una de la tarde y nada al respecto de que se fuera a cancelar.

Spector se mordió el labio y hojeó el periódico distraídamente. Necesitaba una perspectiva. Necesitaba una manera de mezclarse con la gente y al mismo tiempo resaltar lo suficiente como para llamar la atención de Hartmann.

Un pequeño anuncio impreso en una esquina de la plana llamó su atención. El anuncio de Keaton's Kostumes. MÁSCARAS, MAQUILLAJE, DISFRACES, ARTÍCULOS PARA FIESTAS Y MÁS, prometía. Un hombre disfrazado sostenía la lista y sonreía exagerada, estúpidamente. Se parecía a Marcel Marceau. Spector tiró el periódico, se limpió las manchas de tinta en sus pantalones grises y comenzó a reír.

♦

Jack atravesó la enorme puerta giratoria para entrar al lobby del Marriott, vio las hordas de la prensa y de los delegados de Hartmann, y trató de no imaginarlos como cerdos en un chiquero. La campaña hacía lo mejor para alimentar a su gente y lograr que todos regresaran al piso en el corto tiempo asignado para el almuerzo, y el Marriott respondió con un generoso buffet que ofrecía ensalada de pastas y toneladas de roast beef. Jack podía ver a Hiram Worchester en un sillón combado cerca del piano del bar, con un plato repleto de comida sobre cada una de sus rodillas. Los elevadores de cristal estaban llenos de miembros de la prensa y de delegados que subían prostitutas a sus cuartos para relajarse un poco al mediodía. El pianista tocaba «Piano Man» por enésima vez. Jack tenía un sentimiento que lo oprimía, de que sabía exactamente qué canción seguiría.

Afortunadamente, Jack no tuvo que moverse entre las mesas del buffet para devorarse su almuerzo con los otros, mientras el pianista ofrecía su inevitable homenaje a Eva Perón –Jack tenía una mesa reservada permanentemente en el Bello Mondo, que aseguraba al pasarle al *maître d'* un billete nuevo de cien dólares todos los días.

Una suculenta comida y unos cuantos whiskys dobles le caerían muy bien. De cualquier forma, había sido una mañana terrible. Comentaristas de CBS parloteaban durante todo el discurso de Jimmy Carter en apoyo a Hartmann, y las otras televisoras ya habían cortado a comerciales. El presidente del Consejo Jim Wright, que Jack supuso quería que ganara Hartmann, envió la señal a la banda para que tocara «Stars and Stripes Forever» al final del discurso, lo cual generó que el público hiciera una manifestación de apoyo masiva que aquellos que veían la tele se perdieron por completo. Jack hubiera podido jurar que oía los gritos de Devaughn que venían desde el Marriott.

Jack comenzaba a creer, de manera puramente supersticiosa, en la existencia de un as secreto que buscaba matar a Hartmann. O quizá sólo fueran unos duendecillos del Kremlin.

—¡Jack! ¡Señor Braun! –una figura con ademanes de tipo amistoso, casi como una especie de Papá Noel, rodaba hacia él, con un sombrerillo de paja haciéndole sombra a su largo cabello canoso y barba desgreñada. Era Louis Manxman, reportero del *L.A. Times*, que había estado a bordo del avión de campaña de Hartmann desde el principio. Había una mirada resuelta en los ojos del periodista.

—Hola, Louis –Jack se puso el portafolios bajo el brazo, metió las manos en las bolsas de su chaqueta de fotoperiodista marca Banana Republic y trató de pasar de largo. Manxman le cerró el paso intencionalmente y sonrió, divertido, detrás de sus bifocales de armazón metálico.

—Quiero la historia de la votación de prueba del lunes por la noche.

—Eso ya es historia, Louis.

—Los periódicos han estado elogiando la estrategia magistral de Danny Logan, cómo la armó, de último minuto. Ni siquiera Devaughn supo lo que estaba ocurriendo; hubieras visto su cara cuando se dio cuenta de todo. Pero conozco a Logan desde hace mucho tiempo, y no es una de sus maniobras, para nada. He platicado con todo líder de delegados que pude encontrar, y todos dicen que sus órdenes vinieron de ti, no de Logan.

—Logan sabía lo que yo estaba haciendo —Jack trató de hacerse a la izquierda. Manxman le cerró el paso.

—Una fuente me dijo que el viejo irlandés estaba inconsciente el lunes por la noche.

—Estaba celebrando —se hizo hacia la derecha.

—Celebrando desde el desayuno, según escuché por ahí —interponiéndose.

Jack lo miró con furia.

—Soy un hombre ocupado, Louis. Dime, ¿qué demonios quieres?

—¿Fuiste o no fuiste tú?

—No lo confirmo ni lo niego. ¿Estamos?

—¿Por qué negarlo? Tú eres un chico de Hollywood, deberías regocijarte con la publicidad. No seas tan tímido.

Jack se detuvo por unos segundos y se preguntó si «tímido» sería una palabra operativa para esta convención.

Sucedió lo inevitable, y el hombre del esmoquin blanco comenzó a aporrear los primeros compases de «No llores por mí, Argentina». Jack sintió que su paciencia se deshilachaba.

—Voy tarde a mi almuerzo, Louis. No lo confirmo ni lo niego. Que quede eso grabado; ésa es mi declaración. ¿Entendido?

La apariencia de Papá Noel se esfumó.

—Cuarenta años demasiado tarde como para ampararse en la Quinta Enmienda, Jack.

Jack se encendió de cólera. Le arrojó una mirada helada al reportero y dio un paso adelante, como si fuera a pasar a través de él.

Se acercaban al piano blanco. El hombre del esmoquin blanco seguía haciendo resonar su homenaje al fascismo sudamericano. En la estela del miedo y de la humillación, la ira comenzó a exasperar a

Jack. Se despidió de Amy y llegó junto al piano. El hombre del esmoquin blanco le ofreció una sonrisa automática.

Había una pecera grande sobre el piano, con un depósito verde de billetes de propinas en el fondo. Jack tomó la orilla del vidrio y con un leve jalón quebró un pedazo, del tamaño de su mano. Su campo de fuerza dorada parpadeó ligeramente. El hombre del piano se le quedó viendo. Jack pulverizó el vidrio en su mano, se inclinó hacia delante, abrió el bolsillo delantero del saco del sujeto y derramó el vidrio en su interior.

«No llores por mí, Argentina» llegó a un abrupto fin.

—Si vuelves a tocar esa canción –le dijo Jack–, te mato –mientras se retiraba, Jack sintió que debería darle vergüenza esa satisfacción barata.

Pero por alguna razón no fue así.

Mediodía

Troll fue el único que cargó el féretro de Chrysalis. El corpulento jefe de seguridad de la clínica de Jokertown acunó el féretro en sus brazos como si fuera un niño dormido, y guio la procesión hacia el camposanto. Se dijeron más oraciones, y el padre Calamar bendijo la tumba con incienso y agua bendita. Tachyon tomó un puñado de tierra y lentamente la esparció sobre el féretro. Produjo un sonido hueco, rasposo, como de garras sobre vidrio, y Tachyon se estremeció.

El sol tenía una apariencia hinchada y enfermiza, mientras flotaba en la cortina veraniega de un día contaminado en Nueva York. Tach deseaba ardientemente que todo llegara a su fin. Los muertos ya habían sido enterrados. Ahora Atlanta lo llamaba. Pero todavía quedaba soportar la fila para recibir las condolencias y treinta minutos de saludos humanos. Tach decidió evitar parte de la incomodidad. Sacó un par de guantes de cabra, rojos, y se los puso en sus manos delgadas y blancas.

—Hola, padre –dijo una voz conocida a su lado izquierdo–. Es bueno verte de nuevo, Daniel.

Tachyon no pudo contenerse. Se arrojó a los brazos de Brennan, abrazándolo con mucha fuerza, con una muestra de emotividad pura que sabía que este hombre apenas toleraba. Casi sin respirar, Tachyon tomó a Brennan de los hombros y lo observó críticamente.

—Tenemos que hablar. Ven.

Se internaron en el cementerio hasta que quedaron parcialmente protegidos por varias tumbas intricadas. Tachyon se asomó por el costado de un ángel que lloraba, hacia una mujer que los veía con curiosidad.

—Esa rubia tan hermosa debe ser Jennifer.

—Así es –dijo Brennan.

—Te diría que eres un tipo con suerte, pero eso sería menos que apropiado cuando al mismo tiempo estás siendo acusado de asesinato. ¿Es eso lo que te trajo de vuelta?

—En parte. Sobre todo estoy aquí para encontrar a quien la mató.

—¿Y cómo vas con eso?

—No muy bien.

—¿Tienes alguna teoría?

—Pensé que Kien pudo haberlo hecho.

Tachyon sacudió la cabeza.

—Eso no tiene sentido. Hicimos un trato que te sacaba de la ciudad y terminaba la guerra. ¿Por qué se arriesgaría a reiniciar todo el ciclo de muertes?

—¿Quién lo sabe? Yo sólo seguiré indagando hasta que algo salte a la vista.

—Sólo asegúrate de que no salte hacia ti. Cómo desearía poder ayudarte, pero debo regresar a Atlanta. ¿Te mantendrás en contacto? –dijo Tach, secamente.

—No. Una vez que termine con esto, Jennifer y yo nos iremos de Nueva York, y esta vez será definitivo.

Bueno, si no te mantienes en contacto, por lo menos ten cuidado.

—En eso sí estoy de acuerdo.

1:00 p.m.

El parque Piedmont estaba a reventar. Spector daba tumbos entre la multitud mientras iba rumbo al podio. Se sentía como un idiota con ese traje blanco y negro, ridículo y apretado. Y su piel se sofocaba bajo todo el maquillaje. Apenas había llegado a tiempo. La tienda de disfraces estaba atiborrada de cuerpos, la mayoría jokers.

Por suerte, la reunión en el parque había vaciado las calles. Dejó su ropa y sus demás pertenencias en un casillero. La llave estaba guardada bajo la manga de su leotardo.

Aún estaba como a unos cien metros del podio. Ya habían probado el micrófono, pero por el momento no había señas de Hartmann. Una sombra se movía lentamente sobre la multitud. Spector miró hacia arriba, cubriéndose los ojos ante el brillo del sol, y vio a la Tortuga deslizarse sin hacer ruido por encima de ellos y rumbo al escenario, que estaba siendo preparado para el discurso del senador. Se daban aplausos y algunos vítores. El público era en su mayoría jokers, aunque había algunos grupúsculos de nats en las orillas.

—Mira, mami, un señor chistoso –una niña joker señaló a Spector. Estaba sentada en una carriola desvencijada y sostenía una flor. Sus brazos y piernas eran muy delgados, y subían y bajaban. Parecían como si los hubieran roto unas veinte veces.

Spector esbozó una débil sonrisa, esperando que la pintura alrededor de sus labios la hiciera parecer más grande.

La madre de la niña le devolvió la sonrisa. Sobre su cara se desplazaban manchas de pigmento rojo. Mientras Spector la veía, uno de los círculos se cerró hasta formar un punto pequeño del cual brotó sangre. La mujer se limpió con un movimiento rápido y avergonzado. Tomó la flor de la mano de su hija y se la extendió a Spector. Él la agarró, cuidando de no tocar la piel de esta mujer. Aunque vestía de mimo, ser un nat entre una multitud de jokers le daba escalofríos. Se volvió para retirarse.

—Haz algo chistoso –dijo la niña–. Mami, haz que haga algo chistoso.

Se escuchó un murmullo de aprobación en la multitud. Spector se volvió lentamente y trató de pensar. Jamás se le había acusado de ser chistoso. Trató de equilibrar la flor sobre la punta de un dedo. Asombrosamente, lo logró. Se hizo un silencio total. El sudor corrió sobre sus cejas pintadas y cayó en sus ojos. Respiraba profusamente. Todo seguía muy silencioso.

Una mano enguantada relampagueó ante la cara de Spector y le arrebató la flor. Colocó el tallo entre unos labios pintados y asumió una pose fingida. Risas de la gente. El otro mimo hizo una reverencia y se irguió lentamente.

Spector dio un paso hacia atrás. Rápidamente, el otro mimo lo agarró del codo, sacudiendo la cabeza. Más risas de la gente. Era lo último que Spector necesitaba. No sólo se volvió el centro de la atención, sino que aún le faltaba mucho para estar donde tenía que estar. Hartmann podría comenzar en cualquier momento y Spector no podría llegar hasta él a tiempo.

El otro mimo miró hacia abajo, hizo una mueca y apuntó a los pies de Spector. Él miró hacia abajo instintivamente y no vio nada, justo en el momento en que la mano del mimo lo agarró de la barbilla y le levantó la cara. Esto provocó las risotadas más fuertes de la tarde. El mimo se agarró los costados y comenzó a reír sin emitir sonidos. Spector se frotó la boca; se había mordido la lengua. Bajo su sonrisa pintada, apretó los dientes. El otro mimo puso un dedo en la punta de la cabeza de Spector y comenzó a bailar alrededor de él como si fuera un árbol de mayo. Se detuvo ante Spector, le pellizcó las mejillas.

Spector ya estaba harto. Llegaba el momento de deshacerse de este imbécil. Se acercó a él para mirarlo fijamente a los ojos. Hizo conexión visual y dejó que corriera el dolor, tomó al mimo de los hombros cuando comenzó a caer. Lo bajó lentamente, poniendo las manos del mimo cruzadas sobre su pecho. Los ojos del pedazo de mierda se habían barnizado de muerte y de sorpresa cuando quedó reposando sobre el césped pisoteado. Spector puso la flor en las manos del cadáver y aplaudió melodramáticamente. La gente reía y vitoreaba la escena. Algunos le dieron unas palmaditas en la espalda; otros miraban al mimo, esperando que se pusiera de pie.

—Amigos míos –la voz amplificada venía del podio. La multitud se volvió. Spector encogió los hombros y comenzó a abrirse paso–. El día de hoy, tendremos el privilegio de escuchar al único hombre que puede guiarnos a través de estos años difíciles que vienen. Un hombre que predica la tolerancia, no el odio. Un hombre que unifica, en vez de dividir. Un hombre que conducirá a su gente, sin acarrearla. Con ustedes, el próximo presidente de Estados Unidos de América, el senador Gregg Hartmann.

El aplauso fue ensordecedor. Hubo algunos gritos y silbidos extraños, ruidos de joker. Spector sintió un codo en su oído, de un loco con brazos que colgaban hasta sus rodillas. Se lo quitó de un tirón y siguió su paso.

—Gracias –Hartmann hizo una pausa mientras se apagaban los vítores y los aplausos–. Muchísimas gracias a todos ustedes.

Spector podía verlo, pero no había manera de engancharlo visualmente a esta distancia, aunque Hartmann mirara directamente hacia él. La gente avanzaba, apretujada, al podio. Spector navegó con la marea de errores humanos; usó sus hombros angostos para abrirse paso. Un par de minutos más y estaría en posición.

—Se ha dicho que yo soy un candidato pro joker –Hartmann alzó las manos para aplacar el aplauso antes de que comenzara–. Esto no es estrictamente cierto. Siempre he colocado una idea por encima de todas las demás. Que este país debería existir tal como lo planearon nuestros padres fundadores. Igualdad de derechos para todos, garantizada, bajo la ley de nuestra tierra. Ningún individuo superior a otro. Nadie, por más poderoso que sea, exento de la ley –Hartmann hizo una pausa. La gente aplaudió de nuevo.

Spector estaba a treinta metros de distancia, en el centro de la muchedumbre. Hartmann vestía un traje color beige. Una brisa ligera agitaba su peinado de salón. Había agentes del Servicio Secreto a los costados del podio, con los ojos ocultos tras gafas oscuras. La mirada del senador recorrió el gentío, pero no detectó a Spector. Sería cuestión de concentración absoluta engancharlo visualmente en el instante en que se cruzaran sus miradas. Si es que eso ocurría.

—Necesito su ayuda para ganar la candidatura de nuestro partido y convertirme en su próximo presidente –Hartmann extendió sus brazos hacia la gente–. Su presencia aquí en Atlanta me podrá ayudar sólo si se manifiestan de manera ordenada. Cualquier acto de violencia, ya sea provocada o no, ciertamente será usado en nuestra contra. Tienen la oportunidad de hacer una declaración simple pero elocuente. Una declaración hecha por Gandhi y por Martin Luther King, Jr. Que la violencia es un acto aborrecible. Que no será tolerada, por ustedes, bajo ninguna circunstancia.

Los ojos de Hartmann revisaban de nuevo los rostros de la multitud, y ahora iban directo hacia él. Spector sostuvo la respiración y se concentró, el dolor aullaba en su cabeza. Tan sólo un poco más. Spector se paró de puntitas. Finalmente, sus ojos se engancharon...

…hubo un sonido. Un hombre del Servicio Secreto tumbó a Hartmann. Disparos. Se escucharon gritos y la gente trató de moverse, pero estaban demasiado apretujados. Spector vio hacia la cima de una colina. Había aproximadamente unos cien hombres con uniformes de la Confederación. Salían volutas de humo de sus armas de fuego, seguidas por el eco de los disparos que cruzaba el parque.

Hartmann desapareció. Ya no habría otra oportunidad. Por lo menos, no aquí. Spector saltó detrás de un joker que tenía el tamaño de tres hombres. No importaba a dónde se dirigía. Cualquier lugar sería más seguro que ahí. La Tortuga pasó zumbando por encima de ellos. Se escucharon otros balazos y de pronto cesaron. Spector pisó algo que tronó. Se oyó un gemido. Siguió aferrado al cinto de cuero del joker, que tenía pintado CARGA PESADA en letras doradas.

No me digas, pensó Spector. Pero en esta ocasión estaba feliz de tener a un fenómeno obeso de compañía.

6:00 p.m.

DESDE EL FONDO DEL CORREDOR, MACKIE OBSERVÓ AL HOMBRE ALTO y delgado de piel color café con leche que cerraba y corría el cerrojo a la puerta del cuarto. 1531, justo como le había dicho *der Mann*. Le surgió la idea de que Amerika era decadente, como solían decir sus camaradas ya fallecidos de la facción del Ejército Rojo. ¿En qué otra parte del mundo podría un hombre ver a un negro vestir un traje que costaba más dinero que el que Mackie Messer había tenido en cualquier momento de su vida y pasear por la ciudad con una mujer blanca bajo el brazo?

Se rio consigo mismo, por el aparente intento de disfraz de su presa. Ella se veía justo como una de las chicas de la calle Reeperbahnstraße, protegiéndose de la luz del día, a la que no estaban acostumbradas. Era lo apropiado. Sólo una puta; sólo una puta perra más. Pero que había engatusado al Hombre y que pagaría por ello.

Se alejaron de él, rumbo a los elevadores. Se separó del muro y del extintor de incendios en su caja de vidrio. No podía matar a los dos aquí −ya pensaba en *los dos*, simple cuestión de lógica, no podía dejar ningún testigo− ya que este loco palacio burgués estaba ahuecado en su estructura, como la cultura que lo había construido, y cualquier persona en uno de los doce pisos podía ver todo lo que ocurría en las pasarelas que rodeaban el vestíbulo. Su ataque tendría que darse con sigilo; *der Mann* había sido muy explícito.

Pero ése no era un problema. Mack el Cuchillo era sutil, como su canción. Los seguiría y reconocería el momento exacto.

Quizá se subiría al elevador con ellos. Se relamió los labios al pensar en ese chiste. Eso sería realmente *kriminell*. Nunca sospecharían de él. Incluso, quizá, ni siquiera se fijarían en él. Quizás estaban enamorados. Quizás el negro tenía una erección.

Se movió. Una voz lo agarró.

—Oye, tú, ¿adónde vas con tanta prisa?

Se volvió. Un hombre blanco bajito, vestido con un traje café, estaba parado, con un auricular en su oído. Detective del hotel; Mackie tenía las gradaciones de la policía registradas con fuego en su sistema nervioso autónomo desde que era un simple crío que andaba por los caminos empedrados de Sankt Pauli. Había sido lo más discreto posible, posicionándose a la entrada al cuarto donde se encontraba la ruidosa máquina de hielo, desapareciendo a través de la pared y entrando a un cuarto de herramientas cuando la gente se acercaba. Pero había límites en cuanto a lo encubierto que podía estar incluso alguien como Macheath, que se mantenía ahí, sobre sesenta metros de vacío en ese sitio en que se confundían interior y exterior.

El tipo del traje puso una mano en su brazo. No podías hacerle eso, no a Mackie Messer.

—Tienes suerte –le dijo. Tocó al sujeto en la punta de su pómulo, e hizo vibrar la punta del dedo.

Comenzó a escurrir sangre. El hombre gritó y se dobló, poniendo una mano en su rostro. Mackie atravesó la puerta de emergencia de acero y bajó corriendo por las escaleras. De ninguna manera podía perder a su presa. Las mujeres siempre estaban cambiando de opinión; no era posible saber si regresaría a este lugar.

Spector se sentó en la orilla de la cama con los pies cruzados debajo de él. Estaba casi sorprendido de encontrar su cuarto limpio cuando regresó. Había pasado mucho tiempo desde que se había hospedado en un hotel. Estaba al mismo tiempo planeando su próximo movimiento y viendo la televisión. En estos momentos, la televisión era la que acaparaba su atención. Un reportero local, que trataba de ocultar que lo rebasaba la situación, entrevistaba a Hartmann en el lobby.

—Senador, ¿usted cree que el reverendo Barnett tuvo algo que ver con los disturbios de esta tarde? —el reportero sostenía el micrófono ante el senador, quien hizo una pausa antes de responder.

—No. Yo pienso que, cualesquiera que sean nuestras diferencias, Leo Barnett no caería tan bajo. El reverendo es una persona honorable —Hartmann se aclaró la garganta—, pero sí siento que esos individuos que irrumpieron en la reunión probablemente comparten muchas de sus opiniones, tan peligrosamente estrechas. Es precisamente este tipo de racismo sin sentido el que todos debemos luchar por erradicar. Leo Barnett quiere resolver el problema eliminando de la sociedad a las víctimas del wild card. Yo quiero superar el odio mismo —Hartmann se recargó en su asiento, cruzó sus manos y miró directamente a la cámara.

—Este tipo es muy efectivo —dijo Spector—. Pero eso no tendrá ninguna importancia.

La cámara cortó para regresar al estudio. Una reportera negra se volvió hacia su compañero en el noticiario.

—Gracias a Howard por esta entrevista tan interesante. Dan, ¿qué ha descubierto la policía sobre los que perpetraron los disturbios?

—Me temo que no mucho. Varios de ellos están detenidos, capturados por la Tortuga, pero están cooperando muy poco con la policía —el reportero unió sus pulgares, golpeteando uno contra el otro—. Se rumora que la mayoría de ellos son miembros del Ku Klux Klan, pero no se ha corroborado. Aunque el disturbio fue evidentemente planeado, ninguno de los individuos involucrados se declara como líder del grupo. Y hasta el momento, no se tiene idea de dónde surgieron esos uniformes confederados auténticos y esos mosquetes —el reportero frunció el ceño y volvió de nuevo hacia la mujer negra.

—Pues bien, estoy segura de que las autoridades nos mantendrán informados si aparece nueva información que vierta luz sobre este incidente tan extraño —la mujer negra sacudió la cabeza—; aunque usaron balas de salva, varios individuos resultaron heridos durante el pánico que se desató –el video hizo corte para mostrar imágenes del pánico desatado en el parque, el camarógrafo corría con el resto de la gente durante el disturbio, la imagen rebotaba para todos lados–. Por lo menos una persona murió, un artista de la calle, supuestamente pisoteado. Irónicamente, se dice que en esos momentos jugaba a hacerse el muerto. No se revelará su nombre hasta haber notificado a sus familiares.

—Estupendo –dijo Spector, quien apagó de golpe el televisor. Por lo menos no lo culpaban a él por aquella muerte. Casi había sentido que algo quería detenerlo en el instante que habían enganchado las miradas. No. Pura imaginación. Para hacer eso debería tener poderes como los del Astrónomo o los de Tachyon–. Astrónomo para presidente –se dijo a sí mismo, riéndose–. En comparación, eso haría que Reagan se viera maravilloso.

Se levantó de la cama de un brinco y caminó lentamente por la alfombra, considerando sus opciones. Quizá matar a Hartmann sería algo que rebasaría sus capacidades. Podía tomar el dinero y escaparse a otro lado, a otro país, quizá. No estaría mal trabajar para un casino en Cuba. No. Siempre había hecho aquello por lo que le pagaban. Estúpida ética clasemediera, de nueva cuenta. Eso no impedía que matara gente, pero sí lo hacía cumplir con un contrato.

Suspiró y caminó hacia el teléfono. Tony era su única oportunidad, lo supo desde el momento en que se encontraron en el lobby. Era el destino, o algo así. Sin embargo, eso no le evitaba sentirse pésimamente. Tecleó el número del cuarto y esperó. Una voz femenina desconocida contestó.

—¿Podría hablar con Tony Calderone, por favor?

—No está disponible en estos momentos. ¿Quieres dejar un recado? –la mujer sonaba fatigada.

—Sí, dile que le habló James. Él sabrá de quién se trata. Dile que me gustaría confirmar la invitación que me hizo para cenar.

Spector estaba casi sorprendido de lo tranquilo y educado que sonaba.

—Sí, James, eh, ¿cuál es tu apellido?

—Sólo James. Él sabrá de quién se trata.

—Le daré el recado.

—Gracias –Spector colgó el teléfono y suspiró. Quizá pediría un filete al servicio a su habitación; esperaba que las Peaches estuvieran de nuevo en televisión. *Si son el equipo de Estados Unidos,* pensó, *estamos en serios problemas.*

8:00 p.m.

Las luces de los reflectores encandilaron a Jack. Los enormes lentes de las cámaras de televisión lo apuntaban como si fueran escopetas. Una oleada de pánico escénico le convertía las rodillas en algo líquido. Hacía mucho tiempo que no hacía esto.

Alzó su mirada hacia las luces, le ofreció al mundo una sonrisa torcida –bien, ya regresan los reflejos– y dijo sus líneas:

—El estado treinta y uno, el Estado Dorado, se enorgullece de depositar sus trescientos catorce votos por la causa de los derechos de los jokers y por el próximo presidente, ¡el senador Gregg Hartmann!

Rugidos del público. Aplausos. Se elevaron por el aire sombreros de juguete y planeadores As Volador. Jack trató de verse noble, alegre y triunfante hasta que los reflectores se desplazaron hacia el presidente de la delegación de Colorado.

Mejora eso, Ronald Reagan, pensó. *Yo te enseñaré cómo manejar una cámara.*

Descendió del pequeño podio de colores rojo, blanco y azul, que había sido traído sólo para este propósito. El tipo de Colorado, no muy seguro de sus totales, tartamudeó un poco sus líneas. Afortunadamente, Colorado se había ido a favor de Dukakis y de Jackson. La primera votación le daba a Hartmann 1,622 votos; a Barnett 998, con Jackson, Dukakis y Gore dividiéndose el resto. Nadie se acercaba al triunfo.

El caos descendió sobre la multitud mientras los comentaristas de los medios emitían juicios atinados y sostenían predicciones sobre lo que ocurriría después. El Decreto 9(c) fue arrojado por la ventana al cerrarse la primera votación y los supervisores de piso les prometían la luna y las estrellas a los delegados independientes.

La segunda votación fue convocada temprano, treinta minutos después de la primera, para que los coordinadores de campaña pudieran saber cómo iban las cosas. Hartmann ganó cincuenta votos, más que nada a expensas de Dukakis y de Gore.

En la convención se dio una serie de reuniones de emergencia de grupúsculos sudorosos mientras que los comentaristas de medios trataban de ponerse de acuerdo sobre si los cincuenta votos significaban una «tendencia» hacia Hartmann, o sólo una «inclinación». Los coordinadores se ponían histéricos con la sola idea de que los delegados se le fueran de las manos.

El pandemonio duró cuatro horas. Para cuando un adormilado Jim Wright convocó a la tercera votación justo antes de la medianoche, las tres televisoras comerciales se habían muerto de inercia y habían regresado a su habitual programación veraniega de repeticiones del show de Johnny Carson, y sólo PBS estaba cubriendo la acción para un público de unos cuantos miles de adictos a la política.

Hartmann llegó hasta mil ochocientos cerrados. La tendencia se solidificaba. Sombreros y planeadores salían disparados hacia el techo. Jack tomó su podio y lo aventó unos treinta metros en el aire, girando, un patriótico símbolo de triunfo cubierto de estrellas, pero se acomodó para atraparlo cuidadosamente antes de que le rompiera el cráneo a alguien.

Las celebraciones en la suite de Jack prosiguieron durante horas. Ya iba hacia la cama, dando tumbos, cuando se dio cuenta de que debía haber llamado a Bobbie. Aun si ella resultara ser la joven estrella con una obsesión por la celulitis, Jack concluyó que podría haberle dado suficiente ejercicio saludable para mantenerla contenta.

10:00 p.m.

El Peachtree, lleno de azulejos y de ecos. Caminaban con los brazos enlazados. Sara había tomado dos copas de vino. Era la primera bebida alcohólica que había probado desde hacía más de un año. Nunca había bebido tanto licor, salvo en los fines de semana después de la gira.

Ricky la entretenía con los chistes más recientes sobre los candidatos.

—A ver qué me dices de éste: si Dukakis, Hartmann y el Hermano Leo estuvieran juntos a bordo de una lancha en el lago Lanier, y el motor de la lancha explotara y se hundiera, ¿quién se salvaría?

—La nación –dijo Sara–. La última vez que lo escuché eran Reagan, Carter y Anderson. Pero, bueno, eres demasiado joven como para recordarlo.

—Todo lo que sube tiene que bajar, Rosie. Pero sí tenía edad suficiente para votar en el 80, aunque apenas.

—Probablemente pensarás que yo soy una de esas brujas asaltacunas –frunció el ceño. *¿De dónde vino eso? Tranquila*, se dijo a sí misma.

Ricky le dio una palmada al dorso de su mano.

—Ciertamente así lo espero, Rosie –y entonces se rio, para mostrarle que era una broma. Como fuera, ella sintió que comenzaba a ponerse tensa.

Una delgada corriente de sonido corría por el corredor, entre los grandes bloques de sus risas.

—¿Cuál es esa canción? –preguntó ella.

Él arqueó una ceja.

—¿No la conoces? –ella sí la conocía, pero necesitaba algo qué decir–. Es «Mack the Knife». Propia de cualquier cantante de bar de segunda en todo el hemisferio norte.

—Aquí se descompuso el Muzak, de modo que contrataron a este chico blanco para pasársela caminando y silbando.

Ella se rio y le apretó fuertemente el brazo. *Demonios, ¿qué estoy haciendo?* Miró a su alrededor, casi como si buscara alguna causa externa para su comportamiento.

Hubo un movimiento detrás de ellos. La lengua de ella empujó hacia fuera, entre labios repentinamente secos; giró su cara hacia un lado, como si admirara las modas atrevidas que vestían unos maniquíes plateados y negros con verde olivo sin cabezas, colocados en el aparador de una boutique.

—Alguien nos sigue. No, ¡no mires!

—Dame algo de crédito, Rosie. Soy periodista, ¿recuerdas? No me quedé dormido durante tu seminario.

Miró hacia un lado, y volvió a mirar de frente.

—Es sólo un chico con una chaqueta de cuero –el ceño fruncido arruinó la tersa perfección de su frente–. Parecía como si tuviera una joroba. Pobre diablo –ella miró hacia atrás nuevamente–. Vamos, ya no hagas eso o te convertirás en estatua de sal. Tú eras la que quería ser sutil.

—No me gusta su apariencia –dijo ella–. Por alguna razón, se siente como fuera de lugar.

—Los instintos de una reportera as con experiencia. Con mucha experiencia.

—¿Acabas de decir un chiste sobre mi edad?

—Es el vino que tomaste –le dio una palmadita en la mano–. Así se hace. Como si silbaras al pasar por un cementerio. Sigue tu paso. Mantén la frente en alto. Nunca dejes que vean que tienes miedo. Eso desata todos esos instintos depredadores nórdicos.

Ella se esforzó por controlar los músculos de su cuello, que trataban de girar su cabeza hacia el chico con chaqueta de cuero.

—¿Crees que sea uno de los pequeños ayudantes de Barnett?

—Se sabe qué ha ocurrido durante esta convención, Rosie. ¿No sería eso una ironía, ser asaltados bajo la sospecha de que somos seguidores de Hartmann?

Esta vez sí miró hacia atrás. El chico caminaba a paso relajado, las manos en los bolsillos, primero el zapato blanco, luego el negro. Ricky tenía razón, un hombro estaba definitivamente más arriba que el otro.

Había algo demasiado estudiado en la manera en que no les prestaba atención.

Por lo menos es pequeño. Pero igual, Ricky tampoco era un Arnold Schwarzenegger…

En cuanto doblaron la esquina, Ricky la tomó de la mano y se echaron a correr. Sara se tambaleaba sobre sus tacones altos, los Gucci de Ricky azotaban el piso ahulado. El pasaje daba vueltas y más vueltas. Ella se la pasaba mirando hacia atrás, no vio señas de persecución.

Detuvieron el paso, Sara recuperó el aliento mientras que Ricky pretendía que no se había quedado sin aire.

–Una vuelta más y acabamos de nuevo en el Hyatt –dijo él–. Hemos evitado otra confrontación potencialmente mala. Así es como lidiamos con las cosas nosotros los de los ochenta.

Doblaron por la curva y ahí estaba. Recargado de espaldas con la mejilla pegada contra el azulejo fresco, midiéndolos. Comenzó a silbar «Mack the Knife».

Sara tomó la muñeca de Ricky y lo jaló de nuevo hasta perderse de vista.

—No estoy seguro de que sea una buena idea, Rosie –dijo–. Simplemente deberíamos pasar ante él y ya.

—¿Qué no puedes ver? –el terror la había dominado. Centelleaba en sus ojos como cables al blanco vivo–. ¿Cómo logró adelantarse a nosotros?

—Probablemente por algún pasillo de servicio. Estamos justo cerca del hotel. Si ocasiona problemas podemos hacer mucho ruido y alguien vendrá a rescatarnos.

Entonces brotó de la pared hacia ellos, avanzando como un tiburón.

Ágil como bailarín, Ricky colocó a Sara detrás de él.

—¿Qué demonios crees que estás haciendo?

—Fiesta, fiesta –dijo el chico con un acento alemán burlón, rociando saliva de sus labios flojos–. Esta noche, todo mundo a bailar.

Había un zumbido en el aire, opresivo como la noche húmeda afuera del frío artificial del Centro Comercial Peachtree. El chico lanzó un golpe estilo karate hacia un lado del cuello de Ricky.

No por nada Ricky era un as del raquetbol. No tenía malos reflejos; bloqueó el golpe con su antebrazo delgado.

La mano lo atravesó. Vino un salvaje momento estridente, como una sierra mecánica que al cortar se topa con un nudo en la madera, y entonces el antebrazo y la mano extendida de Ricky simplemente… cayeron.

Éste se quedó mirando el arco de sangre que se elevaba del muñón. Sara gritó.

Ricky apuntó con su brazo, rociando con su propia sangre los ojos del asaltante. El chico retrocedió, escupiendo y limpiándose la cara. Ricky se lanzó contra él, girando los brazos como molinos.

—¡Corre, Rosie!

Las piernas de Sara no podían moverse. Ricky estaba golpeando al chico con el muñón y con un puño inexperto. Parecía una especie de bullying en el parque; Ricky era una cabeza más alto, con una ventaja de alcance de unos quince centímetros…

Volvió a escucharse ese sonido. Ella sabía que lo escucharía por el resto de su vida, cada vez que cerrara los ojos. Olió algo como cabello quemado.

El brazo de Ricky se desprendió a la altura del hombro. Su sangre bañó la pared, blanca y con matices de mosaicos azules y verdes y amarillos.

Se volvió, mirándola con la expresión de un mártir.

—Rosie —le dijo, y sus encías eran dos fuentes de sangre–. Por favor, corre, por amor de Dios, corre… –la mano cruzó el aire juguetonamente. Su quijada inferior fue segada, con el resto de sus palabras. Su lengua quedó colgando, agitándose, como una espantosa parodia de la lujuria.

Ella salió huyendo, con el sonido de un osario persiguiéndola. Al dar la vuelta a la esquina se quebró el tacón del zapato izquierdo. Cayó sobre una rodilla, con un impacto que sintió como un balazo. Siguió patinándose unos siete metros, rebotó contra una pared. Trató de levantarse. Su pierna no soportaba el peso; cayó pesadamente contra el mosaico.

—Oh, Ricky –sollozó–, lo siento –lamentaba haber arruinado la huida que él había pagado con su vida; lamentaba la extraña y culposa oleada de alivio que sentía, por debajo del terror, porque ya no tendría que enfrentar la pregunta que una noche más en el cuarto de él aparecería entre ellos.

Ella comenzó a empujarse con sus manos, las rodillas levantadas, se arrastraba, huía de lado sobre su cadera. Él dio la vuelta a la esquina, parecía tener tres metros de altura. Tenía sangre salpicada sobre su chaqueta y su piel, que se veía antinaturalmente radiante bajo la luz fluorescente. Sonreía con unos dientes que parecían una cerca colapsada.

—*Der Mann* te envía un cordial saludo.

Con decisión, ella se alejó. No había nada más en el mundo salvo los movimientos de una carrera perdida.

Unas voces, por el corredor, se elevaban desde donde el pasaje del Hyatt pasaba por debajo de la Avenida Central. Apareció un grupo de delegados con botones de Jackson, negros, de cuarenta y tantos años, bien vestidos; platicaban felizmente sobre el incremento victorioso, de último minuto, de su candidato al finalizar el día.

El asesino vestido de cuero levantó la cabeza. Un pequeño pichón de mujer con un vestido color salmón y un moño debajo de unos amplios pechos levantó la vista, vio al sujeto cubierto de sangre y a su víctima tirada en el pasillo. Aplastó los puños debajo de sus ojos y gritó como alma que lleva el diablo.

Los ojos del chico llamearon hacia Sara.

—Recuerda a Jenny Towler –gruñó. Y desapareció, atravesando la pared.

11:00 p.m.

¡Mío!

El Titiritero sintió que se aproximaba la amenaza quemante y torcida. Gregg giró hacia Mackie, quien entraba como fantasma atravesando la pared de su recámara, con la sonrisa chueca y los hombros torcidos.

Había una mancha color café rojizo en su mano derecha, que le llegaba hasta el codo y que sólo podía significar una cosa.

¡Mío!

—Todos los malditos cuartos de hoteles se parecen –dijo Mackie.

—Lárgate al infierno –espetó Gregg.

La sonrisa de Mackie desapareció de su cara golpeada.

—Quería decirte –repuso, con el acento alemán más marcado que de costumbre– que ya eliminé al negro. Pero a la chica…

¡Mío! ¡Él es mío!

A Gregg le sorprendía que podía escuchar la voz de Mackie por encima de la del Titiritero. El poder azotaba implacablemente contra el control de Gregg, una y otra y otra vez. La locura cruda y violenta de Mackie irradiaba salvajemente, se escurría por los poros del chico con un hedor a carne podrida, desplegándose ante el Titiritero como un banquete putrefacto.

Gregg tenía que alejar a Mackie rápidamente, de lo contrario el control debilitado que mantenía sobre sí mismo se esfumaría por completo.

—Largo –repitió Gregg, desesperadamente–, Ellen está aquí.

Mackie hizo una mueca de desprecio. Se movía nerviosamente, pasando su peso de un pie a otro.

—Sí. Lo sé. En el otro cuarto, viendo la maldita televisión. Estaban mostrando el funeral de Chrysalis. La vi pero ella no me vio.

Pude hacer lo que quisiera con ella –se relamió los labios. Su mirada nerviosa recorrió el cuerpo de Gregg como un látigo mientras el Titiritero golpeaba nuevamente los barrotes–. No sé dónde está Morgenstern –dijo finalmente.

—Entonces ve tras ella.

—Quería verte a ti –susurró Mackie, como un amante, una voz de lija aterciopelada. La lujuria era como un jarabe meloso, dorado y rico y dulce.

El Titiritero chillaba, preso de ansia. En la mente de Gregg los barrotes comenzaron a desmoronarse.

—Sal de aquí –siseó entre dientes–. No eliminaste a Downs y ahora me dices que no puedes encontrar a Sara. ¿De qué demonios me sirves? No eres más que un vago inútil, con o sin tu as.

Siempre había sido tranquilo con Mackie, apaciguaba al chico, alimentaba su ego. Aunque el Titiritero controlara las emociones del jorobado, le había tenido miedo a Mackie; usarlo a él era como hacer malabares con nitroglicerina: se veía fácil, pero estaba consciente de que sólo podría cometer un error. Gregg pensó que quizá ya lo había cometido. La cara de Mackie se había puesto seria y fría. La lujuria dio un giro repentino, nervioso, convirtiéndose en algo más simple y más peligroso. La mano derecha de Mackie comenzaba a vibrar inconscientemente, mientras un silbido amenazador tiritaba en el aire.

—No –dijo Mackie, sacudiendo la cabeza–. No entiendes. Tú eres el Hombre. Yo te amo y…

Gregg lo paró en seco. Si iba a darse una explosión, más valía que fuera impactante.

—Te dije que eliminaras a dos personas que son un peligro para nosotros. Ambas están allá afuera como si nada, mientras tú me dices lo bueno que eres y lo mucho que significo para ti.

Mackie parpadeó. Se crispó.

—No estás escuchando…

—No, no estoy escuchando. Y no escucharé hasta que nos encarguemos de todos los cabos sueltos. ¿Entiendes esto?

Mackie dio un paso vacilante hacia Gregg, con la mano levantada. Sus dedos giraban, peligrosamente, tan rápido que se veían borrosos.

Gregg lo aplacó con la mirada. Fue la cosa más difícil que jamás había hecho. El Titiritero era una cosa enloquecida detrás de sus ojos, balbuceaba y echaba espuma ante la cercanía de Mackie y el oleaje emocional que se derramaba a su alrededor. Gregg sabía que sólo le quedaban unos segundos antes de que el Titiritero saliera por completo a la superficie, antes de que las ataduras mentales se revirtieran y que *él* fuera quien quedara sometido. Pero, aunque detenía al Titiritero, no había manera de controlar a Mackie y tampoco había manera de apagar la locura. Si el as daba un paso más, si con esa mano le tiraba un golpe a Gregg...

El esfuerzo hizo temblar al senador.

—Ven a verme después, Mackie –susurró–. Cuando todo haya terminado, no antes.

Mackie bajó la mano, su mirada. La violencia carmesí que lo envolvía se desvaneció levemente.

—Muy bien –dijo, con suavidad–, tú eres el Hombre. Sí –extendió su mano, esta vez con tranquilidad, y Gregg luchó contra el impulso de hacerse para atrás y salir corriendo. Se concentró en detener al Titiritero por sólo unos instantes más.

Las yemas secas de los dedos de Mackie tocaron la mejilla de Gregg con una extraña ternura, raspando la barba incipiente.

Gregg cerró los ojos.

Cuando volvió a abrirlos, Mackie ya se había ido.

Al pasar los dedos a lo largo de las cuerdas, Tachyon le extrajo un suspiro de música al violín. El agente del Servicio Secreto giró su cabeza de ese modo lento y pesado que tiene un toro al confrontar algo que lo irrita. Tach lo saludó con cortesía. El hombre se iluminó considerablemente, echó una mirada furtiva por encima de su hombro y caminó rápidamente hacia donde estaba el alienígena, sentado en el piso, con las piernas cruzadas, afuera del cuarto de Fleur. En el pasillo flotaban sonidos de una fiesta en alguna habitación cercana.

—Hola.

—¿Qué tal?

—Mi hija se vuelve loca por usted, y me mataría si se entera de que lo conocí y que no le pedí su autógrafo. ¿Sería tan amable?

—Por supuesto, me encantaría –Tach sacó una libreta de su bolsillo–. ¿Su nombre?

—Trina.

Para Trina con amor. Firmó su nombre con un gesto elegante.

—Eh, disculpe, pero ¿qué hace usted aquí afuera?

—Voy a tocar el violín para la dama de ese cuarto.

—Ah, un poco de romance, ¿eh?

—Eso espero. No ocasionaré ninguna molestia, señor. ¿Puedo quedarme?

El agente se encogió de hombros:

—Sí, qué más da. Pero si la gente se queja...

—No se preocupe.

Tach alzó su arco, colocó el violín debajo de su barbilla. Unos años antes había hecho un arreglo para violín del *Estudio en La bemol* de Chopin. Las notas cayeron de las cuerdas como cuentas de cristal, como agua que pasa riendo sobre piedras. Pero por debajo de la felicidad había una vena de tristeza.

Los rostros de mujeres. Blythe, Angelface, Roulette, Fleur, Chrysalis. *Adiós, vieja amiga.* La puerta del cuarto de hotel se abrió violentamente. Tach miró esos llameantes ojos cafés. *Hola, ¿mi amor?*

—¿Qué estás haciendo? ¿Por qué no me dejas en paz? ¡Por favor, por favor, sólo déjame en paz! –su cabello revoloteaba en su cara.

—No puedo.

Ella se puso de rodillas ante él, agarrándolo de los hombros.

—¿Por qué no?

—No tiene sentido para mí. ¿Cómo te lo podría explicar?

—Has torcido y corrompido absolutamente todo lo que has tocado. Ahora tratas de hacerlo conmigo.

No lo negó. No podía negarlo.

—Creo que podríamos sanarnos uno al otro. Eliminar nuestra culpa.

—Sólo Dios tiene ese poder.

Tentativamente, tocó un mechón de cabello con la punta de su dedo.

—Tienes su cara. ¿Será que no tienes su alma?

—¡*Maldito idiota!* La has convertido en algo que *nunca* existió.
Giró la cabeza, molesta. Los dedos de Tach acariciaron su mejilla
y sintió algo húmedo. Separándose violentamente, ella quedó a unos
pasos a su izquierda. Fleur recargó su frente contra la pared, y cada
línea de su cuerpo era un trazo de agonía. Tach tendió el arco sobre
las cuerdas. Comenzó a tocar.

Medianoche

Con esa máscara de payaso hecha de látex, Gregg era
simplemente otro joker que trataba de mantenerse fresco en la humedad pegajosa de Atlanta. La temperatura permanecía en los treinta grados; la brisa se sentía como un sauna móvil. La máscara era un
horno, pero no se atrevía a quitársela.

Le había tomado tiempo arreglar su escapatoria del hotel. Finalmente, Ellen se había quedado dormida, pero no había manera de
saber cuándo despertaría. Odiaba asumir el riesgo, pero tenía que
hacer algo con el Titiritero.

El poder había ganado la fuerza de la desesperación. Gregg tenía
miedo de que sus luchas ya fueran demasiado visibles para el común
de la gente.

Descartados, planeadores As Volador transformados en Malditos
Jokers Voladores crujieron bajo sus pisadas mientras Gregg cruzó el
arroyo rumbo al parque Piedmont. Se desplazaban formas entre los
árboles y alrededor de las colinas herbosas. La policía inspeccionaba el perímetro con regularidad, tratando de mantener a los jokers
dentro y a todos los demás fuera, pero a Gregg le resultó fácil pasar
entre ellos en la oscuridad y entrar al mundo casi irreal del parque.

Una vez dentro, olvidó la ciudad que dejaba a sus espaldas. Una al-
dea con carpas se había levantado en una de las colinas, esparciendo
risotadas y luces. Cerca se veía una fogata; oía cantar a alguien. Los
jokers que pasaban frente al fuego arrojaban sombras largas y cam-
biantes sobre el césped. Más adentro del parque, detrás de las tiendas de campaña puntiagudas, Gregg vio una brillantez fosforescente
y errática; había suficientes jokers cuyas pieles brillaban, centellea-
ban o irradiaban y se había vuelto una costumbre nocturna que ellos

se reunieran en la cima de una colina en plena oscuridad, como luciérnagas humanas: una instantánea tomada por el fotógrafo de la United Press International se había vuelto una de las imágenes más memorables de la convención-afuera-de-la-convención.

Gregg se condujo por el parque bajo la guía del Titiritero, siguiendo el jaloneo de las cuerdas mentales de los títeres que estaban entre la gente. Había muchos de ellos en el parque, la mayoría residentes de J-Town de antes, cuyas neurosis y debilidades eran territorio conocido y explorado por el Titiritero. Muchas veces, los ignoraba, prefiriendo la emoción que surgía de retorcer a un títere nuevo para que hiciera su voluntad, pero no esta noche. Esta noche buscaba sustento y aligerar las necesidades del poder; tomaría el camino fácil y rápido.

Uno de los hilos conducía hacia Cacahuate.

Cacahuate: títere desde mediados de los setenta, uno de esos que había usado durante la tragedia de la convención del 76. El joker era un hombre triste y simple, cuya piel se había tornado quebradiza, dura y dolorosa. Había sido socio de Gimli dentro de la ya desaparecida JSJ, la asociación Jokers para una Sociedad Justa, y su brazo derecho había sido cortado por Mackie Messer hacía poco más de un año –Cacahuate se había interpuesto entre Mackie y Kahina, la hermana del Nur al-Allah. Arrestado con los demás de la organización tras la muerte de Gimli, Cacahuate había sido liberado rápidamente, después de que la oficina de Gregg interviniera en su defensa.

A Cacahuate siempre lo había afligido el odio tan profundo que Gimli le tenía a Gregg. Cacahuate *admiraba* al Hartmann que conocía. Después de su liberación, incluso había trabajado como voluntario para el equipo de campaña en Nueva York, haciendo encuestas al distrito de Jokertown durante las elecciones primarias.

Cacahuate era como una vieja amante. Gregg sabía cómo persuadirlo.

Nadie le prestaba mucha atención a Gregg. La mayoría de los jokers tenía la cara descubierta, regodeándose en su condición de jokers, pero como muchos de ellos aún traían puestas las máscaras, Gregg no se veía realmente sospechoso. Merodeaba en los linderos de las carpas, en la periferia de la multitud que rodeaba la fogata. Se sentó bajo un árbol que tenía pegado un cartel de «Liberen a Mocomán» roído por el viento.

El sudor escurría de su rostro, bañando el cuello de su playera de Black Dog.

Podía ver a Cacahuate a su derecha. Gregg dejó caer los barrotes que rodeaban al Titiritero; las ataduras se desvanecieron demasiado rápido, algo que indicaba lo débil que ya estaba su control del poder.

El Titiritero se lanzó hacia Cacahuate, examinando los colores de la mente opaca del joker y buscando algo... *sabroso*. Los tonos de la mente de Cacahuate eran simples y planos. Era fácil separar los hilos y encontrar aquellos que el Titiritero podía usar. Con Cacahuate, al igual que con muchos de los jokers que había sometido antes, esos hilos estaban ligados al sexo. El Titiritero sabía que –sin importar que lo negaran– la mayoría de los jokers odiaba su apariencia. Odiaban aquello que veían en el espejo. Muchos encontraban igual de repulsivos a otros jokers. Fortunato había sido uno de docenas que se habían beneficiado de esa verdad: en Jokertown había un mercado pujante y vigoroso de prostitutas nats dispuestas a entretener a clientes jokers.

Cacahuate sufría de ese estigma tanto como los demás. Los tejidos en su cuerpo eran inflexibles y rugosos. Parecía que a su cara le habían embarrado lodo y que luego la habían horneado bajo el sol. En las coyunturas de sus extremidades, muchas veces la piel se partía y se abría, dejando heridas y costras llenas de pus que tardaban mucho en sanar. Era feo y justo lo suficientemente listo como para darse cuenta de lo lento que era de pensamiento. Para un nat, ésa era una combinación infeliz. En Jokertown, especialmente, era mucho peor.

Para Cacahuate (Gregg lo sabía) el sexo era una rara combinación de dolor y placer. Sus erecciones le *dolían*, y allí, la piel rugosa se partía y sangraba por la fricción del contacto sexual. Después, sufría durante días.

Aun así, el wild card no había apagado esas ansias ni le impedía apetecer la liberación que acompañaba al acto; más bien, sus impulsos eran más fuertes de lo normal. Cacahuate era un cliente regular de las putas más baratas de J-town; cuando no podía pagarse sus casi indiferentes atenciones, se masturbaba en su buhardilla, rápida y culposamente.

El Titiritero lo sabía, lo sabía muy bien. Hubo muchas veces en las que el Titiritero pensaba que el wild card había sido diseñado estrictamente para su beneficio.

Mientras acariciaba la mente de Cacahuate, vio la pulsión amarilla de la lujuria y supo que llevaba días sin tener satisfacción sexual. Ya estaba ahí la necesidad, con fuerza. El Titiritero se acercó, intensificando lentamente el color y saturándolo, hasta que no había lugar para nada más. Gregg, observándolo, vio la mueca de Cacahuate. El joker se levantó y se alejó de la fogata. Gregg esperó, luego caminó tras ellos.

Había tintes y sombras entre el color dorado primario: un deslavado naranja de sadismo latente; el deseo azulado por las nats; una preferencia verde coral por la estimulación bucal. El Titiritero había visto esas facetas en cada títere. El deseo siempre era complicado y en ocasiones contradictorio. Normalmente, estas cosas permanecían en estado latente o incluso eran negadas, materia de fantasías y de visiones masturbadoras, espirales menores dentro del torrente. Pero el Titiritero podía hacer que las tendencias se encendieran, convirtiéndolas en pasiones dominantes. Podía obligar a alguien a convertirse en un violador violento o en un esclavo humillado; podía obligarlos a seducir a un menor o a la esposa de un amigo.

Era su truco favorito.

Haz lo que quieras. Pero hazlo rápido. Recuerda a Gimli...

El Titiritero gruñó al escuchar el recordatorio. Comenzó a picotear la mente de Cacahuate, brutalmente, esperando a ver qué sucedía. El joker se fue hacia la orilla del campamento donde un conjunto de árboles albergaba oscuridades. Parecía agitado, iba girando su cuerpo entero, mirando hacia un lado y hacia otro. Desde atrás de una de las tiendas de campaña, Gregg observaba, mientras Cacahuate parecía tomar una decisión y se dirigía hacia los árboles.

Gregg se fue tras de él.

Casi se topa con el joker.

Cacahuate se había detenido, a unos metros en el interior del bosque. Gregg podía oír lo que lo había hecho detenerse: esos gemidos y jadeos sólo podían indicar una cosa. Cacahuate estaba parado, inmóvil, mirando a la pareja de jokers ocultos mientras copulaban. Los colores de su mente eran confusos, inciertos.

El Titiritero lo tocó otra vez.

¿Lo sientes? No puedes nada más quedarte ahí parado, viéndolos. Mírala a ella. Mira cómo lo envuelven las piernas de ella. Mira cómo

mueve su trasero debajo de él, cómo levanta sus caderas para que él la penetre más profundo, más ansioso y ardiente y húmedo. Ése podrías ser tú. La deseas. Quieres sentir sus piernas apretando alrededor de tu cadera, quieres sentir tu pene en el fondo de su calor, quieres oír que ella te susurra al oído diciéndote que te la cojas, que te la cojas hasta adentro y fuerte y rico hasta que explotes dentro de ella...

Cacahuate desabrochó la hebilla de su cinturón con su única mano. Los pantalones del joker cayeron alrededor de sus tobillos.

Pero ella no querrá hacerlo contigo. No con Cacahuate. Eres asqueroso y feo, seco y áspero. Eres estúpido. Ella sentiría asco; se sentiría sucia y violada...

El Titiritero lo sentía todo, la lujuria y la ira se acumulaban al unísono. Él mismo lo orquestaba, añadiendo presión hasta sentir que todo hervía. *Tienes que ser el amo. Es lo que quieres, lo que ella quiere. Te conozco. Sé en lo que has pensado cuando te acaricias a ti mismo...* El Titiritero suspiraba a su vez, estaba listo. Listo, por fin, para alimentarse.

Cacahuate se puso de cuclillas, hurgando entre los matorrales. Cuando se reincorporó, Gregg pudo ver que sostenía una rama gruesa en la mano. El joker alzó el arma.

Anda. Golpéalo y toma a la zorra. Lo deseas. Tienes que hacerlo.

Y Gregg escuchó una risa profunda y burlona.

Gimli. ¿Dónde estás, maldita sea? Gregg maldijo. *¿En dónde te escondes?*

Pues aquí mismo, Greggie. Aquí mismo. Gimli se carcajeó y en ese momento, se levantó brutalmente la pared del enano, tal como lo había hecho cada vez en estas últimas semanas. El Titiritero se frustró a más no poder, mientras los hilos de Cacahuate se cortaban repentinamente, con violencia.

—¡No! —el grito quizá fue de Gregg o pudo haber sido del Titiritero. El Titiritero se arrojó contra la barrera mental, tratando de abrirse paso a la fuerza antes de que fuera demasiado tarde. Cacahuate, sorprendido, giró y vio a la figura con la máscara de payaso. La rama cayó de su mano mientras la pareja en el suelo se incorporaba penosamente.

¿Qué sucede, Greggie? ¿Ya no puedes controlar a tu mascota?

El Titiritero, exhausto y débil, se acobardaba en el interior. Gregg huyó, presa del pánico ante la posibilidad de que lo vieran. Nunca había sido descubierto antes, nunca lo habían notado. Las ramas lo golpeaban mientras corría ciegamente. Cacahuate le gritó, alarmado.

Pero no había manera de escaparse de la voz de Gimli. Siempre estaba ahí –mientras Gregg se abría paso por el campamento, mientras salía del parque, tropezando, volviendo a las calles, mientras encontraba el camino de regreso al Marriott.

¿Cuánto tiempo más crees poder detenerlo, Greggie?, amenazó el enano. *¿Un día? ¿Quizá dos? Entonces ese bastardo te va a devorar con gusto. El Titiritero se soltará de sus amarres y te devorará entero.*

Spector no podía verlos al otro lado del lobby, pero sabía que estaban ahí. Un nudo de personas, Hartmann y su séquito, se movían hacia él. No había mucho ruido. Spector dio un paso adelante para recibirlos. La gente miraba en dirección suya sin notarlo. Su pulso se aceleró conforme se acercaban. Las cámaras disparaban destellos alrededor de Hartmann. Hartmann extendió su mano hacia Spector.

Spector se acercó y se dio cuenta de que traía puestos guantes blancos y un leotardo negro. La gente comenzó a reír y a señalarlo. Spector apretó los dientes y enganchó sus ojos a los del senador. Podía sentir la sangre de Hartmann, hirviendo de dolor, su respiración entrecortada, su corazón martillando furiosamente, directo hacia la extinción. Un instante de satisfacción, y entonces todo terminó. Cayó al suelo. Silencio absoluto. El destello de las cámaras continuaba, como una luz estroboscópica a su alrededor. Spector lo volvió con su pie. Era Tony. Su cara era horrible, atrapada en un último grito.

Hartmann se rio y Spector levantó la vista. Estaba rodeado por elementos del Servicio Secreto. Sacaron sus pistolas y las apuntaron hacia Spector. Los cañones se veían imposiblemente enormes.

Spector estaba a punto de abrir la boca para decir algo cuando el primer disparo le cercenó la quijada inferior. Quiso retroceder, pero una ráfaga de balas lo derribó. Trozos de su persona volaban por doquier. Uno de sus ojos se apagó. Ya le habían disparado antes, pero nunca como ahora. Podía sentir la lluvia de balas que empujaban su cuerpo sobre el piso. Varios de sus dedos ya no estaban en una de sus manos. Levantó la otra mano frente a su cara. Seguía estando perfectamente blanca, sin una sola gota de sangre. Su otro ojo se apagó.

Gritó y cayó de la cama, rodando, y entonces, a rastras, se metió debajo de ella. Ya no había sonidos de disparos. Movió su quijada y sus manos. Sus ojos se ajustaron lentamente a la oscuridad. Salió deslizándose de debajo de la cama y encendió la lámpara de mesa. Estaba solo en el cuarto. El aire acondicionado se encendió. Saltó.

—Maldita pesadilla –y volvió a acomodarse en la cama–. Por Dios, qué maldita pesadilla.

Buscó el control remoto de la tele y la encendió. Otra película vieja. Reconoció a John Wayne. Por alguna razón, ver al *Duke* lo tranquilizaba. Estiró el brazo por debajo de la mesita de noche y sacó su botella de whisky. Quedaba apenas medio trago. Tomó el teléfono para ordenar otra botella al servicio a la habitación. Mañana se buscaría otro lugar donde dormir. Alguien comenzaría a extrañar al verdadero Herbert Baird, tarde que temprano, y Spector no quería estar en su cuarto cuando la policía tocara a la puerta. Podría llamar al hotel desde cualquier otro lugar al que fuera a dar, para ver si Tony le dejaba algún mensaje. Deseaba con todas las ganas que todo ya hubiera terminado y que ya pudiera estar de regreso en Jersey.

Capítulo cuatro
Jueves 21 de julio de 1988

1:00 a.m.

—¡ERES UN BASTARDO!

El arco cayó de las cuerdas con un chirrido discordante. Hiram le lanzó una mirada de hartazgo a Tachyon. Sus ojos, sumidos en rollos pastosos de grasa, brillaban rojizamente.

—Hiram, ya es tarde. Todos estamos bajo mucho estrés. De modo que voy a ignorar eso.

Worchester contuvo su mal humor con visible esfuerzo y dijo:

—Te he dejado veintisiete mensajes desde el martes por la noche.

Tachyon se dio una palmada en la frente.

—Ay, ancestros, Hiram, discúlpame. Hoy… ayer –trataba de enmendar las cosas; revisó su reloj–. Estaba en Nueva York, en el funeral…

—¿Viste a Jay? –preguntó Worchester.

—¿Jay?

—Ackroyd.

La memoria se activó para producir a Jay Ackroyd, detective privado de poca monta, as de medio tiempo y amigo de Hiram de tiempo completo. Era una suerte de teletransportador proyectado que había usado su poder durante el Día Wild Card de 1986, para rescatar a Tachyon de una situación comprometedora.

—Ah, él. No.

—Ven conmigo. Tenemos un problema mayor que creo que sólo tú puedes resolver. Gracias a Dios no parece ser demasiado tarde. Si hubiera sido así, *realmente tendrías algo* de que sentirte culpable.

Tachyon cerró el estuche del violín y le siguió el paso a Hiram.

—¿Qué pasa, entonces?

Worchester mantuvo la voz muy quedita.

—Chrysalis contrató a un asesino.

—¿Qué?

El hombre corpulento tronó sus dedos ante el rostro de Tachyon.

—Despierta, Tachyon.

—Sangre y estirpe, no puedo creerlo.

—Créelo. Jay rara vez se equivoca con estas cosas. Aun cuando pueda estar equivocado, ¿realmente crees que podemos arriesgarnos?

Tach sintió que se le formaba un depósito de plomo helado en el estómago.

—¿Tenemos alguna idea del blanco?

—Jay piensa que es Barnett, pero para estar seguros creo que no podemos descartar a nadie. Debe incrementarse la seguridad para todos los candidatos. Nuestro problema es cómo alertar al Servicio Secreto sin revelar lo que sabemos. Por Dios, en esa instancia todo estaría perdido.

La voz de Hiram descendió, a registro de bajo profundo. Las palabras perdieron el sentido, y Tach, instalado en un infierno privado, miraba cómo los nudillos de su mano derecha lentamente se tornaban blancos.

«...él mató a Chrysalis, y ahora me va a matar a mí.»

«No quieres creer.»

«Ayúdame.»

«¡NO!»

—¡Por Dios! ¿No has escuchado nada de lo que he dicho? —el sudor formaba aros oscuros bajo las axilas del as—. ¿Qué vas a hacer?

—Le diré al Servicio Secreto que le echaba una ojeada al azar a una multitud, y que pude captar los pensamientos superficiales del asesino. Sus intenciones, mas no su blanco o sus métodos.

—Sí, sí, bien —y se manifestó una nueva preocupación—: Pero ¿te creerán?

—Me creerán. A ustedes los humanos les impresionan mucho mis poderes mentales —palmeó suavemente el brazo de Worchester—. No te preocupes, Hiram. Lo detendremos.

Era pura bravuconería –y Tach tenía la sensación de que Hiram lo sabía.

5:00 a.m.

—¿SEGURA QUE ES AQUÍ DONDE QUIERE BAJAR, SEÑORA? –PREGUNTÓ el chofer uniformado, estirando el cuello para mirar a través de la ventana, hacia el campamento erigido como hongos después de la lluvia en el parque Piedmont. El día realmente estaba a punto de comenzar, y haría palidecer las llamas de las fogatas dispersas que morían sobre la hierba pisoteada.

—Segura –dijo ella, y descendió. El aire ya estaba cuajando, en un coloide de calor y humedad, y vapores de diésel, así como el aroma de secreciones, humanas y algunas no tanto. Cerró la puerta. La patrulla policiaca se alejó.

Se aguantó las ganas de lanzarle una seña obscena. Cuando había pedido protección policiaca, sólo se le quedaron viendo. Esperando contener la histeria y la especulación, la policía de Atlanta obstruía las indagaciones sobre el asesinato en el Peachtree. Incluso hasta el nombre de Ricky estaba siendo retenido, supuestamente hasta que fuera notificada su madre, en Filadelfia. La participación de Sara tampoco había sido anunciada; quizás en parte como un gesto de negociación, el vocero del Departamento de Policía de Atlanta le decía a la prensa que la acompañante del hombre asesinado estaba resguardada bajo protección de las autoridades.

Sara sabía muy bien que la policía de Atlanta trataba de contener la dinamita en un frasco, y la explosión, cuando se diera, sería tanto peor. De cualquier forma, le daba gusto que así fuera. Los colegas de Ricky se enterarían de su identidad, y podrían inferir que ella era la mujer que había estado con él cuando fue asesinado.

Ella temía lo que pudiera suceder entonces. Ni siquiera sentía la tentación de usar la interrogación inevitable para exponer a Hartmann. Sabía que eso sería realmente inútil; Tachyon había hecho su trabajo demasiado bien.

Se puso su sombrero de ala ancha, izó la correa de su bolso hasta arriba de su hombro. La reportera intrépida –ahora independiente–

caminaba entre los miserables de este mundo, a no decir de los de apariencia horripilante, recolectando sus historias de angustia y represión: un acto que bien podría durar unas cuantas horas en medio de la multitud.

Tenía miedo de estar sola. Estaba muerta de miedo.

Enfiló hacia la cima de la colina, cojeando.

9:00 a.m.

GREGG SABÍA QUE CASI NO HABÍA DORMIDO NADA LA NOCHE ANTERIOR. La última votación no se había dado hasta muy temprano en la mañana, y luego hubo una sencilla celebración del equipo de trabajo en el salón verde: había roto la barrera de los mil ochocientos votos. La esperanza era que el ímpetu lo llevaría a los 2,081 y a la nominación esa noche.

—Trescientos votos. Pan comido –dijo Devaughn.

Y a Gregg no le importaba. No le importaba.

Parado ante la ventana de su suite, Gregg miraba a la gente allá abajo, un remolino de cuerpos girando bajo el sol matutino –simpatizantes de Hartmann, se notaba por los sombreros. Se frotó los ojos, mientras sorbía un poco de café en un vasito de poliestireno. El café le quemaba el estómago; el Titiritero le quemaba la cabeza.

Maldita sea, me tienes que alimentar, le gritaba, y con la voz venía la agonía de la presencia, ese sentimiento de lenta inanición.

—No puedo –Gregg podía sentir ese vacío en su propio estómago, un ansia constante–. Quiero, pero no podemos. Bien lo sabes.

No tenemos otra opción, ya no la tenemos. El Titiritero se aferraba a él con sus garras mentales. Los dedos de Gregg asieron las cortinas pesadas. La vista de toda esa gente que caminaba bajo el sol matutino se burlaba del hambre del Titiritero. La quería. Quería dar un salto de pantera hasta la calle y devastarla. Sus dedos se pusieron blancos de lo fuerte que apretaba las cortinas.

—Allá en Nueva York… –comenzó a decir Gregg, pero el Titiritero lo interrumpió.

¡Ahora! No llegaremos a Nueva York hasta dentro de una semana. No puedo esperar tanto tiempo. Tú no puedes esperar tanto tiempo.

—¿Qué demonios quieres que haga? –le respondió Gregg en un tono desesperado–. No soy *yo*, es Gimli. Tenemos que hacer algo con él. Dame un día más –le suplicó.

¡Ahora!

—Por favor... –Gregg estaba a punto de sollozar. Su cabeza le explotaba, por el dolor de contener al Titiritero. Quería abrirse el cráneo y extirpar ese poder tan exigente con sus propias manos.

¡PRONTO, entonces, maldita sea! Que sea pronto, o haré que comiences a arrastrarte de nuevo. Te desnudaré y haré que te masturbes enfrente de la prensa. ¿Me escuchas? Te comeré a ti si no tengo a nadie más. Gimli tiene razón en eso.

El Titiritero rasguñó su mente otra vez y Gregg soltó un gemido de dolor.

—¡Déjame en paz! –le gritó. Sus dedos crispados arrancaron con furia las cortinas de la pared. Cayeron al suelo en un estruendo de varillas y ganchos. Gregg arrojó su taza de café al otro lado del cuarto, salpicando los muebles y quemándose la mano–. ¡Déjame en paz! –rugió, tapándose la cara con las manos.

—¡Gregg!

—¡Senador!

Ellen salió de la recámara. Al mismo tiempo, Billy Ray entró corriendo por la puerta del pasillo. Ambos miraron a Gregg y el desastre en el cuarto.

Ellen, horrorizada, cubría con las manos su estómago para protegerse.

—Por Dios, Gregg –dijo, esta vez en un susurro–, oí que discutías con alguien... pensé que había alguien más aquí... –su voz se desvaneció.

Gregg parpadeó, conmocionado. Por primera vez, se dio cuenta de que el Titiritero había hablado en voz alta. Había estado llevando una maldita conversación en voz alta con el Titiritero y no se había dado cuenta. El horror de lo ocurrido lo hizo soltar un gemido.

Ellen miró hacia Ray.

Billy los miró, durante largos segundos, primero a Ellen y luego a Gregg. Después retrocedió y salió de la suite, cerrando la puerta. Gregg resollaba en medio del cuarto. Se obligó a respirar más pausadamente. Quiso encoger los hombros, quiso aparentar que nada había pasado.

—Ellen... –comenzó a decir, pero no pudo decir nada más.

De pronto, estaba llorando como un niño aterrado ante la oscuridad.

Ellen se acercó a él con una sonrisa valiente, colocando la cabeza de Gregg en su hombro y acariciando su cabello.

—Está bien, Gregg –murmuró, pero él podía escuchar el terror en su voz–, ya todo está bien. Todo está bien. Te amo, cariño. Sólo tienes que descansar –palabras. Puras palabras.

Gregg podía oír la risa de Gimli y –sólo por un momento– se preguntó por qué Ellen parecía ignorarla.

◆

—¡El gran estado de Iowa! ¡Tierra de Dios! ¡Tierra del maíz! (Tachyon se preguntaba cómo el hombre podía mantener ese nivel de entusiasmo después del conteo de tantos votos.) ¡Emite cuatro votos para el senador Al Gore!

El Centro de Convenciones del Omni hacía que Tachyon se imaginara un embudo gigantesco. Gente, como pequeños granos de especias, aferrándose a los lados empinados mientras la gravedad trataba de tumbarla con gran desorden hasta el área plana de la cancha de basquetbol. Claro, era una exageración, pero el lugar sí le daba un poco de vértigo al alienígena.

Tirando un poco de azúcar sobre su saco, aprisa, Tachyon equilibró su buñuelo sobre su taza de café, sacó su pluma fuente y escribió el número. Luego estudió los cinco totales en cinco columnas, cada una identificada con una inicial. Gore definitivamente se quedaba atrás. Ya sólo era cuestión de tiempo. Lenta y dolorosamente, Hartmann se había arrastrado hasta mil novecientos. Con el dorso de la mano, Tach se frotó los ojos, sucios y adoloridos. Su sesión con el Servicio Secreto había durado hasta las cinco. Para entonces, parecía inútil meterse a la cama.

—Tu chico está en problemas –dijo Connie Chung, acomodándose en una silla plegadiza detrás de él. Los auriculares con su antena la hacían parecer un insecto torcido.

—*Mi chico*, como le llamas, va muy bien. Una vez que Gore se retire…

—Pues estás a punto de recibir una ruda sorpresa.

—¿A qué te refieres? –preguntó Tach, alarmado.

—Tiene que decidir entre tres liberales del norte y un conservador del sur. ¿Qué crees que va a…?

—No –dijo Tach, con asco.

Ella le quitó azúcar de la barbilla.

—En verdad que eres un bebé en estas cuestiones, doctor. Observa y aprende –se levantó para irse, pero se volvió y añadió–: ah, por cierto, Gore convocó a una rueda de prensa para las diez.

El teléfono sonó durante el primer Camel del día para Jack. Por un momento, no encontraba su portafolios, luego lo descubrió debajo de la mesa de centro. Tomó el auricular y se echó en el sillón. Quien llamaba era Amy Sorenson.

—Estamos en problemas. Gregg quiere que vengas para acá –Jack miró hacia el techo con los ojos hinchados.

—¿Cuál es el problema?

—Gore convocó a rueda de prensa para dentro de poco. Se va a retirar y le dirá a su gente que apoye a Barnett.

—¡Ese lameculos! ¡Ese yuppie lameculos! –por primera vez, Jack no estaba consciente de usar procacidades ante una mujer. Saltó del sillón, lanzando la mesa de centro hasta la mitad del cuarto–. Será el vicepresidente de Barnett, ¿cierto?

—Tal parece que sí.

—El buen Al se vendió.

—Y además, anoche, algún wild card destazó a un miembro del Cuarto Poder en el Centro Comercial Peachtree y, pues, adivina quién capitalizará esto. Vente de inmediato.

La reunión con el equipo no podía resolver nada, había que resistir y esperar a que se dieran deserciones. El apoyo de Gore no podía ser más que el resultado de una negociación mayúscula, y bien podría ofender a algunos de sus seguidores que no soportaban a Barnett.

Hartmann ganó a 104 delegados más en la cuarta votación, de modo que los peores temores de Jack aún no se materializaban. Pero Barnett recogió casi trescientos y el ímpetu definitivamente era suyo.

En su pequeño radio portátil, Jack oyó a Dan Rather contar historias sobre poderosos operadores de partidos que trataban de formar un movimiento de «cualquiera menos Hartmann». Las especulaciones sobre una boleta que incluyera a Dukakis y a Jackson eran aderezadas con recordatorios de que Jackson tenía más delegados y de que quizá la boleta debería ser Jackson/Dukakis. Los analistas se preguntaban si Jackson estaría dispuesto a tragarse su orgullo sólo para poder ser vicepresidente.

Al parecer, no. El movimiento CMH, Cualquiera Menos Hartmann, como Rather comenzó a llamarlo, parecía quedar como fantasía de unos cuantos mercenarios del partido y del equipo de campaña de Barnett, quienes consideraban el «Cualquiera Menos Hartmann» como el equivalente de «¿Por qué no el Tragafuegos?».

Cualquiera Menos Hartmann. Jack no podía creer lo que escuchaba. ¿Por qué demonios no era *Cualquiera Menos Barnett*?

Un as secreto, pensó. Quizá sí hay un as secreto. Como hipótesis alterna, los enanitos del Kremlin definitivamente perdían piso.

Al principio todo iba bien. Sara podía hacer esto dormida, las entrevistas mecánicas, de esas que aparecen en cada tercer artículo del suplemento del domingo, así como la historia de interés humano para el noticiario de las diez de la noche: ¿qué se siente ser un joker en Estados Unidos?

No era buen periodismo. Era algo que ella específicamente despreciaba: reportajes sobre familias de astronautas muertos en órbita, o aquellos que preguntan qué se sintió haber sido violada. Pero claro, esto no era periodismo, para nada; era supervivencia.

Todo iba bien hasta que la reconocieron.

Los jokers que habían acampado en el parque venían de todas partes: California, Idaho, Vermont, incluso unos cuantos de Alaska y Hawái. Si bien los mejor informados de entre ellos podían reconocer su nombre, ya que era una de las principales escritoras sobre asuntos de los wild cards en el mundo, la realidad era que ella no era reportera de televisión. Todo mundo conocía el rostro de Connie Chung, nadie conocía el suyo. Eso siempre la hacía sentirse bien.

Pero también había muchos de sus viejos amigos de Jokertown. Ni siquiera había pensado cuál sería la reacción de ellos, hasta que una mano peluda y con garras la jaló del hombro, separándola de la madre joker y de los dos hijos desesperadamente dispares a los que tenía recitando banalidades, y la enfrentó a una explosión de aliento de depredador, de carne podrida.

—¿Y qué demonios se supone que haces tú aquí? –preguntó una voz.

La primera reacción de pánico seguía haciendo eco en los corredores de la mente de Sara, *es él, cómo quisiera traer una pistola, Dios mío, Ricky, Ricky*, hasta que reconoció a la persona que la interrogaba. Era difícil de confundirla: un metro ochenta, desde la nariz negra y húmeda en la punta de su cabeza con forma de cuña hasta la punta de su cola, orejas redondas, con máscara de bandido, pelos de guardia negra encima de una piel como de gamuza que subía de tono hasta tornarse plateada a la altura de su barriga, como un hurón antropomórfico animado al estilo de Disney pero en la vida real. Lo único que vestía era un chaleco verde cubierto de botones de Hartmann y otros con eslóganes amargos de los jokers: ¿POR QUÉ SER NORMAL? y ¡JOKERS PARA UNA SOCIEDAD JUSTA! y también INVITA A UN NAT A COMER. Sara la conocía bien, debió haber sido simplemente otra chica italiana adolescente, vestida con una falda de cuadros azules desaliñada, de colegiala del St. Mary. La habían arrestado por primera vez a los catorce años, durante una manifestación para la liberación de Doughboy.

—Mustelina –le dijo–. Hola. ¿Cómo estás?

—¿Qué demonios haces aquí, perra?

Sara reculó ante su vehemencia. Era asombroso cómo la gente de Disney siempre pasaba por alto detalles como los colmillos de cinco centímetros que nacían de su quijada superior.

—¿A qué te refieres? –el tiempo que había pasado entre jokers la había acostumbrado, de modo que no retrocedía ante el aliento de la chica. El joker de Mustelina incluía un antojo impulsivo de carne viva. Afortunadamente, había muchas ratas en Jokertown.

Una multitud comenzó a aglomerarse. Muchos de los jokers provincianos permanecían anónimos detrás de sus máscaras, pero el contingente de J-town solía presumir su condición de joker, luciendo sus desfiguraciones como estigmas de orgullo. Reconoció a Luciérnaga y a Mr. Cheese y a Cacahuate con su joroba de concha dura y esa mirada extraña en el ojo. Habían sido sus amigos. Pero aquí y ahora no había mucha amistad.

—Sabes muy bien a lo que me refiero. Nos vendiste a Barnett.

Sara parpadeó, sintiendo nacer unas lágrimas ardientes:

—¿De qué hablas?

—Tú eres la que trataste de manchar la reputación del senador Gregg –dijo una voz sureña detrás de una máscara de Kabuki con las cejas arqueadas sobre una frente blanca, como un domo.

—Traicionaste a Hartmann –dijo Mustelina–. Nos traicionaste a nosotros. Es muy descarado de tu parte que hayas venido aquí.

—Sí, traidora –alguien más gritó–. ¡Nat!

—¡Perra judía de mierda!

Ella intentó retroceder. La cercaban por todos lados, los rostros de imágenes grotescas de Goya y Hokusai y de El Bosco, máscaras hostiles de plumas y de plástico liso como hueso. *¿Por qué vine aquí? Ésta es la gente de* Hartmann.

De pronto, Mustelina se elevó ante ella, y Sara fue a caer a cinco metros de distancia. Se enroscó en el suelo, rodó y se incorporó de golpe, chispeando como una cadena de cohetes encendidos.

Una figura blanca y grande se irguió por encima de la turba incipiente. Extendió una mano regordeta, pálida y brillosa como masa fresca.

—Vamos, Sara –siseó, con la voz de un niño negro–. Te llevaré donde sea seguro.

Ella se aferró a la mano. Doughboy echó a andar con su paso rodante y con Sara a su lado. La multitud cedió. Él no era violento. También pesaba más de doscientos cincuenta kilos y tenía la fuerza de tres o cuatro hombres nats. A su modo, era un tanto irresistible.

—Te vi en la Televisión de Mechano –dijo Doughboy–. Decías cosas terribles sobre el senador. Todo mundo decía que eras una traidora.

Ella lo miró. Su rostro como una luna sin manchas. Él esbozó una sonrisa sin labios ni dientes.

—Tú eres mi amiga, Sara. Sabía que nunca harías nada malo.

Ella lo abrazó. También siguió caminando. Éste era un lugar ideal para que la marioneta asesina de Hartmann la atacara, y eso se le había ocurrido un poco tarde. Y, curiosamente, de no haber sido por

la llegada de Doughboy, quizá la turba habría hecho su trabajo por él.
Parte de la muchedumbre venía siguiéndolos.

—¿Me puedes traer unos dulces, señorita Sara? –preguntó Doughboy–. Nadie me trae dulces desde que el señor Shiner se fue –se
detuvo en la calle y la encaró–: ¿cuándo regresará el señor Shiner?
¿Crees que regrese pronto?

—Él ya no regresará, cariño –dijo con delicadeza–, tú lo sabes –había sido una apoplejía, ocurrió en enero. Doughboy lo encontró paralizado en la cama de su pequeño departamento en la calle Eldridge,
lo cargó por las calles mientras lloraba y rogaba que alguien ayudara
al señor Shiner. Llegó a la Clínica de Jokertown antes de que pudieran encontrar una ambulancia con una suspensión suficientemente
fuerte para cargarlo, ya que nadie iba a atreverse a intentar separarlo
de su amigo y protector. Para ese entonces, ni siquiera el doctor Tachyon hubiera podido hacer algo por él.

Cayeron lágrimas de los ojos de botones de Doughboy.

—Lo extraño. Lo extraño tanto.

Ella se puso de puntitas, extendió los brazos. No era lo suficientemente alta. Él se agachó hasta que ella pudo envolver su cuello con
sus brazos.

—Ya lo sé, dulzura –le dijo, ella misma derramando lágrimas–. Gracias por ayudarme. Te traeré dulces, pronto. Te quiero mucho.

Lo besó en la mejilla y se alejó aprisa sin mirar atrás.

11:00 a.m.

—¡Doctor!

Estudió el rostro bello y oscuro, los ojos intensos que inspecciona-
ban activamente el lobby del Marriott. No se le iba nada. Tach hizo
una leve reverencia:

—Reverendo.

—¿Abandonas la convención?

—Demasiado caótico.

—¿Y decepcionante? –sugirió suavemente Jesse Jackson.

—Todo estará bien –Tach inclinó la cabeza, como si especulara
sobre algo–. ¿Y tú? ¿Ingresas a la fortaleza del enemigo?

—Gregg Hartmann no es mi enemigo.

—Ah, entonces, ¿no tendrías objeción en salirte de la contienda y entregarle tus delegados al senador?

Jackson se rio.

—Doctor, te me adelantas. ¿Podemos platicar? —señaló hacia un sofá cerca de una de las paredes del lobby superior. AP, *Time*, el *Sun Times* y el *Post* comenzaron a circular alrededor de ellos, como barracudas. Straight Arrow, el as mormón del estado de Utah, y el guardaespaldas as de Jackson los observaban detenidamente, sin parpadear. La noticia del bombazo que acababa de arrojar Tachyon se había esparcido rápidamente entre las fuerzas de seguridad. Para el ojo conocedor de Tachyon, el lobby parecía estar lleno de hombres discretamente armados.

—¿No tendríamos más privacidad en tu suite? —preguntó el taquisiano, un tanto secamente.

El resplandor de unos dientes blancos detrás del bigote.

—Yo no busco la privacidad. Dejemos que especulen.

Tachyon lo debatió. Decidió que quizás él y el reverendo Jackson podían aprovecharse el uno al otro. Algunos podrían especular que el apoyo de Tachyon hacia Hartmann se debilitaba. Otros podrían decidir quizá que Jackson estaba a punto de apoyar a Hartmann.

Se acomodaron en el sofá. El hombre negro, alto, el alienígena diminuto con una pierna acomodada debajo de la otra.

—Quiero que transfieras tu apoyo hacia mí —dijo Jackson, abruptamente.

—¿Así nada más?

—Así nada más. Soy el candidato lógico para representar a los jokers y a los ases. Juntos podemos construir un nuevo mundo.

—Yo he estado aquí cuarenta y dos años, reverendo, y sigo esperando que llegue ese nuevo mundo.

—No permitas que te ganen el cinismo, el pesimismo y la desesperanza, doctor. No esperaba eso de ti. Eres un luchador, como yo —Tachyon no hablaba, y Jackson continuó—: tenemos los mismos intereses.

—¿En verdad? Yo quiero ver protegida a mi gente. Tú quieres ser presidente.

—Ayúdame a convertirme en presidente, y así puedo proteger a tu gente y a cualquier otra gente —puso una cara seria, mirando la pared de enfrente–. Doctor, mis antepasados llegaron a Estados Unidos en barcos de esclavos. Tú llegaste en una nave espacial, pero ahora estamos en el mismo barco. Si Barnett se vuelve presidente, todos sufriremos.

Tachyon dio muestras más de confusión que de negativa.

—No lo sé. Gregg Hartmann ha sido nuestro amigo durante veinte años. ¿Por qué habría de abandonarlo ahora?

Ayúdame. Mátame. Cree en mí. Silenció las voces inmediatamente.

—Porque él no puede ganar. El senador se está quedando estancado. Mi gente me informa que están apareciendo coaliciones de «Cualquiera Menos Hartmann» por todos lados en la convención. Si Gregg Hartmann no puede detener a Leo Barnett, Michael Dukakis ciertamente no lo hará.

—¿Y tú sí puedes?

Esa sonrisa llena de confianza había cautivado a todo un país, como un arco de luz, lleno de intensidad.

—Sí, yo puedo –la sonrisa se desvaneció, y miró atentamente a Tachyon–, yo entiendo. Yo sé del abandono, y de la gente que te trata mal, y que te dice que no eres nada y ni nadie y que jamás podrás ser algo. Yo lo *comprendo* –su mano apretó el hombro del taquisiano.

Tachyon puso su mano sobre la de Jackson. Las mismas uñas perfectamente cuidadas, los mismos dedos largos y delgados, pero blanco sobre negro.

—¿Por qué sucede que cuando tú y Barnett supuestamente sirven al mismo dios, sus dioses son tan distintos?

—Buena pregunta, doctor. Muy buena pregunta.

Susurrando, un planeador As Volador cayó suavemente sobre el mosaico a los pies de Tachyon. Lo recogió, y acarició la bufanda blanca moldeada con un índice. Jackson miraba el rostro negro pintado. Alzó la mano reflexivamente y pasó los dedos por su mejilla.

—¿Tu reticencia se debe completamente a tu lealtad, o es acaso porque soy negro?

Tach respondió enfáticamente:

—Cielo en llamas, no –se puso de pie–. Créeme, reverendo, si alguna vez tuviera que quitarle mi apoyo a Gregg Hartmann tú serías mi primera opción. Y es que... tienes un carisma que es casi taquisiano en su magnitud.

Jackson sonrió.

—¿Y eso, debo tomarlo como un cumplido?

—El más alto cumplido, reverendo, el más alto.

Mediodía

EL ALMUERZO DE GREGG ESTABA INTACTO Y FRÍO SOBRE UNA MESA en la suite. El radio Sony sonaba fuerte, pero ignorado, y Tachyon se encontraba sentado como alguna deidad maldita de madera sobre el sillón.

Gregg podía escuchar la voz del Titiritero, peligrosamente cerca de la superficie, mezclada con la risa burlona de Gimli. Tenía que ejercer toda su concentración para no perderse en la plática soterrada y decir algo que revelara el conflicto subyacente.

Y lo peor de todo era que Gregg temía que el Titiritero comenzara a hablar en voz alta nuevamente.

Inquieto, se puso a caminar frente a las ventanas. Todo el tiempo podía sentir esa mirada violeta de Tachyon: juzgaba, sopesaba, tranquilamente. Gregg sabía que estaba hablando de más, pero el movimiento y el monólogo parecían ayudar a mantener aplacado al Titiritero.

—Barnett ha vuelto a subir otros cien votos en la última votación. ¡Cien votos! Nosotros hemos ganado, ¿cuántos?, ¿veinte, veinticinco? Alguien debe comenzar a tapar los hoyos, doctor. Demonios, Charles dijo que había hablado con el equipo de Gore y que le dijeron que Gore tenía planes de mantenerse en la carrera. Eso fue apenas anoche, por Dios. Barnett seguramente le prometió la vicepresidencia a cambio de sus delegados. Tenemos a la mitad de la prensa que no deja de hablar del movimiento «Cualquiera Menos Hartmann», lo cual quiere decir que algunos delegados indecisos comenzarán a creerse ese cuento. Barnett ya se benefició con esa basura; Dukakis está allá atrás, sonriendo y estrechando manos y a la espera de que la contienda empate o de una negociación final.

—Sé todo esto, senador –dijo Tachyon. Había un poco de impaciencia en su voz, mientras doblaba sus manos delicadas en su regazo.

—Entonces, comencemos a *hacer* algo al respecto, maldita sea –la fría altanería del alienígena hizo que se encendiera el temperamento de Gregg, y la irritación hizo surgir al Titiritero. *No, idiota,* le dijo al poder. *No con él aquí, con todos menos él. Por favor.*

—Hago lo que puedo –dijo Tachyon, con palabras cortantes y precisas–. Intimidar a quienes te apoyan no te llevará a ningún lado, senador. Y menos entre tus amigos.

Gregg no tenía «amigos», ni confidentes –a menos que contara al Titiritero. Sospechaba que con Tachyon era lo mismo. Se llamaban «amigos» el uno al otro, pero eso era más que nada el residuo de una relación político-social que venía desde mediados de los sesenta, cuando Gregg había sido concejal y, posteriormente, alcalde de Nueva York. Gregg le había hecho algunos favores a Tachyon y éste había hecho lo mismo por él. Ambos fingían inclinarse por la política liberal, de izquierda. Hasta ahí, eran amigos.

Tachyon era un as. Gregg le tenía miedo a los ases, especialmente a los que podían leer las mentes. Sabía que si Tachyon sospechara de la verdad, no dudaría ni por un segundo en delatar a Gregg ante la sociedad.

Hasta ahí llegaba la amistad. El simple hecho de pensar en ello enfurecía aún más a Gregg.

—Entonces, hablemos con franqueza. Como amigos –respondió Gregg rápidamente–. Se ha hablado de esto durante toda la convención. Has estado persiguiendo a Fleur van Renssaeler como un adolescente afiebrado. Hay cosas más importantes que tus gónadas, doctor.

Gregg nunca se había atrevido a hablarle a Tachyon de ese modo, no a una persona con poderes mentales tan formidables y menos con el Titiritero acechando en su cabeza. Tachyon se puso rojo. Se incorporó, velozmente, con ofendida dignidad.

—Senador –comenzó a decir, pero Gregg lo interrumpió, bajando la mano abruptamente, cortando el aire.

—No, doctor. No –el enojo de Gregg era un carbón ardiente atorado en su pecho. Quería usar sus puños contra ese tipo remilgadamente vestido y ver cómo esa nariz tan fina y aristocrática se aplastaba y salpicaba sangre en su camisa de seda con encajes. Gregg apretó los dientes para evitar soltar un grito de furia, para no asestarle una cachetada de revés al rostro arrogante de Tachyon. Ardía en ganas de patearle sus malditos testículos alienígenas. No era solamente Tachyon. Había sido todo el maldito día: la manera en que el ímpetu de la contienda se había detenido secamente en la convención, la eterna persistencia del Titiritero, las risotadas de Gimli, los fracasos de Mackie en Nueva York y aquí desde la muerte de Chrysalis, Ellen: en realidad, todo.

Tan sólo por un momento, se preguntó si el Titiritero no había atizado las brasas. La idea lo tranquilizó. Hizo una mueca.

—Te necesito. Puedes fingir ser sólo un corresponsal, pero todo el mundo sabe bien cómo están las cosas. Eres un simpatizante muy pero muy visible –le dijo a Tachyon–. Todos están conscientes de tu ayuda en mi campaña y de nuestra postura sobre los temas que conciernen a los wild cards. Pero ¿qué pensará el resto de la convención si el buen doctor está obviamente más preocupado por tener sexo que por asegurarse de que su candidato sea elegido? Prioridades, doctor. Prioridades.

Tachyon respiró profundamente por la nariz, levantando su barbilla.

—No necesito ser aleccionado como un niño malcriado. No por ti, senador, y mucho menos después de que he pasado toda la mañana trabajando a favor tuyo. Tus acusaciones me resultan de muy mal gusto.

—¿Qué tan de mal gusto será si Barnett es el próximo presidente, doctor? Él podrá fingir ser compasivo, pero todos sabemos lo que ocurrirá. ¿Crees que seguirás teniendo financiamiento para tu clínica? Y entonces, ¿lo que sucederá con los jokers habrá valido esos pocos minutos de pasión y gemidos entre las piernas de una mujer?

—Senador –espetó Tachyon, indignado.

Gregg rio, y el sonido tenía un sesgo maniaco, cortante. Transpiraba y su camisa Brooks Brothers mostraba aros de sudor bajo los brazos.

—Doctor, lo siento. Me disculpo por haberte ofendido. Estoy siendo contundente porque estoy preocupado. Por mí, sí, pero también por los jokers. Si perdemos aquí, todos los afectados por el wild card pierden también. Eso lo entiendes, lo sé.

Los labios de Tachyon eran una línea delgada y sin sangre. El sonrojo de furia acechaba en sus pómulos.

—Lo entiendo mejor que nadie, senador. Te haría bien recordar eso.

Se volvió sobre sus pies en un delicado giro de ballet y caminó rápidamente hacia la puerta. Gregg pensó que se detendría y que diría algo más, pero Tachyon simplemente salió, saludando de pasada a Billy Ray, que estaba afuera.

—Ni siquiera una maldita frase de salida –dijo alguien con la voz de Gregg.

Gregg no estaba seguro de quién había hablado.

1:00 p.m.

Se había desatado una riña entre una integrante de la delegación de Nueva York y una mujer mayor del estado de Florida. Las dos mujeres habían pasado de los empujones a mostrar los dientes y usar las uñas como garras. Hiram, con sangre agolpada en el rostro y los ojos casi saltándole de sus cuencas, tiró sillas que le estorbaban el paso y rodó hacia ellas. En el podio, Jim Wright golpeaba con el martillito de manera desesperada e inútil. Se quedó boquiabierto cuando la cabeza del martillo se quebró y salió volando.

Tachyon corrió desde el lindero de la turba, atravesándola, y vio que Hiram apretaba un puño, pero entonces una expresión indescriptible cruzó la cara del as, dejando su expresión tan en blanco como una playa cuando se retira una ola. La mano regordeta y delicada se abrió y quedó colgando a su lado.

La vieja enojona traía un botón de Barnett y una gran cruz de madera. Por un instante, el taquisiano titubeó; pero entonces, al ver cómo el zapato picudo de la delegada de Florida se levantaba para dar una patada, hizo a un lado cualquier precaución y controló a ambas con su mente.

Llegó la prensa. Llegaron los elementos de seguridad. Llegó Fleur.

—¿*Cómo te atreves?* ¡Suéltala! –Fleur puso su brazo protector sobre el hombro de la delegada de Barnett.

Tach se dio cuenta de que Hiram asía con firmeza a la dama de Nueva York. Hizo una torpe reverencia.

—Será un placer. Pero asegúrate de que no me pegue.

—¡Oh, por Dios! ¡Reptó en mi mente! ¡Me ha contaminado! ¡Alienígena de...!

—Señora, por principio, nunca contamino a damas de su edad y situación con mis preciados fluidos alienígenas. O con mi preciado tiempo alienígena.

—¡Bastardo! –exclamó Fleur, alejando a la mujer que sollozaba.

Hiram se pasó una mano por la frente.

—Muy poco tacto, Tachy.

—No me siento con mucho tacto. Esto es un desastre.

—Reunir a tanta gente en un solo lugar hace que las peleas sean inevitables –dijo Hiram. Se acomodaron en unas sillas desocupadas. Las rodillas de Tach le llegaban prácticamente a la barbilla de lo apretujados que estaban los asientos. Con una mirada furtiva en busca de seguridad o de cámaras, el taquisiano sacó su botellita. Hiram le dio un enorme trago al brandy, se ahogó y de repente Tachy comenzó a temblar de angustia al ver que comenzaron a caer lágrimas por las gordas mejillas de Worchester, empapando su abultada barba negra. Los sollozos estremecían su enorme cuerpo. Tachyon lo abrazó, dándole palmadas en la espalda, meciéndolo, confortándolo. De sus labios brotó una retahíla de palabras sin sentido, frases de cariño y de ánimo. Su propia voz daba saltos.

La tormenta emocional cesó, y Tach le ofreció su pañuelo. Hiram se secó la frente, los labios, con dedos tentativos.

—Lo siento, lo siento.

—No hay ningún problema. Todos estamos bajo una enorme presión.

—Tachyon, *¡tiene que ganar!*

La mirada del alienígena pasó de los ojos intensos y concentrados de Hiram a sus manos, que asían como pinzas los brazos de Tach. Los nudillos del humano se ponían blancos por la presión. Tachyon tocó ligeramente una mano, y dijo muy delicada y muy suavemente:

—Hiram, por favor, me estás lastimando.

Worchester lo soltó inmediatamente.

—Lo siento. Lo siento. Tachyon, tenemos que hacer todo lo que se deba hacer, ¿no crees? Esto es demasiado importante como para dejarlo al azar… a la buena voluntad de los otros. Ésta es una ocasión en la que el fin puede justificar cualquier medio. ¿Cierto?

Con los ojos cerrados Tachyon recordó Siria. Jokers muertos a pedradas en las calles ante las miradas aburridas o ávidas de los nats transeúntes. Sudáfrica. Aquella época, no hace mucho tiempo, cuando no se consideraba un crimen violar a una mujer joker, sino más bien como algo de mal gusto.

—Sí, Hiram. Quizá tengas razón.

Con una ligera palmada al hombro del restaurantero, Tach se fue en busca de Charles Devaughn. Lo que estaba considerando…, no, lo que estaba comprometido a hacer… era una locura. Ciertamente injusta. Pero ¿cuándo le había preocupado a un taquisiano el juego parejo? No tenía sentido acercarse a delegados comprometidos con Barnett. Eso sólo levantaría sospechas y los *afectos* podrían no durar. Pero los que no estaban comprometidos… si cambiaran de parecer después de un ferviente politiqueo por parte de Devaughn y del tan persuasivo y tan carismático doctor Tachyon… ¿Y Michael Dukakis? Él podría darse el lujo de perder a algunos. Su única esperanza ahora era ser elegido candidato a la vicepresidencia…

Pareció salir volando de la nada para caer en su mano, sin que se hubiera movido, sin que lo hubiera deseado. Siguió caminando por la avenida Harris, estudiándolo: un planeador de plástico As Volador de J. J. Flash, con unos hoyos cuidadosamente quemados en su fuselaje y sus alas, con un alambre o un clavo ardiente. El rostro había sido pintarrajeado de negro con cuidadosa malicia.

Un par de chiquillos negros caminaban en dirección contraria, mirando a toda esa gente chistosa.

—¿Qué trae ahí, señora? –preguntó el que vestía la camiseta de Run DMC.

Ella miró el objeto en su mano sin comprenderlo.

—Un condenado Joker Volador –respondió.

El cuarto no era tan bonito como el que había tenido en el Marriott. En vez de cortinas había unas viejas persianas de madera; los resortes del colchón crujían y la pintura color pastel se descascaraba alrededor del zócalo. El motel estaba a unos cuarenta y cinco minutos del centro de la ciudad y había tenido que pasarle un billete de cincuenta al recepcionista para que le dieran el cuarto. Aun así, Spector se sentía mucho más cómodo aquí. Había una licorería abierta toda la noche al final de la cuadra y un restaurante al cruzar la calle. Estaba rematando una enorme hamburguesa grasienta, doble carne, doble queso, y trataba de pensar en posibles mentiras que podría contarle a Tony. Todavía tenía la llave de su cuarto en el Marriott, de modo que entrar al hotel no sería ningún problema.

Hablarían sobre los viejos tiempos, más que nada. Por lo menos, eso es lo que esperaba. Su vida antes de sacar la reina negra era un nubarrón sin esperanza. No pensaba mucho acerca de su pasado y consideraba al futuro sólo un poco más. Más que cualquier otra cosa, pensaba en la muerte. No porque le gustara, sino porque era imposible no hacerlo. La muerte ponía todas las demás cosas en una perspectiva insignificante. Si todos los políticos y abogados y mandamases corporativos entendieran a la Parca como él la entendía, ni se preocuparían por levantarse de la cama por las mañanas.

Spector tomó el teléfono, un viejo teléfono de disco, color beige, y marcó al Marriott. Después de que sonara unas veinte veces, alguien contestó «Marriott Marquis». La voz era seca y aguda.

Probablemente el pequeño bastardo que estaba en el mostrador cuando se registró.

—Sí. ¿Hay mensajes para el cuarto 1031?

Lo pusieron en espera sin siquiera decirle «espere un momento» o «déjeme checar». Spector tamborileó los dedos en su muslo. Probablemente lo hacían esperar a propósito.

O peor, podrían haber descubierto lo que le pasó a Baird y rastreaban la llamada. Eso tomaría por lo menos un minuto o dos. Esperaría sólo unos segundos más.

—Sí. El señor Calderone dice que se encontrará con usted en el lobby a las seis de la tarde –clic.

—Vete a la mierda tú también –dijo Spector, dando un golpe seco al auricular en la orilla de la mesa de noche. Lo colgó de nuevo y enfiló al baño. ¿A qué se debía que los hoteles de lujo contrataran a puros idiotas? Ese pequeño recepcionista escalaba la lista. Sus posibilidades de sobrevivir al fin de semana eran mucho menores que las de Hartmann.

3:00 p.m.

El cubículo de prensa, de vidrio, de cnn, estaba suspendido como una visión celestial en la parte superior del centro. Cansado, Tachyon subió con dificultad las escaleras. Se preparaba mentalmente para otra ronda de charlas con periodistas.

Un estrato de la sociedad que compartía bastantes características con las aves de carroña, concluyó, amargamente. *Debo* tener una historia. Mientras más trágica y terrorífica, mejor. *La estrella de Hartmann, tan incandescente al comienzo de esta larga campaña, parece estar tristemente apagándose en medio del fuego al blanco vivo de esta convención demócrata.* El comentarista empalagoso espetando la estúpida metáfora. Sin embargo, parecía estar convirtiéndose en una profecía autocumplida.

La puerta del cubículo de prensa se abrió. Apareció Fleur. De repente, la escalera se volvió insoportablemente claustrofóbica. Se iban a ver cara a cara. Era inevitable. Tachyon mantuvo la compostura. De pronto, el tacón alto de Fleur patinó y se cayó de frente por la escalera. Con los músculos de sus pantorrillas ardiéndole, Tachyon se lanzó escaleras arriba y la alcanzó justo antes de que su cabeza oscura golpeara en el concreto. Su chongo se había soltado y mechones de cabello lacio cubrieron su rostro. La puso de pie, mientras que caían al suelo más pasadores para pelo.

—¿Estás bien?

—Sí, sí —ella se tocó la frente, mirando confundida a su alrededor—, me pude haber matado —los brazos de Tachyon seguían rodeándola. Miró hacia abajo y alzó sus ojos titubeantes hacia él—. Sigues sosteniéndome.

—Mil disculpas —comenzó a soltarla. Ella puso una mano en su hombro, deteniéndose. Tachyon sintió que su muslo, firme debajo de la falda de seda, se fundía con el suyo. Su pene despertó.

—Me pudiste haber dejado caer. Sería comprensible, después de... después del modo en que te he tratado.

—Yo jamás te dejaría... caer.

Dedos, tan suaves como mariposas, exploraron su rostro, acariciaron sus labios.

—Me salvaste la vida.

—Exageras.

Fleur pegó su cuerpo al suyo. Tach gimió delicadamente mientras su pene se endurecía hasta quedar completamente erecto. De repente, Fleur tomó su cara entre sus manos y lo besó. Todo vestigio de control se desvaneció. La lengua se enterró en lo más profundo de su boca, le agarró las nalgas con fuerza. Sus jadeos hacían un extraño contrapunto con el pase de lista que había abajo en el primer piso. Las manos de Tach juguetearon frenéticamente por todo el cuerpo de ella.

Fleur se desprendió. Torpemente, quiso volver a abotonar su blusa. Tachyon sujetó sus dedos temblorosos.

—A ver, déjame hacerlo.

—Llévame a tu cuarto.

Alzó la vista, los dedos congelados sobre un botón. Ella le levantó la mano, mordió fuertemente su dedo índice.

Ayúdame.

¿Un lamento de su alma? ¿O un pensamiento casual de Fleur? Ignoró aquella voz lastimera.

—No deben ver que salimos juntos –susurró Fleur. Él le entregó la llave de su cuarto–. Te seguiré… pronto.

El teléfono de Jack volvió a sonar. Había estado sonando durante todo su almuerzo en el Bello Mondo y los otros comensales estaban a punto de irritarse. El vocero de la Cámara de Representantes de Estados Unidos, de hecho, lo miraba con el ceño fruncido desde la mesa contigua. Jack le ofreció a Jim Wright de Texas una mirada de disculpa, abrió su portafolios y sacó el aparato.

—Habla Tachyon. Te llamo desde la sala de prensa. Debo salir, y requiero a alguien aquí con tu carisma.

—¿Para qué, exactamente?

—Te informaré cuando llegues. Por favor, date prisa.

—Oye, no me vengas con esa mierda de realeza taquisiana en apuros –pero Tachyon ya había colgado.

Jack contempló la posibilidad de tomar el teléfono y hacerlo añicos. En vez de ello, se terminó el último pedazo del postre, pagó de más y le pasó al jefe de meseros su billete de cien.

La distancia entre el Marriott y el Centro de Convenciones era exactamente un Camel sin filtro. Jack sentía un hormigueo en el cuello. Él y Fleur van Renssaeler se codearon a empujones en una de las puertas que daban al Centro de Convenciones. La gente sicópata –su tercera esposa había sido todo un caso– lo ponía nervioso. A pesar de la manera en que Fleur lo inquietaba, Jack le ofreció un alegre gesto de saludo y una sonrisa, y recibió a cambio una sonrisa de labios cerrados. Vio que Fleur traía una llave de cuarto del Marriott en la mano y supuso que se dirigía al hotel para regalarle sexo oral de categoría celestial a algún reportero, para quizá convertirlo a la causa de Barnett.

Tachyon esperaba, justo debajo del palco de la televisora ABC, vistiendo su saco de caballero con sus cortes y dobleces, sus pantalones para montar y sus botas. El rostro del alienígena estaba tenso. Cuando vio a Jack, sus ojos violeta centellaron.

—¿Por qué tardaste tanto?

—Hola, yo estoy bien, ¿y tú?

—Es imperativo que hables con la prensa inmediatamente –respondió, ondeando su sombrero emplumado bajo las narices de Jack.

—Muy bien –Jack sacó otro cigarro de la cajetilla–. ¿Qué se supone que debo comentarles?

—Sobre ese asunto del «Cualquiera Menos Hartmann». Si los medios siguen machacando esto, se convertirá en una profecía autocumplida.

—Muy bien –Jack sonrió mientras encendía su Camel–. ¿Va a estar Connie Chung? Y si está casada, ¿estará su esposo con ella?

—Éste no es momento para… –Tachyon comenzó a agitar nuevamente su sombrero, pero abruptamente se tragó sus palabras. Floreció el rojo en sus mejillas. Al verlo sonrojarse, una certeza fría y desalentadora se fijó en la mente de Jack.

—Es Fleur, ¿verdad? Es tuya la llave que agitaba en su mano.

—Ella no agitó… –el alienígena volvió a tragarse sus palabras. Tachyon se irguió en toda su principesca estatura, con todo y tacones, quedando unos veinte centímetros por debajo de Jack, y lo miró con ojos violetas furiosos–. No permitiré que se cuestione mi vida privada. Éste no es asunto tuyo.

—Pero claro que no es asunto mío. Yo la rechacé hace unos días.

Tachyon mostró los dientes.

—¡Cómo te atreves! ¿Sabes bien con quién estás hablando?

Jack fumó meditativamente su cigarro.

—Hablo con alguien que está siendo conducido por su pito, lo cual es muy chistoso, si consideramos cuánto tiempo ha pasado desde la última vez que se te paró.

Tachyon se puso rojo de ira. Un miedo helado acarició la columna de Jack, al pensar que había ido demasiado lejos, que esta persona era alguien que había sido criado para matar ante el menor insulto y que en una ocasión, incluso, juró asesinar a Jack, y que podría decidir que había ignorado esa promesa demasiado tiempo…

Pero, en vez de ello, Tachyon pasó de lado hacia la salida del Centro de Convenciones. Jack lo siguió, con sus largas piernas igualando fácilmente los pasos rápidos del alienígena.

—Está bien, Tach, eso no fue justo de mi parte –dijo–. Pero el detalle es que Fleur sí se me insinuó el otro día.

—No te creo –Tachyon habló entre dientes, los tacones de sus botas golpeteaban rápidamente sobre el concreto.

—Ella intenta ridiculizar la campaña. Sabes bien lo que nos costó todo el asunto con Sara Morgenstern. Podría haber media docena de camarógrafos de televisión detrás de un vidrio polarizado, espiándolos mientras ustedes cogen.

—¿En… mi… recámara? –la respuesta medida de Tachyon se oyó casi como aullido.

—Pues sigue siendo una posibilidad. ¿Me vas a escuchar? –tomó el brazo de Tachyon–. Es una maldita…

—¡Déjame en paz! –liberó su brazo de un jalón.

—Ella está psicótica. Ella no es su madre. ¿Lo entiendes? Ella no es Blythe.

Tachyon dejó de caminar y se giró para enfrentar a Jack. Su rostro drenaba color.

—Jamás –dijo– permitas que ese nombre vuelva a pasar por tus labios. No te has ganado ese derecho.

Jack se le quedó viendo, con su irritación convirtiéndose en ira hirviente.

—Esto es por tu bien –le dijo. Se puso el cigarrillo en la boca, cargó a Tachyon y se lo puso bajo el brazo.

Comenzó a caminar hacia el Hotel Omni mientras el alienígena pataleaba y forcejeaba.

—¡Sangre y hueso! ¡Bájame ya!

—Voy a buscar un lugar para darte una ducha helada —dijo Jack—. Considéralo tu penitencia por arrojarme esa bomba en París. Si quieres tener sexo después de eso, conozco a una Señorita Peachtree que estaría más que contenta de...

Jack dejó de moverse. Volvió a poner a Tachyon en el suelo. Subió por la rampa hacia la escalera que daba al palco de prensa. Tiró el cigarrillo en el piso, lo aplastó con su tacón y entró.

Luego parpadeó, respiró hondamente y trató de no colapsarse. Tachyon acababa de despedazarle la mente como si fuera un periódico hecho trizas por un viento huracanado.

Los reporteros esperaban, dispersos entre las mesas, aburridos. Algunos lo miraban con curiosidad. Invocando agallas de un lugar que no sabía que tenía, Jack les ofreció una sonrisa y un saludo, y dio un paso al frente para decir lo que le tocaba.

4:00 p.m.

—¿Quieres un trago?

—No —a la defensiva, tenía los brazos cruzados sobre sus pechos.

Él sopesó la botella. En ocasiones, el alcohol funcionaba como inhibidor. Rápidamente, dejó de lado la botella. Cruzó los brazos, agarrándose los codos. Miró al suelo. Estaban separados por treinta centímetros de distancia. Podían haber sido años luz. Nunca se había sentido tan torpe.

El susurro de la seda hizo que alzara la cabeza. La falda de Fleur caía alrededor de sus pies, quedando como un charco. Estudiaba la pared del fondo con pensativa abstracción mientras se desabotonaba la blusa y desabrochaba su sostén. Ya libres, sus senos pesados ondularon. Tenía los pechos más grandes que su madre. Tachyon no podía decidir si esto le gustaba. Su boca estaba seca de los nervios. Miró los hoyuelos que se formaban en las nalgas de Fleur mientras se subía a la cama.

—Espera —le dijo, con dificultad.

—Hagámoslo —como frase seductora, le faltaba algo. Hundió las manos en sus bolsillos. Le dio una vuelta rápida al cuarto. Se dio cuenta de que su erección había vuelto.

—Tengo miedo.

Colocando los codos sobre sus rodillas, con las manos colgando entre sus piernas frente a su sexo oscuro, Fleur dijo, secamente:

—Lo mismo digo yo.

—Ayúdame un poco.

—¿Cómo?

—Desvísteme. Trátame con cariño.

Fleur se levantó de la cama y agarró la corbata de encaje de Tachyon. Desabotonó su camisa y la deslizó por encima de sus hombros. Tach, con los ojos cerrados, sentía el cabello de Fleur rozando su piel. El aroma a vainilla y especias lo envolvió: Shalimar. El perfume de Blythe. El pasado regresaba a él con tanta fuerza. Ese día caluroso en el verano del 48, el crujido de la ropa íntima mientras abrazaba a Blythe, el olor y el sabor de Shalimar mientras sus labios exploraban su cuello.

Fleur serpenteó por todo su cuerpo como una adoradora ante algún altar antiguo. Pegó sus labios sobre su vientre mientras le desabrochaba los pantalones, bajándolos, desnudando sus caderas. La erección de Tachyon pulsaba al ritmo de los latidos de su corazón. Frenéticamente, se quitó los zapatos y luchó por liberarse de sus pantalones. Fleur se rio, una risa ronca, de bajo registro, al verlo perder el equilibrio y caer tendido al piso. Con besos, agarrones y jadeos acentuando el flujo desesperado de cariños y gemidos, reptaron hacia la cama. Una solitaria gota de esperma salió de la cabeza de su pene. Aterrado ante la posibilidad de una eyaculación precoz, Tachyon separó las piernas de Fleur, murmurando obscenidades taquisianas como una letanía pagana. Los labios de la vulva lo envolvieron.

El toque de su mente. Roulette. Veneno, muerte, terror, locura.

Comenzó a perder el control. El hierro se escapaba de su pene. De pronto, otras manos se enredaron en su larga cabellera. Una voz dulce y profunda lo animaba.

El cascabeleo apagado de las cortinas con cuentas oscilaba en una brisa cálida. La grabación gastada de «La Traviata» lanzaba sonidos, como esquirlas de luz, por todo el departamento. Blythe en sus brazos.

La penetró, profundamente. Dio un grito agudo de triunfo. *Blythe. Blythe. Blythe.*

6:00 p.m.

Llegaba la noche. Ella estaba segura de ello. Sentada debajo de la gran hoja de una planta de maceta en el lobby del Marriott, podía sentir cómo se arrastraba, cual bestia bruta, hacia el centro de Atlanta.

Cuando llegara, adelgazaría a la multitud. Reduciría, uno por uno, el bosque de árboles caminantes y parlantes en el que ella se ocultaba. Hasta que no quedara nada tras que ocultarse. Simples matemáticas: si la seguridad estaba en los números, la sustracción equivalía a la muerte.

Las noches eran el entorno natural del títere jorobado de Hartmann. Ella lo sabía. Como sabía que la noche tarde que temprano nacería.

Tenía que encontrar a alguien indivisible que la protegiera. De lo contrario, esa criatura que pendía de la pelambre del vientre negro de la noche la poseería.

Tachyon le había fallado. Igualmente Ricky, aunque su fracaso tenía algo de nobleza, y le había otorgado veinticuatro horas de tiempo aire. Tenía que encontrar a alguien con fuerza que la escudara, alguien que aceptara la única moneda que tenía para pagar. Antes de que la placenta del día explotara.

Sabía justo quién era el hombre indicado.

La banda tocaba «Stars Fell on Alabama», que llevaba a Jack a rogarle al cielo que no fuera algún tipo de señal política. Después de once votaciones insignificantes, casi cualquier cosa podría ser considerada como un presagio por parte de los agotados y desesperados delegados. Jack esperaba que la canción fuera sólo un tranquilizante para la gente, después de la séptima pelea a puños en la convención, esta última suscitada entre un delegado de Jackson que se había pasado al bando de Hartmann y un coordinador que trataba de convencerlo de lo contrario. Hubo una moción para que se dieran por vencidos y ya se fueran a descansar, algo que estaba perfectamente en sintonía con el cansancio prematuro de los delegados. Jack se desplazó entre su gente para encontrar a Rodriguez.

—Escucha, *ese*. Nos hemos mantenido fuertes con Hartmann hasta ahora.

—Muy bien.

—Todos vendrán por nosotros después de esta noche. Con una cuarteadura en el rostro sólido de California la gente comenzará a suponer que se abre la temporada de cacería.

El sudor corría por el rostro de Jack. Había manchas empapadas bajo las mangas de su camisa de sastre. En algún momento de esa tarde, el aire acondicionado había dejado de funcionar.

—Convoca a reunión después de la cena. Nueve en punto. Todos deben asistir.

Rodriguez lo miró.

—¿De qué tratará la reunión?

—¿A quién le importa? Algo se nos ocurrirá. Sólo necesitamos contar cabezas, para asegurarnos de que nadie de otros bandos está hablando con nuestra gente. Si mantenemos ocupados a nuestros delegados, podremos alejarlos de los otros bandos.

Rodriguez esbozó una sonrisa.

—¿Y qué vas a hacer después de eso, amigo? ¿Revisiones en los dormitorios?

—Algo así –la sonrisa de Rodriguez se disipó. Jack habló con rapidez–: todos estamos juntos, estancados en el Marriott. Quiero que pongas a alguien de confianza en cada piso, inspecciona a la gente que entra y que sale, haz una lista, ubica las identificaciones. No podemos evitar que las personas equivocadas visiten a las nuestras, pero podemos asegurarnos de que sean vistas cuando lo hagan.

Rodriguez se veía dubitativo.

—Ya viste a todas las prostitutas allá afuera. ¿Se supone que vamos a pedirles sus nombres?

—Sólo hazlo –dijo Jack, cortante.

Maldita sea. Su genio se estaba deshilachando, igual que el de todos los demás.

—La gente de Barnett trata de comprometernos –dijo, bajando la voz–. Por Dios, una de sus bobas mujercitas está cogiéndose a Tachyon en este preciso instante.

Rodriguez puso cara de horror.

—Muy bien –dijo–. Me aseguraré de que se haga.

Jim Wright se veía aliviado mientras marcaba con su martillito el cierre temprano de la convención, dejando a las televisoras en un frenesí tratando de organizar retransmisiones de programas de horarios estelares.

El mal genio de Jack rugía en su mente, mientras salía a empujones por la puerta. Todo el asunto había durado demasiado tiempo, dos días de votaciones seguidos de dos días de peleas procesales, todo en medio de un verano sofocante en Georgia. Fleur van Renssaeler estaba en alguna parte cogiéndose a Tachyon, con la esperanza de lograr dios sabe qué, y Tach había dejado a Jack enfrentando a los medios sin prepararse.

Y encima de todo eso, Connie Chung estaba claramente decidida a serle fiel a su esposo.

Por lo menos, lo esperaba su mesa en el Bello Mondo, y tenía toda la noche por delante. Había pasado una semana desde la última vez que había tenido sexo. No tenía nada mejor que hacer esta noche salvo rectificar ese pequeño descuido.

Había otro mensaje de Bobbie para él, esperándolo en la recepción, pero nadie respondió cuando le devolvió la llamada. Se dio una ducha, se cambió de ropa, soportó los horrores del elevador de vidrio mientras descendía desde su cuarto hasta el Bello Mondo. El mesero, al reconocerlo, le llevó su whisky doble sin que se lo pidiera. Y entonces Sara Morgenstern, que se veía como si alguien la hubiera conectado recientemente a una batería de coche, se sentó ante él. Sus manos estaban aferradas a su bolso, pegado a su pecho, como si fuera su única posesión.

—¿Te molesta si te acompaño?

La contempló. Portaba bien sus vestidos, incluso ese vestido de fiesta de graduación que traía puesto ahora, arrugado y de colores azul y blanco, pero su cabello rubio, casi blanco, estaba despeinado y había una mirada inquietante en sus ojos hundidos.

—No quiero saber nada de nada, Sara –dijo Jack.

—¿Puedo tomar uno de tus cigarrillos? Me siento un poco abrumada. Anoche vi un asesinato.

—¿El que sucedió en el centro comercial?

Las manos de Sara temblaron al sacar un Camel.

—Vi a un as –dijo–. Un extraño chico adolescente trastornado. Cortó en pedazos a Ricky. Justo enfrente de mí.

Jack decidió que no quería la compañía de esta mujer ni por un segundo más.

—Sara –le dijo.

Ella lo miró. Él notó que ella traía demasiado maquillaje alrededor de los ojos, como si tratara de ocultar los efectos de una noche sin dormir.

—El punto es –dijo ella, tratando de sonreír– que no quiero estar sola esta noche.

Lo cual quizá cambia la cuestión, pensó Jack. Extrajo de su saco el encendedor y le prendió el cigarrillo. Ella inhaló y comenzó a toser incontrolablemente. Sus ojos comenzaron a lagrimar.

—Por Dios –dijo ella–. ¿Qué clase de cigarrillos son éstos?

—Los que aprendí a fumar en el ejército.

—Yo solía fumar Carltons en la universidad. Realmente no debería volver a agarrar el vicio. Ay, qué demonios –aplastó el cigarrillo como si le encajara una daga a su peor enemigo.

—Tómate un trago. Dura más tiempo –Jack llamó al mesero. Por lo menos, pensó noblemente, sacaría a esta loca peligrosa del juego por unas cuantas horas, quizá por toda la noche. Todo esto y tener sexo, también.

Miró a Sara y de pronto le surgió una idea.

Quizá podría sacarla del juego por mucho más tiempo del que había pensado inicialmente.

La Autopista Rápida del Norte estaba congestionada, pero, al volante de su Regal negro, Tony la recorría sin el menor esfuerzo. Spector estaba contento de que no comerían en el Marriott. Había considerablemente menos posibilidades de que alguien lo reconociera lejos del hotel. Tony vestía un traje hecho a la medida azul marino, la corbata del mismo color. Spector vestía de gris. Su traje todavía olía como la tienda.

—¿Adónde vamos? –preguntó Spector.

—A LaGrotta –Tony cruzó a toda velocidad dos filas de tráfico para tomar la salida a Peachtree–. Si es que puedo sacarnos de aquí con vida. Te encantará el lugar. De la mejor comida italiana en la ciudad. Claro, no como en Nueva York, pero, pues, hay que ir por lo que esté disponible.

—Sí, bueno, gracias por tomarte un tiempo para salir. Sé que ahora estás muy ocupado.

—No te he visto en años, amigo. Tú eres la prioridad –Tony sonrió. Esa sonrisa había derretido corazones de mujeres y ganado simpatías entre hombres, desde que Spector había conocido a Tony. Era muy difícil que este tipo te cayera mal.

—¿Cómo llegaste a trabajar con Hartmann? –Spector quería mantener a Tony hablando de sí mismo. De ese modo le haría muchas preguntas a él.

Tony encogió los hombros.

—Una improbabilidad que llevó a otra. Conseguí un préstamo y logré ingresar a la Escuela de Derecho. Trabajé un tiempo en la política local. Tuve la suerte de estar del lado ganador varias veces. Alguien en el equipo de Gregg se fijó en mí y, pues, soy étnico. Eso ayuda.

—Además, eres efectivo. Siempre lo fuiste. Buen tiro con salto en basquetbol, siempre buenas frases para las chicas –Spector sonrió–. Vamos, tú convencías a una chica católica de quitarse la ropa en menos tiempo del que a los demás nos llevaba peinarnos el cabello.

—Es un pecado desperdiciar un talento que Dios te da –Tony levantó un dedo índice–. Y bien sabes que trato de evitar el pecado a toda costa.

—Cierto –Spector miró por la ventana. Unas nubes oscuras se acumulaban por encima de las copas de los árboles, con zonas de gris por debajo, donde ya caía la lluvia–. Quizá nos vamos a mojar.

—Amigo, por una comida como ésta, estarías dispuesto a cruzar a nado el río Hudson hasta Teaneck –Tony hizo un sonido de satisfacción. Miró hacia Spector, besó la punta de sus dedos–. Confía en mí.

Retumbaron truenos en el cielo.

—Confío en ti, amigo —Spector hubiera deseado poder decir que era una calle de dos sentidos.

7:00 p.m.

Despertó, de golpe. Lleno de una sensación de completo bienestar. O quizá lleno no era la palabra adecuada. Vaciado, flotando, liberado, por fin, de dos años de presiones y de ansiedad.

Tach pataleó para salir de entre las sábanas. El aroma de sudor y de sexo flotaba pesadamente en el cuarto. Se dio cuenta, con emoción y decepción a la vez, que la cama estaba vacía. Se sentó, luego se recargó sobre las almohadas, escuchando el paso del agua del inodoro.

Fleur salió del baño, sus senos se mecían. Se dio cuenta de que él había despertado, y cruzó los brazos sobre su pecho.

—No hagas eso. Me gusta verte.

—Eres un barbaján.

—Sí. Y tú eres una cortesana.

Fleur desplazó las cortinas y miró hacia fuera.

—Eso no fue muy bonito.

—Se supone que fue un cumplido. ¿Por qué no te has casado?

—¿Cómo sabes que no lo estoy? —se recargó contra la ventana, con una nalga apoyada en el alféizar.

—No percibo nada que me diga que estás casada.

Ella se puso rígida.

—¿Estás leyendo mi mente?

—No.

—Lo intentaste, la segunda vez que lo hicimos.

—Hubiera intentado hacerlo la primera vez, pero estaba demasiado ocupado tratando de asegurarme de mantenerme... eh... firme.

—¡No leas mi mente!

—Muy bien. Hace que el sexo sea mejor para mí, pero está bien.

—Pienso que es horrible que puedas violar a la gente de esa manera.

—Fleur, permíteme recordarte que no leí tu mente. Sentí tu oposición y me retiré. Soy una persona de buenos modales, a no decir que encantador y guapo y ocurrente... —nada aligeró la expresión sombría de ella, de modo que él cayó en un silencio incómodo. Tomó su botellita de la mesita de noche y dio un trago–. Tu madre quería muchas cosas para ti. Esposo, hijos, hogar, felicidad.

—No quiero hablar de ella.

—¿Por qué no?

—Está en el pasado –se metió a la cama, y su mano le agarró el pene–. Quiero que estés en cama conmigo, no con ella.

Spector se aflojó un poco el cinturón. Había comido ensalada y un guisado de cordero. *Spezzatino di montone*, lo llamó Tony, pidiéndole un bocado para asegurarse de que estuviera bueno. Tony comió un platillo de pollo almendrado con guarnición de arroz en mantequilla. De postre, compartieron un *strudel* con crema, y eso había sido el acabose para Spector. No estaba acostumbrado a comer tanto y prácticamente podía sentir la comida apilándose en su garganta.

Tony suspiró.

—¿No te lo dije?

—Tal como lo habías publicitado –Spector apuró lo que quedaba de vino en su copa.

—Hemos estado tan ocupados comiendo que no he tenido oportunidad de preguntarte, ¿por quién estás cabildeando?

Spector se puso tenso. Hasta el momento, habían platicado sobre el viejo vecindario, las chicas, el basquetbol, lo que había ocurrido con una u otra persona. Tony había sido su único gran amigo durante la secundaria. No era que la gente odiara a Spector, simplemente pasaba desapercibido. Tony era el Señor Carisma. Eran amigos inusuales, pero muy cercanos. La pregunta de Tony le recordó que estaba ahí para matar a Hartmann. Era un hecho inevitable.

—Pues, digamos que mis empleadores no comparten todas las mismas perspectivas que tu senador –Spector no quería mentirle, pero por ningún motivo quería decir la verdad. Era mejor un punto medio.

Tony asintió con la cabeza mientras recogía con su tenedor los últimos trozos del *strudel*.

—No quieres hablar al respecto, está bien, no te preocupes. Pero, personalmente, ¿tienes algún sentimiento sobre las víctimas de los wild cards?

—Pura mala suerte –Spector lo sabía tan bien como cualquiera; había sacado él mismo la reina negra. Pero Tachyon había sido lo suficientemente estúpido como para regresarlo a la vida–. Pero hay muchas malas suertes. Y a algunas personas les toca un poco más que a otras.

—Sin embargo, ¿no crees que están tratando injustamente a los jokers? –Tony miraba a Spector con dureza. De alguna manera esto le interesaba personalmente. Era algo que iba más allá de una actitud política.

—Claro. Pero ¿qué se puede hacer al respecto? –Spector tomó la botella de pinot nero y se sirvió otra copa.

—Asegurar que sus derechos estén protegidos, como los de cualquier otro ciudadano estadunidense. Eso es lo que yo quisiera. Por eso trabajo para Hartmann –Tony guardó silencio durante un momento–. Pienso que no es mucho pedir, ¿no crees?

Spector negó con la cabeza:

—No. Yo he tratado a muchos jokers. Pero con ellos es diferente. Los negros, los italianos, quien sea, siguen pareciendo personas. No es su culpa, pero por su aspecto parecería que muchos jokers deberían estar en un zoológico. La mayoría de la gente reacciona con las entrañas, no con sus cerebros –Spector lo sabía, siempre se había dejado llevar por sus instintos. Si él mismo no hubiera contraído el virus, probablemente odiaría a los jokers como el resto de la gente.

Tony arrojó su servilleta a la mesa y llamó al mesero para que le trajera la cuenta.

—¿Tienes tiempo para dar un paseo corto conmigo?

—Claro –dijo Spector, apurando su copa–. ¿Qué tienes en mente?

—Sólo visitar a unos amigos. Buenos amigos. Me gustaría que los conocieras –Tony sonrió nuevamente. Spector no podía decir que no.

—Quizá después me puedes presentar a tu jefe. Me gustaría conocerlo –Spector se sentía incómodo, y no se debía del todo a su estómago hinchado.

—Es posible que hagamos justo eso –dijo Tony–. Pero primero lo primero.

Claro, pensó Spector, *primero lo primero.*

♥

Todas sus viejas habilidades habían regresado. Su aspecto estaba verdaderamente frente a él. Tachyon sonrió, mirando cómo su pene apuntaba agresivamente al frente desde su pelambre púbica cobriza. Riendo, se sumergió entre las piernas de Fleur, mordisqueándole los muslos, lamiendo, provocando. Sólo faltaba una cosa. Unirse completamente con ella. Unirse a su mente. Decidió que lo haría cuando llegaran al clímax. Eso dejaría para siempre, en el pasado, el terror de Roulette. Subiendo por el cuerpo de ella, chupó uno de sus pezones morenos. La penetró.

Los pensamientos de Fleur eran agudos, filosos como vidrios.

Te ves idéntica a tu madre, y ella era una puta... puta... PUTA.

Una voz llena de odio. No la había escuchado desde hacía treinta y ocho años. A pesar de que estaba filtrada por las capas de los recuerdos de Fleur, Henry van Renssaeler seguía teniendo el poder para producir repugnancia.

Más vale que me demuestres lo mucho que me amas.

Te amo, papi. Te amo.

Las suaves cadencias de Leo Barnett.

Abran todos su corazón a Jesús, y todos sus pecados serán perdonados.

El resto siguió en una serie de imágenes rápidas y dolorosas. Fleur descubría cómo usaba él su poder sobre los delegados independientes. La caída fingida. La pasión fingida. La repugnancia y la dislocación mientras ella trataba de lidiar con el hecho de que estaba en la cama con el amante de su madre. Y en el acto mismo de aferrarse a su cuerpo bañado en sudor, ella se imaginaba que él era Leo Barnett.

La furia se apoderó de Tachyon, y en su vida había estado tan a punto de golpear a una mujer. Cobró su venganza concluyendo el acto, con ella, saciando los deseos de su cuerpo con carne rentada. Cuando terminó, se levantó de la cama, recogió la ropa de Fleur y se la arrojó encima. Ella se le quedó viendo, y un sentimiento de alarma ensombrecía sus ojos cafés.

—Vete.

—Leíste mi mente...

—Sí.

—Me *violaste*.

—Sí.

Ella comenzó a vestirse apresuradamente, haciendo bolita sus medias y metiéndolas en su bolso, acomodándose el cabello enreda-do. Hizo una pausa en la puerta antes de salir y le espetó:

—Logré lo que vine a hacer. Te mantuve lejos de la convención.

—Y te mereces algo por tus servicios –Tachyon sacó un par de bi-lletes de veinte, y los azotó sobre la mano de ella–. Jack tenía razón. No eres tu madre. Eres una puta.

Ella salió, azotando la puerta.

El aire acondicionado se sentía helado en su piel. Tach se sirvió un trago y respiró hondamente, tratando de calmar su corazón ace-lerado. Entonces, mientras se llevaba el vaso a los labios, la puerta golpeó contra la pared con la sonoridad de un disparo de pistola.

El brandy le salpicó el pecho y el vientre.

—¡Ah, perfecto!

—¿Esperas a alguien? –dijo Polyakov secamente, mirando la erec-ción de Tachyon. Pero había cierta estrechez en los ojos, una tensión en la quijada que hizo pensar a Tachyon que la mente del ruso estaba en todas partes menos en la vida sexual de Tachyon.

—Si pudieras regresar tu cerebro de tu cabeza secundaria a tu ca-beza primaria, ¿podríamos discutir un problema muy serio?

—Muy chistoso –Tach pasó al vestidor, y se sirvió otro trago. Blai-se se acomodó en la cama, cruzado de piernas, mirándose las manos. George se mantuvo parado, sólido y abultado en el centro del cuar-to–. Y bueno, pues, ¿cuál es este problema tan grande y tan serio?

—Nos arrestaron.

—¿qué? –Tach giró hacia Blaise, lentamente, como una serpiente desenroscándose–. ¿Qué hicieron?

—Nada –gimió.

—Oh, no, sólo jugamos al amo titiritero con un joker, un miem-bro del Klan, un neonazi y un policía –dijo abruptamente Polyakov. Tach sacudió la cabeza, como un potrillo confundido. George prosi-guió, secamente–: uno pensaría que cuando se tiene ese poder sutil e invisible, se tendría también el cerebro para no anunciar a los cua-tro vientos cuando se está usando.

Hubo un destello entre el hombre y el muchacho. Con sospechas, Tach extendió su poder telepático, pero lo único que detectó fue-ron las orillas quebradizas de pensamientos pasajeros. El sabor de la conspiración.

—Estaban todos allá afuera agitándose sus penes los unos hacia los otros. Yo sólo les daba la oportunidad de que probaran lo rudos que eran. Ese horrendo y estúpido joker sólo trataba de zafarse...

—¡cállate!

Hasta Tachyon se sobresaltó por la furia e imponencia de la voz del ruso. Polyakov le dio la espalda al chico sonrojado.

—Los desvaríos de un Calígula adolescente y con superpoderes no son el problema. El problema es Henry Chaiken.

—Fascinante. Y por todos los cielos, ¿quién es Henry Chaiken?

—Un reportero de ap que solía trabajar en el extranjero. Me reconoció como Victor Demyenov, un reportero de Tass.

—Sangre y ancestros —las rodillas de Tach se sintieron débiles y buscó la orilla de la cama, sentándose de golpe.

—Naturalmente la policía...

Frustrado por el modo tan lento en que se revelaba la historia, Tachyon arrebató el recuerdo de la mente de su nieto.

La calle al costado del parque Piedmont. Miraba hacia abajo para ver las huellas polvosas de sus tenis sobre el cofre del carro. El círculo de rostros sudorosos rodeaba el pequeño retablo. Bocas estiradas con la emoción, los ojos brillaban. Se zafaba de las manos aferradas de George.

«Vamos. ¡Vamos! Pongan su dinero. Pero no en un horrendo joker porque será molido a golpes.»

El policía se convulsionaba mientras Blaise torcía la cuerda que unía al humano con el niño, cuarta parte taquisiano.

«Él no ayudará al joker. También los odia. Lo sé. Estoy en su cabeza.»

—Poco después llegó un regimiento de policías, y Blaise descubrió el límite de su poder —continuó Polyakov, sin darse cuenta de que Tachyon ya lo había leído todo.

Un escalofrío, como un dedo congelado, recorrió su espalda mientras Tach consideraba que, al final, Blaise había estado controlando a nueve personas. El límite para Tachyon eran tres, para un control total, y eso requería un enorme esfuerzo físico y mental. *Nueve. Y sólo tiene trece años. Y yo lo he estado entrenando.* Sus ojos se encontraron con la mirada implacable del chico taciturno.

—Chaiken sólo era un espectador interesado en todo esto, y le resultó interesante que mi identificación actual no concordaba con su recuerdo de mí. Les di una historia sobre cómo busqué otro nombre en el momento de cambiar de vida, pero si no son unos verdaderos tontos, lo verificarán.

—¿Tus documentos?

—Son muy buenos, pero una pregunta que da al lugar equivocado, una foto que se muestra al hombre equivocado… –Polyakov se encogió expresivamente de hombros.

—Tienes que irte de aquí. Fuera del país. Si necesitas dinero, yo te lo daré…

—No. Vine aquí a hacer algo. No me iré.

—¿Y qué conmigo?

—Tú no importas más que yo. Lo que yo hago, lo hago por creer, quizá patéticamente, en un ideal. Un concepto que tú conoces, Tachyon. Tú maldices con ello, crees en ello. No somos muy distintos. Los dos tenemos nuestro honor. Desafortunadamente, siempre es comprado con sangre.

Nuevamente esa miradilla pasajera entre el ruso y Blaise. Tachyon se deslizó por debajo de los escudos imperfectos del muchacho.

—No tienes permitido usar a Blaise. ¡Lo prohíbo!

Un sutil arqueo de las cejas. La boca de Polyakov formó una leve y amarga sonrisa.

—Haré todo lo que el tío George pida –chilló Blaise.

—Te mataré primero –dijo Tachyon, clavando su mirada en la del ruso.

—Yo no soy tu enemigo, Danzante. Él sí lo es –el índice regordete apuntó hacia el plafón, hacia la suite de Hartmann, siete pisos arriba.

8:00 p.m.

Parado donde las hojas de un helecho le colgaban como flecos sobre el rostro, Mackie Messer observó a Sara y al perdedor que la acompañaba saliendo del restaurante.

Ella se había mantenido a distancia todo el día, permaneciendo entre las multitudes, sin que se diera la posibilidad de que estuvieran solos. Él había pensado que seguramente iría al cuarto que compartía con el negro para darse una ducha; las mujeres eran unas obsesionadas de la limpieza. Nunca había visto *Psicosis*, de modo que no se daba cuenta de que eso sería lo último que una mujer de la generación de Sara haría en circunstancias como éstas.

El recuerdo de aniquilar al negro acicalado le hizo sonreír. Se había sentido bien, su mano sobre el hueso. Pero la emoción se había disipado. Tenía hambre. No había visto a Sara hasta media mañana, allá en el parque de los jokers. Ni siquiera había tenido oportunidad de escabullirse en alguna cocina del restaurante y robar algo de comer. El hambre alimentaba el enojo frustrado que había estado acumulando todo el día.

La muy perra. Tengo que matarla. No puedo quedar mal con el Hombre. Tendría que hacer algo pronto, algo violento, para liberar ese sentimiento.

Ahora ella y su nuevo novio se dirigían a los elevadores, tomados de los brazos. Iban al piso de arriba a coger; todas las mujeres eran iguales.

Él los siguió, entremezclándose con los delegados que no notaban a este chico extraño; llegó a tiempo ante los elevadores y vio que subían en uno cuyas puertas se cerraron. Rio en voz alta:

—Así se hace, nena.

Todo lo que tenía que hacer ahora era ver en qué piso bajaban. Luego los encontraría.

Se mojó los labios. *Espero que lo estén haciendo cuando los atrape.* Pensó en el enorme pene del tipo introduciéndose en Sara, y su mano dura entrando en él, y casi eyaculó en sus pantalones.

Las bebidas, el cansancio y una comida pesada habían desgastado a Sara. Sus rodillas se aflojaron y se apoyó en Jack mientras subían por el elevador. Jack cerró sus ojos para evitar el vértigo. Luego, pensó en el frasco de Valium en su equipaje y se sonrió para sus adentros.

Sara estaba claramente en las últimas. Caería rendida dentro de unas horas, y en un momento de la madrugada Jack se saldría de la cama, buscaría los Valium, pulverizaría un par en un vaso de jugo de naranja del hotel y se los daría con el desayuno.

Eso, pensó, *mantendrá a esta loca fuera de combate durante la mayor parte del viernes, si no es que por el día entero.*

Jack condujo a Sara por el balcón curvo del vestíbulo, luego por un pasillo corto que llevaba a su suite. El eco de «Piano Man» subía desde el lobby. Sara entró por la puerta y se quedó ahí, parada, con su bolso pesado haciéndola perder el equilibrio. Jack puso el letrero de NO MOLESTAR en la perilla de la puerta, la cerró con llave y la abrazó por detrás. A pesar del alcohol, su cuerpo se sentía firme como un resorte de reloj. Hizo a un lado el cabello desordenado de la nuca y comenzó a besarle el cuello. Por unos momentos, Sara no reaccionó, luego dio un suspiro y se volvió hacia él. Él le besó los labios. Ella se tomó su tiempo en responder, finalmente le rodeó el cuello con sus brazos y dejó que la lengua de Jack jugara con la suya.

—Ahí está –dijo Jack, sonriendo–, es mejor cuando ayudas –era la frase que Bacall le dijo a Bogart en *Tener y no tener*.

Sara no sonrió.

—Tengo que ir al baño. Vuelvo en un segundo, ¿está bien?

Jack la observó mientras caminaba con paso vacilante rumbo al baño. Un sentimiento decepcionante comenzaba a envolverlo. Esto se estaba pareciendo mucho a su segundo matrimonio.

Se quitó el saco y se sirvió un whisky. Podía escuchar el agua corriendo en el baño, luego silencio. Quizá se arreglaba el cabello o su maquillaje. Quizá estaba sentada sobre la tapa del inodoro, reviviendo la muerte de su amigo.

Jack encendió un cigarrillo y pensó en la primera vez que había visto una muerte violenta, cuando su compañía en el ejército quedó atrapada en un contraataque alemán por la carretera 90, entre Avellino y Benevento, y recordó que la experiencia tampoco lo había hecho sentirse muy sexy.

Maldita sea, pensó. Esto tenía el potencial para convertirse en una noche muy depresiva.

La puerta del baño se abrió y Sara esbozó una sonrisa valiente al entrar al cuarto. Se había arreglado el cabello y el maquillaje y se veía muy distinta al espantapájaros que se había sentado ante él durante la cena.

Jack apagó el cigarrillo y caminó hacia ella. Estaba a punto de tomarla en sus brazos cuando un joven jorobado con una chaqueta de cuero salió caminando de la pared detrás de ella, sonrió siniestramente y se arrojó hacia ellos con una mano extendida, como lanza.

Sin pensarlo, Jack levantó a Sara, dio media vuelta y la echó delicadamente sobre el sofá a sus espaldas. El aire quemaba con la luz dorada de Jack. Se oía el sonido estridente de una sierra chocando contra un clavo enterrado en un árbol, un sonido que le ponía los nervios de punta a Jack y que le lanzó una descarga de adrenalina por todo su cuerpo. Jack se volvió para enfrentar al intruso y vio cómo entraba en shock ese rostro pálido y joven. Le dio un puñetazo al hombrecillo, un golpe suave con el dorso de la mano, y en un destello de luz amarilla el chico fue arrojado contra la pared del baño, con un estruendo de huesos crujientes. El chico cayó al piso como un muñeco de trapo.

Sara gritó, volteando a ver al asesino. Jack saltó involuntariamente.

—Ya lo tengo, Sara –dijo Jack. Ella siguió gritando. Él oía cómo intentaba ponerse de pie.

Jack llegó ante el chico vestido de cuero y se inclinó sobre él. Los ojos del chico se abrieron y sus manos comenzaron a dar golpes, que brillaban como si fueran cuchillos, y cuando conectaban con Jack había un destello de luz dorada, el chillido estridente de la sierra y trozos de la ropa de Jack que salían volando como los pelos de dos gatos peleándose.

Jack ni siquiera sentía los golpes.

Tomó al chico de su chamarra de cuero y lo sostuvo en el aire. El jorobado, como si no pudiera creer lo que estaba sucediendo, no dejaba de machetear el brazo de Jack, haciendo trizas su camisa Givenchy azul claro.

Al parecer, el chico jamás se había enfrentado a un contrincante invencible.

—¡Mátalo! –gritó Sara–. Jack, ¡mátalo ahora!

Jack pensó que era mejor no hacerlo. Quería noquear a este tipo y averiguar para quién trabajaba. Preparó un bofetón de palma abierta contra la cabeza del chico, que probablemente lo dejaría desmayado unas cuantas horas.

El bofetón atravesó la cabeza del jorobado sin establecer contacto. Su otra mano, que estaba asida a la chaqueta del muchacho, abultada bajo su barbilla, de pronto ya no agarró nada. Una sonrisa aturdida y triunfante pasó por el rostro del chico mientras se deslizaba lentamente, sin caer de golpe, hacia el piso.

—¡Jack! –aulló Sara–. Jack, por Dios, por Dios, por Dios.

Un atisbo de miedo crispó los nervios de Jack. Soltó puñetazos, uno, dos y ambos atravesaron al chico sin tocarlo.

Los pies del chico tocaron el piso. Su sonrisa se torció y se impulsó hacia delante, su cuerpo atravesó a Jack, mientras se dirigía hacia Sara.

Jack dio un giro y fue tras él. Sara retrocedía vacilante hacia la puerta, sosteniendo su bolso como escudo. Las manos del chico comenzaron a soltar cuchillazos al frente, cortando el bolso en dos, con un ruido como cartón rebanado por un cuchillo de cacería.

Jack agarró al jorobado del cuello de su chaqueta y lo jaloneó con todas sus fuerzas. El chico se volvió insustancial antes de que sus pies se despegaran del piso, pero Jack había logrado darle cierto ímpetu y el chico salió volando hacia arriba y hacia atrás. Jack vio que el rostro pálido enrojecía mientras desaparecía atravesando el techo. La parte inferior de su cuerpo seguía estando visible, ya venía de regreso, con fuerza.

—¡Oh Dios, oh Dios! –Sara arañaba la puerta del pasillo, tratando de abrirla–. ¡Mierda!

Jack entendió lo que ocurría. El chico tenía que adquirir sustancia para usar sus manos como sierras. Cuando intentaba matar estaba en su punto más vulnerable.

Había sido mucho más fácil cuando lo único que tenía que hacer era levantar carros llenos de nazis fugitivos y voltearlos de cabeza.

Sara logró abrir la puerta y desapareció gritando por el pasillo. El chico con ropa de cuero volvió a erguirse, asomando su cabeza y Jack le tiró varios golpes por si acaso intentaba volverse sólido otra vez.

El jorobado siguió flotando y atravesó la pared hacia la recámara de Jack.

—Diablos –dijo Jack. Pensó en atravesar también la pared pero decidió no hacerlo; podría quedarse atorado a medio muro. Corrió hacia la puerta de la recámara y la atravesó de golpe en un brillante destello de luz. Vio que el chico se solidificaba y ponía los pies en el piso, corriendo hacia la pared que daba al pasillo de afuera. El asesino se desmaterializó y atravesó la pared.

—Diablos –dijo nuevamente Jack, dio reversa y corrió hacia la puerta del pasillo.

El chico iba justo delante de él. Sara no se veía por ningún lado, probablemente ya había corrido hasta el balcón del vestíbulo.

Del piso de abajo ascendía «No llores por mí, Argentina».

Jack aceleró, tiró un puñetazo, pero por unos centímetros no conectó con el cuello del chico. El impulso del golpe hizo que Jack perdiera el equilibrio y se estrellara contra un muro; el chico siguió alejándose.

Debió oír a Jack detrás de él, porque al llegar al balcón del vestíbulo se volvió, esbozando su sonrisa maniaca. Una mano en forma de sierra, sólo para propósitos de demostración, cortó un trozo de concreto de la pared del balcón.

Jack seguía hacia delante con fuerza considerable. Plantó sus pies ante el chico y usó su impulso para torcer su cuerpo hacia delante, y lanzó su puño derecho directo al pecho del chico con cada gramo de fuerza que poseía.

El asesino se volvió insustancial.

El poder del golpe de Jack lo arrojó por encima del barandal del balcón en una llamarada de luz dorada.

Ella salió corriendo por la puerta y por el pasillo porque el pozo de la escalera se estaba cerrando a su alrededor, a punto de producir un brazo que la rebanaría en dos. El terror era un bulto sólido en su garganta.

No tenía ni idea de adónde se dirigía. Una parte distante de su mente observaba que, en estos momentos, el pánico era su amigo. Porque no tenía a dónde ir, lógicamente, y el pánico era mejor que la desesperanza.

Debería simplemente regresarme y ofrecerle mi garganta, pensó vagamente. Pero sus piernas seguían impulsándola hacia delante.

Y de la pared sí surgió una mano, y sí se aferró a su muñeca.

Ella gritó. Era como si su corazón estuviera explotando y el sonido saliera de su boca. Se desplomó en el suelo, presa de terror.

—Levántate —dijo una voz, suave pero perentoria. Con marcado acento. Levantó la mirada para ver el rostro del hombre viejo que se le había acercado cuando abandonó el desayuno con Tachyon. Pero esta vez, ya no vestía su camisa de Mickey Mouse, sino un traje informal color verde lima.

—Levántate –le dijo nuevamente–. Ahora ya sabes que lo que te dije es verdad.

Ella dejó que él la levantara. No salían palabras de su boca. Había perdido los zapatos.

—Ven conmigo. Te llevaré a un sitio seguro –y se fue con él.

Mientras caía hacia el gran vestíbulo del Marriott que se extendía debajo de él, Jack tuvo todo el tiempo del mundo para pensar en lo estúpido que había sido.

Dio una voltereta, sacudió los brazos y las piernas. Los balcones se sucedían a toda velocidad. El vértigo y el terror le desquiciaban el estómago.

Soltó un grito, para darle oportunidad de dispersarse a la gente de abajo.

«No llores por mí, Argentina» se elevaba, flotando hacia él.

Se le ocurrió hacer algo para detener el descenso. Jack estiró sus brazos y piernas como un paracaidista y trató de estabilizar y disminuir la velocidad de su caída. Su estómago volvió a retorcerse y su cuerpo giró violentamente, pero la técnica surtió efecto. Disminuyó su vértigo. Las ruinas de su camisa Givenchy revoloteaban detrás de él como una bandera, los restos de la manga chicoteaban y soltaban pequeñas bombas de sonido cerca de un oído. Su golpe lo había sacado volando por encima del vestíbulo, no parecía haber posibilidad de guiar su descenso de modo que cayera en un balcón en vez de llegar hasta el piso.

Hizo un esfuerzo supremo por pensar.

Había cables tendidos aquí y allá, que sostenían trozos de tela de colores, que supuestamente debían servir como pequeñas banderas abstractas de iluminación contra la intimidante estructura del vestíbulo, parecida a la caja torácica de algún saurio. Jack trató de dirigir su caída hacia uno de ellos. Era posible que amortiguara su caída.

Jack volvió a gritar, mientras sus esfuerzos acabaron volteándolo de cabeza. Aleteó los brazos y se estabilizó, y luego deseó pensar en algo valiente e inspirador que decir. Aunque con el sonido del piano probablemente nadie lo escucharía.

Falló en su intento por agarrarse del cable como por cinco metros. Comenzó a concentrarse en tratar de caer donde no hubiera gente. Volvió a soltar un grito.

Planeadores As Volador bailaban y revoloteaban debajo de él, como relucientes y burlonas manchas de color.

La gente abajo debió haberlo escuchado, ya que intentaban hacerse a un lado. Había un área blanca, que parecía un buen objetivo. Trató de inclinar su caída hacia allí.

Ya podía ver los rostros de la gente. Una prostituta negra con cabello rubio trataba de correr, pero sus tacones eran tan altos que sólo podía saltar como gorrión. Un hombre vestido con un esmoquin blanco miraba hacia arriba, como si no pudiera creer lo que veía. Hiram Worchester saltaba para arriba y para abajo y ondeaba uno de sus puños. Earl Sanderson pasó flotando a su lado, con las alas extendidas, dirigiéndose hacia la luz. Jack sintió de pronto una oleada de tristeza.

Demasiado tarde, pensó, y luego se preguntó qué quiso decir con eso.

De repente, el sonido del viento en los oídos de Jack comenzó a disminuir. Sintió una ligera sacudida en su estómago, como cuando un elevador comienza a moverse. El suelo ya no se acercaba tan de prisa.

Se dio cuenta de que estaba más ligero. Hiram lo acababa de hacer más ligero, pero no había podido detener su caída por completo.

Esa área blanca, que ya veía bien, era el piano de cola. Estaba a punto de estrellarse contra él.

Por lo menos, pensó, ya nunca más tendría que escuchar esa estúpida canción sobre Argentina.

Spector podía ver que se dirigían al Jokertown de Atlanta. Jokertown estaba en Nueva York, pero la mayoría de las otras ciudades grandes también tenían un gueto para la gente rara. Los edificios se veían desmoronados, quemados o bien demolidos en partes. La mayoría de los carros en la calle eran chatarras inmóviles, ya sin las partes útiles. Había consignas pintadas con aerosol en las paredes: «MUERTE A LOS FREAKS» O «PURÉ DE MONSTRUOS». Obviamente no eran obra de los jokers del vecindario. El Jokertown de Atlanta no era lo suficientemente grande como para impedir que nats locos hicieran un viaje rápido para destruir algunas cosas o aporrear a algún joker.

Spector escuchó un estruendo que no había sido un trueno y miró hacia atrás. Un Chevy 57 rosado y blanco los venía siguiendo. El mofle estaba roto y el carro hacía mucho ruido. Spector no podía ver muy bien, como para estar seguro, pero dedujo que en el auto venían vándalos bravucones.

—No te preocupes –dijo Tony, deteniéndose junto a la acera, más allá de un Rambler muerto.

—¿Quién está preocupado? –no era mera presunción de Spector. Había matado a más ratas callejeras de las que podía recordar. Abrió la puerta del carro y miró a Tony.

—Sígueme –Tony rodeó el carro y subió trotando unas escaleras de concreto hasta una puerta bien iluminada. Presionó el timbre y esperó.

Spector lo siguió lentamente, sin dejar de vigilar la calle. El Chevy había pasado ante ellos y dado la vuelta a la esquina. Aún lo escuchaba, en la calle siguiente.

La puerta se abrió. Una mujer joker con vestido azul les sonrió. Estaba cubierta con algo que parecía ser cabello rubio de hule.

—¡Tony! –agarró a Calderone y le dio un abrazo–. No esperábamos verte en este viaje, con lo ocupado que estás.

—Nunca me pierdo una oportunidad para visitarlos, Shelly, lo sabes –la mujer dio un paso hacia atrás y jaló a Tony de la manga, metiéndolo a la casa. Spector los siguió.

—Shelly, él es Jim Spector, un viejo amigo de Jersey –Shelly se vio confundida por un momento y Spector sintió temor de que ella hubiera reconocido su nombre. Pero un instante después ella le extendió su mano. Spector la tomó. Su cabello ahulado se sentía un poco espeluznante, y su carne cedía como una masa aguada al apretarle la mano.

—Gusto en conocerte, Jim –dijo ella, girando luego hacia Tony–. ¿Por qué no me avisaste que venías? Y que además traerías compañía. Hubiera limpiado un poco.

Tony sacudió la cabeza:

—Shelly, ni mi casa se ve tan limpia como la tuya.

Spector miró a su alrededor. El cuarto estaba sorprendentemente limpio. Los muebles no eran caros, pero estaban limpios y encerados. Un hombre negro estaba sentado en el sillón, viendo una película. Esta familia, como la mayoría de las familias jokers, no tenía nada que ver con relaciones de sangre. Lo que las unía eran sus deformidades.

—Éste es Armand –Armand giró cuando Tony dijo su nombre. La articulación de su quijada estaba chueca y convertía su boca en una ranura vertical rosa. No tenía ni labios ni fosas nasales, por lo menos hasta donde Spector podía ver. Armand le estrechó la mano a Tony y luego se dirigió a Spector.

—Mucho gusto –dijo Spector, tomando la mano del tipo. Se sentía normal, por lo menos.

—¿Los niños están en el cuarto de juego? –preguntó Tony, dando un paso hacia el siguiente cuarto.

—Sí. Juegan cartas, creo. ¿Les ofrezco un poco de café? –miró a Tony y luego a Spector.

Tony dirigió su mirada hacia Spector, quien dijo que no con la cabeza.

—No, muchas gracias, Shelly, acabamos de comer en grande –Tony le dio una palmada en el hombro y pasó al cuarto siguiente. Spector sonrió débilmente y lo siguió.

Estaban sentados alrededor de una mesa para jugar cartas. La pequeña, que era la mayor, por unos años, era bonita excepto por sus brazos. En toda su extensión tenían hileras de lo que parecían ser espinas de rosas. El chico estaba sentado enfrente de ella, sosteniendo sus cartas con sus pies prensiles. No tenía brazos, pero su cabeza era varias veces más grande de lo normal. Estaba apoyada contra un armazón de metal sujeto al respaldo de la silla de ruedas.

—Hola, tío Tony –dijeron los dos al mismo tiempo. Parecían estar más interesados en sus cartas.

—Hola, chicos –se sentó a la mesa con ellos–. Quiero presentarles a un amigo mío. Su nombre es Jim.

—Hola, niños –dijo Spector. Se sentía completamente fuera de lugar; y se habría sentido más a gusto con un palo de escoba metido en el trasero.

—Yo soy Tina –dijo la niñita, volteando una carta.

—Jeffrey –el niño no levantó la mirada para verlo. No parecía que pudiera hacerlo fácilmente. El niño volteó su carta y se rio. Su jota derrotó al ocho de la niña. Puso ambas cartas debajo de la baraja. Jeffrey tenía un poco más de cartas acumuladas que Tina.

—¿Juegan a las guerritas? –preguntó Spector.

—Guerra de jokers –corrigió Tina.

Tony levantó la mirada.

—Es lo mismo, sólo que en este juego los jokers le ganan a todo. Y una reina negra mata las cartas del contrincante –Tony sonrió. Spector no podía ni imaginar por qué su amigo estaba tan contento.

Jeffrey tomó otra carta.

—Creo que ya te tomó la medida, Tina –dijo Spector.

Tina arrugó la nariz y le dirigió su mejor mirada asesina. Spector dio un paso atrás, aparentando miedo. Jeffrey no parecía tan miserable como obviamente debería estarlo. Spector quería matarlo y evitarle al niño toda una vida en el infierno, pero eso no estaba, por decirlo de algún modo, en las cartas.

—Mami dice que después podemos ver una película –dijo Tina. Volteó sus cartas y dejó que Jeffrey las reuniera–. Van a pasar *El embajador del miedo.*

Tony suspiró.

—Política, control mental y asesinato. No es el tipo de cosas que los niños deberían ver. Hablaré con Shelly y...

—No hagas eso, tío Tony –rogó Tina. Miró hacia Spector–. Señor, no deje que lo haga. Mamá nos prometió.

Spector encogió los hombros.

—No querrás que me ponga rudo contigo, viejo amigo.

Tony alzó las manos.

—La democracia en funciones –dijo, caminando de vuelta a la sala.

—¡Viva! –dijo Tina.

—Mi reina mata a tu último as –Jeffrey abanicó las cartas con los dedos de sus pies–. Yo gano.

—Felicidades, niños –dijo Spector–. A veces, eso es lo que hay que hacer. Recuérdenlo muy bien.

♣

Después de la caída, cuando aterrizó justo en el centro del piano y luego atravesó el piso para caer en el área de servicio de la planta inferior, lo que sorprendió a Jack fue que había comenzado a flotar hacia arriba nuevamente, a través del agujero que acababa de hacer.

Hiram lo había hecho más ligero que el aire. Mierda.

Antes que pudiera flotar de nuevo hacia el espacio, Jack asió uno de los barandales torcidos que sostenían el piso del vestíbulo. Estaba colgado de cabeza. Las bombillas de flash lo encandilaron. La luz de un reflector de televisión le taladraba la cabeza. El pianista se tambaleaba como borracho. Entre la luz quemante podía ver a Hiram mirándolo de cerca con su cara pastosa.

—¡Un asesino anda suelto! –gritó–. ¡Un tipo bajito con una chamarra de cuero! ¡Es un wild card!

—¿Dónde? –Hiram lo miraba, incrédulo.

—¡En el piso del senador!

Hiram se puso blanco. Dio un giro y se echó a correr con todas sus fuerzas. La multitud se deshizo, era un pandemonio.

—¡Hiram! –gritó Jack–. ¡Worchester, maldita sea!

Seguía más ligero que el aire. Y era el único que conocía la apariencia del asesino, y cómo detenerlo. El pianista bailoteaba frente a él con su esmoquin blanco. Señaló a Jack.

—¡Él trató de matarme! ¡Me amenazó hace unas horas!

—Cállate, maldita sea –dijo Jack.

El pianista se puso tan blanco como su esmoquin y desapareció. La dosis de antigravedad de Hiram disminuyó después de unos minutos, y Jack trató de correr hacia un elevador. Seguía siendo muy ligero, de modo que rebotaba como un astronauta en la Luna. No dejaba de saltar de un lado del vestíbulo a otro, sin acercarse siquiera a los elevadores. El personal de seguridad se encargaba de cerrar todas las puertas, cosa que no serviría de mucho para detener a alguien que podía atravesar las paredes. Finalmente, un extraño condujo a Jack al elevador, tomándolo de la mano.

Mientras Jack se elevaba velozmente, trataba de no pensar en el flacucho jorobado sentado en la cima, cortando los cables con sus manos de serruchos eléctricos. Los de seguridad se concentraban en el pasillo que daba al departamento y oficina de campaña de Hartmann. Billy Ray destacaba, con su traje blanco, flexionando sus músculos ante una batería de miembros del Servicio Secreto, todos vestidos de gris. Algunos de ellos cargaban sus metralletas Uzi a la vista de todos.

Mientras se sacudía el polvo de concreto de sus ropas arruinadas, Jack caminó hasta Ray y le dio una descripción del asesino, incluyendo el hecho de que podía volverse insustancial. Ray tomaba muy en serio su trabajo y no le dirigió a Jack ninguna mirada displicente. Transmitió la información con su radio y le pidió a Jack que pasara a otro cuarto para levantar un reporte más pormenorizado. Jack preguntó si primero podía cambiarse, su ropa estaba hecha trizas. Ray asintió con la cabeza.

Jack regresó a su cuarto. Al entrar por la puerta abierta, se dio cuenta de que no se había tomado la molestia de decirle a nadie que aquí era donde había ocurrido la pelea.

Se dirigió a su recámara y su pie golpeó con algo que estaba sobre la alfombra. Miró hacia abajo y vio parte del bolso de Sara. Se agachó y lo sacudió. Cayó la tercera parte de una computadora portátil, con algunos trozos de papel que revolotearon hasta el suelo.

Jack recogió los papeles. Había varias hojas engrapadas y cortadas finamente en la parte superior, un boletín de prensa que mostraba las fechas de las apariciones de Leo Barnett en los días previos a la campaña.

Otro era la parte superior de una hoja amarilla tamaño oficio con algo escrito a mano con un bolígrafo azul. «As secreto», decía, subrayado varias veces.

En la parte de abajo sólo había garabatos, una hilera de cruces, una lápida. La siguiente hoja era una fotocopia impresa en viejo papel brillante para fotocopias. Obviamente, se trataba de un documento oficial.

DEPARTAMENTO DE DEFENSA, decía, DOD#864-558-2048(b)

PRUEBA DE SUERO DE SANGRE
XENOVIRUS TAKIS-A

El resto estaba recortado.

Jack lo contempló durante largo rato.

El as secreto, pensó, quizá ya no sería secreto por mucho tiempo más.

10:00 p.m.

Spector sintió alivio cuando llegó el momento de irse. Todos dijeron sus adioses, excepto Armand, quien al parecer no podía decir nada. Tony le pasó un sobre a Shelly mientras estaban parados ante la puerta. Spector supuso que había un cheque en su interior. Ella se despidió y cerró la puerta. Spector y Tony bajaron las escaleras y se dirigieron al coche.

—Ya viste cómo son si tan sólo les das una oportunidad –dijo Tony–. Ay, hijos de perra –miraba su auto. Alguien había pintado con aerosol la frase ¡barnett para presidente!, con letras amarillas de quince centímetros de alto sobre el Regal.

Spector no dijo nada, pero supuso que las calcomanías de Hartmann en el carro de Tony habían llamado la atención de los idiotas con los aerosoles.

—¿Quieres apostar a que fueron esos imbéciles del Chevy?

—Lo adivinaste –la voz venía de sus espaldas. Spector y Tony se volvieron. Eran siete, vestidos con playeras sudadas y pantalones de mezclilla. El más grande traía puesta una chamarra de aviador de cuero café–, aunque no nos gusta mucho que nos digan imbéciles. Creo que necesitamos enseñarles un poco de modales –los demás gruñeron en señal de aprobación.

Spector lo había visto y escuchado todo antes, pero esta vez era distinto. No podía simplemente matar a estos tipos porque Tony descubriría que él era un as. Siete contra dos no ofrecía muchas posibilidades. Les iban a dar una paliza.

El muchacho de la chamarra se colocó una manopla y caminó directo hacia Tony. Los otros se esparcieron y fueron acercándose. Tony encorvó su cuerpo y alzó los puños. Spector se colocó a su lado. Con suerte, podía mantener ocupado al tipo con la manopla. Le dolería, pero sanaría rápidamente. Tony no. Por lo menos ninguno de ellos mostraba armas blancas o pistolas.

El líder le tiró un puñetazo a Tony y recibió como recompensa un fuerte derechazo a la quijada. El muchacho dio unos pasos para atrás, pero los otros se lanzaron al ataque.

Spector golpeó a uno en el cuello con su codo, pero no era la clase de pelea a la que estaba acostumbrado. Rápidamente lo tumbaron sobre la acera y comenzaron a patearlo en el estómago. Spector asumió la posición fetal y protegió su cabeza. Lo estuvieron pateando brutalmente por un buen rato, luego se detuvieron.

—Y ahora, vamos a enseñarles a estos amantes de los jokers una lección de verdad –el chico hablaba con la bravuconería que sólo podría tener un granuja callejero con cerebro de chícharo.

Spector rodó para ponerse boca arriba y ver a su alrededor. Tony estaba tirado a su lado, sangrando por la boca y la nariz; tenía los ojos cerrados. Estaba inconsciente. El chico de la chamarra sacó una navaja y la abrió. Spector entendió que ya no era un juego. Parpadeó varias veces para despejar su cabeza antes de matar al chico.

Se escuchó un disparo que venía de la ventana a sus espaldas. El chico cayó con una mueca curiosa en su rostro, su navaja voló en medio de la oscuridad. Los otros patanes se dispersaron antes de que Spector pudiera levantarse. El chico se recuperaba de la conmoción inicial de haber recibido un balazo y ahora gritaba sobre la acera. Su brazo derecho estaba todo ensangrentado, entre el hombro y el codo.

Spector se esforzó para levantarse y pateó al chico en la boca.

—Te callas o te arranco la lengua, bastardo –el chico dejó de gritar, pero seguía emitiendo gemidos patéticos.

Armand bajó por las escaleras sosteniendo su rifle. Shelly estaba a unos pasos detrás, cubriéndose la boca con una mano ahulada. Tina tenía la cara pegada a la ventana y veía la acera. Las luces de los porches, las que funcionaban, comenzaban a encenderse de uno y de otro lado de la calle. Varios vecinos se dirigían hacia ellos. Spector movió cuidadosamente a su amigo. Tony tenía una cortada severa en la frente y varios de sus dientes frontales estaban despostillados o rotos.

—¿Está bien? –Shelly quitaba sangre del rostro de Tony con la manga de su blusa.

—Va estar bien, creo –dijo Spector, abriendo la puerta trasera y tomando a Tony de las axilas–. Ayúdame a levantarlo. Necesitamos llevarlo al hospital –Armand tomó a Tony de las piernas y lo acomodaron en el asiento trasero. Spector volteó a ver a Shelly–. ¿Sabes dónde queda el hospital más cercano?

Shelly asintió.

—Entonces, sube al asiento delantero y dime cómo podemos llegar –Spector sacó las llaves del auto de un bolsillo de Tony y se subió
del lado del conductor.

Armand lo tomó del codo y con una mueca señaló al chico herido.

Spector se aclaró la garganta.

—Tony te diría que lo entregaras a la policía y que esperaras lo
mejor. Pero personalmente, yo le cortaría la garganta y lo arrojaría
como comida para los perros del vecindario.

El rostro de Armand cambió, pero Spector no podía saber si se
trataba de una sonrisa. Se sentó ante el volante y encendió el Regal.

—Abróchate el cinturón, Shelly –dijo Spector, mientras se abro-
chaba el suyo. Tony comenzó a gemir en cuanto Spector aplastó el
acelerador. Salieron como alma que lleva el diablo.

Capítulo cinco
Viernes 22 de julio de 1988

6:00 a.m.

L A OSCURIDAD DEBIÓ HABER SIDO RELAJANTE. PERO NO ERA así, el aire acondicionado emitía un zumbido como ronquido de una bestia malévola y revoloteaban demonios en los rincones oscuros del techo. Gregg podía sentir cómo le temblaban las manos. Estaba al borde de un ataque de ansiedad. El pánico amenazaba con sobrecogerlo y ponerlo a gritar.

—¿Gregg? –susurró Ellen a su lado. Su suave mano tocó su pecho–. Son apenas las seis. Deberías estar durmiendo.

—No puedo –apenas pudo hablar, temiendo que si volvía a abrir la boca comenzaría a gritar. Ella acarició su mejilla, y lentamente el pánico retrocedió, aunque todavía quedaba su sombra. Estaba ahí, recostado, rígido, sintiendo al Titiritero reptando dentro de él a la menor provocación, como una sanguijuela justo debajo de la piel.

—Pase lo que pase, me dará un gusto inmenso cuando concluya esta convención –dijo Ellen.

—Estoy echando todo a perder, Ellen –Gregg cerró los ojos, respirando largamente, profundamente, pero sin lograr tranquilizarse. Las apariciones seguían bailando por detrás de sus párpados–. Todo se está desmoronando a mi alrededor, todo, por completo.

—Gregg… corazón… –los brazos de Ellen lo envolvieron, acurrucando su cuerpo, abrazándolo–. No sigas. Sólo estás permitiendo que el estrés te gane, eso es todo. Quizá si vieras a Tachyon, él podría recetarte…

—No –interrumpió vehementemente–, no hay nada que un doctor pueda hacer.

Ellen se retiró un poco tras el exabrupto, luego regresó.

—Te amo –dijo ella, sin saber de qué otra manera podía consolarlo.

—Lo sé –suspiró–, lo sé. Y vaya que eso es bueno. Por Dios, has sido tan comprensiva, a pesar del modo en que he estado comportándome... –por unos instantes, estuvo a punto de confesarse, de simplemente dejar que toda la locura se derramara, para ponerle punto final a todo. Entonces el Titiritero se retorció en su interior, como un recordatorio, y con cuidado empujó el poder al fondo.

No puedes decirlo. No te lo permitiré.

—Te preocupas demasiado. La nominación vendrá o no vendrá. Si no es este año, estarás en una buena posición para el 92. Podemos esperar. Tendremos tiempo para dejar que el bebé crezca un poco –podía sentir cómo ella sonreía valientemente, con su propia pequeña obsesión–. Estarás bastante ocupado con nuestro hijo, o nuestra hija. Una pequeña parte de nosotros.

Ellen tomó su mano y la colocó sobre su vientre, justo debajo de su ombligo.

—¿Lo sientes? –preguntó–, ha estado pataleando como loco últimamente. Cada vez está más activo, más fuerte. Ahora mismo está despertando. Ahí, ¿sientes eso? Saluda a tu papá, pequeño –canturreó.

De pronto, Gregg deseó que ella tuviera razón, que ya todo hubiera terminado. Ellen había sacado el tema después de los meses ajetreados de la gira; él se había sorprendido de la facilidad con la que le había dado la razón. Parecía lo correcto, un símbolo de normalidad después de la violencia y del odio. Había tomado meses, y había estado tan contento cuando descubrieron que Ellen estaba finalmente embarazada. A pesar de todo, había deseado tener al bebé casi igual que ella. Disfrutaba interpretar el papel del padre en ciernes, orgulloso. Incluso el poder en su interior había parecido compartir la felicidad.

Una pequeña parte de nosotros.

Y ahora, apenas podía recordar eso. El orgullo y el amor y la esperanza habían sido alejados por las necesidades del Titiritero. Sintió un leve revoloteo bajo de las yemas de sus dedos. Ellen se rio al sentir los movimientos del bebé.

Deja que el niño crezca un poco.

Y Gregg casi quitó la mano del vientre, como si se hubiera

quemado. La sospecha era como un golpe físico. Lo sabía, y con conocimiento de causa: el Titiritero aullaba en su interior.

Las dificultades con el Titiritero habían comenzado lenta e intermitentemente, hace apenas unos meses. Entonces, la presencia de Gimli había sido más débil, dispersa y sin forma, podía rechazarla fácilmente.

Cada día se volvía más activa, más fuerte.

—Dios mío –susurró Gregg. El feto soltó otra patadita, suavemente. Dejó que el poder saliera, tan sólo un poco. Se asomó al interior de Ellen, contempló los colores primarios del feto.

Y ahí, envolviendo la matriz emocional del niño, como una enredadera sofocante, podían verse otros tonos. Tintes y sombras muy conocidas.

Gimli lo había dicho: *No, no estaba muerto, sólo transformado. Me tomó mucho tiempo regresar...*

—A veces ni yo misma puedo creerlo –rio Ellen–. Es una cosa increíble sentirlo, saber que esta vida, nuestro niño, crece dentro de mí.

Gregg la miraba intensamente, observando su vientre y su mano.

—Sí –le dijo–. Sí, es increíble.

—Me pregunto a quién se parecerá –dijo Ellen, dándole una palmadita a su mano–. Apuesto que se parecerá a ti.

No puede ser verdad, se dijo a sí mismo. *Por favor, que no sea cierto.* Pero sabía que sí lo era.

7:00 a.m.

—¡Por todos los santos, deja de estar pellizcándome! ¡No necesito esta mierda! –Jack agarró las manos del taquisiano y las apartó de su cuerpo–. Por Dios.

Tach aplacó firmemente la irritación que sentía, que subía como vómito a su garganta, pero aun así dijo en un tono ligeramente agraviado:

—Estaba preocupado. Pudiste haber muerto.

Se oyó el chasquido del encendedor de Jack, quien encendió un Camel.

—Bueno, pues, busca otra manera de preocuparte. Por cierto, te ves terrible.

—Muchas, muchas gracias. No dormí anoche.

—Pues ídem.

—Jack, ¿qué pasó? Los noticieros fueron muy confusos. Ahí estoy yo, cepillándome los dientes y de repente veo cómo te desplomas sobre el piano –inclinó la cabeza a un lado y consideró–: lo cual, supongo, es lo único fortuito que ha surgido de este desastre.

—Qué fortuito ni qué nada. Yo *apuntaba* hacia ese maldito piano.

Luego, en una serie de enunciados en *stacatto*, el as hizo un resumen del resto de la noche: las torpes insinuaciones de Sara, el plan de Jack para sacar del mapa a la periodista, la llegada de ese horrendo jorobado, la pelea.

Un vómito con sabor a coñac pegó en el esófago de Tach, que salió disparado al baño.

—¿Y ahora qué? –espetó Jack.

Tach salió del baño limpiándose la boca con una toalla húmeda.

—Sara, ¿dónde está ahora?

—No tengo la menor idea. Salió de ese cuarto como un misil, y puedo decir que con justa razón. No la he visto desde entonces.

—Madres de mi madre, perdónenme. No le creí –dijo Tachyon, mientras presionaba su cara con las manos.

—¿Qué cosa?

—Ella me buscó el lunes por la noche. Trató de decirme que estaba en peligro. Y yo simplemente no quise escucharla –la relevancia de lo que acababa de decir le llegó de golpe, y se metió de nuevo al baño.

Ya sólo le quedaban jugos gástricos. La acidez le quemaba al salir. Como el ácido que carcomía su confianza, su certeza.

Hartmann es un as.

Ayúdame.

Te arrepentirás.

Con los brazos abrazando el inodoro, mientras la porcelana enfriaba su mejilla ardiente, Tach murmuró:

—Ayúdame.

Jack lo levantó del piso y le preguntó:

—¿Cómo? ¿Qué es lo que necesitas? ¿Qué demonios está pasando? ¿Por qué hablaste de un as secreto el lunes? Respóndeme, Tachy.

—No, ahora no, Jack. Ahora no. Debo encontrar a Sara.

8:00 a.m.

Billy Ray tocó a la puerta, la abrió y asomó la cabeza.

—Los de Seguridad dicen que las escaleras ya están despejadas, senador. ¿Están listos ustedes?

—En un momento salimos –respondió Gregg. Terminó de anudarse la corbata y la ajustó en su cuello.

El Titiritero merodeaba como un gato escurridizo justo debajo de la superficie, a la espera. Ellen salió de la recámara y le echó una mirada de consternación a Gregg. Él le sonrió, para tranquilizarla, pero odiaba su falsedad.

—Estoy bien –dijo–, mucho mejor esta mañana, desde que hablé contigo. De vuelta a la normalidad –puso sus brazos alrededor de ella y le dio una palmadita a su vientre–. Después de todo, es muy posible que este niño tenga como papá a un presidente, ¿cierto?

Ellen se recargó contra él. Lo abrazó sin decirle nada.

—¿Él sigue dando patadas esta mañana, querida?

—¿Él? ¿Y qué te hace pensar que es varón? –dijo Ellen en tono burlón, abrazándolo nuevamente.

Gregg se encogió de hombros. *Porque mi hijo es un maldito joker enano que supuestamente estaba muerto. Porque lo he escuchado hablando conmigo.*

—Es sólo una corazonada, amor.

Ellen soltó una risita contra su pecho.

—Pues ha estado bastante tranquilo. Creo que está dormido.

Gregg se quedó sin aire al dar un suspiro. Cerró los ojos unos instantes.

—Bien –dijo–, bien. Anda, vamos pues. Amy y John seguramente nos esperan –llamó a Billy.

Las sesiones informativas matutinas con el equipo de trabajo se realizaban en las oficinas de campaña, en el piso de abajo. Gregg siempre había tomado las escaleras, aunque hubiera podido pedir un elevador para su uso exclusivo no le parecía que valiera la pena. Ahora se sentía feliz por la rutina que había establecido. Sabía exactamente lo que necesitaba hacer.

¿Estás seguro? ¿Estás seguro que esto lo terminará? El poder vibraba con intensidad. La voz del Titiritero era insistente.

No lo sé. Si no es así, encontraremos otra manera. Lo prometo. Ahora que lo sabemos, podemos hacer un plan. Sólo hay que esperar y estar listos.

Las escaleras contrastaban feamente con los pasillos: unos rellanos de concreto manchado conectados por unos escalones de metal, muy empinados. Saludaron a Alex James, parado ahí, como siempre. Rebotaban ecos mientras Billy mantenía la puerta abierta y dejaba pasar a Ellen. Gregg tomó la puerta y le indicó a Billy que pasara primero.

No quiero hacer esto. No quiero, pensó Gregg.

No tenemos otra opción. El Titiritero. Ansioso.

Buscó a Gimli en su cabeza, pero no encontró a nadie. Dejó libre al Titiritero.

Mientras Ellen se aproximaba a las escaleras, el poder salió de Gregg, con fuerza, súbitamente, con el temor de que si vacilaba, aunque fuera un poco, Gimli lo detendría nuevamente. Invadió la siempre abierta mente de Ellen y encontró lo que quería.

Todo estaba ahí, justo como sabía que estaría: un vértigo ligero, que revoloteaba, mientras Ellen miraba hacia las escaleras; una sensación inquietante de desequilibrio, a raíz de ese contrapeso desacostumbrado que traía en su vientre. El Titiritero torció brutalmente ambas reacciones, opacando todo lo demás que estuviera en la mente de Ellen. Cuando se dio el inevitable pánico repentino, lo amplificó aún más.

Le tomó menos de un segundo. Resultó peor de lo que había imaginado.

Ellen se tambaleó, gritando, aterrada. Su mano trató de asirse al barandal, demasiado tarde.

El Titiritero saltó hacia Billy Ray en ese mismo instante. Truncó el flujo de adrenalina mientras Billy veía cómo Ellen perdía el equilibrio en ese primer escalón, frenando los magníficos reflejos del as.

Ni el mismo Gregg hubiera podido hacer algo, aunque lo hubiera deseado, atrapado detrás de Ray. Billy saltó valerosamente hacia Ellen; las puntas de sus dedos rozaron el brazo que se agitaba y al cerrar la mano sólo agarró aire. Ellen cayó. Pareció tomar mucho tiempo.

Gregg empujó a Ray, que estaba horrorizado y cuya mano seguía inútilmente estirada. Ellen yacía como un bulto en el siguiente rellano, con los ojos cerrados y una herida profunda que escurría sangre por un lado de su cabeza. En cuanto Gregg llegó a su lado, los ojos de Ellen se abrieron, nublados de dolor. Trató de sentarse mientras Gregg la acunaba y Ray le gritaba a James para que llamara a una ambulancia.

Ellen gimió, agarrándose el vientre. Había un charco de sangre brillante entre sus piernas. Sus ojos se abrieron, espantados.

—Gregg –dijo en un suspiro–. Oh, Gregg...

—Lo siento, Ellen. Dios mío, lo siento.

Y ella comenzó a llorar, con tremendos sollozos. Él lloró con ella, penando por el niño que pudo haber sido, mientras otra parte de él celebraba.

En ese instante, odiaba al Titiritero.

9:00 a.m.

EL GENTÍO QUE HABÍA ESTADO DESAYUNANDO COMENZÓ A IRSE. La gente que venía aquí, algunos negros, algunos blancos, todos de la clase trabajadora, tenían que llegar a sus trabajos. Spector se sentía mucho más cómodo comiendo aquí que en el Marriott. Allá había demasiada gente a la que le daban ganas de matar, y después del ataque de la noche anterior estaba de un humor particularmente siniestro. Había estado revisando el periódico matutino, pero hasta el momento no había visto nada acerca de Tony y de cómo fue enviado al hospital por un grupo de rufianes que odiaban a los jokers.

Había dejado que Shelly registrara a Tony en el hospital. No quería estar por ahí cuando llegara la policía y comenzara a hacer preguntas. No había necesidad de correr el riesgo. Shelly lo había mirado con cierta suspicacia cuando él partió, pero sabía que ella no diría nada. Ella sabía que él estaba de su lado y eso era suficiente.

Spector se terminó sus papas ralladas con tocino.

El café estaba caliente y mantenían llena su taza, de modo que por ahora no sentía necesidad de ir a ninguna parte. Además, comenzaba a perder el entusiasmo por su trabajo. Quizá sólo visitaría a Tony y luego se iría de la ciudad.

Lo resolvería después. De momento, se relajaría y se concentraría en lo suyo.

♠

Había seis filas de periodistas aglomerados en la sala de espera. Gregg podía verlos pasajeramente cuando alguien abría las puertas: una marea de luces portátiles de video, una ráfaga de flashes, el barboteo de preguntas gritadas. La noticia de la caída de Ellen se había difundido rápidamente. Antes de que la ambulancia llegara al hospital, los estaban esperando.

Billy Ray estaba recargado en la pared, con el ceño fruncido.

—Puedo pedirle a los de seguridad que los saquen de aquí si lo desea, senador. Son como una parvada de buitres. Vampiros.

—Está bien, Billy. Sólo están haciendo su trabajo. No te preocupes por ellos.

—Senador, yo estaba muy cerca, en verdad –Billy cerró su mano ante su cara, con la boca torcida–. Debí atraparla. Es mi maldita culpa.

—Billy, no digas eso. No fue tu culpa. No fue culpa de nadie –Gregg estaba sentado con la cabeza entre las manos, en un sillón afuera de la sala de cirugía. Era una pose cuidada: la del esposo consternado. En su interior, el Titiritero rebosaba de júbilo. Cabalgaba el dolor de Ellen, lo saboreaba. Incluso bajo la neblina de la anestesia, podía hacer que ella se retorciera en su interior. Su preocupación por el bebé era de un frío color azul marino; el Titiritero convirtió la emoción en un color zafiro dolorosamente saturado, que se desvanecía lentamente hacia el naranja-rojo de sus heridas. Pero mejor, mucho mejor, era lo que ocurría con Gimli. Esa cosa-Gimli que se había fusionado con su hijo vivía un tormento, y no había drogas para aliviar ese dolor, nada que impidiera que el Titiritero doblara y redoblara el dolor. Gregg podía sentir cómo Gimli se sofocaba, se asfixiaba, gritando en el útero de Ellen.

Y el Titiritero reía. Reía mientras se moría el bebé, porque Gimli moría con él. Reía porque, finalmente, la locura había terminado.

La muerte lenta y horrible del infante fue sabrosa. Un deleite. Gregg lo sentía todo como si estuviera anestesiado. Estaba siendo partido en dos.

La parte de él que era Gregg odiaba esto, estaba conmocionado y asqueado por la reacción exuberante del Titiritero. Ese Gregg quería llorar en vez de reír.

No deberías sentir alivio. Es tu hijo el que muere, hombre, una parte de ti. Lo querías y lo perdiste. Y Ellen... ella te ama, incluso sin el Titiritero, y la has traicionado. ¿Cómo puedes no estar triste, hijo de puta?

Pero el Titiritero sólo se burlaba. *Gimli lo había hecho suyo. No era tu hijo, ya no lo era. Es mejor que se muera. Es mejor que nos nutra a los dos.*

En su cabeza, Gregg podía escuchar el llanto de Gimli. Era un sonido muy inquietante. El Titiritero se reía ante la angustia y la desolación que contenía.

El llanto de Gimli se convirtió abruptamente en un alarido creciente, sin esperanza alguna. Conforme se elevaba el tono de su voz, comenzó a desvanecerse, como si Gimli cayera en un pozo oscuro y sin fondo.

Y luego, nada. El Titiritero soltó un gruñido orgásmico.

La puerta del quirófano se abrió. Salió una doctora con su ropa quirúrgica cubierta de sudor. Asintió hacia Gregg y Ray, con una expresión preocupada. Caminó lentamente hacia ellos mientras Gregg se ponía de pie.

—Soy la doctora Levin –dijo–. Su esposa está descansando, senador. Fue una caída terrible para una mujer en su estado. Hemos detenido la hemorragia interna y cosimos la herida en la cabeza, pero quedará con hematomas marcados. Más tarde encargaré radiografías de su cadera; la pelvis no está rota, pero quiero asegurarme de que no haya fracturas. Necesitamos mantenerla aquí un día o dos por lo menos, en observación, pero creo que, posteriormente, quedará bien.

Levin hizo una pausa, y Gregg sabía que esperaba una pregunta. *La* pregunta.

—¿Y el bebé? –inquirió Gregg.

La doctora apretó los labios.

—No pudimos hacer nada por él; era varón, por cierto. Estuvimos lidiando con un prolapso de cordón umbilical y la placenta se había desprendido de la pared del útero.

»El niño estuvo sin oxígeno por varios minutos. Con eso y con las otras lesiones... –otra expresión consternada. Se frotó las manos; respiró hondamente y miró a Gregg con ojos oscuros cargados de compasión–. Probablemente fue mejor que ocurriera así. Lo siento.»

Billy golpeó la puerta con un puño, haciendo un hoyo lleno de astillas en la madera, abriéndose largos rasguños en el brazo. Comenzó a maldecir suave y continuamente. El Titiritero giró hacia ellos, para alimentarse de los sentimientos de culpa, pero Gregg obligó al poder a quedarse debajo de la superficie una vez más; por primera vez en muchas semanas, el poder se sometió dócilmente. Gregg se puso frente a la pared por unos momentos.

Con el Titiritero satisfecho, la otra parte de él sintió una pena inmensa.

Tragó amarga saliva, trató de sofocarla. Cuando se volvió, la doctora estaba ahí, estremecida, llorando lágrimas sinceras.

—Quisiera ver a Ellen ahora mismo –dijo. Su voz sonaba maravillosamente drenada, magníficamente exhausta, y muy poco de ello era actuado.

La doctora Levin le ofreció una débil sonrisa de comprensión.

—Claro que sí, senador. Sígame, por favor…

10:00 a.m.

LO PRIMERO QUE JACK PENSÓ CUANDO SUPO LO DE ELLEN FUE: *Sí. El as secreto.*

—¿Dónde está ahora el senador?

—En el hospital.

—¿Y dónde está Ray?

—Está con él.

Quizá Ray podría mantener alejado al fenómeno. Jack tenía otras cosas que hacer.

Las notas de Sara, hechas trizas, se sentían como un peso helado en el bolsillo del pecho de Jack. Miró a su alrededor, vio a trabajadores de campaña arremolinados en el centro de operaciones, sin sentido y en silencio, como sobrevivientes de un desastre. Y, claro, probablemente lo eran.

El as secreto había ido tras de Hartmann primero, supuso Jack, porque éste tenía más votos de los delegados. Ésa era la única manera de explicar las cosas que habían salido mal: desde las televisoras que cortaban a anuncios durante el discurso de Carter en el que secundaba su apoyo, pasando por el motín anterior a la pelea por la plataforma hasta el aborto accidental de Ellen.

Y al pensar en todo ello y reflexionar al respecto, Jack ardía de ira. El as secreto no sólo agredía a un candidato, sino a civiles cercanos al candidato.

Sara Morgenstern, que conocía la identidad del as, había desaparecido. Jack, junto con el Servicio Secreto, habían estado tratando de encontrarla toda la noche.

Devaughn ya no se encontraba en el centro de operaciones, tampoco Amy. Jack tomó el teléfono, ordenó mil y una rosas para el cuarto de Ellen, con cargo a su tarjeta de crédito, y enfiló hacia la siguiente puerta, al centro de medios. Encontró una reproductora de videos libre, escogió unos videocasetes de los otros candidatos así como sus biografías de campaña, y las llevó a su cuarto.

Quizá la candidatura de Hartmann estaba liquidada. Jack no podía saberlo y, de una manera u otra, tampoco podía cambiar las cosas.

Sólo estaba seguro de una cosa: tendría que hablarle a Rodriguez y decirle que se hiciera cargo de la delegación y que depositara su voto por Hartman a nombre suyo, en todas las elecciones. Jack tenía otras cosas que hacer. Iba a cazar al as secreto.

◆

Aunque un hotel sea una fortaleza blindada contra el mundo exterior, el exterior de todos modos entra, de maneras sutiles. Al intentar fluir entre la multitud de delegados y ratas de la prensa, Mackie sabía que era de mañana por la luz que lograba filtrarse al interior y por una probada de ese producto de aire procesado frío que expulsaba el aire acondicionado. Quizás era sólo que, como rata de muelles de Hamburgo, tenía un temor instintivo de las mañanas, y podía olerlas cuando acechaban allá afuera.

Traía las manos hundidas en los bolsillos, su cabeza estaba atascada de recuerdos. A veces, cuando era joven y lo había arruinado todo nuevamente, la bruma de licor se disipaba lo suficiente para permitirle a su madre clavarle una mirada severa y aburrida, y decirle: *Detlev, cómo me decepcionas*, en vez de gritarle y golpearlo con lo que tuviera a la mano. Eso era lo que más odiaba. Podía ignorar los gritos, podía soportar los golpes agachando la cabeza dolorosamente entre sus hombros desiguales y haciéndose de lado. Pero el desencanto lo atravesaba de lado a lado; contra eso, no había defensa.

Cada partícula de su vida había sido una decepción para alguien. Excepto cuando sus manos eran de acero, cuando eran cuchillos. Cuando corría la sangre: entonces no había decepciones, claro que no; risas en su interior, sí.

Pero, ahora, el fracaso de los últimos dos días. Dos oportunidades: dos intentos fallidos. Lo único que podía presumir era un negro incidental, vestido con un traje que valía más que el cuerpo entero de Mackie. Pensó que por lo menos ese enorme tipo dorado y pusilánime se había hecho pedazos al estrellarse contra el barandal la noche anterior, pero luego, esta mañana, había visto en las noticias que había caído atravesando un piano, sin lastimarse.

Como fuera, le daba gusto lo del piano. Ese pianista hijo de perra nunca tocaba su canción.

Delante de él, vio a un par de tipos bien vestidos con trajes oscuros, que rodeaban a un hombre que traía un portatrajes sobre el hombro; lo tenían de espaldas a la pared, apartado del flujo pesado del tráfico. Lo presionaban de la misma manera en que los cerdos policías te agreden cuando saben que te tienen dominado. Mackie escuchó un poco de la conversación:

—No, en verdad, traía mi pase hace unos momentos. Con todo este ajetreo, alguien debió rozar contra mí y debió caerse y…

Eso hizo sonreír a Mackie. Él no necesitaba ninguna placa. Ni tenía por qué encogerse ante la autoridad, hilvanando mentiras igual de obvias que la sonrisa de una prostituta que trata de divertir a los cerdos y hacerlos reír. Él seguía siendo Mackie, Macheath el Cuchillo, grande como una leyenda. No un insecto, como ese nat que quería colarse a la fiesta.

Se desfasó, moviéndose lateralmente, con suavidad, a través de la multitud y a través de la pared, rumbo a su cita con el amor y la decepción.

♥

John Werthen pudo armar una conferencia de prensa improvisada en el gimnasio/auditorio del hospital. Mientras Amy acompañaba a Gregg por la parte trasera del pequeño escenario, él sintió una repentina punzada de aflicción proveniente de ella. «John, si serás idiota», susurró ella, y luego miró a Gregg con algo de culpa. El auditorio había sido usado la noche anterior para impartir una clase de parto psicoprofiláctico. Había tablas que mostraban las distintas etapas del parto, la dilatación del cérvix y las posiciones del feto, apiladas en una esquina. Casi parecían una burla.

Tenías que hacerlo, se recordó a sí mismo rápidamente. *No tenías opción.*

—Lo siento, señor –dijo Amy–. Le pediré a alguien que se lleve todo eso.

—Estoy bien –dijo él–. No te preocupes.

La trágica muerte del bebé de Hartmann se había convertido en La Historia de la convención. Comenzaban a correr rumores incontenibles por toda la convención: Hartmann se saldrá de la contienda; Hartmann ha decidido tomar la posición de vicepresidente, detrás de Dukakis o de Jackson o incluso de Barnett; en realidad, Hartmann había sido el blanco elegido de unos terroristas nur; hubo un intento simultáneo de asesinato contra todos los candidatos; al parecer un joker había estado involucrado en la caída de Ellen; no, el bebé había sido un joker; Carnifex había empujado a Ellen o simplemente la vio caer sin mover un dedo; Barnett comenzaba a hablar de la mano de Dios; Barnett había llamado a Hartmann y habían rezado juntos.

Se daba por doquier un regocijo mórbido. La atmósfera circense se había convertido en algo mitad horror y mitad fascinación.

El auditorio estaba peculiarmente callado.

—Senador, cuando esté listo… –dijo Amy. Sus ojos estaban rojos e hinchados; había estado llorando intermitentemente desde que llegó al hospital.

El Titiritero se había asegurado de ello. Ella veía a Gregg y nuevamente comenzaban a correr las lágrimas. Él la abrazó en silencio, mientras el Titiritero lamía el dolor.

Era fácil. Todo era tan fácil con el Titiritero.

Amy abrió las cortinas y él salió caminando bajo el conocido brillo de las luces. El piso era una masa sólida de personas: los reporteros enfrente; detrás de ellos, simpatizantes de Hartmann de la convención, entremezclados con jokers y personal del hospital. Amy y John habían discutido la posibilidad de restringir la admisión únicamente a la prensa, pero Gregg la denegó. Un gran contingente de jokers había sitiado el hospital, y Gregg insistió en que se les permitiera entrar también. El cuerpo de seguridad bloqueó las puertas en cuanto se llenó el lugar; detrás de las ventanas, Gregg podía ver que los corredores también estaban atiborrados de personas.

—Déjalos entrar –le dijo Gregg a Ray–. Los jokers son nuestra gente. Todos sabemos por qué están preocupados. Si están limpios, otórguenles pases hasta que ya no quepamos. Confío en ti, Billy. Sé que nada ocurrirá.

Ray estuvo casi patéticamente agradecido por esas palabras. Supieron bien, también.

Gregg caminó lentamente hasta el podio e hizo una reverencia, asiendo ambos lados del atril. Respiró profundamente y escuchó cómo hizo eco contra las paredes de mosaicos duros. El Titiritero sentía la simpatía golpear contra él. Se regocijaba por ello. Gregg podía ver a los títeres entre ellos: Cacahuate, Esmeril, Polilla, Luciérnaga y una docena más tan sólo en las primeras filas. Gregg sabía por experiencia que una multitud era una bestia fácilmente dominable. Controla a una cantidad suficiente y el resto los seguirá.

Esto sería fácil. Sería pan comido. Lo odiaba.

Gregg levantó la cabeza, solemne.

—En realidad… en verdad no… no sé qué… –se detuvo deliberadamente y cerró los ojos. Hartmann en modalidad serena. Allá, entre el público, escuchó un leve sollozo. Jaló delicadamente las docenas de cuerdas mentales y sintió a los títeres moverse. Dejó que su voz temblara sólo un poco cuando continuó–: …no sé qué decirles a todos ustedes. Los doctores les han dado el reporte. Mmm, me gustaría decir que Ellen está bien, pero en realidad eso no es verdad. Digamos que está tan bien como es posible estarlo en este momento. Sus lesiones físicas sanarán; las otras, pues… –nuevamente, una pausa; agachó la cabeza por unos segundos–. Las demás tomarán mucho tiempo. Escuché que ya hay un cuarto entero lleno de flores y de tarjetas que algunos de ustedes nos han enviado, y ella me pidió que les diera las gracias. Ella necesitará de todo el apoyo y las oraciones y el amor que puedan darle.

Se dirigió a Amy.

—Le iba a pedir a la señorita Sorenson, mi asistente, que les leyera mi declaración. Ya la había escrito, diciéndoles a todos ustedes que me retiraría de la candidatura debido a... al desafortunado accidente de este día. Incluso se la leí a Ellen. Después, me pidió que le diera el papel y lo hice. Esto fue lo que me regresó.

Esperaron, obedientes. El Titiritero tensó sus dedos en torno a las cuerdas.

Gregg buscó algo en un bolsillo. Su mano salió en forma de puño, la volteó y abrió los dedos. Cayeron trocitos de papel, que revolotearon hasta el piso.

—Ella me dijo que ya había perdido a un hijo —dijo pausadamente—, y no estaba dispuesta a perder lo demás.

El Titiritero jaló las cuerdas con fuerza para abrir las mentes de los títeres presentes. Se elevaron los murmullos de la gente, llegaron a una cúspide y descendieron. Desde la parte trasera del gimnasio, donde estaban los jokers, comenzaron los aplausos, creciendo y desplazándose por todo el público hasta que la mayoría estaba de pie, aplaudiendo con fuerza, mientras reían y lloraban al mismo tiempo. El ruido cubría el cuarto como si fuera un encuentro de un campamento religioso, todos se mecían y gritaban y lloraban, penando y celebrando al mismo tiempo. Pudo ver a Cacahuate: su brazo único saludaba una y otra vez, su boca, una herida negra en medio de ese rostro escamoso y duro, mientras saltaba sin parar. La emoción fue un detonante para el joker Luciérnaga: su resplandor pulsante competía con los flashes.

Las cámaras giraban para todos lados, registrando la extraña celebración. Los reporteros susurraban urgentemente en sus micrófonos. Gregg estaba ahí, de pie, posando, su mano vacía después de tirar el papel hecho pedacitos. Dejó caer su mano a un lado y levantó la cabeza, como si escuchara la aclamación por primera vez. Sacudió la cabeza, fingiendo confusión.

El Titiritero estaba exultante. Gregg canalizó una porción de la respuesta robada hacia sí mismo. Resolló al sentir su fuerza pura y concentrada. Alzó las manos, pidiendo silencio, mientras el Titiritero aflojaba un poco; le tomó largos segundos poder ser escuchado por encima de la multitud.

Con la voz entrecortada, dijo:

—Gracias. Gracias a todos. Creo que quizás Ellen merece ser su candidata; ha trabajado igual o más duro en esto, aun cuando estaba agotada por el embarazo o un poco indispuesta por las mañanas. Si la convención no me quiere, quizá pongamos su nombre en la boleta.

Eso atrajo más aplausos y sonoras ovaciones, espolvoreadas con risas sollozantes. Mientras, Gregg les ofrecía una sonrisa débil y fatigada, que no tenía nada del Titiritero en ella. Una parte de él parecía estar simple y despectivamente observando.

—Sólo quería que ustedes supieran que nosotros seguiremos en esta lucha a pesar de todo. Yo sé que Ellen nos está viendo desde su cuarto y que desea que yo les dé las gracias por su compasión y su apoyo continuo. Ahora, lo que quisiera es regresar con ella. La señorita Sorenson responderá cualquier otra pregunta que ustedes tengan. Nuevamente, gracias a todos. Amy…

Gregg levantó sus manos, saludando a todos; el Titiritero jaló con fuerza. Lo ovacionaban, con los rostros bañados en lágrimas. Había reconquistado todo.

Todo era suyo ahora. Lo sabía. La mayor parte de él lo celebraba.

2:00 p.m.

El sonido de una telenovela se filtraba por las paredes de cartón y estuco, que tenían la solidez del queso cottage, del cuarto barato del motel. En la pantalla del televisor de la habitación, una bonita joven joker con piel azul brillante trataba de adivinar la palabra secreta a partir de las claves de Henry Winkler. Envuelta en una bata corriente que su misterioso benefactor había comprado en una barata de Kmart, Sara estaba sentada en la orilla de la cama y miraba la pantalla como si le importaran las imágenes que proyectaba.

Aún trataba de darle sentido a los trozos de vidrio que la noticia de último minuto le había dejado en su vientre. La esposa del senador Gregg Hartmann había perdido a su bebé a raíz de aquella trágica caída... El senador contenía valientemente su dolor mientras luchaba por la supervivencia política en la convención. Era justo el tipo de espíritu perseverante que Estados Unidos necesitaba para entrar bien a la década de los noventa, o por lo menos eso parecía indicar el comentarista. O quizá sólo era producto de la sangre agolpada en los oídos de Sara.

Bastardo. Monstruo. Sacrificó a su esposa, a su crío aún no nacido, para salvar su pellejo político.

Una imagen del rostro de Ellen Hartmann surgió de entre las mortajas que había tendido sobre sus recuerdos del recorrido de la Organización Mundial de la Salud. Una sonrisa débil, valerosa, sabia, indulgente... infinitamente trágica.

Y ahora yacía ahí, quebrada, acechada por la muerte, habiendo perdido al hijo que tanto había deseado.

Sara nunca había sido esa clase de feminista estridente que veía cada interacción humana en términos de grandes colectividades, de sinécdoque política en la que un hombre era El Hombre y una mujer, La Mujer.

Aun así, esto la golpeaba duramente, la ofendía profundamente. La llenaba de furia: por ella, por Ellen, por todas las víctimas de Hartmann, sí, pero especialmente las mujeres.

Por Andrea.

Estaba pendiente algo, que le había sugerido el hombre que la había sacado apresuradamente del hotel la noche anterior mientras las patrullas policiacas se dirigían con sus sirenas aullantes y sus luces rojas y azules hacia el más reciente campo de batalla; algo que habían platicado muy temprano esa mañana. Ella le había prometido considerarlo antes de que se fuera a atender lo que tuviera que atender —ni siquiera su curiosidad periodística la había llevado a saber qué iría a hacer. Su sugerencia había sido lo suficientemente natural, supuso, como para un maestro de espías soviético confeso, pero había conmocionado a una chica del medio oeste del país, trasplantada al jardín neurasténico de la elite intelectual de Nueva York, aunque se sintiera orgullosa de haberse curtido en las calles y cuartos traseros de Jokertown.

Pero aun así, aun así... había que marcarle un alto a Gregg Hartmann. Gregg Hartmann tenía que pagar.

Pero Sara Morgenstern no quería morir. No quería seguir a Andi de esa manera tan poco agradable hacia el más allá, que no podía considerar como algo bueno. Ésa había sido la advertencia encubierta de la sugerencia de George Steele, ni oculta ni abiertamente declarada.

Pero ¿qué posibilidades, qué posibilidades tengo, con esa... cosa persiguiéndome? Ese chico con chamarra de piel, el extraño sujeto sonriente, el que canturrea para sí mismo y que puede atravesar las paredes. Ella no podía esconderse para siempre. Y cuando él la encontrara...

Sacudió su cabeza, chicoteándose las mejillas con las puntas de su cabello, cegada por lágrimas repentinas y calientes.

En la pantalla, la mujer azul arrasó con todo en el juego final. Sara esperaba que eso la hiciera feliz.

3:00 p.m.

—Para ya —el constante y molesto pasar de las páginas de la revista cesó.

—¿Por qué? —el tono de Blaise era desafiante.

Tach le jaló las riendas a su enojo. Se sirvió otro brandy.

—Estoy tratando de pensar, y ese ruido me está irritando.

—Siempre usas palabras más formales cuando te enojas.

—Blaise, por favor.

Colocándose el auricular bajo la barbilla, Tach marcó al cuarto de Sara. El timbre distante hizo eco, tristemente, una y otra vez.

Tach tamborileó sobre la mesa con los dedos, presionó el botón de reconexión y marcó a la recepción. La revista de Blaise voló por el cuarto como un pájaro aterrado.

—¡Es aburrido estar aquí sentado mirándote actuar estúpidamente! Quiero salir.

—Has perdido ese derecho.

—No quiero estar aquí cuando la cia venga por ti —la mueca del chico era fea.

—Maldito seas.

Con el puño elevado, Tachyon se abalanzó sobre el chico. Alguien tocó a la puerta y eso lo detuvo antes de darle un golpe. Hiram y Jay Ackroyd estaban en el pasillo. Hiram se veía más muerto que vivo.

El rostro de Ackroyd estaba hinchado y lucía muchos colores que un rostro común no debería tener. El estómago de Tachyon se comprimió hasta convertirse en una pelota dura y pequeña, que quiso retraerse hasta su espina dorsal. Se hizo para atrás a regañadientes, para dejarlos pasar.

Hiram caminó balanceándose hasta la ventana. Por primera vez en todos los años que lo había conocido, Tachyon se dio cuenta de que el as no estaba usando su poder de gravedad para reducir su propio peso.

Los pasos de Worchester se sentían pesados en la suite. Ackroyd se sentó en el sofá, colocando un portatrajes sobre sus rodillas. El silencio se extendió como telarañas entre los tres hombres y el chico.

Ackroyd señaló hacia la puerta con la cabeza.

—Deshazte del chico.

—¡Oye! –dijo Blaise abruptamente.

—Blaise, vete.

Le guiñó el ojo a su abuelo.

—Creí que había perdido ese derecho.

—¡VETE, maldita sea!.

—A la mierda, justo cuando las cosas se ponían interesantes –Blaise alzó sus manos, mostrando las palmas–. Mira, no hay problema. Me esfumo de aquí.

La puerta se cerró tras de él, y regresó el silencio. Con los nervios crispados, Tachyon agitó una mano.

—Hiram, ¿qué demonios está pasando?

El as no respondió.

—Tienes que hacer una prueba de sangre, doc. Ahora mismo –dijo Ackroyd.

Tachyon sonrió burlonamente, indicando la habitación.

—¿Qué? ¿Aquí?

El detective hizo una mueca de hartazgo:

—No seas denso ni chistosito. Estoy demasiado cansado y lastimado como para lidiar con ello –sus dedos temblaron un poco mientras bajaba el cierre de la funda–. Éste es el saco que el senador Hartmann traía puesto en Siria.

Tachyon contempló con terror abyecto la mancha negra sobre la tela.

Había llegado el momento. Ya no podía posponer el descubrimiento en función del complicado honor taquisiano. Con sangre vieja, las acusaciones de Sara quedarían confirmadas o desmentidas.

—¿Cómo llegó esto hasta tus manos?

—Es una larga historia –dijo Ackroyd, con aire cansado– y ninguno de nosotros tiene tiempo. Digamos, por ahora, que lo obtuve... de Chrysalis. Era... pues... una suerte de legado.

Tachyon se aclaró la garganta y preguntó con precaución:

—¿Y exactamente qué es lo que piensas que encontraré?

—La presencia del xenovirus Takis-a.

Moviéndose como autómata, Tachyon cruzó hasta la cómoda, se sirvió un trago, se lo empinó.

—Yo veo un saco. Cualquiera puede comprar un saco y ponerle sangre virus positiva...

—Es lo mismo que pensé –la voz de Hiram sonaba a engranes oxidados–, pero él... –señaló con la cabeza a Ackroyd–, ya ha pasado por mucho. El enlace entre Siria y este hotel es claro. Es el saco del sen... de Hartmann.

Tachyon giró lentamente para enfrentar a Worchester.

—¿Quieres que haga esto?

—¿Acaso tenemos opciones?

—No. Supongo que no las tenemos.

Durante todo el trayecto rumbo al Marriott, el Titiritero estimuló suavemente la culpabilidad que roía las entrañas de Billy Ray. Era un bocadillo delicioso, amargado y aderezado por la frustración. Gregg sentía cómo Ray revivía el momento en que Ellen caía, una y otra vez, y sabía que en cada ocasión Billy sentía que sus dedos rozaban la mano de Ellen. Ray iba sentado en el asiento delantero de la limusina y vigilaba el tráfico con enorme atención, parpadeando muchas veces detrás de sus gafas con lentes de espejo.

Gregg podía sentir cómo Carnifex ansiaba agredir a algo, a alguien.

Era tan sencillo, pensaba el Titiritero, regodeándose. Ray haría cualquier cosa si creyera que con ella podría quizá redimir su error.

Recuerda eso, le dijo Gregg. *Esta noche, quizá.*

Ahora que todo había terminado, Gregg comenzaba a sentirse más normal. El entumecimiento y la sensación de estar partido en dos disminuían. Una parte de él seguía odiando lo que había hecho, pero, a fin de cuentas, ¿qué otra opción tenía?

Ninguna. Ni una sola.

No había nada más que pudiéramos hacer, ¿cierto? Absolutamente. Nada más.

El Titiritero se sentía satisfecho de sí mismo.

Cuando Billy abrió la puerta del cuartel del equipo de campaña para que pasara Gregg, salió flotando una Peregrine de cartón. Alguien había pintado de blanco su disfraz y con una pluma le habían dibujado vello público y unos pezones enormes sobre los pechos desnudos. Sobre un costado, con esténcil, habían escrito «Sexo Volador».

El sitio era un caos feliz. Gregg pudo ver a Jack Braun en una de las recámaras con Charles Devaughn y Logan. La mitad de la delegación de Ohio parecía estar en la sala de la suite, bebiéndose el licor resguardado detrás de la barra y esperando su respectiva reunión con Devaughn. Miembros júnior del equipo trabajaban pegados a los teléfonos mientras entraban y salían voluntarios. Había charolas con comida del restaurante del hotel tiradas cerca de la puerta, y la alfombra estaba pegajosa, bañada en refrescos derramados. El lugar olía a pizza vieja.

En cuanto entró, Gregg percibió cómo cambiaron los ánimos. El Titiritero sintió cómo se oscurecía el júbilo histérico conforme el nivel del ruido bajaba a cero. Todos clavaron la vista en Gregg.

Devaughn se separó de Jack y de Logan. Su figura bien cuidada cortó como cuña a través del gentío presente.

—Senador —ronroneó—. Todos lo sentimos mucho. ¿Cómo está Ellen?

El Titiritero percibía muy poca tristeza o auténtica preocupación en su coordinador de campaña —Devaughn no sentía nada a menos que tuviera un impacto directo en él, y en ese caso todo se convertía en una crisis—, pero Gregg asintió:

—Está haciendo un buen trabajo para fingir que está mucho mejor de lo que realmente está. Ha sido un golpe duro para todos, pero especialmente para ella. No me voy a quedar mucho tiempo aquí,

Charles. Necesito regresar pronto al hospital. Sólo quería tocar base. Sé que últimamente no les he sido de mucha ayuda...

—En eso te equivocas, senador. Esa conferencia de prensa en el hospital... –Devaughn sacudió la cabeza. El corte de cabello de yuppie se mantuvo perfectamente en su sitio–. John se está reuniendo con Florida, Georgia y Mississippi, ahora mismo; parece que podremos influir en muchos de los delegados sureños de Gore para alejarlos de Barnett.

»Tienen marcada inclinación por la fuerza de la unidad familiar y ese tipo de cosas; y a ese respecto, nos sobra simpatía para atraerlos –Devaughn ni siquiera notó la insensibilidad de lo que acababa de decir, aunque algunos de los asistentes resollaron audiblemente. «¡Por Dios...!», exclamó uno de ellos. Devaughn simplemente continuó–: he estado hablando con Jack y la zona oeste parece estar sólida también –Devaughn no podía evitar esa sonrisa en su cara–. Lo hemos logrado, senador –dijo animadamente–. Estamos a ciento cincuenta o doscientos votos de obtener la mayoría, y la inclinación por nuestra candidatura se vuelve cada vez mayor. Dos votaciones más, tres cuando mucho. Barnett se está dispersando y no va a ningún lado, de modo que estamos recogiendo a los desertores. Todo está redondeado, salvo la decisión sobre el vicepresidente. Más vale que vayas pensando en tu decisión final.»

Al escuchar esa declaración, algunos de los trabajadores lanzaron vivas. Gregg se permitió esbozar una leve sonrisa. Jack había seguido a Devaughn y estaba parado a su lado. Hizo una mueca ante la escena y el Titiritero sintió una leve manifestación de desagrado.

—Lo siento, Gregg –dijo Jack, mirando con dureza a Devaughn–. De verdad. Nadie te hubiera culpado por salirte de la contienda. Creo que yo hubiera renunciado de haber estado en la misma situación. Sé que no hay nada que alguien pudiera decir para que la situación sea menos dolorosa.

—Gracias, Jack –Gregg tomó al as del hombro. Dio un largo suspiro y se encogió de hombros–. Aunque no lo creas, escuchar eso sí significa algo. Escucha, tú eres una de las razones principales por las que volví aquí. Ellen pide verte a ti y a Tachyon. Creo que quiere asegurarse de que tengo a mi alrededor gente buena que me proteja.

En ese momento, Gregg sintió que algo punzaba en Billy Ray: más culpa. Tan sólo por el placer que le daría al Titiritero y porque por primera vez desde hacía semanas podía hacer esas cosas sin preocuparse, manipuló e incrementó la culpa y dejó que el Titiritero la saboreara. La ingesta de aire de Ray fue audible.

—Tachy se encuentra en el Omni, creo –dijo Jack.

—Entonces, ¿puedo pedirte un favor? ¿Podrías encontrarlo y traerlo de vuelta al Marriott? Iremos juntos, si les parece a ustedes dos.

Había sido bastante fácil arreglarlo. Ellen era una títere desde hacía mucho tiempo y era extremadamente maleable. Le agregaría valor a la prensa favorable que le había otorgado. Ya podía ver la foto: el senador Hartmann, Golden Boy y el doctor Tachyon al lado de la cama de la señora Hartmann. Por la mueca que hizo Braun, era obvio que el as había llegado a la misma conclusión, pero se encogió de hombros.

—Claro que sí. Déjame ver si localizo a Tachy.

—Bien –dijo Gregg–. Te esperaré en mi cuarto.

4:00 p.m.

Jack no encontró a Tachyon en el Omni, y decidió irse al hospital sin él. No tenía las agallas para decirle al candidato que probablemente Tachyon estaba de vuelta en el Marriott teniendo sexo con Fleur van Renssaeler.

Hartmann contemplaba en silencio la nuca de Billy Ray mientras la limusina avanzaba lentamente en el tráfico, de defensa contra defensa, rumbo al hospital.

Jack pensó en el as secreto. Si esa clave en el fragmento de la fotocopia de Sara servía de algo, el as desconocido tenía que ser un veterano que de alguna manera había suprimido su prueba de sangre.

Esto descartaba a Jesse Jackson porque, siendo seminarista, había quedado exento del servicio militar. Todos los demás candidatos eran veteranos pero, según lo pensaba Jack, el sospechoso más probable era Leo Barnett.

Barnett era un predicador populista y carismático que afirmaba interpretar la palabra de Dios, cuyo rebaño había votado mayoritariamente por Reagan en las últimas dos elecciones, y lo había seguido ciegamente a las filas de los demócratas. Predicaba en contra del wild card y de la violencia de los wild cards, pero no tenía los votos como para obtener la candidatura, a menos que se suscitara un caos enorme en la convención y que la reacción negativa le diera la nominación. Quizá Barnett había estado en su torre, rezando para que cayeran desastres sobre Gregg Hartmann. Quizá los ángeles le habían dado gusto.

O quizá no habían sido los ángeles quienes le habían hecho el favor. Había otra posible clave en ese papel del «as secreto» de Sara: los garabatos que incluían una hilera de cruces. Quizá Sara había dibujado esas cruces pensando en el reverendo Leo Barnett.

Jack decidió no emitir un juicio hasta haber visto las cintas de video. Dukakis le daba la impresión de ser trabajador, inteligente y bastante aburrido. Difícilmente la clase de persona que emplearía a ases retorcidos para cortar en pedacitos a sus enemigos. Pero Barnett era fascinante.

En los videos, se movía por el escenario como una pantera recelosa, limpiándose cubetas de sudor con una sucesión de pañuelos enormes, con su voz pasando de un acento amigable y humilde al estilo de Virginia Occidental hasta un aullido lacerante, despreciativo y apocalíptico. Y quedaba claro que no era un fundamentalista cristiano descerebrado y vociferante. Sus ojos, de un azul profundo y helado, ardían con temible inteligencia. Sus mensajes estaban tan bien construidos, tan bien razonados –por lo menos dentro de su contexto apocalíptico– que sus habilidades de comunicación tenían que ser la envidia de cualquiera de los escritores de discursos de los otros candidatos.

Y Barnett era –Jack odiaba admitirlo– sexy. Todavía era menor de cuarenta años, y su apariencia de guapo rubio a lo Redford y el hoyuelo en su barbilla tenía al público femenino a sus pies.

Había una escena, increíblemente reveladora, en la que Barnett montaba a horcajadas a una joven de la alta sociedad, apenas mayor de edad, poseída por el Espíritu; mientras gritaba por su micrófono fálico, la chica balbuceaba sometida por el don de lenguas, retorciéndose y gimiendo en lo que para la mente hollywoodesca de Jack parecía claramente ser una serie de asombrosos clímax sexuales...

Y Jack, al ver la cara resuelta y los ojos feroces y depredadores del reverendo, intuyó que Barnett sabía que le estaba produciendo esos orgasmos a la chica, tan sólo con el poder de su presencia y de su voz, y se regocijaba por la retorcida gloria sexual del evento...

Jack recordó una noche en 1948: estaba sentado después de un debut de Broadway en un café de la Sexta Avenida con David Harstein, el miembro de los Cuatro Ases cuyo poder de feromonas, hasta ese momento, no había sido revelado al público. Sin que ellos lo supieran, en la misma calle se daba una reunión del Partido Comunista de Estados Unidos. La reunión terminó y varios de los miembros del partido acudieron a la cafetería y reconocieron a Jack y a Harstein. Lo que comenzó como una solicitud de autógrafos se convirtió en un debate político y combativo, ya que los camaradas, encendidos por la reunión que habían tenido, exigían una concurrencia ideológica por parte de las dos celebridades. Cazar nazis y derrocar a Juan Perón estaba muy bien, pero ¿cuándo iban a proclamar los Cuatro Ases su solidaridad con los trabajadores? ¿Y qué con asistir a las fuerzas antiholandesas en Java y al ejército de Mao en China? ¿Por qué los Ases no habían luchado junto al Ejército Popular de Liberación Nacional de Grecia? ¿Y qué con asistir a los rusos para purgar a Europa oriental de cualquier elemento dañino?

En resumen, todo el lado negativo de la celebridad.

Jack había estado a favor de decir buenas noches y seguir su camino, pero Harstein tuvo una mejor idea: sus feromonas infestaron la pequeña cafetería, haciendo que todos concordaran con sus sugerencias. Y poco después, los camaradas, incluyendo a varios forzudos trabajadores del puerto y a un par de intelectuales de anteojos con marcos de carey, estaban parados sobre el mostrador imitando a las Andrews Sisters. La clientela de medianoche pudo disfrutar de «Rum and Coca-Cola», «Boogie-Woogie Bugle Boy» y «Don't Sit Under the Apple Tree».

Jack pensó en lo fácil que había sido para Harstein controlar a la gente hostil, mientras veía el último video de Barnett grabado en Jokertown. Barnett se movía entre el entorno devastado de una pelea de pandillas en Nueva York, invocando los poderes del cielo para curar a Quasimán, que había resucitado de entre los muertos... y al ver eso, Jack supo, en la médula de sus huesos, la identidad del as secreto.

Barnett podía hacer que ocurrieran cosas. Cómo funcionaba ese talento, Jack no podría decirlo. Barnett debía ser capaz de afectar las cosas a distancia: hacer que los productores de televisión cortaran a comerciales cuando lo necesitara, obligar a candidatos como Hart y Biden a autodestruirse, hacer que sus seguidores lo amaran y le dieran dinero, quizá borrar al wild card de su propio expediente militar, borrar la impotencia de Tachyon y crearle lujuria por Fleur, quizá provocarles orgasmos a larga distancia a los fieles. El extraño chico de la chamarra de piel y las manos de serruchos mecánicos podía ser alguien a quien Barnett le había prometido sanar de la maldición de su wild card, con la condición de que cumpliera primero la voluntad del Señor.

Por Dios, se preguntaba Jack, *¿alguien ha visto realmente estos videos? ¿Alguien en realidad ha sido capaz de darse cuenta de lo importantes que son?* Eran como una llameante mano bíblica en el cielo, cuyo dedo índice señalaba a Leo Barnett.

Barnett. El as secreto tenía que ser Barnett.

Y ahora, Jack se mordisqueaba el labio inferior y miraba a Hartmann, preguntándose si le decía o no. Hartmann seguía viendo con esa intensidad peculiar a Billy Ray, que iba sentado en el asiento de copiloto, enfrente de él. Jack se preguntaba: *¿Acaso culpaba a Ray por lo que le había ocurrido a Ellen?* Según lo que otros le habían comentado a Jack, Ray, ciertamente, se echaba la culpa.

Jack comenzó a decirle algo a Hartmann, pero luego se tragó las palabras. Por alguna razón, no podía interrumpir los pensamientos de Hartmann, no después de los eventos de ese día.

Primero hablaría con Tach al respecto, pensó. Mostrarle las pistas a Tachyon, los videos. Entre los dos, podrían deducir una respuesta.

De cualquier forma, todo el asunto de control mental a distancia era mucho más conocido por Tachyon.

5:00 p.m.

SPECTOR ESTABA SENTADO EN EL ÁREA DE RECEPCIÓN DEL HOSPITAL, hojeando un ejemplar de *Reader's Digest*. El sillón de vinilo duro y color rojo había sido reparado con cinta adhesiva plateada. Una moribunda luz fluorescente parpadeaba y zumbaba arriba. El hospital apestaba. No sólo por el olor habitual de los antisépticos y de la enfermedad, sino por los jokers. Los deformes tenían un aroma apestoso muy propio. Pero era probablemente el único lugar en la ciudad que les ofrecía camas.

Una enfermera joven, delgada como riel y con ojos cansados caminó hacia él.

—Ya puedes verlo. Cuarto 205 –se retiró sin levantar la mirada de su portapapeles.

Spector se puso de pie, se estiró y caminó por el linóleo gastado del pasillo. Había decidido no cumplir el contrato. Por ningún motivo en el mundo iba a ayudar a que Barnett y la mierda de sus seguidores llegaran a la Casa Blanca. Claro, se quedaría con el dinero. Le ayudaría a forjar un nuevo comienzo para sí mismo, en alguna otra parte. Regresaría a Teaneck primero y reuniría sus pertenencias, luego desaparecería. Quizá pondría a girar un globo terráqueo y viajaría al punto sobre el que cayera su dedo, como en las películas. Estaba seguro de que encontraría muchísimos lugares donde sus talentos podrían ser comerciables. Si su actual empleador quisiera rastrearlo, bien podrían hacer su mejor esfuerzo. En realidad, eso no le preocupaba. Pero primero, quería asegurarse de que Tony se iba a recuperar. Después de eso, volvería volando a Jersey en el próximo avión.

Tocó a la puerta del 205, abrió y asomó la cabeza al interior. Tony abrió los ojos y sonrió. No era la misma sonrisa, con tantos dientes rotos.

—Pasa, por favor.

Spector se sentó en una silla junto a la ventana. Tony tenía un ojo cubierto con gasa y un hematoma abajo del otro. Había puntadas a lo largo del pómulo y en la frente. Sus labios estaban hinchados y descoloridos.

—¿Quieres que te saque de aquí?

—Mañana, quizá. Los doctores me dijeron que tuve un par de convulsiones, secuelas de la conmoción cerebral. Nada serio, pero es por eso que no me trasladarán de este lugar hasta en la noche. Me voy a quedar en el mismo hospital que… –cerró los ojos.

Spector asintió:

—¿Te duele hablar?

—Duele hasta cuando parpadeo. Y tú, ¿estás bien? –Tony se irguió–. ¿Se apiadaron de ti esos tipos, o qué?

—Estoy bien. Siempre quieren dañar más a los chicos guapos. Suponen que nosotros los feos ya tenemos suficientes problemas –Spector sacudió la cabeza–. Vas a hacer muy feliz a algún dentista. Le echará un vistazo a tu boca y verá todo un modular de música nuevo para su casa.

Tony guardó silencio por unos momentos.

—¿Supiste lo de Ellen?

—Sí –el aborto accidental de la señora Hartmann había sido la noticia del día–. Una muy mala suerte. Lo siento.

—En lo personal, yo también lo siento. Pero esto pondrá a este hombre en la cima de la convención –Tony se rascó la nariz y luego hizo una mueca de dolor–. Sé que eso suena un poco frío. Pero ayudará a tanta gente que pienso que vale la pena el sacrificio.

Spector miró el reloj digital sobre la mesa de noche.

—Tengo que irme, Tony. Tengo cosas que hacer. Quizá no tenga oportunidad de verte por un tiempo, pero siempre podré buscarte en la Avenida Pennsylvania.

—¿Podrías hacerme un favor antes de irte?

—Por supuesto, lo que quieras.

—Todas mis herramientas para escribir están en el Marriott. Sé que obtendremos la candidatura esta noche, de modo que tengo que terminar de escribir el discurso de aceptación. Hay un portafolios negro sobre la cama. Tiene todo lo que necesito, mi laptop, mi reproductor de discos compactos –Tony recargó sus hombros lo mejor que pudo en el respaldo de la cama, sentándose lo más derecho posible–. Con el accidente de Ellen y la historia sobre un asesino que anda merodeando, no hay nadie más que pueda ir por él. Creo que me perdieron de vista en medio de todo el embrollo.

—Caray, no creo que me permitan subir tan fácilmente a tu cuarto para recoger tus cosas –Spector se sintió mal por evadir la petición, pero en realidad no quería regresar al Marriott. Podría toparse con Barnett y tendría que matar a ese bastardo.

—No hay problema. Te escribiré una nota. Muéstrasela a los de seguridad en la entrada y ellos se encargarán de todo. Puedo llamar a la enfermera en la recepción del hospital y pedirle que te entregue la llave de mi cuarto.

Spector no podía decir que no, por más que quería.

—Está bien. Me tomará un poco de tiempo. El tráfico es una desgracia por estos rumbos.

Tony sonrió. Aun con los labios morados y partidos, el tipo se veía como un ganador. Tomó la mano de Spector y la apretó.

—Este equipo sigue funcionando.

—Correcto –dijo Spector, entregándole una pluma y un trozo de papel–. No permitiré que salgas allá afuera así como estás. Necesitarías una máscara para cubrir todas esas puntadas.

Tony lo tomó del codo.

—Eso es, Jim. Máscaras. Ése es el ángulo que voy a trabajar. Algo que realmente ponga en primer plano los derechos de los jokers –soltó a Spector y alzó las manos–. América, ponte una máscara por un día para que veas cómo se siente ser tratado como algo menos que un ser humano.

Spector guardó silencio por un momento.

—Creo que necesita trabajarse más.

—No hay problema. Ahora que tengo el ángulo, las palabras saldrán solas –Tony comenzó a escribir.

—Traeré tus cosas lo más pronto que pueda –Spector no sacudió la cabeza hasta que salió del cuarto.

6:00 p.m.

Proyectado en la pantalla del microscopio electrónico, el wild card se apreciaba con su distintivo patrón de cristal.

—Dios mío –suspiró Ackroyd–. Es hermoso.

Tachyon echó sus rizos hacia atrás.

—Sí, supongo que lo es –sonrió–. Confíen en nosotros los taquisianos para crear un virus que iguale nuestro ideal estético.

Giró sobre su banco de laboratorio en el momento preciso en que Hiram comenzó a resbalar hacia el piso, de espaldas a la pared.

—¡Ackroyd!

Cada uno tomó un brazo, pero era como tratar de detener una avalancha. Los tres acabaron sentados en el piso. Hiram pasó una mano sobre sus ojos y musitó:

—Lo siento, debí perder la conciencia por un instante.

Tach sacó su anforita y la colocó en los labios de Hiram. Worchester bebió brandy, y luego su cabeza cayó de lado, como si su cuello fuera demasiado frágil para soportar su peso. Tenía una costra enorme y horrenda en el cuello. Tach la tocó cuidadosamente con un dedo índice e Hiram se reincorporó abruptamente.

—Oye, ¿me puedes dar un trago de eso? –dijo Jay señalando la anforita con el mentón–, ha sido una semana infernal –la manzana de Adán del detective bailoteó mientras le daba un trago al brandy. Ackroyd soltó un suspiro y se limpió la boca.

—¿No puede haber duda alguna? –los ojos de Hiram le rogaban a Tachyon.

—Ninguna.

—Pero sólo porque es un as… pues eso no comprueba nada. Estaría loco si admitiera lo del virus. Podría ser uno de los latentes.

Los tres hombres se sumergieron en un silencio incómodo. Tachyon, de cuclillas, miró atentamente el techo. Tres pisos arriba de él, Ellen Hartmann descansaba en su cuarto del hospital. Soñando con el niño que había perdido. Sin soñar jamás que su esposo era un as secreto, y posiblemente un asesino sin piedad. ¿O acaso lo había sabido desde un principio?

Jay se aclaró la garganta y preguntó:

—Entonces, ¿qué hacemos ahora?

—Muy buena tu pregunta –dijo Tachyon en un suspiro.

—¿Quieres decir que no sabes?

—Contrario a la creencia popular, no tengo la solución para todos los problemas.

—Tenemos que conseguir más pruebas que esto –dijo Hiram, poniéndose de pie.

Por encima de su hombro, Ackroyd señaló con un pulgar hacia la pantalla del microscopio.

—¿Qué más pruebas necesitas?

—¡No sabemos si ha hecho algo malo!

—¡Ordenó que mataran a Chrysalis!

Los dos hombres estaban nariz contra nariz, respirando apenas, furiosos.

—Exijo evidencia de que ha hecho algo malo –Hiram golpeó un puño contra la palma de una mano.

—Eso es evidencia –aulló Ackroyd, apuntando nuevamente hacia la pantalla.

Tachyon gritó:

—¡Basta! ¡Basta!

Las manos de Hiram se posaron en los hombros de Tachyon:

—Tú ve con él. Habla con él. Puede haber una explicación lógica. Piensa en todo el bien que ha hecho…

—Cómo no… –las palabras destilaban sarcasmo. Ackroyd le dio otro trago a la anforita.

—Piensa en lo que podríamos perder –exclamó Hiram.

—Y él simplemente le mentirá a Tachyon. ¿Adónde demonios nos llevará eso?

—Él no me puede mentir a mí –las manos de Hiram cayeron de sus hombros, y el gran as dio un paso hacia atrás. Tach se irguió a toda su altura, que realmente no era mucha. Dignidad y poder de mando lo envolvieron como un manto–. Si voy con él, sabes bien lo que haré –los ojos de Hiram se llenaron de una tonta miseria, pero asintió resignadamente–. ¿Aceptarás la verdad de lo que lea en su mente?

—Sí.

—¿Aunque sea inadmisible en una corte?

—Sí.

El alienígena giró para enfrentar a Jay.

—En cuanto a ti, señor Ackroyd, llévate el saco. Destrúyelo.

—¡Oigan, ésa es nuestra única prueba!

—¿Prueba? ¿De verdad estás sugiriendo que publicitemos esto? Piensa… lo que tenemos podría significar la ruina de todos los wild cards de Norteamérica.

—Pero él mató a Chrysalis, y si no cae por el crimen le cargarán la culpa a Elmo.

Tachyon se pasó los dedos por el cabello, enterrándose las uñas en su cuero cabelludo.

—Maldito seas, maldito seas, maldito seas.

—Mira, no es mi culpa. Pero prefiero darme un tiro que aceptar algún trato sucio que deje libre al asesino de Chrysalis.

—Te juro por mi honor y por mi sangre que no dejaré que Elmo sufra.

—¡No me digas! ¿Y qué vas a hacer?

—¡Aún no lo sé! –Tachyon apagó el microscopio de un golpe fuerte, llevó el portaobjetos al baño, abrió la llave y las fibras manchadas de sangre desaparecieron por el caño.

Hiram marchó hacia la puerta junto con el alienígena. Tach le puso una mano sobre el pecho.

—No, Hiram. Debo hacerlo solo.

—¿Y si tiene al Chico Manos de Sierras ahí, esperándote? –preguntó Jay.

—Tendré que asumir ese riesgo.

7:00 p.m.

Spector colocó la insignia de visitante especial en su solapa y se rio en silencio. A principios de esa semana, hubiera matado hasta quedar rodeado de cadáveres que le llegaran a la cintura con tal de obtener una de esas identificaciones. Ahora ya no la necesitaba. A veces, así era la maldita vida.

El piso de Hartmann estaba sorprendentemente callado. Había esperado encontrarse con asistentes y agentes del Servicio Secreto por doquier. Spector sacó la llave del cuarto de Tony y contó los números de los cuartos en su cabeza. Sentía que ya era hora de salir del país. Irse a Australia, quizás, o algún otro lugar donde hablaran algo parecido al inglés. Se detuvo frente al cuarto de Tony e ingresó la llave. Al momento de empujar, sintió que alguien la jalaba del otro lado.

Spector dio un paso atrás. Un joker ataviado con indumentaria del Servicio Secreto vio su gafete de visitante y con un gesto le pidió entrar. El joker era alto y enjuto, y al pasar Spector lo inspeccionó de pies a cabeza. Sus cejas prominentes, con escamas, y unas bolas feas en su frente eran los únicos signos visibles de su condición de joker. Spector supuso que había más, pero no le interesaba lo suficiente como para preguntar.

—¿Quién eres? —preguntó el joker mecánicamente.

—Soy amigo de Tony Calderone. Me mandó a recoger sus implementos de escritura —Spector indicó un portafolios negro que estaba sobre la cama—. Creo que es ése.

—Ya veo. ¿Puedes poner las manos sobre la cabeza, señor? —Spector hizo lo que le pidió y el joker lo registró rápida pero cuidadosamente. Spector se tensó. Si este tipo lo observaba demasiado tiempo, era posible que lo reconociera. Estaba seguro de que los federales tenían un expediente sobre su persona, con la palabra Deceso escrita con letras grandes en la cubierta—. Esto es nuevo para mí, de modo que lo voy a verificar con Calderone —el joker se dirigió al teléfono, buscó el número en una libreta y comenzó a teclear. Tuvo cuidado de no darle la espalda, pero no mostraba señales de haber reconocido su cara—. Con Tony Calderone, por favor —una breve pausa—, Tony. Habla Colin. Hay un tipo aquí que dice que viene por tus cosas para escribir. Sí lo enviaste. Descríbemelo, por favor. Muy bien. Sí. Lo siento, es sólo que lo olvidamos —Colin colgó—. ¿Tú eres Jim?

—Sí. ¿Ya terminaste conmigo?

El joker alzó una mano, pidiendo silencio, y puso un dedo sobre el auricular.

—Sí, todavía estoy en el cuarto de Calderone. Hay un tipo aquí que irá a entregarle sus cosas para escribir al hospital —continuó—: ¿por qué nadie me recordó que lo había olvidado? —larga pausa—, no, la gente del hotel dice que nadie se volvió a quedar anoche en el cuarto de Baird. Muy bien, lo verificaré nuevamente más tarde, pero creo que estamos perdiendo el tiempo. Te hablo después —el joker suspiró y se dirigió a la puerta—. Vete cuanto estés listo —le dijo a Spector—. No olvides decirle a Tony que lo siento.

Spector asintió secamente y no respiró hasta que la puerta se cerró. Ya sabían acerca de Baird. Aunque ahora ya no era importante, pues él se iría de la ciudad. Aun así, mientras más rápido se largara a la mierda, más feliz estaría. Se sentó en la cama y abrió el portafolios. Una computadora pequeña y un reproductor de discos compactos, un montón de cachivaches, tal como dijera Tony. Lo cerró y se dirigió al baño para tomar un poco de agua. Para variar, la ciudad era un horno ese día, y no cabía esperar otra cosa. Depositó el portafolios junto al inodoro e iba a abrir la llave cuando escuchó voces.

Quienesquiera que fueran, ninguno de ellos sonaba muy contento. Spector pegó el oído a la pared. Su estómago se retorció cuando pudo detectar quién estaba discutiendo. Tachyon. Reconocería la vocecita remilgada de ese desgraciado en cualquier parte. Y parecía estar discutiendo con Hartmann. Spector se sentó en el inodoro con la esperanza de que nadie entrara al cuarto mientras escuchaba a escondidas.

♠

Tenía ante él la vertiginosa caída hacia el lobby del Marriott. Tach se dio cuenta, de una manera distante y clínica, que sus manos se aferraban a la balaustrada tan fuertemente que sus nudillos se habían puesto blancos.

Sólo trepa por ahí. Más allá de los cables de seguridad. Suéltate. Una larga caída hacia la paz. Una oportunidad para finalmente descansar. Para no ser responsable. Las lágrimas ardían en sus ojos, de por sí ya adoloridos, pero la desesperación se disipó rápidamente. Era un príncipe de la casa Ilkazam, y su linaje no engendraba cobardes.

Poniéndose firme, se paró ante la puerta de la suite de Hartmann. *Quizá, como cree Hiram, hay una explicación lógica.*

Pero según Jay, Digger había visto a Hartmann observar con placer mientras un as jorobado con manos como serruchos mecánicos destripaba a Kahina en la oficina del Palacio de Cristal.

Y la noche anterior, ese mismo jorobado intentó matar a Sara y a Jack.

Mató a Andi, mató a Chrysalis, y ahora me matará a mí... a mí... a MÍ.

El golpe de sus nudillos en la puerta resonó con fuerza en el pasillo. De abajo ascendía el sonido de la algarabía. Gregg iba a llevarlo al matadero, el matadero, ¡el matadero!

Y a mí se me acaba el tiempo, el tiempo, el tiempo.

Carnifex abrió la puerta. Parecía como si estuviera encogido. Se podía ver la tristeza en sus ojos verdes.

—Necesito ver al senador, Billy.

El as hizo una señal con su mano libre. Tachyon entró a la suite. Gregg estaba sentado en una silla cerca de la ventana, meciendo una bebida entre sus palmas.

—¿Celebrando?

El senador alzó la cabeza, sorprendido.

—Bueno, todavía no, pero espero que sea pronto. ¿Dónde has estado? Envié a Jack a buscarte. Quería que visitaras a Ellen conmigo.

Tachyon observó con detenimiento el rostro fino. Las arrugas de la risa dibujadas alrededor de los ojos. La boca sensible que se había apretado de furia cuando el senador había enfrentado salvajismo en Siria y en Sudáfrica. El poder de Tachyon temblaba como algo viviente, pero lo mantenía bajo control, aterrado al considerar penetrar la mente detrás de esa cara conocida y amigable.

Tachyon se espabiló un poco. Su silencio continuo parecía irritar a Hartmann.

—¿Qué demonios te pasa? Estoy a punto de obtener la candidatura.

—Saca a Ray de aquí.

—¿Qué?

—Sácalo de aquí.

Con expresividad, Hartmann entornó los ojos en dirección del as. Era, claramente, una expresión que decía «síguele la corriente». El agente asintió y salió.

—Ahora sí, Tachy, ¿qué pasa, pues? ¿Gustas un trago? –alzó la botella.

—Eres un as.

Gregg soltó una risotada.

—En verdad, doctor, creo que has estado trabajando demasiado…

—Sometí a pruebas la sangre que estaba en el saco que usabas en Siria –por un instante relampagueante, el hombre se quedó frío. Pero la cara que le presentó a Tachyon era indiferente.

—Lo niego. Categóricamente.

—Está escrito en tu sangre.

—Es el saco equivocado. La sangre equivocada. Una treta fabricada por mis enemigos.

—La sangre equivocada –Tachyon repitió las palabras meditativamente, saboreándolas–. Sí, efectivamente, sí negociaste con la sangre equivocada cuando ordenaste que mataran a Chrysalis.

—No tuve nada que ver con la muerte de Chrysalis.

—Dejaste demasiados cabos sueltos, senador. Digger, Sara. Todo está quedando al descubierto, todo.

—Nadie les creerá a ellos. Jamás. Ni a ti.

—Tengo la prueba de sangre.

—Y nunca la publicarás –Hartmann sonrió, leyendo la respuesta en el rostro de Tachyon–, aun suponiendo que fuera verdad, y no lo es –volvió a llenar su vaso y se acomodó en el sofá, rebosando confianza.

—Un leve toque de mi poder, y quedarás desnudo ante mí –advirtió Tachyon–. Puedo verte. Puedo leer la verdad de lo que eres.

Un pánico desnudo retorció la cara del político. Saltó del sofá, y el bourbon manchó la alfombra al caer el vaso de su mano.

—Esto es una locura, has perdido la razón. Ray. ¡RAY!

Tachyon lo golpeó. Con fuerza. Dos golpes rápidos y certeros al estómago de Hartmann. La furia poseía al alienígena como una fuerza física. Temblaba de rabia por la traición.

Gregg se tambaleó hacia atrás, agarrándose el estómago, con la boca abierta, intentando respirar.

Tachyon lanzó su poder, se adueñó del humano, lo enderezó. Podía ver el terror en sus ojos, de pie e indefenso, presa del imperativo mental del taquisiano.

Entró en un lugar de putrescencia. Lo miraban ojos rasgados que ardían con rabia y odio hacia él. Algo más allá de todo lo imaginable. *El Titiritero.* Aulló y peleó, retorciéndose mientras Tachyon, con la precisión de un cirujano, iba pasando por los años como si fueran pliegues de piel putrefacta. Leyó un relato de muerte y de dolor y de terror.

El frenesí de ávida glotonería mientras que el bebé y Gimli caían, desapareciendo en la oscuridad. Chupando el dolor y el miedo de Ellen. La explosión de su lujuria mientras un joker, libre de toda atadura, caía encima de una mujer, a la que violaba brutalmente. Un festín de sangre en Berlín, mientras el enloquecido e impredecible títere Mackie Messer destazaba a sus otrora acompañantes. Húmedo y salado. Las emociones de Mackie mientras chupaba el pene de Gregg. Sobornar y luego asesinar al técnico que le había hecho la prueba de sangre. El crujido de huesos, mientras Roger Pellman aplastaba el rostro de Andrea Whitman con una piedra. Sabroso. Sabroso. Una sensación orgásmica. Hinchada y distendida la cosa se alimentaba de los indefensos, los solitarios, los temerosos.

Las emociones y los recuerdos eran tan fuertes que Tachyon sintió un ardor de respuesta en su propia entrepierna, aun cuando su estómago quería vomitar del asco. Le gritó, furioso, a esa cosa, a ese monstruo que podía sacar a relucir lo peor de su propia naturaleza más oscura.

El Titiritero rio, una masa giratoria y nauseabunda de violeta y rojo. Tachyon asumió la forma de una hoja de plata y cristal. Voló hacia el monstruo. Lo devolvió de golpe a su madriguera. Erigió barrotes de llamas. Era la criatura más terrorífica y poderosa que jamás había encontrado el taquisiano.

Retirándose al interior de su propio cuerpo, Tachyon reconoció el hedor de su propio sudor, el violento tremor que sacudía su cuerpo. Hartmann estaba tirado sobre el sofá.

—Jamás serás presidente. *¡Jamás!*

Gregg se puso de pie, lentamente, una acción llena de amenaza. Se irguió por encima del minúsculo alienígena.

—No puedes detenerme. ¿Cómo podrías detenerme... detenernos... hombrecillo?

Fue formándose la réplica del taquisiano, sin que la pensara, pero Tachyon la suprimió antes de que rebasara sus dientes. *Matándote.* No, era lo último que podría hacer. Una muerte repentina llevaría a una autopsia, y una autopsia... a la ruina.

Dio media vuelta y salió del cuarto.

◆

Spector presionó contra el muro con su puño hasta que oyó que sus nudillos comenzaban a crujir. Agarró la perilla de la puerta contigua y trató de girarla. No tuvo suerte. Respiró profundamente, recogió el portafolios y caminó de vuelta a la recámara. Puso el portafolios sobre la cama y se frotó el puente de la nariz.

Hartmann estaba tomándoles el pelo a todos. Tony había recibido una paliza por nada. Los jokers en el parque estaban apoyando un fraude. El muy desgraciado era un as y, además, era un as demente. Un líder criminal, como el Astrónomo, que manipulaba gente para que hicieran su trabajo sucio mientras él mantenía limpias sus propias manos. Spector rechinó sus dientes. Él también se había creído las mentiras de Hartmann. Y no le gustaba que lo agarraran desprevenido. La rabia hacía hervir la ira en su interior. Tenía que hacer algo, lo que le habían encargado desde un principio.

Tachyon probablemente sería inútil. Estaba tan ahogado con su propio sentido de grandeza personal que supondría que retirarle su apoyo al candidato sería suficiente. Qué tipo tan idiota y tan patético. Tratar el síntoma en vez de la enfermedad, como siempre, y dejar que alguien más haga el trabajo realmente difícil. Spector estaba demasiado molesto como para calcular cuánto tiempo había pasado desde que Tachyon saliera del cuarto del senador, pero aún oía a Hartmann moviéndose de un lado a otro en la habitación contigua. Ahora es cuando darle su merecido, antes de que lleguen más tipos del Servicio Secreto. Acomodó los hombros de su saco, salió al pasillo y caminó hasta la puerta de Hartmann. Su mano estaba sobre la perilla cuando escuchó a alguien.

—Oye, ¿tú quién eres?

Spector quitó la mano de la perilla como si hubiera recibido un toque eléctrico y giró hacia el sonido de la voz. Era Jack Braun, y Golden Boy se veía suspicaz y a disgusto. Spector no pensó, corrió. Oía pasos pesados, Braun venía tras él.

Spector corrió por el pasillo y abrió la puerta de las escaleras. Alguien lo tomó del brazo al momento de entrar. Un agente del Servicio Secreto, alto, rubio, trató de empujarlo contra la pared. Spector le quitó los lentes al tipo y enganchó su mirada a la de él. ¿Por qué no lo dejaban en paz estos refugiados de las Juventudes Hitlerianas? Golden Boy entró por la puerta justo en el momento en que el agente caía muerto en el piso.

Jack se había sentado en el piso de abajo, en las oficinas generales de Hartmann, comiendo pizza, esperando a que Tachyon terminara su reunión con Hartmann. En general, el ambiente era de júbilo. Hartmann estaba a menos de cien votos de los 2,082 necesarios para ganar, y parecía que ni todos los esfuerzos de un pelotón de ases secretos serían capaces de detener su progreso. Planeadores As Volador se elevaban por todo el cuarto. Amy Sorenson reía en un rincón, charlando con Louis Manxman. Incluso Charles Devaughn permitía ocasionalmente que momentos de felicidad irrumpieran en su semblante siempre serio e intenso.

Aun así, Jack estaba preocupado. Necesitaba hablar con Tachyon. Era seguro que Barnett recurriría a medidas desesperadas, y los guardianes de Hartmann tendrían que estar preparados. Se terminó su pizza y se dirigió al otro lado del cuarto, donde Amy platicaba con el periodista.

—Discúlpenme –les dijo–, pero ¿ya habrá terminado la reunión del senador con Tachyon?

Amy lo miró con una sonrisa relajada.

—¿Tachyon? Es posible que todavía esté allá arriba. No lo sé.

—Gracias –su breve respuesta pareció sorprender a Amy. Jack se dio la vuelta y trotó hacia la puerta, pasando junto a Billy Ray quien, con una servilleta, trataba de quitarle manchas de salsa de tomate y queso a su traje blanco.

Jack tomó el elevador hacia el piso de Hartmann. Un sujeto de apariencia poco distinguida, con la cara cubierta de cicatrices de acné, probaba la perilla del cuarto de Hartmann. Se encendieron alarmas en la mente de Jack. Comenzó a caminar más rápido.

—Oye –dijo Jack–, ¿tú quién eres?

El tipo lo miró, sorprendido, y se echó a correr.

La propia sorpresa de Jack casi lo paró en seco, pero recordó que lo que le tocaba hacer era perseguir. Clavó las puntas de los pies en la alfombra y corrió.

Éste, pensó, *no se me va a ir.* El sujeto se dirigía a las únicas escaleras en este pasillo, y Alex James estaba asignado a ese lugar. Entre Alex y Jack, este personaje no iba a lograr escapar.

El intruso corrió a toda velocidad hacia la puerta metálica de las escaleras, que abrió y azotó con un golpazo sonoro que hizo eco en el pasillo silencioso. La puerta se cerró. Por encima del viento que silbaba en sus oídos, Jack oyó los sonidos de un forcejeo.

Luego escuchó un grito.

El alarido, como para congelar médulas, un sonido final de terror y de desesperación que encendió los nervios de Jack.

Burbujeando, el alarido se disipó.

Jack se impulsó hacia delante como corredor en base que se lanza hacia segunda y golpeó la barra de la puerta con ambas manos. La puerta se abrió estruendosamente y luego se cerró de golpe: Jack rebotó, de cabeza, contra la puerta, y se detuvo en seco. Soltó un gruñido mientras arrancaba la puerta de sus bisagras; su poder inundaba el pasillo con brillante luz dorada.

Alex James estaba tirado en el descanso de las escaleras, su rostro congelado en el rictus de su alarido final, la mano aferrada al mango de su pistola. Un escalofrío bailó en la columna de Jack al ver la cara, y por primera vez entendió que el asesino podría ser un wild card.

Lo siento por él, pensó Jack.

Con éste, nada de juegos. No iba a permitir que este asesino se escapara como el jorobado.

Se oyeron pasos en las escaleras mientras el asesino daba la vuelta al pasamanos de metal al final del primer tramo de escalones. Jack alcanzó a ver al intruso, su rostro pálido, lleno de cicatrices y con el cabello despeinado, bajando cuatro o cinco escalones a la vez. Jack no se preocupó por seguirlo por las escaleras; en vez de eso, se arrojó por encima del pasamanos y cayó directamente hasta el segundo descanso.

Al ir cayendo, el asesino quedó justo debajo de él, y Jack, en ese momento, soltó una patada. Su pie aventó al asesino, quien rebotó en un muro y cayó sobre el descanso. Jack aterrizó en cuclillas y giró para enfrentar al asesino. El sujeto, con el rostro crispado por la sorpresa y el dolor, trataba de reincorporarse sobre el concreto sucio.

El triunfo rugió como un viento ardiente a través del corazón de Jack. Saltó frente al asesino, plantó ambos pies en el suelo y lanzó un puñetazo.

El sujeto lo vio venir y trató de hacer la cabeza a un lado, pero el puño de Jack lo golpeó al lado de la quijada. Un chorro de sangre salpicó la rugosa pared de concreto. El asesino rebotó en dos paredes distintas y cayó por el tercer tramo de escalones, azotando de lado. Los pies de Jack lo hicieron perder el equilibrio con la fricción. La parte superior de su cuerpo cayó hacia delante sobre las palmas de sus manos.

Jack se reincorporó, con el corazón martillando, y se sacudió sangre de los nudillos. El asesino no se movía. Jack se acercó cautelosamente.

Algo crujió bajo uno de sus pies. Jack levantó el tacón y vio que era uno de los dientes del asesino.

Un torrente de sangre bajaba por las escaleras desde el rostro mutilado del asesino. La quijada aplastada colgaba de una tira de piel.

Jack hizo una mueca. En verdad necesitaba tiempo para acostumbrarse a los resultados de la violencia intensa, y no se lo había tomado. No había estado en una pelea desde que el *Carta Marcada* había hecho escala en París.

Se arrodilló junto al sujeto y estudió el rostro cubierto de sangre. Quizás había visto antes a este hombre.

Los ojos del asesino se abrieron y miraron fijamente los de Jack.

La muerte saltó desde los ojos del sujeto y asió del corazón a Jack.

Había sangre por doquier, y era suya. Spector agarró su quijada dislocada, respiró profundamente varias veces y la clavó de vuelta en su lugar. Parpadeando, se deshizo de las lágrimas, pero no del desquiciante dolor. Se puso de pie, lentamente, y se recargó contra la pared.

Golden Boy no se movía, y tampoco parecía estar respirando. En realidad, Spector no había considerado que podría lastimar a Braun o, mucho menos, matarlo, pero le daba gusto haberse equivocado. Mas no era momento de impresionarse consigo mismo. Tenía que moverse. La pelea había sido rápida, pero escandalosa, y en cualquier momento podrían llegar más agentes del Servicio Secreto.

Se quitó los zapatos con su mano libre y bajó las escaleras. Un piso. Dos pisos. Ansiaba ya estar muy lejos, haber perdido esa cuenta de pisos que llevaba. Podrían hacer pruebas con la sangre regada en el descanso y descubrir que era un as. Un as asesino. Presionó las orillas de su mejilla arrancada, uniéndolas con su pulgar y el dedo índice. La piel comenzó a suturarse sola. ¿Ya llevo diez pisos? ¿Y cuántos pisos en total?

Se abrió una puerta en el piso de arriba. Spector se desplazó hasta el muro y siguió bajando, pegado a la pared. Sabía que había alguien arriba de él, que miraba hacia arriba y hacia abajo, buscando una mano agarrada del pasamanos o a alguien mirando hacia arriba. No iba a cometer ese error. Pero ¿cuál sería su paso siguiente? Todavía tenía la llave del 1031. Era riesgoso, pero no se le ocurría otra opción.

Ambos lados de su cuerpo le dolían horrendamente. Golden Boy le había roto un par de costillas también. Sin embargo, Spector respiraba sin problemas; por lo menos no tenía los pulmones perforados. Se detuvo en el descanso del décimo piso y se quitó la chamarra. Su quijada seguía conectada a su cráneo, pero era un hecho que no podría hablar por un tiempo. Usó el interior del saco para limpiarse la sangre de la cara y del cuello. Ya se había secado en algunas partes y tuvo que quitarse las costras con las uñas.

Allá arriba se oían voces y pisadas. Spector no podía calcular qué tan lejos estaban o siquiera si se dirigían hacia abajo. Pero donde estaba, era un blanco fácil. Eso era más que seguro. Escupió en sus palmas y se frotó la cara para tratar de eliminar la sangre que pudiera verse. Su quijada aún se sentía como si un fortachón de circo estuviera intentando arrancarla de un jalón.

Spector se puso nuevamente los zapatos y abrió la puerta, luego entró al pasillo asegurándose de que se cerraba en silencio. Dobló el saco sobre su brazo, para que no se viera sangre, y caminó lentamente hacia el espacio abierto del vestíbulo. El área del lobby estaba más concurrida que el pasillo, pero nadie parecía prestarle mucha atención. Tosió, al sentir que un trozo de sangre seca se aflojaba en su garganta. Un hombre en el barandal se volvió, lo miró brevemente y volvió a concentrar su atención hacia el patio de luces.

—Golden Boy –dijo el hombre, ebrio, y señaló con una mano temblorosa. Spector miró de frente y apresuró el paso. Percibió el movimiento en el rabillo de su ojo. Un planeador *Golden Boy* volaba en espirales lentas hacia la planta baja. Spector sabía que sonreír le dolería, de modo que no lo intentó. Había matado a Braun y al Astrónomo. ¿Quién más en el mundo podría haber hecho eso? Si pudiera acercarse suficientemente a Hartmann, no importaría que el senador fuera un as. También lo mataría.

Bajó por su pasillo hasta la puerta del 1031. Nuevamente había logrado escapar. Era casi como si alguien estuviera de su lado. Quizá Dios trataba de compensar todos esos años de mierda. *Que siga así*, pensó Spector. Metió la llave electrónica en la ranura, esperó a que se encendiera la luz verde y entró.

♠

—El boleto de avión estaba a nombre de *George Kerby*.

La voz de Ackroyd se tornó aguda al decir las últimas dos palabras. Tachyon sacó su llave electrónica de la puerta y la guardó. Al entrar, oyó que Hiram murmuraba:

—Boletos a nombre de un fantasma.

Y Ackroyd:

—Sí, un fantasma. Un espectro.

—¡James Spector! –dijo Hiram.

—Y ambos George Kerby volvieron de entre los muertos –dijo Jay–. Ella contrató a ese hijo de puta, Deceso.

Le daban la espalda. No habían notado su entrada sigilosa.

—Tenemos que avisarles –dijo Hiram. Caminó al otro lado del cuarto, levantó el teléfono y marcó a la operadora–. Conécteme con el Servicio Secreto.

Finalmente advirtieron su presencia. Hiram lo veía con cierto temor, Ackroyd con ojos entrecerrados, como de víbora.

—No... no es cierto, ¿verdad? –dijo Hiram, desesperadamente–. Dime que todo es un terrible error, Gregg no puede ser... –la lástima lo sobrecogió por la pérdida de los sueños, por el quebrantamiento de la fe.

—Hiram –dijo Tach suavemente–, mi pobre, pobre Hiram. Vi su mente. Toqué al Titiritero –nuevamente regresó el horror, y Tachyon se estremeció–. Es mil veces peor de lo que jamás pudimos imaginar.

La fuerza abandonó sus piernas y Tach se sentó en la alfombra, sepultó su cabeza en sus manos, comenzó a llorar. A través de su tristeza oyó que Hiram decía:

—Dios me perdone.

¿De qué te tiene que perdonar Él? Yo debí haberlo visto. ¡Veinte años! Debí darme cuenta. ¡Debí haberlo sabido! Los sollozos, desgarradores, le herían el pecho. Tachyon se dio cuenta de que estaba cayendo en un ataque de histeria. Gravemente trató de controlarse y los llantos comenzaron a sosegarse.

—¿Qué vamos a hacer? –preguntó Hiram.

—Dar el pitazo –dijo Jay.

Tachyon se incorporó de un salto.

—¡No! –dijo–. ¿Te has vuelto loco, Ackroyd? El público jamás debe saber la verdad.

—Hartmann es un monstruo —objetó Jay.

—Nadie lo sabe mejor que yo —dijo Tachyon—. Yo nadé en la cloaca de su mente. Sentí la vileza que vive dentro de él, el Titiritero. Me tocó. No puedes imaginar lo que se siente.

—No soy telépata —dijo Jay—. Arréstenme, pues. Pero ni así te ayudaré a encubrir a Hartmann.

—No entiendes —dijo Tachyon—. Durante casi dos años, Leo Barnett ha estado llenando el oído público con advertencias terribles sobre la violencia de los wild cards, encendiendo sus miedos y su desconfianza hacia los ases. Y ahora propones que les digamos que tenía razón todo este tiempo y que, en efecto, un monstruoso as secreto ha subvertido su gobierno. ¿Cómo crees que van a reaccionar?

Jay se encogió de hombros.

—Muy bien, pues será electo Barnett, ¿y qué? Tendremos a un idiota de derecha en la Casa Blanca durante cuatro años. Ya logramos sobrevivir a Reagan durante ocho.

Aquella estupidez pasmó a Tachyon.

—No puedes entender ni la mitad de lo que encontré en la mente de Hartmann. Los asesinatos, las violaciones, las atrocidades, y él siempre en el centro de su red, con el Titiritero jalando sus hilos. Te lo advierto, si la historia completa llega a saberse, la repugnancia pública dará inicio a un reino de terror que hará que las persecuciones de los cincuenta se vean como algo sin chiste —el alienígena gesticulaba salvajemente—. Él asesinó a su bebé aún nonato, y se regocijó con el dolor y el terror de su muerte. Y sus títeres... ases, jokers, políticos, líderes religiosos, policías, cualquiera que sea lo suficientemente ingenuo como para tocarlo. Si sus nombres llegan a conocerse...

—Tachyon —interrumpió Hiram Worchester. Su voz era baja, pero la angustia sollozaba en cada sílaba.

Tachyon miró a Hiram con culpabilidad.

—Dime —dijo Hiram—, estos... títeres. ¿Acaso yo... acaso yo fui... uno de...? —no pudo terminar, se ahogaba con las palabras. Tachyon asintió, un asentimiento rápido, breve. Una solitaria lágrima rodó por su mejilla. Miró hacia otro lado.

Detrás de él, Tach escuchó decir a Hiram:

—De una manera grotesca, es algo casi chistoso —pero no se rio—. Jay, tiene razón. Éste debe ser nuestro secreto.

Cuando se volvió, Tach vio que la mirada de Ackroyd alternaba entre Hiram y él. Los ojos del detective rebosaban amargura:

—Haz lo que quieras –le dijo–, pero no esperes que vaya a votar por ese bastardo. Aunque estuviera empadronado.

De pronto, Tach se dio cuenta de que esto era demasiado importante. No podía depender solamente de sus declaraciones, a secas.

—Tenemos que hacer un juramento –dijo Tachyon–. Un juramento solemne de que haremos todo lo que esté en nuestro poder para detener a Hartmann y de que nos llevaremos este secreto a nuestras tumbas.

—Ay, no exageres –gimió Jay.

—Hiram, ese vaso –espetó el alienígena. Hiram le pasó el trago a medio terminar y Tachyon derramó su contenido en la alfombra. Se agachó, sacó el largo cuchillo de la funda en su bota y lo alzó ante los ojos azorados de los humanos–. Debemos dar nuestra palabra bajo hueso y sangre –dijo.

Empuñaba el arma con la mano bañada en sudor, pero, así, dio un tajo vigoroso en su muñeca izquierda. Le dio gusto que su única reacción fue una suave y casi inaudible inhalación. Quizá la Tierra no lo había ablandado tanto como temía. Tach sostuvo la herida en la orilla del vaso hasta que hubo tres centímetros de sangre en el fondo, luego vendó su muñeca con un pañuelo y le pasó el cuchillo a Ackroyd.

El detective sólo miró el arma.

—Debes estar bromeando.

—No.

—¿Y qué tal si simplemente orino en el vaso? –sugirió Jay.

—La sangre sella el juramento.

Hiram dio un paso adelante.

—Lo haré dijo, tomando el cuchillo. Se quitó su saco de lino blanco, se enrolló la manga y se hizo la cortada. El dolor lo hizo inhalar fuertemente, pero su mano no titubeó.

—Demasiado profunda –musitó Tachyon. La cortada era lo suficientemente profunda como para ser peligrosa. ¿Acaso Hiram estaba tan devastado por la traición que veía el suicidio como una opción? Hiram hizo una mueca de dolor y sostuvo su mano encima del vaso. La línea roja se deslizó hacia arriba.

Tachyon le echó una mirada severa a Ackroyd.

Jay soltó un largo suspiro.

—Entonces, si ustedes dos son Huck y Tom, supongo que yo termino siendo el negro Jim —dijo—; recuérdenme de ir a que me revisen la cabeza cuando esto haya terminado —tomó el cuchillo y soltó un chillido cuando la hoja se encajó en su piel.

Aceptando la copa ofrecida por un sudoroso Jay, Tachyon agitó el vaso para mezclar todas las sangres, luego lo alzó e inició un cántico en taquisiano. Concluyó diciendo:

—Por Sangre y Hueso, así sello mi juramento —echó su cabeza hacia atrás y vació una tercera parte del vaso de un solo trago.

Tachyon le pasó el vaso a Hiram. Los dos humanos se veían a punto de vomitar.

—Por Sangre y Hueso —entonó Hiram y dio su trago ritual.

—¿Está permitido ponerle tabasco y quizás un poco de vodka? —preguntó Jay cuando Hiram le pasó lo que quedaba.

Los chistes de Ackroyd comenzaban a ser irritantes.

—No, no puedes —dijo Tachyon, severamente.

—Qué lástima —dijo Jay—. Siempre me han gustado los bloody marys —alzó el vaso, murmuró «Por Sangre y Hueso» y apuró el resto de la sangre—. ¡Mmm! —dijo después.

—Hecho está —dijo Tachyon—. Ahora, debemos hacer planes.

—Regresaré al Omni —anunció Hiram—. Fui uno de los primeros partidarios de Gregg y me atrevo a decir que tengo no poca influencia en la delegación de Nueva York. Quizá pueda lograr cierto impacto. Debemos negarle la candidatura, cueste lo que cueste.

—De acuerdo —dijo Tachyon.

—Ojalá supiera más acerca de Dukakis… —comenzó a decir Hiram.

—Dukakis no —dijo el alienígena—. Jesse Jackson. Nos ha estado cortejando todo este tiempo. Yo hablaré con él.

Le dio un apretón de manos a Hiram.

—Podemos lograrlo, mi amigo.

—Muy bien —dijo Jay—. Entonces, Greggie no llega a ser presidente. ¿Y eso qué importa? ¿Qué hay de todas las víctimas? Kahina, Chrysalis y las demás.

Tachyon miró a Jay.

—Chrysalis no —dijo, azorado de que se le hubiera olvidado decirles eso.

—¿Qué dices? –preguntó Jay.

—Sí amenazó a Chrysalis –dijo el alienígena–. La obligó a ella y a Digger a ser testigos mientras su criatura torturaba y mataba a Kahina, pero nunca consumó aquella amenaza. Cuando supo de su muerte el lunes por la mañana, estaba igual de sorprendido que todos los demás.

—Eso no puede ser –dijo Jay–. Lo malinterpretaste.

Con las fosas nasales tensadas de furia, Tachyon se irguió por completo.

—Soy un lord psi de los takis, entrenado por las mejores mentats de la casa Ilkazam –dijo–. Su mente fue mía. No malinterpreté nada.

—¡Él mandó a Mackie tras de Digger! –acusó Jay.

—Y le ordenó a Oddity recuperar el saco incriminatorio para destruirlo. Eso es lo más seguro. Después de que supo que Chrysalis había muerto, tomó precauciones para protegerse. Pero no tuvo injerencia en la orden para matarla –Tachyon puso una mano sobre el hombro de Jay–. Lo siento, amigo mío.

—¿Entonces quién demonios lo hizo? –exigió Jay.

—No tenemos tiempo para discutir sobre esto ahora –dijo Hiram, impaciente–. La mujer murió, no hay nada que…

—Silencio –dijo Jay, con urgencia.

La pantalla del televisor mostraba una noticia de último minuto:

—…más reciente tragedia que ha golpeado a la convención –decía un locutor, con solemnidad–. El senador Hartmann está ileso, repito, ileso, pero informes confiables indican que el as asesino cobró las vidas de otros dos hombres en su intento por llegar hasta el senador. Seguimos a la espera de la confirmación final, pero fuentes no oficiales indican que las víctimas del asesino fueron Alex James, un agente del Servicio Secreto asignado al senador Hartmann –una fotografía del hombre muerto apareció en la pantalla, arriba del hombro del locutor–, y el presidente de la delegación de Hartmann de California, el as Jack Braun. El controvertido Braun, estrella de cine y Tarzán de la televisión, era mejor conocido como «Golden Boy». Era considerado por algunos como el hombre más fuerte del mundo. El público conoció a Braun por primera vez en…

La foto de Jack apareció en la pantalla mientras el locutor proseguía con su nota. Vestía su viejo uniforme militar, con una sonrisa chueca, rodeado de un brillo dorado. Se veía joven, vivaz, invencible.

—Ah, Jack –dijo Tachyon. Durante treinta años había rezado por la muerte de Jack. Incluso la planeaba en coléricos sueños alcohólicos. Ahora había ocurrido y otra pequeña parte de Tisianne había muerto.

—No puede estar muerto –dijo Hiram, furioso–. ¡Apenas anoche le salvé la maldita vida! –el televisor flotó por encima de la alfombra. Chocó contra el techo–. ¡No puede estar muerto!

Hiram insistió, y de pronto el televisor cayó. Golpeó contra el piso y el monitor de bulbos explotó.

—No habrá muerto en vano –dijo Tachyon. ¿Acaso significaba algo? No lo creía. Solamente hablaba para asegurarse de que todavía estaba vivo. Tach tocó el brazo de Hiram–. Ven –le dijo.

El dolor era más grande que cualquier otro que Jack hubiera imaginado jamás. Lo quemaba por todo el cuerpo, de pies a cabeza, abrasando cada nervio, cada músculo, cada milímetro cuadrado de piel. Su cerebro se convertía en nova. Su corazón era una turbobomba que explotaba. Sus ojos se sentían como si se derritieran. Cada célula de su cuerpo estaba en llamas, cada cadena de ADN en revuelta contra su código heredado.

La reina negra, entendió Jack. De algún modo, Jack acababa de sacarse la carta de la reina negra.

Podía sentir su cuerpo apagándose en protesta contra la agonía. Trozo por trozo, órgano por órgano, como alguien que baja todos los interruptores en un edificio enorme.

El dolor terminó.

Se vio a sí mismo tirado en el descanso, su rostro petrificado en una expresión de asombro idiotizado. El asesino, apenas capaz de moverse, logró quitarse el saco y envolverlo alrededor de su cabeza, deteniendo el flujo de sangre que salía de su quijada destrozada.

—Oye –dijo Jack. Trató de agarrar al tipo–, ¡detente! –de alguna manera, el asesino se alejó, a rastras.

—Ey. Chico de rancho.

Jack alzó la mirada, sorprendido de escuchar la voz de Earl Sanderson. Lucía más joven que cuando Jack lo había visto por última vez, el joven atleta recién graduado de Rutgers, y vestía con su viejo uniforme del Cuerpo Aéreo del ejército, sin la insignia, su chamarra de aviador, de cuero, con el parche del Grupo de Cazas 332, la boina negra, la larga bufanda de seda. El académico «Black Eagle», el atleta, el abogado de derechos civiles, el as... y quizás el mejor amigo de Jack.

—Hola, Earl –dijo Jack.

—Mira que eres lento –dijo Earl–. Se supone que en estos momentos deberíamos salir volando de aquí.

—Yo no puedo volar, Earl. No soy como tú.

—Tranquilo, rancherito –Earl sonreía–. Tranquilo.

Jack se sorprendió ligeramente cuando ambos comenzaron a volar. El Marriott Marquis había desaparecido y estaban en el cielo, dirigiéndose al sol. El sol comenzó a brillar con más y más fuerza.

—Oye, Earl –dijo Jack–. ¿Qué está pasando aquí?

—Ya lo entenderás tarde o temprano, chico de rancho.

El sol era casi cegador, la luz amarilla se volvía cada vez más blanca, cada vez más deslavada la intensidad. Jack vio a otros tipos ahí, hombres de la Quinta División y de Corea, sus padres, su hermano mayor. Todos volaban, elevándose en el cielo. Blythe van Renssaeler se acercó a él y le ofreció una tímida sonrisa.

—Demonios. Su registro es asistólico –dijo ella–. Línea plana.

—¿Eh? –Jack la miró.

Archibald Holmes caminó hacia él, con un aire de seguridad, vestido con un traje de lino blanco. Encendió un cigarrillo y lo puso en su boquilla.

—Hola, señor Holmes.

—Muy bien –dijo Holmes–. Ya le puse el tubo endotraqueal. ¿Dónde está la bolsa?

—¿Por qué sigue brillando intermitentemente? –preguntó Blythe.

—La verdad es que no puedo evitarlo –dijo Jack, encogiendo los hombros.

—Comienza el 02 –dijo Holmes–. Voy a inyectar un poco de epinefrina por el tubo endotraqueal. Voy a necesitar un miligramo de atropina en un minuto.

Jack miró a su alrededor y vio que Earl tomaba de la mano a una mujer de largas piernas, cabello rubio enmarañado sobre uno de sus ojos y hombreras amplias y acojinadas.

—Tú debes ser Lena Goldoni –dijo–. He visto tus películas.

—Tenemos fibrilación –dijo Lena.

—Lentos –dijo Earl, sacudiendo la cabeza–, los chicos de rancho son tan lentos –su bufanda ondeaba en un viento invisible.

Jack se dio cuenta de que estaba ahí con casi todos los viejos miembros de los Cuatro Ases, todos excepto David Harstein, y comenzó a preguntarse si debería disculparse por lo que les había hecho, por cómo los había destruido a todos. Pero parecían tan felices de verlo que decidió no mencionarlo.

Más personas comenzaron a rodearlo. A algunos de ellos había olvidado que los conocía. Incluso estaba ahí, trepado en los hombros de alguien, Chester el Chimpancé, que actuaba con Jack en *Tarzán de los monos*.

—Aplícale trescientos joules –dijo el mono–. Detengan la RCP. ¡Despejar! ¡Despejar, maldita sea! ¡Quita tu mano de esa barra de metal, Lois!

La luz se volvía cada vez más brillante. Circulando alrededor de ellos, los rayos parecían casi palpables, como los muros de un túnel. Jack sintió que se incrementaba su velocidad mientras volaba hacia la fuente de luz. Comenzó a escuchar a gente cantando, un millón de voces jubilosas elevándose.

La luz se acercó más, no sólo luz blanca sino la Luz Blanca. El corazón de Jack se levantó. Comenzó a entender lo que Earl quería que supiera.

—¡Trescientos sesenta! –aulló el mono–. ¡Despejen! ¡Despejen! –Jack estiró los brazos y se preparó para sumergirse en el corazón de la Luz Blanca. De repente, pareció titubear en su trayecto. Perdía velocidad. Desesperadamente trató de acelerar. Ansiaba volar más lejos.

Se dio cuenta de que la Luz Blanca lo miraba de frente.

—Qué sujeto más pusilánime –dijo la Luz Blanca–. Llévense a este debilucho de aquí.

Jack tosió y abrió los ojos y vio gente inclinada sobre él, hombres y mujeres que reconoció, el destacamento de Servicio Secreto de Gregg Hartmann que trabajaba con equipo médico de emergencia, que era parte del equipamiento de rigor. Sintió un dolor en el plexo solar y no podía dejar de toser. Jack miró por encima de sus cabezas y vio paredes de concreto salpicadas de sangre y unos escalones empinados.

—Ritmo sinusal normal –dijo uno–. Ya tenemos pulso. Ya tenemos presión –hablaba con la voz de Archibald Holmes. Algunos lanzaron vivas.

Una mujer alta de cabello castaño hablaba por un radio.

—La ambulancia viene en camino –la voz era la de Blythe.

—No hice las cosas bien –intentó decir Jack. No podía hablar, por el tubo endotraqueal que le habían deslizado por la garganta–. Una vez más, no hice las cosas bien –estaba demasiado débil para sentir mucha emoción.

Llegó el equipo de la ambulancia y se lo llevaron.

8:00 p.m.

Ya se sentía perfectamente estabilizado. La devastación emocional de hacía una hora había pasado. Jack estaba muerto. La amistad, el hombre que había conocido como Gregg Hartmann, había muerto. Chrysalis estaba muerta. Muy bien. Que así sea. Ahora él estaba en control. Haría lo que tuviera que hacerse.

Pero estos idiotas entrometidos no dejaban de discutir con él. Las bocas se movían, las encías y las lenguas rojas contra los rostros negros y blancos.

—Ya te dije que el reverendo está ocupado. No tienes cita –dijo el asistente negro, con paciencia, como si le explicara las sumas a un niño retrasado mental.

—Me recibirá. Soy Tachyon –explicó el alienígena con el mismo tono paciente y condescendiente.

—Ve y llama por teléfono. Usa los canales apropiados –dijo Straight Arrow tranquilamente.

—No tengo tiempo para los canales apropiados –dijo Tachyon, cortante. Su control estaba desenredándose como sedal corriendo de una caña de pescar.

—Es tarde –añadió el asistente.

La puerta de la suite estaba entreabierta. Tachyon midió el espacio entre los dos hombres, mucho más corpulentos que él. El espacio le permitiría pasar. Ondulando como pez, pasó veloz entre ellos y atravesó la puerta.

—¡OYE!

Gritos. Un muro de gente avanzaba hacia él. Los teléfonos chillaban. Una televisión arrojaba sus sandeces a la suite atestada.

—¡Quítense de mi camino! ¡QUÍTENSE DE MI CAMINO! ¿DÓNDE ESTÁ? ¡TENGO QUE VERLO! —su voz estridente chillaba en sus propios oídos.

—No puedes entrar aquí nada más porque sí… —vociferó Straight Arrow. La gente lo había tomado de los brazos y las piernas, levantándolo completamente del suelo. Tach gritó hecho una furia y se retorció para zafarse. Controlando con la mente a las personas, frenético, sintió que se aligeraban las manos que lo sujetaban y que luego lo apretaban nuevamente en cuanto llegaba gente nueva a tomar el lugar de los que habían caído dormidos al piso.

La puerta que conectaba con la recámara se abrió de par en par, golpeando violentamente la pared. Jesse Jackson, con sus lentes para leer en la mano, miró con furia a los miembros de su equipo y rugió:

—¡SUÉLTENLO!

Los dos hijos mayores de Jackson empujaron a los miembros iracundos del equipo. La muy bella y muy resuelta Jackie Jackson ayudó a Tachyon a acomodarse de nuevo su saco. Lentamente, volvió el orden. Jesse Jackson llamó con un gesto a Tachyon y se reunió con él en la recámara. La puerta se cerró, eliminando la mayor parte del ruido exterior y las caras boquiabiertas y curiosas.

—Toma —Tachyon abrió los ojos. Jackson extendía un vaso lleno de escocés debajo de su nariz—. Vaya que te gustan las entradas dramáticas, ¿no, doctor? ¿Por qué simplemente no me llamaste para que nos viéramos?

Tach presionó una mano contra sus ojos.

—No se me ocurrió —puso firmes los hombros, separándose del muro sobre el que se apoyaba—. Convoca una conferencia de prensa, reverendo. Acabas de convertirte en la nueva y mejor esperanza para los wild cards.

Jackson parecía haberse quedado sin habla. Se dio una palmada en el muslo y entonces dio varias vueltas por el cuarto atestado.

—¿Por qué? —su tono y expresión eran igualmente serios.

—Después de reflexionar, me he convencido de la fuerza de tus argumentos.

—Mentira. Entras aquí, rugiendo como un loco. Estás temblando como hoja… –Tachyon, desesperadamente, agarró sus manos, tratando de dejar de temblar–. ¿Qué ha ocurrido?

El taquisiano alzó una mano en un gesto impaciente.

—¿Quieres lo que te estoy ofreciendo, o no?

—Sí, pero quiero saber por qué.

—No.

—Sí. Mira, doctor, vas a tener que decirle algo a la prensa. De una vez practícalo conmigo.

La cama de la suite tenía un dosel elaborado. Tachyon rodeó uno de los postes con ambas manos y descansó su frente contra la madera. En un tono plano recitó:

—Las inestabilidades de Gregg Hartmann están bien documentadas. Aunque todos esperaban que la tragedia de 1976 quedaría para siempre en el pasado del senador, he determinado que los eventos de esta mañana han conmovido negativamente al candidato, y no puedo, en mi buena conciencia, apoyar al caballero en su lucha por asegurar la candidatura presidencial del partido demócrata –bajó sus manos y se volvió para enfrentar a Jackson–. Ahí está, ¿con eso es suficiente?

Jackson se alisó el bigote con un índice.

—Sí, creo que posiblemente sea suficiente –su mirada se volvió muy seria al contemplar al alienígena–. ¿Entiendes plenamente las consecuencias de lo que estás haciendo?

—Pero por supuesto –las palabras salieron, en un suspiro.

—¿Y eso no te impide actuar así ?

—No puedo permitirlo –Tach se dirigió a la puerta. Hizo una pausa con la mano en la perilla y miró hacia atrás–. Te estoy confiando a mi gente, reverendo. Espero de ti que no resulte que mi fe no tenía fundamentos.

10:00 p.m.

—…INESTABILIDADES ESTÁN BIEN DOCUMENTADAS –DECÍA EL hombre pequeño con el cabello largo y rojo desde el centro de la pantalla de televisión. Al fondo, se veían las letras JAC y SON a ambos costados del enorme hombre negro a su lado–. Me temo que los eventos trágicos de esta mañana han rebasado al senador Gregg Hartmann.

—¡Hijo de puta, si serás hijo de puta! –gritó Mackie Messer, escupiendo migajas de chicharrones hacia la pantalla. Su cuerpecillo torcido y flacucho prácticamente levitaba por encima de la apretada cobija de la cama, como una partícula de superconductor atrapada en un campo magnético.

Los chicharrones no sabían más que a sal y a grasa. El fracaso sabía a mierda.

Der Mann no le había pedido que se retirara. Le permitió quedarse, en un cuarto igual de robado que los chicharrones; era chistoso cómo siempre podías encontrar un cuarto vacío, sin importar lo lleno que estuviera el hotel. Por lo menos, si eras capaz de atravesar las paredes.

Había estado cerca. Mackie podía sentirlo. Siempre podía sentir cuando el rechazo estaba cerca. Tenía mucha experiencia con eso. Tachyon miraba directamente el resplandor plateado. Parecía hundirle los ojos al fondo de unos pozos oscuros.

—Ya no estoy convencido de que las habilidades del senador Hartmann representen adecuadamente al Partido Demócrata, ni como candidato presidencial ni como presidente. Por lo tanto, he decidido apoyar al reverendo Jesse Jackson, quien ha demostrado su compromiso con los jokers…

¡Un vil negro! ¡El alienígena bastardo acaba de reemplazar al Hombre por un salvaje de la selva! Y Mackie, que por lo menos pudo matar a esa puta rubia que le causaba problemas al Hombre, lo había arruinado todo.

No valía nada. Se merecía el rechazo del Hombre. Así como mereció ser abandonado por su madre. Con un sollozo, le arrancó una almohada al abrazo recubierto de envolturas de golosinas de la cobija y la aplastó contra su cara, como si eso pudiera ayudarlo a contener el llanto.

11:00 p.m.

Sonó el teléfono. Tachyon vio de paso el cuerpo dormido de Jay, pero el detective ni siquiera se movió. Estaba más allá del simple sueño; era un agotamiento tan profundo que era casi pérdida de conciencia. Tachyon lo observó con envidia amarga. Estaba agotado hasta los huesos, pero su mente inquieta no le permitía descansar. Apurando las últimas gotas de brandy de su vaso, el alienígena estiró el brazo y pescó el teléfono.

—Hola. No, no estoy concediendo entrevistas…

—Doctor Tachyon, hablo de la recepción. La Gran y Poderosa Tortuga está sobrevolando frente a la entrada y lo llama a usted.

—Dígale que estoy ocupado.

—¡Pero…!

Tachyon colgó y siguió bebiendo. Unos minutos después, el teléfono sonó otra vez.

—¡Mira, maldita sea! ¡Reunámonos! Tenemos que hablar.

Tachyon se preguntó dónde habría estacionado Tommy su caparazón para hacer la llamada.

Le dijo:

—No, Tommy.

—Me lo debes.

—No.

Colgó el teléfono y se sirvió otro trago.

La ventana explotó, con un sonido como el de un cohete detonado. Con un grito de terror, Tachyon envolvió su cabeza con los brazos, mientras llovían astillas centellantes sobre la alfombra y los muebles. La Tortuga era un enorme bulto negro que cubría las estrellas. Se oían gritos de confusión en el pasillo.

—Puedes colgar el teléfono. Decidí verte en persona.

—Vaya, Tommy.

—Vámonos, tenemos que hablar.

—No puedo.

El poder de la Tortuga lo sujetó. Lo sacó por la ventana destrozada rota y lo sostuvo, suspendido en el aire, a cien metros del pavimento.

—Sí puedes.

Tachyon miró hacia abajo, a los techos de los coches que fluían debajo de él. Se tragó su estómago.

—Está bien. Sí puedo.

La Tortuga lo depositó suavemente en el lomo redondo del caparazón. Tach buscó algo a lo cual aferrarse. Estaba demasiado ebrio para guardar equilibrio sin un asidero.

—¿Por qué, Tachy?

—Tenía que hacerlo.

—Una ronda de votaciones más y lo hubiéramos logrado –Tachyon guardó silencio–. ¡Mira, maldita sea, explícate!

—No puedo.

—«*No puedo*» –dijo Tommy, imitando un tono agudo y remilgoso.

Sintió una pulsación de ira, agotada.

—Mira, Tommy, ¿cuál es el problema? Jackson mantiene todas las posiciones de Hartmann.

—Jackson no puede convertirse en presidente.

—Eso no lo sabes.

—¡Jackson es un negro que apoya a los jokers!

—Decidí que es la mejor persona para representar los intereses de los wild cards.

—¿*Tú*, tú lo decidiste? Así nada más. Y bueno, ¿qué pasa con el resto de nosotros?

—Me conoces desde hace veinticinco años. Debes confiar en mí.

—Confiar en ti. Aunque nos hayas traicionado. Sabes bien lo que has hecho. Le acabas de regalar la candidatura a Barnett.

—¡No lo he hecho! Y me conoces lo suficiente como para saber que tengo buenas razones para hacer lo que hice.

—¡Entonces dime cuáles son esas malditas razones!

—No –Tach comenzó a llorar.

—Mierda, estás borracho.

Pasaban por encima las azoteas, los faros se encajaban en ventanas y cornisas. Apareció a la vista el techo curvo del Centro de Convenciones Omni. En la oscuridad, miles de luces parpadeaban a los pies del enorme edificio. Tach, secándose la humedad que nublaba sus ojos, se dio cuenta de que un mar de jokers silenciosos, con sus máscaras y deformidades delineadas por las llamas de mil velas, mantenían de pie una vigilia silenciosa.

—Míralos. Míralos bien. ¿Qué les vas a decir, Tach? ¿Que confíen en ti? Mientras tanto, llegarán las tropas para llevárselos.

—No llegaremos a eso.

—¿Y si así sucede?

—Eso no cambiaría la decisión que he tomado esta noche.

La Tortuga lo interpretó como arrogancia, perdió los estribos y rugió:

—¡POR DIOS! ¿QUIÉN DEMONIOS TE CREES QUE ERES?

Una serie de rostros curiosos enmascarados alzaron la mirada hacia ellos.

La paciencia de Tachyon llegó a su límite.

—Soy Tisianne brant Ts'ara sek Halima sek Ragnar sek Omian de la casa Ilkazam, y cuando hago algo lo hago por buenas y sólidas razones. ¡No me cuestiones!

—¡No soy tu maldito siervo!

—No, pero eres de mi estirpe, yo te adopté formalmente. Eres sangre y hueso de mi linaje, y tú y tus herederos están unidos por siempre a mi casa. ¡Te olvidas de ti mismo! –siseó.

—Ah, ¡vete a la mierda! ¡Vete al demonio! Sólo somos juguetes para ti. Eso es todo lo que hemos sido. Ratas de laboratorio para tu gran experimento.

Ya sobrevolaban el parque Piedmont. La Tortuga se dejó caer como una enorme roca en picada y, sujetando a Tachyon con su poder telequinésico, lo depositó en los escalones de una fuente.

—Por última vez, Tachyon, respóndeme.

—No puedo.

El poder se lanzó sobre él. Golpeó a Tachyon en la cara. El taquisiano se fue de espaldas por los escalones y cayó de lado con fuerza.

Gimiendo, logró apoyarse sobre un codo. Lo cegaron los faros de la Tortuga, que bajaba volando. Cuidadosamente, Tachyon examinó sus costillas. Decidió que estaban simplemente cuarteadas, no quebradas. La Tortuga flotó sobre él por un instante, luego se elevó velozmente en línea recta y desapareció por encima de los árboles del parque.

Tachyon no ignoró ni el mensaje ni el simbolismo de aquel solitario golpe. Diciembre de 1963. Los escalones de la tumba de Jetboy.

—Nadie te importa un carajo.

—Pero sí me importan. Hago esto para protegerlos. Porque los quiero. Él tiene a un asesino que puede atravesar las paredes. Y yo hice un juramento.

Pero la Tortuga había puesto sobre la mesa a un espectro terrorífico –Barnett– como presidente. Tachyon había alejado a Hartmann de la presidencia; ahora, tenía que detener a Barnett. Y para hacerlo, necesitaba a Jack.

♥

Cuando la ambulancia llegó por fin al hospital, Jack ya se sentía bien, aunque debilitado. Suponiendo que había sufrido un infarto, lo pasaron por una batería de exámenes. Estaba demasiado cansado para resistirse, pero para cuando anunciaron que los resultados eran negativos y que le harían un encefalograma para ver si encontraban señales de algún episodio relacionado con cuestiones cerebrales, la fuerza de Jack había vuelto, y puso los pies en el suelo. Lo que lo había lastimado era un poder de as y había sobrevivido. No había nada malo en él, físicamente. Todo había ocurrido en su cabeza.

Los doctores cedieron a medias exigiendo que Jack se quedara una noche bajo observación. Minutos después de que se fueran las enfermeras, estaba al teléfono con Billy Ray, describiendo al hombre con el que se había enfrentado y la naturaleza de sus poderes.

—Trabaja para Barnett –dijo Jack–. Él y el otro sujeto, el chico de la chamarra de piel.

—Informaré de tus sospechas –dijo Ray–. El tipo que te atacó, por cierto, suponemos que fue James Spector, mejor conocido como Deceso. Tiene cierta reputación. Pero con que te pongas unas gafas oscuras, no podrá enganchar su mirada con la tuya.

—Por Dios, comunícaselo al senador. Con ése, ya son dos los ases que andan tras de él.

—El senador tiene otros asuntos en que pensar ahora, mi querido Jack. Tachyon y los jokers han desertado para apoyar a Jesse Jackson.

—¿Qué? –Jack se levantó como resorte sobre la cama.

—Bastardo alienígena de mierda.

—¿Cuándo ocurrió eso?

—Más o menos al mismo tiempo en que a cierto Golden Tonto le pateaban el trasero en las escaleras. Luego hablamos, idiota.

Jack colgó el teléfono y durante un buen rato contempló la pantalla oscura del televisor instalado en la esquina del cuarto.

La pantalla era del mismo color liso que los ojos de James Spector. Una oleada de frío subió por la columna de Jack.

Y luego pensó: el as secreto. El as secreto –demonios, Leo Barnett, llama al tipo por su nombre–, Barnett de alguna manera liquidó a

Tachyon. Probablemente por medio de Fleur. Fleur estuvo sola con él y Barnett lo golpeó con algo.

Jack se bajó de la cama y encontró sus ropas ensangrentadas en el armario. Comenzó a vestirse.

Ahora estaba solo. Y sabía lo que tenía que hacer.

Tachyon azotaba los puños sobre la estación de las enfermeras. Le dolía terriblemente, pero parecía no poder evitarlo.

—¿Cómo permitieron que se fuera? ¿Cómo? Necesito verlo. ¡Debo verlo!

—Doctor –dijo pacientemente una enfermera negra, delgada–, llamaré al doctor English del pabellón psiquiátrico…

—No… necesito… a un… psiquiatra. Necesito… al… señor Braun.

—Y él… no… está… aquí –dijo la enfermera con la misma enunciación pausada usada por Tachyon.

Una mano fuerte como pinza agarró su codo.

—Danzante, vámonos de aquí.

Tachyon giró abruptamente y el movimiento violento le hizo emitir un gemido. Polyakov no soltaba el codo del taquisiano y sus dedos apretaban dolorosamente la articulación. Dócilmente, Tachyon permitió que se lo llevaran.

—Nos enteramos por los noticiarios de que ustedes finalmente entendieron la verdad –dijo George tranquilamente, mientras salían caminando del hospital.

—¿«Nos»?

Detuvo a un taxi.

—Sara. La estoy cuidando.

—Oh, gracias al Ideal. Llévame con ella…

—¿Qué crees que estoy haciendo? –gruñó Polyakov mientras abría la puerta del taxi.

Capítulo seis

Sábado 23 de julio de 1988

1:00 a.m.

ESTABAN PARADOS ANTE LA PUERTA DE UN MOTEL 6 EN LAS afueras de Atlanta. Tachyon trató de pensar qué le diría a la mujer a la que había lastimado tanto, pero lo único que podía pensar era en lo cansado que se sentía. Quiso recordar la última vez que había dormido. Tenía la mala sensación de que había sido el martes por la noche.

Polyakov tocó con fuerza, sólo una vez.

—Sara, soy George.

Tachyon se tensó, preparándose, y entonces Sara estaba ahí, mirándolo, pálida y crispada. Traía puesto un vestido arrugado color azul y blanco. El fondo crujió cuando retrocedió, cruzando los brazos protectoramente sobre sus senos. Polyakov era una sombra oscura e impasible detrás de él. Tachyon sintió que se le anudaba la garganta cada vez que quería decir algo. De pronto, se lanzó hacia ella abruptamente. Cayó sobre una rodilla, tomó el dobladillo de su falda y lo apretó contra sus labios.

—Sara, perdóname.

Sara soltaba unos débiles maullidos, incomprensibles. Las puntas de sus dedos rozaron fantasmalmente el cabello de Tachyon, mientras se mantenía arrodillado frente a ella, cabizbajo.

—¿Qué está haciendo? –preguntó al fin, patéticamente.

—Un gesto taquisiano demasiado dramático. En momentos de estrés, él retoma siempre este tipo de comportamiento extraordinario –gruñó el ruso–. Los dejaré solos –la puerta se cerró suavemente tras de él, y escucharon sus pasos que se alejaban por el pasillo.

Ella le jaloneó un hombro.

—Ay, por favor, levántate.

El dolor de sus costillas fisuradas lo hizo jadear al ponerse de pie.

—Discúlpame si te he avergonzado, pero las palabras eran inadecuadas. He sido horriblemente injusto contigo.

—Entonces… entonces…

—Sí, no estás loca –le dijo, respondiendo a su más grande temor–, he confrontado al monstruo –ella comenzó a llorar. Delicadamente, extendió un dedo hacia ella y con la punta limpió sus mejillas.

—Oh, Ricky.

Sus hombros eran dagas huesudas cuando la jaló para abrazarla.

—Calla, ya pasó todo.

Sara echó la cabeza hacia atrás, alzando la vista para verlo.

—¿Realmente? ¿En verdad?

—Sí. Su ímpetu se ha caído. No podrá recuperarlo nunca.

Las pestañas de Sara cayeron cansadamente sobre sus mejillas.

—Entonces estoy a salvo.

—Sí.

Tachyon la besó, saboreando la sal de sus lágrimas. Su cabello blanco dorado cayó sobre su hombro al posar ella su cabeza contra él. Tan pequeña que era. Era una de las pocas mujeres en este planeta tan caliente y tan pesado que lo hacían sentirse alto. Su palidez era de duende, delicadísima, aproximándose a los estándares taquisianos de belleza. Y recordó que él la había deseado. Tres años antes, cuando entró en su vida, cuando le rogaba que salvara al patético joker Doughboy, quien había sido falsamente acusado de asesinato. Ahora el joker estaba completo, o por lo menos su cuerpo. Y él había estado solo y perdido y temeroso, y ella también… Tachyon transfirió los besos a la boca de Sara.

Él sabía que ella no podía ser virgen, pero había algo encantadoramente tímido e incómodo en sus reacciones. La levantó en brazos y volvió a gemir.

Echó su cabeza hacia atrás y se dibujaron sus tendones en el cuello delgado.

—Estás herido.

—No es nada –se dirigió a la cama, tambaleándose, ignorando el dolor. La recostó.

Tachyon se sorprendió ante esa repentina oleada de libido cuando a todo su alrededor yacía en ruinas. Pero entonces se dio cuenta de que era apropiada. El espíritu taquisiano era valeroso, y siempre trataría de sacar victoria de la derrota y creación de la desesperanza. Tach hizo una pausa y preguntó:

—¿Me deseas?

—Sí, oh, sí. Estoy tan agradecida... pero tan agradecida –se ahogó, y las lágrimas se apelmazaron en el cabello sobre sus sienes. Tachyon deslizó las manos por sus caderas, enganchó la parte superior de sus pantimedias y jaló hacia abajo. Y vio que los agujeros las habían dejado como una telaraña hecha jirones, azotada por un viento asesino.

—Oh, pobrecilla mía. Mi pequeña, mi pequeñita.

De pronto, Tachyon comenzó a sollozar. Lo taladró la agonía cuando los espasmos sacudieron sus costillas lastimadas. Sara, con aire aterrado, pegó sus palmas a las mejillas de Tachyon.

—Oh, no. Por favor no. ¿Qué pasa?

—Confié en él y me traicionó. Y ahora... –agitó su brazo en dirección al parque Piedmont– ...ellos piensan que los he traicionado. Estoy tan cansado. Tan cansado.

Con manos delicadas, Sara comenzó a desvestirlo. Lo metió debajo de las cobijas. Su carne desnuda estaba igual de sudorosa que la de él. Durante largo tiempo no hicieron más que abrazarse, temblando mientras sus mentes y sus cuerpos trataban de relajarse. Tachyon tenía una mano sobre un seno minúsculo. Sara reposaba sobre la curvatura de su brazo y trazaba suavemente la línea de sus labios con un índice.

—Probablemente sea algo bueno que no esté en Takis.

—¿Por qué?

—Hubiera muerto hace mucho tiempo. Si un simple humano, un simple terrícola, puede ser más hábil que yo y ganarme en el juego taquisiano –movió la cabeza, como si no pudiera creerlo.

—¿Y cuál es ese juego?

—La intriga. Conozco a Hartmann desde hace veinte años. Y jamás tuve sospechas.

—Fue muy astuto. Yo he pasado años... –su voz se hizo más profunda y la espesó la amargura– ...y he arruinado mi vida, persiguiéndolo.

—Y ahora lo has logrado. ¿Valió la pena?

—No lo sé –ella suspiró, y él la besó.

Tachyon resopló una risa corta y enseguida reprimió un gemido.

—No tengo idea de dónde está mi nieto de trece años, ¿no es algo imposible de creer? Siempre estoy tan ocupado pavoneándome sobre el gran escenario de la vida que no tengo tiempo para vivir. Me pregunto ¿qué se sentirá ser, simplemente, una persona?

—Es aburrido. No lo soportarías.

Apoyándose en un codo, Tach la miró fijamente.

—¿Eso crees?

—Sí.

Volvió a recostarse.

—Yo no sé. Tener una esposa, hijos, amigos.

—Tienes amigos.

—Creo que esta noche perdí a la mayoría.

Sara comenzó a llorar otra vez.

—Lo siento. Todo esto es culpa mía…

Tachyon le cubrió la boca con su mano:

—No, ésa es mi frase.

—Ricky me amaba, y por orden suya lo cortaron en pedazos. Ni siquiera pude acostarme con él.

El alienígena deslizó su mano por el vientre de Sara, enredó sus dedos en los vellos del pubis.

—Entonces, honremos a los muertos celebrando la vida.

—¿No se te hace un poco insensible?

—Guarda silencio, Sara; piensas demasiado.

2:00 a.m.

Jack sudaba cuando despertó y se quedó sentado en la cama, recargado contra gruesas almohadas de hotel. Sostenía en la mano una botella de whisky medio vacía. Se había fumado dos cajetillas de Camel.

El televisor estaba encendido, una vieja película de suspenso de Boris Karloff. Karloff no dejaba de mirar a Jack con los ojos de James Spector. Jack apagó el aparato con el control remoto. El televisor seguía mirándolo, de modo que se bajó de la cama y lo giró hacia la pared.

Sabía lo que tenía que hacer. Lo que no sabía era si tenía las agallas para hacerlo.

Nunca había hecho algo así por su cuenta. Siempre estaban el señor Holmes o Earl o alguien más para darle consejos y asegurarse de que todo se hiciera correctamente.

El as secreto ya había estado a punto de matarlo, dos veces.

Y se preguntó, *¿la tercera es la vencida?*

10:00 a.m.

TACHYON ESTABA SENTADO ANTE LA CHAROLA DEL SERVICIO A habitación, untando mantequilla en una rebanada de pan tostado, cuando Jay salió de la recámara. Traía uno de los trajes de Tachyon, y aunque era demasiado corto de los brazos y piernas, el hombre se veía mucho más elegante y bien cuidado.

Blaise, tendido sobre un sillón, lo miró y se rio burlonamente. Tachyon le lanzó a su nieto una mirada severa.

—Blaise, ¿disfrutaste tu viajecito en el carrusel del equipaje?

El chico se veía molesto.

—No. Me sentí como un idiota.

—Entonces, por el Ideal, cuidarás tus modales –le dijo Tachyon–, o haré que el señor Ackroyd te teletransporte de regreso al aeropuerto de Atlanta.

—No puedo evitarlo si es chistoso –se quejó Blaise–. Se ve afeminado.

—Ésa es mi ropa –señaló Tachyon con severidad–. Si me preguntan a mí, pienso que la mejoría es dramática.

—Concuerdo con el chico –dijo Jay. Blaise quedó sorprendido. Luego sonrió. Jay agitó su dedo como si acabara de desenfundar una pistola. Blaise respingó–, te fulminé –dijo Jay. Sonrió. Blaise también.

Tachyon observó todo esto, confundido. Aparentemente teletransportar a su obstinado heredero a lo ancho de media ciudad de Atlanta había llevado a que establecieran un entendimiento. Recordó que una vez George le había dicho que Blaise necesitaba temerle a una persona antes de preocuparse por ella. Tach se sintió deprimido.

—Es suficientemente bribón, no le des más alas –musitó Tachyon.

—Ah, él está bien –dijo Jay, acercando una silla al carrito del servicio a habitación–, para ser un taquisiano –levantó el domo plateado de su plato y, como lobo, atacó los huevos benedictinos.

Tachyon se limpiaba los labios con una servilleta y Jay recogía lo último de la yema con un trozo de pan tostado cuando alguien llamó a la puerta. Tachyon se puso de pie.

—¿Quién es?

—Carnifex. Ábreme, que no tengo todo el día.

Tachyon miró a Jay.

—Déjalo pasar –dijo el detective–. Ray es fuerte, pero no hay nada que pueda hacer contra nosotros o el Cisco Kid que está allí –hizo un gesto hacia Blaise.

El alienígena asintió con la cabeza y abrió la puerta. Carnifex miró a su alrededor y entró a la suite, vestido con su uniforme entallado que delineaba cada músculo y cada tendón en su cuerpo.

—Regs dice que se supone que nosotros debemos mantenernos alejados de toda la porquería política –le dijo Ray a Tachyon con desdén–. Te hará bien. De lo contrario, tendría que patearte el trasero. Supongo que has estado demasiado tiempo con Braun. Algo se te ha de haber pegado.

La boca de Tachyon se tensó.

—Di lo que viniste a decir, Ray –le dijo al as del gobierno–. Tus opiniones sobre temas políticos y morales no me interesan en lo más mínimo.

—Gregg quiere hablar contigo.

—El sentimiento no es recíproco.

—Irás a verlo –dijo Ray, con una sonrisa torcida–. Gregg me pidió que te dijera que tiene una propuesta que quiere discutir.

—No tengo nada que discutir con el senador.

—¿Tienes miedo? –Ray quería saber–, no te preocupes, te tomo de la mano si quieres –se encogió de hombros–. Si vienes o no vienes, como sea, me tiene sin cuidado. Pero si no lo haces, te vas a arrepentir –el as del traje blanco miró a todos lados de la suite: la ventana destrozada por la Tortuga, el televisor arrojado por Hiram, la mancha de orina en el sofá–. Vaya fiesta que tuvieron –le dijo a Tachyon–. Alguien debería enseñarte a limpiar tu cochinero, doc. Este lugar es un desastre.

Cuando salía por la puerta Ackroyd lo llamó:

—Oye, Carny.

Tachyon se estremeció.

Ray se volvió, con un brillo peligroso en sus ojos verdes.

—El nombre es Carnifex, imbécil.

—Carnifex Imbécil –repitió Jay.

Tachyon volvió a estremecerse y cerró los ojos.

—Trataré de no olvidarlo –continuó Jay–. ¿Cuántos de esos trajes de Buen Humor tienes?

—Seis u ocho –dijo Carnifex, con desconfianza–. ¿Por qué?

—Ha de ser una pesadilla quitarle las manchas de sangre –dijo Jay. Tachyon no podía creer lo que escuchaba. Seguramente, de niño, a Ackroyd debió gustarle patear hormigueros e inspeccionar colmenas.

Ray miró con furia al detective.

—Apártate de mi camino, sabueso de pacotilla –dijo–, o podrás investigar el asunto personalmente –azotó la puerta al salir.

—Sabueso de pacotilla –dijo Jay–, eso fue lo que dijo. Por Dios, qué mortificado estoy –se volvió hacia Tachyon–. ¿Vas a ir?

Tach se recompuso y alzó la barbilla:

—Debo hacerlo.

Jay suspiró:

—Me temía que ibas a decir algo así.

Quizás había logrado dormir un rato, quizá sólo se desmayaba de vez en cuando. Concluyó que sería mejor hacer lo que tenía que hacer antes de que toda su coordinación motriz se fuera al demonio y ni siquiera pudiera teclear los números de su celular.

—Con el reverendo Barnett, por favor.

—¿Puedo preguntar quién llama? –la voz femenina hablaba con un acento español muy marcado.

—Habla Jack Braun.

La voz del acento se volvió remilgosa.

—El reverendo Barnett no está disponible para nadie, señor Brown. Se encuentra en una vigilia de plegarias que se espera dure hasta…

—¡Sí hablará conmigo! –la voz de Jack se alzó, casi un grito.

—Señor –con paciencia fingida–, el reverendo Barnett…

—Dígale –dijo Jack– que yo puedo conseguirle California –hubo una larga pausa antes que la voz regresara…–. Lo pasaré con la señorita Van Renssaeler.

Al escuchar aquel nombre, un par de *stilettos* de resaca se clavaron en los ojos de Jack.

Por lo menos se estaba acercando al reverendo.

♦

Está por llegar. El Titiritero podía sentir la llegada de Tachyon a partir del disgusto de Billy Ray. *Estamos cometiendo un error si no intentamos liquidarlo…*

¡No! Gregg fue vehemente. *Es demasiado fuerte para nosotros. Si lo atacamos así, tendrá excusa para contraatacar. Es mejor a mi manera.*

Eres débil. Te sientes culpable.

Fue una dura acusación. Sí, se sentía culpable. Después de todo, conocía a Tachyon desde hacía veinte años. *Ya cállate,* le dijo al Titiritero. *Déjame lidiar con esto.*

Claro. Claro. ¿A quién más le habrá dicho? Hiram sabe. Quizá muchos otros…

¡Cállate!

Gregg miraba por la ventana, mientras Billy, con obvio resentimiento, dejó entrar a Tachyon a la suite.

—Aquí tiene a un traidor, senador –dijo Ray mientras sostenía la puerta–; me pregunto cuánto le pagaron a este desgraciado –cerró la puerta detrás de Tachyon tan cercanamente que el alienígena tuvo que pasar rápido al cuarto o le hubiera golpeado la pierna.

Gregg seguía revisando las páginas del fólder que tenía en sus manos, lenta y deliberadamente, cambiando de páginas. Esperó hasta que escuchó que Tachyon aspiraba, mostrando irritación.

—Di lo que tengas que decir, senador. No me sobra tiempo como para desperdiciarlo contigo.

Las palabras dolieron más de lo que debieron doler. Hubiera querido decir *Yo no hice esas cosas. Las hizo el Titiritero.* Pero no podía decirlo porque el Titiritero los escuchaba. Se volvió para enfrentar al alienígena pelirrojo y aventó el fólder en la mesa de centro.

—Vaya que es un maldito material de lectura interesante –le dijo–. Anda, doctor. Tómalo.

Tachyon lo miró con recelo, pero levantó el fólder con delicadeza. Hojeó las páginas, todas ellas estampadas con el sello del Departamento de Justicia, y se encogió de hombros.

—¿Qué deseas, senador? Termina esta farsa.

—Es bastante sencillo, doctor –Hartmann se sentó en una de las sillas, haciéndose hacia atrás. Puso sus pies encima de la mesa de centro con fingida despreocupación–. Invadiste mi mente y te apropiaste de municiones para usarlas contra mí. No me gusta quedarme con un revólver vacío en un duelo. De modo que me puse a buscar algunas cosas sobre ti. Me pregunté quién te estaría susurrando cosas al oído sobre mí. Me pregunté de dónde podían haber surgido las mentiras.

—No son mentiras, senador. Vi la porquería asquerosa y pervertida en tu cabeza. Ambos lo sabemos.

Por favor, suplicó el Titiritero en cuanto escuchó el insulto. *Déjame intentarlo.*

¡No!

Gregg alzó una mano.

—Alguien te convenció de violar mi cerebro, doctor. Sé que Hiram estuvo parcialmente involucrado, pero él realmente quiere creer en mí. Él no es la fuente. Adivino que seguramente fue Sara, y si fue Sara, debió estar confabulada con alguien más. Verás, yo sé que Kahina, ¿recuerdas a la pobre Kahina, doctor?, habló con Sara. Sé que ella y Gimli estuvieron en contacto con otro hombre, un ruso. Incluso, tengo una fotografía. Y tengo amigos en lugares importantes, ¿lo recuerdas, doctor? Investigaron unas cuantas cosas más, investigaron pasados y cronologías. Te sorprenderías de las cosas que descubrieron, o quizá no te sorprenderías.

Gregg sacudió la cabeza. Le ofreció a Tachyon esa media sonrisa torcida que se había convertido en el icono de los caricaturistas que dibujaban a Hartmann.

—De hecho, es irónico, ¿no crees, doctor? La gente del Tribunal de Actividades Antiestadounidenses tenía razón desde el principio. Siempre fuiste un maldito comunista del espacio exterior.

Tachyon se había puesto blanco. Su cuerpo se estremeció, sus labios se apretaron hasta formar una línea recta. El Titiritero percibió el torrente de emociones y se rio. *Lo tenemos. Ya es nuestro.*

—Bang –dijo Gregg–. Como ves, yo también tengo algunas balas. Una se llama Blaise, otra se llama Polyakov y hay otros nombres. Artillería de muy alto calibre.

—No puedes probar nada –dijo Tachyon, jactancioso–. Tu propia gente dice que Polyakov está muerto. Kahina está muerta. Gimli está muerto. Todos a los que tocas parecen estar muertos. Todo lo que tienes son rumores e insinuaciones. Nada de hechos.

—Han visto a Polyakov aquí, en Atlanta. Los otros datos serán fáciles de encontrar –le dijo Gregg, en un tono de confianza–. Pero no me quiero tomar la molestia.

—¿Y qué es lo que quieres?

—Lo sabes tan bien como yo, doctor. Quiero que digas que cometiste un error. Quiero que le digas a la prensa y a los delegados que todo no fue más que un malentendido privado entre tú y yo, y que todo ya quedó arreglado. Somos amigos. Somos compañeros. Y que estarías terriblemente decepcionado si no votaran por mí. Si no quieres hacer campaña por mí activamente, no hay problema. Te vas de Atlanta después de tus declaraciones a la prensa. Pero si no lo haces, comenzaré a desenterrar todos esos datos que descartas tan casualmente. Quizá puedas quitarme la candidatura, Tachyon, pero yo me aseguraré de que caigas conmigo, tú, y tu prepotente nieto también.

Había funcionado. Gregg estaba seguro de ello. Tachyon balbuceó, sin poder hilar palabras, sus puños apretaron el fólder hasta que el cartoncillo se arrugó, aparecieron puntos brillantes de color en sus mejillas. El pobre diablo remilgoso estaba al borde del maldito llanto, con los ojos a punto de derramar lágrimas.

Ya ganamos. Aunque lo único que haga es mantenerse callado, hemos ganado. Estaremos bien. ¿Lo ves?, le dijo Gregg al Titiritero. *Y después de que todo esto haya terminado, buscaremos la manera de deshacernos de él. Final y permanentemente.*

Tachyon lloraba, una línea de humedad caía de sus ojos. Se irguió como gallo bantam, con el pecho inflado, y miró furiosamente a Hartmann. Gregg se rio, burlonamente.

—Entonces, tenemos un trato –dijo Gregg–. Bien. Le pediré a Amy que organice la conferencia de prensa…

—No –dijo Tachyon –aventó el fólder hacia Gregg. Los papeles volaron como fantasmales hojas de otoño–. ¡No! –dijo nuevamente, y esta vez con un grito desafiante y lacrimógeno–. Puedes hacer lo que desees, senador, pero no. Puedes irte al infierno. Y en cuanto a tus amenazas de hundirme contigo, no me importa. Ya he estado ahí antes –Tachyon se dio la vuelta para retirarse y Gregg se levantó como resorte. El Titiritero aullaba en su interior.

—¡Hijo de puta! –le gritó a Tachyon–. ¡Bastardo estúpido! ¡Con que haga una sola llamada estarás perdido! ¡Perderás todo!

Tachyon fulminó a Gregg con sus ardientes ojos violetas.

—Perdí todo lo que era importante hace mucho tiempo –le dijo a Gregg–. No puedes amenazarme con eso.

Tachyon abrió la puerta, aspiró ruidosamente y la cerró con silenciosa dignidad.

♥

Lo despertó el sonido de una puerta que se abría. Spector estaba acostado debajo de su cama. Había pasado la noche ahí, le daba miedo dormir a la vista. Se asomó por el hueco de tres centímetros entre el piso alfombrado y la orilla del cubrecama. Un par de zapatos cafés con hebillas pasó caminando y taconeó sobre el piso de mosaico del baño.

—Nadie estuvo aquí anoche –era la voz de una mujer negra–. Nos hacen perder el maldito tiempo con esta tontería. Supongo que debo llamar al hombre para informarle.

—Eso es lo que dijeron que había que hacer –dijo una voz en el pasillo–. Por eso, yo que tú lo haría.

Los pies llegaron hasta un costado de la cama. Spector contuvo la respiración.

La mujer levantó el auricular y tecleó cuatro números. Esperó.

—Nunca está en su escritorio. Siempre quiere estar con los delegados, o con el Servicio Secreto –se aclaró la garganta–. Sí, señor, habla Charlene, estoy en el 1031. No hubo nadie aquí anoche. Claro que estoy segura. Sabe que olimos whisky la primera noche que llegó, pero no desde entonces –una larga pausa–. Sí, señor. Estaremos vigilando la habitación –colgó el teléfono–. Idiota.

Se escucharon risas en el pasillo.

La mujer caminó de vuelta a la puerta.

—¿Sabes?, si vamos a hacer estas labores de espías, creo que nos deberían pagar extra. No veo por qué tenemos que partirnos el trasero para hacer que se luzca el «Señorito Estrella» Hastings –cerró la puerta.

Spector oía que la mujer seguía hablando afuera del cuarto. Hasta un neoyorquino tendría problemas para que esta mujer lo dejara hablar.

Estaba muerto de cansancio. Su quijada se sentía como si se hubiera mantenido pegada con unos clavos baratos. Moverse resultaría un esfuerzo mayor del que estaba dispuesto a hacer en esos momentos. Cerró los ojos y escuchó el carrito de la camarera que bajaba por el pasillo.

Un desayuno de filete y café aún no hacía que Jack se sintiera listo para enfrentar al reverendo Barnett y a un establo de ases asesinos, pero un par de tragos de vodka de último minuto sí lo lograron. Le relajaron lo suficiente las manos para poder rasurarse –no es que se hubiera cortado si lo intentara, ya que ni la siniestra navaja degolladora que usaba estaba a la par con el instinto protector de su wild card–, pero odiaba hacer un trabajo descuidado.

Vio las noticias mientras se vestía. La primera votación del día mostraba que Hartmann había caído por doscientos votos. Aproximadamente treinta de los delegados de Jack habían cambiado de candidato, yéndose algunos con Dukakis, otros con Jackson. Barnett había ganado como cuarenta votos en total.

Una nueva sensación de urgencia invadió el cuerpo de Jack.

Se puso su «traje de poder» de verano, de algodón azul marino –hecho por un viejo sastre de Nueva Jersey, con el que iba desde hacía cuarenta años–, una camisa Arrow azul claro, unos zapatos italianos con perforaciones decorativas, corbata roja –nunca había entendido por qué ahora las corbatas «de poder ejecutivo» debían ser amarillas, pues las corbatas amarillas siempre le hacían pensar en alguien que se había descuidado con los huevos de su desayuno. Se puso unos lentes oscuros pesados, estilo Hollywood, en parte para ocultar su resaca, en parte por si acaso Deceso lo esperaba en alguna parte, y se empinó otro bienvenido vodka antes de salir. Los cigarrillos los compraría en el lobby.

La limusina de Barnett lo esperaba en la puerta. El tráfico era imposible, complicado aún más por las marchas de jokers y de católicos con Barnett y de mutantes por Zippy the Pinhead y autobuses de enlace vomitando periodistas hospedados en los hoteles de los alrededores de la ciudad.

Fleur lo esperaba en la puerta del Hotel Omni. Sus nervios bailotearon un poco en cuanto la vio, pero logró reprimir su impulso por salir huyendo, y más bien sonrió y le estrechó la mano.

—Tengo un elevador esperando –dijo ella.

—Muy bien –cruzaron el piso pulido del lobby.

—Me disculpo por cualquier molestia que te haya ocasionado Consuelo. Está acostumbrada a filtrar las llamadas para descartar a los bromistas.

—No hay problema.

—Es una refugiada de las persecuciones antiladino en Guatemala, una pobre joven viuda con tres hijos. El reverendo hizo posible que ella se quedara en el país.

Jack giró hacia Fleur y sonrió.

—Es asombroso que un hombre tan ocupado como el reverendo Barnett se dé el tiempo para ayudar a alguien así.

Fleur miró en dirección a las gafas completamente oscuras de Jack.

—El reverendo es así. Se preocupa por la gente.

—Estoy seguro de que no sólo el reverendo. Seguramente tú también has sido poseída por el espíritu de la caridad.

Fleur trató de verse modesta.

—Bueno, pues yo...

—Digo, sacrificar tu castidad sólo para curar al viejo Tach de su problema.

Fleur lo miró con los ojos desorbitados.

—Por cierto, acá entre nosotros –sonrió Jack–, ¿sí logró tener una erección?

Jack, sonriendo, siguió a una Fleur con la boca apretada, saliendo de un elevador cuya temperatura parecía haber descendido unos cincuenta grados. Elementos del Servicio Secreto, Lady Black entre ellos, merodeaban el largo corredor que daba a la suite de Barnett. Jack tenía la esperanza de que ella no lo reconociera.

Pasó ante una suite llena de mesas y de trabajadores de campaña. La mayoría eran mujeres, muchas de ellas jóvenes y atractivas.

Llegaron a una puerta y Fleur tocó. Leo Barnett, con una apariencia más juvenil que desmentía sus treinta y ocho años, abrió la puerta y extendió su mano.

—Bienvenido, señor Braun –dijo.

Jack miró la mano, se preguntó si Barnett podría poseer su mente si lo tocaba; y luego, invocando fortaleza de alguna parte de sí mismo, le estrechó la mano.

Otra vez temblaba. Tachyon hizo una pausa con el vaso casi en sus labios y lo consideró. ¿Cuántos tragos había tomado esta mañana, contando éste? ¿Dos? ¿Tres? Puso el vaso a un lado con gestos dramáticos. Le dio una palmadita firme como para mantenerlo en su lugar, como si quisiera evitar que volara de nuevo hasta su mano; cruzó la habitación desordenada hacia la charola del desayuno y mordió un trozo de pan tostado frío.

Su estómago se revolvió. Jadeando, comenzando a sudar frío, el alienígena se tambaleó hasta el baño y se echó agua en la cara. Desde la recámara podía escuchar a Blaise y a Ackroyd platicando y riendo.

Cruzando la recámara, Tachyon abrió la puerta. La conversación se interrumpió. Jay alzó la mirada, inquisitivamente; Blaise hizo lo mismo con esa luz pensativa en esos extraños ojos color púrpura-negro.

—Señor Ackroyd, ven acá, por favor. Necesito hablar contigo.

Jay se encogió de hombros y trató de bajarse los pantalones que se le habían trepado por arriba de los tobillos. Siguió a Tachyon a la sala.

—¿Qué quería Hartmann? –le preguntó, mientras hurgaba en la charola.

—Señor Ackroyd, necesito pedirte un favor.

—Claro, tú dirás.

Tachyon levantó una mano.

—No te comprometas tan rápido. Quizás el que yo te deba un favor no será suficiente como para contrarrestar lo que quiero pedirte.

—Por Dios, ve al grano, Tachyon. Vaya palabrería florida de los taquisianos –Jay le hincó los dientes a una rebanada de naranja, arran-
cándole la pulpa.

—Hartmann me está chantajeando. Me he negado a cumplir sus
exigencias, pero requiero tiempo. Un día, dos como máximo, y todo
habrá terminado. Hartmann habrá perdido la candidatura –la voz
de Tach se apagó, y con la mirada vacía contempló una eternidad de
esperanzas hechas añicos. Se dio a sí mismo una sacudida y continuó–: tú puedes darme ese tiempo.

—¿Y el punto? ¿Cuál es el punto?

—Debes deshacerte de un hombre de Atlanta. No podemos recurrir a medios más convencionales.

Un aire de suspicacia floreció en los ojos del detective.

—¿Por qué? ¿Quién es este tipo?

El vaso abandonado volvió a su mano, sin esfuerzo, sintió la frescura del cristal contra su palma. Tach apuró el brandy de un solo trago.

—Hace mucho tiempo, fui salvado de la muerte por un hombre
que ha sido alternativamente un diablo y un ángel para mí.

Ackroyd alzó las manos al aire.

—¡Mierda!

—Esto es difícil para mí –dijo Tachyon, exaltado. Meció el vaso
entre sus manos; luego sacó todo a flote–. En 1957 fui reclutado por
la KGB –sonrió tristemente ante la expresión de Ackroyd–; no fue
tan difícil. Hubiera hecho cualquier cosa por un trago. Como sea,
pasaron los años. Resulté ser menos útil de lo que originalmente se
esperaba. Me dejaron ir, y yo pensé que estaba libre. Entonces, el
año pasado, el hombre que me dirigía aquellos años volvió a aparecer en mi vida a cobrar la deuda. Está aquí. En Atlanta.

—¿Por qué?

—Hartmann. Sospechó la existencia del monstruo. Ahora Hartmann lo ha descubierto y ha descubierto nuestra conexión.

—¿Conexión?

—Es el tutor de Blaise.

—Me lleva el diablo –Ackroyd se dejó caer en una silla.

—Éste es el garrote con el que Hartmann me quiere intimidar.
Probablemente termine en la cárcel, señor Ackroyd. Pero por lo menos me aseguraré de detenerlo, antes de irme.

—Quieres que elimine a este sujeto.

—Sí. El FBI y el Servicio Secreto ya han sido alertados. Están peinando Atlanta, en busca de George.

—¿Todavía eres comunista?

Tachyon puso sus dedos fastidiosamente sobre los encajes en su garganta. Una delgada ceja cobriza se arqueó con arrogancia.

—¿Yo? Considéralo, señor Ackroyd.

El detective contempló la indumentaria de la delgada figura de pavo real, vestida de verde, naranja y dorado.

—Sí, ya te entiendo –dio un golpe en su muslo con la mano y se levantó de la silla–. Pues para mí todo eso ya es historia antigua. Vayamos a eliminar a ese rojillo donde quiera que esté.

Tachyon abrió la puerta de la recámara.

—Blaise…

—¿Te lo vas a llevar? Quiero decir, ¿él sabe?

—Claro. Ven, hijo, quiero que tengas la oportunidad de decirle adiós a George.

◆

Jack se había tomado la molestia de llegar con su «traje de poder», esperando impresionar al bien vestido predicador conservador que había visto en las cintas; pero Leo Barnett se veía igual de formal que Jimmy Carter flojeando en su casa en Plains. Barnett vestía unos pantalones de mezclilla gastados, una camisa a cuadros y tenis Keds negros. Su cabello rubio, cortado a navaja, se veía ligeramente desordenado. Regresó calmadamente a su cuarto metiendo las manos en los bolsillos.

—¿Quiere desayunar? Creo que todavía hay bastante en el buffet.

Jack miró alrededor de la habitación donde Barnett había pasado su vigilia de plegarias. Era una suite de hotel común, con una pequeña cocineta, una bar con fregadero, un televisor grande, incluso una chimenea con cubierta, con algunos troncos de papel periódico enrollado. Toda la luz era artificial: habían corrido las cortinas, tal como lo establecían las instrucciones del Servicio Secreto. Sobre una mesita había un retrato de la prometida de Barnett, una Macintosh II descansaba sobre otra mesa y había una mesa plateada de buffet con calefacción cerca de la puerta, aparentemente con desayuno debajo de sus cubiertas.

—Ya comí, gracias –dijo Jack.

—¿Un café, entonces?

Jack consideró el estado de sus nervios y de su resaca. Qué demonios, probablemente ya lo había estropeado todo en el elevador.

—¿Supongo que no sería posible que me trajeran un bloody mary…?

Barnett no pareció mostrar la más mínima sorpresa.

—Creo que podemos encontrar uno en alguna parte –dijo. Se dirigió a Fleur–. ¿Podrías cumplirle su deseo al señor Braun? Quizá podrías iniciar la búsqueda en la sala de prensa en el piso de abajo.

—Por supuesto, Leo –su tono estaba ubicado más o menos a unos tres grados Kelvin.

Barnett le sonrió cálidamente.

—Muy agradecido, Fleur.

La mirada de Jack pasó de Barnett a Fleur y a Barnett nuevamente. *¿La mujerzuela del Señor?*, pensó nuevamente, *y entonces, me pregunto, ¿lo sabrá su prometida?*

—Tome asiento, señor Braun.

Jack se instaló en un sillón. Buscó un Camel en su bolsillo. Barnett acercó otro sillón a la derecha de Jack y se sentó en él, se inclinó un poco hacia delante, a la expectativa.

—¿En qué puedo ayudarle, señor Braun?

—Pues –Jack respiró profundamente e invocó todas las fuerzas que pudo. Trató de recordar las lecciones de actuación que había tomado hacía cuarenta años–, verá, reverendo –le dijo–, casi he muerto dos veces en los últimos dos días. Caí de un balcón, y eso hubiera sido suficiente como para matarme a no ser que Hiram Worchester logró hacerme más ligero que el aire, y anoche, un as llamado Deceso de hecho consiguió detenerme el corazón por un rato… –su voz perdió impulso–. El asunto es –dijo, con insistencia– que me pregunto si alguien trata de decirme algo.

Barnett sonrió con cierto aire de ironía, luego asintió.

—No ha tenido mucha oportunidad de pensar en la eternidad, ¿cierto?

—No. Supongo que no.

—Para usted, la vida siempre ha sido aquí mismo, en la Tierra. Ha gozado de una eterna juventud. Un cuerpo indestructible. Supongo que no tiene que preocuparse por dinero –de pronto miró a Jack con abierta admiración–. Recuerdo *Tarzán* con mucho cariño, por cierto. Creo que no me perdí un solo episodio. Recuerdo cuando me columpiaba de una cuerda en el estanque allá en mi pueblo, intentando imitar aquel grito que solía usted dar.

—En realidad, yo nunca fui el que gritó –dijo Jack–. Era un doblaje, muchas otras voces diferentes, unidas electrónicamente.

Barnett pareció un poco decepcionado.

—Bueno, pues supongo que uno no piensa eso cuando tiene diez años –volvió a sonreír–. ¿Qué sucedió con el chimpancé, por cierto?

—Está en el zoológico de San Diego

Ésa era la respuesta que siempre daba Jack cuando le hacían esa pregunta, aunque era completamente falsa. A Chester, el Chimpancé, poco después de llegar a la adolescencia, lo habían matado de un balazo cuando intentó arrancarle el brazo a su entrenador. Al paso del tiempo, Jack entendió que la mayoría de la gente prefería que el chimpancé hubiera tenido un final feliz, algo con lo que no simpatizaba Jack, ya que siempre había odiado a esa pequeña bestia malhumorada que le robaba cámara. Barnett, por su parte, pareció volver al presente.

—Lo siento, señor Braun –le dijo–. Me temo que me permití distraerlo.

—Está bien. No estoy muy seguro de lo que iba a decir, de todos modos.

—La mayoría de la gente no tiene las palabras adecuadas para hablar sobre la eternidad –Barnett le ofreció una sonrisa rápida, autocrítica–. Por fortuna, los predicadores estamos más o menos entrenados para ese trabajo.

—Sí, pues por eso estoy aquí.

A Jack le costaba muchísimo trabajo conciliar a este Barnett relajado con el predicador furioso que había visto en las cintas, la pantera rubia que acechaba a su propia congregación, el depredador que para Jack, sin duda alguna, era secretamente un as asesino. *¿Podría éste ser el mismo hombre?*

Jack se aclaró la garganta.

—¿Ha visto *El retrato de Dorian Gray?* Una gran película de Albert
Lewin, de los años cuarenta. George Sanders, Hurd Hatfield, Angela
Lansbury –volvió a aclararse la garganta. El tubo endotraqueal se le
había irritado, y fumar tanto tampoco le ayudaba mucho–. Donna
Reed, si mal no recuerdo –dijo, tratando de recordar–. Sí, Donna Reed.
En fin, la historia es sobre un joven al que le hacen un retrato, y su
alma ingresa al retrato. Comienza a vivir una vida bastante, no sé,
malévola o como quieras llamarla, pero nunca tiene que enfrentar
ninguna de las consecuencias. Sólo se mantiene joven, y el retrato es
el que envejece y se… ¿disipa? ¿Ésa es la palabra?

Barnett asintió.

—Bueno, pues, al final, el retrato es destruido y Dorian Gray termina completamente envejecido y malvado a la vez, y cae muerto
–sonrió–. Efectos especiales, usted sabe. En fin, he estado pensando
mucho acerca de esto. He estado pensando, sabes, que me he mantenido joven durante cuarenta años y no he llevado precisamente una
vida inmaculada, y ¿qué sucederá si llega a gastarse? ¿Qué sucederá
si de pronto envejezco, como Dorian Gray? ¿O qué tal si algún as
enloquecido me asesina?

Jack se dio cuenta de que estaba gritando. Su corazón se estremeció, además, al darse cuenta de que ya no estaba actuando, que
todo este trauma era genuino. Se aclaró nuevamente la garganta y se
reacomodó en su sillón.

Barnett se inclinó hacia Jack, puso una mano sobre su brazo.

—Le sorprendería la cantidad de visitas que he tenido de gente
que vive su misma situación, señor Braun. Quizá sus presentimien-
tos no eran tan… espectaculares como los de usted, pero he visto a
mucha gente que se le parece. Hombres y mujeres exitosos, contentos por fuera, que nunca habían pensado en la eternidad hasta que
ella los tocó. Quizá con un infarto de advertencia, quizá mediante
una persona amada muerta en un accidente o un familiar afectado
por una enfermedad fatal… –sonrió–. Yo no creo que ninguna de
estas advertencias sean accidentales, señor Braun.

—Jack –aplastó su cigarrillo. *Casi perdí la razón hace unos momentos,* pensó.

—Jack, sí. Yo creo que hay un propósito detrás de estas advertencias, Jack. Creo que el Todopoderoso tiene maneras de recordarnos

de Su existencia. Creo que en esas espeluznantes escapatorias que has tenido hay una revelación del propósito de Dios.

A través de sus gafas oscuras Jack clavó su mirada en los ojos azules y brillantes de Barnett.

—¿De verdad? –preguntó.

Había una intensidad ardiente en los ojos azules de Barnett.

—El Señor nos dice «Miradme a mí y sean salvos todos los confines de la tierra: porque yo soy Dios, y no hay ningún otro».

Miradme a mí, pensó Jack. ¿Barnett se refería a Dios o a él mismo? El predicador prosiguió.

—Tu wild card te dio una falsa creencia de tu propia inmortalidad, y el Señor ha visto una manera de advertirte de su falsedad, de recordarte dónde se encuentra la verdadera inmortalidad y perdonarte la vida para que cumplas Su obra.

Alguien tocó a la puerta. El sonido desconcertó a Barnett, que pareció sobresaltarse un poco. Miró hacia la puerta.

—Adelante.

Fleur entró con un bloody mary en una mano fría.

—La bebida del señor Braun.

Jack le sonrió.

—Llámame Jack, por favor.

Ella le lanzó una mirada fulminante mientras Jack tomaba la bebida de su mano y la inspeccionaba por debajo de la armazón de sus gafas, para ver si quizá ella había escupido en el vaso.

—Muchísimas gracias, Fleur –esta vez Barnett no sonrió con la misma calidez. Sus palabras eran una despedida, y Fleur obedeció.

Jack paladeó su trago. Era excelente: al parecer, alguien en la sala de prensa sabía cómo tener contentos a los periodistas.

—¿Está bueno? –Barnett parecía genuinamente curioso.

—Está muy bien –Jack dio un trago más grande.

—Yo nunca… –dijo Barnett–, bueno, eso no importa –el tono melancólico de Barnett sorprendió a Jack, era precisamente el de un niño pequeño cuya madre no lo deja salir a jugar bajo la lluvia.

Probablemente, pensó Jack, *Barnett realmente nunca tuvo ninguna opción en su vida. Quizás alguien se encargó de tomar todas sus decisiones por él. Quizá la única vez que hizo algo que supuestamente no debía hacer, fue cuando huyó a la infantería de marina.*

A la mierda, pensó, de manera un tanto cruel. *Nadie te obliga a contender por la presidencia.*

Barnett se recargó en su sillón, con los dedos rectos sosteniendo su barbilla. Su atención regresaba por completo hacia Jack. Éste observó cuidadosamente al predicador desde el escudo de sus gafas oscuras.

—Me gustaría contarte un sueño que tuve, Jack –dijo Barnett. Su voz era suave, delicada–. El Señor lo puso en mi mente, hace algunos años. En este sueño, me encontraba en un huerto enorme. Por donde mirara había árboles frutales, agraciados todos por la abundancia de Dios. Había toda clase de frutos en el huerto, Jack, cerezas y naranjas y manzanas y caquis y ciruelas, todas las variedades concebibles llenando el vasto cuerno de la abundancia de Dios. El huerto era tan hermoso que mi corazón simplemente se hinchó de júbilo y felicidad. Y entonces... –Barnett miró hacia arriba, como si viera algo en el techo. Jack se dio cuenta de que sus ojos seguían a los del predicador, pero se detuvo. *Puro manejo del escenario*, pensó. Le dio un trago generoso a su bloody mary.

»Una nube cubrió el sol –prosiguió Barnett– y una lluvia oscura comenzó a caer de la nube. La lluvia cayó aquí y allá en el huerto, y dondequiera que cayera la fruta se marchitaba. Podía ver que todas las naranjas y los limones se ennegrecían y caían de los árboles; podía ver hojas secándose y muriendo. Y más que eso, podía ver cómo el azote se extendía aun después de que la lluvia cesara, podía ver la oscuridad extendiéndose para tratar de dañar los árboles saludables. Y luego escuché una voz.»

La voz del predicador cambió, se hizo más profunda, más severa. Jack sintió escalofríos ante la total transformación.

—Te doy este huerto para que lo cuides. A ti te otorgo la tarea de destruir esta plaga –la voz y la actitud de Barnett cambiaron de nuevo. Estaba ferviente, exultante. Su voz poderosa resonaba en el cuarto–. Yo sabía que los frutos del huerto eran los hijos de Dios, creados a Su imagen y semejanza. Yo sabía que la nube de tormenta era Satanás. Sabía que el azote era el wild card. Y me postré de cara al suelo. «¡Señor!», recé. «Señor, no soy lo suficientemente fuerte. No estoy a la altura de esta tarea». Y el Señor me dijo: «¡Yo te daré fuerza!» –a estas alturas, Barnett gritaba–. «¡Haré que tu corazón se vuelva de acero! ¡Haré que tu lengua sea tan puntiaguda como una espada y de tu aliento nacerá un torbellino!» Y supe que tenía que hacer lo que el Señor me pedía.

Barnett saltó de su silla, caminó para un lado y para otro mientras hablaba. *Como si Dios le jalara la cadena*, pensó Jack.

—¡Sabía que tenía el poder para sanar el wild card! ¡Sabía que tenía que hacerse la obra del Señor, que Su huerto tenía que ser podado! –agitó un dedo frente a Jack–. ¡No como mis críticos denuncian! –dijo–. Yo no podaría malvadamente, o arbitrariamente, o maliciosamente. ¡Mis críticos dicen que quiero poner a los jokers en campos de concentración! –soltó una risa–. Quiero ponerlos en hospitales. Quiero curar sus aflicciones, y cuidar de que no contagien a sus hijos. Creo que es un pecado del gobierno destinar a las investigaciones sobre los wild cards un apoyo presupuestal tan bajo, ¡yo lo multiplicaría diez veces! ¡Borraría este azote de la faz de la Tierra!

Barnett giró hacia Jack. Para asombro de Jack, el hombre tenía lágrimas en los ojos.

—Tienes edad suficiente para recordar cuando la tuberculosis fue una plaga en estas tierras –dijo Barnett–. Recordarás los cientos y miles de sanatorios para tuberculosos que surgieron por todo Arizona y Nuevo México, donde se mantenía a las víctimas para evitar que contagiaran a otros mientras la ciencia buscaba una cura. Eso es lo que quiero hacer por el wild card.

»¡Jack! –Barnett suplicaba–. ¡El Señor ha prolongado tu vida! ¡El Señor te ha librado de la muerte! Esto sólo puede ser porque Él tiene un lugar para ti en su Plan Divino. Quiere que guíes a las víctimas de esta plaga hacia su salvación. *Fue herido por nuestras transgresiones, fue lastimado por nuestras iniquidades: el castigo de nuestra paz cayó sobre él, y por los latigazos que Él recibió fuimos sanados.* ¡Sanados, Jack! –el rostro de Barnett estaba jubiloso, en trance. De pie ante Jack, alzó sus manos triunfantemente–. ¡Tienes que ayudarme, Jack! ¡Ayúdame a llevarles la cura a los afligidos del Señor! ¡Reza conmigo, ahora mismo, Jack! *Y en verdad os digo, que si el hombre no renace, no podrá ver el Reino de Dios, pero como muchos lo recibieron a Él, a ellos les dio el poder para convertirse en los hijos de Dios, a todos aquellos que creen en Su nombre.»*

Jack, atónito, sintió que una mano gigante lo tomaba del cuello y lo levantaba en vilo de su asiento. De pronto, estaba de rodillas ante el predicador, con las dos manos alzadas y abrazadas por las manos del reverendo Leo Barnett. Caía un río de lágrimas por la cara de Barnett mientras echaba la cabeza atrás y exclamaba, rezando:

—Y es así que, si cualquier hombre está en Cristo, él es una criatura nueva; las cosas viejas pasan; mirad cómo todas las cosas se vuelven nuevas.

El poder del hombre es casi palpable, pensó Jack. Éstos no eran sólo aspavientos y talento escénico. Jack sabía algo sobre el talento escénico; nunca había visto algo así.

Es un as, pensó Jack. Por Dios, en verdad es un as. Quizá no lo había creído realmente hasta este momento. Barnett era un as, y Jack iba a acabar con él.

11:00 a.m.

Cal Redken sonaba como el sujeto lleno de cicatrices de acné y adicto a la comida chatarra que era. En el fondo de sus conversaciones siempre se escuchaba el crujido de envolturas de plástico; sus palabras se oían farfulladas porque tenían que esforzarse para rodear masas de Twinkies, Snickers y Fritos. Sonaba gordo y lento y perezoso.

Sólo la primera de esas tres cosas era verdad.

Gregg lo había tomado como títere hace mucho tiempo, más por reflejo que por deseo. Había jugado con el apetito voraz de Redken, entreteniéndose por encima porque podía hacer que un hombre comiera hasta que quedara literal y malignamente repleto. Pero eso no había alimentado del todo bien al Titiritero, y Gregg rara vez había utilizado su conexión. Redken no era como Hiram —un as con gustos y habilidades peculiares. Redken era un investigador competente, aunque sedentario. No había nadie mejor que él para seguir el confuso laberinto de la burocracia. Había sido Redken el que había organizado, de la noche a la mañana, la red no comprobada de conjeturas con las que Gregg había confrontado a Tachyon.

Ahora, se aseguraría de que las conjeturas se convirtieran en hechos.

El teléfono sonó dos veces en el otro extremo de la línea, seguido por una deglución audible y un «Redken».

—Cal, habla Gregg Hartmann.

—Senador –se rompía celofán al fondo, abría un nuevo bocadillo–. ¿Te llegó bien mi paquete?

—Temprano esta mañana, Cal. Gracias.

—No hay problema, senador. Vaya cosillas interesantes las que me pidió buscar –añadió, como reflexión. Le dio una mordida a algo, masticando ruidosamente.

—Eso es de lo que te quiero hablar. Necesitamos indagar más. Necesito saber si podemos presentar cargos contra Tachyon.

—Senador –deglución–, todo lo que tenemos son detalles circunstanciales. Un agente ruso asignado a la ciudad correcta en el año correcto, otro cruce de caminos fortuito en Londres el año pasado, tu contacto en la JSJ y la historia de ella, algunos otros eslabones frágiles aquí y allá. No hay nada sólido. Ni nada que se le aproxime.

—Se asustó muchísimo, Cal. Yo lo vi. Yo sé que hay algo por ahí.

—Eso en sí no constituye nada probatorio.

—Entonces tenemos que acercarnos más. Tú sabes lo que nos dijo Video el año pasado. A no dudarlo, Gimli y Kahina tenían conexiones con los rusos. Un agente se reunió con ellos una noche el año pasado en Nueva York, y Gimli lo llamó Polyakov.

—Polyakov está muerto, senador. Todas nuestras fuentes dicen lo mismo; la KGB y la GRU también lo creen. Quizá sólo usan su nombre para confundirnos.

—Todos están equivocados. Video aún tiene las imágenes en su mente. Concuerda en todo con la descripción de Polyakov.

—Igual que otras miles de personas. Hay muchos hombres viejos, gordos y calvos. Además, no lograrás que ninguna corte acepte el talento wild card de un joker como evidencia. Una proyección mental no es una fotografía.

—Por algo hay que comenzar. Encuéntrala, investiga lo que tiene. Escúchala. Luego sigue escarbando.

Redken suspiró. Crujió plástico, como hojas secas, y de pronto algo blando distorsionó su voz.

—Muy bien, senador. Lo haré. Lo intentaré. ¿En cuánto tiempo necesitas esto?

—Hace una semana. A más tardar el día de ayer.

Otro suspiro.

—Ya entiendo. Llamaré a Nueva York en cuanto salga de aquí. ¿Algo más?

—Que sea pronto, Cal. Necesito esto pronto.

—Me estás pidiendo que me pierda mi almuerzo.

—Haz esto por mí y te compro tu propio maldito restaurante.

—Trato hecho, senador. Me comunico más tarde.

La última palabra fue opacada al morder Redken algo que se ponía en la boca. La línea hizo clic y se cortó.

—Alguien nos viene siguiendo.

—¿Qué? –Tachyon giró en el asiento trasero del taxi y miró por la ventana trasera.

Ackroyd puso una mano en su brazo.

—Tranquilo. Es un especialista. Así no lo detectarás. Chofer... –el detective sacó su cartera–. Hay cincuenta extra para ti si puedes perder al Dodge gris. Como a tres coches atrás de nosotros.

El rostro negro del taxista sonrió de oreja a oreja.

—Claro que sí, señor.

Tachyon siguió la mirada mortificada de Jay mientras el detective abanicaba un billete de diez y tres de un dólar. Molesto, Tachyon extrajo su cartera, sacó los billetes y los metió en la bolsa de la camisa del conductor. Y al momento cayó en el regazo de Ackroyd mientras el taxista aceleraba abruptamente para dar una vuelta cerrada a la izquierda en una esquina. Blaise, sonriendo, divertido, se aferraba como un mono al asiento delantero.

—Igual que en París, K'ijdad.

—¿Eh? –preguntó Jay.

—Olvídalo. Ya conoces suficientes secretos míos –gruñó Tachyon.

Jay miró hacia atrás.

—Sigue detrás de nosotros. Maldita sea, es bueno el tipo.

—¿Qué vamos a hacer? –nuevamente le revoloteaba el estómago, y Tach sentía que sus manos comenzaban a temblar discretamente.

Ackroyd se pasó una mano sobre la boca.

—Probablemente no habrá mucho tiempo para despedidas largas.

El letrero del Motel 6 se apareció por delante.

—Ahí está Sara, también –dijo Tachyon.

—Por Dios. ¿Tienes a toda la Filarmónica de Nueva York ahí? ¿Y a los Dodgers también?

—No estamos para bromas.

—No me digas. Pisa ese acelerador, amigo. Totalmente a fondo.

El taxi bajó disparado por la calle, dio una vuelta y entró al estacionamiento con las llantas rechinando. Los tres salieron del coche antes de que se detuviera. Jay arrojó su último billete de diez y enfilaron corriendo hacia el cuarto.

Sara estaba acurrucada en la cama, con las piernas dobladas bajo el cuerpo y una almohada abrazada contra su pecho, escuchando la televisión. Polyakov, con una expresión desconcertada en su cara redonda, dio un paso atrás para no ser atropellado. Jay agarró la orilla de la puerta y la azotó. Corrió el cerrojo. Tachyon corrió hasta Sara y la jaló, levantándola de la cama. Blaise se arrojó a los brazos del ruso.

—No hay tiempo para explicaciones. Hartmann lo sabe todo. Hay alguien detrás de nosotros –Tachyon asió el vestido de Sara por el cuello y jaló. Se desgarró ruidosamente. Sara gritó y se tapó el cuerpo. Sólo traía puesto el sostén.

—¡A la regadera, rápido! No salgas por nada del mundo, y por cierto, cobras por hora –el alienígena la empujaba hacia la puerta del baño, quitándole el sostén en el camino.

Se oyeron pasos pesados que corrían por el pasillo. Los ojos grises de Polyakov estaban serenos, fatalistas.

—Ya no hay tiempo.

—Sí, sí lo hay. Jay te sacará de Atlanta. ¡Por amor a los dioses, Blaise, muévete!

Se oía el torrente de agua en la regadera. Polyakov sentó delicadamente al chico a un lado.

—¡Abran! ¡Abran la maldita puerta! –Tachyon reconoció la voz de Billy Ray.

—¡Ahora! –le susurró con urgencia al detective. Ackroyd hizo la forma de una pistola con su mano. Polyakov desapareció. Se escuchó un *pop*, mientras el aire ocupaba velozmente el espacio que había dejado el cuerpo.

Tachyon saltó al otro lado del cuarto, tomó la botella de vodka del vestidor, se abrió el cuello de la camisa de un tirón, y con un clavado largo y rasado se arrojó a la cama.

La puerta se abrió de golpe, volaron astillas por doquier al entrar Billy Ray a la fuerza. Jay protegió a Blaise con su cuerpo, y Tach se cubrió el rostro. El as del Departamento de Justicia traía una pistola, una Magnum .44. Tachyon contempló directamente la punta del cañón. Se abría como la boca de una cueva.

—Muy bien. ¿Dónde está? ¿Dónde demonios está?

—¿Quééé? –preguntó Jay.

—¡Imbécil!

Ray golpeó al detective y Ackroyd cayó al suelo. Ray arrancó la puerta del clóset, desprendiendo las bisagras, y arrojó la ropa al piso. Revisó debajo de la cama y se dirigió a la puerta del baño. Tachyon cruzó los dedos y le rezó a cualquiera de sus ancestros que acaso merodeara por ahí.

—Sal de ahí. ¡Ahora!

La voz de Sara flotó por encima del torrente de agua. Claramente femenina. Marcadamente sureña. Tachyon rogó que él fuera el único que percibía el pánico detrás de sus palabras.

—A ver, corazón, ¿pues cuántos de ustedes van a ser?

La cortina de la regadera se abrió de un jalón. Sara gritó. Por unos momentos, no hubo más que silencio en el baño. Una cachetada como detonación. Ray volvió a entrar al cuarto con la pálida y rosada impresión dc una mano desapareciendo ya de su mejilla, y el frente de su uniforme blanco empapado.

Entre jadeos, dijo:

—Estaba aquí. Ese maldito ruso estaba aquí.

Jay miró a Tach.

—¿Ruso? Yo no veo a ningún ruso. ¿Tú ves a un ruso? Y la cariñosita que está en el baño seguro que no suena a rusa. Una rusa cuesta más –le sonrió burlonamente al as enfurecido.

—¿Por qué intentaron despistarme?

Tachyon suspiró y le dio un largo trago a la botella.

—Porque temía que fueras de la prensa y no quería ser descubierto visitando a una prostituta.

—¿Y siempre traes a un chico contigo? –señaló a Blaise con la .44.

—¿Podrías guardar la pistola? Me pone nervioso que la estés agitando así. ¿Sabes que la mayoría de las muertes por disparos son accidentales?

Ray lo fulminó con la mirada.

—Éste no sería un accidente. Contesta la maldita pregunta.

Tachyon se aclaró delicadamente la garganta y dijo:

—Pues, en resumen, de eso se trata. Es tiempo de que el chico aprenda –miró alrededor del cuarto de motel–. Esto no tiene la atmósfera que hubiera deseado, pero ella es muy buena. Yo mismo la probé anoche. Claro, nada se compara con la mujer que me regaló mi padre cuando cumplí catorce años.

Hecho una furia, Ray salió por la puerta deshecha.

—¿Catorce? ¡No me digas!

—¡Oh, Ackroyd, por favor!

Mediodía

—Tú organiza la conferencia de prensa –le dijo Jack–. Los periodistas no te han visto desde hace varios días. Si yo los llamo, es posible que no se presenten.

Barnett había aceptado.

Jack observó la convención mientras avanzaban los planes. Hartmann claramente había perdido todo el ímpetu. Los totales cambiaban en cada votación. El único factor constante era el avance lento de Barnett, que ganaba terreno a cada paso mientras la oposición comenzaba a desintegrarse. Rodriguez se veía aporreado cada vez que anunciaba el conteo cambiante de los delegados de California. El corazón de Jack estaba con él.

La conferencia de prensa fue organizada en uno de los espacios del hotel, el sitio que usaba Barnett como oficina de prensa. Jack logró tomarse otros dos bloody marys antes de que comenzara el asunto.

Fleur sería la primera en hablar, parada detrás de un podio coronado con un bosque de micrófonos de las televisoras. Jack y Barnett se colocaron a un lado mientras Fleur comenzó una serie de pruebas de micrófono.

No dejaba de echarle miradas indirectas a Jack. Obviamente, no confiaba en él para nada.

Aun oculto detrás de sus gafas estilo Hollywood, Jack se sentía desnudo.

—Antes del anuncio del reverendo Barnett —dijo Fleur–, habrá otro breve anuncio de alguien que quizá los sorprenda. Me refiero al señor Jack Braun, el líder de la delegación de California del senador Hartmann, también conocido como Golden Boy.

Jack no sonrió ni saludó a nadie al pasar al podio. Los micrófonos apuntaban hacia él como un bosque de lanzas. Se quitó las gafas, las dobló, sonrió hacia la luz cegadora de la cámara.

Esperaba que el licor y el tiempo sin dormir no le hubieran dejado muy rojos los ojos.

—Acabo de terminar una entrevista de dos horas con el reverendo Leo Barnett —comenzó a decir. Podía escuchar las cámaras automáticas haciendo chasquidos mientras disparaban hacia él. Se aferró al podio y trató de no sentir el terremoto que cimbraba sus nervios–. Esta convención ha visto muchos eventos sumamente extraños, mucha violencia —dijo–. Algunas personas han sido asesinadas. Se han dado dos atentados contra la vida del senador Hartman, perpetrados ambos por ases wild cards, y he luchado contra estos dos ases personalmente. El reverendo Barnett ha sostenido todo este tiempo que los wild cards han sido los responsables de gran parte del caos que ha azotado esta campaña. Después de la reunión de hoy, no puedo más que estar de acuerdo con él.

Los reflejos por cuarenta años de estar en los medios de Jack le dijeron que las largas lentes de las cámaras de televisión comenzaban a enfocarlo de cerca. Salvo por el sonido de las cámaras automáticas y los flashes, la sala estaba absolutamente callada. Jack forjó en su cara una expresión de profunda sinceridad y miró atentamente hacia el público, justo como cuando, hace años, había hecho el papel de Eddie Rickenbacker diciéndole al general Pershing que quería volar.

—Hay ases secretos en esta convención –dijo Jack–. Hay uno en particular que tiene un papel muy influyente. Él es el responsable de mucho del caos que vemos aquí, y por lo menos de algunas de las muertes. Creo que puede influir en las personas a distancia, logrando que actúen de maneras contrarias a la ley y a sus propios intereses. Otros ases, ases asesinos, trabajan para él. Han tratado de destruir a sus oponentes por medio de la violencia.

Jack sentía a Barnett y a Fleur parados a un lado, sus cabezas juntas, mientras intentaban adivinar adónde iba con todo esto. Jack le ofreció a las cámaras una lúgubre sonrisa al estilo Clint Eastwood.

—Después de mi entrevista de esta mañana, he llegado a la conclusión de que el as secreto… –*Intercalen una pausa dramática aquí*, pensó– …es el reverendo Leo Barnett.

Las cámaras se movieron abruptamente, tratando de capturar la reacción de Barnett. Jack alzó la voz y gritó hacia los micrófonos.

—¡Barnett está detrás de los intentos de asesinato! –dijo. El triunfo cantaba en sus venas–. ¡Desafío a Leo Barnett a que nos compruebe que no es un as!

Barnett lo miraba, atónito, boquiabierto. La cara de Fleur van Renssaeler mostraba una palidez de muerte, y retorcía la boca, presa de ira silenciosa. Barnett movió la cabeza lentamente, como sacudiéndose el impacto de un puñetazo, y entonces dio un paso hacia delante. Aunque no era su intención hacerlo, Jack se echó para atrás, entregando el podio.

El predicador se inclinó hacia los micrófonos con las manos en los bolsillos y ofreció una sonrisa vaga.

—No sé lo que trama Jack con esto –dijo–. Yo vine por una razón completamente diferente. Pero si es lo que Jack quiere, estoy dispuesto a permanecer aquí todo el tiempo que sea necesario para reunir un equipo de doctores que me hagan la prueba de sangre –su sonrisa creció–. Yo sé que no tengo el wild card, y cualquiera que diga que lo tengo es un mentiroso o… –miró a Jack, de lado– …está realmente mal informado.

Jack devolvió la mirada a los ojos azules del predicador y sintió que su triunfo se desplomaba hasta sus negros zapatos italianos.

De alguna manera, pensó, había vuelto a estropearlo todo.

Spector abrió la llave del lavabo en el baño y tomó un sorbo de agua. Se enjuagó la boca por unos momentos y luego escupió. El agua estaba teñida de café, por la sangre seca. Spector tomó otro sorbo y lo tragó. Estaba igual de sediento que cansado. Siempre era así, cada vez que tenía que sanarse después de sufrir lesiones mayores.

Puso a prueba su quijada. Se movía arriba y abajo sin mucha dificultad, pero de lado a lado dolía como los mil demonios. Sentía el hueso crujiendo en la articulación. Después de unos meses, quizá ya no sería tan grave. En general, las cosas podrían ser mucho peores.

Escuchó un sonido en la puerta. Spector sabía que no tenía tiempo para volver a meterse debajo de la cama. Miró alrededor del baño. El único lugar lo suficientemente grande era la regadera. Se metió en ella justo cuando cerraban la puerta de su cuarto. Alguien hablaba suavemente consigo mismo en la recámara, Spector creyó saber de quién se trataba. Cuando los ruidos se acercaron al baño, Spector contuvo la respiración. Otra vez. Mucho más de esto y acabaría de color azul permanentemente.

Enfocó el dolor de muerte. Siempre estaba ahí, siempre listo. Vio unos dedos regordetes en la orilla de la cortina.

El hombre corrió la cortina de golpe y abrió la boca para gritar.

Spector enganchó sus ojos antes de que el recepcionista pudiera emitir cualquier sonido. Lo empujó justo hasta el borde de la muerte y se detuvo. Spector lo agarró del cuello de la camisa mientras caía.

Recargó al tipo contra la pared del baño y vació sus bolsillos. Tomó las llaves y la cartera, ignorando lo demás. Este tipo probablemente sabía todo lo que podía saberse sobre el hotel. Si Spector lograba que le dijera la verdad, podría descubrir algunas cosas.

Spector se agachó. Levantó al sujeto con una mano y le dio una cachetada con la otra. Cuando comenzó a recobrar la conciencia y Spector estuvo seguro de que podía sentirlo, le dio unos bofetones fuertes.

El tipo abrió los ojos. Spector puso una mano sobre la boca regordeta.

—Silencio. Si pides auxilio, si respondes a mis preguntas con una voz más fuerte que un susurro, si no respondes a mis preguntas, te mataré. ¿Entendido?

El hombre asintió con la cabeza. Spector quitó su mano lentamente.

—¿Quién eres?

—Mi nombre… –respiró– …es Hastings.

Spector revisó la cartera.

—Hasta aquí, vamos bien. ¿Qué haces aquí?

Hastings miraba alrededor del cuarto con los ojos saltones, parecía estar buscando una manera de salir.

—Eh, la gente del gobierno nos dijo que estuviéramos alertas en caso de que viéramos a alguien con aire sospechoso. Simplemente tenía un presentimiento acerca de ti.

—Eso no lo aprecio mucho –verificó el nombre en la licencia de conducir–, Maurice.

Hastings se limpió la boca.

—Tú no eres quien dices que eres. No eres Baird. Tú eres un as.

Spector asintió.

—¿Sabes?, con tus habilidades de deducción y tu talento para las corazonadas, serías un buen investigador privado.

El hombre sonrió débilmente, tratando de reconocer el cumplido a pesar de su temor.

—Gracias.

Spector esperó unos momentos, luego añadió:

—Odio a los investigadores privados –se divertía de lo lindo con todo esto. Casi se había olvidado de este imbécil, y ahora tenía en vilo al pobre gordo bastardo.

—Oh, Dios, por favor, no me mates. Haré lo que sea –Hastings temblaba. Nuevamente se limpió la boca.

—Ah, no te voy a matar. No, si me das lo que yo quiero –Spector mentía, tratando de pensar en el mejor lugar para ocultar el cuerpo–. Comenzaremos con una pregunta fácil. ¿Dónde está el cuarto desocupado más cercano en este piso?

—Estamos llenos. Te lo juro.

Spector hizo un chasquido con la lengua.

—No me mientas. Sé que siempre dejan algunos vacantes para cualquier contingencia. ¿Sabes lo que te voy a hacer si me sigues mintiendo? Puedo hacerte volar por el aire desde el décimo piso hasta el lobby. La caída sólo tomará unos segundos. Aunque el cochinero será un desastre. Quizá sería mejor si te pongo en la regadera y te licúo. Te vas por el caño. Sin cochinero, sin escándalo.

—No, por favor –Hastings juntó sus manos–. Creo que el 1019 está disponible. Pero no me mates. Siento haberte molestado. Puedo hacer cualquier cosa que necesites. Darle algunas pistas falsas al Servicio Secreto. Lo que sea, en verdad.

Spector sacó una tarjeta de la cartera de Hastings.

—¿Ésta es tu llave maestra?

Se mordió el labio durante un segundo antes de responder.

—Sí.

Spector se acercó a Hastings y lo miró fijamente a los ojos.

—Esta vez no me estás mintiendo, ¿verdad?

—No. Que Dios me parta con un rayo… es la verdad, lo juro.

—Muy bien. Entra a la regadera –Spector corrió la cortina–. Hazlo ahora.

Hastings desplazó su cuerpo obeso.

—¿Pero por qué? –Spector enganchó los ojos nuevamente, esta vez con todas sus fuerzas. Hastings se colapsó sobre el mosaico. Su cuerpo se estremeció y luego quedó inmóvil.

—Por eso mismo –lentamente cerró la cortina–, nadie se mete conmigo y se sale con la suya –no era el mejor lugar para dejar un cadáver, pero como siempre, tenía que improvisar.

Spector se revisó en el espejo una vez más. Ahora tenía una quijada torcida que hacía juego con su sonrisa torcida. Quizá, cuando todo hubiera terminado, podría comprar una casa torcida en las Bahamas. Pero primero tenía que liquidar a Hartmann. Y entonces podría preocuparse por sus vacaciones.

1:00 p.m.

—INÚTIL –HABÍA UNA FURIA FULMINANTE EN LOS OJOS VIOLETA DE Tachyon mientras caminaba concentradamente, maleta médica en mano. Detrás de él, los reporteros se aglomeraban de tres en fondo alrededor de Barnett, quien, por supuesto, había pasado la prueba de sangre sin registrar el más mínimo rastro de la lluvia negra de Satanás.

—Ya, cállate –murmuró Jack, desde el fondo del corazón de otro Bloody Mary.

Tachyon giró sobre sus talones, marchó hacia atrás y enfrentó a Jack, sacando la barbilla.

—¡Es muy probable que le hayas regalado la candidatura a Barnett! ¿Sí te das cuenta de eso?

—Creí que eso hacías tú –el enojo sin forma de Jack se centró en Tachyon–. Creí que eso hacías tú, teniendo sexo con Fleur y trasladando tu apoyo a Jackson cuando las cosas se pusieron difíciles.

Tachyon se puso rojo.

—Lo único que puedes hacer ahora es tratar de mover a California hacia Jackson.

Jack lo miró con desdén.

—Vete a la mierda, idiota. Por lo menos estoy haciendo algo.

Tachyon se le quedó viendo, se tragó una que otra respuesta y luego se fue haciendo rabietas.

Jack, parado solo en el fondo de la sala de prensa, se dio cuenta de que sería atacado por los reporteros en cuanto Barnett concluyera su discurso. Se dirigió de vuelta al bar que habían montado en la parte trasera de la sala, encontró una botella de 500 mililitros de ron de 151 grados y se la metió en la bolsa.

Concluyó que probablemente estaría más seguro en el piso de la convención, donde podría esconderse detrás del resto de su delegación.

2:00 p.m.

Gregg telefoneó desde el cuarto de hospital de Ellen. Acariciaba su cabello mientras entraba la llamada, sonriendo hacia su rostro pálido y ojeroso. Ellen trató de devolverle la sonrisa, pero no pudo. Se veía hermosa y muy vulnerable, y al mirarla él sentía que estaba a punto de llorar.

Por Dios, lo siento, Ellen. En verdad, cuánto lo siento.

Alguien contestó el teléfono y, con un esfuerzo, él dejó de mirarla.

—¿Cal? Habla Hartmann.

—Senador –Redken sonaba nervioso. Gregg se dio cuenta de que no quería hablar–. ¿Cómo va todo?

Ese gordo hijo de perra. Si estuviéramos con él... El Titiritero emergió, enfurecido.

—Eso es lo que quisiera saber. Esperaba algo de acción a estas alturas, Cal.

Eso puso al hombre inmediatamente a la defensiva. Gregg casi podía ver cómo se sonrojaba el rostro lleno de acné de Redken mientras balbuceaba una respuesta. Sacaría cuanto antes una barra de chocolate para aliviar su consternación.

—Mira, senador, no es tan fácil –tronó una envoltura al fondo–. Lo último que se supo sobre tu ruso es que está muerto. Murió hace un año y medio, completamente frito. Para todos con quienes hablé, su expediente ya está cerrado y nadie en el Departamento de Justicia, en la CIA o en el FBI parece querer reabrirlo. Me estoy cansando de que me digan que estoy loco o que soy una ladilla o un estúpido.

Gregg sentía que su propio genio se irritaba intensamente. Redken le daba evasivas y presentaba excusas, y entretanto, Tachyon seguía ahí, besándole la mano a Jackson.

Devaughn fruncía el ceño y maldecía, y ya habían invocado todos los favores políticos posibles sólo para frenar el impulso que había quedado de cabeza. Ellen le sonreía a Gregg, con expresión intrigada, desde su cama, adormecida por una inyección de Demerol; Gregg le quitó el cabello de la frente y le expresó, encogiendo los hombros, que no era nada importante. Respiró profundamente y volvió a concentrarse en el teléfono.

—Video tiene las malditas imágenes, Cal. Sé que ella es una joker, pero las imágenes son reales. ¿No convencieron a alguien de por lo menos comenzar a buscar? ¿No recibiste su declaración? Qué me dices del reportero que vio a Polyakov aquí en Atlanta. ¿Qué, ya nadie le cree?

—Nadie ha podido encontrar a Video, senador. Ése es el problema. El supuesto avistamiento de un reportero no es suficiente. Nadie ha visto a Video desde hace días. Sin ella, pues, no sé qué tanto pueda ayudarte.

—Eso no es suficiente –dijo Gregg secamente–. No es suficiente, para nada.

Cal suspiró, justo al borde de la insolencia. Puso algo en su boca y masticó ruidosamente. El Titiritero se agitó. *Cuando regresemos a Washington, pagará por esto.* Gregg reprimió con fuerza al poder.

—Lo siento, senador –decía Redken otra vez–. He hecho todo lo posible por el momento. Seguiremos buscando a Video. Continuaré sobre la pista de los documentos, pero ya está muy fría y vieja y, en el mejor de los casos, tú sabes lo lento que puede ser. Hostigaré a Peters en Inteligencia y le diré nuevamente que sus datos son un desbarajuste. Y si logro conseguir más, me aseguraré de que se activen las personas indicadas. Pero podrán pasar algunos días antes de que eso suceda.

El mal genio de Gregg estaba a punto de explotar.

—No tengo unos cuantos malditos días, Cal. Quizá ya no tenga ni siquiera esta tarde.

Esa declaración no tuvo respuesta, sólo el zumbido de la conexión satelital y el masticado de Redken.

—Mira, consigue lo que puedas en cuanto puedas –dijo Gregg finalmente–, y ten en cuenta que recordaré qué tan bien hagas esto –azotó el auricular sobre el aparato.

—¿Problemas serios? –preguntó Ellen. Extendió su mano hacia Gregg.

Él la tomó. Dejó que el Titiritero lamiera el dolor que se filtraba por los linderos del Demerol. Parecía adormecer su propia frustración.

Tendremos que hacerlo nosotros mismos, Gregg. No hay otra manera. Estamos seguros ahora que Gimli ya no está. Piénsalo.

Gregg lo estaba pensando. Y sabía exactamente lo que tenía que hacer.

—Quizá –dijo, respondiendo a la pregunta de Ellen–. O quizá no tan serios como lo había imaginado. Hay otras maneras de lidiar con el problema. Es momento de comenzar a usarlos.

—Siento tanto que tú y el doctor Tachyon se hayan peleado, Gregg. Es un hombre tan bueno, pero tan testarudo.

—No te preocupes por eso, cariño –dijo–. Tachyon es sólo un problema temporal.

4:00 p.m.

Era como estar en Mercurio: el aire acondicionado del Marriott le golpeó la espalda en cuanto entró por las puertas. El calor de Atlanta lo tenía sudando como loco. La acera estaba atestada de simpatizantes de Jackson que ondeaban letreros de ¡JESSE! pintados de rojo brillante. Justo delante de ellos estaba la limusina. Jackson tomó la mano de Tachyon y la alzó por encima de sus cabezas. Tachyon se retorció, bailoteando sobre la punta de sus pies. El reverendo era mucho más alto que él.

Se elevaron vítores al cielo y enfilaron hacia la limusina, sonriendo y estrechando manos mientras los espectadores se amontonaban a su alrededor. Jackson apretaba manos con consumada facilidad. Tachyon lo veía actuar, con cierta envidia.

Ackroyd esperaba ante la puerta del coche.

—¿Y ahora qué?

—Jesse quiere que hablemos con los jokers que están afuera del Omni —explicó Tachyon—, él y yo juntos. Su posición en torno a la problemática de los wild cards es igual de fuerte que la de Hartmann, si tan sólo nos escuchan... –dio un largo suspiro–. Jay, si tienes otras pistas que atender, en realidad no es necesario que nos acompañes.

Jay encogió los hombros.

—Es mejor así –dijo–, no sé bailar.

Por lo menos la limusina tenía aire acondicionado, pensó Tachyon con alivio al momento de partir.

El guardaespaldas de Jackson, el as llamado Straight Arrow, lo miraba implacablemente desde el asiento de enfrente. Tach comenzó a darse cuenta de lo inútil, de lo estúpido que era lo que hacían. No iban a escuchar. Jesse tendría muchas más posibilidades sin él. La tensión hizo que su voz saltara al espetar:

—Esto no va a funcionar.

—Ten fe, doctor –dijo Jackson.

Estaba sentado, apretadamente, entre Jay Ackroyd y el reverendo. Con desesperación, miró a Jay y luego a Jesse.

—Ahora ellos me odian.

La limusina se detuvo, y Jackson estudió las filas de jokers silenciosos.

—Solamente algunos. No es como si hubieras cambiado tu apoyo hacia Barnett. No soy tan poco aceptable, ¿o sí?

—No para mí –Tach le dio un apretón al brazo del humano tan alto–. Y sí los convencerás. Lo sé.

—Bueno, ayúdame un poco.

—Haré absolutamente lo mejor que pueda.

Straight Arrow abrió la puerta de la limusina negra, y Jackson y Tachyon volvieron a salir al calor. La policía había creado una valla entre los jokers. Al final del largo corredor estaba un camión de carga de plataforma plana equipado con un sistema de sonido. El calor era increíble, rebotaba en olas desde el pavimento. Mientras observaba todo, Tach vio que las ocho patas de Arachne se doblaban debajo de su cuerpo y se desplomaba, con un suspiro. Hubo una ráfaga de movimiento mientras su hija nat cayó al lado de su madre, y comenzó a abanicar a la mujer inconsciente con un periódico doblado.

—¿Cómo pueden odiarlos tanto? –se preguntó Tachyon. Los ojos lila, ensanchados, estaban llenos de tristeza–. Dan lástima, pero son muy valientes. Tan, pero tan valientes.

La muchedumbre había advertido su presencia. La incertidumbre corrió entre todos como un escalofrío, y entonces muchas personas comenzaron a empujar hacia delante, contra las vallas de la policía, mientras Jackson caminaba hacia ellas. Tachyon apretó la quijada, echó su cabeza hacia atrás y lo siguió. Sus ojos se encontraron con los de Gills. El cuello grueso del joker se hinchó y aletearon las membranas de sus branquias. Escupió, y un gargajo de mucosidad blanca y gruesa golpeó el rostro de Tachyon. El alienígena retrocedió, luego se lanzó hacia delante, con la mano extendida, como si rogara comprensión. Pero Gills ya le había dado la espalda a Tachyon.

Se limpió el escupitajo y se adentraron más entre la multitud. Más adelante, Tach podía escuchar el timbre de la voz de Jesse, pero las palabras se le escapaban. Estaba demasiado ocupado estudiando a la gente, evaluando los rostros de sus amigos y de la gente. Desinterés, odio abierto, simpatía. Una sombra cayó sobre él. La Tortuga. Pero Tommy siguió volando.

Una figura enorme y pálida separó los brazos enlazados de dos policías. Ni un muro de ladrillos iba a detener los cuatrocientos kilos de Doughboy. Rodó hasta detenerse ante el pequeño alienígena.

—Doctor.

—Sí, querido –no lograba animarse a llamar al joker «Doughboy».

—Ellos dijeron que la señorita Sara es una traidora, y ahora dicen que usted también. Yo ya no entiendo.

—Es muy confuso, hijo mío.

—¿Ya no quiere usted al senador?

Tach se cubrió los ojos con una mano.

—Los quiero a todos ustedes mucho más.

—Curiosa manera de demostrarlo –gritó una voz entre la multitud.

—Traidor. ¡Traidor! ¡TRAIDOR!

El sonido lo golpeaba, y Tach se cubrió la cara con las manos. De pronto, Jackson estaba ahí, rodeando sus hombros con un brazo firme.

—Vamos. Puedes hacerlo. Caminamos entre esta gente. Nos subimos a ese camión y les hablamos. Todo saldrá bien.

—No, reverendo, me temo que algunas cosas no pueden repararse nunca.

Pero le habían recordado su deber, de modo que con una sonrisa firme Tach comenzó a avanzar ante la hilera de gente. Algunas de las cosas más increíbles se extendieron hacia él –garras, tentáculos, masas sin forma cubiertas de descargas fétidas. Ver una mano humana normal fue un alivio tal que Tachyon casi corrió para estrecharla.

Un joven, vestido con una chamarra de piel a pesar del calor, alzó sus párpados pesados para mirarlo. Sus ojos eran tan inexpresivos como los de un tiburón.

Los jokers obstruían la calle, silenciosos y horribles. El calor y la luz parecían sofocar, envolviendo el pecho como una serpiente pitón, apretando grado por grado. A Mackie le recordaba Hamburgo en el verano. Odiaba todo aquello que le recordara su hogar. Odiaba el calor y la humedad, y no le agradaba mucho la luz del día. Pero por encima de todo, odiaba a los jokers.

Aun así, estaba contento. La redención cantaba en sus venas como una dosis de buena anfetamina.

Der Mann le estaba dando otra oportunidad. Nuevamente era Macheath, deslizándose entre la turba con su canción burbujeando cual mantra en su garganta.

En esta masa de monstruos, nada era extraordinario. Mackie en particular. Su carencia de tamaño le permitía evitar casi cualquier contacto. El horrible calor le creaba tentáculos de sudor que corrían por sus costillas, debajo de su chamarra y de su vieja playera, pero su hedor personal se perdía entre la muchedumbre.

De pronto, sintió un impacto de refilón, y entonces:

—¡Oye, más cuidado, hijo de puta! –la mano que asía su brazo estaba emplumada–. ¡Fíjate bien a quién estás empujando! ¿Quién mierdas te crees que eres?

—¡Soy Mack el Cuchillo, criatura inmunda! –se hinchó de furia como se hinchaba su pene. Comenzó a generar un zumbido.

¡No! ¡Recuerda tu trabajo!, gruñó algo ininteligible y desapareció, dejando a la monstruosidad ahí, agarrando aire. La mirada estúpida que quedó en lo que debía ser una cara lo hizo reír.

Insustancial, caminó a través de una masa lombricienta de horrores que pretendían ser personas, y encontró un hueco lo suficientemente grande como para volver a materializar su cuerpo. Los jokers ni lo notaron.

Comenzaron a cantar, un canturreo bajo y hostil. Las palabras se nublaban en su mente. No trató de entender. Los jokers no tenían nada que decir. ¡Las bestias ni siquiera sabían que caminaba entre ellos! Él era Mackie Messer, roca de misterio y de muerte. Era invencible.

Destacando, de pie junto a su presa estaba el negro alto que contendía para la presidencia, ¿y no era eso la decadencia capitalista, permitir que esa clase de gente llegara a puestos públicos? Karl Marx dijo que el hombre negro era un esclavo, y *der alte* Karl sabía de lo que hablaba. El hombre al lado de Tach por el otro costado se le hizo algo conocido a Mackie. Probablemente uno de los lambiscones del alienígena, de Jokertown.

Tachyon se desplazaba ante una fila, saludando gente o lo que fuera. Pensar en todo ese contacto físico con los jokers le enchinaba la piel a Mackie. Comenzó a circular, como el tiburón en su canción, *el que lleva los dientes en la cara.*

Debes ser extremadamente cuidadoso, había dicho el Hombre. *Tachyon lee las mentes. No debes permitir que perciba tus intenciones.*

Eso no sería problema. Él era Mack el Cuchillo. Sabía cómo hacer estas cosas.

Sería empresa fácil pasar, insustancial, entre la multitud, aproximarse por detrás, encender la sierra en su mano y enterrarla en el precioso corazón de mierda de Tachyon. Sería demasiado sencillo.

Nunca antes había matado a un alienígena. Ni tampoco había matado a alguien realmente grande, realmente famoso, como Tachyon.

Quería sentir los ojos de Tachyon en los suyos. Quería que el pequeño bastardo supiera quién lo mataba.

Los jokers empujaron hacia delante, llevándolo justo a donde necesitaba estar.

El mundo se contrajo, limitándose a Tachyon y al toque.

◆

La tarde le llegaba a Jack en pequeñas explosiones coherentes, entremezcladas con ruido y movimientos sin sentido, como una cinta de película cortada en pedazos y editada al azar. Los delegados iban y venían, los totales de los votos cambiaban cada media hora.

Las únicas dos constantes eran que Hartmann estaba perdiendo votos y que Barnett ganaba terreno. A pesar de las negaciones de Hartmann y de Devaughn, todos suponían que la acusación de Jack contra Barnett había sido un último intento desesperado de parte del equipo de Hartmann para recuperar su ímpetu perdido.

—Oigan –dijo finalmente un molesto Devaughn ante reporteros que presionaban–, dejen en paz al tipo. Ayer alguien le detuvo el corazón, ¿quién sabe cuántas células del cerebro perdió?

Gracias, Charles, pensó Jack. *Compasivo como siempre.* El único remedio concebible era otro trago del ron de supergraduación alcohólica.

Jim Wright, convocando a votación tras votación, se veía como si su hígado acabara de fallarle. Se daban peleas a puñetazos en el edificio de la convención. La orquesta tocaba lo que se le ocurriera a su cabeza colectiva, desde Stephen Foster hasta Jagger/Richards. Un planeador de Starshine se estrelló contra Jack, quien lo pisó por error al tratar de recogerlo. De todos modos intentó lanzarlo, aún aplastado, y se desmoronó al abandonar su mano.

Estúpido joker volador, pensó.

Al terminarse la botella, le regresó una suerte de lucidez a Jack, una conciencia intensa de todo el horror del asunto. *Ay, mierda*, pensó. *Me embriagué hasta quedar sobrio.*

No tienes otra opción, decidió, *más que la de ir por otra botella*. Se levantó de su asiento y enfiló a través del pandemonio hacia la salida más cercana. Al salir del auditorio, vio a una mujer joven con botones de Hartmann, hablando seriamente con un hombre negro alto y con lentes de carey.

—Lo siento, Sheila –dijo el hombre de los lentes–. Tu viejo es el tipo más decente que jamás haya conocido y siento decepcionarlo, pero si no cambio a favor de Jesse en esta votación puedo despedirme de mi credibilidad en el vecindario.

Tenía lugar algún tipo de reunión justo afuera del auditorio. Había un camión de plataforma plana cubierto de estandartes de Jackson y una limusina que trataba de pasar entre la multitud hacia ella, tocando el claxon. Moviéndose para todos lados había más jokers de los que Jack jamás había visto en un solo lugar.

Trató de moverse entre la multitud, pero estaba demasiado densa. La gente en la limusina debió decidir lo mismo, porque sus puertas se abrieron y bajaron los pasajeros: Straight Arrow con su uniforme gris, un tipo blanco pequeño que Jack no reconoció, Jesse Jackson y Tachyon.

Perfecto. Justo las personas que Jack quería ver.

La multitud rugió. La gente de los medios empujaba a los jokers, buscando dónde posicionar sus cámaras. La policía y el Servicio Secreto trataban de avanzar hacia el camión sin tumbar a nadie.

Tachyon y el candidato estrechaban manos conforme avanzaban. Alguien escupió en la cara de Tachyon. Straight Arrow se veía aterrado, probablemente no por la saliva sino por el hecho de que fácilmente podía haber sido una bala.

Una sombra pasó por encima de ellos y Jack miró hacia arriba. La Tortuga pasaba, en silencio. Alguien había pintado ¡HARTMANN! en su caparazón, con grandes letras plateadas.

Jack bajó la vista y vio, por una fracción de segundo, en una abertura entre la multitud, al fenómeno que se movía entre la gente. El chico con las manos de sierras mecánicas, a escasos cinco metros de distancia.

La adrenalina golpeó a Jack con la fuerza de un huracán.

—¡No! –gritó, y comenzó a nadar entre la gente, dando grandes brazadas, impulsándose y haciendo caso omiso de los gritos de protesta.

El chico de cuero había desaparecido. Jack estiró su cuello para encontrarlo. De pronto, ahí estaba, inclinándose hacia delante bajo el brazo de un policía, con la mano extendida. Tachyon lo vio y sonrió.

—¡No! –gritó Jack otra vez, pero nadie podía escucharlo.

Tachyon tomó su mano con alivio, o algo parecido. La apretó con fuerza.

—Soy Mackie Messer –dijo, y encendió el serrucho a máxima velocidad.

Se dio una lluvia de sangre y de huesos y el sonido de la sierra que Jack recordaba demasiado bien. Tachyon gritó. Y también cien personas más. Y también Jack, quizá.

Jack cargó hacia delante, pero la multitud se hacía para atrás, se tropezó y casi azotó, mientras caía gente a su alrededor. Un niño joker con ojos de plata le agarraba la pierna. Jack trató de sacudirse al chico, gritando enfurecido.

Tachyon trastabilló hacia atrás; la sangre pulsaba de su muñeca rota. Straight Arrow había estado observando a la multitud que rodeaba a Jackson y sólo hasta ahora giraba su cabeza para entender la situación. El policía bajo cuyo brazo el chico de cuero había extendido el suyo era el único que estaba lo suficientemente cerca para reaccionar. La mitad del rostro del policía chorreaba sangre de Tachyon y la conmoción frenaba sus acciones. Trató de agarrar la chamarra de cuero del chico. Si hubiera tenido tiempo para pensar, hubiera hecho casi cualquier cosa menos eso.

El chico se volvió para enfrentar al policía y el corazón de Jack se le subió hasta la garganta. Lo único que el chico tenía que hacer era mirar más allá del policía para ver a Jack corriendo hacia él. Pero el *freak* no vio a Jack –estaba demasiado ocupado sonriéndole al policía, su lengua paladeaba el sabor de la sangre taquisiana en su labio inferior. Cercenó el brazo derecho del policía a la altura del hombro.

El chico giró de nuevo hacia Tachyon, en dirección opuesta a Jack. Jack se sacudió al niño joker y corrió, con su brazo hacia atrás, haciendo un puño. Si el chico iba a rematar a Tach tendría que mantenerse material, y Jack podría golpearlo con toda la fuerza de un cañón.

El chico extendió un brazo hacia Tachyon. El movimiento de su mano era delicado, casi una caricia. Un paso más y Jack lanzaría la cabeza del jorobado a unas veinte cuadras de distancia.

Jack soltó el puñetazo ¡y el fenómeno desapareció con un *pop*! El puñetazo hizo girar a Jack, mientras gritaba presa de rabia. La sangre de Tachyon se deslizaba bajo sus pies, pero de alguna manera logró mantenerse erguido.

—¿Quién hizo eso? –gritó.

Straight Arrow estaba ahí, parado, con una flecha llameante alzada en una mano, como una estatua de Zeus lanzando un rayo. El Servicio Secreto había tumbado a Jackson y se apilaban encima de él. Había muchas pistolas desenfundadas.

—Ackroyd –dijo Straight Arrow. La llama desapareció de la punta de sus dedos.

La muchedumbre gemía, como si sufriera dolor. Hombres con cámaras de televisión rodeaban el cordón policiaco, tratando de ver mejor. Los ojos de la nación, embebida, no se perdían detalle.

Los ojos de Tachyon aletearon y cayó sobre el pavimento. El policía gritaba. Jack podía ver que su herida estaba demasiado arriba como para hacerle un torniquete. Se puso ante él, echó su puño atrás y lo golpeó delicadamente en la sien. La cabeza del policía rebotó como un saco de boxeo y perdió el conocimiento.

Straight Arrow llegó junto a Jack. Su rostro conmocionado estaba pálido. Extendió una mano hasta el hombro herido del policía. Las llamas palpitaban, candentes. Silbó sangre, que comenzaba a hervir, conforme cauterizaba la herida. El olor a carne quemada invadió el aire, y desde las capas de los recuerdos de Jack surgieron los gritos de un hombre que moría quemado en un tanque en llamas en alguna parte al sur de Cassino.

Quizá la vida del policía podría salvarse si el hombre no moría de shock en los siguientes cinco minutos. Jack lo siguió, sintiéndose inútil, mientras Straight Arrow se desplazaba hasta Tachyon y levantaba el brazo herido. El rostro y los rizos de Tachyon estaban

cubiertos de sangre. Jack no quería ni pensar en las cosas que crujían bajo sus pies.

Straight Arrow cauterizó la herida de Tachyon con la misma pulsación flamígera que había usado con el policía. Jack se apartó, no
quería tener que escuchar el siseo de la sangre, ni oler la carne quemándose. Buscó sus cigarrillos. La furia bailaba en sus nervios. Tuvo
al chico a su alcance, hubiera podido aplastar esa cabecita asesina
como una cáscara de huevo.

Jesse Jackson se puso de pie. Su expresión desconcertada dejaba
claro que no había visto nada. El Servicio Secreto trataba de llamar
a las ambulancias desde sus radios.

—Ackroyd –Straight Arrow se incorporó–. ¿Adónde lo enviaste?

Ackroyd era el tipo anodino que Jack había visto bajar de la limusina con Tach y Jackson. Parecía igual de conmocionado que cualquiera de los demás.

—Sí –dijo–. Oh, por Dios –sus manos se movían sobre su cuerpo
como si tuviera una comezón que no lograba localizar.

—¡Tú! –gritó Jack–. ¿Quién demonios eres tú?

Ackroyd lo miró, sin entender qué pasaba.

—Jay Ackroyd –dijo Straight Arrow–. Policía privado. Lo llaman
Popinjay.

—¡Ya tenía en la mira a ese bastardo! –Jack sacudió su puño, ra-
biosamente, mientras aplastaba su cajetilla de cigarros–. ¡Pude convertirlo en GELATINA! Ah, ¡mierda! –tiró la cajetilla y la pateó hacia
la multitud.

—¿Adónde lo enviaste, Ackroyd?

—Le apliqué el «pop» –dijo Ackroyd.

Straight Arrow lo tomó de las solapas y lo sacudió.

—¿Adónde enviaste al asesino?

—Oh –Ackroyd se remojó los labios–. A Nueva York. A The Tombs
–Straight Arrow soltó al detective y se estiró, con aire satisfecho.

—Bien –dijo.

Jack quería, de un puñetazo, lanzar a Ackroyd hasta el siguiente
país.

—¡Atraviesa las paredes! –gritó–. ¡Ya ha de estar fuera! –la expresión de Straight Arrow se desplomó.

Sirenas de ambulancia aullaban en la distancia. Jack contempló la escena a su alrededor: los dos hombres heridos, Jackson arrodillado junto a Tachyon, el Servicio Secreto con sus armas desenfundadas, la muchedumbre que lloraba y gemía, conmocionada, las cámaras de televisión registrando todo... Jack entendió que había perdido otra vez. Otra tragedia que no pudo detener. Todo se le estaba yendo entre los dedos.

Y nadie iba a sacarle provecho a nada de esto, salvo Leo Barnett.

Se encontraba en un cuarto, rodeado de negros enormes y barrotes. Por un momento, Mackie pensó que estaba soñando. Entonces se dio cuenta de los trozos ardientes de carne alienígena pegados a su cara y su chamarra como plástico derretido.

Su mano derecha agarraba aire. Su izquierda estaba convertida en cuchilla vibrando, lista para separar la cabeza del doctor Tachyon de sus hombros. Pero ya no se encontraba bajo la luz brillante de la calle de Atlanta y Tachyon ya no estaba.

—*Nein!* –gritó, golpeándose la frente con la palma de sus manos–. *Nein, nein, nein!*

Había fracasado una vez más. No era posible, pero había fracasado. Una mano le apretó el hombro. Un tsunami de náusea golpeó de un lado de su estómago al otro al volverse, alzando los ojos, para ver a un negro gigantesco con la cabeza rapada y un arete de oro en la oreja.

—Oye, amigo –dijo el gigante con una voz cautelosa–, ¿cómo demonios entraste aquí?

Mackie volvió a gritar, pero esta vez no intentó articular palabra. Provocó que sus manos hicieran cosas, y entonces fueron las otras personas las que comenzaron a gritar, y cuando dejaron de gritar pasó corriendo directamente a través de los barrotes de la celda y se siguió, entre ecos, por corredores verdes que apestaban a vómito y a sudor y a miedo, y bajó las escaleras y salió a la sucia luz del día en Nueva York.

Tenía que regresar a Atlanta cuanto antes. Para redimirse ante los ojos de su amo, de su amor.

5:00 p.m.

Lo primero que hizo Gregg fue estrechar la mano de Jesse. El Titiritero corrió hacia fuera, utilizando el contacto, abriendo gozosamente la mente del hombre. Era una mente exquisita, que sentía las cosas profundamente. Después de todo, esas mentes eran las mejores. En ella, ahora, se percibía un baño de rojo-naranja profundo, un recuerdo de algo muy doloroso y horrible. Gregg sabía de qué se trataba.

Jackson aún no se cambiaba de saco; seguía salpicado con la sangre de Tachyon. Gregg se sintió incómodo al verla, un aleteo de culpabilidad que regresaba e hizo que el Titiritero se burlara de él en su interior.

—Reverendo, gracias por reunirse conmigo en tan corto tiempo y después de una tarde tan horrible. ¿Cómo… cómo está el doctor Tachyon?

—Su vida cuelga de un hilo. En estado crítico. Los doctores dicen que el daño fue demasiado como para reintegrarle la mano –la cara larga y sombría de Jackson se frunció–. Un evento terrible, senador. Un evento muy terrible. No había visto una violencia tan fría y enferma desde que el reverendo King fue asesinado.

El Titiritero observaba las emociones de Jackson cuidadosamente. Podía ver horror y miedo, y repugnancia, pero en ningún caso dirigidos hacia Gregg. Esto significaba que Tachyon todavía mantenía silencio en cuanto al Titiritero.

Bien. Entonces no importa –todavía– que Mackie no haya terminado con el encargo.

Había sólo un leve color amarillo ocre de disgusto en el interior de Jackson, dirigido hacia Gregg, y el Titiritero fácilmente lo empujó hacia abajo, limpiándolo con el respeto que sabía que Jackson tenía por la posición de Gregg sobre temas en común.

—Lamento escuchar eso, reverendo –dijo–. Por favor, tome asiento. Le he pedido a mi asistente que se ponga en contacto con su equipo para que le traigan una muda de ropa. ¿Gusta algo de tomar?

Jackson hizo una señal de negativa con la mano y se sentó; Gregg se acomodó en el sillón de enfrente. Unió los dedos frente a su cara, como si intentara decidir qué decir.

—Éste no es el momento que hubiera escogido para hablar de esto –dijo Gregg, finalmente–. No después de esta tarde. Pero quizá sí sea el mejor momento. Necesitamos terminar con la violencia, ahora. Necesitamos unificar la convención y comenzar a trabajar en la verdadera campaña, contra Bush.

—Ya sé lo que va a decir, senador. Debería saber que mi equipo quiere que yo diga «no» –Jackson parecía tranquilo y cómodo a pesar del trauma de la tarde. Estaba sentado con las piernas cruzadas, con sus grandes manos sobre una rodilla. Las manchas oscuras en su saco creaban una imagen extrañamente surrealista. Por fuera, se veía relajado, sereno, casi indiferente.

El Titiritero sabía que no era así. En su interior, el hombre estaba repentinamente ansioso. Podía verlo; un azul brillante, eléctrico, centellando como un rayo.

—Quieren que diga «no» porque están convencidos de que con el apoyo del doctor Tachyon, nuestra Coalición Arcoíris podría ganar –continuó–. Y no una victoria a medias, senador, sino todo.

—He tenido amistad con el doctor Tachyon desde hace casi veinte años –dijo Gregg–. Es un hombre orgulloso y muy testarudo. La verdad es que usted y yo sólo nos estamos quitando votos mutuamente, y dejamos que Barnett gane. La verdad es que si el candidato presidencial no soy yo, tampoco lo será usted. Creo que ambos sabemos eso, sin importar lo que quisiéramos creer. Si yo no gano aquí, Leo Barnett será el candidato. El ataque de esta tarde contra Tachyon sólo fortaleció su posición.

El Titiritero sentía la irritación de Jackson. No era ningún secreto que los dos ministros no se tenían mucho aprecio. Jackson era un idealista, inclinado hacia la izquierda extrema del partido, mientras que Barnett se ubicaba a la derecha. Gregg dejó que el Titiritero acariciara esa irritación hasta que Jackson se molestara visiblemente.

—Reverendo, en realidad no sabe por qué Tachyon se pasó con usted –continuó Gregg–. Mi equipo quería anunciarlo a la prensa cuando Tachyon retiró su apoyo, pero no se lo permití, por respeto a esos veinte años de amistad. Tachy… pues, no hay una manera agradable de decir esto. En los últimos días, el doctor se ha visto involucrado en una relación con la coordinadora de campaña de Barnett, Fleur van Renssaeler. No sé si ella lo sedujo o si él la sedujo a ella, eso no importa, supongo. Pero cuando lo confronté para hablar al respecto, explotó. Dijo que la relación no era de mi incumbencia. Yo insistí en que en realidad sí lo era, lo cual era comprensible, pienso, y presioné más –Gregg hizo un gesto molesto, de disgusto–. Probablemente dije cosas que no debí decir. Nuestra discusión fue amarga, muy fuerte. Él se fue del cuarto. Lo próximo que supe fue que anunciaba ante los medios que retiraba su apoyo.

Gregg sonrió, con tristeza.

—Puedo entender por qué se acercó a usted, reverendo. Tenemos nuestras diferencias, pero creo que alguien que analice nuestros antecedentes y nuestras posturas públicas verá que somos bastante similares. Ambos estamos en contra de los prejuicios y de cualquier forma de odio; a ambos nos gustaría ver a todas las partes reuniéndose para trabajar en armonía. Hemos trabajado juntos en la pelea de las plataformas; sé que nuestros ideales son los mismos.

Dentro de la mente de Jackson, el Titiritero empujaba por aquí, jalaba por allá.

—Eso suena a uno de sus discursos de campaña, senador –se dibujó una leve sonrisa en su rostro–. Ya he escuchado esa retórica antes.

—Y la retórica es barata. Lo sé. También sé que si analiza mis antecedentes de votos, si revisa lo que he hecho como presidente de SCARE, el Comité del Senado sobre Recursos y Empresas de los Ases o cómo he reaccionado ante iniciativas de ley sobre los jokers o los derechos civiles, entonces verá que no estamos muy alejados. Creo que podríamos trabajar bien juntos.

—Lo cual nos regresa a aquella pregunta que no me ha hecho, senador.

Está muy interesado, incluso sin mí. ¿Lo sientes? ¿Lo puedes saborear?

—Ya sabe lo que ofrezco –Gregg lo dijo como un hecho, no como una pregunta.

—Me está ofreciendo la vicepresidencia –dijo Jackson, asintiendo la cabeza–. Está diciendo: «Reverendo Jackson, ¿por qué no le dice a sus delegados que voten por la dupla Hartmann/Jackson?». Con mis delegados y los suyos, podríamos ganar la candidatura.

—Con su voz, con su fuerza, con su poder, nosotros... –Gregg hizo una pausa, poniendo énfasis en la palabra– *nosotros* ganamos no sólo la nominación, sino la presidencia.

El deseo era de un azul brillante, intenso. Manchándolo, aparecían oscuras salpicadas de duda. El Titiritero limpió todo rastro de oscuridad, hizo que se desvaneciera. Jesse frunció los labios.

—Yo podría hacerle la misma oferta a usted, senador… –comenzó a decir, pero el Titiritero seguía trabajando con su mente.

La voz de Jackson se disipó. Asintió.

Extendió su mano.

—Muy bien, senador –dijo mientras se daban la mano–. Tiene razón. Es hora de construir un puente sobre el que podamos caminar. Es hora de comenzar a unirnos todos.

El Titiritero dio un grito de triunfo. Gregg se reía sin poder evitarlo.

Ya lo tenía. Esta vez lo tendría. Unas pocas maniobras más, y sería suyo.

◆

El ron con alcohol concentrado cayó en el estómago de Jack como una bienvenida ola de fuego. Se tomó otro par de tragos, luego cerró la botella y la clavó en un bolsillo. La había comprado después de que Tachyon había sido llevado al hospital y el Servicio Secreto lo había soltado.

Todavía tenía rastros de sangre en los puños de su camisa y en sus zapatos. Trataba de no pensar cómo habían llegado ahí, y suponía que el licor le ayudaría.

Llegó ante una de las puertas traseras del Omni. *Demonios*, pensó. Ahí estaba el guardia enorme de la nariz rota, Connally, y ya estaba negándole la entrada a un sujeto de cabello canoso que agitaba un gafete ante su cara. Jack podía casi recitar el diálogo junto con Connally y el delegado.

—Lo siento. Nadie puede entrar por aquí.

—Pero si acabo de salir por esta puerta. Tú me viste.

—Nadie entra por aquí.

—Oficial, sólo vengo a recoger a mi hija, que es delegada. Sí tengo un gafete.

Una sensación helada recorrió la nuca de Jack al escuchar la voz del hombre. Se detuvo como a unos tres metros detrás de él y observó la parte posterior de su cabeza gris. ¿Dónde había escuchado esto antes?

—Pues... –dijo Connally, lentamente–. Supongo que no habrá mucho problema. Aunque se supone que nadie debe entrar por aquí.

—No habrá problema –dijo el hombre.

Sacudiendo la cabeza, como si no se diera cuenta cabal de sus actos, Connally sacó un manojo de llaves colgado de una cadena y abrió la puerta.

En la cabeza de Jack revoloteó la sorpresa.

—Gracias, oficial. Qué amable –el hombre entró por la puerta.

Jack avanzó. Algo no estaba bien aquí.

—Disculpe –dijo.

Connally lo miró con los ojos encendidos.

—¿Adónde crees que vas, idiota?

Jack esbozó una sonrisa forzada.

—Soy delegado.

Connally cerró la puerta y le puso llave.

—Nadie entra por esta puerta. Ésas son mis instrucciones.

Jack se asomó por la puerta de vidrio, viendo al hombre canoso que se alejaba.

—Acabas de dejarlo pasar a él –dijo.

—¿Y qué si lo hice? –dijo Connally encogiéndose de hombros.

—¡Él ni siquiera es delegado! ¡Yo soy delegado!

Connally lo miró de pies a cabeza.

—Él no es un idiota. Tú sí –mientras Jack veía a través del vidrio, vio al hombre canoso mirar hacia atrás, por encima de su hombro, rápidamente, alzando su mano para saludar a Connally. El tipo vio a Jack, y el rostro con barba se petrificó antes de que el sujeto dejara caer el brazo y siguiera su camino.

A Jack se le pusieron los pelos de punta. Había visto esa cara recientemente, en la portada de la revista *Time*, después de que un actor llamado Josh Davidson había interpretado *El rey Lear* en Central Park. Pero lo más importante era que ya había visto antes esa mirada.

Recordó a un grupo de trabajadores de los muelles bailando sobre una mesa, cantando «Rum and Coca Cola».

Lo siento, Sheila, recordó, *tu viejo es el tipo más bueno que jamás haya conocido.*

Conocía esa mirada de Davidson, pensó nuevamente. Ya la había visto antes, allá en la década de los cincuenta, al salir de la sala del comité después de rendir testimonio ante el Tribunal de Actividades Antiestadounidenses, y pasar al lado de donde aguardaban Earl, David, Blythe y el señor Holmes, justo frente a ellos sin decir una sola palabra. De pronto, Jack estaba corriendo, pasando ante un Connally sorprendido, dirigiéndose hacia una de las puertas que podía usar.

Josh Davidson, Jack lo sabía, era un as secreto.

Mientras Jack corría hacia las puertas, la botella de ron se salió de su bolsillo y se hizo añicos contra el concreto. No se detuvo.

Hasta donde supiera la gente, Jack era el único de los Cuatro Ases que seguía vivo. Nadie lo sabía con certeza, porque uno de los cuatro había desaparecido.

Después de cumplir una condena de tres años en Alcatraz por desacato al Congreso, David Harstein salió libre en 1953. Un año después, el Congreso aprobó la Ley Especial de Servicio Militar Obligatorio y Harstein fue reclutado. Nunca se reportó. Nadie lo había visto desde entonces. Había rumores de que había muerto, de que había sido asesinado, de que había huido a Moscú, cambiado su nombre y viajado a Israel.

No había un solo rumor que hablara de que se hubiera hecho cirugía plástica, ejercitado con pesas, ganado unos kilos, de que se hubiera dejado crecer la barba, tomado lecciones para modificar la voz y convertirse en actor de Broadway.

Tu viejo es el tipo más bueno que jamás haya conocido. Naturalmente. A nadie le desagradaba David Harstein, menos cuando los atacaban sus feromonas. Nadie podía estar en desacuerdo con él. Nadie podía evitar hacer lo que él quería que hicieran.

Jack mostró su identificación a la persona que estaba en la puerta y entró con prisa. Se abrió paso entre el gentío, en dirección al último lugar donde viera a Davidson, ignorando las miradas de los otros delegados. Por encima de las cabezas de los otros, vio que Davidson se dirigía a uno de los túneles que daban hacia el centro de la convención. Lo siguió, tomó a Davidson del brazo y dijo:

—Oye.

Davidson se dio la vuelta y se quitó de encima la mano de Jack. Sus ojos eran como trozos de obsidiana.

—Preferiría no hablar contigo, Braun.

Jack se hizo para atrás. Podía sentir el color drenándose de su cara. Tomó control de sus nervios y dio un paso adelante.

—Quiero hablar contigo, Harstein –le dijo–. Hace ya casi cuarenta años que no nos vemos.

Harstein dio un paso atrás y se llevó la mano al corazón. Jack sintió una oleada de terror: quizá le había provocado un infarto al pobre viejo. Se acercó para sostenerlo, pero el hombre, fríamente, apartó de un golpe la mano de Jack, luego se alejó un poco y se recargó contra la pared.

—Si es ahora –murmuró– no habrá que esperar; y si no ha de llegar después, será ahora; si no es ahora, seguramente llegará.

—Estar preparado lo es todo –dijo Jack, terminando la cita. Había interpretado el papel de Laertes en la escuela secundaria.

Harstein miró intensamente a Jack.

—Todos estos años, y me descubres. De alguna manera, resulta apropiado.

—Si tú lo dices.

—¿Por qué estamos teniendo una conversación? A menos que tengas intención de delatarme.

Jack respiró profundamente.

—No voy a delatar a nadie, David –dijo.

El rostro del actor era despreciativo.

—Un interesante abandono del personaje.

—Tú eres el experto en personajes.

—También soy el experto en prisiones. Estuve tres años ahí.

—Yo no fui el que te envió a prisión, David –dijo Jack–. Te enviaron ahí antes de que siquiera testificara.

—Ésa es otra distinción interesante –Davidson encogió los hombros–. Pero si te sirve para mitigar tu sentimiento de culpa...

Lágrimas punzaron los ojos de Jack. Se recargó contra la pared, abatido. No podía usar la defensa que había usado con Hiram. Harstein había estado ahí. No se había quebrado, y por eso lo habían enviado a prisión.

Y lo que le había pasado a Blythe había sido muchísimo peor. Era como si Harstein hubiera leído el pensamiento de su cabeza.

—Fui a ver a Blythe en cuanto salí de prisión. Noviembre de 1953.

Convencí a los celadores y pasé. Incluso estuve en su celda. Le dije a ella que todo estaría bien. Le dije que ella estaba bien. No lo estaba. Tres semanas después, había muerto.

—Lo siento –dijo Jack.

—Lo sientes –Harstein parecía saborear la palabra, paseándola en su boca–, es tan fácil decirlo, pero cuán mínimo es su efecto. Podemos hacer de nuestras vidas algo sublime y, al partir, dejar tras de nosotros huellas en las arenas del tiempo –miró a Jack a los ojos, fijamente–. Llegó una ventisca, Jack, y borró nuestras huellas –vio a Jack durante mucho tiempo, una mirada implacable, de la cual se habían vaciado todas las emociones–. Déjame en paz, Jack. No quiero volver a verte jamás.

David Harstein dio media vuelta y se fue. Jack se deslizó por la pared hasta caer al suelo, con terror y remordimiento recorriendo su cuerpo. Pasaron por lo menos cinco minutos antes de que pudiera controlarse. Cuando se puso de pie, tenía enormes manchas de sudor en las axilas.

Los delegados que pasaban por el túnel lo miraban con lástima o desagrado, suponiendo que estaba borracho. Estaban equivocados. Estaba sobrio, perfectamente sobrio. Había tenido tanto miedo que había quemado cada mililitro de alcohol en su sistema.

Jack volvió al auditorio justo cuando Jim Wright anunciaba los últimos totales de los delegados. El total de Hartmann se iba al caño.

7:00 p.m.

El vestíbulo del hotel lucía casi desierto. La mayoría de la gente estaba atenta al acto principal en el escenario de la convención. Spector entró a la cafetería con una botella de Jack Daniels bajo el brazo. Había dormido casi todo el día, tenía que comer algo. No podía ni pensar en ir a los restaurantes del Marriott; después de la pelea con Golden Boy, seguramente habría personas buscándolo. Pero estaba débil por el hambre y tenía que conseguir algo.

Caminó por los pasillos de comida chatarra y *souvenirs*, y tomó un par de barras de chocolate, una lata de nueces de la India, unos paquetes de carne seca. Un joven negro, detrás de la caja, miraba una pequeña televisión en blanco y negro. Spector puso las cosas en el mostrador y sacó un billete.

—En un momento estoy con usted, señor –dijo el cajero–. Se supone que van a mostrar cómo le explota la mano a Tachyon, después de los comerciales. Me lo perdí en vivo. Demonios, apuesto que valía la pena verlo. ¿Usted lo vio?

—¿La mano de Tachyon explotó? ¿De qué diablos estás hablando?

—¿Ha estado todo el día en la alberca o qué? –dijo el cajero, sacudiendo la cabeza–; un tipejo horrendo estrechó la mano del doctor y la voló en mil pedazos. Dicen que... espere un segundo. Aquí vamos –movió el televisor para que Spector pudiera ver también.

El video estaba en cámara lenta. Mostraba a Tachyon avanzando entre la gente, estrechando manos.

—¿Quién lo agarra? –preguntó Spector.

—Un jorobadito. Mire, ahí está.

Spector abrió la boca. Luego la cerró. Era el mismo idiota que había estado en el vuelo con él. El jorobado tomó la mano de Tachyon y voló sangre hacia todos lados. El camarógrafo fue empujado por la multitud que entró en pánico y el video terminó.

—¿Sigue vivo? –Spector siempre había querido ver muerto a Tachyon, pero se dio cuenta de que esperaba que no fuera así. Después de todo, matar a Tachyon era algo que él mismo había planeado hacer, uno de estos días.

—Por el momento sí –el cajero apagó la televisión y le hizo su cuenta a Spector–, supongo que es más fuerte de lo que se ve –puso la comida en una bolsa y se la entregó a Spector con el cambio–. Uno no saluda de mano al diablo, señor.

Demasiado tarde para eso, pensó Spector, sonriendo. Se guardó el cambio y se dirigió de vuelta al cuarto.

—Hey, Jack.

—¿Qué pasa, *ese*?

—Órdenes de Devaughn.

—Sí –Jack habló sin entusiasmo. Se escondía de las entrevistas

entre lo que quedaba de sus delegados leales; los desleales, una tercera parte del total, estaban en junta con sus nuevos supervisores.

—Después del receso –dijo Rodriguez– el bando de Jackson soli-
citará que se suspendan las reglas de la convención para dejar que
Jesse hable. Se supone que debemos votar a favor.

Jack miró con sorpresa a Rodriguez.

—No podemos permitir que un candidato hable. Demonios, todos
van a querer...

—La noticia es que Jackson se saldrá de la contienda –Rodriguez
sonrió y se tocó levemente la nariz–. Me huelo algo, Jack. Te apuesto que Jackson negoció con el jefe –Jack barajó esa idea en su mente.
No había estado a cargo de su propia delegación desde que saliera
volando del balcón el jueves, Rodriguez era quien había estado controlando a la gente de California y votado por Hartmann a nombre
de Jack. Tenía que respetar los instintos de Rodriguez.

En cuanto a la dupla Hartmann/Jackson para la candidatura: ¿por
qué no? Era el mismo trato que habían pactado Roosevelt y Garner
en el 32, durante la última convención demócrata estancada.

—Nuestros totales y los de Jesse –dijo–. ¿Son...?

—¿Suficientes? No. La gente de Jesse ya está trabajando con la de
Dukakis, en estos momentos.

—Barnett tendrá que olerse algo –o Fleur, pensó. Fleur tenía el
olfato más agudo.

Quizá, pensó Jack, Fleur era el as secreto, no Barnett. Se preguntó
si Fleur había estado en el ejército.

—Después de esta mañana... –dijo Rodriguez, con cierto tacto–
no hay manera de acercarse a ellos. Alguien habló con la tal Fleur:
ella dice que no. Ni siquiera quiere hablar al respecto.

Jack se puso de pie, revisando con el ceño fruncido la enorme
proa de acorazado del podio, mientras Jim Wright pedía orden en la
convención y anunciaba que habría otra votación. El maldito voto
tomaría una eternidad: los supervisores habían perdido totalmente
el control de los delegados y cada delegación tendría que ser son-
deada persona por persona. La petición para suspender las reglas de
la convención vendría después de que se anunciara el total de votos.
Pero incluso eso tendría que ser votado –por Dios, ¿cuánto tiempo
más podría durar todo esto?

—¡Mierda! ¡Mierda! –Rodriguez gritaba en su teléfono celular. Lo azotó, regresándolo a su estuche y miró hacia Jack–. Dukakis va a seguir en el juego. No tiene nada que perder, y quizá podrá hacerse de algunos de los delegados de Jackson. Pero no podemos cambiar las reglas sin Barnett. Necesitamos un voto de las tres cuartas partes.

—Esto apesta, *ese.*

—Barnett se irá hasta las nubes si esta treta de Jackson no funciona –Rodriguez inhaló hondamente–. Muy bien. Esto es lo que quiere Devaughn. Vamos a comenzar a esparcir el rumor de que Jackson se sale de la contienda, de que lo único que quiere es dirigirse a la convención y hacer una petición en nombre de sus electores. Ya nadie tiene control superior con sus delegados individuales. Quizá las tropas de Barnett no prestarán atención cuando les diga que voten que no.

—Quizá.

Rodriguez se encogió de hombros.

—Todo el plan no es más que una probabilidad.

Jack sintió que sus manos se hacían puño a sus costados. Tenía que haber una manera de reparar las cosas, una manera de reparar el daño que los ases asesinos habían hecho, demonios, que Jack había hecho.

Recordó a esos estibadores bailando sobre una barra. Locamente, pensó en David Harstein. Que Harstein entre a la plataforma. Usarlo para influir en toda la convención para elegir a Hartmann por aclamación.

No. Estúpido. Todos se darían cuenta. Las personas que estarían viendo la tele se preguntarían por qué no sentían tanto entusiasmo como la gente en la convención. Y el aire acondicionado podría disipar las feromonas de Harstein.

El poder de Harstein era sutil; tenía que ser usado con sutileza. Sólo podía influir en unas cuantas personas al mismo tiempo.

Quizá, pensó Jack, en unas cuantas personas *importantes.*

Quizás en la coordinadora de campaña de Barnett.

Jack pensó en Fleur bailando encima de las mesas, arrojando su ropa interior al vestíbulo del Omni, llamando por teléfono a Leo Barnett para decirle lo bueno que era Tachyon en la cama… Jack se regodeó con esta imagen por unos segundos antes de que todo se desmoronara.

David Harstein lo odiaba profundamente. ¿Quién era él para hacer planes con ese hombre?

Al demonio. Harstein quería que eligieran a Hartmann, ¿no? Si no había otra opción, Jack podría recurrir al chantaje. Sabía que Harstein era un as secreto. Podría amenazar con denunciarlo.

Se recordó sollozando en el túnel y su estómago se revolvió.

Jim Wright leyó el total de la delegación de Alabama. Toda iba por Barnett. Eso lo decidió. Jack echó a andar, caminando desde California hasta Nueva York, cruzando el frente lleno de gente del podio. Harstein estaba sentado en las gradas mientras veía a su hija dirigirse a la delegación de Nueva York. Su semblante mostraba al mismo tiempo tristeza y orgullo. Jack le dio una palmada a Harstein en el hombro y lo clavó en su silla.

Los ojos del actor estaban velados, cuidadosos, observando.

—Pensé que habíamos llegado a un acuerdo. Tú me dejas en paz. Yo te dejo en paz.

Jack habló con rapidez.

—Escucha, es importante. En unos minutos, habrá una moción para suspender las reglas de la convención y permitir que Jackson hable. Se va a retirar de la contienda y le otorgará su apoyo a nuestro hombre.

—Bien por Gregg Hartmann —frunció el ceño—. ¿Y eso qué tiene que ver conmigo?

—El voto tiene que ser casi unánime. Barnett tiene suficientes votos como para bloquearnos. Se me ocurre que podemos hablar con Fleur van Renssaeler y conseguir que cambie de parecer.

—¿Nosotros? —el énfasis hizo que Jack se derritiera por dentro—. ¿Este plan es tuyo? ¿O ya le contaste a Hartmann acerca de mí?

Jack negó con la cabeza. Hacía un esfuerzo por no desalentarse.

—Nadie sabe más que yo. Yo no diré nada, pero tienes que ayudarme.

Harstein se frotó la frente, en señal de hartazgo.

—¿Y esperas que me abra paso hasta las oficinas de Barnett y haga que todos cambien de parecer? —casi parecía que hablaba consigo mismo—. ¿Qué año crees que es? ¿1947? Este tipo de cosas no funcionó en aquel entonces, y no funcionará ahora.

Tenía razón. Era tan obvio. ¿Cómo podía Jack ser tan estúpido?

Jack se detuvo justo antes de encoger los hombros y retirarse. Las feromonas de Harstein ya habían logrado que Jack estuviera de acuerdo con él. ¿A qué se refería con que *no funcionaron en aquel entonces?*

David había convencido a Franco de dejar su trono. Aun así, cuando habló, no sonaba muy convincente, ni siquiera para sí mismo.

—Si no hacemos esto, Barnett ganará. Todo esto será para nada –el sudor bañaba la cara de Jack. Sentía que su corazón explotaría en cualquier momento–. Lo único que tenemos que hacer es cambiar una mente. La de Fleur.

Davidson miró hacia otro lado, meditativo. Jack respiró hondo, desesperadamente, trató de calmar sus extremidades temblorosas.

—Ya he construido una vida –dijo Davidson–, tengo una familia. No puedo ponerlos en riesgo. Mi falsa identidad no resistirá una investigación exhaustiva –miró a Jack–. Soy un hombre viejo. Ya no hago ese tipo de cosas. Probablemente nunca debieron hacerse.

La sorpresa corrió por las venas de Jack. *Lo que quiere es mi comprensión*, pensó.

—Lo estás haciendo ahora mismo –dijo Jack–. No estarías aquí si no tuvieras la intención de influir en la gente.

—Jack, aún no lo entiendes, ¿verdad? No puedo evitar influir en la gente. No puedo encender y apagar mi poder. Por eso no soy delegado. Por eso me mantengo aislado. ¿Qué derecho tengo yo de sustituir la opinión de una persona por la mía? ¿Acaso la mía es necesariamente mejor que la suya? –Harstein sacudió la cabeza.

Jack luchó contra el feroz impulso de simplemente darle la razón a Harstein y alejarse.

—Nuestras opiniones –dijo, luchando por expresarse con claridad– son algo endemoniadamente mejor que los desvaríos de un hombre que nos amenaza. Tu hija... –la señaló, e incluso recordó su nombre, Sheila–, Sheila tiene el wild card. Tú tienes una dosis completa, en ambos cromosomas, e incluso si tu esposa no tuviera el virus, no pudiste evitar heredarle un estado latente a Sheila. Y si ella se casa con alguien que tiene otra latencia, entonces sus hijos podrían terminar con un wild card completo.

Harstein guardó silencio. Sus ojos viajaron a donde estaba su hija, parada entre los otros delegados. Sheila le devolvía la mirada, con

362 UN AS EN LA MANGA

rostro preocupado. Entonces, ella sabía de la identidad de su padre y adivinaba que Jack lo sabía también.

—¿Sabes qué pasará con ellas si Barnett es presidente? –prosiguió Jack–. Los confinarán en un buen hospital en alguna locación remota, un hospital con alambradas de hojas de navaja. Y no tendrás nietos. Barnett se asegurará de eso.

Harstein volvió a mirar a Jack. La frialdad había regresado.

—Te pido amablemente que no vuelvas a mencionar a mis hijas. No vuelvas a usar ese argumento conmigo jamás. Ellas no te importan un comino, ni tampoco yo.

Harstein calló. Miró nuevamente a sus hijas. Habló en voz baja.

—Hemos visto lo mejor de nuestro tiempo: maquinaciones, vacío, traición y todos los desórdenes destructores nos siguen inquietamente hasta nuestras tumbas –miró a Jack–. Ese argumento tuyo fue injusto. Pero me convenció; haré lo que pueda –titubeó–. Estoy un poco sorprendido. Pensé que me amenazarías con denunciarme. Me da gusto saber que estaba equivocado.

Ésa siempre es una opción, pensó Jack. Pero no lo dijo. No le importaba generar una reputación de hombre decente, para variar.

Tomó sólo un minuto caminar del complejo del Omni al Hotel Omni contiguo. Pasaron casi diez minutos antes de que Jack y Harstein pudieran conseguir un elevador que los llevara al cuartel de Barnett. Muchos miembros del equipo de Barnett andaban por ahí: mucha gente los miraba intensamente. Jack los ignoró y siguió pensando intensamente.

Las identificaciones de la convención bastaban para pasar al hotel, y probablemente a la sala de operaciones. La seguridad estaría más presente en torno al candidato, y el cuarto de Barnett se encontraba en otro piso. El problema de Jack sería quedarse en la sala de operaciones el tiempo suficiente para acercarse a Fleur y dejar que las feromonas de Harstein hicieran lo suyo.

La mención de chantaje de Harstein había puesto a trabajar la mente de Jack.

Mientras esperaban el elevador, Jack consiguió papelería membretada de la recepción y escribió una nota, luego escribió el nombre de Fleur van Renssaeler en el sobre.

La nota decía: *Necesito cinco minutos de tu tiempo. Si no me los das, el mundo (y el reverendo Barnett) sabrá de tus pecados de la carne con Tachyon.*

Consideró firmarlo con un *Tuyo en Cristo, Jack Braun*, pero decidió que quizás eso ya sería demasiado.

Las puertas del elevador se abrieron y Jack pasó al interior, sorprendiendo terriblemente a dos simpatizantes de Barnett, de la categoría damitas de cabellos azules. Jack sonrió cortésmente al entrar y presionó el botón para el cuartel de Barnett.

La gente que esperaba los elevadores miró una y dos veces a Jack cuando apareció, pero nadie lo detuvo cuando enfiló hacia el centro de operaciones. Cruzó la entrada, pasó al lado de muchas mujeres jóvenes sentadas ante conmutadores telefónicos, pero no logró divisar a Fleur. Le esbozó una amplia sonrisa a la trabajadora más cercana.

—¿Dónde está la dama jefe? –preguntó.

La chica se le quedó viendo. Tenía quizás unos diecisiete años, y se veía linda, aunque era un estereotipo de rubia. Sus lentes se deslizaron por su nariz. Su nombre, según su gafete, era Beverly.

—Yo... –dijo ella–. Tú eres...

Harstein se inclinó junto a ella y le dijo:

—Ándale. Díselo –sonriendo, para tranquilizarla.

—Ah...

La expresión de Harstein era gentil.

—En verdad, todo está bien, Beverly –dijo–. El señor Braun está aquí para asuntos de negocios, y yo sólo lo acompaño.

Beverly señaló con un lápiz.

—Creo que la señorita Van Renssaeler está en su oficina –dijo–. Dos puertas más adelante. Número 718.

—Gracias.

El cuarto comenzaba a vibrar con una sensación de alarma. La gente miraba a Jack enfurecida y marcaba sus teléfonos. Él les sonrió a todos, para tranquilizarlos, saludó con una mano y salió. Harstein lo siguió.

—Espero que sea un cuarto pequeño –dijo Harstein–. No tienes idea de lo que le ha hecho a mi poder el aire acondicionado.

Se asomaron cabezas mientras Jack caminó hasta el número 718 y tocó. Podía escuchar televisiones y un teléfono que sonaba. El teléfono dejó de sonar, y oyó pasos que se acercaban a la puerta. Se abrió.

Vio a un hombre de pie, de cabello plateado, cuyos ojos se abrían como si entrara en shock, para luego entrecerrarse, llenos de enojo. Se sonrojó.

—Sí –la voz de Fleur, al teléfono–. Supongo que está aquí. Gracias, Verónica.

—No eres bienvenido aquí –dijo el hombre de cabello plateado.

—Quisiera ver a la señorita Van Renssaeler –dijo Jack.

El hombre quiso azotar la puerta. Jack la mantuvo abierta con su mano.

—Por favor –dijo.

La puerta se abrió de golpe. Fleur miró a Jack por encima del marco de sus lentes cuadrados. Su boca era una línea severa. Otros dos hombres estaban detrás de ella, en varias posturas incómodas. Televisores sintonizados a distintos canales balbuceaban desde una pared.

—No creo que tengamos nada de que platicar, señor Braun –dijo ella.

—Sí tenemos –dijo Jack–. Para comenzar, quisiera pedirte una disculpa.

—Bien, ya lo hiciste –dijo Fleur. Comenzó a cerrar la puerta.

—Quisiera hablar contigo sólo por unos minutos.

—Estoy ocupada. Puedes pedir una cita por escrito, después de la convención –la puerta casi se cerró por completo, pero nuevamente Jack la detuvo. Sacó el sobre de su bolsillo.

—Muy bien –dijo él–. Aquí está mi petición de cita. Quisiera que la leyeras de una vez.

Lanzó el sobre al interior, con ligereza, y dejó que Fleur cerrara la puerta. Mirando hacia el corredor vio a dos hombres de seguridad caminando hacia él, sin duda convocados por las chicas de los teléfonos. Sus expresiones, de cara a un hombre que solía arrojar tanques rusos por las laderas de montañas coreanas, carecían de seguridad.

—Eh… –dijo el más cercano.

Jack les ofreció una sonrisa enorme.

—No hay problema, oficiales. Me retiraré en cuanto la señorita Van Renssaeler me otorgue una cita.

Se miraron el uno al otro, y decidieron esperar.

—Nos dijeron que había un problema –dijo uno de ellos.

—¿Problema? No hay ningún problema –repuso Jack.

Los guardias no parecieron sentirse más tranquilos.

La puerta volvió a abrirse.

—Cinco minutos –dijo Fleur–, es todo lo que voy a darte –se volvió hacia los hombres que estaban en la suite con ella–. Reverendo Pickens, señor Smart, señor Johnson, espero me disculpen. Debo atender un imprevisto.

Los hombres desfilaron ante Jack, ofreciendo una mezcla de desconfianza y alivio. Jack entró al cuarto y Harstein lo siguió.

—¿Quién es este hombre? –dijo Fleur–. Yo no acepté verlo a él.

—Josh Davidson, señora –Harstein hizo una reverencia.

—Es un viejo amigo de la familia. Viene conmigo.

—Puede esperar afuera.

—Señora, no interferiré con sus asuntos –dijo Harstein–. A un viejo como yo le resulta difícil esperar en pasillos helados con aire acondicionado. No seré ningún problema. ¿No tengo acaso un ojo húmedo, una mano seca, una mejilla amarilla, una barba blanca, una pierna mermada, una barriga cada vez más grande? Soy un objeto de lástima. Le ruego que no me desprecie y me mande afuera.

Fleur lo miró. Las comisuras de su boca temblaron, con humor involuntario.

—Esto va en contra de mi mejor juicio –dijo ella–, pero puede quedarse.

Por fortuna, su mejor juicio no prevaleció.

9:00 p.m.

Se anunció la moción a favor de Jackson, fue secundada y pasó sobrecogedoramente. Harstein besó la mano de Fleur al despedirse, y él y Jack se dirigieron a los elevadores.

—Tal vez acabamos de crear un presidente –dijo Jack. Se sentía placenteramente ebrio, como si hubiera tomado champaña.

Harstein sólo siguió caminando hacia el elevador.

—Oye. Ganamos.

—Lo que no tiene remedio no debe ser tomado en cuenta –dijo Harstein–; lo hecho, hecho está –miró a Jack–. Y así, también, nosotros hemos terminado. No vuelvas a dirigirme la palabra jamás, Jack, nunca te acerques a mí o a mi familia. Te lo advierto.

La sangre de Jack se heló.

—Lo que tú digas –dijo. Dejó que Harstein tomara solo el primer elevador.

Sara tenía la sonrisa plástica apropiada en su rostro cuando él bajó del vehículo del aeropuerto con su reluciente bolso de viaje nuevo colgado sobre el hombro de su traje sport. Enroscó sus brazos alrededor de su cuello y lo abrazó con un fervor que la sorprendió.

—¡Tío George! –chilló–. Oh, ¡me da tanto gusto verte!

Polyakov la abrazó y le palmeó el hombro.

—No tan agudo, niña. Mis tímpanos son muy frágiles a mi edad. ¿Por qué no me esperaste en la puerta? –la tomó del brazo y la condujo hacia el tráfico que corría rumbo a las escaleras que daban a los carruseles de equipaje.

—No dejan pasar a nadie más que a pasajeros con boletos en el área de abordaje. ¿Estás segura de que no hay problema con entrar así?

Con una sonrisa, felizmente platicando con el pariente anciano con el que acaba de reunirse, asintió hacia la caseta de seguridad, donde los pasajeros hacían fila para atravesar los detectores de metal, como vacas que suben por la rampa que las llevará a su cita con el martillo. Un par de hombres jóvenes estaban parados a los lados, observando a la gente con la mayor discreción posible al tratarse de personas tan corpulentas. Sus trajes eran oscuros, apretados debajo de las axilas izquierdas. Un pequeño cable de color piel salía del oído de cada hombre.

—Buscan a espías rusos peligrosos que intenten salir de Atlanta, no que quieran entrar –dijo él.

—Pero el aeropuerto…

—Lo acepto, pude haber tomado un autobús, especialmente desde que el amigo del buen doctor logró transportarme hasta las oficinas de la Autoridad Portuaria de la ciudad de Nueva York –al oírlo mencionar a Tachyon, el rostro de Sara se retorció fugazmente, como si hubiera pisado una tachuela–. Pero eso hubiera sido muy lento, y de todos modos, sin duda también vigilan las terminales de autobuses. Además, detesto los autobuses.

—¿Supiste lo que pasó? –preguntó Sara mientras subían por las escaleras eléctricas.

—Estaba en todos los televisores que infestan el área de espera de pasajeros en LaGuardia; qué solitarias deben ser sus vidas capitalistas que utilizan su enorme producción para rodearse completamente de una compañía tan sintética. Un as asesino intenta acabar con la vida de un candidato presidencial en potencia, especialmente uno tan controvertido y étnico como Jackson; todo esto ha producido una gran conmoción.

Así era como lo veían la policía y los medios, claro está: el chico jorobado con la chamarra de cuero había querido matar a Jackson, y el doctor Tachyon se había interpuesto en su camino.

—¿Cómo va todo con Tachyon? –preguntó el soviético.

Ella se tambaleó un poco al abandonar la escalera. La mano que la había acariciado, que la había tocado la noche anterior como pocos hombres lo habían hecho, era ahora un trozo de carne cocida y hueso astillado. En ese momento no quería confrontar lo que eso le hacía sentir. *Nada importa*, se dijo a sí misma, *más que mantenerme viva el tiempo suficiente para vengar a Andi.*

—El doctor –insistió él delicadamente–. ¿Cómo está?

—Está en lo que llaman condición estable. Tuvieron que amputar, pero se está recuperando bien. Lo tienen en algún hospital, los medios no dicen cuál. La policía ha vinculado a su asaltante con el asesinato de Ricky y con la pelea que tuvo Jack Braun el jueves por la noche. Saben que puede atravesar las paredes. El teniente Herlihy finalmente tuvo que reconocer los hechos y aceptar que un as asesino anda suelto. No sólo un asesino sino un magnicida, y está acechando la convención.

Ella no trató de ocultar la amarga satisfacción en su voz. *Si tan sólo la policía me hubiera escuchado*, pensó, aunque qué podían haber hecho de hacerle caso, eso no estaba claro. Por lo menos hubiera significado que alguien pensara que ella era más que una mujer histérica, rechazada por el objeto de su amor.

Alguien que no fuera el hombre que se hacía llamar George Steele.

Caminaron hacia las puertas corredizas para salir al húmedo exterior. Sara tenía su coche en el estacionamiento, rentado bajo un nombre falso; ahora, claro, la policía de Atlanta se desvivía por las ganas de hablar con ella. Aunque hubiera tenido algo más que decirles, no se hacía ilusiones sobre su capacidad para protegerla de ese joven de ojos pálidos que canturreaba mientras mataba.

Polyakov sacudió la cabeza.

—Vienen malos tiempos para los wild cards en este país. Independientemente de lo que hagamos aquí, me temo que ésa sigue siendo la verdad. Pero eso hace tanto más imperativo que detengamos al loco de Hartmann. Quizá tendrás que adoptar un papel más activo.

Ella se detuvo en seco en medio de las puertas, que se abrían y se cerraban con mecánico frenesí.

—¡No! Ya te lo dije. No puedo hacer eso.

Él la tomó del brazo y la instó a salir a la acera. Los asaltaron humos de diésel y taxistas. Ignoraron ambas cosas.

—Alguien tiene que hacerlo. Es posible que Tachyon ya no pueda.

—¿Por qué tú no? Tú también eres un as asesino. ¿Por qué no usar tu poder?

Miró a su alrededor sin mover la cabeza. No había nadie cerca.

—Mi... *nuestra* meta es prevenir la tercera guerra mundial. ¿Qué tan bien lograríamos ese propósito si un candidato presidencial estadunidense fuera asesinado por un as de la KGB?

Ésa era su meta. Ella se volvió y cruzó la calle corriendo, evitando ser atropellada, más por suerte que por intención. Él la siguió más precavidamente.

Resoplaba un poco cuando la alcanzó en el estacionamiento de tiempo limitado.

—Fue astuto de tu parte revisar tu máquina contestadora.

Trataba de suavizar el trato con ella, como lo haría con un animal asustado. A ella no le importaba.

—Fue astuto de parte tuya dejar un mensaje diciendo por dónde llegarías y cuándo –abrió la puerta del conductor del Corolla rentado rosado y gris, y se deslizó al interior.

—De eso se trata mi oficio –dijo él al estirarse para quitar el seguro de la otra puerta. Abrió la puerta trasera y puso su equipaje ahí–. Soy un espía profesional. Me pagan por pensar en esas cosas.

—Ser un espía no es muy distinto de ser periodista –dijo ella–, sólo pregúntale al general Westmoreland –giró la llave ferozmente y encendió el motor.

—Mi derecho, y mi privilegio, a estar parado aquí –dijo Jesse Jackson– ha sido ganado, ganado en mi vida, por la sangre y el sudor de los inocentes.

Desde donde estaba Jack, la figura del candidato se veía diminuta, empequeñecida por el enorme podio blanco, pero la voz resonante del orador llenaba el aire. Jack oyó a los delegados inquietos aplacarse poco a poco, a la expectativa. Todos, ya sea que simpatizaran o no con Jackson, sabían que eso iba a ser importante.

—Represento un testimonio de las luchas de aquellos que me antecedieron; como un legado para aquellos que vendrán después; como un tributo a la resistencia, la paciencia, la valentía de nuestros antepasados, padres y madres; como una garantía de que se generan respuestas a sus plegarias, de que su esfuerzo no ha sido en vano, y de que la esperanza es eterna...

Aquellos que me antecedieron. Jack pensó en Earl, parado con su chamarra de aviador sobre esa plataforma, su voz barítona fluyendo de las bocinas. *Debió haber sido Earl allá arriba*, pensó, *y hace muchos años.*

—Estados Unidos no es una sola cobija, tejida de un solo hilo, de un color, de una tela. Cuando era niño, en Greenville, Carolina del Sur, la abuela no tenía dinero para comprarse una cobija; no se quejaba y nosotros no nos congelamos. En vez de eso, ella tomó trozos de telas viejas: lana, seda, gabardina, manta, sólo trozos, apenas servían para limpiarse los zapatos. Pero no se quedaron así por mucho tiempo. Con manos robustas y un hilo fuerte, los cosió hasta formar una colcha, algo realmente hermoso, de poder y de cultura. Ahora, demócratas, debemos crear una colcha igual.

»Agricultores, ustedes buscan precios justos y tienen razón, pero no pueden pelear solos, su trozo de tela no es lo suficientemente grande. Obreros, ustedes luchan por salarios justos, y tienen razón, pero su trozo de trabajo no es lo suficientemente grande. Jokers, ustedes quieren un trato justo, derechos civiles, un sistema médico, que sea sensible a sus necesidades, pero su trozo de tela no es lo suficientemente grande...»

Años atrás, en las clases de dicción y de manejo de la voz cortesía de Louis B. Mayer, Jack había aprendido los trucos de la retórica.

Sabía por qué predicadores como Jackson y Barnett usaban esas cadencias largas, esos énfasis rítmicos, cuidadosos... Jack sabía que
las oraciones largas, los ritmos, podían poner al público en un ligero trance hipnótico, podían hacerlo más susceptible al mensaje del
predicador. ¿Y qué si hubiera sido Barnett el que estuviera parado
ahí?, se preguntó Jack. ¿Qué mensaje se estaría transmitiendo en
esas imágenes tan brillantes, en esos ritmos tan seductores?

—¡No pierdan la esperanza! –gritó Jackson–. Sean tan sabios
como mi abuela. Junten los parches y los trozos de tela, unidos por
un hilo común. Cuando formemos una gran colcha de unidad y bases comunes, tendremos el poder para engendrar la seguridad social
y la vivienda y los trabajos y la educación, y también la esperanza.

»Cuando contemplo esta convención, veo el rostro de Estados Unidos: rojo, amarillo, café, negro y blanco. Esa verdadera colcha de
parches que es nuestra nación. La coalición del arcoíris. Pero aún
no nos hemos unido; no nos ha unido ya una mano fuerte, con cor-
del fuerte. Me dirijo a ustedes esta noche para decirles el nombre del
hombre que unirá nuestros trozos de tela para convertirlos en algo
que evitará que Estados Unidos se hiele en esta noche congelada de
la economía impuesta por Reagan...»

Hubo murmullos entre los delegados. No a todos, incluyendo a los
propios seguidores de Jackson, se les había informado que sería un discurso de renuncia. Algunos de ellos apenas comenzaban a entender.

—Sus ancestros llegaron a Estados Unidos en barcos de inmigran-
tes –dijo Jackson–. Un amigo mío, desesperadamente herido esta
tarde mientras estaba a mi lado, llegó a este planeta en una nave
espacial. Los míos llegaron a Estados Unidos en barcos de esclavos.
Pero cualesquiera que hayan sido las naves originales, esta noche
nos encontramos en el mismo barco.

Pasaba, pues, de colchas a barcos. Hubo aplausos, silbidos y murmullos constantes. Una mujer en la delegación de Illinois se puso
de pie:

—¡No, Jesse!

—Esta convención ha estado amenazando con hundir el barco –prosiguió Jackson–. Hemos estado corriendo de un extremo del barco
al otro, del extremo progresivo al extremo conservador, del lado derecho del barco al lado izquierdo, y es posible que el barco se voltee

y, demócratas, es posible que nos hundamos. Por lo tanto, es el momento de darle el timón a alguien que pueda llevarlo a buen puerto, y a salvo. Esta noche, saludo a este hombre, quien ha conducido una campaña bien manejada y digna.

»No importa cuán gastado esté o cuánto haya sido puesto a prueba: siempre se resistió a la tentación de caer en la demagogia. He observado a una buena mente trabajar con entrega, con nervios de acero, guiando su campaña fuera del campo abarrotado sin apelar a lo peor que hay en nosotros.

»He visto crecer su perspectiva conforme se ha expandido su entorno. He visto su dureza y su tenacidad, sé de su compromiso con el servicio público.»

Jackson hizo una pausa, mirando con ojos resueltos a los miembros de la convención, agarrando con firmeza la plataforma. Preguntándose, quizá, qué le traería su nuevo papel de Jesse el Hacedor de Reyes.

—Exhorto a la convención a unirse para respaldar a este hombre, a este nuevo capitán. Exhorto a todos los presentes, sin exceptuar a los míos, a que voten por un nuevo capitán antes de que nuestro barco se vuelque y nos hundamos por cuatro años más. El nombre del capitán... –silencio. Jack podía escuchar los latidos de su propio corazón–. ¡Senador! –dijo Jackson.

Jack miró hacia Rodriguez en el asiento contiguo.

—¡Gregg! –dijo al unísono con Jackson.

Rodriguez lo miró a su vez. Había júbilo salvaje en sus ojos.

—¡Hartmann! –rugió, junto con Jack y Jesse y la multitud; y de pronto, todos enloquecieron.

Enloquecieron por Gregg Hartmann.

◆

Spector estaba sentado en la alfombra ante el televisor. Había bajado casi todo el volumen; se suponía que no había nadie en el cuarto 1019, y no quería que nadie se acercara a husmear aquí, tampoco. Abajo, había comprado una lata de nueces de la India y una botellita de whisky y casi había terminado con ambos durante la votación. Había deseado que Hartmann perdiera. Un candidato perdedor tendría menos seguridad que el nominado. Como siempre, las cosas salían mal.

Los delegados gritaban «¡Hartmann, Hartmann, Hartmann!», hasta que el nombre en sí lo irritó. Por alguna razón, Jesse Jackson se había salido de la contienda. Todos los comentaristas hablaban sobre una suerte de trato a puerta cerrada. En todo caso, Hartmann había subido hasta la cima en la siguiente votación. Podían verse letreros de cada delegación estatal moviéndose de un lado a otro. Había globos, confeti e interminables discursos aburridos.

Golden Boy seguía vivo. Eso hizo que Spector se pusiera más nervioso de lo que había estado antes. Braun lo había visto suficientemente bien como para poder identificarlo. El As Judas se había visto ebrio o enfermo cuando lo habían mostrado las cámaras de televisión. Spector suspiró. Generalmente, cuando los mataba, se quedaban muertos.

El día de mañana se concentraría en encontrar una manera de acercarse a Hartmann. En este momento, no tenía la menor idea de cómo hacerlo, pero el senador no saldría vivo de Atlanta. Claro, quizá Spector tampoco. No se molestó en tratar de decirse a sí mismo que había cosas peores que la muerte. Sabía que sería inútil.

Si pudiera encontrar a alguien que le ayudase, alguien poderoso, quizá podría escapar, y de una pieza. Y conocía a una persona que tal vez podría ayudarle.

Era un gran riesgo, pero qué demonios.

Apagó la televisión, se enroscó como una pelota alrededor de la botella casi vacía y trató de dormir.

Capítulo siete
Domingo 24 de julio de 1988

7:00 a.m.

CON UNA TOALLA BARATA ENVOLVIENDO SU CUERPO DESNUDO y mojado de los pechos a los muslos, y otra envolviendo su cabello, Sara salió del baño dejando una estela de vapor. El movimiento era un esfuerzo; tenía rigor mortis en las profundidades de su alma.

—Ya no podemos confiar en Tachyon —sacó a fuerzas sus palabras, como masas de plastilina pasando por un mosquitero. No eran una pregunta.

El hombre que se hacía llamar George Steele estaba sentado en la cama, con pantalones y una camiseta, mirando el dorso de sus manos. Eran velludas, como sus hombros. Alzó la cabeza.

—No podemos.

—¿Recuerdas el plan que discutimos anteriormente?

—Sí —dijo con los ojos entrecerrados.

—Yo lo haré —dijo Sara, volviéndose de regreso al baño para secarse el cabello.

9:00 a.m.

LOS HOSPITALES ERAN SUCULENTOS Y EL TITIRITERO YA TENÍA HAMBRE. Gregg se inclinó, separándose de su Compaq Portátil III, y se frotó los ojos. Escribió un mensaje rápido: *Tony, tomaré un descanso. El discurso se ve bien, y envío mi última versión. Dejaré la computadora encendida y vendré por el borrador cuando regrese. Gracias.*

Envió el archivo vía módem a la computadora portátil de Calderone y volvió a tallarse los ojos.

—¿Estás cansado, amor? –Ellen le sonrió desde la cama, igualmente adormilada–. Creo que el próximo presidente de Estados Unidos debería dormir. Anoche tuviste una noche larga, y Jack me dice que tú y Jesse estuvieron despiertos hasta las últimas horas planeando la campaña.

—Fue una noche gloriosa, Ellen. El discurso de Jesse fue una maravilla. Lamento que no estuvieras ahí. Nada de esto hubiera sido posible sin ti.

Ella sonrió al escuchar eso, con un poco de tristeza. Todavía se veía pálida, con la piel casi traslúcida, y sus ojos estaban hinchados y ojerosos. La muerte de su bebé la había marcado más permanentemente de lo que él hubiera imaginado.

—Iré a escuchar tu discurso esta noche. Nada podría detenerme. Bésame, próximo presidente de Estados Unidos.

—Ya te gustó esa frase, ¿verdad?

—¿Después del pase de lista de anoche? «El gran estado de Nueva York otorga todos sus votos para el próximo presidente de Estados Unidos: ¡Gregg Hartmann!» ¿Cuántos estados hay? –Ellen le extendió los brazos.

Gregg se inclinó sobre la cama y la besó suavemente en los labios. El Titiritero le picó las costillas. *Dámela.*

No. Déjala en paz. Ya ha sufrido bastante.

Ah, ¿nos ponemos sentimentales? El poder se burlaba de él, pero no parecía dispuesto a discutir. *Entonces, vamos a otro lado. Tengo hambre.*

Gregg abrazó a Ellen.

—Escucha –le dijo–. Daré un paseo corto. Pensé en visitar quizás a algunos de los pacientes, estrechar algunas manos.

—Ya estás en campaña –suspiró Ellen burlonamente–. Señor Próximo Presidente de Estados Unidos.

—Vete acostumbrando, amor.

—Te cansarás de saludar a tanta gente antes de que todo termine, Gregg.

Hartmann le esbozó una sonrisa enorme y extraña.

—Lo dudo –dijo. En su interior, el Titiritero hizo eco de sus palabras.

11:00 a.m.

Spector despertó atontado. Con un sabor metálico en su boca y dolor en todo el cuerpo. Todas sus cosas estaban en el motel, de modo que no podía rasurarse o cepillarse los dientes. Tendría que ir para allá a darse un baño antes de hacer su visita. Se sentó en la esquina de la cama y se limpió las legañas.

Tomó el directorio telefónico y lo hojeó hasta llegar a hospitales. Encontró en el que se estaba Tony, vaciló por unos segundos y luego tecleó los números.

—Con Tony Calderone, por favor –le dijo a la operadora. Timbró varias veces antes de que alguien contestara.

—Calderone.

—Eh... sí. Habla Jim. Quisiera explicarte algo sobre el otro día.

—Correcto. Colin dijo que estuviste en mi cuarto. Espero que no te hayan asaltado otra vez –Tony parecía contento de saber de él.

—Nada de eso. Tuve que atender otros pendientes, eso fue todo –Spector quería contarle todo, pero sabía que Tony no lo creería. Estaba demasiado comprometido–. Sólo quería decirte que estoy bien.

—Sí, estaba un poco preocupado. Terminé el discurso. Lo mejor que he escrito jamás. Espero que tengas oportunidad de conocerlo –Tony hizo una pausa–. ¿Seguro de que todo está bien?

—Nada que mi regreso a Jersey no pueda curar –Spector retorció el cable del teléfono–. Fue un gusto volverte a ver. Lo digo en serio.

—Volveremos a vernos más pronto de lo que imaginas. En Washington –Tony se oía completamente seguro de sí mismo.

—Muy bien –Spector sabía que, para el final del día, Tony lo odiaría para siempre. Así las cosas con su único amigo. Pero sabía que ya no podía echarse para atrás–. Mira, ya debo despedirme. Tengo que hacer un par de cosas antes de irme.

—Muy bien. Pues, después de que se tranquilicen las cosas llámame. Mientras tanto, cuídate mucho.

—Hasta luego –Spector colgó el teléfono suavemente. No podía permitir que esta mierda sentimental le quitara su lado frío. Lo iba a necesitar.

Echó la botella de whisky en el bolsillo de su saco e inspeccionó el cuarto lentamente antes de salir. Sabía que ya no regresaría.

Mediodía

Jack no había encontrado a Blaise en ninguna de sus búsquedas intermitentes, y decidió que era hora de enfilarse al hospital y decirle a Tachyon que Blaise se había ido.

Vamos. Seguramente el chico estaría a un lado de la cama de su abuelo.

Los simpatizantes de Hartmann vagaban en el lobby del Marriott, en estado de embriaguez o de agotamiento. Una cinta amarilla de precaución ondeaba alrededor del hoyo que Jack había hecho en el piso. Jack vio a la mesera coqueta que había notado antes y le guiñó el ojo. Ella le sonrió. Estaba tan concentrado en ella, que no advirtió a Hiram, hasta que casi tropezó con la enorme maleta –casi un baúl– que el hombre había depositado a su lado.

Hiram pareció igual de sorprendido que Jack. Los ojos del gran hombre se abrieron en un gesto de alarma. Quizás esa maleta contenía algo de valor.

Hiram estaba con alguien, un joker delgado de bigotito con telarañas de piel encima de las cavidades oculares vacías.

—Oh, perdón –Jack rodeó la maleta. Alzó la vista hacia Hiram.

—¿No te quedarás para el discurso de aceptación?

—Eh, no. Ya estuve en Atlanta más tiempo del que había calculado –los ojos de Hiram miraban a Jack desde unas cavidades moreteadas. Estaba hecho un desastre: su cabello despeinado, el cuello abierto de la camisa que revelaba la herida en su cuello. Quizás había dormido con el traje puesto. Tomó el brazo de Jack y lo alejó, a donde no los oyera el joker delgado–. En realidad, he estado esperándote, necesito hablar contigo.

—Yo también esperaba verte –Jack aventuró una sonrisa–. Quería agradecerte lo del otro día. Probablemente me salvaste de quedar malherido, haciéndome ligero.

—Me da gusto haber podido ayudar –Hiram miró por encima de su hombro al joker y sonrió tímidamente. Se volvió de nuevo hacia Jack–. Quería comentarte algo –dijo.

Su tono hizo sonar una pequeña señal de alarma en la columna de Jack. Lo que fuera que estuviera por venir, sabía que en realidad no quería escucharlo.

—Claro –le dijo.

—Quería decir que ya lo entiendo ahora –dijo Hiram. Su voz era pesada–. Que tenías razón cuando dijiste que uno no sabe hasta que es puesto a prueba.

—Oh –dijo Jack. No quería escuchar esta confesión. Fuera lo que fuera Jack, fuera lo que hubiera hecho, no quería que los pecados de otro revolotearan en su cabeza. Bastantes problemas tenía con los suyos.

—Cuando te atacaba el otro día –continuó Hiram– en realidad me estaba atacando a mí mismo. Trataba de negar mis propias traiciones.

—Correcto –Jack sólo quería que Hiram y su telenovela se fueran. ¿Qué clase de traición podría llevar a cabo alguien como Hiram? ¿Comprar cortes de ternera de mala calidad para su restaurante?

Hiram lo miró, con ojos brillantes, como si esperara una suerte de comentario sabio de parte de Jack, alguna manera de lidiar con ese peso de autoconocimiento. Jack no tenía mucho que ofrecer.

—No puedes cambiar el pasado, Hiram –dijo Jack–. Quizá puedes lograr que el futuro sea un poco mejor. Hemos conseguido eso, creo, con lo que hemos hecho en la semana que pasó.

—Hiram –el joker los miraba con esos ojos vacíos. Jack tuvo el presentimiento de que estaba siendo escudriñado–. Es hora de irnos.

—Sí, claro –Hiram jadeaba, como si la conversación lo hubiera dejado sin aire.

—Nos vemos por ahí, quizá –dijo Jack.

Hiram se volvió sin decir palabra y regresó a recoger su maleta que o no contenía nada, o Hiram la había hecho ligera.

Un vertiginoso oleaje paranoico golpeó a Jack, al ver a Hiram cargar esa enorme maleta y dirigirse a las puertas giratorias de la salida. *Supongamos que Blaise…*

Pero no. La maleta estaba grande, Jack pensó, pero no tan grande como para guardar a un chico adolescente.

Los eventos de los días recientes lo habían dejado asustadizo.

1:00 p.m.

INCLUSO CON EL MEDICAMENTO, EL TITIRITERO PODÍA SENTIR EL dolor en el cuerpo de Tony Calderone. Sabía muy condimentado. Lo afinó un poco, por puro placer. Tony hizo una mueca y saltó leve-mente en su cama, sacudiendo la laptop que estaba encima de su charola de comida. Su cara se puso visiblemente pálida.

—¿Estás bien? –preguntó Gregg, ignorando la risa del Titiritero.

—No es nada, senador. Sólo una punzada –el sudor en su frente contradecía su negativa. El Titiritero soltó unas risillas. *Ahora déjalo en paz. Tenemos que trabajar.*

No hay problema, Greggie. Es sólo que se siente bien estar libre de nuevo. Ya lo redondeamos todo. Ahora todo es nuestro.

—He estado pensando en el discurso, senador –decía Tony–. Creo que se me ha ocurrido el lema que buscábamos. Me puse a revisar los viejos discursos. ¿Recuerdas lo que dijiste en el Parque Roosevelt cuando declaraste que entrarías a la contienda?

Eso le trajo recuerdos. No mucho después había mandado asesi-nar a Kahina ante Chrysalis y Downs, para garantizar que guarda-rían silencio sobre su as. Vaya manera de funcionar, pensó Gregg irónicamente.

Pero sí funcionó, insistió el Titiritero. *Mantuvo las cosas en calma durante toda la campaña. Tachyon lo descubrió demasiado tarde. Ya todo está arreglado.*

Supongo que sí…

—¿En qué frase estás pensando, Tony? –preguntó Gregg.

Tony oprimió una tecla y leyó las palabras en la pantalla LCD.

—«Existen otras máscaras además de las que Jokertown ha he-cho famosas.» Es tu frase también, si mal no recuerdo, y es muy buena. «Detrás de esa máscara hay una infección que es demasiado humana… quiero arrancar la máscara y exponer la verdadera feal-dad que esconde, la fealdad del odio» –Tony dio unos golpecitos a la pantalla–. Es una imagen poderosa. Creo que llegó el momento de construir algo con ella.

—A mí me suena bien. ¿Qué tienes en mente?

—He estado trabajando en esa misma línea desde anoche. Y se me ha ocurrido otra cosa –Tony sonrió, y Gregg sintió cómo brotaba un amarillo pulsante. Tony estaba orgulloso de esta idea. Hizo de lado la computadora y se sentó derecho en la cama. Las puntas de sus de-dos tamborilearon sobre su muslo por la emoción.

—¿Qué sucedería si hacemos que todos se pongan máscaras: tú,

Jesse, todos en el escenario y todos nuestros delegados entre el público? Jokers, ases y nats, absolutamente todos enmascarados, para que nadie note diferencia alguna. Entonces, cuando digas la oración precisa... –Tony cerró los ojos, pensando–, no sé, algo parecido a: «Es hora de que todos nos quitemos las máscaras, las máscaras del prejuicio, del odio, de la intolerancia», pero algo mucho, mucho más fuerte y con mucho preámbulo. Y justo cuando lo estés diciendo, ¡pum!, todos se quitan sus máscaras y las arrojan al aire

Gregg se rio entre dientes. En su mente, le dio vueltas a la escena.

—Me gusta. Creo que me gusta mucho.

—Es algo incendiario. Es una garantía de transmisión en todos los canales. ¿Puedes verlo, todas esas máscaras en el aire? Eso es lo que llamo una imagen. Clava en la mente de todos los votantes el tema de los wild cards, y Bush se las verá negras tratando de generar un drama parecido en la convención republicana.

Gregg palmeó las cobijas de la cama y se puso de pie.

—Hagámoslo. Comienza a trabajar en el discurso; yo me reuniré con Amy, John y Devaughn para coordinarlo con nuestra gente. Tony, esto es bueno. Cuando tengas el borrador completo, envíalo al cuarto de Ellen. Ya tengo instalado el módem en la Compaq.

—Considéralo hecho, senador –dijo Tony con una sonrisa.

—El público jamás olvidará lo que ocurrirá esta noche, Tony. Pon manos a la obra; no tenemos mucho tiempo.

Gregg sonreía de oreja a oreja al salir del cuarto. Tachyon estaba fuera del mapa, la nominación estaba asegurada y ahora tenía la imagen perfecta para la campaña que seguiría. Se sentía tan complacido que ni siquiera escuchó los lamentos del Titiritero, que le pedía gimiendo una última probada del dolor de Tony.

3:00 p.m.

—Aunque quedaba una porción pequeña del carpo, decidí amputar unos cuantos centímetros más arriba, sobre el radio.

El método de explicación del doctor Robert Benson era extremadamente seco. Carente de modales correctos para un hospital, pensó Tachyon, que veía horrorizado el grotesco bulto de vendas que envolvía su brazo derecho. *Quizá piensa que puedo soportar la noticia porque también soy doctor… Pues se equivoca.*

Su brazo pulsaba al mismo ritmo que el latido de su corazón. Tach miró la intravenosa goteando mecánicamente fluidos al interior de su cuerpo. Le habían colocado la aguja en la vena grande en el dorso de su mano izquierda. *Bien, se dieron cuenta de que era diestro… no, estúpido, no había una mano derecha dónde poner la aguja.* Se atragantó.

—¿Sientes náuseas? –Benson le colocó una tinaja debajo de la barbilla–. Es natural, son los efectos posteriores de la anestesia.

—Lo… sé. ¿Cuánto… tiempo… qué hora?

—Ah, la hora. Un poco después de las tres, en día domingo.

—Tanto… tiempo.

—Sí, físicamente estás muy deteriorado, además de la conmoción masiva y la pérdida de sangre… –se encogió de hombros.

—Tengo dolor.

—Enviaré a una enfermera con otra inyección.

—Soy muy alérgico a la codeína. Usa morfina o…

—No hay peor paciente que un doctor. Siempre quieren hacerse cargo de su propio tratamiento –pero Benson sonrió mientras hacía una notación en el expediente–. Vuélvete a dormir.

Tach sintió que le temblaba el labio inferior.

—Mi mano.

—Por lo que he visto en los noticiarios, tienes suerte de que el asunto no haya sido peor.

—Doctor –Benson se detuvo en la puerta, miró hacia atrás–. No les digas.

Benson se rascó la barbilla.

—¿Te refieres al virus?

—Sí.

—No lo haré.

Con los ojos cerrados, Tachyon evaluó su condición. La garganta adolorida por el tubo endotraqueal, la sensación general de desorientación producto de la anestesia, una vejiga dolorosamente distendida y, por encima de todo, el tremendo dolor de su mano mutilada. Los dedos fantasmas de su mano derecha se contrajeron de manera convulsa.

Si estuviera en casa, tendría todo para que le volviera a crecer una mano en cuestión de semanas. Sin embargo, el virus del wild card, amorosamente entrelazado ahora en su ADN, ¿le permitiría un crecimiento normal? ¿O acaso produciría algún horror en el extremo de su brazo?

Parecía una ironía final, e insuperable, que él, que había matado a sus propios compatriotas al intentar prevenir la liberación del virus y que durante cuarenta años había trabajado entre sus víctimas como un medio de expiación, estuviera forzado a sufrir tanto.

—¡Sólo manifiéstate y ya supéralo! –gritó en voz alta. Lágrimas calientes comenzaron a correr por sus sienes, empapando sus patillas.

El virus mantuvo su farisaico silencio.

4:00 p.m.

Cuando Jack entró al cuarto de Tachyon, vio al alienígena pelirrojo retorciéndose en la cama, agarrando su muñón.

—Por Dios –dijo Jack, y caminó rápido hasta la cama–. ¿Qué demonios te pasó?

—No dejo de querer agarrar cosas con la mano derecha –dijo Tachyon, sin fuerzas.

—Llama a la enfermera. Coloca el muñón en un cabestrillo, te ayudará a recordar.

—Sí, sí, sí... –seguía acunando su muñón.

Jack sacó un cigarrillo y lo encendió.

—¿Quieres que llame a la enfermera, que te dé una inyección?

—No –la boca de Tachyon era una línea delgada.

Jack le lanzó humo.

—Y la gente cree que yo soy un macho idiota. No han lidiado con príncipes taquisianos, eso es todo –miró alrededor del cuarto–. ¿Ha venido Blaise por acá el día de hoy? He estado buscándolo. Quiero asegurarme de que está bien.

—Yo no lo he visto –se dibujó un gesto de preocupación en el rostro de Tachyon.

—Alguien lo vio con Jay Ackroyd. Ese detective que hizo desaparecer a ese fenómeno antes de que yo lo moliera a golpes.

—Y que según cuentan los reportes, me salvó la vida –señaló Tachyon. Su mano izquierda tocó el muñón–. Si a Blaise no lo vigilan puede meterse en problemas.

—Es justo lo que yo pensaba.

Tachyon volvió a adoptar una actitud arrogante.

—Encuentra a mi nieto, Jack.

—Lo intentaré.

Tachyon se sentó; señaló el ropero con su mano buena.

—Tráeme mi ropa, ¿quieres?

—Tach, no te preocupes. Yo lo encontraré –dijo Jack, mientras miraba con sorpresa al alienígena.

—Tengo que ir a la convención.

—Ya todo terminó. No tienes que ir a ninguna parte –rio nerviosamente Jack.

Tachyon se congeló, sus ojos violeta se ensancharon.

—¿A qué te refieres?

—Entonces, nadie te ha dicho, ¿eh? –dijo Jack en un suspiro.

—¿Qué pasó?

Jack titubeó un poco. No quería abordar ese asunto. Le dio una larga fumada a su cigarrillo y trató de acabar rápido con el tema.

—Gregg y Jesse hicieron un trato. Jackson se retiró de la contienda y le entregó su apoyo a Gregg. Gregg obtuvo la nominación, Jackson será el vicepresidente.

—No –los ojos de Tachyon se dilataron, horrorizados–. No, no, no.

La impaciencia repiqueteó en la mente de Jack.

—¿Puedes dejar de preocuparte por la estabilidad de Gregg, por todos los cielos? Él armó la negociación. Tiene todo bajo control, ¿entiendes? A pesar de todos esos ases que quieren matarlo.

—¡No! ¡No! ¡No! –un espasmo de horror recorrió a Jack cuando Tachyon alzó el brazo derecho y azotó su muñón sobre el barandal de la cama. El muñón siguió golpeándolo, una y otra vez.

Jack soltó su cigarrillo y sujetó los brazos de Tach. Forcejeó con el alienígena, recostándolo sobre la cama, inmovilizándolo hasta que se tranquilizó.

—¿Qué demonios te pasa? –Tachyon le echó una mirada fulminante.

La idea le pegó a Jack con la fuerza de un huracán. De pronto, sintió como si lo hubiesen disparado por los aires, girando hacia la oscuridad, llevado a un lugar sin luz, sin seguridad, sin esperanza.

—Es Gregg, ¿verdad? –dijo–, Gregg es el as secreto –Tachyon simplemente apartó la vista.

—¡Contéstame, maldita sea!

—No puedo.

Jack sintió que sus rodillas ya no podrían sostenerlo. Se tambaleó hacia atrás, buscó una silla y se sentó. Su cigarrillo humeaba sobre el piso; lo recogió y le dio una larga fumada. Una calma tentativa, frágil, descendió sobre él.

—Dime, Tach –dijo–. Necesito saber. Necesito saber si volví a meter la pata.

Tachyon cerró los ojos.

—Ya no importa, Jack.

—Lo único que hago bien. Lo único que hago bien en años, y... –sorprendido, Jack miró el cigarro que acababa de aplastar en su puño. Buscó un lugar donde dejarlo, no encontró ninguno, se encogió de hombros y lo tiró al piso–. Tach –dijo Jack–, necesito saber esto. Yo logré que Gregg fuera nominado, no importa cómo lo hice. Necesito saber si hice bien o mal.

Los ojos de Tachyon seguían cerrados. Jack lo miró, montado en cólera.

—¿Vamos a tener que jugar al interrogatorio, Tach?

Tachyon no dijo nada.

—¿Es Gregg un as secreto?

No hubo respuesta.

—Sara Morgenstern acusó a Gregg de ser un asesino. ¿Eso es verdad?

Nada.

—Ese fenómeno que trató de matar a Sara, ¿trabaja para Gregg?

Las últimas palabras las gritó. Tachyon sólo yacía ahí, con los ojos cerrados. Finalmente habló.

—Vete. Todo ha terminado. No hay nada que podamos hacer.

En la mente de Jack llameó la furia. Se levantó de su silla y se abalanzó hacia la cama para gritarle en la cara al alienígena.

—Eres tan arrogante –le dijo–, eres todo un maldito príncipe. Dices que todo terminó y entonces, por eso, todo terminó. Dices que la gente debería dejar de apoyar a Hartmann, sin dar razones, pero se supone que deben seguirte porque tú eres un príncipe taquisiano y sabes más que cualquier otro. Con un demonio, ¿no se te ha ocurrido que si tan sólo te rebajaras a contarles acerca de Gregg a algunos de nosotros, simple basura terrícola, quizá hubiéramos podido frenar su campaña sin por ello dejar que Barnett fuera elegido? En cambio, sólo me ordenaste que le entregara California a Jackson, y esperabas que yo dijera: *Sí, su señoría, lo que usted diga* –Jack sacudió el puño ante los ojos cerrados de Tachyon–. ¿No se te ha ocurrido que quizá podrías confiar en un ser humano de vez en cuando? ¿No?

No hubo respuesta.

—¡Mil veces maldito seas!

Tachyon no dijo nada. Jack se dio la vuelta y huyó del cuarto como locomotora desbocada. Su enojo impulsó sus trancos hacia la salida del hospital, por el corredor, hasta que salió a la tarde encendida y húmeda que pareció chuparle toda la furia de su cuerpo. Se dirigió vagamente hacia el Omni. Realmente no tenía adónde ir. No sabía qué hacer con Hartmann, y Blaise podría estar en esta calle, así como en cualquier otra.

Si tan sólo el maldito alienígena hubiera confiado en nosotros, pensó Jack. Luego se le ocurrió pensar que quizás había sido él, Jack, hace años, quien le había enseñado a Tachyon a no confiar en nadie, por lo menos en cuanto a un asunto de importancia.

Ese pensamiento lo deprimió durante todo el camino a casa.

El discurso estaba listo, el protocolo para los discursos de esa noche ya se había organizado con el equipo de Devaughn y de Jackson, Gregg había llamado a los otros candidatos personalmente pidiéndole a cada uno de ellos que se unieran a la campaña en cada uno de sus respectivos estados. Dukakis y Gore habían estado amablemente entusiastas, felicitándolo por la victoria y prometiendo ayudarlo a unificar el partido. Sólo Barnett había sido un tanto frío, tal como Gregg lo esperaba.

Al demonio con él. Lo tomaremos como un títere y jugaremos con él la próxima vez que nos encontremos.

Ellen estaba dormida. La más reciente versión del discurso de aceptación elaborado por Calderone estaba en la Compaq, esperándolo. Podía oír a Colin, el joker del Servicio Secreto que había reemplazado a Alex James, arrastrando los pies afuera del cuarto.

Gregg besó a Ellen, vio que sus ojos se abrían, parpadeando.

—Voy a regresar al hotel a reunirme con Logan y algunos otros –susurró. Ellen asintió, adormilada.

Gregg guardó la Compaq en su bolsa y recogió a Colin en la puerta.

—Vamos de regreso al Marriott –dijo Colin en su radio–. Traigan el auto a la entrada lateral. Destaquen gente en los elevadores.

En el primer piso, Gregg escuchó una voz conocida en el mostrador.

—Por favor, señor, escuche, son para la esposa del senador... –era Cacahuate. El Titiritero se agitó.

—Dame un minuto, Colin... –Gregg se dirigió al lobby, y Colin comunicó el cambio de planes a los demás.

Cacahuate sostenía un desaliñado pero enorme ramo de flores y trataba de dárselo al guardia detrás del mostrador. El hombre sacudía la cabeza repetidamente, haciendo muecas.

—¿Cuál es el problema, Marvin?

Había conocido a Marvin cuando caminaba por los pasillos del hospital esa mañana. Era un guardia de seguridad lento y holgazán, víctima de docenas de bromas que Gregg había escuchado en los últimos días por parte de los doctores, el equipo de enfermeras y los auxiliares de sala. Se habían saludado de mano pasajeramente: el Titiritero había sentido inmediatamente el disgusto de Marvin por su trabajo. De hecho, no parecía haber muchas cosas que le gustaran a Marvin, y lo que menos le gustaba eran los jokers.

—Quiere que lleve estas flores al cuarto de su esposa –gruñó Marvin, ajustándose el cinturón que colgaba por debajo de su barriga. Tampoco le caían bien los políticos, especialmente los demócratas. Inspeccionó la figura atlética y el traje azul de Colin con desprecio–. En mi opinión, parece que las sacó de algún maldito bote de basura.

Cacahuate miraba a Gregg con tristeza, con los ojos humedecidos y atrapados en pliegues de piel dura y arrugada, con las flores colgando de su única mano. El Titiritero podía sentir la admiración concentrada que brotaba del torpe joker y, por debajo de ella, una tristeza sorprendentemente profunda por lo que le había ocurrido a Ellen.

—De verdad lamento causar molestias, senador –dijo Cacahuate. Parecía estar a punto de llorar, y sus ojos saltaban de Gregg a Marvin y a la mirada impasible de Colin–. Pensé que le gustarían... sé que no son gran cosa, pero...

—Son muy bonitas –le dijo Gregg–. Tú eres Cacahuate, ¿no es así?

Cacahuate se llenó de orgullo al verse reconocido. Trató de sonreír, y se le cuarteó la piel alrededor de la boca. Asintió, tímidamente. Gregg extendió la mano para tomar las flores.

—Marvin exagera sus obligaciones –dijo, sin ver al guardia–, nadie necesita protección de la compasión y del cariño –el Titiritero sintió la furia helada de Marvin y lamió animadamente la emoción, saturándola–. Ellen se sentirá orgullosa de tener tus flores, Cacahuate –prosiguió Gregg, extendiendo su mano–. Yo me aseguraré de que le lleguen. De hecho, hay un espacio al pie de su cama, donde las verá en cuanto despierte. Le diré a la enfermera que las coloque ahí.

Cacahuate le entregó las flores a Gregg. La mente del joker brillaba con un orgullo amarillo-blanco, rebosando con un azul celeste de admiración por el héroe.

—Gracias, senador –balbuceó, agachando su cabeza–. Gracias... usted... pues, allá afuera, todos lo quieren. Todos sabemos que va a ganar.

Gregg le dio las flores a Colin. Abrazó a Cacahuate por unos segundos, luego le sonrió a Marvin.

—Estoy seguro de que Marvin estará contento de conseguirte un taxi a donde sea que vayas, ¿no es así, Marvin?

Ah, el odio. La mirada de Marvin lanzaba dagas.

—Claro –dijo–, no hay problema –mordía el final de cada palabra–. Lo voy a atender muy bien.

—Bien. Gracias nuevamente, Cacahuate, y te doy las gracias en nombre de Ellen. A ella le encantarán –miró su reloj–. Y pues... realmente tengo que irme. Cacahuate, me dio gusto verte otra vez. Colin.

Se alejaron. El Titiritero se regodeaba con Marvin.

Gregg cerró los ojos en la parte trasera de la limusina, rumbo al Marriott, disfrutando la furia de Marvin y el dolor de Cacahuate mientras que, detrás del contenedor de basura de la parte trasera del hospital, el guardia de seguridad golpeaba brutalmente al joker.

Un mero bocadillo, pero sabroso.

6:00 p.m.

Spector había ido al parque Piedmont tras salir del Marriott. Simplemente se puso a vagar entre los jokers, sin ser notado. Nunca había visto a tantos fenómenos contentos en toda su vida.

Cantaban, se daban abrazos y besos. Por lo menos, los que podían besar. Debieron de estar de fiesta toda la noche, ya que por lo menos la mitad de la multitud se había recostado bajo algún árbol para tomar una siesta. Si hubieran sabido lo que estaba a punto de hacer, o trataría de hacer, más tarde, lo hubieran partido en mil pedazos.

Al paso del tiempo se aburrió y caminó al cementerio de Oakland. Paseó entre los monumentos de mármol y las lápidas gastadas, leyendo las inscripciones, buscando alguna inspiración. Pero no surgió nada. Sólo estaba matando el tiempo, y lo sabía.

Tomó un taxi y se fue a su motel, se dio un baño y tomó otro taxi al hospital. Se había tomado la botella de whisky y comprado otra. Ya le había dado unos tragos, esperando que le calmaran los nervios.

Caminó hasta la recepción y le hizo una seña a la mujer detrás del mostrador. Ella asintió y caminó hacia él. Era de mediana edad, un poco pasada de peso, y tenía su deslucido cabello castaño amarrado en un moño.

—¿En qué cuarto se encuentra el doctor Tachyon? –le mostró su tarjeta de prensa, falsa.

—¿No pueden dejar en paz a ese pobre hombre? –dijo ella, sacudiendo la cabeza.

—Lo siento, señora. Su trabajo es la compasión, el mío son las noticias –Spector guardó la tarjeta–. Dígame cuál es su número de cuarto, y no trataré de impedir que sienta lástima por él. ¿Le parece justo?

—435 –dijo ella, bajando la mirada.

—Gracias –dijo él–. Es por el bien del público, créamelo.

El hospital era tan distinto al que había atendido a Tony que parecían ser de planetas diferentes. Los muros y los pisos estaban inmaculados. Casi no se percibía el aroma a desinfectante que normalmente se huele en los hospitales, y tampoco apestaba a jokers. Había pinturas en las paredes y la mujer en el sistema de sonido se escuchaba como surgida de un sueño erótico.

Se detuvo fuera del cuarto, se aseguró de que nadie lo veía y le dio otro trago rápido al whisky. Sacudió los brazos como un atleta que afloja los músculos, respiró profundamente y entró.

Lo que vio casi lo hizo reír. Tachyon miraba hacia el otro lado. Traía puesta una bata azul de hospital abierta de la espalda que dejaba a la vista su pequeño trasero blanco. Sostenía una bacinica con su única mano, y su pene colgaba por encima. No ocurría nada. En el extremo de su otro brazo se veía un muñón cubierto de gasas. Spector no podía lograr sentir miedo ante este pequeño y patético ser. Cerró la puerta.

El alienígena lisiado ni siquiera se volvió a mirarlo.

—Por favor, deme unos minutos. Sé que puedo lograr algo. Quizá si me ayuda y abre la llave del lavabo.

—Ábrela tú mismo, doc.

Tachyon saltó y rápidamente se cubrió.

—Por el Ideal, no tiene la más mínima decen... –se volvió y vio a Spector, y luego cerró la boca y lo miró con los ojos saltones–. ¡Tú!

Spector caminó velozmente hasta la cama y le quitó la cajita con la que se llamaba a las enfermeras.

—Esto no lo vas a necesitar –Tachyon se alejó de Spector y trató de colocarse en el rincón más alejado de la cama.

—Cuidado, que vas a arrancarte la intravenosa –Spector señaló el tubo que terminaba en una aguja en el brazo del taquisiano–. Estoy aquí para pedir tu ayuda.

Tachyon sacudió su cabeza, horrorizado.

—No. James, no debes hacerlo. No lo puedo permitir.

—¿Que no lo puedes permitir, con una mierda? –Spector mantuvo la voz baja, pero eso no ocultaba su desprecio–. Si alguien merece morir, es Hartmann. Necesito que controles las mentes de algunas personas para poder acercarme. Yo haré el resto.

—James, por favor –Tachyon aún no podía verlo a los ojos–, te lo ruego... no hagas esto. Una autopsia... el escándalo... –controló sus emociones antes de continuar–. Enloquecerían. Se pondrían a cazar a todos los wild cards. Los pondrían en cuarentena.

Spector no iba a gastar saliva discutiendo el asunto. Se acercó, tomó el muñón de Tachyon y lo apretó. Puso una mano sobre la boca del taquisiano para enmudecer el grito. Tachyon le mordió la palma, sacándole sangre. Spector lo soltó.

—Mira esto, doc –colocó la mano ante el rostro de Tachyon para que contemplara cómo la herida se cerraba sola.

—Ancestros –jadeó Tachyon.

—No sabes todo acerca de mí, ¿verdad? Ahora, para variar, maldita sea, demuéstrame que tienes agallas. Haz la autopsia tú mismo. O controla la mente de las personas que la hagan. Usa tu maldito poder para algo más que conseguir que perras adoradoras de héroes te chupen tu pito extraterrestre –Spector soltó a Tachyon y dio un paso atrás.

Tachyon sacudió la cabeza.

—No entiendes. Necesito descanso. Paz –el pequeño alienígena parecía estar al borde de la histeria–. El único descanso será la paz de la sepultura.

Decir eso fue un error de Tachyon y llevó a que Spector perdiera los estribos. Le dio una fuerte bofetada al alienígena, aunque menos fuerte de lo que hubiera querido.

—¿Sientes eso? Pues no es nada comparado con lo que tengo que soportar cada minuto de cada día. Por el resto de mi vida –Spector se acercó–. Una vez maté a una niña. Sólo para ver la cara de su madre cuando la descubrió. Y pensé en ti –era mentira, pero Spector quería torcer el cuchillo todas las veces que fuera posible–. Si no me ayudas, habrá muchas más. Estás en deuda conmigo, doc. Por Dios, lo que tú me hiciste. Estás en deuda conmigo para siempre.

—Lo siento –dijo Tachyon, poniéndose la almohada sobre la cabeza con su única mano–. Pero no puedo.

—Debí saberlo –Spector se puso de pie y se dirigió a la puerta, vio la televisión y se detuvo. Alguien entrevistaba al joker del Servicio Secreto que había estado en el cuarto de Tony.

—Entonces, ¿todos los que estarán en el podio durante el discurso de aceptación de Hartmann traerán máscaras? –el reportero que hacía la pregunta estaba parado lo más lejos posible de Colin.

El joker se aclaró la garganta.

—Así es, ésos son los deseos del senador. Siente que le enviará cierto mensaje al público estadunidense.

—¿Tú también? –preguntó el reportero.

—Sí, he tenido oportunidad de usarlas en el pasado –Colin se veía con ganas de decapitar al reportero–. Los viejos hábitos no mueren fácilmente. Y como la mayoría de nosotros, soy una criatura de hábitos.

Tachyon gemía detrás de él, pero Spector apenas se percataba de ello. Así que Tony le había vendido la idea de las máscaras a su jefe. Un grupo de personas enmascaradas en el escenario cambiaba las cosas por completo. Probablemente ni siquiera necesitaría al bichito raro.

Spector se acercó y le dio la bacinica.

—Cuando haya terminado con Hartmann, seguirás tú.

Al salir del cuarto oyó que caía orina en la bacinica. Spector se rio.

—No digas que nunca hice nada por ti.

Tach se recostó de lado, con el brazo lastimado encima de una pila de almohadas. Olía fuertemente a orina, y las sábanas estaban húmedas debajo de su cintura. Había estado temblando tanto que había derramado casi todo en la cama. Trató de poner en orden sus pensamientos dispersos.

Oh, Ideal, James Spector, el hombre que literalmente podía matar con una mirada. Debí haber controlado su mente… debí capturarlo. Pero tenía miedo.

Pensó en lo que su padre hubiera dicho ante esa aceptación. No hubiera sido grato. Los príncipes en la casa de Ilkazam no admiten tener miedo.

James iba a matar a Hartmann, y luego habría una autopsia, y luego el mundo se acabaría.

Qué pena con Troll y el padre Calamar y Arachne y Spots y Video y Finn y Elmo —no, Elmo no padecería la reacción violenta que se desataría contra los wild cards. Él iba rumbo a Attica, por un asesinato que no cometió, y Tach sabía lo que le hacían a los jokers en Attica. Qué pena con todos ellos.

Y con él también.

Blaise ya no estaba. La cárcel se veía en el porvenir cercano, ya que la investigación lanzada por Hartmann viviría después de él. ¿Que ya no ejecutaban a las personas dedicadas al espionaje? *Y se me ocurrió convertirme en ciudadano estadunidense.* Pero él nunca se vería tras las rejas, Spector lo mataría primero. Siempre estaba la opción de llamar por teléfono al Servicio Secreto. Advertirles sobre Spector. Pero luego, Hartmann se convierte en presidente. Pero ¿eso era tan malo? *Yo podría monitorearlo, quizás hasta controlarlo. ¡Estúpido! Lo único que resultaría de eso es que me mate. Ya lo ha intentado. Ahora no descansará hasta que lo logre.*

Pero los wild cards estarían a salvo.

No, demasiada gente lo sabía. Jay y Jack, Hiram, Digger, Sara, George y Spector. Hartmann buscaría que los mataran a todos, y en defensa propia, ellos hablarían.

Y si el contragolpe sería horrendo ahora, sería inimaginable una vez que el hombre fuera presidente.

¡No sé qué hacer! Ideal, ¿qué debo hacer?

Nada. Estaba demasiado cansado. Demasiado miserable. Demasiado enfermo.

Cerró los ojos y, con determinación, buscó la anestesia del sueño. Los analgésicos reposaban en su mente como una neblina que lo borraba todo, pero el dolor se los comía como si fuera un ácido.

—No está tan mal. No duele tanto. Todo va estar bien –y, sorprendentemente, Tach estuvo de acuerdo con la suave vocecilla. Abrió a la fuerza sus párpados pegados y al alzar la vista vio el rostro de Josh Davidson.

—Hola. ¿Cómo te sientes?

—Mejor ahora. Pensé que todos me habían abandonado.

—A veces a las personas algo les recuerda las obligaciones y los deberes de la amistad –la nariz de Davidson se arrugó al percibir el aroma acre de la orina.

—Mojé la cama –dijo Tach, miserable y avergonzado.

—Entonces debemos pedir que cambien la cama. Déjame ayudarte –Davidson bajó el barandal, pasó su brazo por debajo de la cintura de Tach, agarró la unidad intravenosa y lo ayudó a sentarse en una silla–. Espera. No me tardo.

Regresó momentos después con una enfermera. Ella quitó las sábanas y volvió a tender la cama. Davidson parecía estar impaciente por que ella se fuera. La puerta se cerró por sí sola cuando salió. El actor se sentó ante la pequeña mesa, buscó en su saco y sacó un tablero de ajedrez de bolsillo.

—Pensé que podríamos jugar una partida rápida –puso en cada palma un peón de color diferente, los escondió a sus espaldas y luego le ofreció dos puños cerrados a Tachyon.

Tach intentó estirar su brazo derecho. Ambos se quedaron congelados, mirando el muñón cubierto de gasas.

—La izquierda –dijo Tachyon.

La mano de Davidson se abrió, revelando un peón negro.

—Espera, deja que acomode las piezas por ti –había algo de compasión detrás de la voz meliflua del actor.

Davidson abrió la partida, peón a rey cuatro. Jugaron varias movidas en silencio. Luego, Tachyon alzó la mirada.

—El gambito de Evans. Es una manera muy anticuada de abrir –dijo, moviéndose un poco porque el vinilo de la silla se pegaba a su trasero descubierto–. Tenía un amigo que siempre usaba esa apertura.

—¿Sí?

—No es nadie que conozcas.

—¿Qué pasó con él?

—No lo sé. Desapareció. Hace mucho tiempo. Como todos los demás.

—Quizá no –dijo Davidson. Tach puso la punta de su índice izquierdo sobre el caballo–. Realmente no te conviene hacer eso. Mejor usa el alfil –murmuró el actor.

El alienígena cambió de pieza y...

—¡David! ¡David! DavidDavidDavidDavidDavid.

El catéter se arrancó de su mano al momento de arrojarse al hombre que estaba frente a él. Y su debilidad lo traicionó. No podía mantenerse de pie. David Harstein lo atrapó, por debajo de las axilas, y ambos cayeron al piso.

El saco de tweed se sentía áspero contra su piel. Se pegaba a la barba naciente en sus mejillas. Lloraba como un niño de tres años, pero no podía evitarlo. La mano de David acariciaba suavemente su cabello rizado.

—Tranquilo. Todo ya está bien.

Y claro, así era porque tal había sido el poder del Enviado.

—Oh, David, has regresado a mí.

—Sólo por un ratito, Tach –el taquisiano se puso rígido–. Estoy viejo, Tachy. Uno de estos días me voy a morir –permanecieron sentados, en silencio, por unos momentos; entonces David dispersó los ánimos apagados y dijo–: Anda, volvamos a meterte en la cama.

—No, no, así está bien. Platícame. Cuéntamelo todo. Esas niñas tan, tan hermosas, ¿tuyas?

—Sí, estoy bastante orgulloso de ellas.

—¿Ellas lo saben?

—Sí, mi familia ha sido un pilar para mí. Estaba tan amargado cuando salí de prisión. El gobierno trató de reclutarme para sus operaciones encubiertas para ases –la boca ágil se retorció–, yo hui, y David Harstein murió y nació Josh Davidson. Tenía una nueva identidad, pero todo el odio del pasado seguía ahí. Luego, conocí... a Rebeca. Ella eliminó todo el dolor. Ellas nunca me han traicionado –los ojos oscuros del hombre parecían pensativos y distantes.

—Jack es... Lo que quiero decir es que tiene...

—No hay problema, Tach. Braun y yo hemos encontrado terreno común, para citar a nuestro candidato a la vicepresidencia. Y Braun me recordó que quizá sí tenemos una obligación –se detuvo considerando algo, durante un largo momento–. Anoche, cuando todos pensamos que te ibas a morir, me di cuenta de que tan sólo el saber que tú residías en el mismo mundo conmigo era una especie de ancla extraña. Una consolación. Rebeca me recordó que... que saber que estaba vivo también podría ser una consolación para ti.

—Lo es –suspiró Tachyon, agarrando con más fuerza la solapa de David.

—Durante treinta años he admirado y envidiado a aquellos ases que tuvieron el valor de usar sus poderes –reflexionó Harstein–. Tú tuviste el valor.

—Sí, pero no la sabiduría.

—Eso siempre es un problema, ¿no es así? ¿En qué estás pensando? –preguntó el Enviado mientras estudiaba ese rostro delgado de facciones marcadas.

—¿Qué es lo más importante, David? ¿El amor, el honor, el valor, el deber?

—El amor –dijo el actor rápidamente.

Tach le dio una palmadita en la mejilla.

—Ser gentil.

—¿Y para ti?

—El honor y el deber. Tengo que ir al Omni, David. ¿Podrías ayudarme?

—Tachyon, no estás en condiciones.

—Lo sé, pero necesito hacerlo…

—¿Puedes decirme por qué?

—No puedo. ¿Me ayudarás?

—Qué pregunta.

7:00 p.m.

Spector se escondió detrás de la cama, deseando que fuera cierto lo que Colin había dicho sobre ser una criatura de costumbres. El cuerpo de Hastings seguía en la regadera. En realidad no olía, hasta que uno entraba al baño. Obviamente, las camareras sólo se habían asomado al cuarto cuando hacían sus rondas; de lo contrario, ya lo habrían descubierto. Spector revisó su reloj. Eran las 7:00 p.m. en punto. Si el joker llegaba tarde, o simplemente no se presentaba, tendría que apresurarse para estar en la sala de la convención. Se había comprado una máscara propia, pero temía que no fuera a combinar con las demás.

Escuchó pasos suaves ante la puerta. Spector se agazapó detrás de la cama. La puerta se abrió. Se cerró. Escuchó a alguien husmeando el aire. Spector alzó la cabeza. El joker estaba a punto de sacar su pistola. Spector hizo contacto visual y presionó con fuerza. Las piernas de Colin se doblaron, y soltó un pequeño quejido ahogado, y luego cayó muerto al piso.

Spector había intentado hacer todo lo más rápido posible. La breve conversación que había tenido con el joker no le dio motivos para que el tipo le desagradara. Pero estaba en el lugar equivocado en el momento equivocado. Al arrodillarse junto al cuerpo, se percató de algo que no había notado antes. El cabello de Colin tenía un brillo aceitoso pronunciado. Definitivamente no era vaselina para el cabello; lo más probable era que fuera consecuencia de ser un joker. Spector había lavado su cabello por la mañana y estaba seco como hueso. Frotó sus manos sobre la cabeza del muerto, y luego sobre su propia cabeza. Después de repetir el procedimiento varias veces

más, el cabello de Spector tenía la misma apariencia que el de Colin.
También, desafortunadamente, el mismo olor a orines de gato.

Spector revisó el cuerpo. Colin traía su identificación, una pistola,
un audífono e incluso una máscara. Spector recordó el comienzo de
la semana, en aquella polvorienta fábrica de máscaras. Sentía como
si ya hubiera pasado un mes.

Le quitó la ropa al joker y luego se quitó la suya. Unos minutos
después, estaba listo. El traje le quedaba un poco flojo y el portapis-
tolas le apretaba incómodamente en el hombro, pero lo soportaría.
Entró al baño y se puso la máscara, luego retrocedió frente al espejo
y se echó un vistazo. Casi perfecto. El cabello aceitoso sí marcaba la
diferencia.

Con cuidado, arrastró el cuerpo del joker hasta la regadera y lo
arrojó sobre el de Hastings. No quisiera ser la camarera a la que
finalmente le tocaría limpiar el cuarto.

El salón vacante detrás del podio reverberaba como un terremoto de
baja gradación Richter. Afuera, en la cancha de basquetbol, la gente
poco a poco se ponía frenética, con mucha ayuda de los pequeños
gnomos de Hartmann.

Tontos, pensó Sara. Su aliento rebotaba en el interior de su máscara de plumas de garza y le aturdía los oídos. *Es como una suerte
de cuento de hadas: están a punto de proclamar a su próximo rey, y
jamás sospecharán que detrás de esa máscara sonriente es un demonio
del Infierno.*

El hombre fornido con los overoles azules y el logo de la NBC sobre su pecho y EQUIPO ROBO estampado en la espalda sostuvo su
pase VIP para que ella lo aprobara. Traía un nombre ficticio y una
fotografía. Bajo la débil luz que caía desde lejos, por encima, reconocía una cara enmarcada por un cabello rubio blancuzco. El rostro
no era el de ella. Era un rostro de joker, de la clase que aseguraría
que incluso hasta el más dedicado y rudo de los exagentes de las
Fuerzas Especiales, con traje de simio del Servicio Secreto, jamás se
asomaría detrás de la máscara para verificar que la cara de verdad
coincidiera con la foto.

Había leído suficientes novelas de Le Carré como para no sorprenderse. Después de todo, «George Steele» era un agente de alto rango de la KGB; tendría sus recursos, y era obvio que este intento por descarrilar a Hartmann no era un asunto improvisado. Ella asintió. Se colocó el pase en su vestido blanco.

—Ahora –dijo él, encorvándose hacia donde estaba acostada de lado una minicámara de la NBC–, ¿estás segura de que quieres hacer esto?

La minicámara se abrió. Sus entrañas de circuitos impresos habían sido parcialmente eliminadas para dar cabida a una pistola Heckler & Koch P7 compacta. Se veían tenues reflejos sobre el acero negro.

Él sacó la pistola, la abrió para inspeccionar el depósito y le cargó un cartucho.

—¿Recuerdas lo que te enseñé? Los tres puntos se alinean al blanco, sentándose en ellos como si fueran una mesa. El arma no disparará a menos de que te asegures de quitarle el seguro, aquí, sobre el costado, y hasta que aprietes el otro seguro en la parte posterior de la cacha.

Ella asintió, impaciente.

—Lo recuerdo. Solía disparar una .22 cuando era niña. Una Colt Woodsman. Era de mi primo.

—Una nueve milímetros hace un daño considerable pero tiene poco poder de impacto. Sugiero que sigas disparando hasta que caiga el blanco.

O hasta que me abatan los chicos del Servicio Secreto. Extendió su mano. Él le dio la pistola. Ella la metió en su bolso blanco de piel y lo cerró cuidadosamente.

—La paz mundial depende de que puedas hacer esto –dijo él.

Sus ojos se encontraron y fijaron sus miradas.

—Vengar a Andi depende de que yo pueda hacer esto. Y a Sondra Fallin y a Kahina y a Chrysalis. Y a mí.

Él la miraba, de frente, como si sintiera que debía decir algo, pero sin saber qué. Ella se puso de puntitas y, delicadamente, lo besó en la mejilla. Él se dio la vuelta y se alejó rápidamente.

Ella lo observó, mientras se iba. *Pobre. Cree que me está usando a mí. Es chistoso lo ingenuo que puede ser un controlador de espías.*

◆

El salón del comedor estaba casi vacío. Todos los que habían podido meterse en la gran sala del Omni estaban dentro, vitoreando la conclusión del discurso vicepresidencial de Jackson. Tachyon oía el sonido de la multitud como un rugido estruendoso. *Una bestia acechante, y yo ando entre sus fauces*, pensó.

David lo había vestido cuidadosamente, pero deslizar ese brazo destrozado por las mangas de su camisa y saco lo había cubierto de sudor frío. Mientras que David convencía a las enfermeras de que los dejaran pasar, Tach, discretamente, se había robado analgésicos de la charola de medicamentos de la tarde. Se los tragó sin agua en el taxi, pero aún no le hacían efecto, y se dio cuenta de que apenas podía mantenerse de pie.

El agente en la puerta estudiaba al par con escepticismo. El hombre delgado, oscuro, mayor que el otro, con el brazo rodeaba fuertemente la cintura del taquisiano. Tach presentó su pase de prensa.

—Ya no hay lugar ahí adentro, doctor —miró a Harstein con suspicacia—. ¿Dónde está tu pase?

—Yo no tengo. Él es el que necesita entrar.

—Ya no hay asientos disponibles.

—No hay problema. Me quedo parado.

—No puedo permitirlo, es un riesgo de seguridad. Diríjase al Centro del Congreso. Puede ver todo desde la pantalla gigante de televisión.

Tachyon combatió una oleada de mareo y náusea. Se pasó la mano por su cara húmeda, sintió la barba de tres días contra su palma.

—Por favor —susurró, y arrimó su brazo mutilado contra su pecho.

—Creo que sería muy buena idea dejarlo entrar —dijo David, suavemente—. ¿Cuánto daño podría hacer? Es un hombre pequeño.

—Sí —dijo el guardia, vacilante.

—Dejó el hospital sólo para estar aquí, para este momento. Sé que a usted le gustaría ayudarlo.

—Muy bien, pues. Qué más da. Pasen.

Tachyon apretó el hombro de Harstein fuertemente, con su mano izquierda.

—David, no vuelvas a desaparecerte.

—Te estaré esperando.

8:00 p.m.

Spector sudaba a mares. Llegar al podio no había sido problema. Mantenerse ahí, sí lo era. El salón de convenciones era inmenso, mucho más grande de lo que había imaginado al verlo en televisión. Miles de personas, millones si se contaba al público televidente, estarían mirando en dirección suya. Dirigió su mirada hacia las cabinas iluminadas de las televisoras y se esforzó por ver si podía reconocer a Connie Chung o a Dan Rather o al tipo ese de la CNN. Así mantenía suficientemente ocupada su mente, y, a la vez, conservaba los pies firmemente plantados sobre el escenario.

Jesse Jackson hablaba, su voz poderosa se elevaba y caía en su habitual estilo de predicador sureño. La nominación de Jackson como vicepresidente era obviamente el precio que Hartmann había pagado para lograr que se saliera de la contienda presidencial.

Spector no veía manera alguna de acercarse a Hartmann mientras se encontrara en el escenario. Mejor esperar hasta que escoltara al senador de vuelta a su hotel, para darle entonces su merecido. Podría alejarse corriendo a llamar por teléfono a una ambulancia y escabullirse. En ese momento todos estarían tan distraídos como para echarlo de menos. Después de eso, regresaría a Jersey, y a un poco de paz y tranquilidad. Tenía que ser paciente, eso era todo.

—Todo esto fue mi idea. La gente dice que se le ocurrió al equipo de campaña, pero todo en realidad fue decisión mía —Jack soltó un suspiro dramático—. Estaba equivocado, pero parecía ser una buena idea en su momento.

Los conductores de noticiarios llenaban el espacio de transmisión con entrevistas a celebridades. Debajo de la cabina elevada de la CBS, la convención entera murmuraba, esperando al candidato. La mitad de la gente parecía estar enmascarada.

Jack sonrió, con tristeza, hacia los ojos arrugados de Walter Cronkite.

—Todo parecía acomodarse óptimamente. Toda esa violencia de los wild cards, recuerda que fui atacado dos veces, todo parecía estar dirigido para perjudicar la candidatura del senador Hartmann y promover la del reverendo Barnett. Cuando vi a Barnett personalmente, vi lo carismático que es. Con gente como Nur al-Allah en este mundo, y recuerda, él es otro líder religioso carismático que resulta ser un wild card, simplemente llegué a una conclusión equivocada.

—Entonces, ¿estás convencido de que no hay wild cards en el bando de Barnett?

Jack le ofreció una sonrisa ensayada y cínica.

—Si los hay, están bien ocultos –rio, falsamente–. Tendrían que estarlo, Walter.

Detrás de Cronkite, dos docenas de monitores de video mostraban las cámaras que registraban el área de la convención. La gente ondeaba letreros, bailaba, reía detrás de sus máscaras. Hombres sudorosos con audífonos se afanaban sobre consolas.

Cronkite parecía estar de un ánimo relajado y conversacional, en estos momentos no parecía ser el periodista rudo que todos conocían. Aun así, su pregunta fue dura.

—¿Crees que deberías disculparte con los miembros de la campaña de Barnett?

Jack esbozó otra de sus sonrisas estudiadas.

—Ya lo hice, Walter. Le presenté una disculpa formal a Fleur van Renssaeler ayer por la tarde –apretó la sonrisa, miró hacia la cámara. *¿Cómo la ves, Fleur?*, pensó.

—¿Y cómo te sientes ahora que Gregg Hartmann ha ganado finalmente la candidatura?

Jack miró hacia la cámara y sintió que su sonrisa se congelaba.

—Creo –dijo cuidadosamente– que he arruinado las cosas tantas veces que ya no puedo sentirme feliz con casi nada, Walter.

Cronkite puso una bocina especial, privada, sobre su oído, escuchó por unos momentos, luego alzó la mirada y dijo:

—Al parecer el candidato está a punto de hablar. Gracias, Jack. Y ahora, pasaremos con Dan Rather y Bob Scheiffer.

La luz roja de la cámara se apagó: la multitud rugía, vitoreaba, de pie.

Jack deseaba de todo su corazón haber podido vitorear con ellos.

♣

Durante un largo momento, Tachyon se sintió desorientado. Luego detectó el letrero de California, y ya supo dónde estaba. El podio de los oradores se extendía como la proa de un barco hacia la sala atiborrada. En sus distintos pisos y niveles estaban presentes los grandes y poderosos. Como si fuera una garra, su mano se cerró sobre el hombro de un sujeto, y apartó a la fuerza al reportero.

—¡Oye, idiota! Ten cuidado.

—Muévete –gruñó Tach, abriéndose paso. Se internó en la multitud en busca de una vista despejada.

«...EL PRÓXIMO PRESIDENTE DE ESTADOS UNIDOS...» Finalmente, las palabras penetraron la neblina de Tachyon. «...¡GREGG HARTMANN!»

Las quince mil personas presentes en el Omni estallaron de emoción. La orquesta comenzó a tocar «Stars and Stripes Forever». Hurras, gritos, silbidos. Los globos descendían para ser bateados por los letreros de Hartmann agitados locamente. Tachyon se estremeció bajo el asalto del sonido y la proximidad de tanta gente.

Sus ojos adoloridos se enfocaron en el podio. Gregg sonreía, saludaba, tomándose de la mano de Jackson. Ellen, pálida y ojerosa en una silla de ruedas, a su lado, sonreía. De pronto, penetró lo que había sido sólo un fragmento de información periférica. *Ochenta por ciento de la gente en el Omni traía máscaras.* Ahora, lo que había sido meramente una tarea desesperada se había vuelto imposible. Ni en el cielo ni en la tierra había manera alguna de localizar a Spector a tiempo para prevenir el asesinato.

Comenzó a llorar mientras la multitud gritaba a su alrededor.

«...el próximo presidente de Estados Unidos, ¡Gregg Hartmann!»

La multitud enloqueció en el Omni. Letreros de Hartmann, verdes y dorados, ondeaban al tiempo que la orquesta tocaba. Las redes en el techo soltaron una lluvia de globos sobre los delegados que vitoreaban.

El Titiritero casi llegaba al orgasmo. Las emociones contenidas de la larga semana se liberaban en una enorme celebración y su poderío oceánico era aturdidor. Gregg se quitó la máscara de payaso y avanzó hasta la plataforma de los oradores, levantando los brazos en señal de victoria; la gente le correspondió, gritando ferozmente;

el ruido era casi ensordecedor. Tuvo que gritarle a Jesse para que se acercara. Se tomaron de las manos, las alzaron mientras saludaban a la gente y los vítores se redoblaron, opacando el sonido de la orquesta, y el Omni se cimbró con la atronadora aclamación.

Era glorioso. Era el éxtasis.

La ovación duró largos minutos. Gregg saludaba, alzaba las manos, asentía con la cabeza. Vio a Jack Braun, arriba en la cabina de CBS con Cronkite, apuntó hacia allá y sonrió, saludando con el pulgar extendido. Besó a Ellen, en su silla de ruedas en la parte posterior del podio. Le sonrió a Devaughn, a Logan, a todos. Detrás de sus máscaras, sabía que todos le devolvían la sonrisa.

¡Lo logramos! El poder en su interior estaba embriagado por la adulación. *Todo es nuestro, todo.*

Gregg sólo podía sonreír; así era. Todo nuestro.

Cuando finalmente guardaron un poco de silencio, subió al podio. Miró hacia los palcos atiborrados, hacia la turba apretada, hombro contra hombro, en el piso. Muchos de ellos traían máscaras, haciendo juego con quienes estaban en la plataforma.

—Gracias, a todos y cada uno de ustedes –dijo con voz ronca, y nuevamente rugieron. Levantó las manos; los gritos se suavizaron. Se sentía bien ser capaz de hacer eso.

—Ésta ha sido la lucha más difícil de mi vida –continuó–. Pero Ellen y yo nunca perdimos la esperanza. Confiamos en el juicio de todos ustedes, y no nos han defraudado.

Los cánticos barrían el piso de la convención.

«¡Hartmann! ¡Hartmann!» Una ola, un torrente, los arrastraba a todos. «¡Hartmann! ¡Hartmann!» Gregg sacudió la cabeza, con modestia fingida, dejando que todo se derramara sobre él, sonriendo de oreja a oreja hacia todos.

«¡Hartmann! ¡Hartmann!»

Y de pronto, la sonrisa se congeló. De alguna manera, Mackie se encontraba ahí, en las primeras filas de la multitud, sonriendo como todos los demás, un niño-hombre jorobado vestido de negro y de cuero. Un escalofrío estremeció la columna de Gregg.

Está bien, murmuró el Titiritero en su cabeza. *Está bien. Puedo controlarlo.* Pero Gregg tembló, y cuando se acercó nuevamente a los micrófonos, su voz había perdido algo de su entusiasmo.

◆

Mientras avanzaba entre los delegados delirantes con sus sombreros blancos de imitación paja estampados con HARTMANN, Mackie se sentía como si estuviera hecho de aire. Nunca se sentía diferente cuando se volvía insustancial al desfasarse, pero de ser así se sentiría como en ese preciso momento. Como si estuviera a punto de dispersarse, como una nube, en cualquier momento.

No había dormido la noche anterior, apretujado entre un par de apestosos borrachines en el autobús que lo había traído desde la Autoridad Portuaria de Nueva York. El pervertido de traje, con un gusto por lo ligeramente exótico, que se lo había ligado en Times Square, obviamente se había dado cuenta de que la clase de amor que buscaba le resultaría cara en la era de la histeria por el sida; traía un buen fajo de billetes en su bolsa. Incluso después de que Mackie hubo separado el billete ensangrentado de cien dólares que cubría el fajo, aún quedaba más que para un boleto de avión. Pero no se atrevió a tomar un avión. Podrían estar buscándolo en los aeropuertos; ya se había dejado ver tres veces.

Der Mann estaría muy decepcionado de él.

Pero ahora estaba allí, arriba, en el podio. Un tropismo de amor y arrepentimiento atrajo a Mackie hacia él. Se suponía que no debía acercarse a Hartmann en público. No lo iba a hacer. Sólo necesitaba la cercanía de su persona.

Se abrió paso a empujones por debajo del despliegue de los cubículos de prensa, colgados por encima del piso atestado como la Estrella de la Muerte. Como anguila, fluyó entre hombres con camisas a punto de reventar que gritaban y mujeres regordetas con vestidos de colores pastel; cada rostro brillando por el sudor y la grasa y la avaricia por los botines del festín de amor del capitalismo.

El espectáculo le habría disgustado e intimidado si en su mente hubiera habido espacio para pensamientos ajenos a Hartmann. Sobre el amor y el deber y el fracaso.

El podio se elevaba ante él como un castillo azul del Rin. Aún no veía al Hombre, pero el sujeto en el escenario hablaba acerca de él. Miró hacia los extremos de la sala, en busca de Hartmann.

Un movimiento blanco llamó su atención. Niveles de palcos VIP se elevaban a ambos costados del podio como capas de un pastel de bodas. Una figura diminuta con vestido blanco se disculpaba mientras pasaba entre los dignatarios sentados en el nivel de la izquierda y a la altura del podio. Traía una extravagante máscara de pájaro con plumas blancas que brillaban como plata bajo las luces.

Comenzó a pensar: *Mugrienta perra joker*. Y entonces entendió lo que había llamado su atención.

La manera en que se movía. Siempre podía reconocer a una persona por su postura, por el modo en que se conducía, por cómo actuaban al unísono sus extremidades y su cuerpo. Siempre había podido identificar a su madre, la muy perra, de entre una turba de putas de Sankt Pauli, simplemente por su forma de caminar.

Ahora reconoció a Sara Morgenstern, que tenía más derecho sobre él que cualquier otra mujer desde que había muerto su madre. Con furia jubilosa en su interior, comenzó a abrirse paso a la fuerza entre la gente. No volvería a fallarle a su hombre otra vez. Ni a ella.

Hartmann hablaba. La multitud, que canturreaba su nombre, apenas le permitía hilar palabras. Jack paseaba alrededor de la cabina elevada de la CBS y trataba de no estorbarle a nadie.

Los monitores mostraban a una multitud enloquecida. Jack los observaba y se preguntaba qué podría hacer.

Podría decirle algo a la gente. Pero tuvo una oportunidad minutos antes, y no había podido hacerlo.

No podía ser el as Judas otra vez. No podía dar inicio a una nueva ronda de persecuciones.

Buscó un cigarrillo, y entonces vio al chico de cuero en uno de los monitores.

No podía confundir a esa figura pequeña, jorobada, ni siquiera detrás de una máscara. El cuerpo endeble y arrogante y el andar espasmódico eran una combinación inconfundible.

—¡Atención! –dijo Jack. Una explosión de adrenalina casi lo hizo perder el piso. Saltó hacia delante justo cuando el fenómeno se alejaba de la cámara–. ¡Ése es el asesino! –picó el monitor con un dedo–. ¡Aquí mismo! ¿Adónde apunta esa cámara?

El director lo miró con ojos furiosos.

—Podrías alejarte de…

—¡Llamen al Servicio Secreto! ¡Ése es el asesino de las sierras! *¡Está en el piso de la convención!*

—Qué…

—*¿Adónde apunta esa cámara, maldita sea?*

—Eh… ¿la cámara ocho? Ése es el lado derecho del podio…

—¡Maldición! –el chico estaba justo debajo de los candidatos.

Jack miró frenéticamente a su alrededor. Los comentaristas, sumidos en su estado zen, todavía no escuchaban sus gritos de pánico. «Cámara Ocho» –esto lo decía el director–. «Barre hacia la izquierda y hacia la derecha. ¿Lista, Ocho? Corte a Ocho.»

Jack saltó sobre el escritorio enfrente de Cronkite y tiró una patada. El vidrio de seguridad del frente de la cabina aérea se expandió hacia fuera, y apareció una red de cuarteaduras alrededor del pie de Jack. Cronkite, espantado, se echó hacia atrás sobre su silla con ruedas, ladrando improperios como lobo de mar, mientras Jack atravesaba el vidrio con el pie y soltaba puñetazos para ensanchar la abertura.

Las vigas que sostenían el techo del Centro Omni quedaban justo enfrente y por arriba. Jack saltó, agarrando una viga de perfil doble t con ambas manos. Avanzó, alternando las manos a lo largo de la viga, en dirección al podio. Esto iba a tardar una eternidad. Se meció, hacia atrás, hacia delante, luego se impulsó y voló de una viga a la siguiente.

Esto lo había hecho durante años en la NBC. Los viejos reflejos de Tarzán volvían sin que pensara en ellos.

De pronto, hubo un alboroto. El discurso de Hartmann había sido interrumpido. Jack llegaría demasiado tarde.

Al caminar Gregg Hartmann hacia delante, a través de torrentes de aplausos, Sara se humedeció los labios deliberadamente. *Con cuánta seguridad camina. Cree que es un dios.*

Pero ya no había dioses. Sólo hombres y mujeres, algunos con más poder que el que un mortal podría usar. El bolso se abrió bajo sus dedos entumecidos, como si lo hiciera por sí solo. Metió una mano enguantada. El metal y el mango de textura cuadriculada eran hielo frío, quemando sus dedos.

—Andi –susurró. Sacó la pistola. Dejando que su bolso colgara de una correa en su antebrazo, levantó el arma a dos manos.

♠

Mackie prácticamente corría a través de los delegados apretujados, repartiendo descargas contra traseros bien acojinados, con sus codos convertidos en picanas para ganado, para abrirse paso, desfasándose cuando había necesidad de ello.

Se echaría a la perra de Sara Morgenstern en televisión nacional, le violaría directamente el corazón, traspasándolo con su mano derecha, la buena. *Der Mann* estaría tan orgulloso de él.

Sintió la presión en las axilas y entonces sus pies patalearon en el aire, al ser levantado del piso por el cuello de su chamarra de cuero.

—¿Adónde diablos crees que vas, joker? –le dijo una voz rasposa al oído.

Se volvió, retorciéndose, y recibió una descarga de aliento a licor y a tabaco. Su apresador era un hombre grande con un traje de aviador color blanco hueso, con cabello negro colgando sobre su rostro. Era un rostro extraño. Parecía que lo habían despedazado a golpes para separar sus partes básicas, que luego habían vuelto a unir apresuradamente con superpegamento. La nariz era una masa informe, los pómulos no hacían juego, y los ojos verdes centellaban en direcciones diferentes.

—¡Más te vale no jugar conmigo, maldito seas! –chilló Mackie, medio cegado por la furia–. ¡No soy un maldito joker! ¡Soy Mack el Cuchillo!

El sujeto corpulento frunció la cara ante la rociada de saliva enfurecida.

—A mí, me parece que pareces Jack la Mierda, jovencito. Ahora, tú y yo y mi buena mano derecha iremos a algún sitio para platicar, tranquilo y en privado...

Mackie atacó con su propia mano derecha.

Las puntas de sus dedos tocaron el pómulo derecho deformado con un sonido y un olor como los de un taladro de dentista que penetra un diente. Cortaron a través de la mejilla el labio y el hueso, abriendo en diagonal la mitad de la quijada inferior. Los dientes desnudos sonrieron durante un milisegundo antes de desaparecer bajo un chorro de sangre. El enorme hombre lo soltó y puso ambas manos sobre la ruina sangrante de su cara.

Mackie se volvió hacia el podio. Una mujer de cabello anaranjado estaba parada en su camino, con la boca hecha un túnel que le llegaba hasta la panza. La destazó para abrirse paso, cual explorador que cercena una rama inconveniente a machetazos.

Der Mann tendría que entender. Ya no había tiempo para sutilezas.

Ella no esperaba que los gritos se dieran tan rápido. De todos modos, apostaba por su venganza –siendo que su vida de por sí ya estaba perdida–, pensando que todos los ojos en el Omni estarían clavados en el podio cuando Gregg comenzara su discurso. Pero nadie en los asientos VIP cercanos daba seña alguna de que advertía su presencia. Los tres puntos de las miras subían ante sus ojos como gordas lunas blancas buscando una alineación favorable.

Su visión periférica la traicionó. Había un alboroto entre la delegación de Mississippi, justo enfrente del podio. A pesar de todos sus esfuerzos por ver nada más que a Hartmann y las lunas que ascendían, sus ojos se dirigieron brevemente en aquella dirección.

Sintió que la abandonaban sus fuerzas, como el aire de un globo que estalla. Había venido. El chico de la chamarra de cuero. A tajos sangrientos, se abría paso entre el gentío, avanzando directamente hacia ella.

♥

Hartmann hablaba. Fascinado, Tachyon observaba el movimiento de la boca, sin oír una sola palabra. Sobrepuesta a las conocidas facciones, normales, había otra cara, hinchada, disipada, malévola: el Titiritero lo miraba maliciosamente.

Asqueado, bajó la mirada. Miró inexpresivamente su muñón. Sus pensamientos se perseguían entre ellos como hojas arremolinadas.

Tienes que detenerlo.
¿Cómo?
Tengo que hacer algo. ¿Qué?
Tengo que pensar.
Tengo que detenerlo. ¿Cómo?
¿Cómo? ¿Cómo?

Los gritos entrecortaron las palabras del candidato y los hurras de la multitud. Delgados, como un hilillo de sangre que se abre paso entre tejidos sanos. Y comenzaron a expandirse, convirtiéndose en hemorragia. Los reporteros que rodeaban a Tachyon sintieron que algo estaba ocurriendo. Comenzaron a impulsarse hacia delante, llevándose a Tach con ellos. Toparon contra un muro de humanidad que huía. Delgados, con bocas abiertas de espanto, corrían hacia las salidas.

El mundo se redujo a brazos que forcejeaban y al hedor del miedo. Los escudos de Tachyon se cimbraron bajo el ataque de quince mil personas que reaccionaban con terror o confusión.

Un hombre fornido, con los botones que cubrían su pecho repiqueteando como castañuelas, hizo carambola contra el pequeño alienígena. Tach gritó, se oyó un sonido chirriante porque las vendas que protegían su amputación quedaron atrapadas en la hebilla del cinturón del hombre y se vio jalado brutalmente tras de él. Perdió el equilibrio y cayó, y el vendaje quedó volando.

Pies aplastaban la espalda de Tachyon, sacándole el aire. Sintió que cedían sus costillas quebradas. Le habían enterrado un atizador al rojo vivo en el pecho. Y se enterraba más con cada respiración.

Pero no era nada comparado con la agonía de su brazo, conforme humanos aterrorizados pasaban por encima de él, sus tacones aplastaban el muñón contra el piso del Omni.

Me voy a morir. El terror se acumulaba atrás de su lengua, atragantándolo. Un leve impulso de furia se activó en su interior. *¡No! De ninguna manera moriré de este modo tan humillante. Aplastado por terrícolas histéricos.*

Aplicó toda su concentración para pensar a través del manto sofocante de dolor. La mente de Braun era un brillo conocido en medio de la locura. Su poder se lanzó hacia él, anidándose en su cercanía, como un pájaro que regresa a un lugar seguro. Percibió la confusión y la duda en la mente del gran as.

¡Jack, sálvame!

¿Tach?

¡Ayúdame! ¡Ayúdame!

Ya no podía sostener el contacto un segundo más. Con un suspiro, cortó el enlace.

Pero Jack estaba en camino.

Un tren de carga se estrelló contra Mackie por detrás. Hizo que su mano derecha, sostenida como punta de lanza en el extremo de su brazo tieso, se clavara justo en el pecho de un hombre con una camisa rosada y corbata beige. Irresistible, la masa siguió empujándolo hacia delante y hacia abajo. Su mano emergió, explotando, de la caja torácica del hombre, en un surtidor de sangre. Azotó contra el piso. Su cabeza rebotó en la duela y sintió que algo tronaba en su pecho.

Chillando de furia y dolor, generó una descarga en todo su cuerpo. Su atacante aulló y rodó, alejándose. Se incorporó de un salto.

—¡Grandísimo hijo de puta, te cortaré el pito y haré que te lo comas! –ahora gritaba en alemán, pero no importaba, sus manos dirían todo lo que había que decir.

A través de un velo de lágrimas vio un puño que viajaba hacia su cara. Algo jaloneó su mente, un parpadeo de duda, de distracción. Comenzó a desfasarse, pero demasiado tarde.

El golpe le dio en la barbilla, y su cabeza crujió…

Y el puño siguió de frente, ya sin afectarlo.

Gregg había dejado de hablar, aunque con todos los gritos y hurras, parecía que nadie lo había notado. Mirando hacia abajo, vio que Carnifex se abría paso ferozmente hacia Mackie, generando a su paso un vacío entre el gentío. Mackie, gracias a algún presentimiento, vio al as al mismo tiempo y se volvió, gruñendo. Ahora sí, sus manos zumbaban. Alguien cerca de Mackie gritó y lo señaló, y entonces todos trataron de abrir el espacio alrededor del jorobado mientras Carnifex gritaba y atacaba.

El Titiritero gritó con él, regocijado. *Bien. El chico ya no es de utilidad para nosotros. Deja que Carnifex lo mate.*

Mackie lo rebanará en pedazos, le dijo Gregg al poder. *Los dos son títeres... Podemos controlar este juego.*

Era una extraña mezcla de éxtasis y espanto. Era tan sabroso.

Sí, elimina a Mackie. Eso no sería fácil. Mackie tiró un golpe, al que siguió una estela de sangre, arruinando la parte delantera del uniforme impecable de Carnifex, mientras el as a su vez le daba un puñetazo, tumbándolo en el suelo. El rojo cegador y pulsante del dolor y del terror ya crecía en la mente de Carnifex. El as de blanco retrocedía un paso, mirando las manos de Mackie, mientras el chico se levantaba del piso, sonriendo siniestramente a pesar de su boca destrozada y arruinada.

El Titiritero se proyectó hacia ellos. Encontró el miedo en Carnifex y se aferró a él de manera brutal. Luego se acercó a Mackie, buscando en esa mente enloquecida el interruptor que lo haría vulnerable.

Ahí, dijo el Titiritero con satisfacción. *Ahí.*

Sonó un disparo fuerte cerca del oído de Gregg. En ese momento, el Titiritero se sobresaltó y perdió el contacto con Mackie por un instante preciado, mientras el auditorio atestado explotaba en gritos horrorizados; pánico y terror flotaban por el aire como una neblina densa.

—¡Por Dios, se están matando entre ellos! –gritó alguien.

—¡Alto! –gritó Gregg en los micrófonos, pero su voz se perdió entre el escándalo.

◆

Tengo que hacerlo, se dio cuenta ella, *ahora mismo. Antes de que él llegue aquí.* Le dio a sus brazos la fuerza necesaria para elevar la pistola negra y chata.

Berreando de terror, un hombre alto y desgarbado con cabello gris que enmarcaba un estrecho promontorio craneal saltó de su asiento como cigüeña asustada que huye de un cañaveral. Un codo volador golpeó la pistola y la hizo volar de la mano de Sara.

Ella gritó con desesperación al verla dar volteretas por encima del frente del palco y caer entre el gentío.

Se dieron disparos desde el podio, y Gregg Hartmann desapareció bajo una ola de hombres del Servicio Secreto.

Spector se sobresaltó cuando algo rompió el vidrio en la cabina de medios elevada. Lo congeló por un instante y los agentes ya se aglomeraban encima de Hartmann y de gente importante, empujándolos hacia los lados del escenario o tumbándolos al piso. El senador corrió un poco, pero dos hombres ya lo tenían tumbado boca abajo detrás del podio.

Los gritos eran ensordecedores. Spector no podía pensar con todo ese alboroto. Disparos. Vio a varios agentes descargar municiones hacia un blanco que estaba entre la multitud. Golden Boy se columpiaba en los travesaños del techo, yendo hacia el área donde los hombres disparaban. Spector se lanzó encima de Hartmann. El senador gruñó, pero no se volteó para verlo. En un momento miraría por encima de su hombro y Spector estaría esperando.

Jack pasaba de una viga a otra como un péndulo desesperado. No podía ver lo que ocurría sobre la plataforma. Podía ver el traje blanco de Billy Ray, el Servicio Secreto con sus pistolas en la mano, una estampida de delegados –pero no a Hartmann ni al jorobado. Sólo la inconfundible impresión de violencia desatada. Se lanzó hacia una viga que estaba por encima de su propia delegación de California y se detuvo.

Gregg Hartmann era el as secreto, un asesino. ¿Por qué debía importarle lo que le fuera a suceder?

Mientras titubeaba, escuchó un grito que resonaba en su mente. Tachyon estaba debajo de la estampida, lo aplastaban. Nuevamente dudó. Volvió a escucharse el lamento. Vio que nadie estaba debajo de él y se dejó caer.

Avanzó, regresando, bailoteando, a la pelea. Su barbilla se sentía como si alguien lo hubiera golpeado con un martillo y los músculos de su cuello gemían. Si hubiera recibido todo el impacto del golpe, le hubiera roto el cuello. ¿Quién era éste?

Su visión se aclaró. Se tambaleó, como si le hubieran dado otro golpe. Era el hombre de cabello negro con la cara armada con partes de repuesto. Lo miraba demencialmente con una sonrisa de calavera. El frente de su traje de aviador estaba salpicado de rojo, como si en un ataque espástico hubiera comido espagueti en salsa de jitomate. El géiser de sangre ya era sólo un hilillo.

—¡Te voy a enseñar una o dos cosas, pequeño hijo de puta! –gritó el hombre corpulento. Y tiró un puñetazo devastador.

El terror aullaba en su cerebro. *¡No puedo vencer a este monstruo!* Controlando su miedo, Mackie se desfasó, justo antes de que el impacto le deshiciera el cerebro.

El hombre atravesó a Mackie, llevado por el impulso de su golpe. Se recuperó con la rapidez de un tigre, girando con sus manos alzadas, listas para golpear o defenderse.

Mackie estaba justo a su lado, y su odio superaba su miedo persistente. Apuntó un golpe hacia la sien. *Veamos qué hace con la cabeza rebanada a la mitad.*

El hombre fornido alzó la mano, de canto, para bloquear el golpe. Cayeron dedos como pinzas de ropa de una bolsa cuando Mackie la rebanó. El hombre de cabello negro se lanzó para atrás, hacia la multitud, evitando que la mano de sierra le penetrara el cráneo.

Su respiración parecía destrozarle el lado derecho del pecho, como si fueran garras. Debió haberse roto una costilla cuando el grandulón de mierda lo derribó. Se desfasó a través de la cortina sobre la pared a los pies del podio, hacia la fosa oculta que separaba a los delegados del pabellón. Desde una esquina, donde la columna cuadrada del podio topaba de frente con la tarima elevada, un joven musculoso con un cablecito que le colgaba de una oreja lo miró, boquiabierto, y sacó una pequeña pistola ametralladora del interior del saco de su traje oscuro. Mackie lo miró a los ojos y sonrió, sin estar consciente de que su nariz sangraba y de que su sonrisa era como la de un payaso cadavérico.

El dedo del tipo del Servicio Secreto se contrajo sobre el gatillo. Una rociada de balas de nueve milímetros pasó por donde no estaba

Mackie, haciendo estragos entre la multitud a sus espaldas. Los nuevos gritos generados por el disparo casi le provocan un orgasmo a Mackie.

Cortó las piernas del agente, vestido con sus pantalones bien planchados, justo debajo de la rodilla. El hombre del Servicio Secreto se derrumbó, aullando, cayendo a la fosa, dejando sangre regada sobre el frente de la tarima, donde sus piernas cercenadas siguieron paradas. Brevemente.

A un lado del podio había escalones tipo zigurat, demasiado amplios para servir como escalinata. Mackie comenzó a treparlos.

Un golpe en la espalda lo tumbó sobre el segundo. Aturdido, sintió que alguien lo recogía y lo arrojaba, como a una muñeca. Se estrelló contra la pared exterior de la fosa.

Algo se había quebrado en su interior.

—*Mutti* –gimió–. Mami.

Era el tipo de cabello negro, que lo había golpeado con su mano destrozada y arrojado con la buena. Que gruñía hacia él desde el pie del podio, torciendo lo que de labios le había dejado Mackie, mostrando los dientes.

El mismo que hizo acopio de fuerzas y saltó como tigre hacia un cabrito atado.

Desesperadamente, Mackie se impulsó desde la pared, alzando una mano y encendiendo la sierra.

Su mano topó con resistencia. Fluidos empaparon su cara, calientes y pegajosos.

El hombre corpulento atravesó la pared, deshaciéndola, dejando una estela de intestinos como si fueran estandartes color púrpura y gris.

◆

Tumbada boca abajo en el piso del palco VIP, Sara podía poner a Hartmann justo en su mira. De momento estaba enterrado bajo una pila de cuerpos del Servicio Secreto, pero éstos se concentraban en lo que ocurría entre la gente. Nadie prestaba atención, en absoluto, a los asientos de los dignatarios. Cuando lo pusieran de pie, ella podría matarlo sin problemas.

Pero había perdido su pistola.

Golpeó el puño el piso del palco, con una cadencia deliberada de desprecio por sí misma.

Gregg no se pudo recuperar.

Dos agentes del Servicio Secreto le cayeron encima, como linieros relampagueantes, tumbándolo al suelo con gritos guturales, sin palabras, con sus pistolas desenfundadas. Colin, el joker, se tiró directamente encima de él, dejándolo casi sin aliento.

—¡Quédese ahí, senador! –el Titiritero gruñó, molesto por la interferencia.

Aún podía escuchar el zumbido de sierra de las manos de Mackie mezclándose con los gritos de la gente, mientras Carnifex golpeaba al chico. Pero no podía ver, no podía manipular los hilos fácilmente, porque no sabía lo que estaba ocurriendo.

¡Suéltame! ¡Deja que los agarre! Es la única oportunidad. Gregg soltó completamente al Titiritero, y siguió tumbado en el suelo debajo de los guardias mientras que el poder se proyectaba, salvajemente. Violó mentalmente a Carnifex, extirpando el dolor y el miedo y bombeando la adrenalina a niveles tan altos que casi podía sentir el corazón del as golpeando en su propia cabeza. Al mismo tiempo, trató de opacar la furia enloquecida de Mackie, pero era como manipular fuego, quemaba, se retorcía bajo su control.

¡Aplástalo!, le gritó el Titiritero a Carnifex. *Usa esa maldita fuerza y conviértete al hombrecillo en otra mancha de sangre en el piso.*

Entonces sintió cómo Billy gritaba de agonía, a pesar del bloqueo mental, e incluso mientras absorbía golosamente, a tragos, el dolor, supo que Mackie había ganado esta batalla. El peso encima de él ya no estaba. Media docena de los agentes gritaba en el podio mientras Gregg hacía un esfuerzo por levantarse, para ver nuevamente.

—Nos está cortando en pedazos…

Y se escucharon más disparos, ruidosos, y demasiado cerca.

♣

Frenéticamente, con las palmas, Mackie se limpiaba de los ojos la sangre de su oponente. *La perra se esfumó. Mierda, mierda, mierda.* Tenía que encontrarla, no podía volver a fallar…

Miró hacia arriba. Hartmann no se veía por ningún lado. ¿Le había pasado algo, le había pasado algo al Hombre? Mientras derramaba lágrimas y sangre, y escupía mocos ensangrentados, comenzó a ascender, como un juguete roto sobre las escaleras de un gigante. Sin impedimentos, subió a la rampa que daba a la tarima al lado derecho del escenario. Hartmann estaba ahí, debajo de media docena de hombres jóvenes vestidos de traje. Se veía bien. Lágrimas de gratitud inundaron sus párpados inferiores.

Sintió un aliento caliente en su mejilla, escuchó un grito de agonía a sus espaldas al dar la bala en su blanco. Un hombre de traje oscuro estaba arrodillado junto al senador, y le apuntaba una pistola agarrada a dos manos.

Trató de desfasarse. La duda y la fatiga inmovilizaban su mente. *No puedo.*

Del cañón, hacia él, brotó fuego amarillo. En su pecho, explotó fuego negro. Cayó.

♠

Unas manos fuertes jalaron a Spector, quitándolo de encima de Hartmann y girándolo hacia la multitud.

—Nos está cortando en pedazos. Saca tu arma. Tenemos que acabar con él –dijo el agente que lo había puesto de pie.

Era cierto. Un pequeño jorobado rebanaba hombres con sus manos como sierras mecánicas. Spector desabrochó la correa de seguridad y sacó su pistola. *Qué demonios, hagamos el papel de héroe*; podría ayudarlo a liberarse posteriormente. Spector puso una rodilla contra el suelo y disparó. La pistola tenía más retroceso de lo que esperaba y la bala derribó a un hombre bastante más allá de la pelea. Niveló la mano que empuñaba la pistola, con su mano libre, apuntó y disparó tres veces más. El jorobado dio media vuelta y cayó.

Spector regresó hacia Hartmann.

—¿Está bien, senador?

Hartmann alzó la vista y Spector lo miró a los ojos.

◆

La oscuridad jalaba a Mackie con brazos seductores. Luchó contra ella. Había algo pendiente por hacer. En su interior explotó terror. Sus ojos se abrieron.

Estaba tirado sobre una grada. El frente del estrado ocultaba al senador de su vista.

¡*Der Mann me necesita!*

Esa necesidad le dio fuerza. Logró que sus extremidades respondieran a su voluntad. Se obligó a subir, a pesar de que sus manos y sus zapatos se patinaran en el líquido rojo que cubría la plataforma.

Der Mann yacía donde había estado antes. Pero estiraba el cuello, y miraba fijamente a un agente del Servicio Secreto alto y delgado. Su expresión parecía eufórica y aterrada a la vez.

El odio hacia el agente flacucho golpeó a Mackie como anfetaminas. ¡*Él es el que me disparó!* Pero, lo que era peor, le hacía algo al senador. Mackie no podía ver qué, pero lo sabía.

Avanzó, cojeando. Arrastraba el pie derecho. Cada paso le enterraba un hierro al blanco vivo en su vientre. *Él me necesita. No... le fallaré... otra vez.*

♥

Spector sintió, por un momento, que algo en Hartmann se resistía a él, pero entonces lo absorbió como un remolino. Su dolor de muerte, hirviente, penetró en la mente del senador; cada detalle insoportable, los huesos rotos, la sangre candente, el atragantamiento, brotó todo, incontenible.

Pero algo estaba mal. La mente de Hartmann no reaccionaba como la de los otros. Se hinchaba, alimentándose con la muerte de Spector. Spector presionó con más fuerza. Lentamente, la otra mente cedió bajo la presión y comenzó a disiparse.

Tan rico y tan sabroso pero duele y mata... no es real no puede ser real no es posible...

Pero sí lo era y la voz del Titiritero se había desvanecido hasta convertirse en un susurro y luego desapareció por completo e incluso hasta el dolor que se filtraba en Gregg desde el Titiritero era como ácido candente derramándose en su psique, de modo que quería gritar y rogar y suplicar no me mates no me mates no quiero morir.

Pero no lograba interrumpir esa horrenda mirada, no podía desprenderse de aquellos ojos extraños, tristes, afligidos, espantados y adoloridos, esos ojos que no eran los de Colin sino los de alguien más... y supo que estaba a punto de morir, que sería el próximo, que seguiría al Titiritero al vacío detrás de esos ojos.

¡Me estás matando!, escupió Gregg con toda la fuerza que le quedaba, con la esperanza de que esos ojos parpadearan o miraran hacia otro lado o se volvieran...

...y ya no quedaba nada en su mundo más que esos ojos...

El lomo ataviado de negro se alzaba ante Mackie como un precipicio angosto. Mackie oscilaba. Quería recostarse y dormir por mucho, mucho tiempo.

Pero en cambio, alzó su mano derecha, encendió la sierra. Miró sus dedos, algo rosado borroso. La imagen le dio fuerzas. Lanzó su mano en un tajo plano y rápido.

♦

Spector apenas podía mantenerse de pie. Sus rodillas temblaban por el esfuerzo. Le había arrojado a Hartmann todo lo que tenía, y sintió cómo caía. Pero el hijo de perra lo miraba intensamente, parpadeando. Simplemente no era posible.

Spector recordó la pistola en su mano. Apuntó al centro del pecho de Hartmann. Escuchó un sonido, como una abeja gigante y titubeó. Sintió un dolor opresivo en su cuello. La sala de la convención comenzó a dar vueltas y vueltas, luego ascendió y le pegó brutalmente en la cara. En sus oídos retumbaba un estruendo, pero ninguno de los sonidos parecía tener sentido. Un cuerpo yacía sobre el suelo, no lejos de él. Era Colin; por lo menos, se parecía al joker. Pero no tenía cabeza. Había listones de carne en el cuello, donde se había dado el corte. Lo único que podía ver Spector eran pies moviéndose para todos lados.

Tenía que ser un sueño. Como el que había tenido antes, sólo que peor. Se sintió enfermo y paralizado, pero al mismo tiempo extrañamente eufórico. Simplemente cerraría sus ojos y ya podría volver a poner todo bajo su control.

La cabeza rodó hasta chocar contra el fondo del podio. Sintiendo como si flotara sobre el aire, Mackie cojeó hacia ella a través de un silencio ensordecedor.

Dolorosamente, se inclinó hacia delante. Su cuerpo se sentía como una rama seca que se quebraba en un punto nuevo cada vez que se agachaba.

Recogió la cabeza, se reincorporó lentamente. La alzó, para mostrársela a Gregg, para que la viera el rebaño de ovejas asustadas con sombreros blancos que se pisoteaban unos a otros en su frenesí por alejarse de él.

—Yo soy Mackie Messer —carraspeó–. Mack el Cuchillo. Y soy especial.

Acercó la cabeza a su cara, la besó de lleno en los labios.

Los ojos se abrieron.

Spector sintió algo en su boca. Abrió los ojos. El jorobado lo miraba con una sonrisa burlona en sus labios. No era un sueño. Esta revelación se sintió como un golpe en su pecho, pero ya no tenía un pecho. El desgraciado bastardo le había cercenado la cabeza. Iba a morir. Después de todo lo que había vivido, ¡iba a morir! Una vez más.

Spector luchó contra su pánico y enganchó sus ojos con los del jorobado. Canalizó su dolor y su terror a través de sus ojos y al interior del hombre que lo había matado. El mundo comenzó a temblar y a borrarse. Spector sintió que la oscuridad comenzaba a envolverlo e intentó empujarla, toda, al interior del jorobado. Un temor conocido se introdujo lentamente en Spector. Se sentía muy solo.

La oscuridad era completa.

♠

Mackie trató de apartar sus ojos. Los ojos de la cabeza los mantenían firmes, succionando como un hoyo negro.

Algo estremecía su alma haciéndola pedazos. Su cuerpo comenzó a temblar, al mismo ritmo, vibrando más y más rápido, fuera de control. Sintió que su sangre comenzaba a hervir, sintió que sudaba vapor por cada uno de sus poros.

Gritó.

La piel en las mejillas de la cabeza cortada se tostó y se ennegreció por la fricción de los dedos de Mackie. Los dedos silbantes se toparon con hueso, comenzaron a sacudir el cráneo, haciéndolo pedazos, a agitar los fluidos dentro de la redondeada caja craneal llevándolos al punto de ebullición.

Pero los ojos…

♦

El chico de cuero explotó. Sara dejó caer la cabeza entre sus brazos, sintió impactos húmedos en el cabello que se quedarían con ella para siempre.

Cuando volvió a mirar, no quedaba nada del jorobado o de la cabeza, salvo unos manchones rojos y negros que soltaban vapor en toda el área del podio.

Se dio un momento muerto.

Y entonces, Gregg hacía a un lado su cobija de agentes del Servicio Secreto, poniéndose de pie con dificultad. La multitud había regresado al podio como mercurio deslizándose por un dedo. Ahora se arrojaba hacia delante con un rugido que parecía no tener fin.

No había más. *Ya es presidente. Esto lo garantiza.* La muerte de su as asesino no era ningún consuelo. El presidente Gregg Hartmann ya no necesitaría a psicópatas alemanes para lidiar con sus contrincantes.

Si es que siquiera llegamos tan lejos. Steele había sugerido veladamente que los soviéticos lanzarían un primer ataque antes de ver a Hartmann convertido en presidente.

La cabeza de Sara era un peso muerto. La dejó caer, dejó que la tristeza se derramara en lágrimas sin esperanza.

Jack simplemente arrojó gente hacia los lados hasta que encontró a Tachyon, luego recogió al hombrecillo y lo aseguró bajo un brazo. Se oyeron disparos; la gente en estampida aceleró el paso. Se daba una violencia salvaje pero confusa en la plataforma. Jack no podía ver nada.

Se abrió paso a empellones entre la multitud, abriéndola como el Mar Rojo. Finalmente, él y Tachyon quedaron parados ante el enorme podio blanco, pero desde su ángulo bajo no podían ver nada.

Lo que había ocurrido parecía haber terminado. Gregg Hartmann emergió del tumulto de agentes, sacudiéndose la ropa mientras caminaba con incertidumbre hacia los micrófonos.

—Maldición –dijo Jack–. Llegamos demasiado tarde.

Aún había personas exclamando y gritando en la sala; aún había pánico mientras corrían en estampida hacia las salidas o miraban hacia el podio congelados de horror.

Sin embargo, la impresión que Gregg tenía era más bien de silencio, de un momento congelado, como una fotografía fija. Podía oír su propia respiración, jadeante y muy fuerte en sus oídos; podía sentir claramente las manos del hombre del Servicio Secreto a cada costado suyo. Podía ver que a Jesse Jackson lo conducían fuera del podio, a Ellen protegida por un cordón de agentes de seguridad uniformados, dignatarios en el piso o de pie con manos sobre sus caras o huyendo ciegamente de la escena.

Había más sangre y violencia que la que Gregg hubiera considerado posible imaginar.

Y un extraño vacío que hacía eco en su cabeza.

¿Titiritero?

No hubo respuesta.

¿Titiritero? preguntó otra vez.

Silencio. Únicamente silencio.

Gregg dio un respiro estremecedor. Permitió que lo levantaran hasta dejarlo de pie y se sacudió las manos firmes que querían bajarlo del podio.

—Senador, por favor...

Gregg sacudió la cabeza.

—Estoy bien. Ya todo terminó.

Quedaba bastante claro lo que tenía que hacer ahora. El camino quedaba abierto ante él, era un obsequio. El Titiritero se había ido, y sentía la pérdida como si le hubieran quitado de encima una gran carga oscura, una carga que ni siquiera se había dado cuenta de que traía a cuestas. Gregg se sentía bien. Había carnicería y destrucción a su alrededor, y sin embargo...

Después. Después lo sabremos.

Se acomodó su saco, se ajustó la corbata. Organizó las palabras en su mente, sabiendo lo que iba a decir. *Por favor. Por favor guarden la calma. Esto es lo que ocurre cuando permitimos que crezcan los celos y el odio. Éste es el fruto que recibimos de la semilla del prejuicio y de la ignorancia. Éste es el amargo festín que tenemos que soportar cuando nos distanciamos del sufrimiento.*

Palabras para salvar a una presidencia de las ruinas. Hartmann valiente, Hartmann tranquilo, Hartmann compasivo. Hartmann ante los ojos de la nación: un líder tranquilizador y competente en medio de la crisis.

Se acercó a los micrófonos. Miró hacia la multitud y alzó las manos.

♠

El brazo izquierdo de Tachyon rodeaba el cuello de Braun. Su brazo derecho reposaba en su pecho. Había manchas de sangre sobre la venda que cubría el extremo amputado. El dolor de sus costillas rotas y de su brazo era tan grande que no podía ni levantar su cabeza del hombro de Jack, mientras el gran as lo acunaba en sus brazos.

Jack había regresado a su sitio en la delegación de California. El Omni olía como un matadero, el aire acondicionado no lograba eliminar el enfermizo y dulce olor de sangre. El aroma punzante de pólvora aún se percibía en el aire, con el olor a excremento que salía de las entrañas vaciadas de los muertos. La convención entera parecía estar en garras de una postración nerviosa.

James Spector había muerto.

El asesino jorobado había muerto. Pero Hartmann seguía vivo.

Tachyon mordisqueaba su labio inferior.

El candidato se liberó de los agentes que seguían pegados a él. Con la cabeza erguida, los hombros rectos, las manos extendidas como dando una bendición, un gesto de tranquilidad o de confianza restablecida.

Llegó ante el micrófono.

Y en ese momento, Tachyon supo qué hacer.

Gregg comenzó a hablar, buscando con la mirada a la gente en sus asientos, suplicándoles.

—Por favor –comenzó, con voz tranquila y profunda y convincente. Y entonces...

...Tachyon estaba en su cabeza. La presencia fuerte e insistente del alienígena tomó al ego de Gregg y lo empujó hacia atrás, colocándose delante de él mientras Gregg oponía una resistencia desesperada e inútil.

—Por favor... todos... tranquilos... ¡Oigan, con un demonio, ¡cállense y escúchenme! –gritó, totalmente fuera de control, haciendo eco por todo el Omni. Se vio a sí mismo en uno de los monitores elevados, y sonreía, sonreía con esa sonrisa de campaña, aceitosa y practicada, como si nada hubiese ocurrido–. Uy, me puse un poco intenso por un momento, ¿verdad? –sintió que soltaba una risita, disimulada, de niño pequeño. Gregg trató de detener la risa, pero Tachyon era demasiado fuerte. Cual impotente títere de ventrílocuo, soltaba el discurso de otro–. Pero tienen que aceptar que sí se callaron, ¿o no? Así está mejor. Ey, yo estoy tranquilo. Estemos tranquilos todos. Nada de pánico en una crisis, yo no. Su próximo presidente no entra en pánico. Nada de eso.

Abajo, en el piso, el éxodo se había detenido. Los delegados lo miraban intensamente. Sus palabras, informales y festivas, resultaban más escalofriantes y horribles que cualesquiera gritos histéricos. Por encima de los llantos y gemidos detrás de él, oyó que Connie Chung, en la sección vip, gritaba en su micrófono:

—¡Apunten las cámaras hacia Hartmann! ¡Ahora!

En su interior, siguió luchando inútilmente contra las ataduras que Tachyon le había colocado a su voluntad. *Entonces, esto es lo que se siente ser un títere*, pensó. *¡Déjame, maldita sea!* Pero no había escapatoria. Tachyon sostenía los hilos, y por méritos propios ya era un titiritero experimentado.

Gregg soltó una risilla, contempló de nuevo la carnicería, y entonces sacudió la cabeza al volverse de nuevo hacia el gentío. Extendió su brazo por completo, hacia ellos, con la palma hacia abajo y los dedos abiertos.

—Miren esto —dijo—. Ni siquiera un temblor. Fresco como lechuga. Ya podemos olvidarnos de esas preocupaciones del 76, ¿eh? Quizás esto sea algo bueno, en el largo plazo, si nos permite superar todo aquel asunto.

John Werthen y Devaughn se habían acercado para alejarlo de los micrófonos y vio cómo él mismo los rechazaba, revoloteando los brazos, empujándolos, agarrando los micrófonos con desesperación.

—¡Váyanse! ¿Qué no ven que estoy perfectamente bien? ¡Aléjense! ¡Déjenme atender esto! —John miró a Devaughn, quien se encogió de hombros. Lo soltaron, tras vacilar un poco, y Gregg se reacomodó su saco irremediablemente manchado. Nuevamente, mirando hacia las cámaras, esbozó una de esas sonrisas espectrales.

—Bien, ¿qué les decía? Ah, sí —se rio nuevamente y meneó un dedo hacia los delegados—, ése no es un comportamiento apropiado y no lo toleraré —los regañaba como si hablara con una clase de niños de primaria—. Tuvimos un pequeño percance aquí, pero eso ya pasó. Olvidémoslo. De hecho... —se rio y se agachó. Cuando volvió a erguirse, de su dedo índice goteaba un líquido rojo espeso y brillante—. Quiero que escriban cien veces «No más violencia», como castigo —dijo, y extendió la mano hacia el panel de acrílico transparente del frente del atril y dibujó sobre él una gran «N» embarrada. La primera curva de la «O» apenas era legible—. Uy, me quedé sin tinta —declaró Gregg, alegremente, y se agachó de nuevo hacia el escenario. Esta vez, con un claro chasquido húmedo azotó algo carnoso y no identificable sobre el atril. Le hundió su dedo, como si metiera una pluma de ganso en un tintero. Podía escuchar a Ellen sollozando y rogándole a quien pudiera escucharla:

—Sáquenlo de ahí. Por favor, deténganlo... —John y Devaughn volvieron a acercarse, y esta vez lo sujetaron firmemente, cada uno de un brazo.

—Oigan, ¡no pueden hacer esto! —espetó Gregg en voz alta—. Todavía no termino. No pueden...

Todo había terminado. Por lo menos había terminado. El control de Tachyon se separó de su persona; Gregg se desmoronó en sus brazos, callado. Mientras lo conducían hacia la salida posterior del escenario, trató de no ver los rostros horrorizados ante los que pasaba: Ellen, Jackson, Amy. Maldijo a Tachyon, sabiendo que el alienígena seguía ahí.

Maldito seas por esto. No tenías por qué hacerlo así. No tenías que humillarme y destruirme así. ¿No te diste cuenta de que el Titiritero había muerto? Maldito seas para siempre.

11:00 p.m.

Tachyon yacía en cama. Habían querido regresarlo al hospital, pero se había resistido, como criatura enloquecida, y Jack lo había mantenido lejos de los doctores. Dejó que le vendaran nuevamente su muñón, que le envolvieran las costillas y nada más. Incluso había rechazado las pastillas para el dolor. Porque en alguna parte de esta ciudad se encontraba su nieto, y Tach necesitaba una mente clara para encontrarlo. Su cerebro parecía estar azotándose contra los confines de su cráneo mientras buscaba, pero sólo le respondía la oscuridad.

El dolor lo dominó; se inclinó sobre la orilla de la cama y vomitó. El recuerdo de aquellos últimos minutos caóticos en la convención volvió con fuerza e incrementó su confusión. La mente de Hartmann que se retorcía como un animal atrapado y aterrorizado en los confines de hierro del control mental de Tachyon.

Por un instante sintió remordimiento, y entonces, lentamente, alzó el horrendo y desgarbado muñón y lo estudió. El odio reemplazó al centelleo momentáneo de arrepentimiento. *Nunca volveré a operar. ¡Condenado seas a vagar eternamente!*

Su quijada formó una línea testaruda y amargada y se bajó a rastras de la cama. El Nagyvary estaba en su estuche. La luz de la ciudad se filtraba por las orillas de la cortina y brillaba sobre el grano pulido de la madera, bailaba sobre las cuerdas. Delicadamente, pasó los dedos de su mano izquierda sobre las cuerdas, liberando un suspiro de sonido. Se inundó de furia. Sacó el violín abruptamente y lo estrelló con fuerza contra la pared. La madera saltó en pedazos con un horrible sonido quebradizo. Con ruidos chirriantes se reventaron varias cuerdas; un grito musical de dolor. Al tirar su último golpe perdió el equilibrio, e instintivamente intentó detener su caída con su mano derecha. Gritó. Bailaron manchas negras ante sus ojos, y de pronto sintió manos sobre sus hombros. Alguien lo levantaba.

—¡Maldito idiota! ¿Qué haces ahora? –preguntó Polyakov, depositándolo de vuelta en la cama.

—¿Cómo... lograste... entrar?

—Soy espía, ¿recuerdas?

Lo peor de la agonía se disipó. Tach se tocó el labio superior con la lengua, probando sal.

—Esto no es muy astuto de tu parte –dijo Tachyon.

—Necesitábamos hablar –George hurgaba entre las ropas desechadas de Tach, hasta que encontró la botella.

—Simplemente pudiste irte –gimió el alienígena, y se odió a sí mismo por su debilidad–. Largarte discretamente a Europa, al Lejano Oriente... para volver a empezar. Y dejarme para enfrentar tanta música sin armonía.

Polyakov le dio un trago al brandy.

—Te debo demasiado como para hacer eso.

Una sonrisa pequeña y amarga apareció en los labios delgados de Tachyon.

—¿Qué? ¿Acaso no crees en el trágico colapso nervioso de Gregg?

—Creo que tuvo un poco de ayuda –un suspiro.

—Estuvo muy cerca –Polyakov gruñó en respuesta:

—Es más emocionante así.

Tachyon aceptó la botella y dio un trago pequeño.

—A ti no te gusta lo emocionante. A ti te gusta lo sutil y eficiente. George, ¿qué vamos a hacer? ¿Compartir una celda en Leavenworth?

—¿Qué es lo que quieres?

—Mi orgullo no es tan grande que me impida suplicar. Ayúdame, por favor. Mis hijastros malditos, mi nieto, ¿qué será de ellos si me encarcelan? Por favor, por favor, ayúdame.

La cama rechinó y se desplazó al sentarse George.

—¿Por qué habría de hacerlo?

—Porque estás en deuda conmigo, recuérdalo.

—Probablemente no volveremos a vernos jamás.

—Ya he escuchado eso también.

El ruso tomó otro trago de brandy.

—¿Cómo vas a controlar a Blaise?

—Haz que me ame. Oh, George, ¿adónde se ha ido? ¿Dónde podrá estar? ¡¿Qué pasa si está herido y me necesita y yo no estoy ahí?! –su voz se volvió más aguda. Polyakov lo recargó contra las almohadas.

—La histeria no te ayudará.

Tach dobló la orilla de la sábana y dirigió su mirada adolorida hacia la pared del fondo.

—Permíteme tranquilizar tu mente con respecto a una cosa. Ya hablé con el FBI y les ofrecí cooperar a cambio de tu inmunidad.

—Oh, George, gracias –su cabeza cayó hacia atrás, reposando cansadamente sobre las almohadas–. Adiós, George. Me gustaría estrecharte la mano, pero…

—Diremos adiós al estilo ruso.

Polyakov le dio un abrazo de oso y lo besó fuertemente en cada mejilla. Tachyon le correspondió a la manera taquisiana, con un beso en la frente y en los labios.

El ruso se detuvo ante la puerta de la recámara.

—¿Cómo sabes que puedes confiar en mí?

—Porque soy taquisiano, y aún creo en el honor.

—Ya hay muy poco de eso.

—Lo tomo donde lo encuentro.

—Adiós, Danzante.

—Adiós, George.

Capítulo ocho

Lunes 25 de julio de 1988

8:00 a.m.

—Estás acabado, políticamente —dijo Devaughn. Su tono era casi alegre; Gregg quería partirle la maldita cara. Con el Titiritero hubiera sido fácil.

Pero el Titiritero ya no está. Ha muerto.

—No me rendiré, Charles —respondió Gregg—. ¿Te has quedado sordo? Esto es sólo un pequeño maldito contratiempo.

—¿Pequeño contratiempo? Por Dios, Gregg, ¿cómo puedes decir eso? —Devaughn sacudió los periódicos que había llevado—. Los artículos de opinión berrean. USA *Today* tiene una encuesta que dice que ochenta y dos por ciento del público estadunidense piensa que estás loco. ABC y NBC hicieron encuestas telefónicas toda la noche, que muestran que ahora te encuentras detrás de Bush por sesenta por ciento. CBS ni siquiera se preocupó por eso; según su propia encuesta un claro noventa por ciento del público piensa que deberías renunciar sin más a la candidatura. Y lo mismo pienso yo.

Devaughn dio una vuelta más por la sala abandonada del cuartel de operaciones.

—Jackson está realmente enfurecido, aunque está suavizando las cosas para ti —continuó—. El comité quiere tu renuncia por escrito esta mañana. Les dije que se la llevaría.

Gregg se hundió en su silla. La televisión volvía a transmitir su colapso —propiciado por Tachyon. Gregg se puso de pie y tranquilamente se acercó al televisor.

De una patada deshizo la pantalla.

Devaughn alzó las cejas pero no dijo nada.

—A la mierda con las encuestas –dijo Gregg. Su mirada cente-lleó hacia Devaughn mientras caían trozos de vidrio de sus pantalo-nes–. No creo en las encuestas. Vamos, déjame debatir con Bush y le arrancaré los testículos. Es igual de dinámico que el pan tostado. Eso seguramente volteará las encuestas.

—Bush no debatirá contigo, Gregg. Ni siquiera se acercará a una plataforma contigo y te hará quedar como un tonto si insistes. Re-nuncia, Gregg.

—Mira, Charles, yo soy el candidato. ¿No lo entiendes? No importa lo que piensen tú o nadie. Esta convención me eligió a mí y, por Dios, voy a la contienda. Tengo a Jackson, es carismático...

—Él también se retirará de la dupla si tratas de continuar con esta farsa –resopló Devaughn, como remilgado lord inglés. Como Tachyon–. Has caído, Gregg. Estados Unidos te vio en la televisión, farfullando como idiota, y se preguntan cómo reaccionarías ante una crisis en la Casa Blanca. No quieren que tu dedo esté sobre el botón, Gregg. Y francamente, yo tampoco.

—Maldita sea, el que tuvo el colapso no era yo, ya te lo dije. El que hacía eso era Tachyon. Se apoderó de mi mente. Te lo he dicho cien veces.

—Eso dices. Pero tendrás enormes problemas para probarlo, ¿no es así? Francamente, Gregg, eso sólo sonará como otra débil excusa. ¿O acaso afirmas que Tachyon te hizo lo mismo en el 76?

—¡Maldito seas! –gritó Gregg. Empujó a Devaughn con las dos manos, y el tipo corpulento osciló hacia atrás, con el rostro repenti-namente asustado–. ¡No renunciaré!

—Quítame las manos de encima, Gregg.

Gregg miró a Devaughn. *Con el Titiritero, haría que el bastardo se arrastrara...* Respiró a fondo y retrocedió. Se frotó las manos en los pantalones como si estuvieran sucias.

—Ya tomé una decisión –dijo suavemente.

Devaughn lo miró con desdén.

—Entonces volverán a convocar a la convención, te guste o no. Si peleas, no obtendrás nada. Harán que te veas como un perfecto imbécil. Renuncia y quizá, por lo menos, puedas salvar tu dignidad en medio de todo este desastre. Ése es mi último consejo, senador –acentuó la última palabra con tono de burla.

Gregg caminó hasta el sillón; crujían astillas de vidrio de la pantalla bajo sus zapatos elegantes. Se dejó caer sobre ellas. Maldijo monótonamente para sus adentros. Devaughn lo observaba en silencio.

Cuando finalmente levantó la mirada, las palabras que escupió sabían a ceniza.

—He estado colgando de las malditas puntas de mis dedos, y ahora te diviertes brincando encima de ellos hasta que me suelte, ¿no es así? Bueno, pues ya se te hizo tu deseo. Dile a Tony que escriba la maldita renuncia —dijo Gregg—. Puede escribir lo que quiera; no me importa. Léelo tú, que eres el que más lo va a disfrutar. Y dile a Amy que arregle todo para que Ellen y yo salgamos de Atlanta. No quiero ver a ningún reportero, ¿entendido?

Devaughn resopló. Su mirada era desdeñosa y superior, y Gregg ardía en ganas de arrancársela de la cara, pero ya no tenía el poder.

—Da tus órdenes tú mismo. Yo ya no trabajo para ti —Devaughn sacudió la cabeza—. Arreglé las cosas a tu favor y lo arruinaste todo. Voy a ver si Dukakis puede aprovechar mis talentos.

Devaughn abandonó el cuarto con petulante dignidad. Un hombre del Servicio Secreto asomó la cabeza, vio a Gregg y los vidrios rotos sobre la alfombra y volvió a cerrar la puerta. Gregg se quedó sentado ahí, solo, por mucho, mucho tiempo.

9:00 a.m.

POR ALGUNA RAZÓN, AL PASO DE LOS AÑOS HABÍA PASADO MUCHO tiempo en morgues. Y por más bellamente decoradas o perfectamente limpias que estuvieran, nada podía ocultar el hecho esencial: eran congeladores para carne humana muerta.

—Aprecio el que hayas venido acá —decía el médico forense mientras conducía a Tachyon al quirófano. Sus ojos bajaron hacia el muñón de Tachyon y rápidamente se apartaron—. Especialmente después de que... pero nunca he visto algo como esto, y tú eres el experto.

—No hay problema. En cierta manera resulta apropiado.

El médico forense lo ayudó a ponerse la bata y la mascarilla. Caminaron hasta la plancha. Una mujer de rostro lánguido apretaba unos cortadores de costillas contra su pecho y contemplaba el cuerpo sin cabeza con un cautelosa alarma.

El cadáver había sido abierto del esternón a la ingle, con las costillas cortadas y extendidas hacia los lados. Pero sobre los intestinos relucientes crecía grasa amarilla y pálida. De las costillas emergían extensiones óseas. Había crecido piel sobre las orillas del cuello cortado y, asomándose en el centro del cuello, como un dedo encajado en un tambor, se encontraba un pequeño capullo. Tachyon se inclinó para ver más cerca, fascinado y horrorizado e incapaz de contenerse.

—Es casi como si… como si tratara de…

—De desarrollar una nueva cabeza, sí –Tach se hizo para atrás al darse cuenta de que la cabeza embrionaria tenía ojos.

¿Qué sucedería si de pronto se abrieran? ¿Seguiría intacto el poder de Deceso? ¿Cumpliría su amenaza incluso desde más allá de la sepultura?

¡Estúpido! Siempre había matado desde más allá de la tumba. Agachándose, Tachyon sacó su daga de la funda en su bota y lo picó fuertemente en una nalga. El cuerpo se arqueó y se sacudió.

—¡Mierda! –gritó la mujer, y el médico forense no dejó de correr hasta que llegó a la puerta.

Agarrado de la puerta batiente, tartamudeó:

—¿Qué.. qué… demonios es eso?

—Un error. Una gran error de cálculo de parte mía. Mi némesis y un recordatorio de no jugar a ser Dios. ¿Puedo sugerirles que se olviden de la autopsia y pasen directamente a la cremación?

—Perfecto. No habrá discusión conmigo. Pero ¿y las cenizas? ¿Hay parientes?

Una sonrisa sin humor tocó los labios de Tachyon.

—Supongo que yo quedo *in loco parentis*. Yo me las llevaré.

—Doc, sí que eres un tipo raro –suspiró la mujer, cortando una costilla que había crecido más allá de la orilla de la cavidad torácica.

10:00 a.m.

PELEA DE ASES EN BAÑO DE SANGRE DE LA CONVENCIÓN

Sara respingó y dejó caer el periódico sobre el lodo empapado por mangueras de bomberos y batido por mil pisadas de variadas descripciones.

Tienes razón, maldita seas, pensó, en caso de que Tachyon estuviera escuchando, espiando sus pensamientos. Pero no lo haría, debido a ese honor taquisiano. Ese maldito y conveniente honor taquisiano.

Había desnudado la verdad, sin rodeos, tal como la había desnudado y poseído a ella misma la noche del viernes, e incluso menos delicadamente: *No puedes desenmascarar a Hartmann. Eso le entregaría la elección a Barnett en bandeja de plata. ¿Cuántas vidas de jokers inocentes estás dispuesta a gastar por tu venganza?*

—Ninguna –dijo ella.

Un par de rostros de jokers la miraban con expresiones de extrema fatiga de guerra. Ninguno de ellos la reconocía; hoy traía una máscara de leopardo. La había encontrado tirada en un arroyo sobre Peachtree. El motín no la había aplastado al grado de dejarla inservible.

Algo crujió bajo su pie. Lo pateó hasta que emergió del lodo un letrero, hecho a mano en la tienda de campaña del cuartel de la Asociación de Defensa de los Jokers de América, para las manifestaciones de la noche anterior. El mensaje casi la hizo sonreír.

Judas Jack, 1950
Traidor Tach, 1988
Dos de la Misma Calaña

Con Mackie muerto, había podido regresar a su propia habitación. Hoy vestía pantalones de mezclilla y una blusa holgada azul pálido. Dejó que sus Reebok la llevaran más allá de una camioneta de transmisión remota de CBS, donde un joven corresponsal negro hablaba ante un falo amarillo de hule espuma.

—El parque Piedmont permanece casi desierto, después de una noche de tumultos en la que trescientos jokers fueron arrestados.

Varias docenas de jokers vagan, como si estuvieran aturdidos, entre las ruinas destrozadas de la ciudad de carpas; el alcalde de Atlanta, Andrew Young, ha rescindido su orden de que todo joker presente en la calle debería ser arrestado inmediatamente, en atención a una petición personal hecha en las primeras horas de esta mañana por el gobernador de Massachusetts, Michael Dukakis. Sigue al rojo vivo el debate sobre la negativa del gobernador Harris de declarar ley marcial...

En efecto eran pocos, pero en cierta forma eran su gente. Caminó entre ellos por última vez. Ningún joker volvería a confiar en ella y había jurado, por su alma, que jamás revelaría el secreto que la reivindicaría ante sus ojos. Por el bien de ellos, tenía que permitir que la odiaran.

Por mi propio bien. A menos que tenga planes de jamás volver a pasar ante un espejo con los ojos abiertos.

Tom Brokaw habló hacia ella desde una televisión portátil colocada sobre una hielera puesta de cabeza, que ignoraba un joker negro indiferente con forúnculos azules fosforescentes que cubrían su cara y las partes de su cuerpo que su overol dejaba ver.

—...una incómoda tregua que prevalece entre una fuerza combinada de policías y ases y varios cientos de manifestantes jokers afuera de la Clínica Blythe van Renssaeler...

La cámara hizo corte a un letrero sostenido por ambos lados por seis dedos verdes con ventosas en las puntas. Decía: *El Jack de corazones le gana a todos los jokers de la baraja.* Luego se desplazó hacia un joker que Sara conocía, llamado Chancro, por razones obvias, con la asediada Clínica de J-Town como telón de fondo.

—Los ases ayudan a los cerdos policías a oprimir a los jokers en esta calle –le dijo a la cámara, señalando el cordón que mantenía a raya a los manifestantes–. Un as mató a Chrysalis y quieren quemar en la hoguera a un joker por ese crimen. ¡Somos nosotros contra ellos!

Tachyon, Tachyon, ¿sabías bien qué estabas sacrificando? Ella lo sabía. Ésa era una de las razones por la cual ella estaba dispuesta a incinerar su propia carrera y reputación, a petición de él.

La otra era que ella se había vengado, y nada más importaba.

El Titiritero había muerto: así era como Hartmann llamaba a su poder, según Tachyon. Deceso lo había matado, extrayéndolo directamente a través de los ojos de Hartmann antes de que Mackie Messer lo decapitara.

El mal no había muerto, oh, no. Por mucho que llorara Gregg, por mucho que protestara amargamente su inocencia. El Titiritero había sido la cristalización de las lujurias de Hartmann. Esas lujurias seguían vivas.

Pero Gregg ya no tenía la habilidad para mover los hilos y hacer que los títeres bailaran para satisfacer sus necesidades. Eso era lo que Deceso había destruido.

Y Gregg jamás tendría los huevos para caminar por la noche con un cuchillo en la mano.

Sin su poder, Gregg estaba atrapado en el infierno. Sara ya no deseaba que muriera. Ahora deseaba que viviera mucho, mucho tiempo.

Sara se sentó sobre un bote de basura volteado. *Andi*, pensó, *esto es venganza, ¿no es así? No querrías que yo le arruinara la vida a todos los wild cards de Estados Unidos, sólo por vengarte un poco más, ¿verdad?*

Esa pequeña perra caprichosa probablemente sí lo haría. Pero Andrea Whitman había muerto también.

Sara sacudió su cabello, de palidez invernal, y lo quitó suavemente de su cara con las manos. Corría una brisa por el parque, casi fresca. Alzó la cabeza y contempló el campo de batalla como había quedado al día siguiente.

Un policía negro hacía rondín sobre un caballo alazán capón, recorriendo los linderos del parque. Miraba a Sara detenidamente. ¿Un cerdo en busca de más víctimas? ¿Un hombre asustado que sólo quería hacer su trabajo? Era cuestión de criterio personal, y a Sara Morgenstern se le habían agotado los criterios.

Víctimas.

Todas los hilos del Titiritero habían sido cortados. Pero a Gregg Hartmann le quedaba una última víctima.

Se puso de pie y salió del parque con una sensación misionera, que le sabía a emoción ajena a quien sentía que ya no tenía ningún objetivo que cumplir en la vida. Dejó la máscara en un bote que decía *Conserva bella a Atlanta*.

♥

Tachyon cerró a sus espaldas la puerta de la suite de Gregg. Gregg alzó la vista desde la maleta Samsonite que empacaba.

—Doctor –dijo–. Me sorprende que hayas venido tan rápido. Amy debió llamarte apenas hace unos minutos…

—Supongo que siento que te lo debo –el alienígena se mantenía rígido, con la barbilla alzada por encima de un cuello erizado de encajes y una camisa de seda con estampados color azul eléctrico. A pesar de la pose, quedaba claro que Tachyon se encontraba al borde del agotamiento. Su piel estaba pálida, los ojos demasiado ojerosos y huecos, y Gregg notó que mantenía el muñón detrás de sí–. No me siento culpable por lo que te hice. Con gusto lo volvería a hacer.

Gregg asintió. Cerró la maleta y le puso el seguro.

—En unas horas pasaré por Ellen al hospital –dijo, en tono familiar. Poniendo el equipaje en el piso, señaló en silencio hacia una silla.

Tachyon se sentó. Su mirada lila era completamente inexpresiva.

—Bueno, juguémosla: la escena final de este pequeño drama. Pero rápido. Hay otras personas que necesito ver.

Gregg le clavó la vista, intentando lograr que desviara la mirada. Era difícil corresponder a la mirada intensa e imperturbable del alienígena.

—No puedes decir nada, lo sabes. Sigues sin poder hacerlo.

Tachyon hizo una mueca y sus ojos se oscurecieron como si generaran una amenaza implícita.

—No, no lo harás –dijo Gregg suavemente–. Le dices a la prensa lo que sabes de mí y sólo probarás que Barnett tenía razón desde el principio. Que había un as secreto y que sus manos sostenían los hilos del gobierno. El virus del wild card es algo que hay que temer. Los nats sí necesitan hacer algo para protegerse de nosotros. Tú hablas, doctor, y todas las leyes anteriores tendrán cariz de libertad. Te conozco. He tenido veinte años para observarte y aprender cómo piensas y cómo reaccionas. No, no hablarás. A fin de cuentas, por eso hiciste lo que hiciste anoche.

—Sí, tienes mucha razón –Tachyon suspiró y presionó el muñón contra su pecho, como si le doliera–, lo que hice iba en contra de todos mis principios, algunos viejos y otros más recientes. No fue algo que hice a la ligera o por capricho. Eres un asesino y deberías pagar por ello −sacudió la cabeza en señal de frustración−. Y las naves deberían ser estrellas, pero no lo son y nada, jamás, podrá convertirlas.

—¿Qué demonios es eso, la versión taquisiana de no llorar por la leche derramada? −Gregg paseó por el cuarto y luego dio un giro para encarar al alienígena−. Mira, tienes que saber una cosa. Yo no lo hice −prosiguió−: lo hizo el Titiritero. El poder del wild card. Todo lo hizo el wild card. No yo. No entiendes lo que era para mí tenerlo en mi interior. Tenía que alimentarlo o me destruiría. Hubiera dado cualquier cosa por deshacerme de él, y ahora lo he hecho. Puedo comenzar de nuevo, puedo empezar otra vez…

—¿Qué? −el rugido de Tachyon lo interrumpió.

—Sí. El Titiritero ha muerto. Anoche en el podio, Deceso lo mató. Echa un vistazo a mi interior, doctor, y dime lo que ves. No tenías que llevarme a la ruina; el mal ya se había ido. Para cuando secuestraste mi mente, yo ya estaba libre −Gregg estudió sus manos. Lo embargó una tristeza profunda, y miró a Tachyon con ojos brillantes, húmedos−. Hubiera sido un buen presidente, doctor. Quizás incluso un gran presidente.

Tachyon le devolvía la mirada, con acero implacable en los ojos.

—Gregg, no hay tal Titiritero. Nunca hubo un Titiritero. Sólo existía Gregg Hartmann, con sus debilidades, un hombre que fue contagiado por un virus alienígena que le otorgó un poder con el cual podía alimentar los rincones más oscuros de su alma. Tu problema no es que seas un wild card, Gregg. Tu problema es que eres un sádico. Esta débil excusa tuya es una transferencia de culpabilidad casi clásica. Construiste una personalidad para poder fingir que de algún modo Gregg se mantenía limpio y decente. Es un truco de niños. Es un autoengaño infantil, y tú eres más listo que eso.

Las duras palabras de Tachyon se sintieron como una bofetada. Gregg se ruborizó, enojándose porque Tachyon no quería entender. Era tan obvio; parecía imposible que Tachyon no pudiera ver la diferencia.

—Pero está muerto −exclamó Gregg desesperado−, te lo comprobaré. Anda −insistió−. Te lo pido. Asómate a mi interior y dime qué ves.

Tachyon suspiró. Cerró sus ojos, los abrió. Se apartó de Gregg, caminó por el cuarto en silencio durante un largo minuto y luego se detuvo cerca de las ventanas. Cuando volvió a mirar a Gregg, lo hizo con una extraña compasión.

—Ya ves, te lo dije –dijo Gregg, casi reía de alivio–. El Titiritero murió anoche. Y estoy feliz. Estoy tan condenadamente feliz –Gregg
sintió que la risa comenzaba a teñirse de histeria y respiró profundamente. Miró a Tachyon, quien lo veía con severidad. Gregg se
apresuró a decir el resto–. Dios, por desgracia las palabras son tan
inadecuadas y estúpidas, pero es verdad. Lo siento. Me arrepiento de
todo y me gustaría hacer lo que pueda para empezar a compensarlo.
Doctor, fui obligado a hacer cosas que odiaba. Perdí a un hijo porque
Gimli usó al Titiritero en contra mía. Yo…

—No me estás escuchando. No existió ningún Titiritero y Gimli
murió hace más de un año. Tampoco existía Gimli.

Pasaron varios largos segundos antes de que el impacto de aque-
llas palabras hiciera mella en Gregg.

—¿Qué? –balbuceó, y entonces surgió la negación, feroz y desesperada y enojada–. No tienes la menor idea de lo que estás diciendo,
doctor. El cuerpo de Gimli murió, pero no su mente. Encontró la manera de entrar en mi hijo. Estaba en mi cabeza, casi me hizo perder
mi control sobre el Titiritero; así comenzó esto. Me amenazó, me dijo
que haría que el Titiritero me destruyera a mí y a mi carrera.

—Gimli murió hace un año –repitió Tachyon, implacablemente–.
Todo él. Tú inventaste a su fantasma, tú mismo, de la misma manera
que inventaste al Titiritero.

—¡Mientes! –la palabra fue un grito. La furia distorsionaba el rostro de Gregg.

Tachyon se limitó a mirarlo con frialdad.

—Yo estuve en tu cabeza, senador. No tienes secretos para mí. Eres
una personalidad fragmentada. Has negado la responsabilidad de
tus acciones al crear al Titiritero y cuando eso amenazó con salirse
de tu control necesitaste otra excusa: Gimli.

—¡No! –volvió a gritar Gregg.

—Sí –insistió Tachyon–. Te lo diré una vez más: nunca hubo ningún Gimli, nunca hubo un Titiritero. Solamente Gregg. Todo lo que
hiciste, lo hiciste tú mismo.

Hartmann sacudió la cabeza alocadamente. Su mirada era supli-
cante, dolida y vulnerable.

—No –dijo suavemente–, Gimli estaba ahí –de pronto sus ojos se
ensancharon, con terror–. Yo… no hubiera matado a mi hijo, doctor.

—Lo hiciste –dijo Tachyon, y vio en los ojos de Gregg las heridas profundas que cada palabra abría en el alma del hombre, aunque Gregg no lo admitiría. Desafiantemente, Hartmann se esforzaba en adoptar un semblante de calma y control. Con una mano se echó el cabello para atrás.

—Doctor, no sé qué quieres que haga. Aun suponiendo que le concediera alguna credibilidad a todo lo que estás diciendo…

—Consigue ayuda.

Atento a sus propias palabras, Hartmann casi se perdió las de Tachyon.

—¿Hmm?

—Consigue ayuda, Gregg. Encuentra a un terapeuta. Te buscaré a un terapeuta… –de pronto, Tachyon se dio cuenta de que eso era casi imposible. A un terapeuta habría que contarle demasiado, y todo saldría a la luz del día. La frustración retorció el rostro de Tachyon. No le gustaba la única respuesta que podía ver–. Vamos a pasar mucho tiempo juntos, Gregg.

—¿A qué te refieres?

—A partir de este momento, yo soy tu médico. Quedas bajo mi cuidado –Gregg soltó una carcajada, dándole la espalda al doctor.

—No –dijo–. De ninguna manera. No necesito un maldito loquero porque desapareció el Titiritero. Tú ni siquiera eres humano, doctor. Dudo que estés bien calificado para trabajar como psicólogo.

—Considéralo una posición de compromiso. Garantizará mi silencio.

—Te digo que el poder ya se fue, y que el poder tenía la culpa.

—¿Y volvemos otra vez a lo mismo? Acepta la verdad de lo que te digo, Gregg. Ni siquiera puedes mirarme de frente. Vi tu culpabilidad. Puedes negarlo, incluso a ti mismo, pero yo sé la verdad. Es hora de que comiences a enfrentar la realidad.

Se dio un largo silencio entre ellos. Finalmente, Gregg dijo:

—Está bien, doctor. Te concedo un compromiso; los políticos estamos acostumbrados a ellos. Tu silencio a cambio de mi asunto, ¿eh? Supongo que necesitarás algunos clientes que paguen cuando se acaben los fondos.

Tachyon ni siquiera se dignó a comentar el insulto.

—Te buscaré en cuanto regrese a Nueva York.

—Muy bien –suspiró Hartmann. Trató de dar su sonrisa profesional pero no lo logró. Caminó hasta la maleta y la puso sobre la cama–. Pues bien, eso es todo, entonces. Voy a recoger a Ellen. Es obvio que está confundida y dolida por todo esto –la sonrisa estudiada volvió a asomarse–, le pediré disculpas a ella, también. Adiós, por ahora. Supongo que te veré pronto… –Hartmann extendió su mano hacia Tachyon.

Tachyon miró la mano extendida con amarga incredulidad. Se preguntó si esto no era un último chiste cruel de Gregg. *Mira, ya todo quedó perdonado. Démonos un apretón de manos y hagamos las paces. Amigos otra vez.*

Pero yo no te puedo saludar, imbécil. Tú te encargaste de eso. De pronto, Hartmann se dio cuenta de lo que había hecho y retiró su mano. No dijo nada. Se dirigió a la puerta y la abrió. Salieron juntos del cuarto.

—¿Me acompañas hasta los elevadores? –preguntó Hartmann.

—No.

—Te llamaré para hacer esa cita, entonces.

Tachyon lo miró, alejándose –un hombre suave, con sobrepeso, con una cabellera blanca y pálida como alas donde el cabello había dejado de salir. Siempre había pensado en Gregg como un tipo dinámico y bien parecido.

Ahora se daba cuenta de que eso también había sido una función de su poder. *¿Me equivoqué al decir la verdad acerca de su poder? Quizás hubiera sido mejor simplemente dejarlo creer que había sido poseído por el Titiritero y por Gimli.*

¡NO! Se escapó del castigo. No voy a permitir que se escape de la culpa.

Pero para todo propósito, el Titiritero estaba muerto. Ahora dependía de Tachyon que las cosas se mantuvieran así. Lo cual implicaba que debía mantenerse cerca de Gregg Hartmann. La idea le producía náuseas.

El alienígena caminó hacia la escalera. Se sentó en el escalón de concreto y apoyó su cabeza contra el helado barandal de metal. Su brazo comenzaba a pulsar otra vez, zarpas de dolor que parecían desgarrarlo, del brazo hasta el hombro. *Es muy posible que éste haya sido justo el lugar donde murió Jack,* pensó fatigadamente. *Y allí, un poco más abajo, Gregg mató a su propio hijo.*

Yo estoy muerto también. Pero nadie se ha dado cuenta de ello porque sigo caminando.

Ocho días en julio. Ocho días en los cuales se perdieron tantas cosas: su amistad más vieja en la Tierra; lo que creía y respetaba de Gregg Hartmann; el amor y respeto de sus jokers.

Su mano.

Su inocencia.

Pero Jack no había muerto. Y él tampoco estaba muerto.

—Deja de compadecerte de ti mismo, Tis, y sigue adelante con este asunto de vivir.

¡Pero tengo que lidiar con Hartmann! gritó su mente.

–Ni modo. Uno de estos días, después de que esté muerto y bajo tierra, puedes presentar un estudio sobre él a la Asociación Médica Estadunidense.

Comenzó a subir las escaleras.

11:00 a.m.

—¡No la necesito!

—Deja de comportarte como un idiota monárquico, excelencia taquisiana –Jack desdobló la silla y la colocó junto a la cama de hotel de Tachyon.

—Toda la mañana me las he arreglado sin ti y sin esa maldita silla de ruedas.

—Sí, y mírate, pareces algo que vomitó el gato.

—Deberías andar allá afuera, buscando a Blaise –dijo Tachyon. Estaba recostado sobre unas almohadas, sufriendo, pálido.

Jack suspiró:

—La policía lo está buscando. El FBI está en alerta. Incluso ese patán presuntuoso de Straight Arrow anda husmeando. ¿Qué puedo hacer yo que ellos no puedan?

El rostro de Tachyon era fantasmal. Su única mano se aferraba a las cobijas.

—Tengo que encontrar a mi nieto. Debo hacerlo. Es lo único que me queda.

Jack se instaló en la silla del cuarto, sacó un cigarrillo.

—La policía dice que estaba con ese tipo, el tal Popinjay, Jay Ackroyd, en el hospital, el sábado por la noche después de tu operación. Los dos veían la televisión en la sala de espera. Una de las enfermeras recuerda que algo en la tele les llamó la atención y que Popinjay se volvió hacia Blaise y le dijo: «¿Quieres salir a hacerla de detective?», o algo parecido.

—Ideal —Tachyon se mordió el labio—. Si Popinjay ha involucrado a mi nieto en una de sus intrigas...

—La policía trata de descubrir qué canal estaban sintonizado —continuó Jack—, y en eso tampoco resulté de mucha ayuda. Yo andaba de fiesta el sábado por la noche —la depresión lo invadió—. Pensaba que el candidato correcto había obtenido la nominación.

—He tratado de llamar a Hiram por teléfono —dijo Tachyon—. Pensé que quizá podría haber visto a Blaise, pero él también desapareció.

—Se fue ayer por la mañana.

—No se fue. Yo pregunté, y no ha registrado su salida del hotel.

—Yo lo vi en el lobby. Cargaba un baúl

Tachyon frunció el ceño.

—Jay e Hiram son amigos muy cercanos. Si Ackroyd estuviera en problemas, Hiram sería la persona a quien recurriría —Tach comenzó a meditar en silencio.

—Dado que todos están desaparecidos no serán de mucha ayuda para nosotros. Lo que necesitas es descansar.

Tachyon se recostó en las almohadas.

—Tienes razón —cerró los ojos—, quizá debería intentar detectar la firma mental de Blaise de nuevo. Por favor, ¿podrías apagar las luces? Podría ayudarme a concentrarme —casi inaudiblemente, añadió—: estoy cansado. Estoy tan cansado.

—¿Te molestaría si me sirvo un trago de bourbon?

—Para nada.

Jack apagó la luz, dejando sólo el poco sol que se filtraba por debajo de las cortinas, y entonces se llevó su cigarrillo en dirección a las botellas en la mesa de Tachyon. Puso un poco de hielo en un vaso, y luego, casi en la oscuridad, agarró una de las botellas. Resultaron ser las cenizas de James Spector. Depositó la urna y tomó otra botella. Parecía contener líquido del color correcto. Se sirvió.

Escocés. Maldición.

Sí que era uno de esos días.

Todo se sentía muy extraño.

Gregg no conocía a los guardias del Servicio Secreto que viajaban con él en la limusina rentada rumbo al hospital de Ellen. Sus rostros no eran familiares y no hablaban con él. Eran desconocidos, ocultos y enmascarados por lentes oscuros, trajes azul marino y los ceños fruncidos.

Siempre serían *desconocidos*. Sus mentes estaban enganchadas y Gregg ya no tenía la llave para abrirlas. Se sentía muy extraño guardar tanto silencio en su propia cabeza, ser incapaz de percibir el torrente de sentimientos a su alrededor, reconocer la imposibilidad de nadar en el enorme océano de emoción y no tener manera alguna de cambiar sus veloces corrientes.

Así debe ser cuando de pronto uno se queda ciego o sordo o mudo. Entonces: *¿Titiritero?*, llamó con su mente una vez más, pero no había más que el eco de sus propios pensamientos.

Muerto. Desaparecido. Gregg suspiró, sintiéndose perdido y triste y esperanzado al mismo tiempo, mirando a la gente a su alrededor, tocándolo, y al mismo tiempo aislada. Apartada.

No sabía si algún día podría acostumbrarse a eso.

Lo único que quería era alejarse del horno de Atlanta, regresar a casa y estar solo y pensar. Para ver si podía sanar algunas de las heridas y comenzar de nuevo.

No fue mi culpa. En verdad. Fue culpa del Titiritero y él ya murió. Eso debería ser castigo suficiente.

Gregg no sabía exactamente qué iba a decirle a Ellen. Ella, por lo menos, había intentado consolarlo el día de ayer. Por lo menos le dijo que no había problema, que no importaba, que las cosas volverían a estar bien. Pero detrás de las palabras, sabía que ella quería saber la razón, y él no sabía cómo explicarlo. Una parte de él ansiaba simplemente poder revelar la horrible, siniestra verdad y pedir clemencia. Ellen lo quería. Eso lo sabía, gracias al Titiritero; él había visto ese amor incondicional, aun sin ayuda del poder.

Sí, por lo menos, le diría parte de la verdad. Le diría que sí, él era un as y que había abusado de sus habilidades para incrementar su propio poder, que había manipulado a gente. Sí, incluso a ella.

Pero no toda la verdad. Parte de ella no podía revelarse. No la muerte ni el dolor y la violencia. Ni lo que le había hecho a ella y al hijo de ambos.

Eso no, porque entonces ya no habría esperanza alguna. Ellen era lo único que Gregg podía salvar de este desastre. Ellen era la única persona que lo ayudaría a encontrar un camino.

Gregg la necesitaba. Y sabía qué tan desesperadamente, tan sólo por cómo se le revolvía el estómago, y por el miedo helado en sus entrañas.

—¿Senador? Ya llegamos.

Estaban en la entrada lateral del hospital. Los agentes secretos que venían con él en el asiento trasero abrieron las puertas. Al salir, el calor y la luz del sol golpearon a Gregg como un puñetazo, parpadeando detrás de sus lentes oscuros. Se inclinó hacia el interior fresco, con aroma de piel, para hablar con el chofer.

—Regresamos en unos minutos –le dijo–. Sólo vamos a recoger a Ellen y sus cosas…

—Senador –dijo uno de los guardaespaldas que estaban afuera–. ¿No es ella?

Gregg se enderezó para ver a Ellen, conducida en silla de ruedas, saliendo del hospital, detrás de un tumulto de reporteros, mientras sus agentes de seguridad mantenían a raya el ajetreo de videocámaras y cámaras. Gregg frunció el ceño, intrigado.

El calor que se desprendía del asfalto se congeló: detrás de Ellen vio a Sara. Estaba parada dentro, su cara pegada a las puertas de vidrio.

—No –susurró Gregg. Medio corrió hacia Ellen, mientras los agentes del Servicio Secreto se abrían paso entre los reporteros que la rodeaban. Vio su bolso junto a ella en la silla de ruedas.

Se puso de pie al acercarse él. Gregg sonrió para las cámaras y trató de ignorar el espectro de Sara a unos metros de distancia.

—Querida –le dijo a Ellen–. ¿Te llamó Amy…?

Ellen lo miró a la cara y la voz de él se desvaneció. Lo examinó larga e intensamente. Entonces apartó la mirada. Su boca era una línea recta y tensa, sus ojos oscuros estaban severos y solemnes, y detrás de ellos se percibía un amarga repugnancia.

—No sé si sea verdad todo lo que dijo Sara –dijo Ellen con voz ronca–, no lo sé, pero puedo ver algo en ti, Gregg. Sólo quisiera haberlo visto hace años –comenzó a llorar, sin estar consciente de los reporteros que los rodeaban, o sin que le importaran–. Maldito seas, Gregg. Maldito seas para siempre por lo que hiciste.

La mano de Ellen latigueó inesperadamente. La bofetada hizo girar la cara de Gregg, generándole lágrimas de dolor en sus propios ojos. Se llevó los dedos al rubor carmesí en su mejilla, pasmado.

Gregg podía escuchar las cámaras y los rumores excitados de los reporteros.

—Ellen, por favor… –comenzó, pero ella no lo escuchaba.

—Necesito tiempo, Gregg. Necesito alejarme de ti –Ellen tomó su bolso y, pasando ante él, echó a andar hacia un auto que la esperaba. Detrás de las puertas de vidrio, los ojos de Sara hicieron contacto con los de Gregg mientras se desplomaba la mano con que se tocaba la cara.

Sin voz, la boca de Sara enunció *bastardo* y se dio la vuelta.

—¡Ellen! –Gregg se volvió abruptamente, con la imagen de Sara presente en su mente–. ¡Ellen!

Pero ella no miraría hacia atrás. El conductor metió su bolso en la cajuela. Sus guardias le abrieron la puerta.

Con el Titiritero, Gregg hubiera podido detenerla. Hubiera podido hacer que ella regresara corriendo a sus brazos en una gloriosa y feliz reconciliación.

Con el Titiritero, hubiera podido escribir un final feliz. Ellen se subió al auto y se dejó caer contra el asiento trasero. Se alejaron.

Mediodía

EL *maître d'* esperaba en vano su billete de cien. El hotel se había vaciado y el Bello Mondo ya no estaba atestado.

Jack había llevado a Tachyon a almorzar, pero no lograba hacerlo comer. La mitad de un filete de lenguado estaba abandonado en el plato. Jack se terminó su corte New York.

—Come, come, hijo mío. Como solía decir mi mamá en alemán.

—No tengo hambre.

—Cuida tus fuerzas.

Tach le echó una mirada flamígera.

—De los dos –dijo–, ¿quién es el doctor?

—¿Quién de nosotros es el paciente?

La respuesta de Tachyon fue un silencio pétreo. Jack bebió un trago de bourbon, por fin. Los ojos violeta de Tachyon se suavizaron.

—Lo siento, Jack. Mi ansiedad ha desgastado mis modales.

—No hay problema.

—Te debo mi agradecimiento. Por esto. Por tratar de localizar a Blaise.

—Sólo quisiera poder encontrarlo –Jack puso los codos sobre la mesa y suspiró–. Me gustaría que algo bueno surgiera de todo por lo que hemos pasado.

—Es posible que haya algo.

—Lo más seguro, una presidencia de George Bush –Jack contempló su plato–. Ésta será la última actividad política que verás de mí. Cada vez que intento cambiar al mundo, todo se va al caño.

Tachyon sacudió la cabeza.

—No tengo palabras de consuelo para ti, Jack.

—Lo único que hice fue arruinar las cosas. Por Dios, hasta me morí. Y lo único que hice bien, lo hice por el hombre equivocado –se empinó otro trago–. Creo que estoy más confundido que nunca antes en mi vida. Demonios –otro trago–. Por lo menos soy rico. En este mundo, siempre puedes amortiguar los golpes con dinero.

Jack se recargó contra su cojín.

—Quizá me ponga a escribir mis memorias. Ponerlo todo ahí. Quizás entonces sepa qué significa todo, si es que significa algo.

Memorias, pensó. Por Dios, ¿acaso ya estaba así de viejo? Cuando Jetboy murió, tenía veintidós años y se veía más joven. No había envejecido desde entonces.

Por lo menos había visto algunas cosas. Había sido estrella de cine. Cambiado al mundo, en otro tiempo, antes de que se derrumbara el techo. Había salvado muchas vidas en Corea, y eso había sido después de haberse convertido en una calamidad de clase mundial. Incluso había visto *The Jolson Story*.

Un buen momento, acaso mejor que cualquier otro, pensó, para comenzar sus memorias. *Cuando Jetboy murió, yo veía* The Jolson Story.

Nadie dijo nada por un buen tiempo. Jack se dio cuenta de que Tachyon se había quedado dormido. Pagó la cuenta, luego salió del restaurante empujando la silla de ruedas, rumbo a los elevadores. En el camino, Jack vio al hombre que había estado vendiendo planeadores en el centro comercial, con la mesa doblada y su mercancía en un par de sacos de papel, hablando con un amigo. Jack estacionó la silla y le compró toda la mercancía. Cuando regresó, cargando sus planeadores, vio que Tachyon estaba despierto. Le mostró los planeadores.

—Para Blaise –dijo–. Cuando lo encontremos.

—Bendito seas, Jack.

Por primera ver en una semana, Jack encontró un elevador inmediatamente. Presionó el botón del piso de Tachyon y el flujo de vértigo que sintió al ascender el elevador de vidrio casi le hizo perder el equilibrio. Para que su mente no pensara en alturas, comenzó a armar un planeador.

Un Earl Sanderson de hule espuma lo veía severamente desde atrás de sus anteojos de aviador. Jack se preguntó vagamente si, después de todos estos años, tenía realmente algo que decirle a Earl.

Aparte de una disculpa, claro está. Mejor comenzar por lo básico. El elevador se estremeció, y el estómago de Jack se estremeció con él. Se abrieron las puertas y, con asombro, vio a David Harstein entrar.

Tachyon lo miraba con un ojo cargado de culpabilidad. Jack sintió que su propia cara tenía esa misma expresión de inocencia estúpida y exagerada.

—Tú lo *sabes* –dijo Tachyon.

—¿Tú *sabes*? –respondió Jack.

—Ey, *todos* lo sabemos –corrigió David con afable bonhomía.

Sacudiéndose, la caja de vidrio ascendió de nuevo. El estómago de Jack ascendió también. Podía sentir el sudor brotando de su frente. Buscó algo que decir.

El elevador volvió a detenerse abruptamente. Se abrió la puerta y Fleur van Renssaeler pasó a bordo, mirando por encima de su hombro y despidiéndose de un amigo. Se cerró la puerta, y Fleur se volvió.

Por un largo momento, todos dejaron de respirar. El elevador subía poco a poco. De pronto, Tachyon extendió rápidamente su brazo derecho, golpeando el botón de ALTO con el muñón vendado.

El alienígena soltó un aullido animal de dolor. David se arrodilló rápidamente junto la silla mientras se detenía el elevador.

—Tranquilo, no duele.

Y claro que no dolía. O por lo menos, no importaba.

Tachyon parpadeó con fuerza para quitarse la humedad de sus ojos.

—David Harstein –dijo Fleur, con voz inexpresiva.

Tach sintió escalofríos.

—Justo ahora recordaba algo, de cuando era pequeña –Fleur esbozó una sonrisa delgada–. El hombre al que los rojos le arrebataron China. Y todos estos años simplemente te has estado ocultando detrás de esa barba.

Volviendo a sonreír se volvió hacia Jack.

—Un viejo amigo de la familia –dijo, con desdén.

El gran as sacó un pañuelo y se limpió la frente.

—Parecía ser una buena idea en su momento –dijo débilmente. El planeador de Earl Sanderson colgaba en la mano de Jack, flácido, olvidado. Tachyon extendió la mano y se lo quitó. Lo puso delicadamente sobre sus piernas.

—En nada más me considero tan feliz –dijo David–, que en mi alma recordando a mis buenos amigos.

Tach lo miró.

—Sí, todos los fantasmas se han reunido.

Indignada, Fleur miró intensamente a Tachyon.

—¡*No* soy mi mamá!

—Tienes los ojos de tu padre –dijo David, con voz delicada.

Era una simple declaración. Sin acusación. Sin significado oculto. La dejó confundida, perpleja, y su combatividad comenzó a abandonar su cuerpo.

—No me conoces –susurró Fleur.

—No –dijo David–. Desafortunadamente.

Por un momento, pareció que Fleur estaba a punto de abrazarlo. De hecho, Tachyon quería abrazarlo. Entre los cuatro, el silencio se extendía como telarañas. Fleur miró largamente los ojos oscuros y compasivos de David. Brotaron lágrimas y, lentamente, le bañaron las mejillas. Pero regresó el miedo. Presionó las manos contra sus mejillas y retrocedió.

—No, no me hagan esto.

—Tenemos que hablar, Fleur –dijo Tachyon con un suspiro.

—Voy a gritar –su voz era un hilillo asustado.

—Por favor, no lo hagas –dijo David–. No tienes nada que temer.

Fleur se tranquilizó, pero logró decir:

—No, sí tengo algo que temer. Estoy sola con todos ustedes.

—¿Realmente somos tan temibles? –preguntó David–. Un viejo actor, un hombre con una sola mano... –miró a Jack– ...y un tipo insignificante.

—Oye –comenzó a decir Jack, pero entonces se detuvo y se frotó la quijada pensativamente mientras consideraba y luego reconocía la verdad de las palabras de Harstein.

Fleur se abrazó los codos.

—No entienden. Honestamente, no lo entienden, ¿verdad? –los tres hombres se le quedaron viendo–. Ahí están, tan tranquilos, con esos poderes que pueden lastimarnos y retorcernos y se preguntan por qué tenemos miedo.

Con cierta confusión, Jack miró el planeador en manos de Tach. Habló lentamente, esforzándose por escoger las palabras correctas.

—Creo que Earl diría que no puedes temerle a la gente sólo porque son diferentes, porque nunca se puede trazar una línea clara. ¿Les temes porque tienen el wild card, o porque tienen creencias distintas, o porque no tienen el color apropiado de piel...?

—Les temo porque me pueden *lastimar* –insistió Fleur.

—Hay muchas personas que te pueden lastimar –dijo Jack– y entre ellas, muy pocas tienen el wild card.

—Es fácil decirlo cuando tú eres uno de los que lo tienen –respondió Fleur–. Sabes bien cómo nos llaman a los demás. Los nats. Los naturales, se supone que eso significa esa abreviación, pero conlleva otro significado. Mosquitos. Insectos pequeños. Pequeños insectos molestos que esperan ser aplastados por ustedes. Se supone que debemos obedecer las leyes y tratarlos bien. Pero esas mismas leyes no aplican para ustedes. No tienen que ser buenos con los insectos. No con todo el poder que tienen.

—Fleur –dijo David–. Aquí, tú tienes todo el poder. Tienes mi vida en tus manos.

Fleur titubeó durante buen rato, mirándolo. El chillido de la alarma era como un picahielos en el cerebro.

—No tienes por qué preocuparte –dijo ella finalmente–. Tu secreto está a salvo conmigo.

David asintió, como si lo supiera desde el principio.

—Activen el elevador –dijo, calladamente.

Tachyon se movió, torpemente, y presionó el botón. El elevador se estremeció y comenzó a ascender.

—No es que quiera tirar una cubeta de agua fría sobre este festín de amor –le dijo Jack a David–, pero ¿recuerdas a Mao? ¿Mao Tsetung? ¿El chino? Tarde o temprano tendremos que dejarla salir de este elevador, y entonces ella echará todo de cabeza.

—Ése es su derecho.

Eso sacó a Tachyon del estado somnoliento que parecía aprisionarlo.

—No.

David lo miró, con sus ojos oscuros volteó a verlo.

—Sí –dijo delicadamente–. Yo conocía los riesgos. Ya he pagado el precio antes. Estoy preparado para pagar de nuevo.

Llegaron al piso de Fleur. Las puertas se abrieron. Ella salió.

—Fleur –dijo Jack Braun–, piensa dos veces antes de que comiences a decir nombres. Yo no lo hice. Sigo pagando por ello.

Fleur los miró durante largo rato. Tach se preguntaba qué estaría pensando. Sería fácil averiguarlo. Pero mejor no hacerlo. Ella se alejó sin decir una palabra.

Se cerraron las puertas. Tachyon miró los números que se encendían.

—Debemos estar locos por dejar que se fuera así nada más –dijo Jack.

—Tienes que jugártela con alguien, en algún momento –respondió David.

—¡Ella es hija de su padre! –dijo Jack.

Tachyon se acomodó en su silla y le regresó el planeador de Earl Sanderson a Jack.

—Y de su madre también.

El elevador, con su cargamento de fantasmas y sobrevivientes, siguió elevándose hacia el cielo.

Créditos finales

Esta obra se imprimió y encuadernó
en el mes de enero de 2015,
en los talleres de Limpergraf S.L.,
que se localizan en la
C/ Mogoda, 29-31,
Polígono Industrial Can Salvatella,
08210, Barberà del Vallès (España)